第三十章	惊愕·打人·哗然	/1
第三十一章	捅破·气愤·拒绝	/9
第三十二章	后续·反悔·回来	/17
第三十三章	碰见·挑拨·记恨	/26
第三十四章	再见·恍惚·春联	/34
第三十五章	何煜·提亲·一箭	/42
第三十六章	邬家·前夫·魏家	/50
第三十七章	来迟·两难·酒楼	/58
第三十八章	谜团·大雨·投宿	/66
第三十九章	前尘·蒋家·主意	/74
第四十章	动手·谈判·谈话	/83
第四十一章	出谋·送走·青鸟	/92
第四十二章	报信·死讯·宋家	/100
第四十三章	抢种·道谢·说话	/109
第四十四章	避暑·朋友·见面	/117
第四十五章	赌钱·秋围·比试	/126
第四十六章	着迷·临行·妒忌	/135
第四十七章	算账·斗法·惊骇	/144
第四十八章	善后·指认·噩耗	/153

目录
CONTENTS

第四十九章　遇难·大雨·孽障　/162

第五十章　质问·跑路·苏醒　/171

第五十一章　无功·反击·即发　/181

第五十二章　使者·条件·决定　/190

第五十三章　办法·及笄·远客　/199

第五十四章　礼物·木罄·会试　/208

第五十五章　探花·姗姗·后山　/216

第五十六章　好坏·敲山·河工　/225

第五十七章　幕僚·确定·试探·差错　/233

目录
CONTENTS

第三十章　惊愕·打人·哗然

窦昭的心怦怦乱跳，这个"他"会是谁呢？

刀疤脸的呵斥声传过来："去看看四小姐醒了没有！"

窦昭吓了一大跳，忙爬上了罗汉床在素绢身边躺下。

"那种娇滴滴的小姐，我那一记手刀至少能管两个时辰，"有人一面嘀咕，一面朝这边走过来，"你们放心好了，不会有事的。"

窦昭闭着眼睛，放松身体，装睡。有视线在她的身上停留了片刻，屋里响起渐行渐远的脚步声，"咔嚓"一声，门又被锁上了。

窦昭松懈下来，发现自己额头上全是细细的汗。不知道素心有没有找到来救她的人，也不知道别素兰有没有把她跟丢或是被发现。

她没有想到自己会被敲昏。若是有个什么三长两短，只怕自己后悔也来不及。

这次的决定太冒险了！千头万绪，让她心乱如麻。

屋里突然响起轻轻的"吱呀"一声，窦昭惊恐地循声望去，就看见窗扇被撬开一道缝，别素兰动作轻盈灵巧地从窗外翻了进来。

她心里一阵激动，忙坐了起来。

别素兰脸上露出灿烂笑容，低声道："小姐，陈大哥他们在外面，只等我们出去，他们就动手。"

他们要提前把自己救出去，是怕动起手来那些劫匪拿她做人质吧？

窦昭犹豫地看了眼素绢，如果自己不见了，那些劫匪会不会对素绢下手呢？

别素兰顿时没有了主意，悄声道："外面有两三个劫匪巡守，我没有办法把素绢也带出去。"

窦昭想了想，悄声道："我和素绢躲在屋里，你通知他们动手。"

别素兰不同意，窦昭又道："你还有什么好办法？"

别素兰也无计可施。

窦昭摇醒了素绢。素绢人是恍惚的，睁大了眼睛就要尖叫，还好别素兰眼疾手快地捂住了她的嘴。

窦昭低声地把情况跟素绢说了一遍，最后道："我们躲到罗汉床下去。"

四小姐在生死攸关的时候都想着自己，素绢眼眶一红，鼓起勇气道："四小姐，您和素兰走，那些人不会为难我的。"

"这可不是意气用事的时候，"窦昭不悦地道，"若是因此而耽搁了时间，我们岂不都要陷于险境！"素绢低下头去，眼泪却大滴大滴地落下来。

素兰也不再说什么，推开窗扇四处张望，寻找溜出去的机会。

窦昭和素绢躺到了罗汉床下，别素兰又悄无声息地翻了出去。

屋里静悄悄的，窦昭和素绢连呼吸都不敢大声，外面不时传来劫匪说话的声音，让屋里的气氛越发紧张，窦昭感觉自己的双腿都在打颤。

等候中，时间就变得非常漫长，或许已经过了几炷香的工夫，或许不过是一盏茶的工夫，窗扇"吱呀"一声又被推开，这次翻进来的除了素兰，还有陈晓风和一个身材健硕、双目炯炯有神的中年男子。

"小姐。"素兰蹲在罗汉床旁朝床下张望,"陈大哥说,若是保不住您,就算是把那几个劫匪碎尸万段也没用。"然后指了那个中年男子,"这是段大叔,和陈大哥一起做护院的。段大叔的身手可好了。您和素绢就躺在罗汉床下,等段大叔他们把人给捉住了,您再出来。"说完,站起身来护在了罗汉床前。

陈晓风和那个段大叔则一右一左地站到了门边。

不一会,外面响起打斗声和呵斥声。

刀疤脸惊恐地道:"你们是哪条路上的?我们是灵寿县刑大爷手下的,不要大水冲了龙王庙,一家人不认识一家人!"

回应他的是更加激烈的打斗声。

房门"啪"一声被撞开,刀疤脸提着刀冲了进来,看见一个面黑的陌生小丫鬟站在床前,他愣了一下。

就这一下,那个段大叔已身如鬼魅般地勒住了刀疤脸的脖子,反手扭住了刀疤脸拿刀的手。

刀疤脸"哎哟"一声,慢了段大叔一步的陈晓风狠狠地踢在了刀疤脸的肚子上。刀疤脸脸色发白,刀"哐当"一声落在了地上,两腿无力,人就软了下去。要不是段大叔还勒着他的脖子,他只怕早就瘫在了地上。

段大叔狠狠地"呸"了一声,瓮声瓮气地道:"还以为是什么了不起的人物,原来不过是些下三滥的东西!"对刀疤脸的身手很不以为然。

"这北直隶有几个人比得上段大叔啊!"素兰嘴巴甜得像抹了蜜似的,帮着窦昭和素绢从罗汉床下爬出来。

"多谢这位壮士了。"窦昭朝着段大叔福了福,问陈晓风,"这是哪里?"

陈晓风道:"灵寿和真定交界的一个小田庄,离您的田庄有大约二十几里地。"

灵寿县?这不是王映雪的老家吗?窦昭心中一动。

外面的打斗声渐渐停了下来,响起一阵时高时低的呻吟声。

有人笑道:"不过是几个小角色,亏陈晓风还说得像是遇到了过江龙似的。"

有人笑着答道:"慎重些总是好的。"又道,"把这些人都绑了起来,看雇主怎么处置再说。"

窦昭等人一直紧绷着的心弦这才松了下来,她对陈晓风道:"你派个人跟素兰去我的田庄,找陈先生,让陈先生把我许诺的一万两银子先支付给你。"她还有事要麻烦陈晓风这些人,爽快些把酬金付了,别人干起活来也有劲些。

陈晓风听素心说只要救出了窦昭,就有一万两银子的酬劳,他还以为是窦昭急得失了方寸,并没有当真,但想着要是把窦昭救出来,一二百两银子的酬劳肯定是有的,因此约人的时候也只许了一百两银子,此时乍闻真的有一万两银子的酬劳,又惊又喜,已经不知道说什么好,就是那段大叔,也磕磕巴巴地问窦昭:"窦小姐,真,真的有一万两银子的酬劳?"

"我年纪虽轻,说出来的话却有一句是一句,决不食言!"窦昭淡淡地道,眉宇间却透着刚毅之色,让人不能不信服。

他们一共来了二十几个人,就算是陈晓风占大头,平均下来,一个人也有几百两银子,他给人当护院,一年不过二十两银子罢了。

"我去告诉兄弟们一声!"段大叔激动地道,抽了那刀疤脸的裤腰带将他像绑粽子似的死死地绑了起来,"多谢小姐!"

刀疤脸仿佛这时才清醒过来似的,他愤然怒吼道:"庞昆白这个王八蛋,竟然敢坑我们！他说你不过是个被父母丢在乡下无人管束的小丫头，你竟然能拿出一万两银子来！他只许了老子一百两银子的酬劳！老子要捅了他……"拼命地挣扎着，想挣开段大叔的辖制，段大叔的手却刚劲有力，像铁箍似的，让他动弹不得。

庞昆白！竟然是他！窦昭满脸的震惊。

她请求陈晓风："请陈护院再帮我个忙——帮我审审这个人，看看他和那庞昆白有些什么苟且。"

他们不过是出了身汗，就轻轻松松地得了人家一万两银子。现在人家不过是让他们再帮点小忙，不要说这种事对他们来说是举手之劳，就是有点为难，看在那一万两银子的分上，他们也不会拒绝的。

陈晓风立刻应了，那刀疤脸却大叫起来："窦小姐，我说，我告诉您，只要您把我们放了，我把什么都告诉您。"又道，"我们也是上了那庞昆白的当，您大人有大量，看在我们也不过是拿人钱财给人消灾的分上，您就别和我们一般计较了……"

窦昭无动于衷。如果他们劫持的不是自己，而是其他手无缚鸡之力的女子又会如何呢？

她对陈晓风道："还请陈护院帮我审审。"

陈晓风点头。

那段大叔却十分欣赏窦昭的干净利索，主动把刀疤脸给提了出去。

素兰看着窦昭因躺在罗汉床下沾了满身的灰尘，要去打水服侍窦昭梳洗。

窦昭道："素心呢？"

素兰道："姐姐怕误了救小姐的时辰，把接头的地方告诉了陈大哥，自己先回了府。"

窦昭点头，有些担忧地道："也不知道祖母怎样了。"

素兰安慰她："他们是为了劫持您，肯定是在扯谎了！"

"但愿如此吧！"窦昭感慨道。

素兰和素绢打水进来服侍她净了面，重新梳了头。

陈晓风求见了窦昭，他的神色有些奇怪，低声道："刑老六交代，说是得了庞昆白的指使把您劫到这里来，然后庞昆白再装作偶然遇见的样子把您救出去。事成之后，除了那一百两银子，庞昆白还许诺把他们送到陕西行都司去当小旗……"

陕西行都司，王行宜的地盘。

窦昭目露寒光："为什么不在劫持的当场救人？要把我安置在这里？"

"刑老六也不知道。"陈晓风道，"庞昆白只说让他守在这里，他自然会来救人，到时候刑老六装作不敌的样子败走就行了。"

"那庞昆白没有说什么时候来吗？"窦昭蹙了蹙眉。

"没有。"

窦昭低头沉思，好一会才抬起头来，道："陈护院，一事不烦二主，这件事恐怕还是要麻烦你们。"

这属于扫尾，他们拿了人家的银子，自然要负责的。

陈晓风笑道："请小姐吩咐。"

窦昭就低声对陈晓风说了一通话。

陈晓风先是愕然，然后神色渐敛，表情严肃地不停点头。

暮色四合。

位于灵寿县和真定县交界的一个普通农庄的正屋里，燃起了如豆的灯光。

一个穿着宝蓝色织金团花直裰，腰垂折扇香囊，手执马鞭的少年骑着一匹高大的枣红色骏马，身后跟着六七个孔武有力的随从，不慌不忙地穿行于田垄之上，如春日带着随从郊游的富家公子般悠闲自在，毫不在乎夏日的暑气，最后停在了农庄前。

"陆老四，你去问个路。"衣饰华丽的少年高声喝道，声音里隐隐透着几分得意和兴奋，"走了这么远的路，我口也渴了，你顺便帮我讨杯茶喝。"

"好嘞！"一个獐头鼠目的中年男子高声应着，啪啪啪地拍着门。

"谁啊？"穿着蓝色粗布短褐的断眉男子粗声吼着，打开门，探出了脑袋，随即脸色一变，满是惧畏："四，四哥！"

陆老四皱了皱，朝他使着眼色，高声道："请问这里是哪里？我们家公子迷了路，想讨杯茶水喝。"又急促地低声道，"装成不认识的样子！"

断眉男子半晌才回过神来，道："这里是王家庄。"声音打着颤，脸色也有些发白，"你们，你们进来吧！"说着，吱呀一声打开了大门，飞快地退到了一旁。

陆老四奇怪地看了他一眼，一面低声嘀咕："这个王小六，见鬼了。"一面屁颠屁颠地跑去向那少年禀告："公子，这里是王家庄，就在灵寿的东边，离县城不过四十几里地。"

少年公子傲慢地"嗯"了一声，下了马。几个随从簇拥着他进了院子，正好看见刀疤脸带着几个人从堂屋里走了出来。

两帮人对了面，少年公子停住了脚步，刀疤脸却是一阵哆嗦，飞快地睃了眼身后的壮硕男子，急急地迎了上去。

陆老四低声问他："人呢？"见他身后跟着几个膀大腰圆、满脸正气的陌生人，不由微微一愣，狐疑道，"这是你的人？"

刀疤脸胡乱地点头，指了指东边的内室："窦小姐在里面。"声音打着颤。

陆老四闻言一阵激动，心里的那一点点困惑早被抛到九霄云外，低声说了句"依计行事"，然后就大声嚷嚷起来："你们知道我们是谁吗？我们是灵寿县庞家的人，我们家公子就是庞五公子，你们竟然让我们在院子里喝茶？你们是不是疯了？"然后对庞公子高声抱怨道："那个李秀才真不是东西，公子可怜他街上卖字为生不能温饱，不时地接济他一二，谁知道他却不知道进退，这次明着是为了答谢公子大恩邀您去家里饮酒，实则是想把妻妹许您为妾。要不是公子您坐怀不乱，只怕就着了那李秀才的道。可也把您一顿好气，骑着马一通乱跑，迷了路，要不是老十机敏，我们哪里能找得到您？又怎么会受这闲气？"

叫嚷声中，少年公子退后几步，由一个护卫紧紧地跟着，坐到了石碾子上。

东边的内室突然传来一阵拍打窗棂的声音，少年公子和那些跟着他的随从都精神一振。站在刀疤脸身边的陆老四突然从腰间拔出一把匕首捅进了刀疤脸的胸口，刀疤脸怔怔地望着陆老四，所有的声音都戛然而止。

"为，为什么？"他喃喃地问，鲜血顺着他的嘴角滴落在衣襟上，留下点点污渍。

"你可是劫匪！"陆老四得意洋洋地笑着，把捅进刀疤脸胸口的匕首使劲地搅了搅，这才飞快地退到了那些随从的身后。那些随从如狼似虎地朝着刀疤脸身后的人扑了过去。

刀疤脸的随从中就有人喊着"庞昆白，你竟然想杀人灭口"冲了过来，双方激斗在了一处。

少年公子庞昆白冷冷地望着眼前的一切，这几个随从可是他从西北找来的亡命之徒，寻常人哪里是他们的对手。

念头一闪而过，他很快发现情况有些不对劲。可能是刀疤脸的死把他的那些随从吓坏了，自己的随从一上场就控制住了局面，但随着双方交手，刀疤脸的那些随从很快就清醒过来，开始强力地反抗，又仗着人多，两个打一个，一时间竟然和自己的人打了个平分秋色。其中一个身材特别健硕的还一拳打在了自己随从的胸口，发出一阵嘎嘎的骨裂声和悲惨叫声……

刀疤脸的手下怎么会有这样厉害的人？庞昆白本能地感觉到不对劲。

他吩咐身边的随从："快，把窦小姐救出来！"

随从应诺，和陆老四绕过院子中激斗的人群，朝正房疾奔而去。

中间有人出来阻拦，随从仗着武艺高超闯了过去，陆老四却被两个人缠住打翻在地。

"窦小姐，"随从见又有人拦了过来，索性跑到了正房的东窗棂下，"咯吱"一下扯下了半幅窗扇，"我们是庞公子的人，我们是来救您的！"

窗扇砸到了赶过来阻止随从的人身上，窗户里露出窦昭表情清冷得近乎冷酷的面孔。

随从一愣。

一支带着红缨的飞镖插在了随从的喉头，大红的缨穗还在颤抖着。

随从睁大了眼睛，不敢相信地瞪着窦昭，半晌，身体才轰然一声倒下。

院子里打斗的人都望了过来。

庞昆白的随从都错愕地朝庞昆白望去。

庞昆白"咦"了一声，站直了身体，再也没有了刚才的悠闲自在。

"窦家四表妹，"他脸色阴沉地大声道，"我是庞家的庞昆白，我是来救你的！"

"是吗？"窦昭笑了笑，笑容在暮色里有着说不出的讥讽和嘲诮，"千金之子，坐不垂堂。庞家是灵寿县首富，庞家的五公子怎么可能带着一群鬼魅宵小之徒突然出现在这个偏僻的农庄？你分明是冒名顶替。段大叔，帮我把这些人全部都拿下，我要送到官衙去审讯。如果他们胆敢反抗，立刻打死，有事都算我们窦家的！"

这些人身手非常好，先前因为顾忌到这些人是庞家的随从，段大叔等人并不敢全力反击，又怕被这些人砍伤，有些束手束脚的。现在有了窦昭的这句话，段大叔等人顿时感到全身轻松，高声地应了声"是"，毫不客气地揍了下去。

局面立刻发现了变化。

庞昆白的人开始左支右绌，连连败退。

庞昆白看了一眼目露寒光的窦昭，认真一想他进门后刀疤脸等人异样的举止，立刻意识到事情败露了。

他拔腿就朝门外跑去，却被段大叔一把揪住了后领。

段大叔犹豫着不知道该怎么办好。

庞昆白杀猪般地大叫起来："我爹是庞银楼，我姑姑是陕西巡抚王大人的儿媳妇，你要是敢动我一根指头，我杀了你全家……"说着，反手朝着段大叔的肚子就是一拳。

当然，庞昆白的花拳绣腿打在段大叔身上也不过是挠痒痒似的，但段大叔却头皮发麻。破家的知县，灭门的府尹。像庞昆白这样的卑鄙小人，还就真干出这样的事来。

"段大叔，你不必听他咋呼。"窦昭清冷的声音远远地传了过来，"他要是陕西巡抚王大人的亲戚，正好，把他拿下后送到京都我五伯父那里，让王大人给我们窦家一个交代。我们可不能让人给骗了！"

是啊，怎么忘了这一茬！窦家小姐明明知道是谁还敢让他们把人打得不能自理，肯定是有她的依仗。自己不过是个护卫，拿人钱财与人消灾，最不济时候拿了钱跑路，凭自己的身手，还怕混不到口饭吃？何况他早就瞧这些拿他们不当人看的富家公子不顺眼了……

"小姐，我们听您的。"段大叔嘿嘿一笑，朝着庞昆白的肚子就是一拳。

庞昆白惨叫一声，捂着肚子像虾米似的蜷缩着身子，黄疸水都吐了出来。

站在窦昭身边负责保护窦昭的陈晓风看了她一眼，有些不安地道："小姐不会是真想把庞公子打死吧？庞公子可是庞银楼的独生儿子，就怕到时候庞家绝不会善罢甘休……"

窦昭淡淡地道："这里有庞家五公子吗？我怎么不知道？我只知道我的马车翻了，我借了这田庄落脚，遇到了劫匪，穷凶极恶，我的护卫失手把人给打死了。庞家要找我算账，那也得先把庞昆白为何要劫持我的事解释清楚吧？"

陈晓风苦笑，道："我只怕这件事闹腾起来会坏了小姐的名声……"

"坏了我的名声？"提起这件事窦昭就满肚子的火，她冷笑着打断了陈晓风的话，"庞昆白让人把我掳到这里来，为何一定要等天黑后才佯装偶遇地救我脱险？不过是想借口天色太晚，让我留宿田庄，造成孤男寡女共处一室的事实，他再大张旗鼓地来求亲，让窦家不得不把我嫁给他而已。如果不是我身边有素心和素兰，只怕早已被他得逞！名声？能诛杀庞昆白，名声算什么？正好给那些觊觎我的人一个警告！"

陈晓风默然。

如果窦昭真是十三四岁，满心羞涩地等着嫁人的闺阁小姐，她为着自己的名声，慎之又慎，也许会选择"君子报仇十年不晚"，暂时先放过庞昆白，伺机再雪洗前耻。可她两世为人，已决定不再嫁人，迟早会变成世人眼中性情古怪孤僻之人，她又何必忍气吞声地放过庞昆白呢？

不过，庞昆白有句话她非常喜欢。

我的姑姑是陕西巡抚王行宜的儿媳妇……

窦昭不由露齿一笑。

耳边隐约有雷鸣般的马蹄声传来。

陈晓风耳目比窦昭更灵敏，他当然也听到了。

他脸色大变。马匹是军中管制之物，寻常的权贵人家养个几匹也就罢了，可像这样突然出现这么多……难道是庞昆白请动了卫所的人？

自古以来民不与官斗。

陈晓风的脸色有些难看："小姐，恐怕我们有麻烦了——那庞昆白多半是悄悄从卫所借了兵来帮忙……"

做都做了，难道他们束手就擒庞家就会放过他们不成？窦昭怒火更灼，道："你们可有把握把人留下？"

陈晓风迟疑地说："我们都是白身……"也就是说，他们有把握把人留下来，只是拘泥于那些人的身份而不敢。

"那就把人全给我留下来！"窦昭杀伐果断地打断了陈晓风的话，"他们既然这样胆大包天，我们有什么可害怕的？如果能把那些人都留下，官匪勾结，王行宜就算是陕西巡抚，也一样兜不住！"她说着，转身朝外走去，"我倒要看看，谁这么大的胆子，竟然敢调动卫所的人帮庞家做私事！"

看着窦昭胸有成竹的样子，陈晓风心中稍安。也许对他们来说陕西巡抚已经是遥不可及的大官了，而窦家根本就没放在眼里呢！

窦家小姐年纪轻轻，遇事不退，就凭这份豪气，就值得他们帮着打这一架。只可惜窦家小姐是个小姐，若是个公子该有多好啊！他感慨着，跟窦昭出了堂屋。

院子里，段大叔等人都面面相觑地站在那里，表情非常凝重，庞昆白和他的随从全都瘫软在了地上，毫无还手之力地痛苦呻吟着。

见窦昭走了出来，大家的目光都落在了窦昭的身上。

"大家不用担心！"窦昭身姿笔直地站在台阶上，神色从容，不怒而威，淡淡地道，

"不管是谁来，勾结劫匪，那都是流放三千里的罪行。我也说过了，出了事，全都算窦家的。各位壮士等会只管把人留下来就行了。"

话虽如此，但窦昭是女子，年纪又太小了，还是有很多人面露踌躇，倒是那段大叔，见此情景道："事已至此，只有一条路走到黑。大家越是犹豫不决，动起手来就越是畏惧，越是畏惧，就越不可能把那些人留下来。如此一来，只怕我等的性命堪忧，还请各位兄弟齐心合力，渡过眼前的难关再说，大不了我们跑到关外去躲几年。"然后调侃道，"窦小姐既然都出了那么多酬金，我想也不会在乎再多赏我们几两银子的安家费了。您说是吧，窦小姐？"

这个段大叔在他们之中好像很有威望。他的话音一落，大家都哈哈地笑了起来，表情也放松了。

"那是自然。"窦昭笑着，把各人的反应都看在眼里。

那段大叔见窦昭还挺重视他的话，自告奋勇地组织大家严阵以待。

马蹄声风卷残云般地停在了门前，"哐当"一声，门板倒下来，数名青衣护卫闯了进来。

窦昭一愣，这不是纪咏的那些随从吗？

纪咏的随从也愣住了。不是说窦家的小姐被人劫持了吗？可窦家小姐好生生地站在那里，身边站满了身强力壮的护卫，脚下趴着痛苦呻吟的伤者……这哪里像是被劫持了，反而像是仗势欺人地把人打了似的……

窦昭忙喝"住手"。

有人急切地分开青衣随从闯了进来："出了什么事？你们愣着干什么？四妹妹呢？"声音虽然焦虑，却难掩斯文。

那是邬善的声音，窦昭突然间觉得有些感动。

邬善却如遭雷击，呆立当场："这，这到底是怎么一回事？"他抬起头来，茫然地望着安然无恙的窦昭，不明白为什么她身边突然出现了这么多面生的护卫，更不明白她一个弱质女子，怎么能够毫发无伤地脱险……

"怎么了？"跟在邬善身后的窦德昌和纪咏也挤了进来，看见院子里的情景，也傻了眼！

"……当时慌慌张张地，只想着要快点去搬救兵，怕素心和家里的人不熟，找人耽搁了时间，她的师兄又是做护卫的，这才让她去找的陈护卫。其他的倒没有多想。"窦昭的对面坐着邬善和纪咏，左手边站着素心、素兰和素绢，右手边坐着窦德昌。事情已经过去大半个时辰了，院子已经打扫干净，还没有断气的庞昆白和他的随从被关押在了堂屋，陈晓风领着段大叔等人在院子里巡防，纪咏的随从去请大夫还没有回来，趁着这个机会，她把事情的经过讲给窦德昌、邬善和纪咏听，"……实在是恼火，这才吩咐陈护卫他们给这些劫匪一个教训的……谁知道庞昆白却与那些劫匪认识，他嚷着他是谁的时候，我自然是不信的，还以为是那些劫匪的阴谋诡计。谁知道竟然真的是庞昆白！"她叹道："还好十二哥、邬四哥和纪家表哥及时赶到了，不然那庞昆白被打死了，事情就麻烦了。"心里却抱怨他们为什么不晚来片刻，到时候只怕是神仙也救不了庞昆白，又埋怨段大叔等人为何不再使点劲，索性将庞昆白打死算数。

在外面巡守的段大叔却连着打了几个喷嚏，他不由在心里嘀咕：这是谁在骂我？还好自己听到庞昆白大嚷大叫的时候就留了个心，没有一拳将那个混蛋打死，不然现在可麻烦了！不过，那个混蛋皮开肉绽，全身的骨头都断了，不养个三五年休想能自己走路，更不要说去碰女人了！

念头闪过，他又有些得意洋洋：总算能无所顾忌地教训一下这种色痞了！他揉了揉鼻子，昂首挺胸地继续巡防。

内室的窦德昌和邬善想到庞昆白那面目全非的样子，都不知道说什么好。

两人愣愣的，半晌没有说话，还是纪咏问道："那些劫匪是两死两伤，庞昆白的随从也死了六个，不知道窦家表妹有什么打算？"

他望着窦昭，目光闪闪发亮。

窦昭心里奇怪，自己闹出了这么大的动静，怎么纪家的这位表哥不是想着怎样帮她善后，反而流露出一副看戏的不怕台高，兴致勃勃的样子啊！

她想到六伯母的话……难道他是个表里不一的人？

窦昭斩钉截铁地道："自然是要交给官府处置了——出了人命案！"

纪咏连连点头，正色地道："窦家表妹说的对，这样大的事，是得交给官府处置才是。"

"不行，不行！"邬善像被火烧了尾巴似的跳了起来，厉声道，"若是交给了官府处置，难道还让四妹妹出堂做证不成？而且窦家在真定，庞家在灵寿，如果交给官府处置，势必要去真定州去打官司，若是因此让四妹妹名声受损，还不如私了。"

窦德昌也反应过来，接着邬善的话道："不错，他们庞家是什么东西？暴发户而已！决不能让这只过街老鼠坏了四妹妹的名声！"

"看来两位表弟对处理这样的纠纷没什么经验。"纪咏笑望着窦德昌和邬善，说话的口气却流露出经验丰富、高两人一筹的优越感，"窦家世代官宦，窦五爷又在吏部任侍郎，庞家一个白丁，凭什么和我们争？我们报了官，真定州的知府大人肯定会先把风声压下来，斟酌了窦五爷的意思再做决断。这样一来，我们既可以从人命案中脱身，又可以和知府大人交好——我们毕竟是在知府大人的辖区，就算是没把他放眼里，这面子还是要给他的。至于窦家表妹的名声，我们只要一口咬定当时我们几个人在一起，难道他们还能硬生生地说窦家表妹是单独被劫匪掳走的不成？就算庞家想要栽赃陷害，难道我们不会辩驳吗？"

说得好像很有道理，可为什么听着就是有些不对劲呢？

窦德昌和邬善点着头，两人对视一眼，都从对方的眼中看到了狐疑，两人都想再仔细问，纪咏已挥手道："你们听我的准没错！到时候我来给四妹妹做证。"

对啊！纪咏可是个举人，有纪咏作证，难道鲁知府还能不相信？两人在对纪咏身份的盲从中茫然地点了点头。

"那我们就这样说定了。"纪咏说着，嘴角微翘，露出个愉悦的弧度高声喊着随从："王普，你拿了我的名帖去报官。"

窦德昌和邬善这才惊觉，他们还没有和大人商量这事呢！

"慢着！"窦德昌脸色有些阴沉地大声喝道，"纪表哥，这件事关系到窦家的声誉，我看还是先跟长辈们说一声再去报官也不迟……"

"听我的准没有错。"纪咏说话间已挥了挥手，那个叫王普的恭敬地给窦德昌行了个揖礼，立刻退了下去，根本没有给窦德昌继续说话的机会，"我从前在家里时也帮家祖处理过一些庶务，这关系到四妹妹的名声和窦家的声誉，我不会乱来的。"说着，他开玩笑地道，"若是真的出了什么事，不要说我祖父了，就是我姑姑都会揭了我的皮。你们就放心好了！"

真的吗？窦德昌和邬善怀疑地望着纪咏。

因为在心里已经抱怨了一通而平静下来的窦昭却惊讶地望着纪咏。

纪咏要干什么？绕过家中的长辈，直接把这件事给捅破，让窦家为了自家的颜面不得不帮她收拾残局，让庞家就算搬出了王行宜也只能咽下这枚苦果，这本是她的打算，怎么纪咏好像知道她的心思似的？

窦昭打量着纪咏。

纪咏却回头对着她一笑，笑容温和，带着几分饱学之士的睿智，又带着几分小孩子天真的狡黠，如矛与盾，怪异，又那样的和谐，让人印象深刻。

第三十一章　捅破·气愤·拒绝

窦昭看不透纪咏，纪咏却趁着胥役们满头大汗地清点尸首，查看伤者的时候低声问她："你是故意的吧？"

"什么？"窦昭一时没有反应过来。

在等待官府来人的时候，他们已经将对外的说词商量好了，窦德昌和邬善坚持要窦昭先走，有什么事由他们应对就行了。但窦昭怕事情有变，把陈晓风等人牵扯进来，要留在现场，等官衙的勘状写好了再离开。

看庞昆白那些随从的下场，陈晓风等人肯定对庞昆白留了手。

庞昆白是死不了了！王家要是不帮庞昆白出面，她应当如何？王家要是帮庞昆白出面，她又应当如何？她去田庄的时间虽然有迹可寻，却并不固定，听素心说，祖母一切安好，所谓的突然昏迷，不过是骗她出庄的谎话而已。是谁泄露了她的行踪？杜安与这件事有没有关系？王映雪知不知道庞家的打算？

五伯父现在有没有能力和王行宜撕破脸？

如果五伯父选择了继续隐忍，她怎么做才能把利益最大化？如果五伯父有能力抗衡王行宜，又会发生些什么？

窦昭心里千头万绪，纪咏突然问她，她一时没有反应过来。

纪咏朝着她眨眼睛，若有所指地道："我说，你是故意装作不认识庞昆白吧？"

原来是想问这个！窦昭眼也没眨一下，正色地道："他和我是姻亲，我若是认出他来，不管怎样也会留几分情面，怎么会一棍子把人打死！"

"是吗？"纪咏笑着，神色间明明白白地写着"我不相信"地上上下下地打量着她，目光炯炯如夏日，仿佛能把人照得纤毫毕现，窦昭要不是两世为人，只怕早就败下阵来。尽管如此，她还是感受到了如芒刺在背的不安。

有些事，就算彼此亲眼所见，宣之于言却会落人口实。

窦昭打定主意装聋作哑，纪咏的神态却变得温和起来。

窦昭讶然，就听见背后传来邬善关切的声音："四妹妹，你怎么站在院子里面？夜深露重，你还是先到马车里歇会吧，今天的事你不必担心，我和十二，"他语气一顿，加上了纪咏，"还有见明会把这件事处理好的。"

"马车里有点闷，我出来透透气。"窦昭笑着转身，见邬善虽然和她说着话，目光却落在纪咏的身上，眼底深处闪过一丝深深的戒备。

他也对纪咏有戒心吗？窦昭思忖着，就看见纪咏的随从护着一顶小轿匆匆朝这边走了过来。

"应该是大夫来了。"纪咏笑道，站在那里不动。

邬善想了想，有些无奈地迎了上去。

邬善还是太年轻啊！窦昭在心里感慨着，上了马车。

素绢担心地问："陈护卫他们不会有事吧？"

"会有什么事？"没等窦昭开口，素心已笑道，"陈大哥他们去灵寿县谭家庄给谭举人的父亲拜寿的，因天色太晚，抄了小路，恰好看到有人打劫，出手相助而已。难道拔刀相助还做错了不成？"

"是我错了。"素绢喃喃地道，面露愧色。

"什么错不错的？"素心笑着，挽了素绢的胳膊，"那是防着外人的，若是在家里，我们姐妹还是想说什么就说什么。"

素绢不好意思地低下头，和素心靠得更近了。

前世素绢也是这样老实，所以窦昭让她管着自己屋里的衣裳首饰、箱笼库房。这一世有了素心，看样子自己多了个能统管内宅的人，以后自己也就能少操些心了。

窦昭满意地笑了笑，低声问素心段大叔是什么人。

素心笑道："段大叔上公下义，和陈大哥一起在郎家做护院。不过陈大哥是普通的护院，这段大叔却是领头的，身手很厉害的。"

"那谭举人又是怎么一回事？"

给谭举人的父亲拜寿的借口，是段公义说的。

"灵寿县谭家庄的谭举人上其下林，字云深，因与'麒麟'同音，又身形魁梧，性情豪爽，人送绰号'坐地龙'。"素心道，"谭家世居灵寿，据说家中子弟都有一身好功夫，前朝末年，真定匪患连连，敢打劫谭家的人都有去无回，谭家庄很有名，江湖上的人路过真定都要往谭家庄投帖。后来天下太平，谭家庄渐渐名声不显，只有真定州的一些老派拳师才知道谭家庄。段大叔的祖上据说就是谭家庄出来的，他每年初一都会去谭家庄拜年。这次谭家老爷子做寿，也给他下了帖子。"

窦昭听得一愣一愣的。这谭家庄分明是以武传世的百年大族，她是真定的人，却从来没有听说过。可见有很多事未必重来一次的人就都知道。

窦昭想到了纪咏。

他以后到底会遇到什么事呢？

马车外传来一阵喧哗声。素心将帘子撩开一道缝。

"小姐，"她的神色有怪异，"陈大叔他带着窦家的护卫陪着三老爷和三爷一起过来了……"

窦昭微微一笑。她虽然有钱，每年却只有一千两银子的例钱。不要说一万两现银，就是一万两银票她也没有，更不要说是陈曲水这个假账房先生了。

她不相信窦家的人，所以让素兰带人去向陈曲水要那一万两的酬金。

既是向陈曲水通风报信，也是想看看陈曲水应变和办事的能力。

现在三伯父和三堂兄出现在了这里，至少可以肯定，那一万两银子的酬金有了着落。

"四妹妹呢？四妹妹呢？"嘈杂鼎沸声中，三堂兄的声音显得格外尖锐。

素心撩了车帘："秀三爷，我们小姐在这里！"

窦秀昌抖动着这几年越养越胖的身体跑了过来:"你没事吧?"他擦着满头的汗水,杭绸直裰被汗水湿透,紧紧地贴在身上,露出身上一圈一圈的肥肉,"是谁不长眼睛,竟然敢打劫窦家的人?怎么官府的人和纪公子、邬公子、十二弟都在?"

窦昭只关心那一万两银票。

她抬起头就看见了紧跟在三堂哥身后的陈曲水,陈曲水笑着朝她点了点头,示意他明白她的意思。

窦昭松了口气。

和纪咏交头接耳了半晌的三伯父丢下纪咏,满脸阴沉地走了过来:"寿姑,"他低声道,"你先回去。这里有我和你三堂兄就行了。"

又惊又吓地忙活了半天,窦昭也觉得累了。反正这件事也不是一时半会就能解决的。

她犹豫道:"只是我许诺给陈护卫他们的酬金……"

像陈晓风这样的人,走正道,就是护卫、镖师、教头,走歪道,就是地痞流氓、闲帮打手甚至是杀人越货的江洋大盗,既然已经许了一万两银子的酬金,出的又是窦昭的钱,窦家犯不着为此而得罪人。

"我带过来了。"窦秀昌忙道,从怀里掏出个黑漆描金的小匣子,"这是一万两银票。"他交给了陈曲水。

窦昭道:"那就麻烦陈先生把银票交给陈护卫。"然后对窦世榜道,"三伯父,陈护卫是行侠仗义,您是不是跟官府说一声,让他们先走?有什么事,可以找我们窦家。"

窦世榜想了想,道:"也好。人多口杂的,先把这些走江湖的都打发走。"

窦秀昌忙去和官衙交涉。

窦昭招呼素兰上了马车,对窦世榜道:"那我就先回去了。"目光却在陈曲水的身上停了停。

陈曲水会意,等窦世榜去安排护送窦昭的马车,他上前几步低声道:"等这边的事完了,我会和几位爷一起回窦家的。"

窦昭点头,由纪咏的护卫护送进了城。窦家另有管事在城门口等她,见到她的马车立刻迎了上来,急急地道:"快,去东府,太夫人还在等四小姐呢!"

窦昭问素心:"崔姨奶奶知道我的事了吗?"

"我只是抓着红姑问了一声,没敢跟她老人家碰面。"素心道,"红姑那里我也嘱咐了,只说您有事,太晚了,要在田庄过一夜,明天下午再回来。"

"嗯!"窦昭赞赏地看了素心一眼。

马车迅速前进,很快在东窦的二门口停下。柳妈妈和纪氏身边的王嬷嬷都在二门口等,见了窦昭,纷纷上前拉着她的手打量,见她干干净净,整整齐齐,神色自然,俱是齐齐地透了口长气,迭声催着她去见二太夫人:"太夫人急得眼都红了,把三爷骂了个狗血淋头。"

三伯父管家,所以挨了骂,祖母和她住在一起,是长辈,恐怕也被骂了个狗血淋头吧?

窦昭猜测着,说了声"让她老人家担心了",和柳嬷嬷、王嬷嬷去了二太夫人那里。

纪氏正在二太夫人门前失魂落魄地打着转,见到窦昭,一句话没说,先哭了起来:"这是谁做的孽,要让你受这苦!菩萨为什么不一道雷把他给劈死!"

窦昭从来没有听到过纪氏骂人,她顿时红了眼圈,喊了声"六伯母",语气里带着几分连她自己都诧异的委屈。

纪氏更是伤心,恨恨地道:"庞家是个什么东西?以为攀上了王行宜自己就是陕西巡抚了!说他们是暴发户还抬举了他们,踩他们一脚我都还嫌脏了脚的东西,竟然敢打你的主意！这次不好好收拾收拾他们，他们还以为我们窦家怕他们呢！"说着，拉着她的手进了厅堂。

看来大家都是明白人，一听说这事涉及庞昆白就知道庞家是什么打算。

二太夫人阴着脸坐在临窗的大炕上，手里的沉香木念珠拨得噼啪直响。看见窦昭和纪氏进来，她的脸又阴了几分，指了身边的锦机让她们坐下，沉声问窦昭："到底是怎么一回事？"

窦昭把对纪咏说过的事情经过重新对二太夫人说了一遍。

纪氏听了气得脸色发青，没等二太夫人开口，忍不住道："先前听三伯差了人回来报信，以为那庞昆白是个混人，所以想出这等法子。原来他竟然是想演一出'英雄救美'的戏码，这分明是……"引诱两个字她当着窦昭说不出口，道，"分明是欺负寿姑年纪小不懂事。要不是寿姑临危机变，岂不让庞家得逞了？"说到这里，她才惊觉二太夫人还没有说话，忙道，"娘，这件事不能就这样算了！这太欺负人了！"

那庞昆白分明打着一箭双雕的好主意。他从劫匪手里救下寿姑，借着天色太晚的名头留寿姑在田庄住一夜，然后借口为了寿姑的名节向窦家求亲。就算寿姑再不喜欢庞家，再不愿意嫁到庞家去，有了救命之恩，又有了同处一室的借口，寿姑也只好嫁过去。时间长了，有了孩子，庞昆白再小意服侍，寿姑自然会和他一心一意地过日子，到时候就算是窦家和赵家想阻止，寿姑看在丈夫、孩子的面上，只怕也会把产业交给庞昆白打理，庞家也就能名正言顺地霸占寿姑的产业了。

二太夫人脸色黑漆漆的，却道："你们怎么不先跟家里的人说一声就去报了官？"

当然是怕你们和王家私底下交易！

窦昭道："因出了人命案，纪家表哥、十二哥和邬四哥才决定报官的。"

"你是说，这件事与见明也有关？"纪氏瞪大了眼睛。

反正纪咏的背景深，窦家不敢随意得罪，不如帮窦德昌和邬善做做挡箭牌！

窦昭点了点头，纪氏面露窘然。

二太夫人有些意外，但如窦昭所料的，没再追问下去。

窦昭这才装小姑娘，做出一副又惊又恐的样子，道："太夫人，我身边要不是有素心和素兰，要不是带了她们两人出门，恐怕就回不来了！我想求太夫人一件事，请您无论如何也要答应我！"说着，拿了帕子擦着眼泪。

如果是其他人这样冒犯窦家的人，二太夫人早就吩咐下去寻个由头丢到衙门里乱棍打死了。可涉及王行宜，她觉得把庞昆白就这样简单地处置了未免有些浪费——当初赵家答应王映雪扶正，条件之一就是王家不得插手寿姑的婚事。庞昆白是王家的姻亲，就算王家想否认也不可能。

她不由沉吟道："你说！"

"求太夫人帮我查查到底是谁泄露了我的行踪！"窦昭把自己的怀疑告诉了二太夫人。

二太夫人立刻答应了："就是你不提，我也会查的。这种卖主求荣的东西，查到一个打死一个，不管是谁的人都一样！"二太夫人十分气愤。

"我还想多请几个护卫。"窦昭道，"我可是怕了。您都不知道，庞昆白的随从身手有多厉害，要不然我怎么没认出他来呢？何况那庞家既然起了这样的心，难保其他人没有这样的心思，我可不想再遇到这样的事了。就算是威慑，我也想请几个高手护卫。"

二太夫人想到了邬家。

"行！"她没有犹豫，道，"你到时候和你三伯父、三堂哥去商量这件事。"

窦昭起身向二太夫人道谢，这样一来，她就可以堂而皇之地招兵买马了。

柳嬷嬷进来禀道："三老爷那边有信过来。"

看样子三伯父不时将田庄发生的事报给二太夫人知道，难怪二太夫人很快就知道了事情的经过。

"让他进来说话。"二太夫人道。

一个十二三岁，看上去十分机灵的小厮跑了进来给二太夫人行了礼，禀道："太夫人，大夫说，庞公子伤势严重，恐怕要送到真定州去医治才行。三老爷让我问您，是不是要通知庞家的人？"

"通知他们。"二太夫人果断地道，"敲锣打鼓地让他们来领人，让真定州的人都知道他们生的这个儿子是个什么孽物！"

小厮飞奔而去。

二夫人想着要尽快把这件事告诉窦世枢，打发了窦昭下去休息："……太晚了，你就在你六伯母屋里歇了吧！那边的事你不用担心，你三伯父自然会处置好的。"

窦昭也不想这个时候回去吓着祖母，去了纪氏那里。睡前纪氏拉着窦昭的手很仔细地询问着纪咏说过的每一句话每一个字，表情显得有些紧张。

窦昭不解，但还是不偏不倚地一一作答。纪氏听了，表情松懈下来，吩咐丫鬟服侍窦昭洗漱，又在内室里点了一炉安息香，让窦昭好好地休息休息，有什么话明天再说。

或许是这炉香起了作用，或许是之前太过紧张，窦昭很快就睡着了，连个身都没有翻，早上醒来，半边手臂都是麻的。

纪咏、窦德昌和邬善已经回来了，正在吃早餐。窦德昌和邬善顶着两个黑眼圈，一看就知道昨天晚上没有睡，而纪咏却神采奕奕，容光焕发，好像刚从床上爬起来似的。

他怎么这么好的精神？窦昭在心里嘀咕着。

纪氏向她说起之后的事来："……庞家无论如何也不承认庞昆白打劫了你们，反说是你们仗势欺人，把庞昆白打成了重伤。如今庞银楼护送庞昆白去了真定州求医，庞金楼去了京都，庞锡楼则聘了胡举人做讼师，要和我们家打官司。"说到这里，她冷冷地笑了一声，安抚窦昭道，"刑老八还有个手下活着，那个手下愿意过堂指证庞家，到时候我倒要看看那庞家还有什么话说！"

窦昭点了点头。要打官司，那也要先等窦世枢和王行宜表明了态度才打得起来。

她问："可查出来是谁泄露了我的行踪吗？"

"还没有消息。"纪氏道，"柳嬷嬷借口家里丢了东西，连夜带着人去了西府。"她有些担忧，"怎么也得把这个人找出来才行，不然你处境堪忧！"

一直坐在旁边听她们说话的纪咏却突然道："要不要我帮你查？"

没等窦昭说话，纪氏已急急地道："见明，你是客人！"

纪咏不以为然，道："我既然碰到了，怎么能不管？"

纪氏阻止他："这事自有长辈做主。"

看着姑侄俩要吵起来的样子，窦昭忙打着圆场："多谢纪家表哥了。柳嬷嬷既然已经过去了，还是让柳嬷嬷先查查看吧！若是柳嬷嬷今天一整天都没有查到什么，纪家表哥再出手也不迟！"

纪咏点头，低头喝了口茶。

纪氏惊讶地看了纪咏一眼，又有些奇怪地看了窦昭一眼，欲言又止。

窦昭没有注意。她正想着陈曲水。一天一夜，不知道他能不能查出些什么，她不想纪咏插手这件事，他的态度太暧昧了。

用过午膳，窦昭打道回了西府。祖母还不知道这件事，但对柳嬷嬷过来盘查家里的仆妇有点不悦："毕竟西窦的事，就算是要查，也要等你回来再查才是。"

"这也是怕时间拖久了失去了痕迹。"窦昭安慰了祖母半晌，出门就看见陈曲水站在门口。

他朝着窦昭自信地一笑，窦昭知道他有所得，心中顿时一安。

两人边走边说。

"……报信的人是刘万，不过他已经死在了打劫的现场……我查到杜安昨天在灵寿县一家叫平安的客栈歇脚，已经让陈晓风去请他了……柳嬷嬷要一个个地查，进展很慢，恐怕今天不会有什么结果。"

去京都又不经过灵寿县。

"那我们就帮着柳嬷嬷指点一下迷津吧！"窦昭笑道，"这件事还是由二太夫人出面更好。"

"行啊！"陈曲水也很赞同，道："我觉得小姐还是应该再多请几个身手高超的人当护卫才行，就怕有人再打您的主意。"

"先生和我想到一块去了。"窦昭笑着，把从此以后她每年可以领一万两银子的例钱的事告诉了陈曲水，"不如请陈晓风他们如何？"她说了几个自己当时留意的人，这其中也包括了段公义。

陈先生笑道："四小姐的眼光真好，我这就去办这件事！"

很快，柳嬷嬷就从刘万的屋里搜出了五十两雪花银。

二太夫人很是不满："继续查，一定要把那个收买刘万的人给揪出来！"

晚上，陈晓风把杜安带了回来，杜安见到窦昭时神色狼狈，嘴里直嚷着："四小姐这是什么意思？就算是赶尽杀绝，也要给小的一个理由才是。"

窦昭大笑，道："赶尽杀绝还要给你一个理由？"然后吩咐陈曲水，"把人交给二太夫人。"

杜安愣住，道："你，你不审问我？"

"我审问你，你会说吗？"窦昭鄙视道，"何况你说不说有什么区别？只要让二太夫人相信你与这件事有关、王映雪与这件事有关就行了。你说不说有什么要紧的！"

杜安顿时傻了眼。

窦昭回了屋，素心追了过来："四小姐，东府那边接到了京都五老爷的信。"

如果是为了庞昆白打劫的事，应该没这么快吧？

窦昭问："知道说了些什么吗？"

素心抿了嘴笑，望着窦昭的目光透着几分促狭："五老爷说，如果窦、邬两家能再次结亲，再好不过。还说，邬家门第清白，是正正经经的读书人，您嫁过去不会吃苦的。"

窦昭骇然。她以为窦家会先解决她和魏家的婚约，没想到他们就这样直接把魏家撇到了一边。

嫁给邬善？是谁的主意？他们不是一直想拿她的婚事做文章吗？怎么突然改变了卦？或者是邬松年的公职有了什么变化？

窦昭问素心："这消息可靠吗？"

按道理，五伯父的书信不应该这样容易就打听到的。

素心见窦昭听闻喜讯既没有半点羞涩也没有半点喜悦，表情一怔，不解地望着窦昭，声音不由低了下去："这门亲事是邬太太亲自找的三奶奶，现在五老爷也答应了，八九不离十，消息就传了出来……"

窦昭不由皱眉。

是自己太大意了，从提亲到许诺，应该有些日子，自己却一无所觉。

她要找陈曲水商量商量这件事。

窦昭起身，沉着脸去了书房。

二太夫人也很不高兴。她背地里向纪氏诉苦："……说什么危难之交，只要不是和王家亲近的人家就行了。可寿姑明明可以嫁得更好，为什么非要嫁到邬家去？"

"五伯自有五伯的考虑，恐怕信中说不清楚。"纪氏知道的时候脸上笑开了花，此时有些敷衍地应付着二太夫人，"好在邬大人和邬太太品行高洁，邬家四少爷又是我们亲眼看着长大的，为人敦厚纯朴，和寿姑也算得上是青梅竹马，总比嫁个陌生人的好。而且五伯说的话也有道理，寿姑好歹嫁了个和我们家亲近的人，要是嫁了别人，难保不被王家给拉拢过去。"

二太夫人犹自嘴硬："寿姑从小就和王家的人不亲近……"

"在家从父，出嫁从夫。"纪氏笑道，"寿姑就算是再不喜欢王家的人，总不能忤逆丈夫吧？要不然庞家怎敢做出'英雄救美'事来？"

二太夫人沉默了良久，叹了口气，颇有些无奈地道："那你就去回邬家一声吧，趁着邬太太还没有回京都，把八字过了。"

屋里突然响起个清朗的笑声："这是谁要定亲啊？不知道能不能讨杯喜酒喝？"

纪氏和二太夫人回头，就看见纪咏正笑吟吟地站在门口。事情既已如此，多说也没有用，反而让邬家知道了心里不舒服，还以为自家瞧不起他们，平白让两家生隙。

二太夫人念头闪过，呵呵地笑道："是你四表妹和邬善，他们两个要定亲了！"

纪咏愕然，脑子里立刻闪现出窦昭端庄飒爽的面孔和邬善温和无害的笑容。

这两个人倒是很相配啊！

不过，相比之下好像窦昭更像男孩子多了些刚毅，而邬善更像女孩子多了一些柔和。他想到当自己赶到田庄时看到的那满地呻吟的男子和面目全非的庞昆白。

不知道窦昭和邬善在一起的时候是怎样一幅景象？

纪咏越想越觉得有趣，他问二太夫人："他们什么时候定亲？要不要我帮着送什么东西？我记得我姐姐出嫁的时候，就让我帮她搬的嫁妆，三天回门，也是我去接的……"声音里隐隐透着一丝掩饰不住的兴奋。

虽说已经是个举人了，可到底是小孩子，一听有热闹就有点按捺不住。

二太夫人看着，眼神柔和了几分，笑道："那是迎娶和回门，现在他们只是对八字，暂时没什么让你帮忙的。你要是有心，过两年来真定喝他们的喜酒。寿姑还没有弟弟，到时候你这个做哥哥的帮着搬嫁妆也是一样。"

"好啊，好啊！"纪咏高兴地道，"到时候太夫人别忘了给我们家下个帖子，我人不管在哪里，一准赶过来。"

"一定，一定！"二太夫人笑着，两人闲聊了半天，二太夫人渐渐接受了窦昭将嫁给邬善的事，心情好了很多，留在纪氏这里用了晚膳才回去。

窦昭约了邬善明天早上在纪氏的院子里见面。她想要在交换庚帖之前好好跟邬善谈谈，若是能和邬善好说好散最好，若是不能，只好用些强硬手段。

她实在不想让邬善恨她。

陈曲水则劝窦昭："小姐还是三思而后行。邬公子这人实在是不错，如果能成就一番良缘，也未必不是件好事。"

至少邬善不会影响窦昭的决断。
　　窦昭苦笑："我实在是不想再陪着一个男孩子成长了，而且还不知道长大之后他会变成什么样子……"
　　陈曲水不懂，窦昭也不解释，翌日做了寻常的打扮，去给祖母问安。
　　祖母可能也听说了这件事，笑盈盈地不住地打量她，还道："我们寿姑成大姑娘了，真是越长越漂亮。"然后让红姑拿了个红漆描金的匣子给她，"这是我最喜欢的一套头面，现在送给你。"
　　窦昭暗暗在心里着急。
　　还好自己快刀斩乱麻地约了邬善，这样要是再拖几天，局面恐怕就不好收拾了。她装作不知道的样子笑嘻嘻地问祖母为什么要送东西她，又做出一副非常喜欢的样子将那套赤金镶着南珠的头面收了，还道："送给我了就是我的，您可不能后悔啊！"
　　祖母非常的高兴，笑得合不拢嘴。
　　窦昭这才去了六伯母那里。她前几年就住在这里，纪氏到今天还将她曾经居住过的西厢房保持着原来的样子，直到如今她偶尔也会在这里过夜，这里就像她的第二个家似的，没有人诧异她的到来。
　　和纪氏聊了半天花草，又陪着纪氏绕着檐前屋后走了一圈，邬善过来了。
　　窦昭大大方方要邬善帮她画幅扇面："……就像上次你帮三堂嫂画的那幅一样。"
　　邬善红着脸看了眼纪氏。
　　纪氏笑道："去吧，去吧！蕙哥儿他们的书房有现成的笔墨。"
　　邬善敬意应是，去了窦政昌的书房。
　　窦昭像从前一样跟过去瞧。
　　纪氏坐在炕上算着这几个月的账。
　　采菽低声道："您看，要不要派个人跟过去？"
　　"不用。"纪氏头也没抬，道，"那样反而着了痕迹，不好。"
　　采菽笑着应是，抬头却看见东厢房南面作书房的房间窗棂大开，不管是正房、厢房还是从院子中经过的人都可以看见正埋头作画的邬善和在一旁帮邬善磨墨的窦昭。
　　他们的神色是那样的坦荡，举止是那样的磊落，采菽想到自己刚才说的话，顿时羞红了脸。
　　纪氏抬头，看见书房里的两个人，暗暗点头，笑着低下头去，继续算着她的账。
　　来给纪氏问安的纪咏啧啧了两声。
　　两小无猜，青梅竹马。一个温文尔雅，一个英姿爽朗，看上去倒挺像那么回事的。
　　他进了正房，给纪氏请过安，笑着指了指书房里的两个人道："姑姑，您也不管管？"
　　"君子坦荡荡，小人长戚戚。"纪氏佯作不悦的样子训斥着他，"他们光明正大的，我为什么要管？"
　　"算了，算了，横竖总是我的不对。"纪咏说着，摸了摸鼻子，笑着站在纪氏的身后，帮纪氏捏着肩膀，"姑姑，您就这么看好四表妹和邬善啊？我瞧着那邬善也没有什么了不起的？"
　　"这居家过日子，比这些做什么？"纪氏不以为然地道，"要紧的是适合——我看寿姑和邬善就挺合适。"
　　纪咏点头，眼珠子却骨碌碌直转。
　　那边窦昭正和邬善说着话："婚事我听说了，只是我不想这么早就嫁人……"

原来她知道了!

邬善的脸上火辣辣的,耳朵里嗡嗡作响,只隐约听到什么不想早嫁人的话,忙慌慌张张地道:"我,我也不想那么早……我要参加乡试,桂榜题名了再……我,我不会委屈你的……你放心好了……你在家里多待几年,等想……的时候再……"

他期期艾艾的,平时那样坦然的一个人扭捏得像个小姑娘,让窦昭一阵不忍,原本想好的话怎么也说不出口,半晌才硬起心肠低声道:"我有婚约的!"

"啊?"邬善张大了嘴。

窦昭道:"我的事,你应该听说过。我娘亲去世之前,曾给我定下一门亲事,信物还在我舅舅手里。但我伯父他们好像不满意这桩婚事,一直也没有和那家人走动……但我心里却惦记着这件事……我不能嫁给你!"

邬善脸上的红润一点点地褪去,最后变得和纸一样苍白,手里的笔"啪"地一下落在了扇面上,刚刚画好的一树虬梅霎时变成了一团墨迹。

"邬四哥。"窦昭真诚地道,"我一直把你当亲哥哥一样,以后的嫂子一定比我会贤惠百倍的。"

她干巴巴地安慰着邬善。邬善垂下了眼睛,一动不动,像个泥塑。

窦昭在心里叹了口气,道:"我先走了,邬四哥以后保重。"

"你,等等。"就在她即将踏出门槛的时候,邬善声音嘶哑地道,"要是,要是那家人……一直没来提亲,我,我等着你……"

邬善是她两世为人遇到过对她最温和的人。如果没有上一世的经验,她会义无反顾地嫁给邬善吧?可惜,她的心已千疮百孔,这样轻柔温暖的情意她欣赏,却没办法冲动。

窦昭轻轻地摇了摇头,道:"邬四哥,多谢你,我已经决定了,不会再更改。"

邬善闻言身子一晃,"扑通"一声跌坐在了身后的太师椅上。

窦昭径直出了书房。

第三十二章　后续·反悔·回来

窦昭从窦政昌的书房走出来,迎面碰到了纪咏。

他笑着问窦昭:"怎么?要走了?也不多待一会。"说着,眼睑轻抬,朝书房瞥了一眼。

非礼毋视,非礼毋听。这个人,怎么这么喜欢窥人隐私?他的书都读到哪里去了?还是举人呢!

窦昭心中不悦,淡淡地朝着他点了点头,去了纪氏屋里。

纪咏回头,就看见邬善面色苍白地坐在那里,呆若木鸡。他喊了邬善一声,邬善却"啪"的一声关上书房的窗扇。

纪咏皱了皱眉,想了想,跟着窦昭进了纪氏的屋子。

窦昭正在向纪氏告辞。纪氏拉了她的手，笑得十分慈爱："以后有空就来陪六伯母坐坐。"好像以后看不到她了似的。

窦昭心里涌起一股愧疚。六伯母待她如母，她却辜负了六伯母的好意。

"只怕到时候要吵得您赶人。"她和六伯母开着玩笑。

纪咏却笑吟吟地问她："不是说求了邬善帮着画扇面吗？扇面呢？"他上下打量着她，"不会是邬善不会画吧？要不要我帮你画一幅？我画画也还可以，师从江南名士周六一呢！"

窦昭只觉得头痛，看在六伯母的分上，却不好把话说得太失礼，笑道："邬四哥说他画好了让小厮送到西府去。"

"是吗？"纪咏还要说什么，纪氏已语带警告地喊了他一声："见明，你不是说过两天要去泰山看日出吗？东西都收拾好了没有？还有什么没带的？"

纪咏撇了撇嘴，不再说什么。

窦昭看见纪氏脸上掠过些许的无奈，她忙站起身来："六伯母，那我先回去了。您要的茉莉花，黄昏的时候我让他们给您送过来。"

"麻烦寿姑了。"纪氏笑着，让身边的大丫鬟采菽送了窦昭出门，然后忍不住对纪咏道："祖父是怎么对你说的？让你'少说多看'。你可不要让祖父伤心才是！"

纪咏闻言嘟囔了声"我知道了"，但还是忍不住道："您不觉得，那个邬善没有一点风度气质，根本就配不上寿姑吗？这是谁做的媒啊？简直是乱弹琴嘛！"

纪氏气得半天说不出话来："你胡说些什么？人家配不配得上，与你有什么关系？"

纪咏没有吭声，纪氏表情缓和下来，柔声道："有时候事情不能看表面，你不要急着下结论。"

纪咏"哦"了一声，恭敬地向纪氏行了个礼，退了下去。

纪氏望着侄儿青松般挺拔的身影，长长地叹了口气。

窦昭这边则吩咐素兰："你这几天多往东府走走，一旦听到什么消息，就立刻来告诉我。"

素兰人小鬼大，十分机灵，从前她不方便在东府安插自己的人，有了素兰，消息灵通多了。

素心犹豫道："小姐，您这样，要不要和崔姨奶奶商量商量？或者是，和京都的七老爷商量商量也行啊……"

她也觉得邬家是门好亲事，窦昭只好找了个借口道："邬家和我五伯父的关系密切，而我五伯父却想着拜相入阁，要和王行宜争。我只想安安逸逸地过日子，不想掺和到这里面去。"

素兰歪着脑袋："可是，如果五老爷能赢呢？外面的演义都说，有从龙之功就能做宰相。我们这个时候帮了五老爷，五老爷以后肯定会对小姐很好的……"

没等她把话说完，就被姐姐素心在头上敲了一下："要是五老爷输了呢？我们不想别人的，别人也不想我们的。就像小姐说的，我们谁也不帮，踏踏实实地过自己的日子。再说这种投机取巧的话，小心我罚你站桩。"

素兰吐着舌头抱住了窦昭的胳膊。窦昭想到了女儿茵姐儿，被责怪的时候也这样抱着她的胳膊撒娇，不由笑起来，揽了素兰的肩膀。

素心嗔道："小姐，都是您，把她给惯坏了！"笑意却一直从眼睛里溢到了嘴角。

窦昭哈哈地笑，突然发现自己竟然记不清楚儿女们的五官了，记忆深处，只留下一个人或娇憨或恭谨的模样。

她望着窗外，眼泪猝然而至。

素兰和素心面面相觑，素兰更是缩了缩身子。

窦昭擦着眼泪："没事，没事，就是想起从前的一些事来！"

素兰就从怀里掏出个小小的荷包，拿了一块桂花糕出来，小心翼翼地道："小姐，这是姐姐买给我的，我想爹爹的时候，吃块糕就好了。您也吃一块，就不会想从前的那些事了。"

窦昭含着眼泪放了一块桂花糕在嘴里，笑道："真好吃！"

素兰笑了起来，笑容像阳光般的灿烂，驱散了她心底的阴霾。素心则别过脸去，抹了抹眼角的水光。

窦昭打起精神来，道："我们去找陈先生去，我让他把陈晓风和段公义请来给我做护院，也不知道他办得怎样了。这身边没几个人，出门总是有点不放心。还有，那一万两银子的例钱，也得早点要到手，免得到时候把人请来了没银子安置他们。"

素兰咋舌："还给银子？小姐不是给了他们一大笔酬金吗？"

"酬金是酬金，工钱是工钱，怎么能一样？"

三个人说说笑笑地回了东府。祖母正在整理箱笼，翻翻这个也摇头，翻翻那个也摇头。窦昭笑着问她："您这是要做秋衣还是做冬衣？"

红姑在一旁抿了嘴笑，窦昭突然明白过来，祖母这是在给她准备添箱的东西。她额头冒出细细的汗来，拉了祖母就去了外面的厅堂。

祖母呵呵地笑，吩咐她："你帮我给你父亲写封信，让他想办法从江南找几个裁缝和绣娘过来，我们好好地做几件新衣裳穿穿。"

不用这么大的阵势吧？

看着祖母兴致勃勃的样子，窦昭还是应了。就当是逗她老人家高兴好了！

祖母就和她说起哪家铺子的鞋子好，哪家铺子的假髻好，也不知道她老人家是从哪里打听来的，却让窦昭心里充满了浓浓的暖意。这样说了大约两盏茶的工夫，甘露进来禀道："陈先生请小姐去趟书房！"

"那你快去吧！"祖母忙道，"只怕是铺子里有什么事。"

应该是为了请护卫的事。

窦昭也不点破，去了书房。陈曲水果然是为这件事找她："陈晓风等人都是二话没说就同意了，不过都提出要做完这个月，等到东家找到了人接手才能来，只有段公义，说这两天就可以过来了。我就打听了一下，说是当初段公义去郎家做护卫，是郎家的老太爷请过去的，后来郎家的老太爷去世了，郎家现在的当家人就觉得段公义的例钱有点高，几次想减下来，因碍着他是服侍过老太爷的人不好开这个口，段公义早就想走了，只是他有个老娘瘫痪在床，既要他服侍也要钱用药，他找不到比郎家护院更好的差事了，不敢开这口。我去找他，他大松了口气，主动提出来比郎家少拿五两银子，我看着他是个来了就能上手的，比郎家多开了五两银子，他无论如何也不肯要……"

窦昭沉吟道："他家里还有些什么人？"

"他娘子前几年过世了，"陈曲水道，"没留下一儿半女的，这几年老娘的病花光了积蓄，一直没钱再娶。"

"那就买个丫鬟去服侍他老娘。"窦昭道，"这丫鬟的月例由我们出。"

陈曲水笑着应了，窦昭又问起案情的进展："庞锡楼要和窦家打官司，鲁大人接了状纸没有？"

"接了。"陈曲水笑道，"不仅接了状纸，还留庞锡楼在后衙喝了顿酒，劝庞锡楼大事化小，小事化了。那个庞锡楼也好笑，听了鲁大人的话，竟然说不是自己要打官司，是他二哥要他帮着打官司。让鲁大人不要生气……"

庞家的人比她想象的还要有意思。

窦昭扑哧一声笑了，托了陈曲水："这件事就麻烦您帮着多留意了。"

陈曲水笑着应了，接下来的几天他给新来的护卫安排住的地方，打听庞昆白的病情，探听京都那边的反应，忙得团团转。

纪咏定下了去泰山的日子，挨着房头向窦家的人辞行，自然少不了和他同样住在窦家客房的邬太太那里。

邬太太满面笑容地留了纪咏喝茶，纪咏也不客气，坐在了邬太太下首，问道："这几天怎么没有看见邬贤弟？"

他住在东府东边的客房，邬善跟母亲和妹妹一起住在西边的客房。

邬太太笑道："我们过两天要启程去京都了，或是怕他父亲考他的功课，他这几天一直关在屋子里用功，挑灯学到半夜，谁也不让打扰。今天要不是芷哥儿，只怕是敲不开他的门——他和芷哥儿出去了，说是有几个同窗要给他送行。"

纪咏听了笑道："也不怪邬贤弟的人缘好，他倒是个豪爽的性子，那天要不是他，我们还找不到那个田庄呢！"

邬太太一愣，问："什么田庄？"

纪咏笑容微滞，但很快就恢复过来，笑道："哦，我们那天一起出去玩，迷了路，是邬贤弟帮着认的路。"然后端起茶盅，像要掩饰什么似的大口地喝了几口茶。

邬太太心中生疑。

送走纪咏后找了邬善身边的小厮盘问。小厮虽然得了邬善的叮嘱，但他不敢瞒着邬太太，很快就将窦昭被劫持的细节竹筒倒豆子般地全交代了。

邬太太闻言脸色大变，反复问那小厮："你们去的时候，那个庞昆白已经被打得半死？而四小姐却毫发未伤，身边还满是面生的护卫？"

小厮发誓："太太，我不敢骗您。我若是有一句假话，天打雷劈，不得好死！"

邬太太做了个不要再说的手势，低声吩咐小厮："以后不许再提这件事，否则乱棍打死。"

小厮打了个寒战，连连点头，连滚带爬地退出了厅堂。

原本定于六月底启程的邬太太将行程提前了几天。

玉二奶奶给婶婶送行，提及邬善和窦昭的婚事："……您看我怎么跟太夫人说好？"

这门亲事是邬太太主动提起的，现在窦家答应了，按道理，邬太太在离开真定之前应该把这件事定下来，就算不交换庚帖，至少也要有句准话。

邬太太淡淡地道："当时也不过是问一问，这件事还得我们老爷同意才行。"

玉二奶奶愕然，邬太太回避般地垂下了眼睑，低头喝了口茶。

二奶奶顿时气得脸色发紫。

她虽然是邬家的姑娘，可更是窦家的媳妇。当初是她这个婶婶一片诚意，她这才去二太夫人面前讨了这个好，她婶婶突然变了卦，这让她以后如何在窦家立足？

"婶婶，我们也不是外人，"二奶奶半晌才强压下心中的怒火，哑声道，"您有什么话直接跟我说，我总得给太夫人和我婆婆一个交代才是。您大概还不知道吧？寿姑名下，有西窦一半财产的陪嫁，不知道有多少人家盯着呢！要不是邬家和窦家是姻亲，要不是叔叔和五叔父是至交好友，窦家未必答应这门亲事……"

邬太太听得一愣。窦昭名下有西窦一半财产的陪嫁？难怪气焰如此嚣张，敢把庞昆白打得半死。这样的女子，那就更不能让她进门了！不然以后谁管得住？说不定他们邬家还会背上个贪图媳妇陪嫁的名声。

她顿时气不打一处来，不满道："你叔叔和我是什么人，难道你不知道？窦四小姐有那么多的陪嫁，你为什么不告诉我一声？难道是怕我贪她的陪嫁不成？还好你今天把这件事说出来了，要是等到两家过礼，我们邬家出得起聘礼吗？你这哪里是在做媒，你这是在丢你娘家人的脸！我实话告诉你吧，你们家的这位四小姐，不过是被人打劫，就把人往死里打，还是姻亲呢，这样的人我儿可消受不起！我还怕哪天得罪了她，她连我这个做婆婆的都不放过呢！"

二奶奶不知道细节，闻言非常诧异，但还是强辩道："婶婶怎么这样说话？四妹妹和十二叔他们被人打劫，不反抗，难道还把脑袋伸过去任别人砍不成？"

邬太太只当她是为着婆家说话，冷冷地道："我也没说不让她反抗，可总有个底线吧？她一个女子，明明已占了优势，还得理不饶人……"她正说着，竹帘"哐当"一声响，邬善面如金纸地从外面闯了进来。

"娘亲，四妹妹不是那样的人！"不过几天的工夫，他眼窝深陷，人如枯草似的，早没有了从前的奕奕神采，"打庞昆白，是我们几个的主意。他为人太猥琐，不教训教训他，我们实在是不甘心……"

"你不是在书房里读书吗？跑出来做什么？"邬太太看着儿子，目光前所未有的严厉，"我正和你堂姐说话，这里有你插嘴的地方吗？你跟谁学的，一点规矩也不懂！还不快回房去！"说着，高声喊着毕嬷嬷，"你们是怎么服侍少爷的？怎么让他到处乱跑……"

婶婶分明是指桑骂槐，二奶奶脸色大变。

邬善也忍不住高声喊了声"娘亲"，道："您用不着责怪毕嬷嬷，全是我的错。我这就回房读书去。"他说着，并没有立刻就回房，而是踌躇片刻，突然"扑通"一声跪在了母亲的面前，"娘亲，"他眼角眉梢流露出毅色，哀哀地求着邬太太，"您，您就答应了我和四妹妹的婚事吧？我求您了……"说着，"咚咚咚"地给母亲磕起头来。

邬太太和二奶奶都变了脸色。邬太太更是大声喝道："邬善，你要做什么？"

他要做什么？他不过是不死心罢了！

四妹妹不是要个父母之命、媒妁之言吗？如果窦家答应了他们的亲事，就算那家人来提亲，他也可以争一争吧？

邬善泪眼模糊，不停地磕着头，好像只有这样，心里的痛才会少一点。

二奶奶轻轻地叹了口气，上前去搀邬善："你快起来！"

邬善却像抓住根救命稻草似的抓住了二奶奶的衣袖："堂姐，您就帮帮我吧……"

他的话音未落，"啪"的一声，脸上被母亲狠狠地扇了一掌："男子汉大丈夫，跪天跪地跪君亲师，你竟然为了一个女人给你母亲和堂姐下跪，你还是不是个男人！给我起来！"说着，胡乱地拉着邬善。

邬善一声不吭，目不转睛地望着二奶奶。二奶奶不忍看他的眼神，别过脸去，低声道："事已至此，就算四妹妹嫁过来，你觉得，合适吗？"

邬善听着眼神顿时一黯，全身的力气像被抽光了似的，呆呆地被母亲拉了起来。

二奶奶不想再蹚这趟浑水，起身告辞。

不过半个时辰，西客房发生的事就传到了纪氏的耳朵里，她勃然大怒，道："邬家想干什么？以为我们窦家是他邬家下饭的一碟菜吗？想怎样就怎样！这件事我要去太夫人那里问个清楚才是。"

二太夫人也很生气，正歪在炕上闭目养神，让柳嬷嬷用美人锤给她捶着腿。"强扭的瓜不甜，不成也好。"她劝着纪氏，眼里却寒光四射，"刚才还把子君的媳妇臭骂了一顿。可那有什么用？邬太太既然瞧不起寿姑，寿姑就是嫁过去恐怕也讨不了什么好。你若有心，以后帮她多多留意，给她找门比邬家更好的亲事才是。"

纪氏看着二太夫人眸中不时闪过的清冷，知道二太夫人这是恨上了邬太太，十之八九以后会找邬太太的麻烦，遂不再说什么，起身告退，想到前两天崔姨奶奶还派人来问她能不能帮着从江南找两个绣娘来给窦昭绣嫁衣，她心里一阵酸楚，吩咐采菽："让人备车，我要去趟西府。"

窦昭也已得了消息，她以为是邬善在邬太太面前说了些什么，松了口气的同时，心里莫名地掠过一阵淡淡的怅然。但她很快就把这丝怅然抛到了脑后，和陈曲水说着刚刚得到的消息："……二太夫人已经认定杜安是受了王映雪的指使了？"

"是啊！"陈曲水笑道，"三老爷不仅给五老爷写了封信，还给令尊也写了封信，刚刚派人快马加鞭送往了京都。"

窦昭沉吟道："以我五伯父的为人，肯定会抓住这件事向王行宜发难。王行宜这几年虽然战功赫赫，但将在外，君命有所不受。不过这军饷粮草、抚恤行赏之事少不了六部的堂官帮忙，五伯父在京都经营多年，根深蒂固，这个时候，王行宜决不敢和五伯父翻脸。如果我是他，肯定会低头认错，许诺五伯父些什么……"她说着，笑了起来，"我担惊受怕的，好事总不能让五伯父一个人都得了吧？肉我们估计是吃不上的，可未必就没有汤喝？不如让庞家赔我们一万两银子算了……不，两万两银子吧！为了庞昆白，我可是拿出了一万两银子悬赏！反正庞家的人走出去个个趾高气扬的，脑门顶上像写着'我有银子'似的，那我们就好好地敲他一笔好了！"

陈曲水呵呵地笑。

窦昭吩咐素心："帮我磨墨，我要写封信给我父亲，这种事让他去跟五伯父开口最好不过了。"

素心笑盈盈地帮窦昭备好了笔墨纸砚，窦昭给父亲写了信，然后说起段公义的事来："我已经跟三伯父说过了，以后段老太太需要什么药材就让服侍她的丫鬟到窦家的生药铺子里去拿，记在我的账上就行了。"

昨天段公义正式成为了窦家的一名护院。

陈曲水笑着点头："如此甚好！"

窦昭又问了问笔墨铺子的生意，这才回了内院。

祖母的眼睛红红的，好像哭过了似的，看她的目光也不时闪现出些许的怜悯。

窦昭暗暗称奇，出了东跨院，她问甘露："到底怎么一回事？"

甘露低着头，喃喃地道："是六太太来过了，说邬家明天就启程回京都……"

这么说来，祖母是为她的婚事不成而伤心了，窦昭颇为无奈地吁了口气。

邬善走的那天，下了一阵小雨，雨水把树叶冲洗得格外碧绿。

窦昭在花房里给冬青树剪了一天的枝叶，直到傍晚，窦德昌来拜访她："邬四说，你曾托他画过一幅扇面，让我帮他送过来。"

她洗了手，让素心把扇面收进了箱笼，窦德昌怅然地道："你不看看画的是什么吗？"

"画的是什么有什么关系？"窦昭用帕子仔细地擦着手，淡淡地道，"还是收起来的好。"

窦德昌默然。

没几日，纪咏从泰山回来，听说邬善走了，他摇着扇子哈哈地笑了两声，吩咐随从备车，他要去西府。

纪氏紧张地拦着他："你要去干什么？"

纪咏睁大了眼睛："我给四妹妹带了一支成了形的何首乌，这也不行？"

纪氏窘然地讪笑，纪咏扬长而去。

纪咏见到窦昭问她："听说你和邬善的婚事告吹了？你也不用伤心，他这种人，软绵绵的，实在是没什么意思。你以后一定能遇到更好的！我正好寻了支何首乌送你，你补补头发。"

他这是在安慰自己还是在打击自己？窦昭听了气得脑门直抽，咬着牙道："纪家表哥是不是听错了？我怎么不知道自己和邬四哥定过亲？"

纪咏张大了嘴巴，半天才闭上，窦昭觉得心里好受多了。

到了六月中旬，庞昆白打劫的事终于有了一个结果。

原本庞玉楼还想为侄儿说两句好话的，但因为杜安，她和王映雪坐实了教唆之名。王许氏自然不会承认这件事与王映雪有关，错的都是儿媳妇，她女儿不过是被骗而已，要休了庞玉楼。王知杓带着两个儿子王檀、王杉跪在王许氏的屋前为妻子求情，王许氏这才改了口，让庞玉楼在自己跟前立规矩，庞玉楼一句话也不敢多说，每天殷勤地服侍着婆婆，只盼着早点把这阵风头过了再说，哪里还敢提庞昆白一句。

窦世英怒不可遏。他丢了一本《女诫》给王映雪，让她在屋里抄录，什么时候抄完了一千本，什么时候才能出房。然后将内宅的事务交给了高升的媳妇打理，变相地剥夺了王映雪管家的权力，并选了日子，准备把王映雪送回真定老家，交由二太夫人管束。

王许氏大惊失色。王映雪膝下无子，是她的一块心病。如果王映雪被送回了真定，以王映雪的年纪，那岂不是一辈子都不可能再有儿子了！

她亲自向窦世英求情。窦世英不为所动，表现出了前所未有的强硬。

王许氏没有办法，去求窦世枢。

窦世枢笑道："这是七弟的家务事，我一个做哥哥的，实在不好插手。"却又向王许氏暗示，"不要说是我了，就是寿姑给七弟妹求情，说只要庞家赔两万两银子就算了，七叔都不予理会……"

王许氏眼睛一亮。回去后就逼着庞家赔窦昭两万两银子。

庞家哪里拿得出这笔银子。

王许氏冷笑："那就把你们家姑娘领回去。这样败家的东西，我们家可供不起！"

庞玉楼气得跳脚，派了体己的管事去游说三个哥哥："留着青山在，不怕没柴烧。没了王家这棵大树，我们就是有再多的银子也保不住。"

庞金楼怂恿庞父："家里的祖产自然是不能变卖的。二弟的酒楼、茶馆、三弟的钱庄、当铺，怎么也值个两万两银子，若还不够，把我们家的杂货铺做抵押，再借些银子——有了杂货铺，那些钱庄才敢借银子给我们，我们还有东山再起的本钱。"

杂货铺子是庞金楼的产业。

庞父不住地点头，也不管庞银楼和庞锡楼同意不同意，直接找人盘了出去，凑了两万两银子，送到了西窦。

庞银楼和庞锡楼踢了庞金楼家的大门，追着他打。

庞寄修的妻子陈氏在一旁嘿嘿地笑着看戏。庞寄修气急败坏，朝着陈氏吼道："你还不赶快帮着把二叔和三叔拉开！要是我爹有个三长两短的，我立刻休了你。"

陈氏根本不怕，庞寄修每天不说两遍休妻就不痛快。

她拖着庞寄修衣领回了屋："就庞昆白做的那点事，窦家没有把他打死已是手下留情了，你还想让我帮你们打架？想得美。"陈氏不齿地道，喊了丫鬟收拾箱笼，"你和我回娘家去住几天，等这件事了了再回来。"

庞寄修拂袖而去，却被陈氏一把抓住了他的后衣领，将他从门边拎到了堂屋中间。

"我和你说正经的，你要听进去才行！"陈氏板了脸，一双铜铃似的大眼睛透着凶光，"立刻跟我回娘家去住几天。我娘有些日子没见到你了，说挺想女婿的。"

打又打不过，骂人家可人家也不在乎。

庞寄修气得直跺脚，陈氏嘻嘻地笑，挟持着庞寄修出了房门。

庞银楼的老婆正躺在前院蹬仰窝："庞金楼你这个王八蛋，你挑唆着爹把我们家的铺子卖了，我们拿什么给昆白看病啊！可怜我的昆白，像个活死人一样了……"

庞寄修急了，指着庞银楼的老婆对陈氏道："你看！"

"有什么可看的。"陈氏头也不回地往外走，"死了就死了，他这种人，活着也是浪费米粮布匹，白占地方！"

庞寄修气得说不出话来。陈氏抬手将他塞进了马车里，她的丫鬟跳上车辕，扬着鞭，马车骨碌碌地驶出了庞家。

窦昭自然是不愿意王映雪回来的。

眼不见心不烦！

她让素心给庞家的人传话："这两万两银子是赔给我们的，若是想让我在父亲面前帮她说好话，让他们再拿五千两银子来。"

庞家叫苦连连，却不敢不应，找放印子的借了五千两银子送过来。

窦昭写了封信给父亲。说内宅没有女主人会惹人说闲话，既然现在是高升家的主持中馈，还是把王映雪留在身边，以后让她少在亲戚间走动就是了。而且自己实在是不想和王映雪共同生活在一个屋檐下。

窦世英却是铁了心要把王映雪晾起来，他同意将她留在京都，却提出让窦明回真定，由窦昭管教。

窦昭不答应。

窦世英直接将人送了回来。十岁的窦明眉目清婉，身材纤细，已隐隐露出几分身弱柳扶风般的娇柔。只是此刻她雪白的小脸绷得紧紧的，大大的杏眼中仿佛有团火在烧，像朵带刺的玫瑰而不是临水而开的水仙。

"你别以为我喜欢你回来，"窦昭坐在正房厅堂的太师椅上，淡淡地道，"你要怨，就怨庞家好了，用不着冲我发脾气。"然后指了指栖霞院的方向，"你以后住在西跨院，我把杜宁拨给你使唤，你想怎么折腾都行，只要不闯到我的正院和打扰到东跨院的崔姨奶奶就行了。"说完，她站起身来，"走吧，我带你去给崔姨奶奶问安！"

姐姐冷漠的眼神，从容的举止，还有那种世事尽在掌握中的绝对自信，让窦明霎时间有种回到了小时候的感觉，让她不敢妄动但也生出噬心的忌恨。

"你凭什么指使我！"她忍不住捏着拳头尖叫，口不择言地道，"她不过是个姨娘罢了，你休想我去给一个姨娘问安！"

窦昭站定，冷冷地看着她，一言不发。一个嬷嬷打扮的妇人忙上前捂了窦明的嘴："四小姐，您，您不要见怪，五小姐这是气糊涂了。不，她不是气您，是气老爷……"她额头上冒出细细的汗来。

窦昭认得她。前世,她是窦明去京都之后,王许氏给她找的管事嬷嬷。姓周,和许家有点拐弯抹角的亲戚关系。她对窦明很忠心,把窦明屋里的事管理得妥妥帖帖的。

没想到今生又见面了。

她笑了笑,对在周嬷嬷怀里挣扎的窦明道:"你不要自取其辱。这一次,我只罚你在花厅里跪半个时辰,如果还有下一次,我就让你到北楼祠堂的院子里跪两个时辰。你要是不相信,就试试看!"

窦明瞪着她。

窦昭吩咐周嬷嬷:"你把她放开。这可不是王府,这里是窦家。上有伯祖母,下有侄女。我如果不教训她,她这样张牙舞爪的,只会坏了自己的名声,把自己弄得无人理会。"

周嬷嬷连连点头。窦昭就听见她低声地劝了窦明一句"好汉不吃眼前亏",慢慢地松了手。

窦明果然不再作声。

窦昭和她去了祖母那里。都是自己的孙女,祖母看见窦明很高兴,拉着她的手不住地问她路上吃得好不好,睡得好不好,让红姑把屋子里好吃的东西都搬出来给窦明吃。

窦明压根就不喜欢窦家,更瞧不上祖母的吃食,可看见窦昭笑盈盈地站在一旁却目露威慑,她勉强地敷衍着祖母。

祖母看着在心里暗暗叹了口气,让窦明回去休息之后对窦昭道:"你父亲把她送回来,多半是不想王氏把她养歪了,有些事,你这个做姐姐的还要多多担待才是。"又劝她,"今生是姐妹,来世未必是姐妹,这也是你们的缘分。"

窦昭很想说她已经和窦明做了两世的姐妹了……但她不想祖母担心,还是恭敬地应诺。

祖母就笑着抱了抱窦昭,道:"我就知道我们寿姑是个大度、明理的好孩子!"

"我也这么觉得。"窦昭笑道,要不然,她刚才说话就不会那么客气了。

念头闪过,她哈哈大笑起来,心情突然好了起来。

回到屋里,窦昭把家里的大小管事都叫到了花厅,把家里的人事重新分配了一下。

家里灶上的、浆洗房的、马房的、轿房的甚至是值夜的婆子全都一分为三,东跨院的人服侍崔姨奶奶,正院的人服侍她,西跨院的人服侍窦明。东跨院和正院的人由高兴管,西跨院由周嬷嬷管,包括公中的开支也是如此划分的。

周嬷嬷非常惊讶,犹豫地喊了声"四小姐",就被窦明挡住了:"你是祖母给我的人,有什么担当不起的?"然后又对窦昭道,"算你识相!"

从来没有人敢这样和窦昭说话,满屋子的仆妇都面露惊恐地低下了头,一时间屋里落针可闻。

窦昭端起茶盅,用茶盅盖轻轻地拂着浮在茶盅上面的茶叶,手上的翡翠镯子叮叮作响,如同敲打在人心上的擂鼓,气氛压抑而沉重。

"窦明,你的膝盖疼不疼?"窦昭轻声问她,"你是不是还能再跪半个时辰?"

窦明脸上闪过一丝狼狈之色。给祖母请过安后,窦昭就让她去花厅里罚跪,她不以为然,却被窦昭身边的一个丫鬟强拽到了花厅里,跪了半个时辰,她到现在膝盖都还隐隐作痛。

"窦明,"窦昭道,"我把你当妹妹,让家里的仆妇把你当小姐,可你若是不尊重这份尊重,我也可以把你当成是陌生人,家里的仆妇也不必敬着你了。"

窦明望了窦昭身后的素心一眼,噤若寒蝉。

第三十三章　碰见·挑拨·记恨

窦昭私底下摇头："以后还不知道要给她收拾多少烂摊子呢！"

这样的话素心自然是不敢搭腔的，她服侍窦昭换了件衣裳，然后陪着窦昭和窦明一起去了二太夫人那里。

二太夫人看见窦明只是淡淡地说了句"来了"。

或者是小时候被二太夫人管束过，窦明在二太夫人面前表现得十分乖巧，恭恭敬敬地喊着"伯祖母"，问二太夫人腰酸的毛病有没有好一点，她这次给二太夫人从京都带了一种膏药来，据说对腰酸特别有效云云，硬是把冷着脸的二太夫人说得满脸是笑。

窦昭看了在旁边暗暗撇嘴。窦明还是和以前一样，只要她喜欢，就能让小猫小狗都喜欢她，可要是脾气来了，就是天王老子面前也照样地闹腾。

二太夫人就拉了窦明的手问她这几年都读了些什么书，针黹女红如何。

"跟着大舅母读了《女诫》《烈女传》和《孝经》。"窦明笑容甜美，"针黹还没有开始学，但我喜欢弹琵琶，大舅母就请了个师父教我，这次她也跟着我一起回了真定。"

算她聪明，没有提外祖母，若是她敢提王许氏，二太夫人恐怕当场就要翻脸。

说起来，二太夫人在窦家当老祖宗当的时间长了，忌妒之心日盛，听不得旁的声音，容不得旁的人了。

窦昭思忖着，就听见二太夫人对她道："寿姑，你的针线好，明姐儿既然回来了，针线上的事，你得好好指点指点她才是。"接着又夸了那几本书选得不错，说了一大通妇德的重要性，让窦明眼底的阴霾越来越深，直到她脸上闪过一丝不耐时，纪咏来了。

看见窦氏姐妹，纪咏有些意外；看见纪咏，窦氏姐妹也有些意外。

只有二太夫人，喜形于色，朝着纪咏连连招手："这个时候，你不和蕙哥儿、芷哥儿在屋里歇凉，怎么跑到我这里来了？来，到我身边来坐。"不仅随手拿了柄团扇亲自帮纪咏打扇，还催着丫鬟快点端碗冰镇的绿豆汤进来，像是自己的亲孙子来了似的热络，不由让窦明侧目，强忍着才没有问这是谁。

纪咏这家伙实际上也挺会讨老太太们喜欢的。他从泰山回来，给二太夫人带了块石头，石头上的纹理乍眼一看像个寿星翁牵了头梅花鹿，二太夫人高兴得不得了，专程让人用紫檀木做了个架子，把石头供在了自己的小佛堂里。

窦昭望了一眼小佛堂的方向，二太夫人已指了窦明道："见明，你还没有见过明姐儿吧？这是我们家老七的次女，一直跟着老七在京都，今天才回来。"又对窦明道，"这是你六伯母娘家的侄儿，你就随着寿姑喊纪表哥吧！"

纪咏大方地给窦明行礼，儒雅谦逊，如翩翩佳公子。窦明屈膝还礼，显得有些惊讶。

纪咏是来辞行的："……曾祖父有个好友在保定府，这次出门，曾祖父曾嘱咐我去拜访。"

二太夫人忙道："怎么不过些日子再去？这几天正是最热的时候。"语气中满是关切。

"我准备过了中秋节和蕙哥儿、芷哥儿一起去京都。"他笑道，"我有几年没见到伯父和父亲了，又正好可以随着蕙哥儿和芷哥儿一道去拜访拜访姑父。"

窦昭从纪氏那里听说过，纪家目前入仕的有六个人。除了纪咏的伯父在工部任侍郎，父亲在通政司任右通政，还有几个堂伯和堂叔都外放各地，或是做知府，或是做按察使，或是做布政使，前程都不错。这本应该是窦家最大的助力，但因纪、窦两家政见不同，纪咏的伯父也有意宣麻拜相，两家反而走得不太亲。但能有这样并驾齐驱的姻亲，彼此间却也不免互相高看一眼，并不影响两家私下的交往。

"去京都看看也好。"二太夫人笑呵呵地说着，吩咐贴身的嬷嬷去拿些藿香丸、仁丹之类的药丸给纪咏："天气太热，带在路上用。"

纪咏连声道谢。

二太夫人还不放心，拉着他的手这样那样地嘱咐了半天。

待到回去的时候，窦昭发现窦明悄悄地问二太夫人身边的丫鬟："纪家表哥好像很得伯祖母的喜欢？"

"那是当然了。"那丫鬟满脸的艳羡，"您别看纪家表少爷年纪小，可人家是南直隶的解元郎呢！太夫人怎么能不喜欢？"

窦昭发现窦明的眼睛闪了闪。

每当她想要什么的时候，就会露出这样的眼神来。重活一世，难道窦明的目标会从王楠转移到了纪咏身上？

她一直认为，窦明未必多喜欢王楠，不过是因为王楠是人人称道的青年才俊，前程远大，最得王家的重视，却喜欢上了气质高华的高明珠，她心有不甘而已。

窦昭还记得前世王楠趴在高明珠棺材上无声痛哭的情景……

如果窦明因为纪咏的出现而转移了视线，未必不是件好事！相比王楠，纪咏有主意多了。

窦昭思忖着，和窦明在二门口分了手，一个去了东跨院，一个去了西跨院。只是她刚刚踏进院子，就看见三四个被分配在了西跨院的管事嬷嬷正围着红姑说着什么，见窦昭进来，几个人互相交换了个眼神，不约而同地围了上来。

"四小姐，您还是让我们到东跨院来管事吧？"

"是啊，四小姐。我们都想到东跨院来做事，就算是不管事，当值也行啊！"

窦昭冷冷地问她们："五小姐是当着其他的人甩脸色给你们看了，还是不问青红皂白地惩罚你们了？"

几个管事嬷嬷都低下了头。

"这样的话，我再也不想听到。"窦昭训道，"你们万事只要照着规矩来，就没人能为难你们。可若是你们不守规矩，挑三拣四，到哪里当差也都是一样的。"

几个人战战兢兢应是，窦昭昂首进了祖母的屋子。

红姑欲言又止，窦昭道："我知道你的意思。可不管怎么说，她也是这个家的主子之一，我要收拾她就收拾她，还用不着让这些迎高踩低的人作践她。"她说着，语气微顿，继续道，"而且这样，最容易把家里的风气带坏。"

想当初，她在济宁侯府管家的时候，好不容易才把这风气扭转过来。

红姑想想，也是这个道理。她有些不好意思地笑道："是我想左了。"

窦昭揽了红姑的肩膀："不是你想左了，是你的心向着我。"一句话把红姑说得眼泪都出来了。

几个人笑嘻嘻地进了祖母的内室。

窦明只带了十几个箱笼回来。照她的想法，等这阵风头过去了，母亲自然会想办法让她回去的，她用不着带那么多的东西，因而栖霞院的陈设之类的都是从前的东西，没什么好收拾、整理的，周嬷嬷带着人不过半个时辰就将院子布置好了。

待到窦明洗漱一番后，周嬷嬷见半空中只留太阳的余晖，廊庑下凉风阵阵，她搬了个锦杌出来，在廊庑下帮窦明擦头发。

　　"窦家的景致可真漂亮。"她委婉地劝着窦明，"你一个人住一个跨院，可比在京都的时候宽敞多了。多好啊！"

　　在京都，窦明住在王许氏内室后面的暖阁里。

　　"京都居，大不易。"窦明是不允许任何人说一句她外家不好的，"真定是乡下地方，自然地大院宽了。"

　　周嬷嬷顺着她的话说："是啊！你就当是来这里消暑的，闲着没事和婉娘弹弹琵琶，读读书，要不就到处走走，多逍遥自在啊！"

　　婉娘是教窦明弹琵琶的师父，这个窦明倒没有反驳。

　　等周嬷嬷去给她张罗晚膳的时候，她悄悄地吩咐贴身的大丫鬟季红："你帮我打听打听纪家表哥的事。"

　　季红笑着应了。

　　窦昭立刻得了消息，她对素兰道："你留神看着点她就是了，别让她做出什么乱七八糟让人笑话的事来。"

　　素兰笑嘻嘻地点头。

　　窦昭就跟宋与民商量，以后每天早上抽出半个时辰给窦明讲《论语》。在别人家坐馆，通常都要教两三个，甚至是七八个学生，给小的上完了课再给大的上课，在窦家坐馆，他只教窦昭一个，又没有举业上的要求，早就闲得发慌，能再添个学生，正好打发时间。

　　"那就每天早上给四小姐讲完了再给五小姐讲吧！"宋与民立刻就答应了。

　　窦昭知道他每天还给宋炎讲一个时辰的课，道："会不会耽搁宋炎的功课？"

　　宋炎父母早亡，虽然吃百家饭，却囊萤映雪，一心向学，宋与民可怜他小小年纪没了父母，又看重他家境贫寒志气不馁，这才把他带在身边的。

　　"没事。"宋与民笑道，"我下午给他讲课也是一样。"说到这里，他迟疑道，"有件事，我倒想求求四小姐……"

　　窦昭忙道："求不敢当，您是我的老师，有什么事只管吩咐就是。"

　　尽管这样，宋与民还是想了想才道："宋炎年纪不小了，一直跟着我读书。我于诗琴书画上小有所成，但这制艺八股却是……"他嘿嘿地笑道，"我自己都没能金榜题名，更不要说教宋炎了——我想让宋炎到窦氏家学里附学，不知道四小姐能否帮着跟三老爷说一声？"

　　窦氏家学本就希望纳天下英才而教之，何况宋炎为人品行端正，就凭这一点，足以让杜夫子答应了。

　　"术业有专攻。宋先生喜欢诗琴书画，所以举业上没有花心思而已。"窦昭恭维了宋与民几句，承诺明天一早就去跟三伯父说这件事。

　　宋炎去了窦氏族学附学，宋与民负责教窦昭和窦明，每月初一、十五休息各一天，先给窦昭讲完诸子，再给窦明讲《论语》。

　　窦明倒也老老实实地跟着宋与民上课。只是她底子薄，除了每天早上的功课，下午回去还要练五百个大字，几天下来就叫苦不迭。

　　周嬷嬷不停地鼓励她："吃得苦中苦，方为人上人。您看四小姐，管事嬷嬷们还在打算盘，四小姐已经算出是多少钱了……"

　　窦明瞪着周嬷嬷："算账和写字有什么关系？"

周嬷嬷忙安抚她道："没什么关系，没什么关系。就是觉得四小姐什么都会，五小姐这么聪明，应当也能像四小姐一样，什么都会才是。"

窦明没有作声，但也没有再叫写字苦了。

因为庞昆白事件，陈曲水走到了明面上，他住进了窦府，帮窦昭管着生意上的事和新招进来的护卫，高兴管着西窦的事务和内院的管事嬷嬷等人，杜宁沦落到了给周嬷嬷打下手的地步。高兴自认为自己是窦昭的人，很快和陈曲水走到了一起。杜宁在杜安因盗窃被送官，没能熬住棍刑死了之后，早成了惊弓之鸟，哪里还管什么事，周嬷嬷又是初来乍到，独木难支。西窦虽然一分为三，但人人都得看窦昭的眼色行事，窦昭又有了每年一万两的例钱，手中有钱有人，行事反而比从前更加方便了，她的目光也从东、西两窦转移到了京都的政事上。

"曾阁老今年应该快七十了吧？"她问陈曲水，"不知道他还能坚持几年？"

前世她没有留心过这些事，不知道曾贻芬到底是哪一年去世的。

陈曲水道："四小姐料得真准！我昨天刚刚得到消息，说京都传出'曾贻芬身体不适，可能要致仕'的话出来。"

"就看五伯父能不能把握住这次机会了。"

前一世，曾贻芬去世前王行宜已经回了京，好像是在兵部任侍郎，这一世，因为王映雪的关系，他被滞留在了陕西巡抚的位置上。

窦昭沉吟道："现在的兵部侍郎是谁？"

陈曲水道："顾燕京。"

窦昭思忖道："能不能给王家递个话？就说，原来曾阁老是想提携王行宜为兵部侍郎的，但因为王氏的事被叶世培抓住了把柄，所以曾阁老只能妥协，支持顾燕京做了侍郎……"

在她的记忆中，叶世培和曾贻芬是老对头，当年曾贻芬致仕，就是他的手笔。要不是曾贻芬去世后没多久他也去世了，叶世培又没有很强硬的弟子，王行宜和窦世枢能不能入阁还难说。

禁止马市，是文官和武将的争斗，所以叶世培不会拖曾贻芬的后腿，但现在，涉及两位阁老门下弟子的三品大员之争，王行宜的事就可以拿出来说了。

陈曲水思考道："这话不能乱说，稍有不慎，还可能适得其反……"

"那就试试从这方面打听打听，"窦昭道，"应该能找到些和这件事相关的说法。"说着，她笑起来，"就算是没有，我们也可以让它有嘛！"

"那倒也是。"陈曲水笑道，"如果王家的人认为是王映雪阻碍了王行宜的前程，我想，就算是王许氏，也只怕会对女儿生出几分怨怼之情。何况王映雪嫁进窦家之后一直没能在窦家站住脚跟，还惹出一大堆麻烦事来。"

"釜底抽薪，我觉得这样比较干净利落。"窦昭笑着点头，问起了铺子里的事。

陈曲水道："只有京都的铺子大致是收支平衡的，其他几个铺子都略有亏损，总计有二百多两。"

"这也算不错了。"窦昭笑道，"等到九月，伯彦的事也该忙完了，你得要准备些银子给崔十三放印子。"

"早已经准备好了。"陈曲水和窦昭说着自己的计划，素心隔着帘子禀道："四小姐，纪少爷过来了。"

纪咏？他来干什么？

窦昭和陈曲水把事情说完，去了花厅见纪咏。

纪咏问她："我去保定府，你可有什么东西让我带的？"

她又没去过保定府，哪里知道有什么东西带？但窦昭还是笑着向他道了谢："没什么需要带的。祝纪家表哥一路顺风！"

纪咏听了笑道："那我就随便帮你带些东西吧！"

他的笑容温和有礼，可不知道为什么，窦昭总觉得他好像在打什么主意似的，让人心里不踏实。

"不用了，不用了。"窦昭连声推辞。

纪咏笑而不答，起身告辞。

窦昭送他到花厅门口，却感觉有道视线紧紧地盯着自己，她回过头，看见了站在柳树下的窦明。

窦明面无表情地转身离去，和一大群簇拥着她的丫鬟、婆子消失在了柳树成荫的曲折幽径中。

窦昭不由深深地叹了口气，去花房侍弄了半天的花花草草，见自己种下的几株昙花都含苞待放，约了六伯母过来赏花。

六伯母提议："不如办场赏花宴吧？"

祖母附和："对，对，对，难得昙花一现，把几位太太、奶奶都请过来，反正家里多的是地方。不能总让东府那边招待我们，我们也要回个礼嘛！"

自从窦昭和邬家的婚事不告而终之后，窦昭的婚事就成了她的一块心病，生怕窦昭因此而被耽搁了，见到有机会让窦昭显摆，她极力地想凑成。

窦昭见祖母兴致勃勃，想到她平日也没个地方去，笑道："好啊，那就开夜宴吧！"

六伯母听着也来了兴趣，三个人在那里嘀嘀咕咕商量了半天，终于把赏花宴的事定了下来。确定宴请的客人，派人下帖子，清理库房的陈设，安排赏花宴的菜单和服侍的丫鬟、婆子，西窦已经很久没有这样热闹过了，从管事的嬷嬷到下面的大丫鬟，大家都没有底，窦昭举重若轻，信手拈来，一桩桩、一件件，安排得井井有条，毫不费劲，让准备亲自过来帮忙的纪氏看得目瞪口呆，直问她"是谁帮你出的主意"。

"没吃过猪肉还没见过猪跑么！"窦昭不以为意地道，"每年过年那么大的动静，看也要看会了。"

有些人就是天生的聪慧，纪氏笑眯眯地不住点头，道："你能这样事事用心就好，也免得我替你担心。"说完，又觉得这不是什么好话，打趣道，"我要告诉你三伯母，说你说她是猪！"想把这件事给岔过去。

窦昭知道她的心思，笑着和她凑趣："要是三伯母问起来，我可不承认。"

纪氏哈哈大笑。

到了赏花宴那天，窦昭还是忍不住提前跑了过来，见到一切都安排妥当了，这才长长地松了口气。

那天夜晚花美酒醇菜肴精致，请来的伶人唱的是《荆钗记》中的"钗圆"一折，就连不情不愿出席赏花宴的窦明也听得眼泪汪汪，不时地和仪姐儿、淑姐儿交头接耳一番。

而陈曲水听着远远传来的丝竹声，想着从京都传来的消息，直到天色发白才迷迷糊糊地睡了过去。

待他醒来，已是日上三竿。他慌忙爬了起来，问随身服侍的小厮："四小姐到了花厅吗？"

窦昭上完课后，会在花厅里待半个时辰，处理家务事。

小厮一面打了洗脸水进来，一面笑道："四小姐早到花厅了！"

陈曲水心中一松。可随即他一愣，早年他曾在福建巡抚张楷手下任幕僚，就是对着张楷，也不曾有过这样紧张的心情……难道是因为昨天听到的消息吗？

他在屋里呆坐了片刻，估计窦昭要回内院了，匆匆去了花厅。

花厅外面遍植垂柳，盛夏季节，柳树葳蕤，碧枝万千，随风而动，让人看着心生清凉。透过四开的窗扇，陈曲水看见穿了件月白色条纹棉纱衫的窦昭正在和高兴说话。

她的身姿笔挺，目光平和，光洁的额头和入鬓的长眉给人一种睿智的感觉，就这样远远地看着，就知道她是个十分聪慧，意志坚强的人。

就是比她大很多的男孩子，也不如她吧？陈曲水想着，进了花厅。

高兴正兴高采烈地讲着昨天的赏花宴办得如何如何的好，东府的那些人是怎样称赞的。窦昭微笑地应着，夸奖了高兴几句"办事得力"，高兴乐颠颠地走了。

陈曲水正了正色，沉声道："四小姐，可能事情真的如您所说。曾贻芬原是想保王行宜做兵部侍郎的，可因为王行宜不能修身齐家，曾贻芬只得答应叶世培让顾燕京当了兵部侍郎。"

"哦！"窦昭来了兴致，"我让你给王家递话，可把话递过去了？"

事情虽然发生了偏差，可大致上不会太离谱。窦昭对未来更有信心了。

"已经把话递过去了。"陈曲水道，"王许氏把王氏叫过去狠狠地训斥了一番，据说王氏是哭着离开王家的，不仅如此，连带着庞氏被旧事重提，王许氏禁了庞氏的足。"

窦昭展颜一笑，陈曲水忍不住道："四小姐，难道您从哪里听到了什么风声？要不然怎么知道顾燕京的事有内幕……"

"不，我不知道。"窦昭笑道，"我不过是觉得王行宜战功赫赫却始终在陕西巡抚的位置上不能动弹，反而让声望、资历都不如他的顾燕京走到了前面，有些奇怪罢了。"

窦昭的语气有些急促，这让陈曲水很怀疑她话的来源。

难道是五老爷跟四小姐说了什么？但他立刻就打消了这个念头。这种关于庙堂之事，窦世枢怎么可能跟自己还没有及笄的侄女说？

他有些困惑。

窦昭也意识到自己说话语气太急，敷衍的味道太浓，不由在心里长长地叹了口气：到底还是心太虚，底气不足啊！

她只得言简意赅地道："人都说多智而近妖……有时候想得太多也未必是好事！"

陈曲水想想也对，要不然四小姐也不会向自己解释了。

说起来倒是自己多心了，陈曲水在心里把自己嘲讽了一番，问起窦昭将来的打算："王家那边，您还有什么吩咐没有？"

"这件事暂时先放一放。"窦昭觉得，火已经点着了，要是煽得太急，说不定会把火苗给煽灭了，不如放一放，让它慢慢地烧起来再添点柴什么的，这把火可能会烧得更旺。因而道，"留心一下曾贻芬的身体，如果能把王行宜留在陕西就再好不过了。"

谁能入阁，虽然皇帝的意愿起了决定性的作用，但那种越级提拔毕竟是少数。只要王行宜一直留在地方上，他入阁的希望就很小，何况还有很多人在一旁虎视眈眈地盯着。如果这样还是让他顺利地入阁了，那只能说是他运气太好，是天意了。

陈曲水道："您的意思是……让我们联系上五老爷？"

"我五伯父肯定对这件事早有打算，"窦昭委婉地道，"我们就是想帮他，也没这个资格和能力，主要还是多探听些情况，若有变故，我们不至于过于被动。"

"明白了。"陈曲水笑了起来，"我也会想办法让范文书和总店的人多接触的。"

窦昭笑着点头。

陈曲水接连去了两次京都，带回来的都是好消息。

"先是有人告王行宜冒领军功，后又有人告王行宜贪墨军饷。"坐在花厅里，喝着冰镇的绿豆汤，他的声音中都透出几分惬意来，"皇上虽然都留中不发，却派了心腹太监彭乾任陕西行都司监军，可见对这件事还是有些芥蒂的。以至于曾贻芬前几日提请擢升王行宜为大理寺正卿，皇上都没有同意。"

看样子曾贻芬最终还是最中意王行宜。

窦昭道："我五伯父有什么动静没有？"

"跟曾贻芬和从前一样，"陈曲水道，"不过和何文道走得更亲近了些。"

窦昭喃喃道："若是能让纪咏的伯父纪颂提前出局，说不定纪家那边会支持五伯父……"

陈曲水一愣。

没有永远的敌人，只有永远的利益。没想到四小姐已摸到了官场上的门槛！

可知道是一回事，实施却又是另一回事。就好像那些封疆大吏门下的幕僚，想法再好，没有了那些封疆大吏的支持，不过是空中画饼罢了。

他忍不住提醒窦昭："四小姐，就算是曾贻芬和叶世培亲自出手，也未必能让纪子容这样的人提前出局……"

纪颂，表字子容。

"我知道啊！"窦昭笑道，"我就是想想而已。"突然觉得自己有点像京都那些常年泡在茶馆里的闲帮，说起来一套一套的，做起来却是根本不知道从什么地方下手。

时间就这样慢悠悠地到了八月初，其间窦世英来过两封信，问窦明的情况。窦昭一一作答："跟着宋先生读书，书法大有长进……每天练一个时辰的琵琶……隔三岔五地去东府给二太夫人问安，很得二太夫人的喜欢，中元节的时候，二太夫人特意叮嘱，让她也跟着一起去法源寺上香……淑姐儿定了亲，姑爷家姓吴，平山县人，祖上曾出过进士，比淑姐儿大三岁，在窦氏家学里读过书。窦明绣了对并蒂莲花的枕头送给了淑姐儿。"

窦世英很满意。他叮嘱窦昭："她若是不听话，你只管教训她。如果她敢顶撞你，你就告诉她说是我说的。"

不管这话是谁说的，最后被记恨的也只会是她，窦昭没有理会窦世英。

纪咏回来了，他送给窦昭一个红漆描金的匣子，沉甸甸的，素心接过去的时候差点失手。

窦明在一旁笑道："纪家表哥送我姐姐什么东西？这么沉？莫非是金银宝石不成？姐姐快打开看看！"

纪氏狠狠地瞪了纪咏一眼，觉得纪咏既然要送窦昭东西，就应该送一看就知道是什么的，也免得有人胡乱猜疑，说些不着调的话。

纪咏却哈哈笑道："我送你姐姐一件好东西，五小姐若是好奇，不如打开看看。"

窦昭听他那口气就知道不是什么好东西，想阻止窦明，转念想到窦明的任性，索性由着她打开了匣子。

匣子里装着对铁球，明光锃亮，有婴儿的拳头那么大，屋子里的人全都愣住了。

纪咏笑着将那对铁球拿在手里运转起来，铁球的声音时高时低，清脆悦耳。

"很有意思吧？"他笑吟吟地望着窦昭，"每天无事的时候这样转一转，可以强身健体，四妹妹就不用绕着院子走步了。"

这是女孩子用的东西吗？窦昭气结。皮笑肉不笑地说了声"多谢"，让素心收了起来。

纪咏眼底闪过一丝失望，但他很快又恢复了刚才的愉快，向纪氏展示着他从保定府带回来的一匹蜀绣："……青蓝色的织纹，带着几丝大红，过几天冷了，姑姑正好做件斗篷，肯定很好看。"

纪氏笑盈盈地收下了。

然后是给崔姨奶奶的桃木簪，给二太夫人的金镶玉镯子，给大太太的佛珠……

窦明不由愕然，道："纪家表哥，我的呢？"

纪咏想了想，笑道："我也给五小姐带了东西回来。"说着，吩咐身边的小厮，"把那个'梅花'箱笼里的大绒绢花拿出来。"

小厮应声而去。

窦明娇嗔道："为什么给我的就是大绒绢花。纪家表哥真是偏心！"

纪咏笑道："我只带了这些东西回来。要不，你和你姐姐换换？"

窦明想到那对铁球，立刻道："我才不换呢！"

纪咏叹道："那就没办法了，我不知道你不喜欢绢花，下次我再送你点别的。"很是无奈的样子。

窦明瞥了眼纪氏，不再说什么，甜甜地笑着向纪咏道谢，让身边的丫鬟接了绢花。

窦明见那绢花虽是绒做的，却做得栩栩如生，花上面还歇了只蝴蝶，一对触须颤颤巍巍的，十分有趣。

窦明就笑着看了姐姐一眼，让季红帮她把绢花戴在了头上。

过了几天，窦昭和窦明来给二太夫人问安的时候，发现纪家略有头脸的大丫鬟、嬷嬷们头上都戴着绒布绢花，不过是颜色不同，歇在花上的虫子不同而已。

窦明脸上红一阵白一阵的，抓住一个丫鬟就指了她头上的绢花问道："这是什么？"声音非常尖锐，把那丫鬟吓了一大跳，忙道："是纪公子送的。"说完，又觉得这话不妥，惊慌地道，"纪公子在保定府买了很多的绢花回来，见人就赏一朵。奴婢给纪公子端茶，纪公子也赏了我一朵，还有二太夫人屋里的彩云，给纪公子端瓜果，也得了一朵……"脸色已吓得发白。

窦昭见窦明气得嘴都歪了，忙将那丫鬟支走了："没事，五小姐就是问一问，你去忙你的吧！"

丫鬟如脱虎口般地一溜烟跑了。

窦昭低声警告窦明："这是二太夫人的院子，你如果不想被禁足，就把脾气压一压。"

窦明冷冷地"哼"了一声，脸色半晌才平静下来。

窦昭说纪咏："你没给窦明带礼物就算了，也不用这样羞辱她！"

纪咏却理直气壮地道："我本来就没给她带东西，她当着我姑姑的面讨东西，我只好敷衍了事了，难道这也怪我？谁会当着别人要东西啊！"

窦昭很是无语。

"好了，好了。"纪咏笑道，"我看在你的面子上，决不会和她计较，这样总可以了吧！"然后道，"四妹妹，那铁球好玩吗？我听人家说，凡是上京经过保定府的，都会买了那铁球送人……"

窦昭喊了声素心，素心笑眯眯地从腰间的荷包里拿出了那对铁球，骨碌碌地转了起来，动作流畅自然，声音如浅唱低吟的小曲。

纪咏讪讪地笑了笑，窦昭拂袖而去。

窦明从此把纪咏恨上了。

八月十五的家宴，纪咏那桌头顶的大红灯笼骤然自燃起来，大家都惊慌失措，唯恐避之不及，只在纪咏，稳当当地坐那里，没等管事、小厮奔过来，就一杯茶泼过去，淋湿了灯笼灭了火。

又过了几天,窦明身边的一个小厮不见了。窦明找了半天也没有找到,晚上,有人在西窦后巷的茅厕发现了他——他被人五花大绑,脸上抹上了墨,嘴里塞了臭袜子,被插在茅厕粪缸的角落里,头上还挂着不少黄白之物。

窦昭脸色铁青,问窦明:"到底怎么一回事?"

窦明不作声。

窦昭冷笑道:"你不说也可以,下一次说不定就轮到你了……"

没等她的话说完,窦明尖叫起来:"我不过是让人给他的马下几颗巴豆,他就这样心狠手辣……"

窦昭想到那几匹毛发光泽、高大健壮的骏马。

这还不算什么吗?窦昭沉声道:"谁告诉你往马料里可以放巴豆的?"

窦明一愣,窦昭的目光已如刀锋般寒光一闪。

窦明不由退后几步,低声道:"是,是檀哥儿!"

第三十四章 再见·恍惚·春联

窦明上一世怎么就没有嫁给王檀呢?这两个人倒是很相配!

"你不要以为人人都像你两个表哥那样让着你……"窦昭把窦明教训了一顿,然后禁了她的足,"你这几天好好地在家里待着,什么时候想明白了,什么时候再去宋先生那里上课。"

或者是怕了纪咏的手段,或者是纪咏的态度让她震惊,窦明一句也没有说,乖乖地待在自己屋里读书、写字,哪里也没有去。窦明身边的丫鬟、婆子、小厮等人也都老实了几分。

窦昭就说纪咏:"打一顿就是了,你这样也太过分了。"

"你们女孩子家不都怕脏吗?"纪咏朝她眨着眼睛,"我觉得这样效果更好。"

窦昭不由皱眉:"你好歹也是个读书人,怎么行事没有一点规矩……"

"啧啧啧,"纪咏厌恶道,"我最讨厌别人跟我讲规矩了,我看着你处置庞昆白的手法干净利落,还以为你是个爽利人,倒是我看错了你。"

反倒成了她的不是了。窦昭懒得和他多说,转身去了纪氏那里,直到纪咏要和窦政昌、窦德昌兄弟一同进京的时候,她才露面和纪咏说了声"一路平安"。

纪咏冷笑,没有理睬她,笑吟吟地和窦三爷等人道别,坐着他那辆看似古朴实则奢华的马车离开了窦家。

窦明立刻活了过来。她去宋先生那里上课,跟着婉娘学弹琵琶,一闲下来就练字,常常跟着窦昭去给二太夫人请安,遇见仪姐儿和淑姐儿也有说有笑,嘴巴甜甜的。本是姑侄,仪姐儿和淑姐儿又都快要出嫁,待人也就比从前宽容多了,仪姐儿甚至和窦明去了一次大慈寺听法，遇到了郎家的八小姐。小时候不懂事，才会肆无忌惮地学着大人说话。如今都长大了，窦明笑盈盈地和郎家八小姐打招呼，郎家八小姐也就不提从前的那些旧事，和仪姐儿、窦明寒暄了几句。

窦昭听了只是微微一笑。

不管是出于什么原因，窦明能控制住自己的脾气总是好的。

转眼立了冬，窦昭和祖母忙着将家中的花花草草都搬进暖棚里过冬，窦明终于忍不住了，冲着周嬷嬷直嚷嚷："娘亲为什么还不来接我？"

"我的好小姐，"周嬷嬷只得不停地安抚她，"这眼看着要过年了，当着二太夫人、崔姨奶奶的面，总不能把您接到京都去吧？你别着急，我想等到开春的时候太太就会来接您了。"

窦明这才安静下来。

从衙门里领了新历回来，窦家开始准备过年，崔十三的事也完了，正式向窦启俊辞行。

窦启俊很舍不得他，遗憾地道："可惜我没个好前程给你，要不然你留在我身边多好啊！"

崔十三是个很圆滑的人，所以没有太多的原则，但这并不妨碍他对窦启俊的敬重。他笑道："那我就先祝您能金榜题名，到时候我来给您做个门子。"

窦启俊哈哈大笑，豪气地道："做个门子岂不委屈了你，怎么也得做个刑名师爷或是谷粮师爷啊！"

"那我还先得回县学去再读几年书才行。"崔十三和窦启俊说笑了几句，辞别了窦启俊，和一直在门外等他的素兰去了窦昭那里。

窦昭给了他一千两银票："范文书在京都经营得不错，你就代表我给京都那些长年照顾我们生意的主顾去拜个年吧！"

崔十三回去和父母团聚了两天就启程了。

他前脚刚走，纪咏、窦政昌和窦德昌后脚就回来了。

窦昭奇道："纪见明不回家过年，跑到真定来干什么？"

素兰笑道："管他回来干什么，他又不会到我们西府来过年。"

"说得也是。"窦昭笑道，"我只是看见他就提心吊胆的，生怕自己多眨了两下眼睛没注意到，他就又惹出什么事端来。"

素兰哈哈大笑，低声问窦昭："四小姐，您说，纪家是不是因为这样，才不让他去考进士，让他出来历练的？"

"未必。"窦昭笑道，"像他这样读书好又好动的人多着呢，并不是什么大碍，只怕纪见明还有什么事我们是不知道的。要不然我也不会这样担心了。"

素兰不住地点头，素心见她说起话来越来越没大没小的，呵斥她："还不去把小姐的热水提进来。"

窦昭道："有粗使的婆子，用不着她去。"

"小姐您也太惯着她了。"素心道，"她天生一把子好力气，那粗使的婆子哪有她稳当。"

素兰一面去提水，一面嘀咕："可小姐说了，是什么人就做什么事——我可是小姐身边的二等丫鬟，凭什么要我去提水？"

素心不说话，瞪她一眼，她立刻低下头，乖乖地出了房门。

窦昭忍不住笑起来。若是没有素兰的活泼，她的日子肯定会少了很多的欢笑。

她问素心："别馆主的周年快到了吧？我放你们姐妹三天假，你们回去好好地祭拜祭拜别馆主，尽尽子女的孝心。"

素心眼圈一红，哽咽着向窦昭道谢。

等她们走出房门，却看见赵良璧正和甘露说着话。

赵良璧十分能干，不过短短的一年，已经升了粮铺的掌柜，窦秀昌几次提出来让赵良璧回来给自己帮忙，窦昭还想让他在窦家铺子里多待几年，不仅仅是学做生意，还要学着怎样做人，一直没有答应。

赵良璧也沉得住气，脚踏实地做着他的掌柜，这一点也是窦昭最看重他的地方。

见窦昭和素心走了出来，他脸色微红，迎上前给窦昭行礼。

窦昭莞尔。

前一世，赵良璧娶的就是甘露。

"你今天怎么有空过来？"窦昭温声问他，"铺子里年终盘点了？"

"还要等两天。"赵良璧恭谨地道，神色越发显得赧然，道，"我想着过几年是别馆主的小祥，您当时嘱咐我要帮着别家的两位姐姐办好别馆主的后事，我就特意过来跟别家两位姐姐说一声的——我已经把小祥的祭品都准备齐全了，到时候我会帮着两位姐姐祭拜别馆主的。"

素心和素兰都眼里含着泪，屈膝行礼说着"多谢"，并道："四小姐放了我们姐妹三天假，不敢劳赵掌柜大驾。"又道，"祭品用了多少钱？我们也好给银子你。"

"没多少，没多少。"赵良璧红着脸道，看也不看素心一眼。

窦昭心中"咯噔"一下。她看了一眼素心，又看一眼赵良璧，露出不可思议的表情来。

窦家的侧门排了一溜的马车，纪咏的随从和箱笼最为醒目，还有两个面生的大汉站在石鼓前指挥着几辆堆着箱笼的马车直接往侧门里拉。

也不知道这次纪咏又买了些什么稀奇古怪的东西回来，窦昭思忖着，去了纪氏的院子。

纪氏的院子里只有几个小丫鬟在跳百索，见窦昭过来了，忙收了百索，笑嘻嘻地跑了过来："四小姐，您找太太吗？纪家的表少爷和两位少爷从京都回来了，太太陪着几位少爷去给太夫人请安了。"

既然过来了，那自己也去凑凑热闹吧，免得二太夫人知道自己过来却没有去看她而暗生埋怨。

窦昭转身出了纪氏的院子，抬眼却看见前面夹巷走出几个人来。

她定睛一看，大吃一惊。

走在前面的是纪氏。她身后跟着个面如冠玉，穿着锦红色遍地金直裰，簪着碧玉簪，腰间坠着荷包、香囊，奢华中透着贵气的少年。

看见窦昭，他也很吃惊，眼睛微瞪，眸子显得格外的清亮。

竟然是在法源寺后面遇到的那位锦衣公子！可他怎么会在这里？

再看纪咏，和那少年并肩而行，穿了件真青色布袍，神采飞扬，自信从容，丝毫不见局促，倒是跟在他们身后的窦政昌、窦德昌兄弟，原本也是两个英俊挺拔的少年，却被这两个人硬生生地衬成了路人。

窦政昌和窦德昌也太倒霉了！窦昭暗暗嘀咕着迎了上去。

纪氏一见她就欢畅地笑了起来，给她引荐锦衣公子："……何阁老的幼子，名煜。按辈分，你还要称他一声小师叔。"

窦世英是何文道的弟子，何煜自然也就比窦昭高了一辈。

窦昭讶然：他竟然是何文道的儿子！难道五伯父和何文道达成了什么协议不成？要

不然他的儿子怎么会在将近年关的时候出现在了窦家？

她屈膝行礼，喊了声"小师叔"。

何煜微微揖手还礼，笑道："当时在法源寺的时候我就想，这是谁家的小姐，竟然能健步如飞，没想到竟然是窦师兄的女儿！"一派长辈的气度。

"这到底是怎么一回事？"其他的人齐齐惊讶，异口同声地问着窦昭。

窦昭把事情的经过说了一遍，纪氏呵呵笑道："这也是缘分。"

"是啊！"何煜应着，众人一起随着纪氏进了院子。

在厅堂坐下，丫鬟们上了茶点，纪氏留何煜多住几天，窦昭这才知道，原来何文道的老家在安阳，这次何煜是受父亲指派回乡祭祖，路过真定，两拨人在路上遇到，结伴而行，何煜就顺道来给二太夫人问个安。

祭祖不派长子派了幼子……也不知道何家这其中有什么故事。

窦昭想着，慢悠悠地喝了口茶，就听到纪咏道："四妹妹，何兄在路上听十二说大慈寺的斋菜是真定的一绝，很想去尝尝，你不如和我们一起去吧？"

纪咏说这话的时候，眼睛里一丝笑意都没有，窦昭甚至能感受到一丝的讥讽。

他是对自己上次说他"不守规矩"的话耿耿于怀吧？没想到他心眼这么小，是个睚眦必报的。

窦昭笑道："你们要去大慈寺吃斋菜啊！我就不去了，快过年了，家里还有一大堆事呢！"

她的回答显然让纪咏很不满，他脸上甚至浮现出了一丝冷笑。

窦昭权当没看见，和窦政昌、窦德昌兄弟说着话："五伯父、五伯母、六伯父他们可好？我爹爹可有什么话带回来？"

窦政昌答着话："五伯父、五伯母都安好，十嫂快要生了，五伯母盼着十嫂能生个女儿，先开花，后结果。爹爹嫌五伯父那里太闹，九月份搬到了静安寺胡同和七叔同住，休沐时爹爹去大相国寺旁淘古玩，七叔就去天宁寺听人讲佛法，我爹爹长胖了一圈，七叔还和原来一样……"

从兄弟中排行第六的窦博昌是五伯父的长子，排行第十的窦济昌是五伯父的次子。窦博昌娶的是太常寺少卿郭逊的女儿；窦济昌娶的是翰林院学士蔡弼的女儿。这两位堂嫂前世她见过几次面，没什么交情，今生则是一次都没有见过——蔡氏是进门就有喜，先后生了两个儿子，五伯母怕她受不了路途颠簸动了胎气，接着她又连生两胎，都不方便回乡祭拜祖先。郭氏进门四年都没有动静，她倒是能回乡，可有蔡氏在前面，她却不好回来。

窦昭听了窦政昌的话这才知道她有了身孕，想到前世她生的是个女儿，之后再无所出，前面有强势的妯娌蔡氏，后面有连生了四个儿子的白姨娘，就算她的父亲最后升至都察院左都御史这样的正二品大员，她平生也没能在窦家大声地说句话，她心里顿时生出股怜悯来，笑道："原来十嫂就要生小毛头了，那我给小毛头做几件小衣裳让人带过去吧？"

"好啊！"窦政昌笑道，"父亲让我们过了年之后和母亲再去趟京都。到时候四妹妹和我们一起去吧？"

和六伯母一起吗？窦昭不由朝纪氏望去。

纪氏眼角眉梢有着掩饰不住的喜悦之情，急急地问窦政昌："这是你父亲说的吗？"

窦政昌点头："是啊，父亲还让我给母亲带了封信回来，刚才急着去给祖母问安，还没来得及给您。"

纪氏闻言笑容更盛，朝服侍窦政昌、窦德昌进京的王嬷嬷瞥了一眼。王嬷嬷笑着点头，纪氏止不住地欢喜起来。

她对窦昭道："你也有些年没见你父亲了吧？这次就和我们一起进京吧？我们到时候住在纪家在京都的玉桥胡同里，最多住上半个月就回来了……"

也就是说，用不着和王映雪见面，也可以不去拜访王家的人。

窦昭不想回京都。济宁侯府离玉桥胡同不过三条街的距离，她无意再遇见旧人。

"我还是不去了。"她笑道，"窦明还在家呢……"

纪咏突然冷冷地道："你是要照顾窦明还是不想住到纪家的宅子里去？"

她就算不想住进纪家的宅子也是理所当然的吧！窦昭只当没听见，继续笑着和纪氏道："还有崔姨奶奶，最喜欢吃五花肉了，我要是不盯着，谁也拦不住。"

纪氏只当她是实在不愿意和王映雪碰面，心中怅然，不再为难窦昭，笑着把这话揭了过去："京都物华天宝，你想要什么？我到时候帮你带！"

窦昭想到素兰喜欢吃窝丝糖，也不和纪氏客气，笑道："那就劳烦您帮我带两包窝丝糖回来……还有馥香斋的八大件，带上个十盒八盒的，我好送人……林记的蜜饯也要带些回来，梅子、杏子、橄榄、冬瓜瓤……每样都带两包回来。"

"你也不怕把马车压坏了！"纪氏呵呵地笑，心中却掠过一丝困惑。

窦昭从来没去过京都，她怎么对京都的土仪如数家珍？难道是窦明在她面前显摆过，所以她才特意点了这些？

纪氏闪过一丝心痛，拉了窦昭的手："不过你放心，我会一样不落地帮你把东西都给拉回来的。"

除了冷着脸的纪咏，大家都哈哈大笑。

窦政昌更是难得地和窦昭开着玩笑："四妹妹，你要不要衣裳首饰？我听人说，京都东大街都是卖这些的，我还没去逛过。你不如也让娘给你带几件衣裳首饰吧，娘少了搬东西的人，肯定会让我们兄弟跟着一起过去的……"

屋里的气氛十分温馨融洽。

尽管如此，窦昭对纪咏的置若罔闻，纪咏对窦昭的冷峻面容还是给这份暖流平添了丝诡异的味道。

何煜看了看窦昭，又看了看纪咏，眼底闪过一丝兴味。

十三岁的解元，纪家的嫡支，父亲夸了又夸，知道他进京，还专在家设宴款待他。学识渊博，谦和文雅，如冬日之日，温煦暖人，不管是学问还是风仪，都备受京都士林盛赞的纪见明纪咏，竟然会因为窦家的这位小姐对他视若无睹而气急败坏，说出去谁会相信？

何煜嘴角微翘，低下头来喝了口茶，脑海里却闪过他第一次见到窦昭时的情景：晨曦照在她光洁的额头上，细细的汗珠晶莹剔透，如露珠般璀璨，脸蛋红扑扑的，眼眸明亮有神，整个人像朵恣意盛放的花儿，比漫天的霞光还要耀眼。

他心头不由闪过一丝恍惚。

何煜不由自主地拿窦昭和家里的几位姐妹作比较。

何家从前朝起就显赫一时，到了今朝更是烈火烹油、鲜花着锦，煊赫一方。论起衣食住行，少有人家能他家和比肩，家中的姐妹也都格外娇贵，春兰秋菊，各有风采。可和窦昭相比，总好像少了些什么。认真地说起来，窦昭虽然漂亮，却也称不上是绝色；衣饰大方，却也称不上匠心独具，甚至比不上纪咏——他身上那件看似普普通通的真青色布袍，纹理匀细坚洁，仿佛带着层绒，那是嘉定特产的斜纹布，素色的也要三两银子一匹，染成了真青色，只怕比他身上的这件遍地金还要贵，这才是那些家有底蕴的世家子弟惯常的打扮，只是他不喜欢这样的装腔作势，不屑为之罢了。

可不知道为什么，窦昭身上却有股他那些姐妹没有的气质。

就像她不想搭理纪见明，她就可以不搭理他，不勉强，不敷衍，不佯装。他的姐妹中，有温婉的，有刚强的，有聪慧过人的，有善于审时度势的，但不管哪种性格，如果遇到这样的情况，就算是心中再不喜欢，怕被父兄责怪，怕失去母亲的喜爱，不管怎样委屈，也会应付一二，没人能像她这样理直气壮地，坦诚率真地表达自己的真实感受。

念头闪过，他心中微震。

他的姐妹们，更像一瓶插花，一幅佳画，虽然让人赏心悦目，却始终少了几分生命力，窦昭却像一棵树，一丛竹，挺拔葳蕤，随着四季更替，自生自长，恣意自然，无人能撼。

"四小姐，"何煜突然打断了窦政昌的话，很诚恳地邀请窦昭，"你明天不如暂时丢下琐事和我们去大慈寺吃顿斋菜如何？忙里偷闲，更有乐趣啊！"

窦昭当然是婉言推辞，没有拒绝了纪咏却答应何煜的道理。

纪咏的脸色好看了很多，何煜脸上闪过失望之色。

窦昭想着窦政昌他们赶路辛苦，进了门连和纪氏说两句体己话的工夫都没有，遂起身告辞："我去给二太夫人问个安，顺便也看看九堂哥家的铭哥儿。"

铭哥儿是窦环昌的儿子。

纪氏想到家里还有何煜这个贵客，叮嘱了她几句"有空就过来玩"之类的话，让采菽送了她出门，然后和何煜说了几句闲话，就各自散了，回房休息。

她和王嬷嬷关在内室说话。"你看到韩家的小姐了没有？"纪氏难掩眉宇间的喜悦和好奇，"性情如何？长得怎样？"

窦政昌今年十七岁了，早过了说亲的年纪，纪氏不大瞧得上北直隶的姑娘，一心一意想从纪家的姻亲中给他找门亲事。

湖州韩氏是她的嫂嫂，也就是纪咏母亲的娘家，也是世代官宦，不仅出过进士，还曾出过状元和榜眼，也是江南屈指可数的大户人家，而且和他们纪氏世代通婚，关系十分的亲密。

她几次写信求嫂嫂帮着给窦政昌做个媒，她嫂嫂因没有见过窦政昌，每次都很婉婉地拒绝了。这次窦政昌和窦德昌进京，实际上是去给韩氏相看的。

纪氏乍听窦政昌说窦世横让她开了春带着两个儿子再去京都一趟，就知道这门亲事有着落了，这才迫不及待地拉了王嬷嬷问情况。

王嬷嬷抿着嘴笑，屈膝叉手给纪氏福了福："恭喜太太就要做婆婆了。"然后笑道，"难怪您将这件事托付给了七舅太太，七舅太太办事真是没话说！介绍的韩家十小姐，性格温柔敦厚不说，长得十分端庄，待人处事更是四平八稳让人挑不出一点毛病来。我还曾私下打听了一下，据说韩家十小姐自幼痴迷书法，一手馆阁体写得比韩家的公子还好，只是女红上不大精湛。可七舅太太说的也对，人无完人，金无足赤，我们这样的人家，精通不精通女红都不打紧，打紧的是能帮扶丈夫，教养儿女……"

纪氏不住地点头："嫂嫂这话说的不错。人无疵不真，我最怕那十全十美没有一点毛病的人，这样的完人通常都是装出来的……"

在回西府的马车里，窦昭显得有些沉默。

素心和素兰都回真定州为父亲举行周年祭去了，跟在她身边的是比较活泼的甘露，她笑着问窦昭："四小姐，您怎么了？"

"哦，没什么事。"窦昭心不在焉地道，"我在想从前的一些事。"

四小姐这才几岁，还从前的事呢？从前能有什么事？

甘露学着纪氏屋里的丫鬟抿了嘴笑。

窦昭根本没有注意到甘露的异样，想着自己的心思。

上一世，六伯母就是在自己十四岁的时候进的京，而且很快在静安寺旁的猫儿胡同买了个二进的宅子给窦政昌成了亲。

窦政昌娶的是六伯母嫂嫂娘家的侄女，姓韩，江南大户人家出身，主持中馈略有不足，学问却十分好，窦政昌每写一篇制艺都会和这位十一嫂讨论。后来窦政昌成了闻名遐迩的制艺大家，只要是他点评过的时文，立刻畅销南北，夫妻两人志同道合，十分恩爱。

也正因为如此，六伯母为了照顾六伯父和窦政昌夫妻的生活起居，之后就一直寓居在了京都，直到她重生前都没有回真定。

难道她这就要和六伯母分别了？想到这里，她的心里一酸，眼中差点落下泪来。

连着几天，窦昭的情绪都有些低落。祖母只当窦昭累了，嘱咐她多休息："……横竖只有三个人过年，就是缺点什么、少点什么也不要紧。"

窦昭嘻嘻地笑，趁机偷懒，把事情交给回府的素心打理，自己躲在屋里做针线活。

她这一世是决不会再回京都了，六伯母若是寓居在了那里，两人以后恐怕再难有见面的机会。六伯母像母亲一样照顾她好几年，如今远行在即，她想亲手给六伯母做几件衣裳聊表寸心。

家里就有了她身体不适的传言。

窦明在窦昭门前徘徊了好一会，最后还是转身走了。

窦昭轻轻地摇了摇头，心里涌起淡淡的失望。她从来觉得人性本善，可惜窦明运气太不好。先是碰到了王映雪，拿她来对付父亲，多了些许的功利，少了几分母亲的慈爱；后是碰到了王许氏，一个把她当成个宠物养着，只知道溺爱，不知道对她未来负责的人；现在跟着自己——自己并不是个擅长教养孩子的人，前世自己的三个子女就是佐证……她的苦就只能她自己吃了！

东府那边听到消息，纪氏立刻赶了过来看她，窦昭只好安慰她："……不过是天气冷，想多睡会！"

纪氏见她面色红润，神采奕奕，知道她不是敷衍自己，笑着和她闲聊了几句就打道回府了。

尽管如此，二太夫人还是派了柳嬷嬷过来探望，二太太、三太太则亲自来了，二堂嫂、三堂嫂带着仪姐儿、淑姐儿、大太太的儿媳黄氏、窦繁昌的媳妇、窦华昌的媳妇和窦启俊的媳妇戚氏一起来的，热热闹闹，把内室挤得没个落脚的地方。

窦昭只得不停地解释自己并无大碍，不过是偶觉身体疲累，但窦世横还是派了身边的管事送了药材过来。继续这样下去，只怕连窦秀昌、窦玉昌都要派人来探病了。

窦昭不得不尽快"痊愈"了，惹得别氏姐妹私底下笑个不停。素兰更是道："我可知道皇上不好做了——皇上若是哪天想偷懒不上朝，先不说后宫的那些妃嫔了，就是内阁的那几位相爷，也要把皇上吵得不得安生。"

素心也开她玩笑："可见这'忙里偷闲'不是人人都能做得到的。"

窦昭见她们姐妹心情都很好，开玩笑道："别馆主的小祥，赵良璧到底有没有帮得上忙？"

别氏姐妹回去的时候，赵良璧拿着她从前给他发的鸡毛当令箭，说什么"这原是小姐叮嘱过的"，别氏两姐妹都是女流，外面的事交给他跑腿就行了，跟着别氏姐妹一块去了真定州，素心和素兰不知道是没有看出赵良璧的心思还是压根就没有明白窦昭话里的意思，落落大方地笑道："怎么没有帮上忙？置办祭品，安置酒宴，招待来客，多亏了赵掌柜。"反倒让窦昭不知道该说什么好。

前世没有别氏姐妹，赵良璧和甘露顺顺利利地结成了夫妻，两人相敬如宾，倒也让人羡慕。今生赵良璧却遇到了素心。

还有什么事情会发生变化呢？窦昭有些茫然，也有些期待。

纪咏派了贴身的小厮子上给她送了两支五十年的老参："我们家少爷说，将人参切片，每日临睡时含一片，能安神补气。"

纪家真不愧是百年的豪门，别人有钱都买不到的圣品，他就这样随手送给了她。

窦昭真心道了谢："跟你们家少爷说一声，多谢他的人参，我已经好了。"想想这是能救命的药材，并没有推辞，让素心收了起来，打赏了子上两个上等的封红。

子上恭敬地道谢，窦昭就问他纪咏是在窦家过年还是回宜兴。

"原来我们家老太爷是想让我们家少爷在京都和两位老爷一起过年的，可我们家少爷说京都不好玩，就跟着表少爷来了真定。"子上口齿伶俐，说起话来条理清楚，"等开了春再和我们家姑奶奶一起回京都。"

那就等过年的时候送他件回礼好了。只是这人什么也不缺，不知道送什么好？

窦昭正为难着，纪咏派人请窦昭过去帮着写春联："……我原本不过是闲着无事，帮个忙。也不知怎的，这个那个的都说有事，五百副春联，全丢给了我！你既然好了，就过来帮帮忙吧！不然这春联要写到什么时候去！"

这是窦家子弟的责任，关她什么事？就算是写不出来，也轮不到她出头。可想到那两支人参，窦昭决定还是走一趟。

她正要出门时，高兴来禀："何公子明天要启程回安阳了。"

窦昭问他："东府送了多少银子的程仪？"

"五百两。"

"这么多！"窦昭很是意外，她看窦家的账册，最大一笔程仪的支出也不过三百两，她做侯夫人那会更少，二百两。看样子窦家不遗余力地要巴结何家啊！

她吩咐高兴："那就照着东府也送五百两的程仪好了。"

高兴高高兴兴地让人抬着银子跟着窦昭去了东府。他去客房给何煜送程仪，窦昭则去了纪氏那里。

何煜正在内室看书，听见外面厅堂窦世英家来给自己送程仪的人对着自己身边的管事一口一个"四小姐说"，心里不由暗暗奇怪，忍不住出了内室，问来人："你们府里是四小姐主持中馈吗？"

"那是当然！"高兴一向以窦昭为荣，恭谨地道，"七老爷和七太太在京都，家里的事全由我们四小姐做主。我们四小姐是很能干的！府里上下人等的吃穿用度，家里的买卖、各房的应酬，哪一样能少得了我们四小姐？平时还要跟着先生读书写字。这不，纪家表少爷的春联写不完，还特意请了我们四小姐过去帮忙。"最后感慨道，"要不我们七老爷怎么把五小姐送了回来交给我们四小姐管教呢？"

听得何煜一愣，道："写春联是怎么一回事？"语气里有着他自己都没察觉的急切。

高兴忙将窦家的这项传统说了一遍，还反复地强调："……不分年纪，只要字写得好的窦氏子弟，都可以帮着写。"

何煜"哦"了一声，让贴身的小厮打赏了高兴两个上等的封红，自己回内室发了半天的呆，这才吩咐贴身的小厮："给我换件衣裳，我也应该去给纪公子道个别才是。"

小厮忙恭敬地应了，给何煜换了件大红的纻丝直裰，簪了根金簪，又帮何煜在腰间挂上香囊、荷包等物。

何煜突然想到纪咏——那家伙肯定又是一件布袍。

他吩咐小厮："不用金簪，用那支青铜簪。"

小厮忙重新帮他簪了簪子，他满意地点了点头，这才去了纪咏客居的院子。

纪咏不在家，他的随从告诉何煜："我们家公子在姑奶奶那里。"

何煜失笑。自己怎么萌生出窦昭在纪咏这里的念头？

他又去了纪氏那里，进门就看见纪咏正向窦昭抱怨："……这是谁订的破规矩？我们纪氏立家百年也没有这样的事！写春联就能和邻里和睦了吗？我看还不如过年的时候打赏几个铜子更让他们感激涕零……"

打赏铜子，那是商贾之家干的事好不好！窦昭没好气地道："各家有各家的规矩，我们家可曾有人说你们纪家的不是？"

纪咏没有作声。窦昭犹不解气，故作困惑地望着他："你真是纪家的孩子？会不会是抱错了！"气得纪咏直跳脚："你想帮就帮，不想帮就走人，一个女孩子，怎么这么多话？"

是说她搬弄口舌吧？这可是七出之罪！窦昭自然不会让他给说过去，道："你是不是又在我们窦家人面前显摆了？要不然怎么大家都不约而同地有事？我们窦家每年都给乡邻送这么多的春联，却从来不曾听说过有人写不完的。可见这人再聪明、再能干也不能犯了众怒……"

"窦昭！"纪咏咬牙切齿地塞了一支笔给她，"你到底写还是不写？"

"不写！"窦昭干脆利落地把笔丢在了书案上。

一阵脚步声由远及近，两人不约而同地循声望去，不仅看见了一副富公子派头、正朝着他们微笑颔首的何煜，还看见了急匆匆赶过来的宋炎。

"四小姐，"他擦着额头的汗，有些胆怯地道，"我帮着纪举人写春联，这合适吗？"

第三十五章　何煜·提亲·一箭

窦昭叫了宋炎来当枪手，而且还这样明目张胆，纪咏和何煜都傻了眼。

"怎么？不行吗？"窦昭对他们的反应视若无睹，慢悠悠地道，"反正都是代写，找谁不是一样？何况宋炎的字比我的字写得好多了。"

能帮着才高八斗的少年解元纪见明纪咏先生写春联，宋炎早已激动得面色通红。此时听了窦昭的话，不由得朝窦昭投去一记感激的眼神，激动不已地大声道："纪举人，我的字虽然没有四小姐说的那样好，但我会很认真地写的……"谁知道纪咏却毫不客气地道："既然没有四小姐说的那样好，你凭什么帮我写春联？"

宋炎非常难堪地僵在了那里，窦昭气得脸色发白，冷笑道："人家不过是谦虚，说些客气话，你倒当真了。"她喊宋炎，"既然纪先生这里不需要人帮忙，我们就先回去吧！"

何煜在一旁眯着眼睛笑。

纪咏顿时脸色发青，对宋炎道："站住！你先写两个字我瞧瞧！"

宋炎望了望窦昭，又望了望纪咏，显得很是为难。

窦昭不由在心里暗暗叹了口气。秀才见到了举人都如同儿子见到了爹，何况是没有功名的宋炎。人是自己找来的，总不能丢下不管吧？

窦昭笑着对宋炎道："那你就写几个字给纪举人瞧瞧。"然后做出一副争强好胜的模样道，"可别让纪举人把我们给瞧扁了！"把刚才的尴尬给掩了过去。

何煜眼睛一亮。宋炎连声应"好"，有些怯弱地走到了书案前。

纪咏看着脸色微煦，跟了过去。

拿起笔，宋炎就完全镇定下来，像变了个人似的，眉宇间流露出刚毅之色，下笔稳健有力，一手颜楷得庄重端正，颇有功力，连纪咏都"咦"了一声，收起了一脸的不以为意，正色地在旁边端看。

何煜看了窦昭一眼，也走过去观看，窦昭朝着纪咏撇了撇嘴。

宋炎放了笔，恭敬地站到了一旁，请纪咏鉴赏。纪咏站在原地，背着手很随意地瞥了一眼书案，问他："会做对子吗？"他神色端穆，语气淡然，透着强者为尊的居高临下，窦昭第一次觉得眼前的人有了几分少年得意的举人模样。

"请先生赐教！"宋炎惴惴不安地严阵以待。

纪咏朗声道："天寒梅骨傲。"

院子里的人都睁大了眼睛，这么……烂俗的对子？

何煜"扑哧"一声轻笑，道："对个'雪尽马蹄轻'如何？"眼底闪过一丝戏谑。

纪咏冷冷地瞥了何煜一眼，何煜不以为意地挑了挑眉，宋炎却低了头仔细地沉思起来。

窦昭也不由端容以待。纪咏到底是什么意思？他不应该出这样浅显的对子才是。对什么内容才符合他的心意呢？风暖草心香？这也太简单了些。

窦昭猜测着，就听见宋炎胆战心惊地对了句"春暖万物苏"。

"行了！"纪咏道，"你就用这张书桌，写完两百副春联就可以完事了。"

宋炎长嘘一口气，满脸欢欣地应"是"，快步走到书案前开始裁纸，生怕慢了一步就丢了这个差事似的。

窦昭苦笑，何煜却错愕道："这对子是不是对得太平淡了些？"

纪咏不客气地道："又不是金銮殿上召对，我出个'孔子孟子老子'那些人能听得懂吗？衢街闾巷，过年图个吉利喜庆就行了。"

何煜脸色微红，宋炎则连连点头，显然为自己猜对了纪咏的心思而兴高采烈。

纪咏趁机道："很多平时文章写得花团锦簇的人为何入场的时候屡屡落第？就是不知道主考官到底要考他些什么……要他写八百字，偏要写上八千字，就算是字字珠玑又如何？所以说这天下最容易的就是制艺了，照着套路写，绝不会出错……"口气大得很。

听得何煜瞠然。宋炎则非常的震惊，看纪咏的眼神赤裸裸地流露出崇拜。

窦昭见这里没自己的事了，和纪咏、何煜几个打了声招呼，准备去纪氏那里坐一会，刚走了几步，就看见东书房的窗扇开了道缝，窦德昌在窗后朝着她招手。

她不动声色进了书房，窦德昌瘫在椅子上道："四妹妹，你平日那么精明的人，怎么也被纪见明给诓来了？要不是你搬了宋炎来帮你，我只好出去帮你给他写春联了。"

"纪举人又干了什么事？"窦昭调侃道，"大家怎么对他一副避之不及的样子？"

"也没什么。"窦德昌沮丧地道，"我们几个在那里写对联，启光开玩笑地对了副'伯鱼子思子上，开元天顺章和'，被纪见明嗤之以鼻，说还不如对'老子儿子孙子'……启光给气跑了……我们都说不过他……"

伯鱼、子思、子上分别是孙子的儿子、孙子和玄孙。开元、天顺、章和则是开国皇帝太祖和第二任皇帝太宗、第三任皇帝仁宗的年号。窦启光这副对子不过是为了奉承皇家有千秋万代永保社稷之意，被纪咏毫不留情地嘲笑一番，自然有些受不了。难怪纪咏刚才说什么"孔子孟子老子"，原来还有这个典故。

"这个纪见明，说话也太毒了些。"窦昭道，"刚才他出对子考宋炎的时候，把何公子也嘲笑了一番，还好何公子没有和他一般见识，不然肯定要和他当场吵起来。"又道，"我先前看何公子裘衣锦带的，还以为他只是个纨绔子弟，没想到他还挺沉得住气的。"

"你别以为他是什么好东西！"窦德昌不耐地道，"你可知道他是如何找到我的？"

窦昭讶然："不是说你们在路上碰到的吗？"

"什么啊！"窦德昌有气无力地靠在身后的大迎枕上，"那是对长辈们的说词。他就是那个在大方寺半夜唱大戏，后来斗鸡又被我赢了五百两银子的家伙——就为了那五百两银子，他给黑白两道都递了话，要不是我那几个月在家读书，早就被他逮到了。所以我一出门就被人盯上了，否则他不会和我们一起启程了。"

窦昭想到自己第一次碰到他的情景，并没有太多的意外。

只是这情况与自己推测的很不相符，她之前还以为是五伯父想巴结何家，何煜和窦德昌等人才结伴而行的。

她不由问道："他为何要找你？总不至于为了那五百两银子吧？我看他不像是这样小气的人啊！"

"他是不在乎那五百两银子，可他丢不起这个人啊！"窦德昌恼火地道，"觉得败在我的手下没面子，要重新赢回去，一洗前耻。可我已经不斗鸡了……我明年还想参加乡试呢！他开始不信，后来倒是勉强相信了，可是他非要我把从前与他斗鸡的那只铁将军卖给他。我早送人了，拿什么卖给他？他就缠着我不放，非要我帮他养只和从前的铁将军一样厉害的鸡不可……偏生这件事又不能让爹爹和娘亲知道——他们要是知道我斗鸡取彩，非让我去北楼跪祠堂不可！"

"这倒也是。"窦昭道，"那你准备怎么办？"

窦德昌叹道："可惜邬善不在这里，不然把这件事推到他的身上，爹爹和娘亲哪里还会责怪我！"

邬善啊！他们的关系一向很好。给窦德昌背黑锅，想必他不会在意。也不知道他现在怎样了，不过几个月没见，那个人仿佛已是远久的记忆了。

窦昭默然地喝了口茶，窦德昌讪讪然地道："我，我不是故意提他的……"

"没事。"窦昭道，"亲事不成，也不至于就反目为仇。邬善为人很好，对你很好……"前世还帮着你娶媳妇，什么坏事都一并承认。她不由劝道，"十二哥不应该为了这些事就和邬四哥疏远才是。"

"难怪邬善看重你。"窦德昌不由动容道，"四妹妹胸怀坦荡，巾帼不让须眉。"

窦昭大笑，道："我最喜欢听好话了，不管十二哥说的是真是假，我都欢欢喜喜地收下了。"十分的率真。

窦德昌的心情顿时好了很多，他站起身来："走，我也帮着他们去写春联去，总不能让宋炎一个人在那里顶着纪见明，他身子骨还单薄了些。"

只怕宋炎觉得是享受而不是受苦。窦昭笑着也跟着站了起来："那我去和六伯母说话去，我有些日子没见到六伯母了。"

窦德昌摇头："你们这些姑娘家，你昨天还差人给娘亲送了几盆腊梅来了，你忘了？"

"我又没来！"窦昭很珍惜能跟纪氏亲近的时光。两人说说笑笑地出了屋子。

晚上，窦昭和陈曲水商量这件事："……只怕我们判断有误，说不定何文道这个时候并不想太早地掺和到阁老之争里去。"

"也有可能。"陈曲水对这个消息也很看重,"何文道虽然是曾贻芬推荐入阁的,可何家一向是自成一派,谁的事也不参与,这也是何家这么多年都屹立不倒的缘故。"

窦昭点头,道:"何家的事也查一查才好——何煜是幼子,何文道怎么会派了他回乡祭祖?"

"我知道了。"陈曲水应着,下去安排人手查何家的事。

过了腊八节,京都有消息过来:"何文道少年及第,娶的是他师座的女儿。他对这位夫人十分敬重,两人共生了六男三女,无异生之子。何煜乃老蚌生珠,比何家大爷小了二十二岁,何大人和何夫人爱若眼珠。这次回乡祭祖,本安排的是何家的大爷,只因何煜吵着要来,临时改成了他。"

窦昭讪然笑道:"我的疑心越来越重了!"

陈曲水不以为然:"不是小姐的疑心重,而是我们现在不过是依附在窦家这棵树上的藤萝,没有自己的渠道去接触那些核心的东西,只能通过观察一些细枝末节来推测事情的发展,从而避免那些能影响我们的事情……"说到这里,他语气一顿,面色端凝地道,"四小姐,承蒙您的厚爱,家里的事没有瞒着我,我多多少少也能看出点您的困境。我知道您想自强自立,可您有没有仔细想过?这种事,没有十年的功夫是不可能的。"

"我不仅想过,而且还知道我们的路有多艰辛。"窦昭点头,"我是女流之辈,不可能自立门庭,必须依靠窦家,这是一难。我不准备出嫁,没有子嗣,这就注定了我的直系里不可能出进士,没有进士,在政治上就只能依附别人,这是二难。我名下虽有大量的财产,每年却只有一万两银子的例钱,虽然开了个笔墨铺子,又有范文书这样的人帮忙,他没有五年的功夫难以闯出名堂,而且就算是做到了北直隶第一,它的收益相比我们的支出来说,简直是杯水车薪——我们要养一帮能随时帮我们打探消息的人,这是三难。这些连我都想得到,先生必定比我看得更远更深。"她真诚地道,"所以陈先生答应帮我,我嘴上虽然没说,但心里是十分感激。"

陈曲水忙揖了揖手:"惭愧,惭愧!老朽才疏学浅,没能给小姐帮得上忙。"

"先生不必谦虚。"窦昭笑道,"没有您老,我们也没有今天的局面。"她目光坚定而明亮,语气平静而无畏,"可我不能因为有难处就放弃,总要试一试才行!"

陈曲水肃然地点头:"正是小姐说的这个理。"

他看中窦昭的正是这一点:不管遇到什么艰难都不放弃。他那颗早就变得冰冷的心也跟着跳动起来。一个人,只要有坚定不移的信念,有勇往直前的勇气,不管过程有多曲折艰难,但最终等待他的,必将是丰硕的果实。他就怕窦昭会中途放弃。

两人的话题非常严肃,屋里的气氛不免有些凝重。窦昭不喜欢这种氛围,她笑着给陈曲水打气:"您看现在,我的年例不就从一千两涨到了一万两,还请到了像段公义、陈晓风这样的高手来保护我,这要是放在从前,可是想都不敢想的事!人的一生还长着,谁知道会遇到什么事?我们要有信心才是。"

陈曲水大笑,放下心来:"行!只要小姐有信心,我就是拖着这老弱残躯跟着小姐走这一遭又何妨!"

窦昭忍不住翘起了嘴角,以茶代酒敬陈曲水。陈曲水一饮而尽。两人不由相视而笑。

没几天,崔十三从京都回来:"好了,你说的那几个人我都去拜访过了。"他狐疑地道,"你真的让我去京都的笔墨铺子当二掌柜啊?我可是什么也不懂,你是不是让我先在窦家的铺子里学两年?而且那我看那个范文书做得挺好的,根本不用再添个二掌柜。"

至于范文书对他热情中隐隐流露出来的戒备,如果是从前,他肯定会不服气地和他斗一斗，可自从跟着窦启俊看过那些流民雇农的生活之后，他的心境发生了很大的转变，觉得范文书这样做是人之常情，他不仅能够体会，而且能够理解，不必大惊小怪，在范文书没有任何错误的时候和范文书去较真。

窦昭没有作声，白皙修长、骨节分明的手指轻轻地摩挲着茶盅青绿色的釉纹，低声道："十三，你听说过我母亲的事没有？"

崔十三一愣，回避般地垂下了眼睑，轻声道："没有！"

"你说谎。"窦昭笑道，笑声清越悦耳。

崔十三很狼狈，窦昭悠然地道："王家势大，我现在惹不起，可不代表我以后也惹不起。我让你去做二掌柜，不是让你插手笔墨铺子的生意，是想让你去京都结交一些能给我们提供庙堂之事的官吏。"

她向崔十三交底。崔十三脸色大变："你想报复王氏？"然后急急地道，"我不参与这事……"

真是世事无常啊！窦昭自嘲地笑了笑，前世对她最忠心的人，这一世毫不客气地拒绝了她。

"报复王氏？"她不紧不慢地端起了茶盅，"你未免太看得起她，也太小瞧我了。"

崔十三愕然。

"我要报复她？"窦昭悠然地呷了口茶，冷酷地道，"我只要劝父亲纳个妾，生个庶长子由我教养，再找个人引诱窦明，她就完了！还用得着我报复？"

"那，那你要干什么？"崔十三面白如纸地跳了起来。

不错，她说的一点都不错。王氏进门这么多年都没能给人丁单薄的西府生下男嗣，窦昭完全可以通过二太夫人甚至是崔姨奶奶向窦世英施压，让窦世英纳妾，而王氏因为失去了主母的权力，再把年幼的庶长子交给端庄沉稳，大方持重的长女抚养，合理又合情。而现在西窦从上到下全是窦昭的人，想坏了窦明的名声，那简直是易如反掌，根本就不需要动脑筋……

念头闪过，崔十三望着窦昭寒霜般的面孔莫名地灵机一动，想到了另一种可能。他不由骇然地道："难道你，你想自立门户？"话一说出口，他立刻又自己否定了自己，"不，不，不可能……"

崔十三，一向都是那么机灵。窦昭长叹了口气，问他："为什么不可能？"

崔十三想也不想地道："因为你是女人……"

"崔姨奶奶不也是女人。"窦昭笑道，"不也过得好好的吗？"

崔十三脑子顿时有点晕，不禁低头思考，渐渐地，一个大胆的想法在他的脑子里逐渐形成："你是说，在窦家占一席之地，让窦家不得不尊重你……"

"你想不想跟着我一起干？"窦昭笑而不答，邀请他，"这样，崔家就有能力培养子弟读书，说不定几十年上百年以后，会成为第二个窦家！"

崔十三两眼发着光，不过片刻，他就斩钉截铁地说了句"干"。

窦昭在心里暗暗赞许，低声道："你这次去京都，最主要的是想办法悄悄地放印子钱……"

她把自己的计划告诉崔十三。崔十三听着听着，眼睛越来越亮，到了最后，已是热血沸腾："四小姐，您就看我的吧！"

这是他第一次尊称窦昭为"您"。

窦昭只当没听见，笑盈盈地点了点头。

崔十三却道："那，那您为什么不用那些手段对付王氏？"

窦昭沉默了半响，沉声道："做人，要有底线！"

崔十三默然，静坐了好一会，起身恭敬地向她行了个礼，退了下去。

窦昭一个人坐在临窗的大炕上，慢慢地喝着茶。

王映雪，她做错了事，就得受到惩罚，王家不管，自己会管的。但不是现在。

子嗣什么的，只会让她伤心难过，但不会让她后悔、绝望。

窦明，前世对不起自己，这世却没有做错什么。自己不能因为她没做过的事而去报复她，这是自己做人的原则。她并没有骗崔十三。

窦昭侧过脸去，透过玻璃窗扇，她看见几个小丫鬟正在院子里堆雪人。小丫头们那欢快神色让她有些紧绷的神色徐徐地舒展开来。

陈曲水由素心陪着，匆匆地走了进来，窦昭有些惊讶，高声地吩咐守在外面的丫鬟："请陈先生和素心直接进来。"

小丫鬟应了声"是"，不过几息的工夫，陈曲水和素心撩帘而入。见屋里没有其他的人，素心又撩帘出去了，陈曲水则面色沉凝地朝着窦昭揖了揖。

"出了什么事？"窦昭的神色也不禁跟着沉重起来。

"何公子，不，何家正式向窦家提亲！"陈曲水深深地吸了口气，道，"五老爷和令尊都已经答应了。"

窦昭心神俱震，大惊失色地道："两家正式交换庚帖了吗？这是什么时候的事？东窦那边可曾得到了消息？"

"还没有正式交换庚帖。"陈曲水脸色并不见轻松，"此事是两天前发生的。何家请了翰林院学士蔡骝向令尊提亲。令尊虽然没有一口答应，但为了这件事曾和六老爷一起专程去找五老爷商量，之后令尊就答应了这门亲事。我们现在打着五老爷的旗号能利用军中的驿道传信，东府那边还不知道这件事。"

窦昭强忍着才没有腹诽父亲几句，但她心里也明白，在这件事上父亲并没有什么错处——父母之命，媒妁之言。何家门第显赫，何煜相貌出众，又是家中得宠的幼子，父亲答应这门亲事一点也不奇怪。

只是……"等等……"她道，"何大人是我父亲的房师，按道理，何煜得称我父亲一声师兄，他们怎么会向我们家提亲？"

五伯父正殚精竭虑地拉拢何家，视而不见、装聋作哑倒有可能。父亲从来都没有什么主见，被五伯父说服也有可能，但何家不应该会犯这样的错误才是！

"好像是何公子在家里吵闹不休，"陈曲水道，望着窦昭的表情有些怪异，"何大人和何夫人没有办法，只得答应。"

陈曲水言下之意，是说何煜看中了窦昭，所以强求父母为他提亲。

窦昭顿时头大如斗。自己和何煜也不过是数面之交而已，他怎么就突然非要娶自己不可呢？她对陈曲水道："先生如何看待这件事？"

陈曲水犹豫数息，斟酌道："何家虽然显赫，照我看来，若是小姐嫁人，何公子却不是良人。"

窦昭扬了扬眉，陈曲水很冷静地分析："何大人比五老爷年长十岁，年事已高。何家的大爷是癸丑年的进士，如今正在工部观政，育有三儿一女；三爷是壬子年的举人，育有一儿一女。等到何公子要立业的时候，何家能留给他的也不过是个虚名罢了。"

对于窦家而言，何家的可贵之处在于何家的政治资源；对于窦昭来说，何家的不足之处也在于何家的政治资源。

何文道这个时候可以帮窦世枢，却帮不了以后的窦昭。他的长子和三子已举业有成，等到何煜长大成人需要帮扶一把的时候，同是嫡子的大爷和三爷早已站稳了脚跟，瓜分了何文道的政治资源；他们又各有子嗣，到时候与其帮着自己的这个幼弟站稳脚跟，还不如把自己手中的政治资源留给自己的儿子，何煜现在看着风光无限，实则前途有限。而相比何文道，窦世枢年富力强，曾贻芬死后，他很有可能入阁，而且窦昭和窦世枢有着天然的血亲关系，不比在何家，窦昭不过是众多媳妇中的一个。她想出头，就得讨好何夫人，可讨好了何夫人，就有可能得罪何家的大太太和三太太。想左右逢源……有这精力，还不如把功夫花在窦世枢的身上，至少窦世枢看在窦昭名下西窦的二分之一财产的分上现在就已经对窦昭另眼相看。他们何必扬短避长，放弃自己的优势呢？

"我也是这么考虑的。"窦昭轻轻地颔首，道，"而且我还有点顾忌。何大人和何夫人明明知道何公子此举不妥，却还是不顾辈分之差向窦家提亲，可见何大人和何夫人对何公子的喜爱。我若是嫁了过去，未必能和何公子过得好。一旦何家觉得得不偿失，恐怕我的日子会更难过。实在是太浪费精力了。"

"四小姐言之有理。"陈曲水松一口气。

窦昭虽然说过不想嫁人，可他作为一个经历沧桑的人，却并没有把她的话放在心上，觉得窦昭还小，没到情窦初开的时候，何家突然向窦昭提亲，他既担心窦昭一时迷失在何家的显赫名声中，又怕窦昭看中了何煜的好相貌。现在见窦昭依旧冷静理智，他老怀大慰，道："我有个主意，不知道可行不可行？说出来您参考参考。"他慎重地道，"五老爷那边估计是指望不上了，可毕竟七老爷才是您的亲生父亲，只要七老爷坚决不答应，五老爷总不能逼着七老爷应允了这门亲事吧？我觉得我们可以分两步走，一是请人到七老爷那里说项，让七老爷知道，这门亲事除了对窦家一时有助益之外，对您却是有百害而无一利的。以七老爷这些年对四小姐的爱护，我想七爷肯定会仔细思量的。而这个说客的人选，最好莫过于六老爷了！"

六伯母马上就要进京了，窦昭笑道："您是想让我说服六伯母？"

"正是。"陈曲水道，"六老爷一向敬重六太太，且和七老爷是知己，由六老爷这个和五老爷一母同胞的兄弟出面，可谓是事半功倍。"说到这里，他微微一笑，脸上闪过一丝狡黠，"而且纪家若是知道了何、窦两家这个时候要结亲，恐怕也会有点自己的想法。说不定我们可以浑水摸鱼，全身而退呢！这就是第二步了，把纪家也给拖下水。"

窦昭哈哈笑起来："女嫁从夫，我六伯母不会这么糊涂的，您与其打我六伯母的主意，还不如从我们的纪举人身上下手！"

"那也行。"陈曲水自认不了解六太太，从善如流地道，"那我们就给纪举人递个信好了。"

窦昭就沉吟道："先生的话也提醒了我。我想肯定不止一家希望阻止这个时候窦、何两家联姻。我们不妨利用一下济宁侯魏府。"

"济宁侯魏府？"陈曲水有些不解。

因为窦、魏两家都没有把这桩婚事当回事，他并不知道窦昭和魏家的关系。窦昭把当年的事讲给了他听，陈曲水惊呆了，半晌才回过神。

窦昭笑道："到时候我只说若想让我嫁到何家去，得先把我母亲当年给魏家的信物拿回来。我想这件事就算是何大人不在乎，也希望窦家能早日和魏家把话说清楚吧？"

陈曲水思考了一会，有些顾忌地道："照您这么说，魏家并不热衷于这门亲事，到时候令尊要求魏家退还信物，魏家肯定不会犹豫……"

窦昭笑道："您也不用给我脸上贴金，魏家何止是不热衷，根本就是不愿意。"

陈曲水尴尬地笑，窦昭倒毫不在乎，道："如果我们只是想要回信物，魏家自然求之不得。可我们要回信物却是为了和何家结亲，只怕魏家就没有这么好说话了。"

"这倒是。"陈曲水说着，兴奋起来，"如果我们谋划得当，说不定能很顺利地推了何家的亲事，而且还能要回魏家的信物。"

肯定能行。以她对魏廷珍的了解，魏廷珍会拿着窦家的这个把柄大闹一场，然后扬眉吐气地把婚事退了。

"这样还有一个好处。"窦昭胸有成竹地微笑，"我的婚事搞出了这样的风波，三五年，甚至是七八年都可能没有合适的人家前来提亲，就算是有不知道内情的闯了进来，有何家在那里竖着，二太夫人十之八九也会觉得不合适，不了了之。"

"就照着四小姐说的行事。"陈曲水来找窦昭时的沉重和担忧一扫而光，他高兴道，"我这就去安排。"

窦昭亲自送陈曲水出了二门。

回来的路上，素心一直悄悄地打量着窦昭。窦昭很喜欢素心的稳重与细心，笑道："怎么了？"

"没事。"尽管是这样回答的，素心还是忍不住道，"四小姐，您以后会不会后悔？"

"不会。"窦昭笑道，"我知道自己要的是什么，自然就不会后悔了。"

素心稍稍心安。

到了第二天，东、西两府的人都知道何文道的幼子何煜看中了窦昭，回到京都后就央了父亲到窦家提亲，窦家五老爷欣然应允。

崔姨奶奶极为后悔："就是那个漂亮的后生？早知道这样，我应该见上一面才是的。"

二太夫人一边派了人与京都的窦世枢联系，一面欣慰地和六太太道："这才是门当户对的好亲事嘛！还好当初没有和邬家结亲，否则此时后悔也来不及了。"

六太太笑着应是，心里并不十分赞同二太夫人的话。她私底下对王嬷嬷道："我倒不求寿姑嫁得多显贵，要紧的是夫家人口简单，家风清白，对寿姑一心一意地爱护。何公子太幼稚了，我有些担心……"

王嬷嬷道："那我们是不是该提醒七老爷一声？"

纪氏迟疑道："可要是我看错何公子呢？岂不是耽搁了寿姑！说起来，这门亲事还是那何公子自己相中的呢……"只觉得左也为难，右也为难，患得患失，两天都没有睡好。

窦昭自然不知道纪氏为她担惊受怕，早写了信让陈曲水连夜送给父亲，要父亲从魏家把信物要回来。又给远在西北的舅母写了封信，把这件事告诉了舅母，免得舅母不知道内情，到时候为人所蒙蔽。

想当初舅母听到她和邬善的事，知道这媒是六伯母保的，高兴得不得了，丢下舅舅和表姐们，收拾行李准备直接进京相看邬善，谁知道她还没有启程，她和邬善的事就黄了。舅母当时伤心了很久，连着写了好几封信给祖母和六伯母，过年的时候还专程差了人来给六伯母问安，一是感谢六伯母为她的婚事操了心，二来也是求六伯母继续帮她留意一门好亲事。

这些点点滴滴都藏在她心里，她只有找机会再报答了。

纪咏来拜访她。窦昭有些意外，但仔细一想，却又是在情理之中的事。

她在花厅招待纪咏，纪咏一言不发，像头次见到窦昭似的，把她上上下下打量了个遍。

窦昭早习惯了他的喜怒无常，大大方方地坐在那里任他打量，该干什么就干什么。等他打量完，还问他："你看完了？"

纪咏很认真地回答她"看完了"，然后皱着眉问她："你为什么要说我'不规矩'？"

没想到这件句话让他如此耿耿于怀,事隔大半年还要问个明白。窦昭也就很认真地回答他:"我觉得,一个人可以标新立异,独立特行,那是名士风流。可若是因此打扰到别人,让别人觉得难受,那就是傻大憨的讨人嫌!"

"你骂我!"纪咏的脸立刻阴得随时可以下雨。

"你是这样的人吗?"窦昭问他。

他额头上冒着青筋,阴森森地反问窦昭:"我是这样的人吗?"

窦昭不是为了让他难堪才这样说的,因而真诚地道:"你什么都好,就是有时候太霸道了。比如说那次写春联,启光一心想科举入仕,他是真心希望皇上千秋万代,盛世永昌,可你偏偏把启光嘲笑了一番。他又没碍着你什么事,你又何必这样咄咄逼人?"

第三十六章 邬家·前夫·魏家

窦昭的话,让屋子里一片死寂。她不由轻轻地咳了一声,想再劝纪咏几句,谁知道她还没有开口,就听到了纪咏的一声带着不屑和轻蔑的冷嗤:"有些人自己没什么本事,却总是责怪别人对他不客气,我最瞧不起这种人了!"语气虽然少了他讥讽人时的咄咄逼人,说出来的话却一样的尖酸刻薄。

得,算自己说错了话,认错了人!窦昭决定以后自己再也不对牛弹琴了。

她问纪咏:"你找我有什么事?"态度就冷淡下来。

纪咏不以为意,摸了摸鼻子,悠悠地道:"你是不是很不想嫁给何煜?"

窦昭心中一跳,不动声色地道:"你何出此言?"

"要不然你怎么会算计我呢?"他慢条斯理地道。

窦昭心中顿时掀起千层浪,好不容易才按捺住没有跳起来,但脸色已经控制不住有些难看。

纪咏笑眯眯地点头,心情好像非常高兴,悠然地道:"不过呢,看着我们亲戚一场的分上,这次我就帮帮你好了。"一副毫不在乎的样子。

窦昭骇然,纪咏已起身出了花厅。

窦昭不由抚额,这个纪咏,到底是什么意思?他是纪家受长辈宠爱、受下辈景仰的精英,不要说像他这种能分享纪家资源、享受纪家昌荣的人了,就是六伯母,也会在这个时候分清主次,坚定不移地站在她儿子赖以生存、她死后能得到祭祀的窦家,而非生她养她的纪家,他怎么可能舍弃了纪家来帮她?这就好比是出卖自己的利益一样!可以她对他的了解,他的言词、举止虽然常常让人气得恨不得吐一口血,可他说出口的话却从不曾食言过……

或者,他只是来嘲讽自己的?窦昭仔细回忆着刚才的蛛丝马迹。除了提到窦启光时他讽刺了自己几句之外,其他的时候他表现得都挺正常啊!

难道他是来向自己示威的?那他又何必说什么要帮她的话……也不像啊!

窦昭坐在那里摇头。

纪咏突然去而复返："对了，"他咧了嘴笑，笑容灿烂得十分刺眼，"我还有件事忘记跟你说了。你的那个账房真不错，不过呢，比起我来就差多了。你以后有这种事不妨和我商量，我准保比他好用。"

窦昭绷不住脸色铁青，纪咏却像看到了什么久盼的奇观，满足地哈哈大笑，扬长而去。

窦昭忙高声喊着："素心，请陈先生过来，我有要紧的事和他商量。"

邬家在京都的寓所位于城北安定门附近的崇敬坊方家胡同。它北边是国子监和文庙，南边有座开元寺，西边是安定门大街，闹中取静，是个读书的好地方。外地来京的士子大都喜欢在这附近租赁寓所，崇敬坊的房价一直居高不下。

邬家的这座宅院却是早年前祖宗买下的。二进的小小宅院，种着西府海棠和石榴树，庭院中间是架葡萄藤，青花大鱼缸里几尾金鱼正摆着尾巴在水草间游弋，处处洋溢着富足安逸的居家气氛。

邬太太和女儿坐在廊庑下的美人靠上做着针线活，听着从西厢房传来的琅琅读书声，眉头不自觉地蹙成了一个"川"字。

邬雅抬头，又看见母亲满脸的惆怅，不解地道："娘亲，您这些日子到底怎么了？为何总是一副愁眉不展的样子？"然后和母亲调侃道，"我这么听话，是不是哥哥又做了什么错事？您告诉我，我保证不告诉爹爹，帮您把哥哥教训一顿！"

"傻孩子。"邬太太不由摸了摸邬雅乌黑的发丝。

翻过了年，女儿也有十四岁，到了该说亲的年纪了。儿子自从经历了那件事之后就不怎么说话了，原本她总是有说有笑的，现在母子之间的对话全是一成不变的"饿不饿"，"不饿"；"有什么想吃的没有"，"没有"；"睡得可好"，"好"……她和丈夫说起儿子的异样，丈夫却觉得这是好事："善儿长大了，持重沉稳起来。"她只好把在窦家发生的事告诉了丈夫，却不敢提儿子一句，只说是自己相中了窦昭。

"荒唐，荒唐！"丈夫听后勃然大怒，"这么大的事，你怎么不早和我商量？他们家的四小姐不比其他的闺阁小姐，当初王家的那个女儿扶正，窦赵两家曾有言在先，四小姐的婚事王家不得插手，生怕四小姐受了王家或是窦家的委屈。你以为元吉就很好插手不成？他能答应你，背后还不知道是怎样周旋的，你一句不适合就推了，你早干什么去了？你这样让元吉情何以堪？竟然到了这个时候才告诉我……我得去给元吉赔个不是才行！"然后瞪了她一眼，高声道，"你也给二太夫人写封告罪信。人家为了你的一句话，只怕腿都跑断了！"

想到这些，邬太太就觉有个榔头在她脑门上钉似的，嗡嗡作痛。早知道这样，当初就应该咬紧牙关不答应儿子才是，也免得闹出之后的那些事来。

窦元吉虽然一副毫无芥蒂的样子，她却不相信他们真的没有一点想法，倒不好像从前那样常常去窦家走动了。

她正思索着，小丫鬟来禀，说邬大人下了衙。邬太太整了整衣襟，和女儿迎了上去。邬松年五十来岁，身材高大，面容冷峻。看见乖巧的女儿，他眼中不由流露出暖暖的笑意。

"善儿呢？"书声停了下来，院子里就安静下来。

"刚才还在读书呢！"邬太太的声音刚落，西厢房的门"吱呀"一声打开，听到动静的邬善走了出来。

"爹爹！"他恭敬地给邬松年行礼，举手投足间已少了年轻人的锐气，多了几分沉淀后的内敛。

邬松年不住地点头，笑着问起他的功课来。邬善一一作答，两人就这样站在院子里讨论起学问来。

邬雅拉了拉母亲的衣襟，邬太太找了个机会打断了父子俩的话，笑道："……等会用了晚膳有的是时间。"

邬松年对儿子的功课很满意，笑着进了正房。邬善嘴角虽翘，眼底却没有一丝笑意，跟着父亲进了屋。

邬太太不由叹了口气。服侍丈夫梳洗过后，她不由问起丈夫来："你不是说今天蔡大人请喝酒的吗？怎么这么早就回来了？"

邬松年笑着摇头："别提了——老蔡去给人做媒了！"

"做媒？"邬太太不禁大为诧异，"他怎么会去给人做媒？谁这么大的面子，竟然请得动他？"

蔡弼的学问是一等一的好，可为人也是一等一的势利，若不是蔡弼和窦世枢是亲家，他们家是无论如何也不会和蔡弼来往的，即使是这样，没有什么事邬松年也不会轻易登蔡家的大门。

"是何大人。"邬松年道，"他想为他们家的幼子求娶窦家小姐，请了蔡弼做媒人。"说完，又道，"听蔡弼那意思，好像是何大人怕窦家不答应，所以请了他出面，让他无论如何也说成这门亲事。"

邬太太眼皮直跳："窦家的小姐？排行第几？"

"我怎么好打听得那么详细？"邬松年道，"元吉从兄弟七个，家中应该有好几个侄女才是。"

"侄女？"邬太太错愕，"那岂不是差着辈分？"

"是啊！"邬松年皱了皱眉，"要不然怎么会请了蔡弼出面！一来他和窦家是姻亲，有什么事好说话；二来除了蔡弼，又有几个人能想得出那些鬼点子，引经据典地把这件事给说圆了。"随后颇有感慨地道，"看样子何家对这门亲事是志在必得。这也是元吉的运气——如果曾阁老致仕，有了何阁老的鼎力相助，元吉入阁已无悬念。"

邬太太心里霎时像沸了的水似的翻滚起来。

丈夫不知道窦家有几位小姐，她却一清二楚。窦家适龄的侄女，只有窦昭一个人。她念头闪过，就听见儿子失声惊呼道："难道是寿姑不成？"

夫妻俩不禁朝邬善望去，看见儿子一副失魂落魄的样子呆呆地站在那里。

夫妻不由交换了一个眼神，却听到女儿邬雅大声驳斥道："怎么可能是寿姑？她在真定乡下长大，何家怎么会知道她？肯定是窦明！窦明不管怎么说也是王大人的外孙女……"

"不错，不错。"邬善像回过神来似的，额头间虽沁满了汗珠，人却像突然鲜活了起来般喜出望外地道，"寿姑和济宁侯府的魏家有婚约，肯定不是她，肯定不是她……"

邬松年却脸色大变，他凝声喝道："非礼勿视，非礼勿听，非礼勿言。别人家的事，我们不要在背后议论了。你们都先下去吧！我还有话和你们的母亲说。"

邬善和邬雅退了下去，邬松年的脸色更凝重了，问邬太太："你说的四小姐，是不是就是这个寿姑？"邬太太点头。"何家要娶的，恐怕就是这个寿姑了。"邬松年沉声道，"今天蔡大人就是去了济宁侯府。"

"你说什么？"邬太太震惊地道，"这不可能！那窦昭都已经和别人家定亲了，何家怎么还会娶她？难道没有了窦昭，何家就娶不着媳妇了？"心里却酸甜苦辣，不知道是什么滋味。

"何家门第显赫，不可能是为了巴结元吉才去娶他的侄女。"邬松年说着，自己也觉得可笑，背着手在屋里打着转，"何煜是幼子，娶妻娶德……只怕那位四小姐……不简单！"邬松年想到这里，语气里不由平添了几分埋怨，"当初的事，你应该先和我商量商量的。妻好一半福，我们家人丁不旺，窦家子侄众多，如果能娶了窦家的小姐，我们善儿也好有个帮衬……"邬太太脸上白一阵红一阵的，半天都没有说出一句话来。

　　躲在父母窗前偷听的邬善却像被抽空了力气般顺着雕着西番莲的墙裙滑坐在了地上。跟在邬善身后的邬雅咬唇望着哥哥，眼里一片阴霾。

　　窦昭听到何家委托了蔡弼帮着窦家去济宁侯府拿回她定亲的信物时，非常惊讶。按理说，事情到了这个地步，何家就算是不愿意放手也应该保持沉默才是，为什么会冒着名誉受损的危险帮窦家出面呢？他们是看中了自己还是看中了窦世枢？或者，何文道和窦世枢已经达成了什么协议，急需这桩婚事做掩护？毕竟在上一世，窦世枢就是得到了何文道的支持才进的内阁。

　　她大胆地假设："会不会是何煜和他的大哥有着不可调和的矛盾？"

　　陈曲水眼神一凝，肃然道："您别说，要是真的如此，那这件事就解释得通了。"

　　何文道知道自己死后何煜不可能得到家族的鼎力支持，正好他又看中了窦昭，何文道索性把这个最宠爱的幼子托付给窦世枢，然后力挺窦世枢入阁，而对于何文道来说，不过是在阁老之争中提早表明了态度，虽有风险，但却不足以动摇根本，又解决了几个孩子之间的矛盾，可谓是一举数得。

　　他担心道："只怕这件事会有麻烦。"

　　"哪件事能没有麻烦？"窦昭乐观地笑道，神色轻松，"我们朝着这个方向把何家的事打听清楚了再说。再就是魏家那边，也要派个人盯着。蔡弼这个人……"她很想说"我是知道的"，但考虑到她现在的身份，她语气顿了顿，这才道，"我好像听说他的口才非常了得，就怕何、窦两家宁愿补偿魏家也要拿回信物，魏家的大姑奶奶比较势利，我们要防着她一手才是。"

　　陈曲水没有疑心。窦昭胸有沟壑，事关她自己的终身大事，她想办法打听到魏家的情况这很正常。

　　"我这就去安排。"陈曲水做事雷厉风行，让窦昭非常欣赏。

　　她喊住了陈曲水，道："纪家那边可有什么消息？"

　　窦昭没有把纪咏那句"看在我们是亲戚的分上，这次我就帮帮你"的话告诉陈曲水，她下意识地认为这句话太荒唐，就是自己说出来陈曲水恐怕也不会相信，或者只是把它当成热血少年的一时冲动。

　　陈曲水道："暂时还没有什么消息。"心里却琢磨着自己要不要亲自去趟京都。何家的事要不是四小姐及时看出了点端倪，只怕他们到现在还摸不着边，更不要说有所发展了。

　　每当这个时候，陈曲水就深深地感觉到没有人手的痛苦。他正要和窦昭商量，素心表情有些怪异地走了进来："四小姐，有两位公子自称有事路过真定县，特来拜会七老爷。其中一位公子自称姓魏，是济宁侯府的世子爷，另一位自称姓汪，是延安侯府的四爷……"

　　魏廷瑜和汪清海！窦昭睁大了眼睛。

　　陈曲水也被吓了一大跳，看了一眼有些发呆的窦昭，急急地道："人在哪里？他不知道七老爷在京都吗？"

　　"我们说了，"素心的表情越发地怪异了，"可魏公子说，若是七老爷不在家，拜见家中哪位长辈都可以。他只是过来问个安而已……"素心也猜到了魏公子的身份，她踌躇道，"您看，要不要请崔姨奶奶出面帮着招待招待？"

怎么把他给招过来了？她就知道，如果他们之间的婚事若是风平浪静则罢，若是闹出点什么热闹来，第一个跳出来瞧热闹的就有可能是魏廷瑜！

"不用了。"以她对魏廷瑜的了解，他要是看不到自己，肯定会想办法赖在窦家不走的，与其到时候让魏廷瑜闹出什么笑话来，还不如由她出面打发了魏廷瑜。窦昭盼咐素心，"你请两位公子到花厅里坐，我换件衣裳就过去。"

"这不大好吧？"陈曲水委婉地道，"家里的庶务不全由三老爷打点吗？我看不如请了三老爷过来陪客。"不管怎么说，这位济宁侯世子爷也有可能成为窦昭的丈夫，他不能让窦昭在魏廷瑜面前坏了形象。

窦昭知道陈曲水在想什么。她根本不在乎。魏廷瑜就算是瞧不起她，只要她愿意，就有办法嫁给他。他就是再看重自己，只要她不愿意，就能把这桩婚事搅黄了。

她对他比对任何人都有把握，魏廷瑜根本就不是问题！但她不想表现得太明显，引起别人的怀疑。

"那就请陈先生陪我去见见客人吧！"窦昭道，"他若是没什么事，请陈先生作陪，设宴款待他们一番，送上若干程仪，把人送走就行了。若是有什么事，还请陈先生领了他们去三伯父那里，让他们和三伯父商量去。"

这样也行！总比让崔姨奶奶出面的好。

就怕她老人家像相孙女婿似的，越看越满意，最后把四小姐糊里糊涂地嫁了——四小姐的婚事，这两年都快成崔姨奶奶的心病了。她老人家昨天还找到他，问四小姐到底嫁给何家好还是嫁给魏家好。

"四小姐既然不嫌弃老朽人寒酸，老朽就陪四小姐走一趟吧！"陈曲水谦虚道，和窦昭去了花厅。

魏廷瑜正和汪清海打量着花厅里的陈设。

"看见没有？"汪清海用手肘拐了拐身边的魏廷瑜，指着长案上插着迎春花的天青色花瓶道，"是汝瓶。"又指了多宝阁格子上放着的一对通体洁白无瑕的珊瑚盆景，"有两尺高。只怕京都的玉宝轩也没有这样好品相的珊瑚……你岳家可真有钱啊！"

"胡说些什么？"魏廷瑜正盯着花厅外的那几丛竹子看，除了他认识的紫竹、方竹、斑竹、南竹之外，还有好几种竹子他闻所未闻。听了汪清海的话，他转过头来，想到窦家派人去他家讨要当年的定亲信物，狠狠地道，"我们还是小时候见过，人家认不认识我还两说呢！"

汪清海就打趣他："哎哟，还是青梅竹马的……"

陈曲水见这两个少年都长得一表人才，行为举止却这样轻佻，心里很是失望，轻轻地咳了一声。

两人不由回头，就看见一个穿着青布长袍的清瘦老者陪着个身材高挑的少女走了进来。那少女看上去不过十三四岁的样子，肌肤胜雪，长眉入鬓，一双眼睛寒星般熠熠生辉，透着胸有成竹的自信从容，把两个见惯了温柔乡里柔弱美人的魏廷瑜和汪清海看得两眼发直，汪清海更是羡慕地对魏廷瑜道："真漂亮啊……你走狗屎运了，还不快把人娶回家……千万别把那玉佩还给了窦家……"

魏廷瑜身子一抖，清醒了过来，他急急地朝着窦昭作揖行礼，道："在下魏廷瑜，我们小时候见过一面，不知窦家妹妹还记得我不？我有事路过真定，特意前来拜访。既然长辈们都不在家，那我就不打扰了。改日再来看望窦家妹妹。"说着，推搡着汪清海就要走。

汪清海和陈曲水都被魏廷瑜突如其来的举止弄得摸不着头脑。

陈曲水瞥了一眼表情依旧平静的窦昭。

汪清海却是一个趔趄，差点摔倒在地，他只得匆匆地朝着窦昭行了个礼，跟着魏廷瑜出了花厅。

陈曲水望着汪清海歪歪斜斜的背影，很是不满。

"四小姐，物以类聚，人以群分。这位汪四爷举止轻佻，谈吐粗俗，绝非什么沉稳持重之辈。"他不好评价魏廷瑜，只好说汪清海，"把当年定亲的信物从魏家拿回来也好。"

窦昭却是早就习惯了魏廷瑜的冒失。

她在想魏廷瑜。这是她重生后第一次见到魏廷瑜，她还以为自己此生再也不会见到这个人了。相比她印象中的魏廷瑜，现在的他还是个面带稚气的少年，她很难把他和那个英俊的中年男子联系起来。

她还沉浸在再见面的震惊中，说起话来有些漫不经心："您放心好了，我要是想把信物拿回来，多的是办法。只是现在还不是时候，过些日子再说吧。"

陈曲水却觉得事情不像窦昭说的这样简单。窦昭好像对魏廷瑜有种别样的情愫……好像特别的包容，特别的忍耐似的。他隐隐有种不好的感觉，但更明白此时不是和窦昭说这的时候。

陈曲水选择了徐徐图之，他笑道："这样也好。我们先解决了何家的事再说。魏家人口简单，总比何家要容易对付得多。"

窦昭点头。

她也是这么认为的。什么事情和政治挂钩，就会变得扑朔迷离起来，魏家是闲散的公卿，没这个资格，也不敢参与其中。

而魏廷瑜和汪清海一走出窦家的大门，汪清海就拽住了魏廷瑜："说来看看窦家小姐有什么能耐让何家不要名声也要娶进门的是你，见到人却一声不吭地跑了出来的也是你，你到底要干什么？你今天要是不给我一个交代，你以后休想我陪你出门！"

魏廷瑜朝四周看了看，见窦家的门子都坐在门后说闲话，巷子里静悄悄的没有一个行人，他这才拉着汪清海朝前走了两步，低声道："我姐姐说，如果何家愿意帮我姐夫早点得到世子之位，她就同意将玉佩还给何家。何家已经答应了……就是不知道这件事成了没有……我姐姐说，她要看到朝廷的封诰才会将玉佩给何家……"

景国公张佩的夫人袁氏生长子张原明的时候差点难产而死，张原明生性木讷，长大以后又痴又肥，袁夫人看着就觉得心烦，更喜欢次子张继明和幼子张续明，因而张原明已经二十有六，景国公府还没有立世子，这不仅让魏廷珍很不安，而且让张继明和张续明也很不安。景国公府看着花团锦簇的表象之下却是暗流涌动。

汪清海是廷安侯府的四公子，又和魏廷瑜交好，自然知道这其中的来龙去脉。他闻言沉默下来，轻声问魏廷瑜："那你准备怎么办？"

魏廷瑜道："所以我要快点回去找我爹啊！"

汪清海精神一振，道："你是说……"

魏廷瑜的面孔霎时涨得通红："总不能让，让窦小姐被退婚吧？到时候她可怎么活啊？"他磕磕巴巴地道，神色有些扭捏。

汪清海哈哈大笑，使劲地拍了拍魏廷瑜的肩膀，把魏廷瑜拍得一个趔趄，差点跌倒："我就知道，魏兄是个顶天立地的好男儿，不会就这样畏畏缩缩地跑回去的。走，我陪你去跟老侯爷说。"

魏廷瑜点头，揽了揽汪清海的肩膀，两人上了马，扬鞭而去。

花厅里，窦昭还在和陈曲水说话："……您可曾仔细想过，窦家和魏家退亲，为何自己不出面，却让何家出面？"

陈曲水也想过这个问题，他慎重地道："我觉得可能是因为六老爷和七老爷都极力反对这门亲事，五老爷不想为此破坏了兄弟间的情分，只好把这件事丢给何家，对六老爷和七老爷可以说是为了让何家知难而退；对何家又可以有个交代，两边都不得罪。而最大的原因实际上是五老爷此时正是角逐阁老的关键时刻，容不得有半点的闪失，特别是在德行上不能有任何的污点被对手抓住——五老爷之所以能和王行宜争，就是因为五老爷这些年来行事端方，急公好义，备受同僚称赞……"

窦昭不住地点头，笑道："我们要抓住这个机会才是！"

"机会？"陈曲水不解道，"什么机会？事情已经闹开了，魏家总不至于把信物还给何家吧？那他们成什么了？卖妻求荣，魏家以后还能在勋贵圈子里立足啊！"

"什么事都不要说得这么绝对。"窦昭道，"别的事我可能不知道，魏家的事我却一清二楚。这个时候的济宁侯府，早已远离庙堂和皇家良久，落魄成了二三流的贵勋之家，不仅需要权臣支持得到优渥的差事支应门庭，而且还需要钱支撑日渐窘迫的用度。"说着，她语气顿了顿，提起了张原明："……他既是嫡，又是长，而且早到了请封世子的年纪，这件事对何家来说不过是举手之劳，有了魏廷珍帮着说项，以魏老侯爷和夫人对她的疼爱，十之八九魏家会同意魏廷瑜拿了张原明请封世子的事和何家讲条件的。"

陈曲水不禁扬眉，心中更是瞧不起魏家。道："四小姐的意思是？"

"我想请先生您亲自去趟京都，找魏老侯爷好好地说道说道。"窦昭笑道，"不管是为了颜面还是利益，把信物留在魏家都是最好的选择。毕竟我五伯父也有可能成为阁老，我又有大笔丰厚的陪嫁。"说完，她又调侃地道，"还可以趁机帮我五伯父正正名——不是我们窦家要退这门亲事，完全是因为这么多年以来魏家对这门亲事不理不睬的。低头娶媳妇，抬头嫁女儿。窦家总不能自己找上门去吧？"

陈曲水却有些犹豫，道："把你名下有多少产业告诉魏家吗？"

"那倒不用。"窦昭笑道，"我怕到时候脱不了身。我毕竟是窦家的女儿，陪嫁比一般人家丰厚些也是正常的。"她想到前世自己嫁入魏家时，魏廷珍看到她嫁妆时满意的表情。

陈曲水会意，笑道："我一定把这过错扣到魏家的头上去。"

从景国公府出来，魏廷瑜非常沮丧。

姐姐魏廷珍的话又在他的耳边响起："……我知道，这样有点对不起窦小姐。可我这也是没有办法了！你姐夫若是得不到世子之位，我和你姐夫可就连活路都没有了——你看见哪朝的太子被废了还能好生生地活着的？你就当是帮帮姐姐吧！姐姐站稳了脚，以后也可以帮衬你了。"

想到这里，他突然记起姐姐出嫁前的一天，他去给母亲问安，看见母亲躲在屋里偷偷地哭。他问母亲为什么哭，母亲却抱着他让他发誓，以后一定要对姐姐好，姐姐若是在夫家被人欺负，一定要为姐姐出头。

他当时以为母亲是舍不得姐姐出嫁，现在看来，姐姐之所以嫁给姐夫，多半是为了帮衬家里。

他们家从前也显赫过。听父亲说，从曾祖父在的时候，他们家每逢大节小气都能得到宫里赐赏，可现在，除了清明和春节家里能得到宫中的一些赏赐之外，其他的节气却是什么也没有的。不比隔着他们家两个胡同的长兴侯府，就算是元宵节都会有花灯赏下来。

每次他们姐弟由父亲带着出去游灯会回来，姐姐都会望着挂在长兴侯府大门口的宫灯沉默良久。

魏廷瑜低着头下了马车，看见门口停了辆黑漆平顶齐头的马车，挂着靓青色的粗布帘子，拉车的枣红色大马虽然矫健，但车身上没有任何代表爵位或是官品的标志。

他有些奇怪地进了大门，门房的管事郑礼屁颠屁颠地跑了过来。"世子爷，"他朝着魏廷瑜使着眼色，"真定窦家来人了！"

郑礼娶了母亲从前的贴身丫鬟秋玉，秋玉如今又做了魏廷瑜管房嬷嬷，郑礼因此总觉得自己在魏廷瑜面前比其他的仆人更有体面。

"啊！"魏廷瑜过了片刻才反应过来，忙道，"窦家来的是什么人？"

关于退亲的事，窦家从来不曾有人露过面。

"是窦家的一个账房先生。"郑礼殷勤地道，"听说他从前是窦家七老爷的幕僚，窦家七老爷进京的时候，他奉命照顾留在真定老家的窦家四小姐……"

但不管怎么说，总归是个幕僚，魏廷瑜有些失望地"哦"了一声。

郑礼看着魏廷瑜眼珠子直转，又道："听说他是为了窦家四小姐的婚事来的。很会说话。老侯爷本来不想见他的，可他进门就问窦四小姐身价几何，把侯爷惊出了一身汗，只好召见了他……"

他的话还没有说话，就被魏廷瑜一把抓住了衣襟，连声地问道："那个账房先生现在哪里？"

郑礼忙道："在书房！在书房和侯爷说话呢！"

魏廷瑜丢下郑礼，一溜烟地跑到了书房后面的暖阁。进门却看见母亲神色凝重由秋玉陪着坐在暖阁的大炕上，书房里的话一清二楚地回响在暖阁里。

田氏见儿子不声不响地就闯了进来，嗔怪地瞥了他一眼，朝着他做了个噤声的动作。魏廷瑜早在进门的时候就放慢了手脚，此时更是蹑手蹑脚地坐在了母亲的身边。

"……你想威胁我不成？"父亲气极反笑。

"侯爷此言差矣。"另一个声音舒缓缓和，应该就是窦家的那个账房先生了，"这么多年了，魏家既没有在逢年过节的时候给窦家送过年节礼，又不曾让世子爷前往真定府拜见七老爷，如果窦家有此意，大可应了何家的亲事，何必非要索回当年我们家太太赠与世子爷的玉佩？"他说到这里，好像是要给济宁侯一个思考的时间似的，语气微顿，道，"我们家七老爷膝下只有两个女儿。四小姐是长女，自幼冰雪聪慧，东府的二太夫人十分喜欢。赵七奶奶去世后，二太夫人怕我们家老爷对四小姐疏于照顾，特意将四小姐接到了东府。之后七老爷游宦京都，二太夫人舍不得四小姐，强行把四小姐留在真定，交由六太太，也就是翰林院学士窦世横、宜兴纪家的五姑奶奶教养，我们家七老爷怜惜四小姐年幼丧母，自己又不能亲自照顾，因而对四小姐格外宠溺。要不是四小姐感念生母的恩情，不想生母失信于人，以我们家二太夫人、七老爷的意思，早就为四小姐另配良缘了，何必派了我来和魏家商量信物之事？威胁之言就更谈不上了。"

魏廷瑜不由颔首。

书房里却一片沉寂。

那个账房先生又道："实不相瞒，我来之前，我们家二太夫人曾把我叫去反复地叮嘱，让我无论如何也要把当初七太太赏给世子爷的玉佩拿回去，说窦府有十二位少爷，却只有五位小姐，下一辈的姑娘就更少了，断然没有让人这样轻视的份。可我来之前四小姐也把我叫去，跟我说起当初侯夫人对从前的七太太是如何的情深义重，让我一定要问清楚，魏家到底是否准备履行前约，如果不是，再将玉佩要回也不迟。一边是二太夫人，一边是四小姐，让我好生为难。"说着，他的声音骤然间变得冷峻起来，"谁知道我刚进京都就听人说，济宁侯府把自己的媳妇卖了个好价钱……"

"这是哪个混账王八蛋在那里造谣中伤！"济宁侯怒吼着打断了陈曲水的话，"要是让我逮住了，不剥了他的皮才怪！"

陈曲水望着不过四十来岁已老态龙钟的济宁侯，在心里鄙视了他半晌，依旧咄咄逼人地道："我听到这样的话，自然是勃然大怒。事到如今，我还是要为我们四小姐问一声，侯爷到底有何打算？他们何家比起我们窦家来，不过是多了个现成的阁老，我们窦家却有五个进士入朝为官，他们何家给得起的，我们窦家未必就给不起。您又何必这样羞辱我们四小姐，羞辱我们窦家。我们不妨打开窗户说亮话，那玉佩您卖给谁不是卖，还不如卖给我们窦家……"

第三十七章　来迟·两难·酒楼

济宁侯听了脸涨得通红，色厉内荏地辩道："看陈先生的样子，也是个读书人，怎么能听风就是雨呢？那几年不过是孩子们年纪都还小，我们家又只有瑜哥儿这一根独苗，不要说去真定了，就是去西山，他母亲也不放心，因而疏于走动而已。哪有你说的那些事？"却始终不提魏窦两家的婚事。

陈曲水如果说来时还对魏家抱着什么希望，那此刻也如石沉大海，连个水泡都不曾冒了。他不用装目光也如利箭般寒光凛冽："侯爷恐怕言不由衷吧？我可是听说了，若是何家帮您的女婿请封了世子，您就把和窦家的定亲信物交给何家——我们家五老爷，可是吏部侍郎！"

内阁大学士不过五品，六部尚书正二品，为了提高这些大学士们的品阶，通常都让这些大学士们兼六部尚书衔，而且谁任哪一部的尚书，就分管哪一部的事务，但这些大学士们又不可能天天在六部坐班，于是各部的左侍郎就成了实际上具体管事的人。赏封勋爵，则由吏部稽勋清史司管。

济宁侯闻言一颤，心里把蔡弼骂了个狗血淋头。说什么外面的人决不会知道的，窦家的这个账房先生怎么就知道了？既然窦家的账房先生都能知道，张继明和张续明断然没有不知道的道理。张继明和张续明原先不过是在他们的老子张佩面前佯装兄友弟恭罢了，现在张原明首先打破了家丑不外扬的规矩借助外力请封世子，只会让张继明和张续明找到借口明目张胆地和张原明争夺世子之位，就是张佩，也无话可说。

张继明娶的是长兴侯的侄女，张续明娶的是宁德长公主的外孙女，哪里是小小的一个济宁侯府可比？这话要是传了出去，济宁侯府丢了面子是小，若因此而鸡飞蛋打岂不是两头落空？

他只能硬着头皮矢口否认:"绝没有此事!陈先生如果不信,我们可以去何家对质!"

你堂堂一个侯爷,竟然想和我一个如同仆人的账房先生对质……陈曲水一想到窦昭竟然和这样的人家有过婚约就不禁为窦昭打抱不平。

他好不容易才压下心头的怒火,佯装出一副面色大霁的模样,感叹道:"我也觉得不可能,不过大家说得有鼻子有眼的,连何家请的什么人到府上说项,府上用的是什么茶招待他都一清二楚,由不得我不信啊!"

济宁侯强忍着才没有从衣袖里掏出帕子擦拭额头的汗,而陈曲水已话锋一转,语气真诚又略带几分歉意地道:"不过呢,这件事也的确是我欠考虑了。景国公府的大爷和您再亲,那也是女婿,别人家的儿子,难道还能祭祀魏家的祖先不成?您自然是要多替世子爷打算,只有世子爷好了,济宁侯府才能兴旺发达,贵府的姑奶奶才能借助娘家的力量帮姑爷请封世子——这岳父帮姑爷,不管说到哪里,都是名正言顺、堂堂正正的,就是张家的两位爷有什么不满,那也怨不得别人,谁叫他们的妻族不得力呢!侯爷,您说是不是这个道理?"

是啊!何家想帮着张原明请封世子,是决不可能绕过窦家的。既然如此,何不就和窦家结了亲。以现在的形势来看,既可以得个耿直守诺的名声,又可以堂而皇之地插手张家的事,一举两得,可比和何家打交道风险少很多。

他不由点头:"先生说的有道理。"

"倒也不是我说的有道理,是侯爷当局者迷,我们这些旁观者清。"陈曲水一改刚才的犀利,谦虚地道,"侯爷可曾仔细想过,那景国公精明强干,如果贵府的姑爷如此不堪,为何景国公府直到今日也未请封世子?"

他想到窦昭跟他提及张原明时说的一些话,顺势而用,济宁侯却是心中一动。

"如果老朽猜得不错,景国公心里肯定还是属意贵府姑爷为世子的。"陈曲水娓娓地帮济宁侯分析,"不过是碍着夫人和几个儿子,找不到合适的机会罢了,否则哪里还用这样拖着!贵府的姑爷若是以静制动,什么也不做,说不定事情还会有转机。可若是借了外人之势强行插手景国公府的事,景国公肯定是容不得,那些亲族也会不服气,甚至会有人有样学样,不择手段地各显神通,到时候景国公府可就乱成一团麻了……"

济宁侯再也坐不住,一下子跳了起来:"不错,不错!景国公经常跟我说过,我们家姑爷事孝至纯,就凭这一点,就足以担当景国公的世子爷了……不过是袁夫人常和国公爷吵闹不休,让国公爷避无可避,躲无可躲……若是国公爷和袁夫人一样的心思,景国公府早就立了世子爷了,哪里还用等到今天……姑爷不动则罢,若敢私谋世子爷之位,以国公爷的性子,是决容不下姑爷的……"

书房后面就传来妇人嘤嘤的哭泣之声,陈曲水只当没听见。

济宁侯则朝着陈曲水躬身行了个揖礼:"多谢先生教我!大恩不言谢。"

"侯爷折煞老朽了。"陈曲水低头还礼,嘴角却高高地翘了起来。

位于京都最中心的南熏坊,与六部衙门、翰林院、詹事府等比邻而居的纪宅,从外面看上去不过粉墙灰瓦开两扇黑漆广亮门,寻常得很。可走进去了才知道,三路三间五进的宅,占了玉河胡同的三分之一。

坐在纪宅东南角那座玉兰花飘香的书房中,纪咏望着手中的便条,嘴角不由得高高翘起,弯成了个愉悦的弧度。

用景公国世子之位交换与窦昭的定亲信物。还不错,窦昭好歹值个世子的爵位。

他吩咐贴身的小厮子上道:"你带上我的名帖,我们去趟济宁侯府。"

子上难得见到纪咏这样高兴，就大着胆子笑道："我们去济宁侯府干什么啊？我们和那些勋贵之家又不熟……"

纪咏立刻翻了脸，冷冷地瞥了他一眼。子上吓得一个哆嗦，再也不敢多说一句，忙叫了丫鬟服侍纪咏更衣，自己去纪咏的书房拿了张名帖，差人套了马车，陪着纪咏出了门。

路上，他们遇到几个士子打扮的年轻人，看见纪咏，那些人远远地就给他让出条路来。

纪咏眼皮也没抬一下，视而不见地扬长而去。子上却认出了领头的是十二老爷家的敏少爷，其他的几个都不认识，应该是敏少爷国子监的同学。他朝着敏少爷笑了笑，算是打了个招呼，就听见那群人中有人不满地道："这就是你家那位少年得志的解元郎？也太倨傲了些吧？我等虽学识不如他，可也未必就没有金榜题名的那一天……"

子上听见敏少爷笑道："介元兄您误会了。我这位从弟不是倨傲，而是'一心只读圣贤书，两耳不闻窗外事'，不懂这些人情世故。莫说你和他是初次见面了，就是相识已久，有些日子没见，他也说不定会忘了你长得什么样。为此我这位从弟没有少闹笑话，我们家里的人都习惯了，你若是和他交往久了就知道了，他从小就不会认人……"

还好是遇到了敏少爷，这要是遇到了愚少爷，别说帮公子解释了，他不挑唆着别人找公子的麻烦就是好的了。

子上快步追上纪咏出了大门，正想在纪咏面前为敏少爷说两句好话，却看见一辆围着青布的黑漆马车停在了他们的面前。

车上下来的是纪咏的父亲纪颀。

他四十来岁，穿了正四品缀云雁补子的绯色官服，相貌英俊，神色温和，显得很文雅。

纪颀笑问儿子："见明，你这是要去哪里？"

纪咏眼也没眨一下，道："我要去玉宝轩看看有没有好一点的砚台。"

"钱够吗？"

纪咏理也没理，直接上了马车，子上忙帮他答道："够了，够了！"

纪颀不以为忤，点了点头，嘱咐着他们"小心点"，子上连连点头，匆匆给纪颀行了个礼，爬上了马车。

纪颀看着他们的马车驶出了带桥胡同，这才进了大门。

济宁侯府在城西的玉鸣坊，延安侯府、长兴侯府、兴国公府都在这里开府，本朝的开国功勋多在那里开府，因此玉鸣坊也被京都的人戏称为"富贵坊"。

纪咏在济宁侯府门口碰见了刚从府里出来的陈曲水。

他很意外，陈曲水更惊讶，上前给纪咏行礼。

纪咏却道："你怎么来了？四小姐呢？"

陈曲水笑道："四小姐在真定，差了我来济宁侯府办点事。"

纪咏眉头直皱，拉了陈曲水到一边说话："四小姐派你来办什么事？"

陈曲水笑而不答。纪咏脑海里浮现窦昭平静得近乎睿智的面孔，心里隐隐有种不妙之感。他冷哼一声，道："你别以为我打听不到。你告诉我，不过是让我少费些工夫罢了。"

陈曲水客气地笑道："受人之托，忠人之事。还请纪公子不要为难我。"

纪咏啧啧地冷笑，道："没想到福建巡抚张楷是个软骨头，他的幕僚却是忠勇之士。"

福建巡抚张楷在倭寇攻打福州的时候弃城而逃，被福建总兵——定国公蒋梅荪斩于剑下，头颅挂在福州的城墙上示众三日，朝野皆知。

陈曲水脸色大变，神色顿时变得非常冷峭："那就只有烦请纪举人自己去打听了。"

说着，甩着袖子登上了旁边的一辆马车，骨碌碌地走了。

纪咏望着远去的马车，脸色阴沉。

子上心里直打鼓：公子长这么大从来不曾被这样无视过，也不知道会有什么法子整治这位陈先生？不过，这位陈先生好像是窦家四小姐的人。

窦家四小姐也很厉害，装聋作哑，硬生生地把那个庞昆白打得半死，庞家不能喊痛不说，最后还倒赔了窦家四小姐两万两银子。要是她知道公子把她的人给整了，不知道会不会找公子算账？

公子的个性虽然强悍，可每次遇到了窦家四小姐就像火碰到了水似的，任你火势有多旺，她三言两语就能把公子浇个透心凉，让公子半天都缓不过气来。

如果窦家四小姐和公子起了争执，会不会殃及他这只小虾米啊？

子上正痛苦地琢磨着，有个管事模样的人匆匆从侧门走了出来，他朝着纪咏行礼："纪举人，我们家侯爷请您到花厅奉茶。"

纪咏倨傲地朝他点了点头，背着手，率先进了济宁侯府的大门。那管事一愣，急急地跟上，赶在了他的前面带路。

魏家的花厅绿意盎然，窗外树干碗口粗的紫荆花正开得如火如荼，屋里的陈设却像个过了花季的少妇，涂脂抹粉也掩饰不住陈旧沧桑。

纪咏撇了撇嘴，挑了张看上去比较新的太师椅坐下。

丫鬟们上了茶点，管事陪着济宁侯走了进来。

互相见过礼，分主次坐下后，济宁侯呵呵笑道："纪举人真是少年有成啊！不知道纪举人找我有何事？"他态度亲切，笑容和蔼，如同一个对下辈关爱有加的长者。

纪咏心里却已打了几个转。他原本是想利用窦家的沉默说服魏家留下当年和窦昭定亲的信物，改和窦家谈条件，这样既可以达到为张原明请封世子的目的，又可以在道义上站住脚，让魏家名利双收。没想到在济宁侯府门口遇见了陈曲水。

别人可能会被陈曲水糊弄，以为他不过是窦家一个名不见经传的账房先生，却瞒不过他——这两年，他一直被窦昭所用，窦家的人别说支使他了，就是想请他帮着出个主意，以陈曲水的傲气，那都是不可能的。

他来济宁侯府，肯定是奉了窦昭之命来解决信物之事的。自己虽然不知道陈曲水是怎样和魏家说的，但看陈曲水的表情，以他的能力，显然已经达成了目的。

自己再来见济宁侯就根本没有必要了。

可不知道为什么，他很不甘心就这样离开。甚至不愿意回家等探子的消息就这样贸然地闯了进来。

他想知道陈曲水都和济宁侯说了些什么。魏家是决定像他想象的那样把信物还给窦家，然后等到风头过去的时候再悄无声息地和窦昭把亲事退了，还是突然发现窦昭不仅能干，而且还有大量的陪嫁，完全可以支撑起这个落魄的鬼地方，临时改变主意，决定向窦家提亲？或者是，还有什么他没想到的事情发生……

就像他压根也没想到窦昭会派陈曲水来拜访济宁侯府，因而也没有派人注意真定那边的动向。

如果他今天没有遇到陈曲水，恐怕还在为一切尽在自己掌握中而沾沾自喜吧？

他很不喜欢这种失控的感觉。

纪咏忍不住心里抱怨了一句：窦昭不是应该乖乖地坐在家中等着他为她把这件事摆平的吗？她怎么一声不吭地跳了出来，把他的安排、部署都破坏了不说，还打了他一个措手不及，差点栽了个跟头……

他好多年都没有遇到这种事了！

她为什么要这样？难道他们不是一个阵营的吗？他早说过了，这件事会帮她解决的。她是不相信自己有这个能力，还是压根就没有把他的话放在心上？

这些乱七八糟的事想想都让纪咏心浮气躁，对济宁侯当然也就没有什么好颜色。

他淡淡地道："我刚才在贵府门口碰到了窦家的账房陈先生，他一向在真定照顾窦家的四小姐，突然出现在了京都，想必是为了当年贵府和窦家四小姐的婚事。我也听说贵府准备用当年定亲的信物和何家交换景国公世子的爵位，所以来拜访侯爷，想知道侯爷最终是准备将信物还给窦家还是交给何家……"

济宁侯的脸霎时就黑了。

魏家是准备把信物还给窦家还是交给何家，关他屁事！自己不过是看在他是纪家子弟的分上才好心招待他的，他倒好，给他几分颜色就开起染房来了，小小年纪就窥人隐私，有才无德，就算是中了状元也只能在宦海里挣扎做个穷翰林罢了。

"纪公子是不是管得太宽了些？"济宁侯毫不客气端起了茶盅，屋里服侍的小厮高声喊着"送客"。

纪咏自然不会等到有人来撵他。济宁侯端起茶盅的时候他就站了起来，没等小厮喊出"送客"两个字已冷冷地道："我家和窦家本是姻亲。承蒙窦家的二太夫人看得起，今年留了我在窦家过年。又见我要回京都与父亲团聚，怕窦家的几位伯父让窦家四小姐受了委屈，特意托付我仔细留意京都的动静，若是窦家的几位伯父力所不及，家中的几位长辈又瞒着不让她老人家知道，嘱咐我悄悄跟您说一声，如果您这个时候把信物留在魏家，等风声过了，她老人家愿意出重金购回……"

他的话还没有说完，济宁侯的嗓子就像被堵住了似的，目瞪口呆地半天也没有说出一句话来，心里却飞快地盘算起来。

他的确是看不上窦家那位"丧妇长女"窦四小姐，如果照着这位纪举人所说的，用信物换一大笔银子，魏家就立刻能摆脱目前的窘境，也就有银子打点宫中的那些内侍为儿子谋个好差事，魏家很快就能振兴起来。只是女儿……如果照着那位陈先生所言，就得娶了窦家的四小姐，虽说能得笔嫁妆，也能帮衬女儿，可到底受制于人……真是左右为难啊！

要是有个两全其美的方法就好了。

念头闪过，他心中一动。何必这么急着做决定呢？现在何家想要那块玉佩，窦家想要那玉佩，甚至是窦家的二太夫人也背着儿子私底下有自己的打算。常言说得好，心急吃不了热豆腐。他为何不等一等，拖一拖再说，指不定能卖个更好的价钱呢！

只是不知道这纪家是不是真的和窦家是姻亲，得好好打听打听才是。

拿定了主意，济宁侯精神一振。

纪咏一看就知道他打的是什么主意，心里闪过一丝鄙视，突然间为窦昭难过起来。

她母亲都给她说的是门什么破亲事！这要是嫁过来了还能有个活路啊！不管怎么说都不能让窦昭嫁进来！

纪咏在心里暗暗下定决心，听着那济宁侯装腔作势地道："我们魏家是跟着太宗皇帝南征北战，这才在太庙中挣得一席之地。我们子孙虽然不才，却也从不曾忘记老祖宗的功勋，不敢做下那有辱祖先的事。窦家既然和我们家交换过信物，这桩婚事岂能说变就变……"

他口若悬河之际，先前领纪咏进来的那个管事探头探脑地出现在了花厅的门口。

济宁侯微皱眉头，打住了话题，不悦地道："什么事？"

那管事忙低眉顺眼地走了进来，点头哈腰地道："侯爷，大姑奶奶回来了……"

济宁侯一愣,那管事就凑在济宁侯耳边说了一通话。

纪咏不屑偷听,可子上支着耳朵却听了个明白。

"也不知道是谁给大姑奶奶报的信,说您决定把玉佩留下,大姑奶奶抱着孩子哭了回来,说活不下去了,夫人正和大姑奶奶抱头痛哭,谁劝也不听。世子爷在一旁看着,让我赶紧来找您,说您要是再不去,夫人和大奶奶就要哭得闭过气去了……"

济宁侯非常疼爱自己的妻子和一双儿女,而且现在出了这样的变故,也应该好好向女儿解释一番才是。他顿时坐不住了,匆匆和纪咏说了几句客气话,再次端茶送客。

纪咏也不多说,起身出了花厅。

济宁侯急匆匆去了内院。

子上就把刚才听到的话告诉了纪咏。

纪咏道:"我在马车里等你,你跟着济宁侯去看看。我瞧着他那样子就是个软骨头,就怕被女儿一哭一闹的,又改变了主意。"

子上张大了嘴巴:"去,去内宅……"

"你怕什么?"纪咏鄙夷地瞥了他一眼,"济宁侯府这么大,他们家现在连平日的嚼用都捉襟见肘,不可能有足够的仆妇打理庭院。你只要绕开那些主要的庭院就能顺利地进入内院。就算是被人认出来了,你就说是我还有事找侯爷,结果你一路上都没有碰到个人,迷迷瞪瞪地就走到了那里……"

子上还能说什么,照着纪咏的吩咐偷偷地尾随着济宁侯溜进了内院。路上果然没碰到什么人,还看到一些偏僻点的宅院野草丛生,显得很荒凉。

又被少爷说对了,他嘟囔着,畅通无阻地到了正院,从后院翻了进去。丫鬟、婆子都在正房的廊庑下立着,他贴在后窗户上听,济宁侯的声音时断时续地传了过来:"……手心手背都是肉,我顾着你弟弟,也不可能丢下你不管……这件事你听我的,准没错……我还能害你不成……"

子上悄悄地折了回去,在垂花门的时候遇到了麻烦——一个婆子拦了他:"你是干什么的?我怎么没见过?"

"我是外院扫地的。"子上急中生智地道,"刚才看见垂花门前没人,就在这里晃了晃。"

"怎么会没人?"婆子百思不解。

子上已一溜烟地跑出去,叫嚷着"我要回去当值了",出了济宁侯府。

纪咏问他:"怎样了?"

子上把听到的话一五一十地学给纪咏听。

纪咏点头,问子上:"京都什么酒楼最好,我要请何煜喝酒!"

何煜整了整身上月白色竹叶纹的杭绸直裰,这才下了马车。

抬头看见黑漆烫金底的醉仙楼三个字,右角一个小小的印章,刻着"清溪散人"四个古隶,那是前任翰林院掌院学士林观澜的别号。

随身的护卫走了过来,小声地示下:"公子,要不要我跟着……"

"不用。"没等护卫的话说完,何煜就打断了他的话,"纪见明不是那样的人。他要是想害我,多的是办法,用不着找这样一个人来人往的酒楼。"

"是。"护卫应声退下,和其他几个人一起帮着将马车停放在了酒楼旁的广场上。

何煜带着贴身的小厮进了醉仙楼。

纪咏的随从子息正在大厅里等着何煜,见他进来,上前笑着行礼,请他上三楼:"我们少爷正在沧海阁等着何公子。"

沧海阁是醉仙楼最好的雅间，占了整个醉仙楼的一层，想在那里吃顿饭，没有两三百两银子不能启齿的，而且还要预定。

何煜轻笑，这个纪见明，摆这么大的排场，到底要干什么？

有人过来给何煜打招呼，他也是这里的常客。何煜心不在焉地应酬着，想到那天写春联时，纪咏看窦昭的眼神炯炯发亮，仿佛燃烧着一把火。

他心中闪过一丝异样的感觉。但很快，他就把这丝让他觉得不安的情绪抛在了脑后。

娶为妻奔为妾。姻缘之事，自然是要父母之命，媒妁之言的。何煜心中微安，含笑踏上了楼梯。

纪咏背着手站在窗扇大开的窗前，窗扇上镶嵌的掐丝珐琅彩绘玻璃映衬着他一身青莲色的细布直裰，越发显得身材高大挺拔。

说起来，这个纪见明也是个人物，何煜在心里嘀咕着。

纪咏已转过身来，英俊的脸上没有一丝笑意，神色冷漠地朝着他打了声招呼："你来了！"

何煜淡淡地点了点头，闲庭信步般潇洒地走到了窗边，"唰"的一声打开了折扇，虚摇了两下，然后笑着指了醉仙楼对面一间人头攒动的铺子，道："纪兄是第几次来醉仙楼？对面那家姚记炒货的糖炒花生很不错，来醉仙楼喝酒的人都要买上一包。醉仙楼怎么做也不如人家的好吃，几次想把人家的方子买过来也都没能如愿。京都的人都说，是醉仙楼成就这家姚记炒货……"他语气里带着本地人特有的优越感，想把纪咏的气势压下去。

纪咏闻言嘴角一撇，露出个似笑非笑的表情，吩咐子上："去，给何公子买包姚记炒货的糖炒花生来。"

子上应声而去。

纪咏转身，挥拳打在了何煜的面门上。何煜避之不及，"哎哟"一声捂住了脸，趔趔趄趄地撞在了一旁的太师椅上，太师椅纹丝未动，茶几上摆着的茶盅茶壶却"丁零当啷"地落在了地上。何煜又"哎哟"一声去扶被太师椅扶手顶得快要折断了的腰，也顾不得脸了，大家这才发现他满脸是血，让人根本看不清楚伤在了哪里。

早在纪咏挥拳的时候跟着何煜上楼的两个小厮已大叫着"公子"朝纪咏扑过去，一旁突然窜出了七八个大汉，不仅伸手就将何煜的小厮给制住了，而且还早有预谋地拿出两块白布将两个小厮的嘴给堵了起来。

"私人恩怨，你们不许插手！"纪咏很不厚道地对两个小厮喝道，挥拳又朝着何煜欺过去。

飞鹰走马久了，何煜的身手也变得比较灵活，他一个翻身躲在了太师椅的后面，高声喊着自己的护卫，却并没有撕破了喉咙喊"救命"之类的。

纪咏在心里冷笑。世家公子就有这点好，就是生死关头还要顾着面子。

他追上去，抓起何煜的衣襟，朝着何煜的腹部就是一拳。此时何煜已经反应过来了，刚才纪咏打在他脸上的那一拳让他的鼻子剧痛，眼睛发酸，视线有些模糊，纪咏抓着他的衣襟时，他本能地屈膝朝着纪咏的下身撞去。

两人同时闷哼一声，跌跌撞撞地倒在了地上，又不约而同地爬起来朝对方扑过去……扭打在了一起。

纪咏和何煜年纪相仿，一个奉行"君子动口不动手"，一个身娇肉贵、锦衣玉食，打起架来倒也旗鼓相当，难分伯仲。

好在醉仙楼的客人都是些有身份有地位的，三楼打得咣当乱响，也没人出来瞧热闹，最多有几个奉了命的小厮在楼道口探头探脑的。

等到何煜的护卫哗啦啦闯进来的时候，两人都已是强弩之末。

何煜的护卫要救主，纪咏的护卫早得了吩咐，不许有人插手，自然要拦，双方噼里啪啦地也打了起来。

紧跟着何煜护卫赶过来的大掌柜一看，也不知道该拉谁好——两人都是世家子弟，纪公子是举人，是读书人、斯文人，肯定不会是他先动手；何公子看上去有些纨绔，为人却十分豪爽，不是那种不讲道理的人。再一看，双方的护卫打得火热，酒楼的保镖想插手也插不进去。得，他索性吩咐二掌柜：“把门关了，他们叫我们，我们再进去。”

二掌柜会意，亲手关上了沧海阁的大门。

何煜见自己的人到了，心弦一松，推开纪咏，一屁股坐到了地上，这才开口说话："他妈的纪咏，打人不打脸，你这王八蛋，竟然打老子的脸！"

纪咏也打累了且达到了目的，不再追打何煜，和何煜一样坐在了地上，喘着气道："你能打别人的脸，我就不能打你的脸？"

"我他妈的打谁的脸了？"何煜胡乱擦着脸上的血，愤愤不平地道，"你不要含血喷人！"

"我含血喷人？"纪咏刚刚因打了何煜两拳而平复的心情立刻又激动起来，"窦家四小姐和魏家都已经有婚约了，你却从中插一脚，弄得人家窦四小姐现在里外不是人，被人指指点点的，差点就抹了脖子！"

窦家四小姐抹脖子？这不可能！

何煜直觉得这样认为，可见纪咏言之凿凿，他毕竟和窦昭不过只是见了几面，又有些不敢肯定起来。

纪咏见状乘胜追击："你不就是想找个靠山吗？好男不吃分家饭，好女不穿嫁时衣。你就不能有出息点？要靠着个女人和你哥哥们斗……"

何煜霎时羞得耳朵都红了，强辩道："你胡说什么？窦家四小姐人很好的……"

"那是，"纪咏鄙夷地道，"国子监门前两株古柏也不错，你怎么不搬回家去？"

"你……"何煜恼羞成怒，"窦家的事什么时候轮到你纪家帮着出头啊？"

"我可不像你，除了是何阁老的儿子就没有其他什么身份了。"纪咏傲然地道，"我是宜兴纪见明。纪家关我什么事？我想过问一下就过问一下，我不想过问，他们也就是个路人。"

真是狂妄！何煜张口结舌，却不知道怎地，突然对纪咏起了结交之意。

他喃喃地道："我要是想靠女人，多的是，犯不着一定是窦家的四小姐，我没有为难她的意思……那魏家也不是什么好东西……"

纪咏见何煜言辞诚恳，知道他服了软，口气也就和缓下来："我也知道，我不是过气气你罢了。那魏家的确不是什么好东西，破破烂烂的，窦昭要是嫁过去了，只怕先就要做牛做马地帮他们家填补亏空，比起你们家来是天壤之别。可问题是窦昭一心惦记着亡母的遗命，你总不能枉顾她的意愿吧？"说着，他长叹了口气，怅然地道，"她幼年失母，战战兢兢地在继母手下讨生活，还要看东府那些长辈的眼色，已经很不容易了，你再这么一闹腾，你想想，她还能有个好啊！不说别的，就是那些内宅妇人的唾沫星子都能把她给淹死。"

何煜低了头，半晌无语。

他是舍不得放弃窦昭吧？纪咏看着，在心里把何煜骂了一千遍，心头的无名之火这才略减，道："你倒是说句话啊！现在魏家决定既不把信物还给窦家也不交给你们何家，

· 65 ·

价高者得……你是不是还嫌闹得不够热闹啊？到时候你爹觉得划不来，拍拍屁股走人了，窦昭怎么办？她做了什么？不就是她爹做了你爹的门生，就惹了个瘟神不能脱身了……你还是不是个男人啊！大不了我以后帮你对付你的几个哥哥好了……"

何煜一咬牙，问纪咏："要是我退出来，窦家四小姐就会嫁给魏廷瑜吗？"语气里犹带几分不甘，没有询问纪咏会怎样帮他对付哥哥，只想知道窦昭的将来。

纪咏没来由地心里一阵不舒服，道："她自然是嫁给魏廷瑜啦！难道还会嫁给别人吗？"

"好！"何煜大声地道，"这件事我认了！"倒也干脆利落，颇有男儿的豪气。

此时陈曲水已回到了真定，他站在窦昭花房里，望着眼前一株含苞欲放的牡丹花有些担忧地道："如果魏家来求亲，难道小姐真的要答应这门亲事吗？"

窦昭用喷壶洗了洗山兰细长的叶子，答非所问地道："我让您给济宁侯送的药材，他们收下了吗？"

"收下了。"陈曲水道，"不过我看那济宁侯的样子……好像很平常似的……"

窦昭临行前让他带了两株三十年的人参送给济宁侯，他以为这两株人参大有深意，结果济宁侯不过是笑着道谢让人收了起来。他还以为济宁侯没有领会到窦昭的用意，特意提了几句，反而让济宁侯露出几分不屑。

"带到了就行了。"窦昭放下了喷壶，漫不经心地道，"至于用不用得上，那就是他们的事了。"

第三十八章　谜团·大雨·投宿

窦昭的话像是在打哑谜似的，陈曲水猜不出来是什么用意，自尊心又不允许他不认真思索就去问窦昭，这个话题也就揭了过去。

送走了陈曲水后，窦昭却站在正屋的廊庑下发了一会呆。

前世，济宁侯是承平十三年的五月初九突然病逝的。她是在承平十五年的八月十九日，也就是济宁侯除服之后，田氏去开元寺给丈夫做法事的时候"偶遇"田氏的。

现在已是承平十三年的三月，如果没有什么意外，一个多月后，济宁侯就会病逝，魏廷瑜需守制三年，这桩婚事自然就会拖下来。

三年以后，谁知道又会是怎样一番光景呢？

她并不担心。

接下来的几天春雨绵绵，窦昭忙着照顾她那几株牡丹花。陈曲水给她带来个消息：曾贻芬病逝了。

"内阁终于空出个位置来了。"窦昭笑请陈曲水在暖房里的石桌旁坐下，亲自沏了碧螺春，笑道，"不知道谁会成为首辅，也不知道哪位侍郎能入阁，京都这几天注定有人夜不成寐啊！"

陈曲水笑着接过窦昭递过来的茶水，分析道："叶世培和姚时中的可能性比较大，不过，戴建有司礼监的秉笔太监汪渊支持，也有可能。"

窦昭惊讶道："原来那戴建是有汪内侍支持的……"

陈曲水听窦昭称汪渊为"汪内侍"，比她还要惊讶，道："您怎么知道汪渊？"

她怎么会不知道汪渊？前世辽王夺宫，汪渊是先帝的心腹太监，最后竟然安然无恙。辽王登基后，他虽然没再做秉笔太监，却成了慈宁宫的大总管，皇上最宠爱的妃子江氏据说就因为得罪了汪渊被皇上所厌恶，最后江氏的两个儿子也被养在了她的死对头贤妃齐氏的名下。汪渊又最不喜欢别人称他为"公公"，所以不管是内命妇还是外命妇，只要遇到了他都会尊称他一声"汪内侍"。

窦昭也是叫顺了口，她只好故作不知地道："我看书上都说这些人是'内侍'，就用了这个称呼。"又怕陈曲水继续追问下去，忙转移了话题，"叶世培不是次辅吗？现在曾贻芬去世了，他应该接任首辅才是，您怎么说他只是有可能？那姚时中和戴建又是什么人？"

这些都是陈曲水很感兴趣的话题，而且窦昭的解释也说得通，他也就不再多想，笑道："按道理说，曾贻芬走后理应由叶世培接任首辅。不过曾贻芬在世的时候，对他打压得很厉害，因此在几件比较重要的政事上他都背了黑锅，威信受损，加上他年事已高，精力有所不济，这些都有可能让他与内阁首辅失之交臂。

"姚时中是从户部给事中做起来的，是有名的计相。皇上这几年为自己大修陵寝，借了户部不少银子，江南又发了两次大火，税收锐减，南边剿倭的军饷粮草却是一分也不能少，国库吃紧，也许皇上会让姚时中任首辅，解决国库空虚之事。

"至于戴建，汪渊能把从潜邸之时就服侍皇上的大太监丁谓赶到陕西去做督军，你就可想而知这个人有多厉害了。据说戴建让自己的侄儿娶了汪渊的养女，和汪渊做了儿女亲家。这个人有才学、有能力，还不要脸，说不定会曝个冷门呢！"

如果是别人，肯定会怀疑陈曲水的推断，可窦昭是知道汪渊厉害的，倒觉得陈曲水的话有道理。庙堂看似威严，实际上什么样的荒唐事都有可能发生。辽王做了皇帝之后，还曾封隆善寺的住持圆通法师为礼部侍郎，为他专司礼佛之事。隆善寺也因此被敕封为大隆善护国寺，从此香火鼎盛，由一间名不见经传的小寺一跃成为第一大古刹……有一次她无意间听到皇后娘娘向太后娘娘委婉地抱怨，说圆通法师怂恿着皇上把金銮殿上的金瓦赐给大隆善寺盖座大殿，皇上竟然没有反对。太后娘娘当时气得大骂圆通法师是"纪贼"……

想到这里，窦昭心中一惊，顿时脸色大变。

圆通法师俗姓纪，字明鉴，号不二。

难道纪咏……不，不，不可能！

圆通法师她曾见过两次。他身材高大，面容白皙，五官俊逸，不仅笑容亲切温和，而且言谈举止谦和大方，与他交谈，让人有如春风拂面之感，哪里像纪咏，说话尖酸刻薄，行为举止倨傲无礼，一脸的精明外露……可若是除去这些……纪咏装模作样的时候，还真就和那圆通法师有点像……

窦昭腾地一下站了起来，打翻了手边的茶盅。

"四小姐，您怎么了？"陈曲水勃然变色，他以为窦昭是在想谁能入阁的事，"您是不是想到了什么？"

窦世枢能否入阁，关系到王行宜的升擢，也就关系到他们之后在京都的部署。

"没什么，没什么！"窦昭喃喃地道，"我想起从前的一些事，也不知道是真是假……"说到这里，她猛地问陈曲水，"您可知道纪见明的号是什么？"

她实在没办法把纪咏和那个和尚联系在一起。

陈曲水一愣，道："这个我还真没有注意到。要不要我帮着打听打听？"

纪咏不声不响地就把他给摸了个底朝天，他对纪咏却一无所知。当时他虽拂袖而去，可若说他心里一点震荡也没有，那是自欺欺人，他也很想知道纪咏小小年纪，怎么就有这样让人心悸的手段。

窦昭连连点头，心中五味俱全："您最好还能查查他在宜兴的事……"或许能发现些蛛丝马迹。

陈曲水颔首。

窦昭想到了六伯母的欲言又止，又想到纪咏的肆意妄为……

难道纪咏真的就是那个圆通法师？

一时间，不管是陈曲水还是窦昭，都没有了继续谈话的心情。

而远在京都的窦世英却脸色有些难看地大步从窦世枢的书房里走了出来，驻足在书房外的葡萄架下长长地叹了口气。

窦世横跟了出来，笑道："怎么？舍不得寿姑？"

"是啊！"窦世英又长长地叹了口气，道，"做了别人家的媳妇不仅要侍奉公婆，还要操持家务，她还那么小，哪里会这些啊！"

刚才魏家请了媒人正式向窦世英提亲。

窦世英有些犹豫，难道就这样把女儿给嫁了？

他跑来找窦世枢商量，窦世枢却笑道："那你想怎样？来个雀屏中选？你可别忘了，何家知难而退，全是因为窦、魏两家有约在前，现在何家不再提结亲的事，你该不会准备和魏家一拍两散吧？到时候我们怎么跟何家交代？"

"我也不是那个意思。"窦世英道，"我就是不想这么早把寿姑嫁了，也不知道那个魏廷瑜是个怎样的人……"

"当初你们不是去打听过了吗？不管是六弟还是六弟妹都觉得不错。"窦世枢忍俊不禁，道，"再说了，定亲又不是成亲，定了亲，还要准备嫁妆，过两三年再出嫁也是常事，我想魏家那边也想得到。你总不能把寿姑一辈子留在家里吧？"

话虽如此，可他心里就是觉得别扭，哼哼哧哧地和窦世枢说了两句话，见窦世横过来了，他就起身告辞了，没想到窦世横却追了出来。

"走，去我那里喝酒去。"窦世横约莫着猜得出窦世英的心结，拉着他往自己家里去。自己家里冷冰冰的，窦世英也不想回去，他和窦世横去了猫儿胡同。

路上，他问窦世横："你找五哥什么事？是不是和入阁的事有关？"

他有点担心因为窦昭的婚事让何、窦两家反目。

"没什么大事。"窦世横道，"我听说五哥回来，过来看看他。"这几天窦世枢都在曾家帮忙。又道，"你也不要多想，这路得自己走，靠谁也是靠不住的，我想五哥也是明白这个道理的。要不然当初五哥也不会答应让何家出面去魏家把玉佩拿回来了。"

窦世英点头，两人进了垂花门。纪氏正指挥着丫鬟、婆子摆饭，见两人进来，忙叫了丫鬟打水服侍他们净脸洗手，又叫了婆子去通知厨房加菜。

窦世英也不客气，换了件窦世横的衣裳出来用午膳。见窦政昌和窦德昌都不在，他笑道："他们两兄弟去哪里了？"

纪氏帮窦世英盛了碗汤，笑道："去了玉桥胡同。"

湖州韩家来了几个人相看窦政昌，住在玉桥胡同的纪家。

窦世英就问起窦政昌的婚事来："什么时候定亲？"

纪氏满脸笑容："看了几个日子，都在六七月间，已经让人拿去和韩家的人商量了，应该这几天就会有回信了。"

窦世英就怅然地道："还是娶媳妇好啊！"

窦世横就朝着纪氏使了个眼色，纪氏立刻明白过来。想到寿姑就要出嫁了，她心里何尝好过！

"魏家虽然没落了，可好歹是堂堂正正的侯府，魏家又只有魏廷瑜这一个儿子，早早就请封了世子，"她劝着窦世英，"田氏脾气又好，那孩子相貌英俊，性情开朗，待人厚道，虽说现在还有些浮躁，可现在的年轻人又有几个不浮躁的？我们寿姑是个聪明人，等以后成了亲再慢慢地教，他渐渐地也就会稳重起来。"

窦世英慢慢地点头。

两人都没有提到魏家的经济——窦昭名下的财产已经足够他们挥霍了。

窦、魏两家交换庚帖的消息传来之时，真定正下着大雨。

雨点如豆，哗啦啦倾盆而下，转瞬间让真定县成了水泽之地。

窦昭站在廊庑下，大雨落在青石砖上溅起的水花很快浸湿了她的裙摆。

披着蓑笠、穿着木屐的素心穿过重重雨帘走了进来。

"小姐，您还是回屋歇着吧！"她一面劝着窦昭，一面小心地将蓑笠脱下，交给了身边的丫鬟，生怕一不小心让蓑笠上的雨水打湿了窦昭的衣裳，"外面雨太大，暖房那边我照您吩咐的收拾好了，还派了两个老成的嬷嬷在那里值夜，您就放心吧！"

窦昭怎么能放心？春雨贵如油，可这春雨要是总这么下下去，庄稼只怕就要被沤死了。她抬头望了望乌压压的天，蹙着眉头进了屋。

陈曲水冒雨而来。

"小姐，我看天气不对，田庄那边是不是要派个人去看看？"他的脸色很沉重。

"先生和我想到一块去了。"窦昭说着，天空一亮，划过一道闪电，传来轰隆隆的雷声，"我看这雨一时半会停不了，东跨院和正房这两年都翻修过，西跨院和鹤寿堂那边只怕还要派个人去看看有没有哪里漏雨的。"

陈曲水见窦昭心里明白，放下心来。

红姑撑了桐油纸伞扶着崔姨奶奶过来。

"陈先生也在这里啊！"她和陈曲水打着招呼，眼里满是深深的担忧，"寿姑，这雨太大了，田里的庄稼怕是要受不住，我得回去看看！"

"那怎么能行！"窦昭和陈曲水不约而同地道，"要去也是我们去，怎么能让您去！"

把大家逗得笑了起来，气氛突然间变得温馨。

"你们去能有什么用啊？"祖母道，"你们又不懂农事，去了也不过是走马观花，还是我去吧！"然后吩咐寿姑，"你给我准备辆马车，要是田里的庄稼真的遭了殃，等雨停了，还要想办法让大家抢种点玉米，不然今年没有收成，就是我们免了他们的租子，这日子只怕也过得十分艰难，还得准备些粮食借给他们过冬，否则要饿死人的。"

窦昭是没有经过荒年的人，陈曲水荒年的时候也没吃过什么苦，都没有祖母的体会深刻，自然也就没有祖母那样的迫切，因而一个劝道："这么大的雨，你要是受了风寒怎么办？我派个管事去看看就是了。"另一个道，"崔姨奶奶不必担心，真定这几年风调雨顺，如果真的遇到涝灾，县里、州里都会想办法的，再不济，朝廷也会派人赈灾，您不必太担心。"

崔姨奶奶直摇头，坚持要回田庄看看。

窦昭没有办法，道："那我亲自去一趟吧！"

崔姨奶奶自然不同意："你一个小姑娘家，去了能顶什么事？"

窦昭这几年如何对待崔姨奶奶，陈曲水是看在心里的，他笑道："如果您不放心，我陪着四小姐走一趟吧？说不定这雨马上就停了！您车马劳顿，只怕四小姐在家里也不安心。"

这样也好！窦昭在心里思忖着，和陈曲水左一句右一句，说得祖母毫无招架之力，只得同意让陈曲水陪着窦昭去田庄看看。

素心忙通知陈晓风和段公义等人护送，素兰则督促马夫套好了马车，甘露和素绢一个准备着路上的茶水吃食，一个准备着雨具，不过半炷香的工夫，就什么都准备好了。

等服侍陈曲水的两个小厮赶过来，他们一行人披蓑打伞走进了雨中。

在垂花门前，遇到了去给二太夫人请安回来的窦明，两个护送窦明回来的婆子忙屈膝给窦昭行礼，谄媚地喊着"四小姐"，殷勤地问着："这么大的雨，您这是要去哪里？要不要老奴们护送一程？"

窦昭认出她们是二太夫人身边服侍的人，没想到窦明能讨了二太夫人的欢心。

她有些欣慰地瞥了窦明一眼，让素心各赏了两个婆子一个封红。

两个婆子谢了又谢。

窦明却被窦昭那一眼瞥得满脸通红。她想到自己冒着这么大的雨过去给二太夫人请安，二太夫人也不过是对自己比平日脸色略好些，不像窦昭，说是雨太大，派了个婆子给二太夫人送了些莲子粉、茯苓膏什么的，二太夫人脸上顿时像笑开了花似的，还对柳嬷嬷道："这孩子，虽然没了母亲，到底是个有福气的，没了邬家有何家，没了何家有魏家，还是圆了她母亲的心愿做了世子夫人。"

"就是，就是！"柳嬷嬷那个老东西还在一旁讨好地道，"以后就是侯夫人了，正一品呢，是我们家姑娘里面头一份啊！"

窦昭又听不见，犯得着这样巴结奉承吗？

她一口气忍到进门，又见到了前呼后拥的窦昭。不像她出门只带着几个丫鬟、婆子，而是护卫开路，丫鬟贴身服侍，旁边还跟着个跑前跑后的账房先生，像是哪家的管事公子出巡似的。不，一般人家的管事公子出巡也没有这样的排场。

窦明忍不住讥讽道："姐姐马上是做侯夫人的人了，有什么事怎么不吩咐身边的护卫、管事，再不济，也可以指使丫鬟、婆子，怎么还要亲自出马？莫非是和魏家的婚事又黄了？可姐姐也不至于使唤不动家里的仆妇啊？我们家的仆妇不是一向很敬畏你的吗？"

这是窦氏姐妹之间的事，还轮不到外人论长短。

陈晓风等人静默如山，二太夫人屋里的两个婆子则是倒吸了口冷气，心里直道倒霉，怎么就摊上了这样一件差事？难怪东府的人都说西府的五小姐沾不得，以后再有这样的事宁可被柳嬷嬷责骂也要躲得远远的。

窦明身边服侍的人吓得战战兢兢，大气也不敢喘一下，周嬷嬷更是急得满头是汗，也顾不得尊卑了，压着窦明向窦昭赔不是："哪有这样和姐姐说话的！"

窦明梗着脖子不低头。

窦昭轻笑："没想到我们家还出了个强项令，我不成全你岂不可惜了？"说着，径直出了垂花门。

陈晓风等人一声不吭地尾随着窦昭从窦明面前目不斜视地走了过去，好像她是个毫不相干的人。

窦明气得满脸通红，等窦昭的人都走了，她小声问周嬷嬷："'强项令'是什么人？她这话是什么意思？"

周嬷嬷也不知道，迟疑道："要不您问问宋先生？"

窦明点了点头。

马车里，甘露好奇地问窦昭："小姐，您难道要扣了五小姐的月例？"

窦昭要身边的丫鬟都跟着读书，素心几个都知道这典故，强项令董宣为人耿直清廉，而且家境贫寒。

"月例是府里的规矩，她犯了哪条哪款是要扣月例的？"窦昭淡淡地道，"不过是府里有规定，姑娘及笄还没有出嫁的，每月有十五两银子的香粉钱，未及笄的，只有二两银子的香膏钱。"她对素心道，"你以后要记得跟高兴说一声，五小姐今年才十一岁，哪里就用得上香粉钱了！还有教五小姐琵琶的婉娘，她既不是我们府上请的，高升又没有特意嘱咐过，婉娘的束脩、四季的衣裳也不应该由我们出才是。"她现在关心的是雨势，是田里庄稼的收成，是那些农户的生计，哪里有空理会窦明的挑衅？"我发现这样的小事还很多，素心，以后这些事你要多留意才是，免得坏了府里的规矩。"

五小姐这样当着众人的面不给四小姐面子，四小姐不小惩一下四小姐，以五小姐的性子，以后还不知道要惹出怎样的大麻烦来。四小姐看上去对五小姐很严厉，实际上对五小姐还是很爱护的。

素心笑盈盈地应是。

窦昭把这件事抛到了脑后，撩了车帘朝外望。田里白茫茫一片，只看见几根冒出来的麦穗随风摇摆。风吹得树枝哗啦啦响着，雨点打在车顶上"啪啪"像是落冰雹。

等到了去田庄的路口，路已经泥泞不堪，马车走上去恐怕就会陷在其中。

段公义毫不犹豫地道："解了马，我们几个把马车推进村去。"又对陈曲水道："委屈先生在这里等会，我进村去借头骡子驮您进村。"

陈曲水摇头："不用了，我走着进去就行。我还有行李在田庄里，到时候换双鞋就成了。"

大风大雨的，段公义也不和陈曲水客气，折了根酒盅粗细的树枝递给陈曲水："先生用来作拐杖吧！"然后和陈晓风他们前拉后推地把马车拽进了村。

村里各家的劳力都站在屋檐下望着越下越大的雨发着愁，看见窦家的马车进了村，都欢呼起来，随手抓了个东西顶在头上就围了过来。

"咦，是四小姐啊！"

"崔姨奶奶怎么没有回来？"

"四小姐，这可怎么办啊？这小麦眼看着就要收了。"

"是啊，四小姐，我们要不要挖口子放水啊？"

大家七嘴八舌的。

"四小姐就是为这事来的。"段公义见状大吼一声，"这又是风又是雨的，等四小姐安顿下来，会叫大家来商量这件事，你们不要急，先让四小姐进屋歇会。"

众人立刻让出一条道来，窦昭在素心等人的簇拥下进了正屋。

留在田庄的几个婆子有的烧热水，有的抱干净的被褥、坐垫，不一会，窦昭就干干净净地坐在了临窗的大炕上，喝着热茶，和村中几个年长的农户讨论着怎样渡过难关。

窦家的田庄地理位置极好。

它东边是条由北向南的小河，西边是片比它地势低些的良田。雨水少的时候，可以引河灌溉；如果遇到这样的涝灾，把最南边的口子挖开，积水就会顺势流到郎家的田庄去。

"不能挖口子！"窦昭想到来时看到的情景，道，"整个真定都成了水泽之乡，就算是挖了口子也不能解决什么问题，何况这种断人口粮的事，为之不善，容易引起两家的纠纷——远亲不如近邻，我们和郎家的田挨在一起，这么多年都没有起过争执，不能因为这件事被郎家的人指着脊梁骨骂。"

能坐在这里的都是村中年长且有威望、又懂农事的老人家，之前大家还怕窦昭年幼，为了给祖母一个交代而强行让他们挖口子或是抢冬苗，此时听了窦昭的话，不由齐齐松了口气。

冬小麦肯定是颗粒无收了，现在就看怎样善后了。

几个人默默无语地望着窦昭，窦昭也明白他们的心思，道："我来的时候崔姨奶奶曾反复地叮嘱我，说大家都是跟了她老人家几十年的庄稼把式，不管这雨什么时候停，能不能赶种上秋玉米，今年的租子就免了。大家回去后也跟各家各户说一声，安心过日子，不用太担心。"

大家的表情俱是一松，纷纷称赞崔姨奶奶菩萨心肠，称赞窦昭心底纯厚，不停地说着些感谢的话。

窦昭看着时候不早了，端茶送客。

陈曲水急匆匆地走了进来："四小姐，京都那边有消息过来，皇上下旨，任命梁继芳为内阁首辅。"

窦昭微微一愣。

她对梁继芳这个人有印象，辽王宫变之后，他撞死在了金銮殿上。她当时只是个内宅妇人，关心的都是家中的柴米油盐，事后听人说起，也不过是叹息了两声，对这个人并不了解。但他能撞死在金銮殿上，应该是个风骨铮铮之人吧！

她请陈曲水在一旁坐下。

陈曲水叹道："没想到最终是他做了首辅。这下可爆了冷门，打了大家一个措手不及。"

窦昭道："他是什么来历？"

如果和五伯父有些关系，五伯父入阁的可能性就会大大地增加。

陈曲水颇有些唏嘘地道："他是壬辰科的进士，考中庶吉士后在刑部观政，之后一步一个坎，从刑部给事中一直升到了刑部侍郎，是前都察院左都御史潘图昌的门生。潘图昌和叶世培不和，曾贻芬被叶世培逼得不得不致仕，为了恶心叶世培，他力挺梁继芳入了内阁。梁继芳有自知之明，虽然入阁十几年了，却唯唯诺诺，从来不曾拿过什么主意。这次他能入阁，也是因为叶世培年事已高，姚时中和戴建斗得你死我活不可开交，让皇上心中不悦，索性让梁继芳做了首辅。"说到这里，他怅然地长叹了口气，"这就是运气啊！"

窦昭心中一动。

梁继芳是壬辰科的进士，算算年纪，也应该是五六十岁的人了，陈曲水和他差不多的年纪，他落魄成了幕僚，而梁继芳却贵为首辅，怎能不让他感慨？

想到这些，她安慰陈曲水："我看未必！别人我不知道，就说您给我提到这几个人——叶世培自不必说，能把曾贻芬逼得致仕，其手段谋略非比寻常。戴建背后有汪渊支持，而姚时中竟然能和他斗个旗鼓相当，可见也不是等闲之辈。那梁继芳手下有这么多厉害人物，他能不能镇得住还是两说！"

陈曲水听了脸色果然好了很多。

每个人都有伤心之事啊！窦昭微微一笑。

两人又闲聊了几句，陈曲水起身告辞，素心检查了门房，素兰则在屋里点了驱虫的艾香，甘露放了帐子，服侍窦昭歇下。

雨下得越发大起来，哗啦啦像水从天上泼下来。

窦昭躺在床上，有种置身舟中的错觉。

她想着纪咏，怎么也睡不着。

他到底是不是那个圆通法师呢？心里隐隐觉得，像他这样惊才绝艳的人物除非夭折，否则不可是无名小卒。而纪咏可没有半点夭折之相，十之八九就是那个连汪渊都要礼让三分的圆通法师！

可他为什么要出家呢？他那么倨傲自大到甚至有些狂妄的人，不可能是被迫出家的。

是喜欢佛法，还是看破了红尘？或者兼而有之？

有传言曾说他怂恿着皇上出家。如果纪咏就是圆通法师，他还就真做得出这种事来！

想到这些，窦昭心里说不出是什么滋味，不禁窸窸窣窣地翻了个身。

外面隐约有什么动静。

她心中一惊。自从被庞昆白劫持，窦昭对这种事就特别的敏感——如果不是庞昆白过于贪心想人财两得引诱她，她又怎么能全身而退？

"素心！"她起身撩了帘子，"你去看看，我好像听到了什么声音！"

素心也听到了，所以窦昭喊她的时候她已经推醒了躺在她身边的素兰，待窦昭开口时她已经披衣下床。

"小姐，您别担心。"她安慰着窦昭，"我这就去看看。"

窦昭点头。

素兰坐到了床边，打着哈欠道："小姐，有段大叔和陈大哥他们，不会有什么事的。"

她的话音刚落，素心折了回来："小姐，是有人投宿。"

"有人投宿？"窦昭皱了皱眉，看了看长案上的记时辰的漏斗，"这个时候来投宿？对方有几个人？是做什么的？"

素心迟疑道："一位少年公子，说是行商，带着个账房先生和四五个随从……"

她正说着，窦昭仿佛听到有婴儿的啼哭声。

窦昭不禁毛骨悚然，道："那是什么声音？"声音绷得紧紧的。

前世里有段时间，窦昭经常无缘无故地听到婴儿的啼哭声，直到生了茵姐儿，她的全副心思都放在了女儿身上，那啼哭声才没有再在她的耳边响起。

在素心的心里，窦昭冷静、理智、坚韧、顽强，不管什么时候都大方得体，淡定自若，她从来没有看见过像现在这样的窦昭，如同一个受惊的孩子，满脸的惶恐。她忙抱住了窦昭，声音情不自禁地变得温柔起来："是那位公子还带了个襁褓中的婴儿，说是他的庶弟，庶母病逝，他奉父亲之命顺路送庶弟回家。"

窦昭立刻镇定下来，她坐直了身子，想了想，道："你服侍我穿衣，我去看看。"

素心有些犹豫。

窦昭立刻敏锐地感觉到了，她沉声道："出了什么事？"

素心略一踌躇，道："段大叔说，那位公子年纪虽轻，却脚步轻盈，看似悠闲却端凝坚定，举手投足更如那高山流水般流畅自然，分明是习过什么特殊的武技。而他身边的几个护卫相貌平常，却个个沉稳内敛，进退有度，滂沱大雨中丝毫不显混乱，其中一个更是如宝剑藏匣般，一眼瞥过来，眸子里都透着森森杀气，绝对是个顶尖高手，这样的人，在京都做个禁军都头都绰绰有余，又怎么会委身做了商贾之家的护卫？还有那个襁褓中的婴儿，不到百日，头都抬不起来，却随兄远行，难道他家里的人就不怕他经不起颠簸夭折了？再就是随行的乳娘，年纪不过十八九岁，皮肤白皙，双手柔嫩，一看就是从来没有做过重活的……这些人穿着打扮十分普通，可气度却骗不了人，处处透着诡异，段大叔让我们小心点，紧闭门户，不要随意进出。今天晚上由他和陈大哥亲自巡夜。"

窦昭神色微凝。

素兰却打着哈欠调侃道："说不定人家是对私奔的小夫妻呢！段大叔也太小心了些。"

"又胡说八道！"素心呵斥着妹妹，"小心驶得万年船。像段大叔这样才能让人放心！"

素兰吐了吐舌头。

窦昭心里却像有什么东西被触动了似的，有种抑制不住的冲动。

她下了床："我要去看看。"语气非常坚定。

素心思索了半晌，反复地对窦昭道："那您一定要跟在我身后。"

窦昭点头。

素心服侍她穿了衣裳，又拿了件蓑衣给她披上，这才撑了桐油伞，陪着窦昭穿过回廊，到了前院。

两辆黑漆马车和几匹马停在院子中间，陌生的护卫正冒着大雨将油布搭在马车顶上，那么大的雨，那几匹马却纹丝不动地站那里。

段公义正陪着个少年站在东厢房的廊庑里，望着庭院中忙活的护卫说着话。

那少年背对着她，天色太暗，看不清楚穿了件什么颜色的衣服，中等个子，略显清瘦的身材挺拔如松，猿背蜂腰，线条十分优美。

他身边那个文士打扮的男子却正好面朝着她的方向。

他年约四旬，相貌平常，一双眼睛却比星子还要明亮，闪烁着睿智的光芒。

看见窦昭，他低头对那少年说了句话，少年和段公义等人纷纷扭头朝她望过来。

天空中突然炸起一道闪电，把院子照得亮如白昼。少年那乌黑的眉毛，深邃幽静的眸子，略显苍白的面孔，精致到无瑕的五官都一一映入她的眼帘。

窦昭觉得自己好像被那道闪电击中了似的，耳中轰隆隆巨响，不知道自己身在何方。

有人慌乱地喊着"四小姐"，用一双温柔而坚定的手扶着她的肩膀。

"宋墨，"她惊恐地喃喃自语，"我怎么会遇到了宋墨？我是不是眼花了……"

第三十九章　前尘·蒋家·主意

窦昭认识宋墨。

此时的宋墨虽然年纪尚轻，身型面貌也都还很青涩，可她还是一眼就认出了他。

那个时候宋墨已经"名"满京都，妾娘病逝，她已经在济宁侯府站稳了脚跟，可莫名地,她就是不想让别人知道,只带了五岁的女儿悄悄前往真定奔丧。回京的途中遇到大雨,马车陷在了泥泞中,轮毂断了,她们只好歇在村里的一户乡绅家中。

她当时疲惫不堪,身上的某一部分好像也随着妥娘的死而消失不见了,一点点风吹雨打就让她无力抵抗,靠在主人家腾出来的内室的临窗大炕上闭目养神,一睁眼,却不见了茵姐儿。

她心急如焚,连骂人的力气都没了,披了件披风就出了门,一路寻到前院的抄手游廊,正好遇到了同样遇到大雨来投宿的宋墨。

他正蹲在前院的廊庑下认真地听着茵姐儿说话:"……它就叫狗尾巴草,你看,它像不像狗尾巴似的摇来摇去?"

大雨倾盆而下,如一道道水帘,将廊庑和抄手游廊分划成了两个世界。

他穿着了件玄色的粗布深衣,衣裳的四周镶了白色的粗麻,通身不见一件饰物,古朴典雅。细致白皙的面孔如上了釉的白瓷,在暗淡的光线中散发着雍容淡雅的光泽,幽黑的眸子仿佛明亮的宝石,熠熠生辉。

重甲在身的护卫林立在院子里,沉默如雕塑般一动不动地任雨水刷洗着身上的盔甲。

茵姐儿稚嫩的声音如叽叽喳喳的小麻雀,清晰地回荡在院子里面。

他倾耳聆听着茵姐儿的童言稚语,仿佛天下间没有比这更重要的事了。

不仅如此,他还不时地点头附和着说"是吗","我从来不知道","还有这样的事"。

她当时就惊呆了,想也没想地做了手势制止了丫鬟、婆子的呼叫声,静静地站在那里,望着女儿因激动而两颊通红的面孔,因快活而闪闪发光的眸子,不忍发出半点声响,仿佛那样都会破坏了眼前唯美的画面,会让她遗憾不已。

"我和娘亲去给妥嬷嬷奔丧,你为什么也会在这里?"女儿眨着大眼睛问他。

他笑着用手拨了拨女儿手中举着的狗尾巴草,狗尾巴草像喝醉了酒似的左右摇晃。

"我去祭拜我妹妹!"

"你为什么不带着你的女儿?我娘亲走到哪里都带着我!"

"我没有儿女。"

"你为什么没有儿女?每个人都有儿女。"

"我就没有儿女。"他轻轻地抚着茵姐儿的头发,动作是那样的轻柔,仿佛茵姐儿是个易碎的瓷娃娃,眼底却闪过浓浓的悲怆,"并不是每个人都配为人父母的……"他说着,突然展颜一笑,笑容如夏日般璀璨夺目,让院子都亮了几分,然后站起身来,拍了拍茵姐儿的肩膀,温柔地道:"好了,快回你娘亲那里去吧,小心她找不到你,该着急了。"

茵姐儿用力地点头,噔噔噔地沿着廊庑朝后院跑去。

他静立在那里,目送着茵姐儿的身影消失在了廊庑的转角这才转过身去,面对着满院的护卫背手而立,肃杀之意顿时弥满整个庭院,让窦昭不由打了个寒战。

有身着大红色正三品锦衣卫蟒服的男子神情敬畏地疾步穿过护卫,卑微地单膝跪在他的面前,低眉顺眼地低声禀着话,她这才惊觉自己看到了不该看的,连忙轻手轻脚地往后院退去。

她感觉有道视线落在自己身上,如芒刺在背,却不敢回头,只是加快了脚步,逃也似的朝内院急行。

直到第二天早上,乡绅的太太战战兢兢地告诉她,昨天晚上神机营都指挥使宋大人曾在他们家做短暂的停留,她这才知道那个形貌昳丽的美男子竟然就是大名鼎鼎的宋墨。

从此以后,她再也没见过他,但他倾听女儿说话时的认真表情却深深地刻在了她的心底。

她有时候也会想，难怪那么多女人明知道他声名狼藉还心甘情愿地跟着他，他也有对人好的一面。

有时也会猜测，那天他到底发现了自己没有？

还会想他去祭拜的那个"妹妹"是谁——英国公只有两个儿子，没有女儿。

想不到这么多年过去了，她又遇见了他。

窦昭揉了揉因一夜没睡而显得有些僵硬的脸，问素心："现在是什么时辰了？"

她先是惶恐不安，然后是惊慌失措，接着一夜未眠，素心看着心里像被猫抓了似的坐立难安，也跟着一夜没合眼，听到她问话，素心立刻起身看了看漏斗，道："才寅时，小姐您再睡会吧！"

窦昭坐起身来："反正也睡不着，还不如起来。"然后问起投宿的客人，"他们走了没有？"

"哪里走得了！"素心说着，帮窦昭撩了半边的帐子，用丹凤朝阳的鎏银挂钩钩了帐子，"雨越下越大了，院子里都能游鸭子了。"

窦昭竖了耳朵听。

雨点依旧像撒豆子似的噼里啪啦地敲打着屋瓦。

她想到自己有一次路过英国公府，合抱粗的古树树冠如伞，郁郁葱葱地从斑驳的墙头舒展开来，虽然败落，却依旧古意盎然，浓郁匝地，静若千古。

她吩咐素心："你去跟段公义、陈晓风说一声，那些人想干什么就让他们干，尽量做到礼数周到，不要和他们起什么冲突，恭恭敬敬地把人给送走。"

素心一愣。

窦家可是豪门大户，四小姐也不是怕事的人，可四小姐此时的口吻却透着退避三舍的惧意。

她想到昨天晚上窦昭煞白的面孔。难道四小姐看出了什么？这帮人的来历连四小姐都不敢得罪？

窦昭自然看出了素心的困惑，可她不能说。

英国公府位于城北的教忠坊一条胡同，占据了整个一条胡同，英国府在那里开府百余年，圣眷不衰，老京都人都称那里为英国公胡同，反而很少知道它的原名一条胡同。宋墨弑父杀弟之后，附近二条胡同和剪刀胡同的人据说常常在半夜三更听到哀嚎声，有点家底的人家都纷纷搬了出去，明明是京都颇为中心的一处地方，却渐渐荒芜，成了那些下九流之人居住之地，就是这样，也没人敢往空无一人的英国公府里钻，大家都只能眼睁睁地看着昔日煊赫一时的英国公府一日日败落坍塌。

窦昭自认自己惹不起这样的人。

"你别问，只管照我的吩咐行事。"她反复地叮嘱素心。

素心肃然应诺，出去告诉段公义，回来的时候面露犹豫，低声道："四小姐，陈先生好像也一夜没睡，刚刚我出去的时候，他贴身的小厮还问我您醒了没有，说是陈先生已经让他来看过好几次了。"

窦昭有些意外。

难道陈先生也看出什么来了不成？陈先生对自己的过去虽然讳莫如深，但通过这两年的接触，听他点评起朝堂人物头头是道，她也知道陈先生为人不简单。

窦昭忙道："请陈先生到厅堂里奉茶。"

素心应声而去。

甘露过来服侍她梳洗穿衣。

素兰一面在旁边帮忙递着汗巾袜子之类的小东西，一面低声和窦昭说话："四小姐，您说，来我们家投宿的那位公子是什么人啊？他长得可真漂亮！我从来没有见过这么漂亮的人。也不知道他家在哪里？是去什么地方做生意……"

窦昭望着素兰盛满向往的眸子，"扑哧"一声笑，调侃道："我把你送给他做侍女好了！"

"不要，不要。"素兰立刻跳了起来，不满地嘟哝道，"小姐又拿我开玩笑。我就是觉得他很漂亮，让人看了挪不开眼睛，可也不能因为这个就去给他做侍女啊！我又不知道他是谁，也不知道他是好人还是坏人……"

窦昭只觉得有趣。京都不知道有多少贵妇人喜欢在私底下议论宋墨，可如果大庭广众之下谁提起宋墨，她们一个个又正襟危坐，如同从未听说过这个人似的，还不如素兰大方坦然。

甘露笑着骂素兰："你也知道小姐是在和你开玩笑啊？那你管他是哪里人，从哪里来到哪里去？"

素兰嘻嘻地笑，讨好地递了根簪子给甘露，由甘露帮窦昭插上。

窦昭微微地笑。自从庞昆白的事之后，甘露、素绢和别氏姐妹的隔膜立刻消除了，她们之间说话做事如姐妹般亲昵，窦昭屋里的气氛也变得温馨而热闹。

陈先生眼下有重重的青色，神色凝重，面容显得格外的憔悴，看得出来，他昨天夜里也辗转反侧没有休息好。

他请窦昭遣了屋里服侍的丫鬟。

"四小姐，我们恐怕惹上麻烦了。"陈曲水沉声道，"那群人来历不简单，我怀疑那少年公子是英国公府的世子爷宋墨。"

他一语道破天机，窦昭吓了一大跳，沉声道："您怎么看出来的？"

陈曲水沉默半响，低声道："承蒙小姐错爱，一直未曾问我不在真定的那几年去了哪里……"他说着，眼底露出几分凄苦之色，"那几年我在福州，给福建巡抚张楷做幕僚。"他猜到窦昭可能不知道张楷是什么人，强忍着羞耻感解释道，"十三年前，倭寇围攻福州城，张大人弃城而逃，被福建总兵——定国公蒋梅荪生擒，斩于剑下。按例，像我们这些张大人的幕僚私吏是要一并处死，以儆效尤的。可蒋国公说，大敌当前，当精诚团结，一致对外，只要不是主犯，都有戴罪立功的机会，把我等放了，要我等和巡抚衙门正式官吏一样，戴罪立功。"

窦昭闻言脸色渐渐苍白起来。

陈曲水苦笑。弃城而逃，不顾黎民死活的懦夫！罪人！任何人知道了他的经历都会对他嗤之以鼻吧？

他不由低下了头，喃喃地道："小姐，我年事已高，每逢刮风下雨膝盖都会酸痛难忍，恐怕不能再伺奉小姐左右，等这雨停了，我就回真定去……"

厅堂里静悄悄的没有声音，窦昭既没有出言挽留，也没有顺水推舟地让他离去。压抑的沉静，让屋外的落雨声越发地清晰可闻，厅堂显得更加静谧。

陈曲水惊讶地抬起头来，看见窦昭呆呆地坐在那里，两眼发直。

他不由心中骇然，高声喊着："四小姐！您，您这是怎么了？"

窦昭心神恍惚，根本没听清楚陈曲水说了些什么。

她正努力地回忆着从前的事。

前世，蒋家出事没多久，英国公夫人就病逝了，还在孝期的宋墨被赶出了英国公府不知去向。

这些她都没有经历过。

宋墨比她小一岁。

她那时候满心只想着如何嫁入济宁侯府，对除了济宁侯府之外的人和事都漠不关心。直到她嫁入济宁侯府，进入了京都的勋贵圈子，这才断断续续地听说了当年的一些事。

定国公府以军功立府，子弟通常一满十四岁就会被丢到军营中去历练，因此升官发财手握重兵的不在少数，可默默无闻死在战场上的更多。为了保证子嗣昌盛，蒋家有广纳姬妾的习惯，而且嫡庶之间没有什么明显的区别，都一起跟着师父学习武艺，到蒋家族学里读书，只看谁有带兵的本事，这一点，颇受京都豪门诟病。可也正因为如此，蒋家名将辈出，姻亲遍布大江南北。

蒋梅荪是第六代定国公。他有兄弟十二人，成年的只有五人。永明三年，他奉命镇守福建，除了五弟蒋柏荪因年幼留在京都之外，二弟蒋竹荪、三弟蒋兰荪、四弟蒋松荪都跟着他南下。

永明八年，蒋竹荪战死沙场，皇上追封他为清海侯。

在蒋梅荪任福建总兵的十八年里，他战功显赫，几乎把沿海的倭寇剿灭一空，以至福建、浙江一带的私船白天都不敢下海，弄得南边那些贩私货的大商行、富绅都叫苦不迭，因此得罪的人不知凡几。可他偏偏又和几位内阁大学士都交好，不管都察院的御史们怎样弹劾他，他都能安然无恙，圣眷不减，渐渐地，也就没人去触这个霉头了。

可那次却不知道为什么，突然有御史弹劾蒋梅荪杀良冒功、养寇自重，皇上接到折子后不仅下旨问罪，还要锦衣卫把蒋氏兄弟押解到京都的大理寺审讯。

更蹊跷的是，蒋梅荪、蒋兰荪兄弟在回京的途中受刑而亡，蒋松荪刚被关进大理寺就畏罪自杀了，蒋家之后也被满门抄斩。

据说蒋家太夫人梅氏在接到圣旨之后，趁着锦衣卫抄家的时候，带着蒋家的女眷包括一个三岁、一个两岁的孙女，全都服毒自尽。

菜市口问斩的时候，只有蒋家的男人而没有女人。

之后的十数年间，福建倭寇再无人能抗，屡屡出现上岸屠城之事。京都人每每听到这样的事都会摇着头叹息一声"如果定国公还活着就好了"。

辽王登基后，为蒋家平了反。蒋梅荪的画像进了忠祠，被先帝赐给大长公主宁德的定国公府也被收了回来，辽王还特意招了宋墨去问蒋家还有没有什么人活下来，宋墨却回答说蒋家再无后裔。

坊间却一直有传闻，说蒋梅荪的幼弟蒋柏荪有一遗腹子尚在人世，当年蒋家出事，被蒋家的忠仆悄悄地抱走，养在了衢街闾巷。

宣宁侯夫人郭氏告诉她这件事的时候还曾笑道："既然是满门抄斩，锦衣卫的人肯定是要清点人数的，不要说蒋柏荪的儿子了，就是贴身的小厮、有头有脸的管事也不会少一个。那些市井之徒就是喜欢编造这些，让人觉得好人就一定有好报……"

算算时间，宋墨是承平十四年被赶出家门的。再往前推，英国公夫人应该是在承平十四年夏天……也有可能是春天或是承平十三年的冬天去世的……

蒋家应该是在承平十三年出的事。

现在是承平十三年的四月……

窦昭跳了起来。

也就是说，蒋梅荪被下旨问罪有可能就在此时！

窦昭想到那个还不满百天的婴儿，她顿时满头大汗，问陈曲水："陈先生，您说，会不会是定国公出了什么事？"

陈曲水被窦昭问得丈二和尚摸不着头脑，思忖道："应该不会吧？定国公这个人看似粗犷，实则细腻，什么事都在他的心里。他是镇守一方的大将军，若是出事，应该有消息传出来才是。现在我们可什么也没有听说，而且定国公和曾贻芬私交非常好……"

他说到这里，不由神色一僵，朝窦昭望去。窦昭也正朝着他望过来。

两人四目相对，不约而同地惊呼道："现在曾贻芬死了……"

是的，现在曾贻芬死了，内阁正是新旧交替之时，几位阁老自顾不暇，哪里还有空理会远在福建的蒋梅荪？如果谁和蒋梅荪有积怨，此时正是下手的好机会。

"难道定国公真的出了事？"陈曲水额头也冒出细细的汗来，"那，那个孩子……"

"托孤！"窦昭说着，长长地透了口气。

只有托孤，才可能行事这样隐秘，才可能让英国公世子宋墨轻车简从，亲自带着高手一路护送。

她努力让心绪慢慢地平静下来，冷静地道："现在我们只有装作什么也不知道。"随后抬头望了一眼屋顶，喃喃地道，"希望这雨快点停下来，就是不停，也下得小一点。"

他们为了赶路，就会早点启程。

陈曲水的脸色却变得非常难看，他一副难以启齿的模样望着窦昭，轻声地道："恐怕事情没这么简单……"

窦昭眉头紧锁，认真地听他说话。

"你注意到宋世子身边站的那位青衣文士没有？"陈曲水艰难地道，"他姓严，名云，字朝卿，曾是定国公麾下最得力的幕僚之一，我离开福建的时候，听说他被定国公的妹妹——英国公夫人瞧中，要去给自己的儿子做了西席，我就是认出了他，才猜测那少年公子是英国公世子爷宋墨的。"

窦昭明白过来，忙道："那人认出了你没有？"

"当年严朝卿是定国公面前的红人，而我不过是张楷的众多幕僚之一，但此人心思缜密，有过目不忘的本领，曾因此而受命掌管总兵府文书。"陈曲水坦诚地道，"我当时一看见他就急急地退回了房间，不知道他看见了我没有。"

宋墨也没有睡。

屋里没有点灯，他站在窗扇大开的窗前，望着窗外的倾盆大雨，表情平静。

一阵风刮过，如线的雨水被吹散，空气中弥漫着湿润的水汽。

从黑暗中悄无声息地走出一个瘦小的身影，他在离宋墨三尺的地方停住了脚步，恭声道："公子，您小心别淋着雨了。要不要我把窗子关了？"

宋墨没有理会他，问道："严先生还没有回来吗？"

那人正要回答，突然侧着耳朵倾听，接着露出一个笑容，道："公子，严先生来了。"

宋墨点头，回身坐到了旁边的太师椅上。

严朝卿和一个相貌有些憨厚的男子浑身湿透地走了进来，衣角的水珠滴滴答答地落在铺了青砖的地上。

"公子。"两人朝着宋墨行礼，宋墨指了指身边的太师椅，示意他们坐下说话。

瘦小的身影丝毫不受夜色的影响，手脚麻利地为两人各斟了杯茶，然后又无声无息地退到了黑暗中。

宋墨语气淡然地问："查到了什么没有？"

严朝卿和同来的男子对望了一眼，不由都露出了带着几分苦涩的笑容："公子，这次只怕我们有麻烦了！"

宋墨神色安详地望着两人。

和严朝卿同来的男子道："我们遇到了张楷手下的一个幕僚。"然后把蒋梅荪和张楷的恩怨说了一遍，"此人姓陈，名波，字曲水，号越川。他通晓文书典章，善于识人断人，兼之言词锐利，有张仪之才，当年张楷出兵攻打度边五十郎，就是此人出面说服浙江巡抚安道源出兵相助的。他如今在这户人家做账房先生。"

"你们能确定吗？"宋墨脸上第一次流露出肃然之色。

"能！"严朝卿很肯定地道，"徐青带着我在他的门外趴了快半个时辰，而且他一直很不安，不停地派小厮打探窦家四小姐醒了没有，好像有什么话要和窦家四小姐说似的，想来也认出了我们。"

宋墨沉默了半晌，轻声地道："有个外家功夫练到了登峰造极的护卫，还有个做过张楷幕僚的账房先生，加上十几个身手不凡的随从，这位窦家四小姐，还真不简单。徐青，"他笑着吩咐和严朝卿同来的男子，"你好好盯着这宅子，不要让人进出。"又对严朝卿道，"明天我们恐怕还要在这里滞留一天，先生早点歇了吧！"

严朝卿和徐青神色一紧。

他们的行踪已经泄露，公子此言就是要杀人灭口了。

徐青犹豫道："他们一共有二十几个人……"

"就更要慎重了。"宋墨不为所动，语气轻淡。

两人不再说什么，齐声应是，退了下去。

宋墨视黑夜如无物，从容地穿过屋子里的陈设，撩帘进了后面的暖阁。

暖阁里只点了盏如豆的油灯，五官柔和的乳娘和衣曲身躺在婴儿的身边，听到动静立刻就警惕地坐了起来，看见是宋墨，她松了一口气，柔声喊了声"公子"，就要起身下床。

宋墨做了个手势，示意她不要吵醒了孩子，然后弯腰轻轻地摸了摸孩子乌黑的头发，笑道："孩子还好吧？"他的笑容十分温和，在灯光下是如此安宁祥和，让人看了心里立刻就踏实起来。

乳娘点头，笑容绽放："小公子很听话，不哭也不闹。"说到这里，她想到为了保守秘密而投缳自缢的孩子生母，眼中不禁噙满了泪水。

"不用担心，"宋墨温声安慰她，"我们很快就到了。"

乳娘用力地点了点头，看他的目光充满了信任。

宋墨身姿挺拔地走出了暖阁。

清晨，雨一直在下。

窦昭和陈曲水坐在厅堂的黑漆彭牙四方桌前用早膳。

绿油油的小白菜，黄灿灿的炒鸡蛋，还有一碟十香酱瓜、一碟蒸鱼干、一碟炒双冬、一碟什锦菜，两碗粳米粥，大白馒头、鲜肉包子、葱油烧饼都用小竹篮装着，满满地摆了一桌子。

两人却相对无言，毫无食欲。

段公义大步走了进来："四小姐，"他表情凝重，"我发现宅子四周能进出的地方好像都有人监视似的……"他并不知道发生了什么事，只是察觉到不对劲，"会不会是那位投宿的客人惹了什么麻烦？您看我们要不要和他们说说？这要是真打起来，我们总得知道为什么吧？否则岂不是成了被殃及的池鱼？"

陈曲水望向窦昭。这件祸事是由他引起的，他原想趁着事情还没有闹大之前向窦昭请辞。

窦昭却道:"只怕已经晚了——就算他们之前没有认出您来,您一直派小厮来询问我的动向,恐怕也引起他们的注意。既然他们猜出了您的身份,与其急急地撇清,还不如就待在田庄里。他们的目的是将那孩子悄无声息地送到安全的地方。我们能看出他们身边有高手护卫,想必他们也能看出我们的护卫身手不弱。如果双方起了冲突,他们虽然身手好,但我们人多,这里又是我们的庄子,他们未必就能全身而退。您还是待在田庄里更安全些。为此就要请辞,实在是没有这个必要。谁这一生不会碰上个坑坑坎坎的,我们一起迈过去就是了。"

还有句话她怕说了让陈曲水更内疚。

事已至此,就算他走了,以宋墨的性格,只怕是宁可杀错,不可放过,未必就能把他们撇清。

陈曲水却被窦昭的一席话说得语塞,或者说是感激更贴切些。

若论辩才,能说得过他的人并不多,可在窦昭盛情之下,他觉得说什么都显得苍白而无力。

他深深地给窦昭行了个揖礼,不再说什么,和窦昭一起静观其变。

现在听了段公义的话,窦昭心中一惊。

难道真的有什么人追了过来?

事情变得越来越复杂了。

照理说,连他们都发现有人窥视,宋墨不可能不知道才是。

她问段公义:"梅公子那边有什么动静没有?"

宋墨投宿时,自称姓梅。这是他外祖母的姓氏。

段公义迟疑道:"奇怪就奇怪在这里,梅公子一共只带了一个账房,一个管事,两个车夫,四个护卫,再就是乳娘和孩子。乳娘和孩子,还有梅公子、账房、管事、车夫都在,四个护卫却不见了踪影。您说,会不会是梅公子也发现了什么,把人给派了出去……"

窦昭和陈曲水脸色大变。

如果宋墨真的发现了强敌,应该想办法祸水东引,让他们帮他抵挡一阵子,他带着孩子和护卫趁机开溜才是,怎么会主动迎敌?双拳难敌四手。他身边的护卫身手再好,毕竟人数有限,他不可能和那些人硬拼……除非,窥视他们的就是宋墨的四个护卫?

他为什么要这么做呢?

窦昭的心怦怦乱跳,脑海里浮现出"杀人灭口"四个字。

陈曲水则失声道:"我们不过是恰逢其事,他们不会这么狠吧?"

他就是这么狠!窦昭暗暗腹诽。他连他亲爹和胞弟都能杀,你、我在他眼里又算得上什么?

段公义虽然听得一头雾水,但却能感觉到窦昭和陈曲水的紧张情绪,他迟疑地问了一句他不应该问的话:"是不是出了什么事?"

如果监视这座宅院的人真是宋墨的人,他们的处境就很危险了。

动手是在所难免的。与其让段公义他们懵懵懂懂地不知道发生了什么事,还不如把事情的真相告诉他们。三个臭皮匠,顶个诸葛亮,大家一起,未必就不能商量出个脱险的好办法来!

想到这些,窦昭把宋墨等人的来历,和陈曲水之间的恩怨一一告诉了段公义。

段公义目瞪口呆,好半天都没有回过神来。

"四小姐，你们会不会弄错了？"他喃喃地道，"定国公，那可是抗倭的大英雄，江湖中谁人不知谁人不晓！福建要不是有他镇守，那些倭寇早就上了岸。福建那一带的百姓家家户户都给他老人家立了长生牌，早晚给他老人家烧香，求菩萨保佑他老人家出入平安，长命百岁呢！朝廷怎么可能把他老人家给捉起来？这不是陷害贤良吗！福建沿海一带的倭寇怎么办？"他说着，在厅堂里打着转，连道了几声"不行"，然后很认真地对窦昭道："四小姐，那个孩子如果真是定国公的后人，我们不能和梅公子作对，这会被江湖人戳脊梁骨的！要不，我们护送这孩子离开真定吧？这样梅公子就不会怀疑我们了，您觉得如何？"

窦昭张口结舌望着他，没想到段公义是这样的反应。要是她的护院都是这么想的，她还怎么和宋墨对抗！与此同时，她又不由暗自庆幸，还好自己提前把这件事告诉了段公义，要不然两军对峙，他要是中途反戈，那可就有得瞧了。

窦昭强忍着太阳穴传来的隐隐抽痛，提醒他："梅公子要是真的这么好说话，他只需悄悄地找到陈先生就行了，何必把整个宅院都监视起来呢？"

段公义朝陈曲水望去。

一向果断的陈曲水竟然也踌躇起来："四小姐，要不，我去找梅公子谈谈？定国公虽然杀了我的主翁，可民族大义当前，他却是没有错。我虽庸碌，这些是是非非还是能分清楚的……"

这个想法太天真了，也许对别人有用，对宋墨却是绝对没用的。

窦昭不由打断了他的话，道："我们拿什么取信于梅公子？"

陈曲水默然。

梅公子是堂堂英国公府的世子爷，而他不过是一个浪迹市井的落魄文人，人家凭什么相信他说的话？他的保证对英公国世子爷来说又有什么分量呢？

窦昭见状又问："如果梅公子只相信死人才能保守秘密呢？"

段公义和陈曲水都低下了头。

屋子里一片死寂。

"我看这样好了，"窦昭语气微缓，过了好一会才道，"我们先礼后兵！陈先生去和梅公子谈谈，如果谈得好，那自然是皆大欢喜。段护卫那里，还请对梅公子的身份暂时保密，你是忠肝义胆之人，其他人却未必，若是因此走漏了消息，岂不是害了定国公？如果陈先生那边谈不拢，我们也不能引颈受戮、任人宰割不是？你跟大家提个醒，让大家打起精神来，防着梅公子他们先动手。"

如果是别人，她有的是办法脱困。

可这个人是宋墨。

她只要一想到他上一世的狠辣，心里就如同一阵冷风吹过，凉飕飕的，不敢轻易和他翻脸。怕就怕自己一时赢了他，但坏了他的正事，他事后会和她算账——她自认没有英国公的脖子硬。

窦昭长长地叹了口气。既不能把他的身份和此行的目的泄露出去，又要保全自己，那就只能徐徐图之，想办法取得他的信任。

段公义不住地点头，觉得这样他们在道义上也对得起定国公了，道："小姐放心，我这就去安排。"

"千万别把他们的身份说出去。"窦昭再次嘱咐他。

"我一定把这话烂在肚子里。"段公义保证了又保证，这才退了下去。

陈曲水没有动。

窦昭的话如一瓢冷水浇在他的头上，他平静下来，反复地想着这件事，觉得窦昭的话很有道理。等段公义走后，他沉声道："小姐，只怕梅公子不会相信我们……"

他肯定不会相信他们，但这却是一种友好的姿态。

窦昭道："我们做了我们应当做的，梅公子领不领情，那就是他的事了。"

陈曲水明白过来，心情顿时轻松起来，道："我这就去见梅公子。"

窦昭点头，送了陈曲水出门，却并没有立刻进屋，而是站在廊庑下深深地吸了口气。潮湿的空气卷进肺腑，带来丝丝的凉意，让她的脑子也变得清醒几分。如果他要动手，应该会在雨停之前吧？要不然雨一停，村民都出来了，他的行踪就会暴露……

他应该不会屠村吧……

宋墨正饶有兴趣地看着乳娘给孩子喂水。

等孩子喝完了水，他伸出手去："来，给我抱抱。"

乳娘小心翼翼地将孩子放在了宋墨的怀里，告诉他怎样托着孩子的头。

严朝卿走了进来："公子，陈曲水要见您。"

"那你就和他谈谈吧！"宋墨头也没抬，照着乳娘告诉他的姿势抱住了孩子，然后笑着挨了挨孩子的小脸，轻轻地拍着孩子的背。

严朝卿立刻明白过来，公子已经做了决定，不会再更改。谈不谈，谈什么，已经没有必要了。

他恭敬地应"是"，退了出去。

宋墨漆墨的眸子温柔地望着孩子，轻声地道："你放心，你会安安稳稳地长大，然后娶妻生子，繁衍生息，平安顺遂地生活下去的……"

他的声音如春风轻柔和煦，孩子仿佛感受到了什么，打了个嗝，沉沉地睡了过去。

第四十章　动手·谈判·谈话

陈曲水看见严朝卿走了进来，心里一阵失望。但他还是强忍着露出了一个友好的笑容，恭敬地朝着严朝卿行了礼。严朝卿彬彬有礼地还了礼，两人分宾主坐下。

一个身材瘦小的男子轻手轻脚地给他们上了茶。

陈曲水见这男子虽然模样极其普通，举手投足间却沉稳大方，不由多看了两眼，这才笑着和严朝卿寒暄道："不知严先生可还记得老朽？在下姓陈，名波，字曲水，曾承定国公大义，有不杀之恩。如今年迈，寄身北楼窦氏七老爷府上任了一名账房先生。没想到真定县久雨不晴，我们家七老爷在京都游宦，家中的太夫人担心田里的庄稼，我们小姐事亲至孝，不忍太夫人大风大雨地出门，好说歹说，这才把太夫人劝住，说服了太夫人代她老人家过来看看，太夫人见我年纪最长，就指了我陪小姐一起过来，有事也有个能使唤的人。没想到会在这里遇到了严先生。

"当时真是吓了我一大跳。想着自己落魄至此,哪里还有脸再见故人?但又想到当年定国公对我的恩重如山,我却一直没能报答他老人家,心中又十分不安,如果能和当年的故旧说说心里的羞愧,也是个缘分。因此冒昧前来,打扰之处,还请严先生多多见谅!"

他这话里,表达了好几层意思。

一是说自己并没有忘记定国公的不杀之恩,并对此十分感激。二是告诫严朝卿他们,窦昭是北楼窦家的小姐,她来田庄是给家里的长辈打过招呼的,示意严朝卿不要乱来,否则会惹上北楼窦家的。三是说他现在穷困潦倒,为了糊口,只好在窦家做了个账房先生。他之所以能陪着窦家的小姐来田庄,完全是因为他的年纪最长,不用避嫌,并不是窦家对他另眼相待,暗示严朝卿窦家并不知道他的身份来历。四是说明了自己很满足现在的生活,希望严朝卿不要揭穿他的身份,他也不会对窦家的人提及他们的身份来历。

严朝卿一个字也不相信!当初倭寇败退,定国公心慈,允许张楷的手下自行选择去留,这个陈曲水是第一个离开福建的人。

既然田庄上的这位四小姐这样受窦家太夫人重视,大风大雨的,派个管事来田庄里看一眼就是了,何需她亲自走一趟?

陈曲水自称只是个普通的账房先生,他又为何在见过窦家四小姐之后才来拜会公子?

他所谓的不会将公子的身份来历透露给其他人,那就更是个弥天大谎了——窦家四小姐若是对公子一无所知,他又怎会说出这样的一番话?

他根本无意和陈曲水多说,反正公子已经做了决定,说什么都不过是浪费口舌罢了。

"陈先生言重了。"严朝卿因此笑得十分宽容、亲切和敷衍,"都是些陈年旧事,你不必放在心上。说起来,我们异地相见,的确是缘分。当年的事我还历历在目。我记得那年的秋天特别热,过了八月十五还摇着扇子。倭寇围攻福州城的消息传来的时候,我和定国公正在院子里吃新上市的秋梨……"

他矢口不提今天的事。

陈曲水的心如被水浸过似的,慢慢沉了下去。

半个时辰之后,严朝卿送走了陈曲水。

他去了宋墨的内室。

宋墨正坐在临窗的大炕上,低头在看一张舆图,给陈曲水奉过茶的人此刻正低眉顺眼地站在宋墨的身后,安静得仿佛旁边多宝阁架子上的一尊木雕。

听到动静,宋墨抬起头来,淡淡地问道:"人走了?"

"走了!"严朝卿把两人之间说了些什么——禀给宋墨听。

宋墨微微颔首,道:"不用管他们了。"然后问身后的人,"陆鸣,你去看看施安回来了没有?"

陆鸣应声而去。

严朝卿目露困惑。

宋墨笑道:"我准备今天晚上亥时动手。"

严朝卿目光一凝。

相貌憨厚的徐青走了进来:"公子!"他朝宋墨抱拳行礼,"窦家巡行的护卫突然都被叫到了前院,整装待发,好像要离开的样子。"

"哦!"宋墨挑了挑眉,笑着瞥了严朝卿一眼,道:"没想到那位陈先生的动作这么快,审时度势,倒也是个人才。"说着,他想了想,下了炕,"走,我们去看看——他们到底准备怎么离开!"

能进出宅院的地方他都派了人把守。

两人齐齐应是，陪着宋墨出了厢房。

雨势丝毫不减，噼里啪啦地打在屋瓦、树叶、地面上，空气中弥漫着阵阵水汽。

窦家的护卫披蓑戴笠，正簇拥着个同样披蓑戴笠，不过脚上比他们多一双木屐的少女匆匆地往外走，那位号称绝不把他们行踪告诉任何人的陈曲水则打了把桐油伞紧紧地跟在那少女的身边。丫鬟、婆子一个不见，显然是丢卒保车，准备全力护送这位窦家的四小姐离开田庄。

宋墨不由嗤笑一声，喊了声"窦四小姐"。

少女扭头望过来。斗笠下现出了一张雪白的面孔，长眉入鬓，目光璀璨，柔美中透着几分英气。

他微微一愣。

严朝卿已做了个手势。四面的屋顶上如鬼魅般各冒出了一个男子，他们都背着重重的箭袋，手上拿着只有军中才有的弓弩，牢牢地锁定了庭院中的人。

陈曲水头皮一阵发麻。

这种弓弩能把百丈之内的人射个对穿。

"小姐，"他提醒窦昭，"小心那些弓弩！"

段公义也瓮声瓮气地道："小姐，您快躲到我的背后来！"

窦昭点头，却朝着宋墨站的东厢房走了几步，朗声问宋墨："梅公子，您意欲何为？"

窦家的护卫哗啦啦移动着脚步，重新把窦昭围在了中间。

宋墨见窦家的护卫进退有序，不由露出几分赞赏的目光。

"窦小姐，风大雨急，"他笑道，"我只想请窦小姐回房去。"声音温和，说出来的话却让人寒彻入骨。

窦昭仿佛气极，大声道："梅公子，我好心好意让你们投宿，你却恩将仇报，要置我于死地，岂是君子所为？"

宋墨不由冷笑。这位窦四小姐看上去挺聪明的，没想到竟会说出如此愚蠢的话来，他想干什么，这不是明摆着的事吗？真是可惜了那样一副好相貌。

"窦四小姐此言差矣！"他突然间意兴阑珊，道，"我不过是想请窦四小姐回屋，何来生死之说？还请窦四小姐不要误会才好。"说着，做了个手势，空中立时响起刺耳的裂帛之声，几支羽箭"锵锵锵"地钉在了离大门最近的几个护院的脚下，惊得几个护院连连后退，挤得身后的人也跟着朝后退，簇拥着窦昭的队形被打散，场面显得有些混乱，要不是有段公义护着，窦昭差点被撞得跌倒。

"梅公子，你太过分了！"窦昭气得面颊通红，大声道，"你怎么能乱杀无辜？"声音中已带几分哽咽。

宋墨懒得再多看一眼，他冷冷地道："窦四小姐既然有一副菩萨心肠，又何必伤及无辜？白白让那些护卫送了性命？还请窦四小姐回屋！"

"你……"窦昭气得直跳脚。

宋墨却不为所动。

僵持间，院子里突然响起一阵婴儿的啼哭声。

"小姐！"素兰突然从一旁的冬青树后面钻了出来，一溜烟地跑到了正屋的廊庑下，"奴婢幸不辱命！"

她抱着个孩子冲着窦昭抿了嘴笑。

宋墨等人大惊失色，冲出了东厢房的廊庑，窦家的护卫已如重重峦嶂隔在了他们和正房之间，窦昭也在段公义和陈曲水的护卫下跑回了正房的廊庑。

她接过孩子，轻轻地拍着，嘴里发出轻柔、明快却不知道所谓的音调，孩子很快就安静下来。

宋墨站在雨中，任雨水打在脸上，脸色铁青，跟在他身后的严朝卿等人的面色更是一片灰败。

乳娘从屋里冲了出来："公子，有人抢走了孩子……"她撕心裂肺地喊着，脸上满是泪水。

宋墨做了个噤声的动作，乳娘捂住了嘴巴，无声地哭泣着，抬头却看见了对面正房廊庑下正哄着孩子的窦昭，惊骇地睁大了眼睛。

"窦四小姐，"宋墨盯着窦昭，声音极其凛冽，"我们不如坐下来好好谈谈，您看如何？"

窦昭微微地笑，眸子仿佛比刚才又璀璨了几分："梅公子，我也觉得我们应该坐下来好好谈谈。"

厅堂里点着百合香，淡淡地飘浮在空中，和湿润的空气混合在一起，有种沉闷的感觉。

宋墨换了身干净的莲青色素面直裰，带着严朝卿和陆鸣，不急不缓地走了进来。

窦昭抱着孩子坐在厅堂上首的太师椅上，身后一左一右侍立着陈曲水和段公义。

窦昭朝着来者点了点头，客气地笑道："梅公子，请坐。"

宋墨瞥了一眼孩子。孩子好像睡着了，很安静。

他坐在了窦昭的下首，严朝卿和陆鸣立在他的身后。

素兰手脚敏捷地给他们奉茶。

宋墨不禁看了素兰一眼。就是这个婢女进屋抢走了孩子。真没有想到，窦家四小姐身边竟然还有这样的人！

他抬起头来，第一次认真地打量着坐在自己对面的这个女孩子。

眼前的女孩子不过十四五岁的样子，肤光如雪的秀美面孔上两道入鬓的长眉显得格外引人注目。一身豆青色素面交领右衽夹衫沉稳大方，黄绿色缠枝花的镶边又透着几分活泼，乌黑的头发简单地绾了个髻，耳朵上戴着赤银玉兰花坠粉色珍珠的耳环，小巧而精致。乍眼看去，这不过是个闺训有方的大户人家小姐，可她眉宇间流露出来的那种镇定从容、洒脱坦荡，却绝不是一般的闺阁女子所能拥有的。他长这么大，只在当今皇后万氏和母亲蒋氏身上见到过，可她又怎么能和母仪天下的皇后以及身后站着整个定国公府的母亲相比呢？

宋墨想到她身边高手如云的护卫，想到堪比张仪的幕僚，还有那个能在自己眼皮子底下抢走孩子的婢女，心里隐隐又有些明白。

窦昭微笑着任他打量，心里却在琢磨着他带来的两个人。

自己带了陈曲水和段公义，是因为前者是自己的智囊，后者身手最好。他带了严朝卿和这个身材瘦小的男子，严朝卿自不必说，难道这个身材瘦小的男子是他那边身手最好的一个不成？她还以为是段公义说的那个所谓的"宝剑藏匣"了。

看来她得重新评估宋墨的实力！不知道这个身材瘦小的男子和段公义谁的身手更好一些，如果他冲了过来，也不知道段公义能拦他几招。

想到这里，窦昭用眼角的余光朝旁边瞥了一下，见素兰手抱着托盘神色戒备地站在她身边，她不由心中微定，听到宋墨笑道："这百合香浓而不腻，要是我没有猜错，这应该是京都大相国寺秘制的天府宣宝吧？"

既然是谈判，友好亲切的气氛必不可少，从恭维对方开始从来都是个不错的选择。

当你有求于一个陌生人的时候，从他身边值得称道的小事情开始，找一个让对方感觉到愉快的话题，很容易拉近彼此之间的关系，为接下来准备提出来的要求做铺垫。窦昭在做侯夫人的时候就已经练就了这桩本领。

她打起精神，微笑着和宋墨寒暄："梅公子真是见多识广，这正是大相国寺的天府宣宝，是家父特意从京中捎回来的。这几天天气潮湿，木樨、茉莉的味道清雅，百合香的味道重厚，用木樨或是茉莉香更好，只是我常年住在城中，偶尔才会陪着家中的长辈来田庄小住几天，家里只有上次过年时用剩的半盒百合香，只好暂且先将就将就。地方简陋，还请梅公子多多包涵。"

这就开始告诫自己了！这个女子果真十分聪明！

宋墨的目光不由自主地在窦昭的脸上打了个转。

"窦四小姐如此谦逊，倒让我羞愧得无地自容了。"他笑道，"说起来，这全是一场误会——贵府的账房陈先生曾在弃城而逃的福建巡抚张楷麾下任过幕僚，之后定国公念其不是主犯，任其去留，陈先生又是第一个离开福建的，之后他又将我们的行踪告知了窦四小姐。我等不知其意，不免惴惴不安，却也不曾想过要伤害窦四小姐，不过是不想暴露行踪，想在离开之后把窦四小姐留在田庄一些日子。我也知道，江湖之中藏龙卧虎，远非我的这些护卫可比，只是我们随身带着军中的弓弩，几个护卫又都是使弩的好手，好歹也能占些优势。否则刚才的那些羽箭也就不可能准确无误地落在了贵府几位护卫的脚下了，我也不会下令让他们射弩了。"言辞十分恳切。

段公义听着不住地点头。

窦昭却在腹诽。难怪你被赶出英国公府之后很快就在辽王府混得风生水起了，就凭着这手睁眼说瞎话、颠倒是非的本领，已是无人能及了。

"的确是场误会。"她不仅脸上丝毫不显，而且还很认真地点了点头，顺手拍了拍熟睡的孩子，道："陈先生既然泄露了公子的行踪，自然是宁可杀错也不可放过的了。可若是雨停了，久雨逢晴，村中的老老少少都会出来晒太阳，公子人手不足，屠村之事只怕有些吃力，而且这么大的案子，不仅会惊动县衙和州衙，还会惊动布政司、按察司、都指挥司，甚至是大理寺，这对公子来说太不利了。还不如趁着下雨，杀人灭口更干净利落、简单可行。不过公子的话也提醒了我，您为什么不把我们强行留在田庄一些日子，等你们走远了再放了我们？自京都南下，通常都会经过真定，等我们去报官，您已如飞龙在天，如鱼归大海，等官衙找到您家中时，只怕您早就什么都安排妥当，就是锦衣卫也查不出个所以然来。"

宋墨开始还悠然地微笑，听到这里，笑容渐敛，眼角眉梢慢慢透出几分凛冽。

窦昭却犹不解恨，索性妙目圆瞪，"哎哟"一声，佯作骇然地失声道："难道公子托孤之人就在这真定附近不成？"说话间，眼底已闪过一丝冷意，"皇上挑选顾命大臣还要考虑再三，窝藏朝廷钦犯之子，那也不是普通人敢做的。既然这托孤之人不能轻易更换，那就只能把我等斩尽杀绝啰！"

纵然像陈曲水、严朝卿这样老谋深算，经历丰富，七情六欲等闲也不会上脸的人闻言都忍不住露出惊骇之色，更不要说段公义和陆鸣了——两人望着窦昭，呆若木鸡。

屋子里一片死寂。

宋墨则像被一拳击中的釉面，终于裂开了一道细纹。他脸色铁青地瞪着窦昭，目光如刀锋般寒气逼人，让窦昭头皮发麻，可她已无路可退，只有破釜沉舟，置之死地而后生。

"我想想，"她故作轻松地笑道，"公子带了一位账房先生，嗯，账房严先生已经在这里了；两位管事，一位面目憨厚，刚才还在公子的身边，别一位应该就是站在严先生旁边的这位了；四个护卫，刚才拿着弓弩威胁我的就是他们了；一个乳娘，现在应该在公子内室后的暖阁里无声地哭泣；一个襁褓中的婴儿，正睡在我的臂弯里，人都到齐了。可是你们是坐着马车来的，而且还是两辆马车……虽说赶马的车夫最为卑贱不过，通常都睡在马棚里，可不管怎样，他们到底是公子的人，这两个如今都去了哪里呢？"

宋墨额角冒着青筋，瞪着窦昭的目光平添了几分毫不掩饰的犀利。

窦昭一副视若无睹的样子，高声喊着："素兰，你刚才去抱小公子的时候，可曾见到公子的车夫？"

"是不是车夫我不知道。"素兰配合着窦昭，大大咧咧地道，"他们不知道那暖阁的后窗是能从外面打开的，我翻窗进去的时候，有个傻大个正背对着我守在暖阁的门口，我一记手刀打昏了乳娘，悄悄拿出段大叔给我的那个浸了麻沸散的什么暴雨梨花针给了那家伙一筒，把他打得满身都是针，他瞪了我两下就倒在了地上。"说到这里，她冲着段公义抱怨道，"段大叔，您不是说若被那个针射中了，就是一头牛也会一声不吭地倒下去，那家伙倒下去的时候眼睛瞪得大大的，看见我抱着小公子跳出窗的时候还闷哼了两声，您这什么针也不太好使啊！"

大家的目光全都落到了段公义的身上。

段公义霎时觉得自己好像被千万盏明灯照着似的，骤然间大汗淋漓，又想到自己对付的是定国公的遗孤，掩饰不住心虚，惊慌失措地抓起衣袖一边胡乱地擦着汗水，一边喃喃地解释道："是祖上传下来的东西，只说是子孙防身保命的，几十年都没用过，可能是不太灵了……"

素兰嗔怪道："段大叔，您怎么能给我那么不靠谱的东西？要是那东西失效了，我岂不是要被那傻大个给捉住了？我被捉住是小，要是坏了小姐的大事，我们恐怕都会性命不保！"

"那是，那是！"段公义的汗流得更多了。

严朝卿却深深地看了笑容安逸、神态悠闲地坐在那里的窦昭一眼。

原来这个计谋是她想出来的！他还以为是陈曲水的主意呢！

素兰这样一番插科打诨，肯定让宋墨气得够呛。

窦昭自然乐于相见，但也不能让素兰把话给扯远了。

她适时地继续道："素兰看到的应该是两个马车夫里的一个……那还有一个去了哪里呢？"窦昭猜测道，"难道他去给托孤之人报信去了？"话音一刚，她立刻惊恐地道："段护卫，我们的人都去了哪里？梅公子白天之所以占尽优势却不动手，肯定是觉得人手太少，有点冒险，派了那马车夫去向那托孤之人求援，说不定早已和那托孤之人约定了动手的时间……这可就麻烦了！"

陈曲水、段公义、严朝卿等人都大惊失色。

只有宋墨，端起茶盅，微低着头静静地喝了几口茶。

可他端着茶盅略有些颤抖的手却泄露了他愤怒的情绪。

窦昭所恃的，不过是怀中的这个婴儿。

她曾是个母亲，又怎么可能真的去伤害这个婴儿呢？

她所恃的，不过是镜中月水中花而已。

想要让宋墨正视她，她只有继续挑衅宋墨。

"唉！"窦昭叹了口气，"公子在明我在暗，就有这点不好——我知道公子带了几个人，公子却不知道我们有几个人。不知道我的另一个婢女走到了哪里，要是有大批人冲进田庄烧杀抢掠的时候，她能不能从真定州赶回来呢？"

宋墨抬起头来，表情严肃而端穆，目光冷静而理智。

窦昭望着刚才还气得手直发抖的宋墨转眼间就控制了自己的情绪，心里五味杂陈，说不出是什么滋味。

成大事者，都有大毅力。只有这样的人，才能在繁华面前不迷失，在孤独的时候能坚守。

宋墨今年只有十三岁，正是初生牛犊不怕虎，壮志凌云、睥睨天下的年纪，她不仅让他铩羽而归，颜面尽失，而且还故作姿态地狠狠嘲讽了他一番，换成个成熟稳重的中年人恐怕都受不了，他却能在短短一盏茶的工夫里抛开荣辱得失，审时度势，重新正视自己所面临的一切。

这样一个可怕的人，自己在与他为敌之后还能全身而退吗？

这个孩子就是宋墨的软肋。

宋墨之所以对他们动了杀心，也是为了保证这个孩子的去向不被人泄露。

她若是道破他们的身份，宋墨还有何顾忌可言？

鱼死网破，以段公义等人的心态，他们又有几成胜算呢？

何况在上一世，定国公府虽被抄家问斩，夺了爵位，可英国公府却一如往昔，圣眷不衰。

除非她能悄无声息地杀死宋墨之后消灭所有的证据，否则，杀人偿命，她相信英国公一定很愿意为宋墨报仇。

她有这个能力吗？

所谓的让素心报官，不过是一种威慑宋墨的手段，而不是柄能攻击他的利刃。

她知道，她相信他也是知道的。

要不然，他也不会很快就冷静下来了。

可也正因为如此，宋墨又让窦昭心中多了几分说服他的把握——以他的理智，应该能判断出他们之间是合则两利，分则两败的局面。

而现在，她已经向他展示了自己的能力和实力，他也开始重视她，到了他们坐下来好好谈谈的时候了。

窦昭脑子飞快地转着，没等宋墨开口，已肃然地道："梅公子，我有话想单独和您说！"

宋墨微微有些惊讶。

厅堂里只有八个人，这都是彼此最信任的人，她还要单独和他谈，她到底要和自己说什么呢？

念头闪过，窦昭已抱着孩子站了起来。她一面朝西屋的书房走去，一面吩咐段公义："段护卫，还请您和素兰守在门口，不管是谁，也不允许靠近书房一步。"

她接下来要说的话，要做的事很重要，越少人知道越好。而且这件事很冒险，她表面看上去一副胸有成竹的样子，实则心里七上八下的很是不安。

陈曲水和严朝卿都是在封疆大吏身边做过幕僚的，特别是严朝卿，原是定国公的心腹，又陪着宋墨一同护送那个孩子，能得到蒋、宋两家人的信任，可见很不简单。

她想的再好，毕竟只是纸上谈兵；宋墨再厉害，毕竟还少了些见识。如果能得到这两人的相助，成功的概率将更大。

宋墨毫不犹豫地站了起来，吩咐陆鸣："你留在这里帮段护卫守门。"

和窦昭对峙，对他是很不利的。

出门时母亲曾经反复地告诫他，江湖之中，藏龙卧虎，让他千万不要大意，凡事多和严先生商量。他却因一路走来算无遗漏，渐渐把母亲的话抛在了脑后，这才大意失荆州，不仅被这位看似普通大家闺秀的千金小姐困在真定县这座小小的田庄里，而且还让孩子和这些跟随他的壮士陷入了险境。

更重要的是，他已经让施安去搬救兵了，按原来的计划，亥时他们将一起动手。

如果对方没能察觉到田庄的异样而动起手来，这位窦四小姐为了保住性命，肯定会把官府拖进来。若是侥幸对方察觉到田庄的异样而等候观望，万一雨停了，那些村民出来走家串户，他们的行踪就更难掩饰了。

难道他还真的下令屠村不成？那和那些倭寇又有什么区别？

何况这位窦家四小姐明明知道他是谁，却一直称他为梅公子，分明留有一丝余地，不想和他们翻脸。他不如趁着这个机会好好地和窦家四小姐谈一谈，说不定能找到解铃之法。

陈曲水和严朝卿一前一后地进了书房，四人各据一方，面对面地坐下。素兰上了茶水，悄声退下，关上了书房的门。

窦昭开门见山地道："定国公我一向很景仰，我父亲和两位伯父都在京都为官，却不曾听到定国公出事的消息，现在定国公怎样了？"语气真诚又坦率。

宋墨再次对窦昭刮目相看。孩子的去向并不重要，重要的是定国公府的未来——如果定国公府能逃过此劫，孩子自然会安然无恙；如果定国公府大祸临头，作为定国公府唯一的血脉，孩子的行踪自然也就关系到了孩子的生死。

这位窦四小姐的确不简单，开口就抓住了事情重点。

可她值得信赖吗？宋墨不禁望向窦昭的眼睛。

他这才发现，窦昭的眼睛很漂亮，黑白分明，清澈明亮，仿佛夜空中最璀璨的星子，任那云雾阴霾，也无法遮挡住它的光芒，让人看着顿时勇气倍增。

他垂下了眼睑，端起茶盅吹了吹浮在水面的茶叶。

严朝卿看了宋墨一眼，见他没有反对，道："有御史弹劾定国公杀良冒功、养寇自重。我们得到消息，皇上勃然大怒，要锦衣卫押送定国公回京都大理寺审讯。我们却找不到幕后推手。我们夫人觉得事情有些不妙，正巧蒋五老爷瞒着蒋太夫人偷偷新收的一个外室有了身孕，快要临盆了，夫人就做主把她藏了起来。三天前，宫中有旨下来，定国公、蒋参将、蒋同知都被问罪，蒋五老爷被锦衣卫审讯。夫人进宫，却什么事都打听不到，怕事情会更糟糕，命我陪同世子爷将这个孩子交给蒋五老爷的一个好友收养。"

宋墨的三舅任参将，四舅任同知，难怪他们都没有听到任何的风声。

窦昭道："也就是说，圣旨刚刚下来，英国公还在福建，这只是未雨绸缪啰？"

说得他们好像在杞人忧天似的。

严朝卿沉吟道："皇上这个人，对你说话越客气，心里越是气愤；对你说话越是随意，心里越是在意。"又怕窦昭听不懂，委婉地解释道，"我们夫人和皇后娘娘、太后娘娘的关系一直都很好，这次夫人进宫向皇后娘娘求情，皇后娘娘却对此事一无所觉，还特意去问了皇上。皇上却说，定国公在福建时间长了，又位高权重，难免会有人眼红。福建海风蚀人，这次把定国公叫回来，定国公正好可以趁机休养生息几年……"

在所有的公卿贵勋之家中，英国公府有点特别。

英国公府的祖上宋武和太祖皇帝是结拜兄弟，后来又跟着太祖皇帝起兵，战死在了沙场。宋武的遗腹子宋功被太祖皇帝收为了养子，还被赐了国姓。建国后，太祖皇帝论功行赏，封宋功为英国公，想到宋武只有这一个儿子，特意下旨恢复了原姓。

因而英国公府和皇家的关系特别密切。

太宗皇帝想要废太子的时候，是英国公劝的太宗皇帝，保住了太子。

仁宗皇帝想废了皇后改立自己的宠妃王氏的时候，是托了英国公说服的太后。

武宗皇帝穷兵黩武折腾光了国库又折腾光了自己的小金库，也是英国公背的骂名，在淮安都转运盐使司运使的位置上一坐就是十年，让武宗皇帝终于可以开始修建自己的陵寝。

可以说，在辽王登基前，历任的英国公都是皇上的心腹、宠臣，甚至比那些皇亲国戚更受皇上的信任。如果英国公夫人进宫都打听不到任何事，那这件事有多严重，就可想而知了。前世也证明，英国公夫人的担心是非常有道理的。

但窦昭想到前世宋墨说蒋家再无后嗣，不由问道："谭家靠得住吗？"

所有的人都骇然地望着窦昭，宋墨脸上再无刚才的轻松惬意。

"你是怎么知道的？"严朝卿不禁问道，声线紧绷。

窦昭讪笑。虽然早就决定不让自己陷得太深，没有想到自己还是把话说了出来……她实在是太为怀里的这个婴儿揪心了！

前世，宋墨回答辽王的时候说"蒋家再无后嗣"。

"我毕竟是真定本地人，"窦昭只得硬着头皮道，"仔细想想，有实力收养这个孩子的，也只有谭家庄了。此时定国公的事只是被问罪，不免有些担心，所以多问了一句。"

"窦四小姐不仅冰雪聪明，而且深谋远虑。"严朝卿叹道，语气真诚，"托孤之人，是蒋五老爷亲自指定的……"言下之意是他也不太了解这个人，也有些担心。

"如果谭家都信不过，那就没有信得过的人了！"一直没有开口说话的宋墨却语气轻淡、言简意赅地打断了严朝卿的话。

严朝卿头颅微低。

窦昭也不好再说什么，她想到严朝卿话里话外全是英国公夫人蒋氏，却一句也没有提到英国公，把话题重新转移到了定国公身上："定国公的事，英国公怎么说？"

严朝卿含蓄地道："现在情况不明，英国公就是要出面帮着说项，也得言之有物才是。"

让妻子去试探皇家的口风，他再见机行事。

如果不是知道前世发生了什么事，窦昭会觉得英国公宋宜春的行事再正常、再正确不过了，可从后续来看，英国公显然少了些什么。

两世的怀疑在她心中激荡，窦昭却一句话也不能透露。

那些事，今生并没有发生，而且和前世相比，今生已经发生了翻天覆地的改变。比如说，前世这个时候，宋墨虽然在真定，她却在京都，他们之间没有任何交集。而这一世，她掌握了主动权，保住了祖母的性命，因而留在了真定，遇到了宋墨，又因请了陈曲水做幕僚被宋墨围困在了田庄……之后会发生什么，谁又敢保证呢！

她肃然整容，正色地道："我想托孤应该只是令堂计划的一部分，关键是怎样让定国公脱险，不知道令堂对此有什么打算？"

严朝卿瞥了宋墨一眼，宋墨抿着嘴没有说话的意思，道："不知道窦四小姐有何高见？"望着她的目光带着几分笑意，显然觉得她说这话有些自不量力。

第四十一章　出谋·送走·青鸟

窦昭微微一笑，眼角眉梢间流露出来的自信让她显得顾盼生辉，光彩照人。

"我看史书的时候，觉得皇上最怕大将拥兵自重了。"她淡淡地道，"定国公被弹劾杀良冒功、养寇自重，这罪名应该很重吧？"

这个，读书人应该都知道吧？

严朝卿笑道："的确是有点麻烦。"语气敷衍。

窦昭仿佛没有感觉到似的，缓缓地道："寻常的人受了冤枉，都会向青天大老爷哭诉，讲事实、摆证据，或找了左邻右舍的来给自己做证。"

严朝卿一愣，朝宋墨望去，就看见原本正用指头摩挲着茶盅盖子的宋墨突然停了下来，而窦昭清越的声音继续在耳边响起："若是官吏明断，自然很快就能水落石出，若是官吏糊涂，只怕是吃了板子还要受委屈。何况皇上并不是那断官司的人！"

两人不由侧耳聆听。

"天子再圣明，也有自己的私心。"窦昭淡淡地道，"往往说你忠君爱民，你就是忠君爱民；说你包藏祸心，你就是包藏祸心。"

这话说得……严朝卿不由用衣袖擦了擦额头。

宋墨却悄然间坐直了身子，一直盯着窦昭的双眸骤然间闪过一道耀眼的光芒，目光都明亮起来。

窦昭的注意力全放在严朝卿的身上，对此一无所知，依旧不紧不慢地道："韩信居功自傲，兵权尽失，已经没有了谋反的可能，吕后就杀了他。萧何一手掌控汉王的钱粮政务，却求田问舍，汉王就不疑有他。王翦领倾国之兵出征，屡屡派使者向秦王索要财物田产，秦王就哈哈大笑。可我却听说定国公勤政爱民，廉洁奉公，是国之栋梁，朝中股肱，不知道可有此事？"

严朝卿望着窦昭，满脸的震惊。定国公被问罪，大家都觉得定国公很冤枉，夫人已联系定国公从前的一些部属准备为定国公喊冤。

也有人提出来过和窦昭一样的建议，只是夫人觉得这样不但有辱定国公的名誉，而且万一圣上真的相信那可怎么办？

这个提议很快就被其他的声音淹没。

难道他们真的想错了？皇上在意的，根本不是御史弹劾了定国公些什么，定国公又做了些什么，而是定国公声誉日隆之后，会对皇上怎样？对朝廷怎样？

如果那些为定国公喊冤的奏折递了上去……

想到这些，他像数九寒冬喝了碗凉水，浑身都透着寒意。

宋墨却低头沉思起来。小时候，母亲常带他回娘家。他最早的记忆就是自己站在蒋家的练武厅和表哥表弟们一起推石碾子玩。

大舅被问罪，母亲心急如焚，不仅奔走在内宫深苑，而且还频频联系各勋贵之家。因他最为敬佩大舅，母亲怕他参与其中，让人误会这是父亲的意思，连累父亲被皇上问罪，让大舅连个遮风挡雨的人也没有了，这才决定让严朝卿陪着他护送五舅的孩子南下。

他们以为他什么都不知道，实际上他心里很清楚。

他原来准备把孩子交给了五舅指定的人就回京煽动朝野为几个舅父鸣冤的……

宋墨望着被窦昭夺去的孩子，却有些犹豫起来。

大舅年轻的时候，曾做过皇上的贴身侍卫。大舅是什么人，难道皇上还不知道？怎么会轻易就听信了御史的弹劾，对大舅问罪呢？或者，他应该再仔细琢磨琢磨这事？

陈曲水望着窦昭含笑不语的面孔，满是错愕。在宋墨和严朝卿来之前，她曾为了这件事和他商量过，说解决僵局的唯一途径就是向宋墨递投名状。

这一点他是认同的。

可说起来容易做起来难。他们想向宋墨递投名状，那也得看宋墨接受不接受、需要不需要啊！

所以他当时提出互为人质："……我代表小姐去京都，他们可以派个人跟在小姐身边，到时候冒充护卫就行了。反正这些护卫都是您请的，多一个少一个东窦也不知道。只要小姐能顺利回到窦家就安全了。"

他们总不至于对窦家动手吧？就算是跟在小姐身边的那人想伤害小姐，那也要看小姐身边的护卫答应不答应。

窦昭却道："如果定国公府被满门抄斩了呢？"

那个孩子就成了蒋家唯一的血脉，只怕她就算是躲到天涯海角宋墨都会杀了她。

他愣住，半晌才喃喃地道："应该不会吧？"心里却明白，如果不是到了生死关头，英国公夫人又怎会将蒋五老爷的骨肉送给他人抚养，而且还派了自己的儿子亲自护送……

可窦昭这样的假设也太惊人了！

他不禁道："就算如此，定国公府高手林立、谋臣如云，英国公进得宫廷，出得朝堂，他们都无能为力的事，我们又凭什么力挽狂澜呢？"

窦昭笑笑没有作声，陈曲水却知道她已经打定了主意。想到窦昭做事虽偶会冒进，却不失缜密细致，他没有追问，没想到，她打的却是这样的主意！

虽然这个建议很简单，大家也都想得到，可关键却是应该怎么选择！

能让定国公这样的镇守一方的封疆大吏被问罪，已不是单纯的有罪没罪的问题，而是涉及方方面面的利益，上上下下的关系，甚至连英国公府也找不到幕后的推手，可见其水之深，就是他这个在权谋中浸淫了大半生的人都不敢随意启齿，何况她一个从未曾走出过真定县的小姑娘……

想到这些，他就不安地挪了挪身子。

但愿四小姐是对的！不然这阵腥风血雨的只怕连她自己都要卷进去，性命堪忧！

沉默中，恐怕只有窦昭是最笃定的那一个。

前世，每当人们提及定国公时，就会提起福建百姓在定国公死后为蒋家上的万言血书。

既然这种方法都行不通，那就只能换一种方法了。

也许会有所改变。

而严朝卿觉得自己一刻也待不下去了。得把这种可能尽快地告诉夫人，让夫人尽快地和府中的幕僚好好地商量商量，拿个主意才行。

他有种时不我待的恐慌，不由急急喊了声"公子"。

只是严朝卿的话音还没有落，沉默不语的陈曲水突然站了起来，跟着高声地喊着"公子"，揖礼道："现在我们还能对外说小姐看着你们行踪可疑，以为你们是拐了哪家大户人家的孩子出逃的，而公子见我们人多势众，个个身手不凡，还以为落入了贼窝，小姐要救孩子，公子要逃离，这才生出一场误会。可要是等增援的人来了，这件事只怕就不好遮掩了。不如我随您进京，您再派个人跟着我们小姐回真定。等接孩子的人来了，我们把孩子直接交给对方就是……"

虽然不知道原因，但他敏锐地感觉到了宋墨和严朝卿的变化。既然有了变化，那就快点把四小姐送回窦府！

他决定往这件事上再添一把柴，适时地站了出来……

窦昭有些惊讶陈曲水的果断，只是他话已经说出了口，她不好再说什么。

可宋墨不是普通人，他到底会不会接受，她心里没底，不由朝宋墨望去。

一时间，大家的目光都落在了宋墨的身上。

大雨如注，天空黑沉沉的，仿佛随时会坍塌下来似的。

离窦家田庄不远的树林里，两个戴着斗笠、穿着蓑衣的男子正站在坡上眺望窦昭的田庄，他俩一个身材魁梧，一个身材匀称，身后还静默地站着三十几个穿着黑色水靠、用黑布蒙脸的精壮男子，远远地望去，像一个个被烧焦了的木桩。

一个十二三岁的男孩子像蚂蚱般敏捷地跳到了那个身材匀称的男子身边，恭敬地禀道："六爷，我联系上公子的人了。不过情况有些不妙——孩子被劫持了，公子、严先生正在和对方交涉。"

"怎么可能！"身材魁梧的男子惊愕地抬头，露出张周正但毫不出奇的面孔，"是谁劫持了孩子？"

"是屋主！"男孩子道，"听说看护孩子的人被暴雨梨花针给打中了，大家正帮他拔针呢。"

身材匀称的男子很感兴趣地"咦"了一声，奇道："现在还有人手里有这东西？那屋主是谁？"

男孩子瞥了身材魁梧的男子一眼，低声道："是窦家的田庄，好像是遇到了四小姐……"声音越来越低。

身材匀称的男子吓了一大跳，急声道："怎么会是窦家四小姐？这么大雨，她不在家里，跑到这里来做什么？"

男孩子被问得有些哭笑不得，道："这就是四小姐的田庄啊！久雨不晴，四小姐担心田里的庄稼……"

然后身材魁梧的男子就发现身材匀称的男子脸上白一阵红一阵的，他不由道："你们和那窦四小姐有旧？"

"不认识。"身材匀称的男子脸色有些发青，声音嘶哑地道，"不过窦家四小姐侠肝义胆，道上有兄弟被人诬陷，就是窦家四小姐帮着洗脱的罪名，后来那兄弟伤势过重死了，也是窦家四小姐出钱出力帮着安葬的，还收留了那兄弟的家眷，我们道上好多兄弟都是冲着窦四小姐的侠义去窦家做的护院，还有一个是我师门的人……"他说着，咬了咬牙，道，"我们事先说好的，你们有什么恩怨你们自己解决，我们只在外面帮你们看场子。可现在关系到窦家四小姐……还烦请您给公子禀一声，就说我谭某人不才，想给窦家四小姐做个和事佬……"

身材魁梧的男子傻了眼。

施安一走进田庄就看见自己的人蹲在屋脊上，端着弩，神情紧张地注视着下面的动静。

窦家的护卫则团团将正屋围住，如人肉城墙似的挡住了通往正房的路。

他们神色同样很紧张，有个家伙还不安地握了握手中的齐眉棍，却没有一个人退缩。

看见施安，陈晓风上前几步，喊了声"站住"，抬着下巴睨视着他："梅公子的人？"语气中带着些许的嘲讽。

施安不由低低地骂了一句。也不知道是在骂谭家庄的人临阵倒戈，还是骂这事太窝囊——他连个动手的机会都没有就输了，还得恭恭敬敬地给窦家的护卫抱拳行礼："在下是梅安，还请这位大哥帮着通传一声，在下有要紧的事禀告梅公子。"

梅安是他对外的称呼。

陈晓风打量了施安一眼。这个人应该就是那个去搬救兵的家伙了，看样子已经知道屋里的情况了，没有头脑发热地强攻，而是单枪匹马地来请梅公子示下，也算是个忠肝义胆的好汉了。

施安给了陈晓风一个好印象，陈晓风对他的态度自然也就和缓了很多，想着窦昭无意和梅公子为敌，他略一思忖，道："你在这里等着，我进去通传一声。"

施安忙说了声"多谢"。

陈晓风并没有靠近厅堂的门扇，而是站在台阶上禀了一声。

不一会，素兰撩了帘子："小姐说，请梅安进来。"

施安闻言心中一跳：难道公子失去了自由？

想到来时谭家庄的那个家伙扯了身边一个护卫的黑巾把自己的脸给包上了，还说什么"我们家和窦家世代为邻，兔子还不吃窝边草呢，我实在是不想和窦四小姐的人碰面"之类的话，他心里就一阵烦躁，进屋的动作不免就大了些，谁知道却惹来了那个小婢女的一阵白眼。

这都算他妈的什么事！想当年，他在江湖中排名也能排前一百，不，前五十了，后来虽然投靠定国公做了贴身侍卫，可也是响当当的一名总旗，现在却被个丫头片子瞧不起、当贼看！

想到这里，他压下心头的无名火停在了书房门外，隔着葱绿色镶着宝蓝色襕边的杭绸软帘谨恭地喊了一声"公子"。

"进来吧！"公子的声音如往昔般温和中带着几分冷清，但这不仅没能安抚施安，反而让施安更加忐忑。

越是事情紧急，公子就是越从容镇定。情况肯定非常糟糕。

施安打起精神来应了声"是"，挺着腰杆走了进去。

公子坐在临窗的太师椅上，严先生坐在公子的下首，对面是个年逾花甲的儒雅老者，屋里还有个女孩子，十四五岁的样子，肌肤胜雪，长眉入鬓，目光湛然，抱着个孩子，嘴角含笑地坐在那里，柔美中透着几分端庄，表情娴静，竟然有种莫名的庄严之相，把他吓了一大跳。

这位应该就是窦家的四小姐了！难怪谭家庄的人不想见她，要是自己，恐怕也不好意思向这样一个女孩子下手吧！

念头闪过，就听见公子提醒般轻声地喊了他一声。他忙收敛了情绪，上前几步，附耳低语，把谭家庄众人的反应说了一遍。

宋墨难掩心中的惊讶。谭家庄可不是普通人家，桀骜不驯，自成一派，要不是蒋家和他们有几辈子的交情，五舅还和谭举人交好，又得了谭老太爷的青睐，加上这孩子可能是蒋家唯一的血脉，谭家庄决不会出手帮他的。窦四小姐能得到谭家庄的敬重，恐怕不仅仅是扶危济困、收留孤幼这么简单吧？

他望着窦昭的目光中划过一道流星般璀璨的光芒。

"窦四小姐，"宋墨突然站了起来，左手负背，右手攥拳弯肘置于腹前，态度随意而优雅，一向冷清的面容也露出几丝笑意，像冰雪消融春回大地般的温煦，"既然如此，就烦请陈先生跟我们走一趟吧！陆鸣，"他喊着身材瘦小的男子，"你这段时间就留在窦家，负责保护窦四小姐。"

谭家庄那边到底发生了什么事？公子怎么立刻就改变了立场？

严朝卿和陆鸣俱是一愣，但都很快掩饰住了心中的震荡，陆鸣更是恭声应"是"，走上前来规规矩矩地给窦昭磕头，行了大礼。

让你留个人监督我，你倒好，把身边身手最好的一个留了下来，这是保护我还是随时准备杀人灭口呢？

窦昭把宋墨骂了个千八百遍，脸上却不显不露，笑着请陆鸣起来，喊了段公义进来，让他领了陆鸣下去安顿食宿、差事。

你不让他保护我吗？总不能白吃粮食不干活吧？窦家的护卫干什么，他就得给我干什么！

窦昭腹诽着，笑着把孩子交给了宋墨："这孩子，长得可真好！这才抱了一会儿，手都软了。"

宋墨望着她，目光炯然，一语双关地笑道："这孩子是有点沉手，也不怪窦四小姐抱不动！"

窦昭很想回他一句，但想到他那睚眦必报的性格，立刻改为了奉承，笑盈盈地道："所以这孩子还是梅公子抱着更合适些。"

宋墨眼神闪烁，将孩子交给了严朝卿，步履轻快地走了出去。

严朝卿等人忙给窦昭行礼，匆匆地出了门。

窦昭这才长长地吁了口气。

素兰不理解窦昭的畏惧，瞪着眼睛道："枉费我还觉得他是个好人，谁知道他竟然连小姐都要杀，真是知人知面不知心，金玉其外败絮其内，道貌岸然……以后还不知道有多少人被他那副好皮囊给欺骗了……"

陈曲水忍不住笑出声来："好了，好了，有这力气骂人，还不如快点去跟我的小厮说一声，让他帮我收拾行囊，看样子接孩子的人来了，他们应该很快就会出发了。反正该知道的都知道了，不该知道的也知道了，我就跟着他们一起走了，说不定能多看出些什么，等到翻脸的时候也多几张底牌。"又叮嘱窦昭，"您看段公义他们就知道了，定国公这一问罪，只怕众多侠客义士都会出动，真定是北上必经之路，我会跟段公义说一声，让他管好这些护卫，小姐不管有什么事都忍一忍，不要出门，免得无端端惹了什么麻烦。崔姨奶奶那里，您也不用担心，有红姑服侍着，好生静养，不会有什么大事的。济宁侯府这门亲事虽不尽如人意，可也不是全无可取之处，小姐聪慧过人，想必早有了对策……"事事都想到了，一副交代后事的口吻。

窦昭眼眶一红，打断了他的话："您放心，我这法子定然会奏效，您也会平安回来的！"她不想让这份伤感蔓延，笑着和陈曲水说，"他派了好手监视我，我们难道就没有人了？您去京都，让段护卫从这些护卫里挑个身手最好的人给您做随从，那梅公子若是敢克扣您的吃穿用度，您就让他给我送个信，我们让那陆鸣也缺衣少食，决不让这位梅公子专美于前！"一番话说得陈曲水哈哈大笑，既欣慰又怅然地叹了口气。

欣慰的是窦昭把他当成自家人一样，怅然的是窦昭被自己连累，不得不卷入营救定国公的风波里——如果她的计策没被采纳，这投名状也就算是白递了。该来的总归还是要来。

如果她的计策被采纳了，奏效了，宋墨也不过是不再追究彼此间的恩怨；没有奏效，定国公府的遭遇恐怕会算在窦昭的身上，他作为人质，肯定是性命不保，窦昭也将面临危险。

不管怎么算，他们都是吃亏的一方，他又怎能不感慨万千。

窦昭望着宋墨的车马消失在雨帘中，也感慨万千："终于把这尊瘟神给送走了！"

之前奉命趁着窦昭伴装突围把宋墨等人吸引过去时悄悄溜出田庄的素心看见了信号，从藏身的草垛里钻出来，梳洗打扮一番后，从妹妹叽叽喳喳的话里中已了解了事情的经过，她却笑不出来，她很想问问陈先生是不是真的会平安归来，可看着窦昭微带几分疲惫的面色，话到嘴边，又咽了下去。

素兰几个只知道自家小姐打败了那个梅公子，哪里知道这其中的凶险，闻言捂了嘴笑。

窦昭就拍了拍手，笑道："我们也该走了，还不快收拾东西去？"

几个小丫头笑嘻嘻地散了，素心却忧心忡忡地问窦昭："小姐，真的有人敢在半路上害定国公？"

梅公子临走时，她听到小姐反复地嘱咐，让梅公子派人暗中保护定国公，免得定国公被宵小所害，还提到什么矫制矫诏，当时梅公子脸色微白，急急地上了路。

"但愿没有。"窦昭长叹口气，心情变得低落起来，"但愿是我杞人忧天。"

素心不由抬头望了望天。她这才发现不知道什么时候雨势已小，一片金光透过黑压压的云层照亮了天际，太阳仿佛要破云而出了似的。

窦昭叫住了正指使着马夫套车的段公义："回到府里后，你去账房支五百两银子，买些人参、燕窝之类的，代我去拜访拜访谭家老太爷，只说多谢他老人家维护四乡安宁，以后乡亲间若有什么事我能帮得上忙，定当全力相助。"

如果谭家庄没有参与进来，还不知道会变成什么局面。

谭家庄的人没有露面，段公义并不知道这其中的内幕，但窦昭备了重礼拜访谭家老太爷，他这个做徒子徒孙的也觉得脸上有光。他高声应了一声，亲自将那匹枣红色的大马套上了缰绳。

窦昭望了望正屋前两株高大的玉兰树，恍如隔世，她笑着对素心道："走，我们去看看崔姨奶奶。"

素心一颗紧悬着的心也落了地，她笑着拉住了窦昭："好小姐，您还是先梳洗梳洗再去吧！您看看您现在这个样子，只怕崔姨奶奶看见了又要担心了。"

窦昭低头，看见丁香色的绣鞋上沾了好几个泥点子。她不禁失笑，由甘露服侍着洗了个热水澡，绞干了头发，这才换了身衣裳去了祖母那里。

红姑早得了信，撑着伞在门口等。见着窦昭，她笑盈盈地屈膝福了福，问起田庄的事来："怎样？庄稼还有救吗？"

"只能指望秋玉米了。"窦昭说着，和红姑进了正房。

祖母坐在临窗的大炕上，听话音已经知道是怎么一回事了，问了各家受灾的情况，怎么处置的，村里人都说了些什么。

窦昭一一作答，宋墨的事自然是只字未提。

祖母把窦昭夸奖一番："……没想到你在农事上这样有天赋！这件事也处置得很好，等雨停了，你记得跟陈先生说一声，每家每户发十斗玉米面，先把这几个月度过去了再说。"

"陈先生有急事，去了京都。"这是和陈曲水事先商量好的说辞，"他老人家年轻的时候受过一个朋友的恩惠，如今这朋友遇到了难事，陈先生赶了过去帮忙，恐怕要到秋天才能回真定。"

祖母不疑有他，只是担心陈曲水走得这么急，路上没准备："看来这件事非同小可。寿姑，你应该给你父亲写封信，就是帮不上忙，有个熟人，胆子也大些。"又问她，"你送陈先生程仪了没有？陈先生身边是谁在服侍？他也是一把年纪的人了，您要多照应着点。"

祖母待人真是真诚实在，没有一丝虚伪，窦昭在心里感叹着，笑道："您就放心好了，一切都安排妥当了，不会委屈了陈先生的。"

实际上的确走得急，又因为是和宋墨一起走的，陈先生孤身上路，身上只带了窦昭等人七拼八凑的十两碎银子和二十两银票，还好留了几件衣裳在田庄，要不然连换洗的衣裳都成问题。

宋墨理应承担起陈先生的吃穿嚼用才是，窦昭气愤地想着。但她还是担心陈先生受委屈，段公义去账房支银子的时候，她盼咐段公义："想办法给陈先生送一千两银票去。"

她在京都住了十几年，深知京都居，大不易。

段公义应了，听了窦昭的盼咐按照谭老太爷的喜好买了些补身体的药材，还买了几幅字画、几本古籍送到了谭家庄。

谭老太爷已年逾古稀，听说窦昭派了人来看望他，拂着齐胸的雪白胡子呵呵直笑，对孙子谭举人道："这位窦四小姐有点意思。"

谭举人就在一旁跟着笑。

谭老太爷就问起那孩子。

"孩子我让人连夜抱去了保定府，乳娘我让梅公子带了回去。到时候只说十八家的生了对双生子就是了。"谭举人道，"如果蒋家能度过这一劫，把孩子要回去了，就说那孩子夭折了。要是度不过这一劫，我让十八他们过两年再回来，到时候孩子都两三岁了，就算是差几天也看不出来。要是真有人看出什么来，就拿一个顺产一个难产说事，也能搪塞过去——并不是所有的双生子都长得一模一样。"

谭家老太爷满意地点了点头，手捻胡须感慨道："你们总怪老祖宗立下来的规矩挡了你们的前程，可你看蒋家，倒是荣华富贵，烈火烹油，结果怎样？还不是一锅给人端了！连自己的骨血都保不住……"

谭举人顿时老脸一红，低声道："爷爷，蒋家的事，我们真的不管？"

"世间万物，一啄一饮，皆由天定。"谭老太爷叹道，"我们就算想管，能管得着吗？若是能死了他一个，换来全家的性命，倒也死得不冤枉。"

谭举人想起那个大碗喝酒，击剑纵歌，睨视天下的身影，觉得视线突然有些模糊。

窦昭也在想孩子，不过她是在想前一世这个孩子到底是生是死。

如果当初多留意些宋墨的事就好了！她也好决定和谭家交往到哪种程度。

有这样一只猛虎比邻而卧，又有几个人能安生睡觉？无知者无畏，要不是宋墨，她怎么知道谭家？真是伤脑筋！

窦昭狠狠地朝手中的李子咬去，咔嚓一声，李子被咬走了一半。

素兰蹦蹦跳跳地跑了进来。

"四小姐，一个好消息，一个坏消息，"她眨着不大的眼睛问窦昭，"您想先听哪个？"

窦昭递了个李子给她，道："先听坏消息，再听好消息。"

素兰嘻嘻笑，道："坏消息是——王大人被弹劾，说他什么强买强卖，不修私德，纵容子女仗势欺人……"

她还为是定国公被人弹劾了呢！窦昭有点失望，道："都说他们干了些什么了吗？"

"没有。"素兰笑道，"不过听说被骂得挺惨的，连皇上都下旨问话了。"

窦昭撇了撇嘴,道:"那你所谓的好消息就是我五伯父做了内阁大学士啰?"

"您怎么知道的?"素兰睁大了眼睛。

"这还不容易。"窦昭意兴阑珊地道,"如果是其他人弹劾王行宜,肯定会把他的罪状一条一条地列下来,而不是像现在这样扣些大帽子,说些笼统的话,肯定是怕把窦家也牵扯进去。既然连皇上都下旨问话了,不管这些事是真是假,内阁为了避嫌,肯定不会让他入阁了。你又说有个好消息,不是我五伯父做了内阁大学士还能是什么?"

"小姐,你好厉害啊!"素兰满脸的佩服。

"什么厉害不厉害的。"窦昭不以为然地道,"你要是像我这样,也会和我一样厉害的。"

"可不是每个人都能像小姐这样的啊!"素兰羡慕地望着窦昭道,"小姐怎么晒也晒不黑,我就是躲在屋里也养不白。"

窦昭一愣,随后哈哈大笑起来。

素心端着一碟洗好了的桃子撩帘而入,呵斥着妹妹:"你又胡说了些什么?"

"没有,没有。"窦昭摆着手,让素兰吃桃子,"这两个消息你是听谁说的?"

素兰道:"是六老爷差人回来报的喜。东府那边已经开始打赏了。扫地、擦桌子的小丫鬟、小厮每人十个承平元年的铜钱,三等的丫鬟、婆子、媳妇子每人一百,二等的二百,一等的三百,有头有脸的管事和管事嬷嬷是一两银子,我亲眼看见三老爷的随从抬了银子回来!"

在官场上,早一天中进士、晚一天中进士,早一天入阁、晚一天入阁,都是论资排辈的重要依据。

这的确是件值得庆祝的事。她吩咐素心:"等东府的人给我们报了喜,我们也照着东府一样地打赏。"

素心笑着去准备铜钱、银子去了。

东府那边报喜的人过来了。

"去给五小姐说一声。"窦昭叫了甘露和素绢进来帮她收拾打扮,"我们得过府去给二太夫人道个喜。"

素兰主动跑去通知窦明,回来悄悄地跟窦昭道:"我跟五小姐一说,五小姐就哭起来了。我就说,这大喜的日子您要是红着两个眼睛,只怕二太夫人心里会不高兴。五小姐气得朝我丢了一个茶盅,我一闪,茶盅落在地上摔了个粉碎,我就跟周嬷嬷说,这茶盅是官窑新出的斗彩,一套茶具十二两银子,这摔碎了一个,这套茶具就用不成了,只怕库房的管事嬷嬷不好交代,您不如在外面买一套补上……"

甘露和素绢就在一旁捂了嘴笑。

窦昭无奈地摇头。她这个年纪的时候也是很喜欢与人争斗的,何况是素兰这个活泼到有点唯恐天下不乱的小丫头。

"你们都比她年纪大,和她争这个气做什么?"窦昭教训她们,"以后再不许说这样的话。"

甘露和素绢齐齐应是,素兰却做了个鬼脸,一溜烟地跑了。

过了大约半个时辰,梳妆打扮好的窦明由周嬷嬷陪着走了过来。

窦昭见她脸上光洁红润,看不出任何异样,暗暗点了点头,一起去了东府。

每个人脸上都洋溢着掩盖不住的喜气,见着窦昭和窦明不停地道喜,奉承的话像流水似的往外直淌,比过年的时候还热闹。

等进了二太夫人的厅堂,窦昭这才发现窦家的人都到齐了。

二太夫人正和二太太商量着怎样庆祝，见窦昭过来了，忙招了她到身边坐，问她："这大戏是唱十天好，还是唱十五天好？"

上次家里出了三个秀才，连唱了十天的大戏。

窦昭笑道："我看家里人围着吃顿饭好了。唱戏，未免太喧嚣了些。"

不过是刚刚入阁就这样大肆庆贺，不免有些张狂，像那暴富人家似的。

大家俱是错愕。

二太夫人沉思了片刻，一拊掌，道："还是我们寿姑通透。就这么定了，家里人一起庆贺庆贺就算了。"

二太太也反应过来，再看窦昭的时候，就多了几分郑重："你六伯母去了京都，家里就少了一个帮衬的人，寿姑你在家里也没有什么事，这几天就过来再帮我整几桌酒席吧？"

这对别的闺阁女子来说是一次难得的锻炼机会，可对她这个可以指导别人怎样主持中馈的人来说，那就是去帮忙。她才不做这吃力不讨好的事呢！

"我什么也不懂，还是让几位堂嫂帮您吧！"窦昭笑着拒绝了，"这雨刚刚停下来就出了大太阳，我那边的花房可遭了殃，这几天要盯着那些丫鬟、婆子把我的花房整理出来，不然今年成活的那株双色牡丹只怕是难逃一劫了。"

二太夫人不懂养花，可她知道能养出一株双色牡丹意味什么，毫不犹豫地放窦昭回了府。

等窦家吃过庆祝宴，京都那边传来消息，王行宜被调任云南巡抚。

第四十二章　报信·死讯·宋家

陕西，乃中原腹地，陕西巡抚，统领八府、二十一州、九十五县，辖陕西都司、行都司四十九卫、二十五所；云南，乃西南边陲，云南巡抚，统领十九府、四十州、三十县、八个宣慰司、四个宣抚司、五个安抚司，辖云南都司二十卫、二十四所。

这能一样吗？

窦昭笑盈盈坐在临窗的大炕上地吃着樱桃。

淑姐儿过来看她。

窦昭忙叫甘露沏壶碧螺春来："过些日子新茶上市，到时候再请你过来喝茶。"

"新茶年年有，"淑姐儿对此不感兴趣，目带希冀地望着她，"您说，十一叔定亲，我们能不能趁着这个机会去京都看看？"

窦昭不感兴趣，却鼓励淑姐儿去见识见识——她明年就要出嫁了，以后出去的机会更是微乎其微。

"家里有谁去？"她问淑姐儿。

淑姐儿忙道："四哥、五哥、六哥、七弟……他们都去。"

有窦启俊在，没有什么不放心的。
窦昭笑道："只要三哥和三嫂同意，你去京都的费用都算我的。"
淑姐儿欢天喜地，拉着窦昭的手不放："四姑姑待我最好了！"又非要她一起去不可，"我一个人，爹爹和娘亲肯定不答应，又没个说话的人，行程投店也不方便……"
窦昭摇头："你要是担心三哥和三嫂不答应，我去帮你说项。"
"四姑姑也没有去过京都吧？我听人说，京都可好玩了，禅院又多，每隔几天就有庙会，白云观那边专卖古董，大相国寺前门多是卖各式首饰，还有条街叫什么来着，我不记得了，卖江南的鞋袜。四姑姑，您就和我一起去嘛！就当是陪我的……"
态度过分殷勤了。
窦昭目不转睛地盯着她的眼睛，淑姐儿讪讪地笑，不过一盏茶的工夫，终于绷不住了，娇笑道："好嘛，好嘛，我说就是了——是六伯母、十一叔定亲，她老人家很想您去，说是邀请了您几次，您都拒绝了。纪家表叔就和十一叔、十二叔打赌，若是他能把您请去，十一叔就把供在书房上头的那个碧玉荷花的笔洗给他纪家表叔，十二叔则把那幅赵伯驹的山水图送给纪家表叔……"
窦昭又好气又好笑："你又得了他什么好处？"
淑姐儿赧然："纪家表叔答应送幅仇英的《仕女图》给我。"
"敢情我就值一幅图！"窦昭和她开着玩笑。
"哎哟，我不是个意思！"淑姐儿急起来，"我也想四姑姑一起去京都见识见识嘛！"说着，突然间有些伤感起来，"我以后恐怕再也没有机会去京都了。"
"胡说！"窦昭笑道，"人的一生还长着，什么时候都不要把话说死了。要是哪天伯彦他们中了进士，像五伯父、六伯父那样留在了京都，你难道不能去串门？"
两人正说着话，甘露冲了进来，见淑姐儿在，忙收敛了情绪，笑盈盈地给淑姐儿屈膝行礼。
淑姐儿知道甘露有话对窦昭说，可她哪能就这样无功而返呢？借口要挑两盆花带回去，领着身边服侍的出了门，想着等会儿再好好劝劝窦昭，纪家表叔的画是小事，要紧的是六叔祖母看见四姑姑肯定会很高兴，就留了个小丫鬟在正院："四姑姑的事一忙完，你就来告诉我。"
小丫鬟是常随淑姐儿在西府走动的，笑着应是，找窦昭屋里的小丫鬟去玩去了。
淑姐儿去了窦昭的花房，自有婆子殷勤地给她介绍，她挑了一盆大红镶白边的仙客来，一盆含苞待放的夏娟，又喝了两杯茶水，吃了几样点心，那小丫鬟还没有来。
她又催了身边的大丫鬟去看看："出了什么事？"
大丫鬟去了半炷香的工夫才折回来，她看了一眼花房里服侍的人，淑姐儿会意，出了花房，和她站在大柳树下说话。
"是京都王家的二公子，给五小姐捎了封信，说王大人调任云南，王家老太太一听，急得闭过气去。又把七太太叫去狠狠地训斥了一通，把七太太气得直哭。五小姐就嚷着要去京都探望外祖母，陪七太太，谁也挡不住。四小姐没有办法，让人守在栖霞院，说这就写信给七老爷，只要七老爷同意，立刻送她回京都。"
淑姐儿奇道："王大人的官运不好，与七太太有什么关系？"
御史弹劾只说王家，却没提王映雪扶正的事，窦世枢又借着这次机会入了阁，有心人仔细想想就会会心一笑，淑姐儿长在深闺，自然不知道这其中的门道。
丫鬟就更不知道了，笑道："或者是心里不痛快，叫了闺女回去呵斥两句？"
淑姐直皱眉，道："四姑姑此时只怕也没心思和我说什么了，我们先回去吧！"然后去了窦昭那里。

窦昭正在给父亲写信,和淑姐儿寒暄了两句,把她送到了二门。

淑姐儿回到家里,母亲正和裁缝商量给她做去京都的衣裳,她想到窦昭伏案疾书的样子,心里突然酸酸的,待裁缝走了,她就把这件事告诉了母亲。

三奶奶听着心里不喜,道:"这件事原是七叔父做得不对,寿姑也不过比明姐儿大两岁,再沉稳,也只是个小姑娘,又不是一个母亲生的……这几年真是难为寿姑又吓又哄的,没出什么大事。"想想,又怕那边闹出什么事来,打发了女儿,去了二太太那里。

二太太拉着她往二太夫人那里去:"那边只有两个还没有及笄的小姑娘在家,这件事还得老夫人拿个主意才好。"

祖母从来都不是正经的长辈。

二太夫人听了冷笑:"我们窦家原来是在给王家养闺女!她想回去也使得,让她和她那个娘一起回去!"

这话就说得很重了。

二太太忙出来打圆场:"怪只怪家里没有个主事的人。七叔到今天也没个继承家业的,我看不如帮七叔找个清白人家出身的女儿过去服侍,让那王氏回来主持中馈。"

"这倒也是个主意。"二太夫人思忖道。

二太太忙道:"我看这人还得在亲戚里头找才好,知根知底的,这相互间也好走动。"

二太夫人颔首。

二太太就和二太夫人讨论起谁家的女儿合适起来,那模样,倒像是有备而来。

三奶奶坐在旁边一声不吭地喝茶。

这几年他们帮着寿姑管理产业,日子渐渐宽裕起来,眼红的人不在少数。七叔父那边没有儿子,就算是分了一半给寿姑,那剩下的也是一大片产业,何况寿姑出嫁不用再备嫁妆,窦明最多也就照着公中的惯例多给一点,也不怪有人惦记。

两人正说得热闹,柳嬷嬷沉着脸走了进来:"太夫人,西府的四小姐派了人过来传话,说济宁侯病逝了。"

"啊!"屋里的三个人都目瞪口呆,还是二太太最早反应过来,毛遂自荐地道:"寿姑是没有过门的儿媳妇,照理应该送份祭礼过去,她一个小姑娘家,哪里懂这些,我过去给她帮帮忙。"

前所未有的热忱。

二太夫人考虑到这些从前都是三太太的事,也没有多想,道:"你和老三媳妇一起过去吧!"

三奶奶想着三太太也去,再多自己一个想必二太太也不会多心,亦道:"我也跟着一块过去瞧瞧吧!"

"行!"二太夫人道,"济宁侯府只有魏廷瑜这一个儿子,老侯爷一走,他就要当家理事了,府上少了主持中馈的人,魏家定会派人来商量婚期,你们把老三叫来,这件事还得他去应付。"

两人齐声应诺,一面派了人去请窦世横,一面回去换了身衣裳,叫上三太太,一起去了西府。

和济宁侯病逝的消息一起传来的,还有陈曲水的一封书信。

他已随宋墨平安抵达京都。宋墨是英国公府的世子爷,宅院在英国公府的西路,三间五进,出门就是英国公府的侧门,通往剪子巷;巷道剪子巷朝南是英国公府胡同,朝北就是因坐落着顺天府学而得名的府学胡同;走过了府学胡同,就是安定门大街了,进出十分方便。他被安置在了宋墨宅院花园东北角的一个三间带退步的小宅子里，宋墨派了两个小厮服侍他的日常起居。他没事的时候常和两个小厮聊天，知道宋家人丁不兴，英国公宋宜春是独子，一个堂兄宋茂春、两个堂弟宋逢春和宋同春都没有出五服，其中宋逢春还是一个祖父的。宋宜春和宋茂春都只有两个儿子，宋逢春有一儿一女，宋同春只有一个儿子。或者是嫡长孙的缘故，宋墨生下来就很得祖母——原两广巡抚陆宗源的女儿的喜欢，越过儿子把自己的陪嫁全赠给了宋墨这个孙子，宋墨在广东有十三间商行，一万多亩良田……最后委婉地告诉她，前几天英国公夫人进宫给定国公求情之后，现任通政使陆宗源的次子陆复礼上书为定国公喊冤。

窦昭心火噌噌直冒，"啪"的一下把书信拍在了书案上。

到底还是人轻言微！定国公死了不要紧，要紧的是定国公死后那些倭寇怎么办？福建的黎民百姓怎么办？宋墨有权有势还有钱，和她算起账来怎么办？

所以当魏家人提出让她百日之内出嫁时，她不禁呵斥道："我们窦家又不是破落户，没有拿了自家的姑娘去给别人家贴金的道理。"

济宁侯府来传话的妇人四十来岁，穿了件莺背色妆花褙子，头上簪着鎏金簪子，手上戴着碧玉镯子，白白胖胖，看上去像殷实人家的主母。

窦昭记得她。她夫家姓金，大家都称她金嬷嬷，是魏廷珍的乳娘，也是魏廷珍最信任的人。

在前世的时候，她只看魏廷珍的脸色行事，这一世自然也不会例外。

想必这是魏廷珍的主意了！窦昭冷笑，说起话来就更不客气了："婚姻大事，乃父母之命、媒妁之言。济宁侯府不是请了媒人去和我父亲商量，却派了个下人来告知我们家的长辈，莫非是瞧不起我们窦家？或是觉得我们窦家女人都没见识，软弱可欺？"她大声地吩咐陪着金嬷嬷过来给她问安的柳嬷嬷，"你去告诉魏家的人，他们不要脸，我们窦家还要娶媳嫁女，可丢不起这个人！这门亲事他们想结就结，不想结，就把当初我母亲送给侯夫人的玉佩还回来，从此男婚女嫁，各不相干。断然没有百日内成亲的道理！"看也没看金嬷嬷一眼，仿佛屋里没这个人似的。

金嬷嬷听着心头一紧。

大奶奶就是担心窦世枢入了阁，窦家的身份、地位跟着水涨船高，怕窦家四小姐嫁过去之后会作张作乔，这才提出热孝里结亲的，没想到窦家四小姐竟然这样泼辣。

这窦四小姐先是派了丫鬟去二太夫人那里问，是不是魏家来人了。既然对了面，她不好不来给窦四小姐问安。可刚进门，连句话都没来得及说，窦四小姐就骂开了，让她措手不及，进退两难。

看这位窦四小姐的行事，难怪大奶奶会担心。这要是真嫁过去，只怕就是大奶奶也管不住啊！

她不禁道："四小姐误会了！我们家夫人、大奶奶并没有轻瞧窦家的意思，只是侯爷病逝，家里乱糟糟的，素闻四小姐有贤名，这才想早日把四小姐娶进门，早日为四小姐请封侯夫人，家里的事也好早点交给四小姐。我们世子爷又没有其他的兄弟，这家产还不全都是世子爷的，这家里的开销、嚼用还不是用在世子爷和四小姐您的身上……"

只是她的话没有说完，就被窦昭不屑地打断了："这位是谁啊？怎么一副能当家作主的模样？"

金嬷嬷何曾被人这样轻怠过，脸色涨得通红，解释道："老身姓金，是景国公府大奶奶的乳娘……"

正是因为知道才得理不饶人,要是别人,我还不和她一般见识呢!"

打了狗,自然会惊动主人。

窦昭腹诽着冷哼了一声,道:"这就奇了,怎么景国公府的大奶奶管起济宁侯府的事来了?这是济宁侯府的规矩呢,还是景国公府的规矩?怎么我从来没有听说过?"

这么大一顶帽子扣下来,金嬷嬷也有些吃不消。她辩道:"我们家大奶奶也是关心娘家的兄弟……"

柳嬷嬷可看清楚了。

敢情四小姐这是要给魏家一个下马威啊!

金嬷嬷既然能奉了魏家之命来给窦家传话,不管她是济宁侯府还是景国公府的人,肯定在魏家都是数得着的体面人,四小姐迟早要嫁到济宁侯府去的。她开始还以为窦昭把金嬷嬷引来是想笼络金嬷嬷,没想到四小姐根本就没有把魏家放在眼里。

这样也好,免得魏家还以为窦家没人了呢!热孝里结亲,也亏他们想得出来!

如今五老爷入了阁,虽然去管刑部了,可五老爷在吏部为官多年,人脉却没有断。济宁侯府的那位世子爷不管是想承爵还是想谋个好点的差事,都离不开五老爷的提携,就算是四小姐厉害了些,难道他们还敢给四小姐脸色看不成?

不过,她实在是没有办法把平日里落落大方的窦昭和此时横眉怒目的窦昭联系在一起,愣了半天才回过神来,一言不发地在旁边装聋作哑,听窦昭把那金嬷嬷狠狠地羞辱了一番,这才朝跟来的丫鬟使了个眼色,示意那丫鬟找个借口把她们叫走。

能跟在柳嬷嬷身边的自然都是人精。

那丫鬟不动声色地悄然退下,在外面转了一圈,然后神色匆忙地穿过正院,请窦昭的丫鬟帮着通传一声:"二太夫人还有话要问魏家来的那位嬷嬷,特意让我过来请那位嬷嬷过去说话。"

金嬷嬷这才灰头土脸地退了下去,拉了那小丫鬟问:"不知道二太夫人有何事要我过去说话?"

小丫鬟望着柳嬷嬷嘻嘻地笑,柳嬷嬷含蓄地笑道:"金嬷嬷去我那里歇歇脚吧!用过了午膳再去给二太夫人请个安也不迟。"

金嬷嬷恍然大悟,连声道谢,悄悄地塞了两个大封红给柳嬷嬷。

柳嬷嬷毫不客气地收下了。

金嬷嬷在窦昭这里受了一肚子的气回去不提,宋墨安置在窦家的陆鸣听说窦昭和济宁侯世子有婚约,忙写了封信悄悄地送回了英国公府。

宋墨拿着信去了严朝卿那里。

"您怎么看?"他把信递给严朝卿。

严朝卿一目十行,看过信后长长地松了口气:"既然是魏家妇,自然要为济宁侯府做打算。"

言下之意是窦昭为了夫家不可能与英国公府作对。

"我也是这么想的。"宋墨颔首,"这样一来,事情倒好办了。"他脑海里突然浮现出窦昭雪白的面孔、入鬓的长眉,不禁道,"有谁认识济宁侯世子吗?"

严朝卿目露赞赏。

窦四小姐既然要嫁到济宁侯府去,如果世子爷能和济宁侯世子交好,这对窦四小姐也是一种威慑——她肯定不希望自己的丈夫知道在田庄里发生的一切。

"济宁侯前几天病逝了。"所有那些惊天动地的大事都是从一些微不足道的小事开始的。他随时关注着京都各种消息,现在宋墨问起来,他立刻就能答得上话,"我们家和他们家早几辈还有些交情，这几辈已没有走动了，并不曾接到报丧。济宁侯只有一儿一女，儿子就是世子魏廷瑜，老侯爷的七七过后，魏家应该就会申请承爵的事了，有窦家五老爷帮忙，应该没有什么问题。女儿嫁给了张宗耀，可以通过张家认识魏廷瑜。"

张原明，表字宗耀。

宋墨突然又有点不想见魏廷瑜，他沉吟道："这件事到时候再说吧！"

严朝卿也觉得这件事不能急——济宁侯府不过是个勉强支撑的破落户，英国公府却是圣眷不衰的煊赫之家，两家一个地下一个天上，原本毫无交集，宋墨突然和魏廷瑜亲近起来，只怕会引起很多人的猜疑。得制造个水到渠成的机会才行。

两人说起朝中的事来："陆大人的折子被皇上留中不发，真是让人有些担忧。"

陆家和蒋家没有什么关系，和宋家是姻亲，陆宗源的三子陆知礼尚了宁德长公主，外孙女嫁给了景国公三子张续明，让陆复礼上书，有投石问路之意。现在皇上什么也不说，留中不发，倒让他们不好继续让人上书了。

宋墨顿时心中有些烦躁，道："不如兵分两路，也找人弹劾大舅，看看皇上的反应？"

"只怕夫人不会同意。"这是最稳妥的法子，严朝卿面色一黯，"夫人不忍定国公白玉有瑕！"

宋墨皱了眉头。

严朝卿贴身的小厮跌跌撞撞地跑了进来，见宋墨在，竟然连礼都忘记了行，满脸是泪地嚷道："定国公他老人家，说是受刑过重，不治身亡……"

"你说什么？"宋墨脸色顿时煞白，一把抓住了小厮的肩膀，小厮只觉得肩膀像被铁钳给夹住了，马上就要碎了似的，痛彻心扉，却不敢吭一声，忙道，"刚刚从福建传来消息，说国公爷被锦衣卫行了刑，又连夜赶路，无人治疗，国公爷伤势过重……已经不治身亡……"

"锦衣卫不过是负责押送国公爷回京，"跟过来的严朝卿已失声喝道，"国公爷又没有被定罪，他们凭什么动刑？徐青呢？施安呢？不是让他们俩带人暗中保护国公爷的吗？他们在干些什么？"

"徐青他们赶到的时候，国公爷已经受了刑，"小厮道，"这次锦衣卫出动的全是卫中精锐，等他们和三老爷联系上的时候，国公爷已经……第二天就去了……三老爷和四老爷也受了刑。三老爷说，是因为有江湖中的人来劫狱，所以锦衣卫才有借口对国公爷下死手的，让我们千万不要喊冤，雷霆雨露，都是君恩。还说，留得青山在，不怕没柴烧。"

宋墨觉得胸口好像有团火在烧，让他全身的血液沸腾起来，耳朵中全是咕噜咕噜的水沸声，就是严朝卿和小厮的对话也变得模糊起来。

他慢慢放开了小厮的肩膀，深深地吸了口气，道："我娘亲可知道？"声音冷静而理智，从容而镇定。

小厮望着宋墨，眼底有掩饰不住的惊骇，直到严朝卿严厉的目光落在他的身上，他这才反应过来，急急地道："我们，我们没敢跟夫人说。"

宋墨伸出手，手掌白皙细腻，指腹间却有薄薄的茧："拿来！"

小厮茫然了片刻才明白宋墨指的是什么，忙将怀中的锦囊拿了出来。

"我去跟我娘亲说。"锦囊被宋墨紧紧地攥在了手心，他不紧不慢，步履从容地走出了严朝卿的厢房。

严朝卿突然间感到一种撕心裂肺的痛。

英国公府的上房位于英国公府的中路，是座五间四进的院子，前面是英公国府的前院、正厅和花厅，后面是个带佛堂的小花园，从宋墨居住的颐志堂出来，穿过一道种着翠竹的斜巷就到了。

他走进院子，看见身材高挑，秀雅端丽，眉宇间若有若无地透着刚强和傲气的母亲正神色有些茫然地站在台阶上望着院角的香樟树发呆。

宋墨手中的锦囊霎时如团燃烧着的火焰，灼热炙人。

这株香樟树是母亲二十岁生辰时，大舅从福建送来的，当时不过人高，现在已经齐檐了。

"你来了！"蒋氏笑着和儿子打着招呼，坐到了葡萄架下的石凳上。

葡萄藤才刚刚抽芽，春日明媚的阳光透过稀疏的枝蔓照在她的脸上，原本乌黑亮泽的青丝里竟然有了几根银丝。

宋墨心头酸楚，趁着丫鬟给他们端茶倒水的时候走到了母亲的身后，笑着按住了母亲的肩膀，亲昵地道："娘，您都有白头发了，我帮您拔了吧？"

蒋氏抿了嘴笑，望着儿子手中长长的银丝，半是感慨半是欣慰地道："你都要娶媳妇了，娘也该老了！"

任宋墨再沉稳内敛也不过是个十三岁的少年，他顿时脸色通红，赧然地喊着"娘"。

儿子难得的窘迫取悦了蒋氏，她笑着问宋墨："你在真定遇到的那个姑娘有多大？"

能让儿子吃瘪，可见是个胆大心细、聪明伶俐的丫头。

"您问这个干什么？"宋墨的脸更红了，不依地嚷道，"人家已经定了亲！"

话音一落，母子俩人俱是一愣。

风吹过葡萄架，嫩绿的芽儿在春风中颤颤巍巍地晃动。

宋墨尴尬得不行。母亲不过好奇问问，他怎么就鬼使神差地说出这么一句话来？

想到这些，他只觉得脸上火辣辣地烧，更不自在了，道："严先生建议我和魏廷瑜结交，我也觉得这主意不错。正想着怎么跟宗耀说一声，想办法和这个人认识认识。"

蒋氏意味深长地笑。她心里有点可惜，却知道再说下去不免有辱姑娘家的清誉。

宋墨脸上却挂不住了，左顾右盼地道："爹爹呢？怎么没有看见他？"

"他去了三公主府。"她顺着儿子转移了话题，"你爹不敢请太子出面，怕连累了太子，想请三公主去探探皇上的口气。"说到这里，她情绪低落下去，"我已和闵先生商量过了，皇上既然对保你大舅的折子留中不发，那就请那些从前跟过你大舅的人上折子弹劾你大舅……只是平日里走得太近的不好出面，免得皇上起了疑心……怕就怕皇上已经有了主意，不管我们怎么做也是徒劳无功的……"

三公主恩荣是元后沈氏所生，皇上的嫡长女，备受皇上的宠爱。驸马石崇兰是长兴侯石端兰的胞弟，和英国公是发小，关系非常好。

可这样有用吗？还不如打点皇上身边的大太监汪渊呢！

宋墨想着，胡乱地点了点头。

气氛突然间就变得沉闷起来。

宋墨捏了捏掌心的锦囊，半晌才鼓起勇气喊了声"娘"，低声道："我有话跟您说……"

"什么？"蒋氏抬起头来，眼底还有残留的茫然，显然没有听清楚儿子刚才说了些什么。

宋墨吸了口气，正想把刚才的话对母亲重新说一遍，谁知道母亲已精神一振，正色道："我想为你求娶你二舅家的含珠表姐，你觉得如何？"

他睁大了眼睛，然后慢慢抿紧了嘴唇。

蒋氏在心底暗暗地叹了口气，声音因为理智而显得有些淡漠："我知道，你从小和你四舅舅家的撷秀表妹玩得好，可你撷秀表妹却是庶出。我们蒋家虽然不在乎，可你父亲却是个极重嫡庶的人，首先你父亲那一关就通不过。你二舅走得早，只留下了你表姐这一点血脉，别的表姐妹好歹还有父兄照拂，只有她，自幼失怙，孤苦伶仃没个依靠……"

宋墨微垂着头。

含珠表姐喜欢的是在蒋家习武的大舅母家娘家族侄尹挚。外祖母、大舅母都知道。大舅母为此把尹挚丢到了大舅的军营，还跟他说："我们蒋家的姑娘不嫁孬种，你想娶含珠，就拿军功来做聘礼。"

尹挚走的时候，送给含珠表姐一支金簪，就是央他递给含珠表姐的。可生死面前，这些儿女情长又算什么呢？

阳光落在他的脸上，长长的睫毛在眼睑处投下一层阴影。

"婚姻大事，本就应该由父母做主。"他轻轻地道，柔和仿如拂面的春风，"我听母亲的！"

从小就有主见，从不听人摆布的儿子突然说出这样一番话，深深地刺痛了蒋氏，让她想说的话都戛然而止，若有所失。

感受到蒋氏的伤感，宋墨握住了母亲的手："娘，我没觉得委屈。"他安慰着母亲，"含珠表姐也很好，上马能弯弓，下马能草书，她要是嫁过来，母亲也有个做伴的……我会跟爹爹说，是我看中了含珠表姐的，这样他就不会反对了。"他说着，朝着母亲展颜一笑。

那笑容，璀璨而明亮，仿佛初升的太阳，不带一丝的阴霾。

蒋氏的眼泪簌簌落下。

这些都不值得掉眼泪！

宋墨抿了抿嘴，把一直攥在手心里的锦囊拿了出来："母亲，这是徐青刚刚送来的……"

蒋氏错愕，心中有股不好的感觉，宋墨的话还没有说完，她已急急地抓过了锦囊。

薄薄二指宽的一张便条，却重若千斤。蒋氏看了一遍，擦了擦眼睛，又看了一遍，这才抬头望着儿子，脸色已是一片苍白："是真的吗？"声音嘶哑，目光显得有些涣散。

宋墨狠下心点了点头。

蒋氏只觉得天旋地转，有些不知道自己身在何方。

一阵嬉闹声渐行渐近，次子还有些稚嫩的声音清楚地传了过来："快点，快点！我要给娘亲看看！"

她定下神来，接过长子递来的帕子，慌忙地擦了擦眼泪，宋墨也坐直了身子。

等拿着把弓箭的宋翰跑过来的时候，母亲和哥哥正优雅地坐在葡萄架下的石桌旁喝茶。

他拉着母亲的手撒着娇："娘亲，娘亲，您看，您看！"

跟过来的小厮跪在地上，将手中大红的漆盘高高地举起来。漆盘里放着一只肥硕的锦鸡，箭斜斜地插在锦鸡的背上，露出雪白的箭羽。

"我比哥哥还要厉害吧？"宋翰得洋洋地望着哥哥，"哥哥十岁的时候跟着五舅去狩猎，可是什么东西也没有打到呢！"

他今年十岁，比宋墨小三岁。

蒋氏勉强露出个欢颜，称赞着小儿子："嗯，我们天恩比哥哥厉害多了！"

天恩是宋翰的乳名。

尽管心中很是悲伤，但宋翰有些天真烂漫的话还是让宋墨心里轻快了不少。

这应该是家中后花园里养的那只锦鸡了。弟弟连给他特制的弓都拉不满，怎么可能射得这样深？多半是被那帮小厮赶到他面前，然后对着锦鸡射下去的。

也有可能是那帮小厮早就把这只锦鸡射杀了，等到弟弟朝着草丛里乱射一通，他们再屁颠颠地跑去把这只已经藏在草丛里的锦鸡给揪了出来……

不管是前者还是后者，他都无意让弟弟失望。

"是挺不错的！"宋墨笑道，"青出于蓝而胜于蓝。"

宋翰更加得意了，他指着漆盘中的锦鸡大声地吩咐小厮："把它拿到灶上去，让灶上的婆子今晚加菜。"

小厮点头哈腰地捧着漆盘退了下去。

他紧挨着母亲坐下，小大人般地伸了个懒腰："今天可真累啊！"

蒋氏和宋墨都露出个淡淡的微笑，宋翰眼珠子一转，猛地跳下了石礅，道："娘，我要回去换身衣裳。"

"去吧！"蒋氏还有大事和长子商量，笑着吩咐了宋翰身边服侍的媳妇丫鬟几句，待次子的身影消失在了门口，她的笑容也慢慢消失。

"天赐！"她一开口眼中就水光闪动，"闵先生知道了吗？等会我去你那里，和闵先生、罗先生、严先生一起商量商量该怎么办！"声音平静无波，已经冷静下来。

闵先生是大舅的幕僚，大舅出事后，他从福建赶过来的。

罗先生却是大舅留在家里的幕僚，帮着五舅处理家中的庶务。

严先生虽然曾经做过大舅的幕僚，但早年跟了他，算是英国公府的人了，大舅的事，还是以闵先生和罗先生为主。

母亲没有崩溃，宋墨很骄傲。他恭敬地应是，和母亲说定了商谈的时辰，退了下去。

蒋氏手脚发软地坐在那里，脑子里一片空白。

宋墨却看见弟弟躲在门口合抱粗的桧柏下朝他招手，他笑着走了过去。

"哥哥，"宋翰担忧地望着宋墨，小声地道，"大舅是不是要下诏狱了？"

虽然自己和母亲都瞒着弟弟，但大舅的事已经闹得满城风雨，弟弟又十分聪颖，想必已经知道，再瞒下去只会让弟弟觉得被愚弄，不如告诉他实情。

"少听人胡说八道。"宋墨略一思忖，道，"大舅现在只是被问罪，说清楚就没事了。"然后笑道，"可不是什么人都有资格下诏狱的！"想调节一下气氛。

宋翰仔细打量着哥哥的神色，哥哥挑了挑眉，目光中带着几分兴味。他不由脸色一红，一溜烟地跑了："我知道了！"

清脆的声音飘荡在空中，让宋墨露出一丝微笑。

第四十三章　抢种·道谢·说话

一场大雨，让整个真定州都有不同程度的受灾，其中受灾最严重的是真定县和灵璧县，几乎颗粒无收。知府鲁大人专程上门拜访窦世横，商量着真定州救灾的事。窦家自然义不容辞。原来准备去京都参加窦政昌定亲仪式的窦启光、窦启俊等人都留了下来，听候鲁大人的派遣，帮着处理灾后事宜。

没有亲人陪着，淑姐儿当然也去不成京都了。她嘟囔着"运气真不好"，去了窦昭那里。

天气已经渐渐热了起来，窦昭换上了白纱对襟衫和焦布比甲，耳朵上戴着小小的银紫荆，干净利落。

她让甘露给淑姐儿沏了壶梅坞龙井。淑姐儿闭上眼睛，感受着茶香在唇齿间萦绕，满足地道："明前的龙井啊！四姑姑这里都是好东西！"

窦昭大笑，问她："想不想随我去田庄——这几天田庄里播种玉米，我要去看看！"

"反正也没事干，"淑姐儿性格开朗，立刻就被转移了注意力，她兴致勃勃地站了起来："走，我们去田庄！"

窦昭忍俊不禁，却也喜欢她这性子，两人一前一后上了马车。

田庄的人都在忙着播种，牛在"哞哞"地叫，小孩子在田埂上叽叽喳喳地追逐嬉闹，空气中弥漫着泥土的芬芳。

淑姐儿睁大了眼睛四处张望。

窦昭想到她即将嫁入的吴家是平山大地主，笑着问她："我找几个熟悉农事的妇人来陪你转转吧？"

淑姐儿明白她的意思，有些羞赧起来。不过，她在窦昭面前向来坦诚，想了想，不仅落落大方地应了，还让窦昭给她推荐几个人："……他是家里的老四，嫁过去虽然不会主持中馈，可也不能一问三不知，让公公婆婆和妯娌们笑话。娘让我带两房陪房过去，一房要会管铺子的，一房要会管田庄的。管铺子的，爹爹那里有知根知底的；管田庄的却有些拿不定主意，偏偏他们家又是耕读传世，还是四姑姑帮我介绍妥当点。"

窦昭喜欢这样，有什么事大家敞开了说，能帮就帮，不能帮说清楚，彼此都省事。

"我回去问问红姑。"她笑道，"田庄里的人，她最熟了。"

她总不能说自己很熟悉吧？

淑姐儿红着脸道了谢。

下午，她们正准备和两个妇人在村里转转，上次下雨的时候被窦昭请来问话的几位老者前来求见。

"那你先去转转。"窦昭打发了淑姐儿，在堂屋里请了几位老人家喝茶。

"大家都感念崔姨奶奶的恩德。"几位老人恭敬地窦昭行了礼，七嘴八舌地道，"虽然她老人家减了大家的租子，可我们也不能尽占便宜，大家都铆足了劲想种好这季玉米，到时候多多少少也能给东家补点粮食。"

这就是庄户人家的朴实了。

窦昭笑着问了问田里的事，见事情都安排得井井有条，不由暗暗点头，然后和淑姐儿会合，一起在村里逛了逛，趁着天色还早，回了真定县城。

她留了淑姐儿用晚膳。淑姐儿也不客气，用过膳去给崔姨奶奶请安，听崔姨奶奶讲了半天的农事活这才起身告辞。

素心进来禀道："下午接到了陈先生的一封信。"

五月中旬，定国公的死讯传来，朝野震惊。接着弹劾定国公什么"欺男霸女""私吞军饷"之类的折子像雪片飞。蒋兰荪和蒋松荪被以最快的速度押解进京。

前一世，蒋兰荪和哥哥蒋梅荪一起死在了福建，而这一世，蒋兰荪虽然双腿、双臂都被打断，已是奄奄一息，进气多出气少，但最终还是坚持回到了京都。倒是前世回到了京都的蒋松荪，在途经保定府的时候因伤势过重死了。

据说皇上勃然大怒，但蒋兰荪和蒋柏荪还是被关进了诏狱。

接着收到父亲的来信。他呵斥窦明，如果她不好好听姐姐的话，就让她跟着二太夫人学规矩。

窦明偷偷地哭了好几天，悄悄地给外祖母许氏写信，请许氏向父亲说项，允许她回京都。

五月底，许氏给她回信，说家里的人都在为王行宜的出行做准备，让她好好地待在真定，等把家里的事忙完了，再帮她到父亲面前说项。

窦明像被霜打了的茄子似的，人一下子蔫了。

六月初，新任云南巡抚的王行宜平了两小股苗乱，得到了皇上的嘉奖。

窦明又精神起来，走路的脚步都轻快了不少。

这真是一个乱糟糟的初夏！窦昭叹着气，坐在内室临窗的大炕上拆了陈曲水的信。

蒋家被夺爵。五岁以上的男子被流放铁岭卫，女眷和五岁以下的男童贬为庶民，除了保留原籍的祭田和祖宅外，其他的财产均被抄没。最后附带了一个小消息：魏廷瑜很顺利地承了爵，如今已是新晋的济宁侯了。

窦昭没把这件事放在心上。

她在想蒋家的事。

流放铁岭卫！那是辽王的藩地。从今生所发生的一切来看，蒋家的男子或是被关押起来，或是跟着蒋梅荪在福建，蒋家的幕僚只好找身份、地位最高的英国公夫人蒋氏求助，蒋氏也确实尽己所能地为蒋家四处奔走。

前一世，蒋家被满门抄斩，蒋氏很快病逝，宋墨被赶出了家门……

这一世，蒋家五岁以下的男童和女眷都活了下来，而且还能回到老家休养生息，蒋氏应该不会那么早就病逝，宋墨也就不会被赶出家门了。

可现在，没有了宋墨，却送去了一个蒋家！

难道这就是命运？

窦昭头痛欲裂，也不知道蒋家到底有多少男子在这场浩劫中活了下来。

她将陈曲水的信收在了床头挡板的一个黑漆匣子里。

至少现在在谭家庄的那个孩子不是蒋家唯一的血脉了。宋墨对她的警戒应该也能消除了吧？不知道那个陆鸣什么时候走，陈先生又什么时候能回来。

到了六月中旬，庄稼都种下了，满地绿油油的玉米苗，长势喜人。

鲁大人老怀大慰，说要奏请朝廷给窦家表功，二太夫人忙让窦世横到州府里打点。窦昭却在家里接待了魏廷瑜的乳娘田氏。

"……上次的事，侯爷觉得很对不起四小姐。"她满脸的歉意，态度十分恭谨，"大姑奶奶原本是一片好心，却不承想办错了事。侯爷特意让我代他给您赔个不是。我们夫人也呵斥了我们大姑奶奶，以后再也不会有这样的事了，还请四小姐不要放在心上，原谅我们大姑奶奶的无心之举。"

窦昭非常惊讶。她没有想到魏廷瑜会替姐姐向她道歉！这一世到底发生了什么事让魏廷瑜变得和上一世有了这么大的改变？

窦昭满心困惑，客气地送了田嬷嬷，百思不得其解。

陆鸣前来求见。

窦昭希望他是来辞行的，没想到他却道："四小姐，我们家公子投宿田庄，想见小姐一面！"

窦昭眼角直跳。他要见她干什么？她不是已经表了忠心吗？现在蒋家也有了东山再起的机会，还有她什么事啊？

窦昭笑道："我不方便出门见客，但你们家公子远道而来，我也不好怠慢了你们家公子。这样吧，我让素心去见你们家公子，有什么事，你们家公子直接让她转告我就行了。"

陆鸣站在那里不走："还请四小姐去见见我们家公子吧！我们家公子原本想登门拜访，就是怕四小姐为难，这才悄然在田庄投宿的。"

怎么忘了这一茬？现在蒋家的事尘埃落定了，宋家没有受一点影响。他要是公然登门拜访，她还真不知道该怎么向二太夫人解释宋墨的来历，而且以宋墨的为人，他完全干得出这种事来……

"既然如此，我就找个机会去见见你们家公子好了。"窦昭笑着应了，最后却让宋墨等了两天。

"让您久待了，"她进门就朝着宋墨道歉，眉宇间却毫无愧色，"家里有事，一时走不开。"

"没关系！"穿着月白色细布道袍的宋墨负手站在东厢房的廊庑，望着她淡淡地笑，眉梢眼角有着掩饰不住的疲惫，却让他看上去多了几分亲切，少了初次见面时的冷漠，显得更加俊朗，"田庄安宁静谧，我正好在这里休息几天。"他说着，和窦昭进了正房的厅堂。

一个眉清目秀的小厮指使着几个五大三粗的汉子从东厢房搬了一大堆东西进来。

他这次带的不是上一批人，窦昭一个也不认识。

"这是？"她不解地望着宋墨。

"家母特意命我来向窦四小姐道谢。"宋墨微微地笑，有着月光般的宁静柔和，"这次要不是窦四小姐全力相助，蒋家恐怕连这点根基也保不住！"他唏嘘着，表情颇为伤感。

窦昭没想到蒋氏会让宋墨来给她道谢。不过，她怎么敢领这样的大功！

"梅公子言重了。"窦昭忙道，"我不过是照本宣科、纸上谈兵罢了。没有令堂的决断，没有贵府幕僚们的谋划，"她临时决定把眼前这位杀神也给带上，又加了一句，"没有梅公子相助，蒋家怎么可能脱险？令堂太客气了，倒让我羞愧不已。"

宋墨嘴角含笑地听着，表情却好像在告诉她，你尽管客气好了，我一句也不相信。

窦昭不免觉得无趣。

宋墨这才道："本来应该早点来的，我外家的事想必陈先生已经都告诉窦四小姐了吧——这些日子我一直忙着帮外祖母和几位舅母收拾行李，舅舅和表兄们流放铁岭卫，那里是辽王的藩地，从前我和他也有几分交情，只是他离京已久，这关系要续上也还要找人帮着从中说项，乱七八糟地忙着，就耽搁到了现在。些许薄礼，是我母亲的一份心意，还请窦四小姐笑纳！"

笑纳？

窦昭当然要笑纳。她不笑纳，如果让宋墨误会她不识抬举，从而把她记在了心里，她觉得自己只怕睡觉都会不安稳的。

"恭敬不如从命。"她笑盈盈地起身朝着宋墨福了福,"还请公子代我向令堂说声'多谢'!"

"窦四小姐不用客气。"宋墨微笑,白玉般的面孔在微暗的厅堂里越发显得明净润泽。

难怪有那么多人喜欢看他!窦昭在心里嘀咕着,笑着看宋墨的随从捧着东西进进出出。

他到底带了多少"薄礼"来啊?看着堆成小山般高的礼盒,窦昭有些头痛。但她打定主意不和宋墨多说一句话——不说不错,多说多错,谁知道哪句话会触了他的逆鳞,她觉得自己完全没有必要,也不用伤脑筋去猜测宋墨的反应,反正他们一个在京都,一个在真定,等这件事平息了,他们之间也就没有任何关系了。

窦昭从容不迫地坐在那里喝茶。

尽管宋墨觉得用眼角的余光瞥人是种懦弱而无礼的表现,但他还是情不自禁地用眼角的余光瞥了一眼窦昭。

能在他面前这样镇定自若的人,还真是……很少见!

他想到了那个阴雨天。

她璀璨的眸子,胸有成竹的自信笑容……

她是怎样办到的?自己幼承名师,所以才能比一般的人都冷静自制。她不过比自己大一两岁的样子,养在深闺,从未出过真定县……还有大舅那件事,她怎么就想到了要自污?不要说外祖母、母亲了,就是父亲和家中的幕僚也不敢肯定哪条计策能奏效……

宋墨突然间对眼前的这个女孩儿充满了好奇。

她跟谁读的书?陈曲水真的只是她的账房吗?还有,她的父亲和继母在京都,她同父异母的妹妹却跟着她生活在真定,她的继母真的像对外界宣称的那样,因为身体不适,无法主持中馈,所以才把她和妹妹托付给东窦的二太夫人照顾的吗?

她身上好像有很多的谜团!他有点迫不及待地想要知道她的一切。

宋墨不由道:"我来的时候,我外祖母,就是梅夫人,她老人家也让我代她向你说一声'多谢',谢谢你救了蒋家的女眷。"

窦昭讶然。

她猜到宋墨回去后会跟他母亲说这件事,却没有想到蒋氏会把这件事告诉梅夫人。

宋墨看着,莫名就觉得心里很高兴,好像小时候回答对了先生的问话而得了母亲的赞扬似的。

他笑道:"母亲看着你的计策奏效,心里非常高兴。她跟我外祖母说,发现了一个女诸葛。只可惜时机不对,否则定要敬你一杯薄酒,想必也是一段佳话。"他说着,笑容渐渐淡了一些,"我来的时候,外祖母还让我带话给你,说,本应该好好谢谢你的,可她老人家是无福之人,怕连累了你,就不给你添麻烦了。"他神色变得有些苦涩起来,"你可能还不知道你都做了些什么……外祖母一听说大舅去世了,就让人准备了毒药——如果家中的女眷被流放,最后不是成为官妓就会成为军妓,求生不得求死不能,而且那些人还会嚷着这是谁谁谁家的女眷来招揽客人,越是地位卑贱的人,越是喜欢……"说到这里,他有些说不下去了,语气再次凝噎。

他们可能从来没想过会被满门抄斩吧?

辽王登基后,有好几家曾经显赫一时的勋贵之家被满门抄斩。这种事情还是太祖皇帝的时候发生过。几乎全京都的人都跑去看热闹。

她曾听那些仆妇说过。人太多,刽子手砍头砍到最后,刀卷了刃,手也没劲了,有时候要砍好几刀才能把人砍死,被砍的人血肉模糊自不必说,在旁边等着行刑的人眼睁睁地看着自己年幼的女儿,甚至是怀着身孕的媳妇这样悲惨地死去,大多数人都会崩溃。有些还会不停地给行刑官磕头,甚至嚷着要揭发自己父兄的罪行,只求能给个痛快,人的负面情绪全表现出来,不要说尊严了,就是起码的道德底线也没有。

如果她是梅夫人,也会领着全家的女眷自尽的。

"你别说了!"一口浊气堵在窦昭的胸口,她瞪着宋墨,"你和我说这些做什么?我不喜欢听!"

是啊!自己和她说这些做什么?她还是个未出阁的小姐呢!

宋墨不免有些骇然。

或者是因为自己心里也有一口气。忙着帮外祖母、舅母、表姐妹们收拾行囊的时候尚不觉得,等闲下来,就再也忍不住了。

他望着窦昭嫌弃的表情,突然觉得她瞪着自己的样子非常漂亮。

大大的眼睛明亮又有神,长眉微蹙,一副很不耐烦的样子。

是的,是不耐烦。

不是害怕,不是惊恐,也不是怀疑,是正如她所说的,因为不喜欢而不愿意听这些。

坦然,率真,毫不畏惧……所以在形势那样恶劣的情况之下,她还能冷静理智地谋划,还能算无遗策地逼他束手就擒。

难道在他的心里,他早就认定了她是个不会被自己吓倒的人?

宋墨看窦昭的目光变得异样起来。

窦昭顿时心里"怦怦"乱跳。宋墨为什么这样看着她?难道他发现了什么?又或是想到了什么与她有关的事?

不管是哪一种,她真心不想再和他有什么瓜葛。

窦昭问他:"你吃过午饭了吗?"

宋墨微微一愣。

这个话题转得既生硬又突兀。

他不禁抬头望了望外面的太阳,好像离到晌午还有大半个时辰。

他想到和他说话的是窦昭,倒没有觉得这句话问得很蠢,因而语气委婉地道:"田庄里的饭菜都很好吃!"

管它好吃不好吃,她只是不想陪在这里听他继续说蒋家的事了。知道的越多,就越不容易脱身。

窦昭笑着起身:"梅公子是贵客,难得来一趟,真定比不得京都物产丰富,好在田庄的食材新鲜,我去跟厨房里说一声,做几样时令小菜梅公子尝尝。"正好可以问他们什么时候把人质交换回来,"如果陈先生在这里就好了。"她叹了口气,道,"也可以陪着公子说说话或是下下棋,免得公子一个人在这里无聊。"

宋墨不知道是没有听懂她的话,还是压根儿就没有把陈曲水放回来的意思。闻言目光闪了闪,笑道:"无妨。这田庄的风景秀丽,入目皆画,可观赏的地方很多。"

不愧是以后圣眷二十年不衰的权臣。

从正厅望出去,院子里一左一右地植着两株高大的银杏,除此之外再无他物。

这也叫风景秀丽?这就是所谓的睁眼说瞎话吧!窦昭腹诽着,面上却不动山不显水,笑着说了几句客气话,转身去了厨房。

她在厨房里磨蹭了到快要午膳的时候才回到厅堂。

厅堂的一角堆满了宋墨的"薄礼",宋墨正站在书房临窗的琴案前逗着琴案上养的一缸金鱼。

· 113 ·

"你回来了！"他拍了拍手，坐在了琴案前的太师椅上，悠闲自在得好像是在自己的家。

　　真是自大啊！窦昭在心里嘟囔着，笑着招呼他："可以吃饭了。"

　　宋墨"哦"了一声。

　　甘露打了水进来给他净手，素绢布箸。

　　他看了一眼甘露和素绢，问窦昭："上次那个从余简手里抱走孩子的丫鬟叫什么？"

　　"叫素兰。"窦昭道，很想问问那个余简身上的针都拔出来了没有。

　　宋墨点了点头，坐到了桌前，见只有一副碗筷，奇道："你不用午膳吗？"

　　那岂不是自找罪受？

　　窦昭笑道："我在厨房用膳即可！"言下之意是两人不方便同桌吃饭。

　　宋墨笑道："不用这么麻烦吧？"

　　窦昭坚持。

　　宋墨不再说什么，见一道汤翠绿可爱，舀了一勺。

　　只是汤一入口就有种怪怪的味道，他不由皱了眉头："这是什么？"

　　"是黄秋葵汤。"窦昭笑道，"田庄山上的野菜，能清热解毒，可以治恶疮、痈疖。天气热，你又风尘仆仆地从京都赶过来，吃点这个，对身体有好处。"

　　宋墨点头，一口一口地把汤喝了，乖得像个孩子。

　　窦昭窘然，她原来是想整整宋墨的……

　　窦昭落荒而逃，在厨房旁的小耳房用了午膳，喝了茶，定了定神，这才去了厅堂。

　　宋墨手边放着杯茶，正望着窗外的银杏树发着呆。

　　听到动静，他抬起头来，笑道："院子里为什么要种两株银杏树？"

　　窦昭的目光就顺着望了过去："我也不知道。"她笑道，"好像从我第一次到田庄的时候，这两株银杏树就在这里了。也不知道是谁种的。"

　　"我们家也有很多这种说不清楚的事。"宋墨语气轻松，一副要和窦昭长聊的样子，"我们家花园里有座小山，叫翠云岭，翠云岭不远处有太湖石堆成的假山，山上爬满了各式的藤萝，叫垂青樾。翠云岭和垂青樾之间竟然建了一堵城墙，叫什么'榆关'。看上去奇奇怪怪的，也不知道是我们家哪位老祖宗心血来潮干的事。"

　　"是吗？"窦昭敷衍他。

　　宋墨凝视着她，一双幽静的眸子波澜不兴，仿若千年的古井。

　　窦昭心里发寒，强笑道："怎么了？"

　　宋墨沉默了一会，道："你很怕我吗？"

　　窦昭直觉地想说"不怕"，但她立刻意识到这是个和宋墨划清界限的好机会，略一沉思，坦然地道："是！我有点儿怕你。"

　　"是因为我要杀你吗？"

　　不是。是因为你亲手杀了你父亲和你的胞弟。

　　可现在，这一切都还没有发生，她没办法作为证据。

　　"是！"她只得这样回答。

　　宋墨垂下了眼睑，声音显得有些低沉："我很抱歉！"语气非常诚恳，"如果是这样，我向你赔不是。"他抬脸，表情严肃而认真，"我郑重地向你道歉。"

　　宋墨昳丽的面庞还带着几分稚气，窦昭甚至能看清楚他唇上细细的绒毛，眼前的人，远非她记忆中那个身材高大矫健，气度大方雍容，表情沉稳内敛的男子。

　　她脑海里浮现出他拿着勺子喝汤的样子，先抿一抿嘴，然后一口气喝下。再不喜欢，也不抱怨。

他现在，还只是个少年。一个十三岁的少年。

自己对他，是不是太苛刻了些？那就放下心中的芥蒂，像对待一个普通的少年那样的对待他吧？不要让他为了那些他没有做过的事负责。那对他也是一种不公平！

放下心理包袱的窦昭笑得坦然："我原谅你了！"但她也不会因此就忘记他是个怎样的人，"那你能不能让陈先生先回来？他年纪大了，经不起太多的颠簸，而且我身边也需要他帮着打点！"

"需要一个做过三品封疆大吏幕僚的人帮着打点？"她的笑容，平和而宽容，隐隐带着几分温柔，让宋墨的心也跟着温和起来，他喜欢这种说话的氛围，因而笑道，"看来这件事很麻烦，你不如说给我听听，我也很会帮人出主意的！"

那就不用了吧！

"我开了间笔墨铺子，"窦昭半真半假地道，"多亏有陈先生相助，陈先生去了京都，我这边都乱了套了。"

"你想攒嫁妆吗？"宋墨笑道，"我帮你介绍一笔生意怎样？做好了，可以长期合作，而且账期很好。"

窦昭睁大了眼睛。

宋墨好像不是那种热心肠的人吧？他怎么突然想到给自己介绍生意？他们之间没有这个交情吧？

可显然宋墨不这么想。他的笑容更盛了："顺天府学、国子监，每年都会印很多时文、闱墨，我家正好有个放了籍的家伙在顺天府学里做杂役，到时候让你铺子里的掌柜去找他就行了。"

她要和他桥归桥，路归路，从此老死不相往来，而不是和他继续牵扯不清。

窦昭哭笑不得，直接拒绝了他："我看还是算了，这件事太麻烦了，我的铺子只卖些现成的笔墨。"

"既然做了，就要做得最好才行。"宋墨一副教训的口吻，而且不容她辩驳，径直走到了书案前面，道："我给你写封信，你到时拿着我的信去找他就行了。"然后将那人的姓名、长相都告诉了她。

窦昭只得道谢，叫了甘露进来帮他磨墨，却被宋墨拒绝了："不用了，我自己来就行。"

那你就自己来好了——她可没为陌生人劳心劳力的习惯。

窦昭坐在一旁喝茶，屋子里就响起磨墨声来。不轻不重，不急不缓，仿若石磨推碾，悠然自如，丝毫没有滞涩之感。

这得多大的力气才啊！窦昭不由轻"咦"一声，望了过去。

宋墨轻松地站在书案前，捏着墨锭的手白皙细腻，指节修长，手腕轻轻地转着圈，滴在砚台里的清水渐渐染上了颜色。

窦昭想到了他走路的样子，也是这样带着几分随性，却又那样自然。

他到底是像段公义说的那样习过什么特别的武技呢，还是从小培养出来的礼仪呢？

窦昭越看就越觉他举止优雅，赏心悦目，心里止不住地好奇起来：当年到底发生了什么事，他会弑父杀弟呢？这样一个明珠般的人物，怎么就沦落为辽王的刽子手呢？

宋墨前世那句"并不是所有的人都配做父母的"的话久久地回荡在她的心尖，渐渐凝成了一根刺。

"拿着！"不知道什么时候宋墨已经写好了信，他拿着已经封好的信在她面前晃了晃，笑道，"在担心什么呢？"

"没，没担心什么事。"窦昭忙收敛了心绪，忙拿了信封仔细地端详。

他写的是馆阁体，敦厚凝重，透着股厚实感。

窦昭把信封拿近了看。

没错，就是敦厚凝重，给一种踏实的感觉。一个人的字和他的品性怎么会相差得这么离谱？

她望着宋墨，心里乱糟糟的，不知道该说什么好。

宋墨对她的异样却视而不见，自顾自地躺到了书房里的醉翁椅上，闭上眼睛，双手自然地放在腹部，吱呀吱呀地摇了起来。

夏日的午后，四周静谧无声，风吹过树枝的哗啦声和醉翁椅摇动的吱呀声唱混合到一起，显得安静祥和，让人昏昏欲睡。

室内却突然响起宋墨的声音："我来之前，刚刚安葬了我的表姐。"

窦昭一个激灵，完全清醒过来。

"我表姐闺名叫含珠，是我二舅的遗腹女。"他依旧闭着眼睛，声音很轻，带着一丝温柔的暖意，"她比我年长三岁，性情最是温柔敦厚，不仅做得一手好针线，而且还习得一身好武艺，家中的姐妹都喜欢她。她常常笑着对我说，天赐，你长大了千万不要仗着自己长得漂亮就欺负女孩子。"

窦昭不由坐直了身子，看见宋墨眼角泛起一点水光。

"我大舅母娘家的族侄尹挚武艺高超，为人豪爽，最难得的是并不鲁莽。"他的声音里隐约带着几分哽咽，"他们互相爱慕。我外祖母和大舅母都乐见其成。只是我表姐自幼失怙，由我大舅母养大，我大舅母怕委屈了我表姐，把尹挚丢去了福建，想他能谋个一官半职，到时候也能让我表姐风光大嫁。"

"尹挚走的时候，托我送给我表姐一支并蒂莲花的金钗。"

窦昭紧紧地揪住了自己的衣襟。

"大舅被问罪，我母亲只怕表姐没人照拂，想让我娶了表姐。

"我父亲本不同意的，但看着蒋家好像要满门遭难的样子，拧不过我母亲，勉强答应了。

"六天前，我三舅和五舅他们被押往铁岭卫，皇上恩旨，允许我外祖母去探望。我们这才知道，尹挚为了保护大舅，两个月前已经被锦衣卫打死了。当天晚上，她就用尹挚送给她的那枚金钗刺喉自尽了……"

窦昭牙齿打着颤，只觉得脸上凉凉的，一摸，竟然全是水。

她忙背过身去，掏了帕子擦着眼泪，不由暗暗庆幸自己平日不怎么敷粉，否则这样子只怕不能见人了。

好不容易把自己收拾干净了，回头却落入一双深沉如水的眸子里。

宋墨是什么时候睁开眼睛的？他也有很多心思无处可说吧！窦昭叹息着，真诚地道了声"节哀顺变"，忍不住问起梅夫人来："老家那边的祖宅还能住人吗？蒋家功勋赫赫，只怕得罪的人也不少，就算是能平安无事地回去，回去之后怎么办？只怕还要拿出个章程来才好。"

现在蒋家已贬为庶民，如果有人要寻仇，满门妇孺，那可真是一拿一个准。

"我就是为这件事忙了好几天。"宋墨像没看见窦昭眼圈发红似的，聊家常般地道，"月满则亏，水满则溢。我外祖母深知这道理，所以在她老人家当家的这几十年，买了不少祭田不说，把祖宅也翻修了好几次，老家但凡官府要乡绅出钱出力的事，蒋家从来都不曾推诿。圣旨下了之后，外祖母松了口气，说不仅家中的嚼用够了，若是紧一紧，还可以往铁岭卫送些银子。我也是担心有人寻仇，把身边几个体己的护卫都送了过去，让他们以后就在蒋家当差。以他们的身手，就是遇到了土匪打劫，一般的土匪只怕也没那么容易得手。"

遇到了雷霆一击，再多的计算又有什么用？窦昭不禁为上一世的梅老夫人感叹，道："土匪有什么好怕的？怕就怕是锦衣卫冒充土匪！"

宋墨只是笑，眼睛里的光却比外面的日头还要耀眼，一看就早有安排。

窦昭在心里暗暗叹了口气。果然还是不能把他当成个十三岁的少年看待啊！

不过两人之间的气氛却融洽起来，说了几句话，窦昭就起身告辞了："时候不早了，我要回府了。你走的时候，我就不送了。"

那些"薄礼"也不敢带回去，让人锁在了田庄的库房里。

宋墨倒也没说什么，送窦昭到了大门。

窦昭上了马车心里还在嘟囔：这到底是我家还是你家啊？回到家里这才记起来，自己怎么就忘记和宋墨说定陈先生回来的日子？

正后悔着，留在家里的素兰急匆匆地迎了上来："四小姐，"她一副泫然欲泣的样子，"您刚走，纪公子就来了。他都在家里等你一天了。一直追问我您去哪里了，您要是再不回来，我可顶不住了！"

窦昭愣住："他怎么来了真定？六伯母呢？也跟着回来了？"

"六太太没回来。"素兰鼓着腮帮子道，"纪公子说天气太热，到真定来避暑。给二太夫人问了个安就直接奔我们这里来了，还问鹤寿堂如今有人住没有，那边有个池塘，凉快些。他想借鹤寿堂住些日子。"

窦昭觉得自己的太阳穴好像又开始刺痛起来。

她问素兰："纪公子问我去了哪里，你是怎么答他的？"

"我看纪公子那架势，不管您在哪里他都要找去似的，"素兰嘟着的嘴都可以挂个油瓶子了，"我只好跟他说您去了州里，还说，您嘱咐过我们，下午就回来。这才把他给安抚住。如今他正在崔姨奶奶那里给崔姨奶奶讲佛经呢！"

第四十四章　避暑·朋友·见面

窦昭踏进祖母的宴息室时，纪咏清朗的声音正激昂地回荡在空中："……您看，佛经上是这么说的，可那些香火鼎盛的禅院中又有几个人做到了？他们的心思全用在怎样财源广进上了，这和世俗的商贾又有什么不同？您大可不必每年都捐那么多的香火钱，最后还不是都被他们昧着良心私用了！"

坐在太师椅上的祖母和站在祖母身后的红姑瞠目结舌地望着纪咏，表情有些呆滞。

"纪表哥！"窦昭忙打断了纪咏的话，"你什么时候回来的？六伯母可好？十一哥、十二哥可好？两家可曾商量好了婚期？"

纪咏望了望外面的日头，诧异地道："你去州里做什么？怎么这么早就回来了？"

答非所问，却让祖母和红姑如释重负，祖母更是如遇救星般地高声道："寿姑，你可回来了？纪公子给我们讲了一天的佛法，想必已是口干舌燥了，你们喝过了茶，一起去见二太夫人吧？柳嬷嬷今天来找过你好几次了，想必已经等急了。"竟然一副急于送客的模样。

这都是什么跟什么啊？窦昭不由得朝红姑望去。

红姑悄悄地指了指纪咏，道："纪公子想参加明年的春闱，嫌京都太闹，宜兴太远，又听说鹤寿堂藏书颇丰，在整个北直隶都是屈指可数的，就求了五老爷，想在鹤寿堂暂住些日子。七老爷说，这件事还得问问您。二太夫人就差了柳嬷嬷过来请您过去商量这事，柳嬷嬷来了几次都没有找着人，纪公子等不及，就先过来了，一直等您等到现在……"

对纪咏这么好？难道五伯父入阁之后决定拉拢纪家？

纪咏诡计多端，他若是打定了主意要住进来，你越是拦着，他越觉得有意思，越是要想尽办法住进来，她哪有这个时间、精力应付他？况且家里的长辈都同意，她不同意，岂不是把人都得罪光了？还不如就让他搬进来好了。

"宝剑配英雄，红粉赠佳人。"窦昭笑道，"自祖父去世，鹤寿堂就一直空着，难得纪表哥用得上。父亲做主应了就是，何必要找我商量？我这就去回二太夫人一声，也免得她老人家一直惦记着这事。"

纪咏听着眼睛眨了眨，什么也没有说，喝过了茶，向祖母道了谢，他和换了身衣裳过来的窦昭并肩出了垂花门。

"听说陈先生上京访友去了？"在上马车前他突然道，"你怎么也没有给七叔父写封信？京都人烟繁复，他又久不去京都，有个人照应一下总是好的嘛！"

"陈先生说，是他私人的事，不好惊动了父亲和伯父他们。"窦昭笑道，"我总不能自作主张吧？"说着，上了马车。

纪咏挑了挑眉，上了自己的马车。

二太夫人与其说是去找窦昭商量，不如说是告知她："你从小跟着你六伯母长大，亲若母女，纪公子是你六伯母娘家的侄儿，也就是你的表兄。他举业在即，家里又有这样便利，没有道理不方便自家亲戚的。你们姐妹若是觉得不方便，不妨一起搬到崔姨奶奶那边去住。"

既然你们长辈都这么说了，我就更不能有什么异议了。窦昭在心里嘀咕着，笑道："鹤寿堂本就有直通外面的角门，没什么不方便的。您看纪家表哥什么时候搬过去？我也好吩咐人把鹤寿堂打扫打扫。"

二太夫人对窦昭的态度很满意，看了纪咏一眼，意思是问他什么时候搬进去。

纪咏在二太夫人面前倒是端庄守礼，谦谦如玉，沉吟道："要不我今天就搬过去吧？也免得这边还要打扫客房。好在我也带了几个人来，清扫之事，表妹就交给我好了。"

二太夫人含笑颔首："那就这样好了。"又拉了纪咏的手嘱咐他，"你若是缺什么、少什么的，只管来跟我说。"

纪咏目不斜视，恭敬地道："太夫人言重了。我听姑母说，表妹将西府打理得井井有条，想必难得惊动您老人家。"话说到最后，已带着几分笑意。

二太夫人闻言微愕，旋即呵呵笑道："那也是你姑母教得好。"

纪咏笑而不言。

屋里服侍的人都奉承地跟着笑起来。

窦昭也抿了嘴笑。这个纪咏，平日里虽然时不时出点状况，让人觉得有些不着调，可在大事面前却从不含糊。

她心里对纪咏生出一份感激之情。

从二太夫人屋里出来，她忍不住问他："你可有号？"

"暂时还没有。"纪咏不以为意地笑道，"等我想好了，第一个告诉你。"

这个人到底是不是圆通法师呢？窦昭有些苦恼，但这种事急也没有用，只好把它抛到脑后和他寒暄："怎么突然想到要参加明年的春闱？不是说老太爷有意让你多磨炼几年的吗？"

他撇了撇嘴，道："发现还是考中了进士比较方便。"

窦昭哈哈地笑，道："你又准备干什么不着调的事？"

纪咏眼眸微闪。他就知道，她会这样问他！只不过他没想到窦昭会笑着问他，在他的预料中，她应该会面无表情，目露讥讽，不屑一顾地问他才是。可不知道为什么，想到那天他陪着窦政昌去舅舅家做客时珠帘后窸窸窣窣的衣裙摩擦声和少女压低了嗓子的嬉笑，再看窦昭如此坦然而明快的笑容，他的心情突然变得如云般舒展起来："你说，和氏璧有没有可能成了始皇帝的陪葬品？"

他不会是想去挖始皇帝的墓吧？窦昭不由大怒："你怎么能干这种事？坏人祭祀，是有损功德之事……"

"你这么生气做什么？"纪咏比她的反应还大，"我不过是想好好地研究一下秦历，怎么就坏人祭祀、有损功德了？"

窦昭无语，纪咏大步流星地从她身边越过，嘴角却忍不住越翘越高。

窦昭无力地叹气，素心来禀她："梅公子已经悄悄地离开了田庄。"

但那个陆鸣还留在窦家！

窦昭默然。让素心管理鹤寿堂的琐事，并一而再，再而三地告诫素心："千万别让他把鹤寿堂拆了，我们还帮着他搬砖运石。"

素心神色狐疑，显然有些怀疑她的话。

窦昭深深地叹息。

为什么她遇到的一个两个都是这种表里不一的人呢？

她不理纪咏，纪咏却找上门来。

"喂，你那个账房，到底干什么去了？"纪咏闯进花房，问正在给花浇水的窦昭，"他是怎么跟你说的？你知不知道他那个朋友叫什么？"

窦昭抬头瞥了他一眼，冷冷地道了句"我不知道"，又继续低下头浇花。

纪咏眉头紧锁，一把夺过她手中的水壶："我竟然找不到这个人！"

窦昭闻言暗惊。

纪咏难道发现了什么？要不然他怎么会突然对陈先生这么感兴趣？

想到纪咏那妖孽般的聪明，她有些慌张，为了掩饰这种情绪，她故作生气地从他手中夺过水壶，不以为然地道："你以为京都是你家啊？你想找谁就能找到谁啊？"心里却怦怦乱跳。

纪咏却重新把壶从她手中夺走，想了想，把水壶放到了窦昭伸手拿不到的地方，这才正色地望着她道："你知不知道那个陈波是什么人？上次我见他行事十分老到，就派人仔细地查了查他。他从前做过福建巡抚张楷的幕僚，当年倭寇围攻福州，张楷竟然弃城而逃。这种背信弃义之人，你不能相信他……"

窦昭松了口气。

"我知道他从前做过张楷的幕僚。"她真诚地道，"当年的张楷位高权重，这种攸关生死的事，陈先生一个小小的幕僚，怎么左右得了他？陈先生一直为此羞愧不已，所以才会定居在三教九流、鱼龙混杂的东巷街。我们总不能因为他一时的过错就把人一棒子打死吧？"

"他如果真心悔改，我也不会戳穿他的身份。"纪咏眉头锁得更紧了，"问题是他当着你说去京都访友，实则不见了踪影……"

他的话却让压在窦昭心头的大石头落了下去。还好宋墨做事缜密，不然以纪咏的性格，如果发现了陈先生的异样，肯定会好奇地追查下去……那可就麻烦了！

她突然发现身边有这样一个人也是种负担。

素兰拿着封信冲了进来，看见纪咏，她不由神色微敛，一副十分忌惮纪咏的样子。

这家伙又干了些什么？

窦昭朝着素兰招手："谁的信？"

素兰忙道："陈先生的信。从京都来的。"

纪咏愕然，伸手就去拿信，却被窦昭早一步抢到了手里。

"这可是给我的！"她暗暗警告纪咏。

纪咏却不以为意，大大咧咧地道："我这不是怕你上当受骗吗？"

窦昭不理他，回到屋里，让素兰在门口守着，这才展信阅读。

宋墨已解除了陈曲水的禁令，而且对他放松了警惕，他有什么事问身边的小厮，小厮也有问必答，不像之前三缄其口。陈曲水因此发现，蒋家在京都的消息网竟然是掌握在宋墨的手中，他决定借口要拜访窦世英、窦世横等人，在京都多待些日子，看能不能利用宋墨手上的人打探一些朝廷的情况再回来。

这当不是与虎谋皮！

窦昭把陈先生的信烧了，亲眼看着素兰把灰烬埋在了花圃里，这才回屋给陈曲水写了封信，让他早日归来，不要贸然涉险。

她从不敢小视宋墨。

宋墨走进母亲的屋子时，蒋氏正低声和个婆子说着什么，听到屋里服侍的丫鬟纷纷娇声喊着"世子爷"，她知道儿子从真定回来了。

"见着窦四小姐了？"遣了屋里服侍的人，蒋氏亲手给儿子沏了杯茶。

"见着了。"宋墨忙起身接过茶盅，"窦四小姐让我代她向外祖母和您道谢，说若是有机会来京都，定当登门拜访。还送了些回礼给您，我让陈核交给了霍嬷嬷。"

霍嬷嬷，是蒋氏的乳娘；陈核是这次跟着宋墨去田庄送礼的小厮。

蒋氏听说窦昭还给她备了回礼，十分高兴，笑道："走，去看看窦家四小姐都给我带了些什么东西。"

宋墨陪着蒋氏去了一旁作库房的耳房，回礼不过是些绫罗绸缎，虽然都是上品，却也寻常。

宋墨道："窦四小姐没想到外祖母和母亲会让我亲自登门道谢，又因这件事瞒着家里人，临时差人去真定州买了几块好料子，还让我跟您说，区区薄礼，不成敬意，请您不要见怪。"

蒋氏摸着妆花布料上凸起的缠枝花图案，感慨道："什么好东西我没有见过？难得的是这份心意。"

宋墨暗暗松了口气，笑着和母亲往外走。蒋氏却腿一软，若不是宋墨眼疾手快地扶住了她，差点摔倒在地。

宋墨大惊失色："娘，您怎么了？"

"没事，没事。"蒋氏笑着安抚儿子，面色却难掩苍白。

"娘！"宋墨忙搀着母亲回了屋，又张罗着御医过来给母亲把脉。

正在三公主府和驸马石崇兰赤脚席地坐在水榭里石刻流杯渠旁喝酒说话的宋宜春得了信，当即匆匆赶了回来，正好碰到了宋墨送御医杨岙出门。彼此都熟得不能再熟了，宋宜春也不客气，把刚要出门的杨岙又拽了回来，一行去了宋宜春的书房。

"我夫人怎样？"宋宜春担心地道。

"没什么大碍。"杨岙道，"郁气攻心，吃几服散气的方子就好了。"

宋宜春叹了口气，道："自大舅兄出事，她就没有睡过一个好觉。你不如加几味能安心定神的药材。"

这很简单。杨岙笑着应"好"，重新给蒋氏开了方子，宋墨这才又送了杨岙出门。

宋宜春则去了上房。

蒋氏面色憔悴地倚着床头半躺着，见宋宜春进来，丫鬟们恭谨地屈膝行礼，喊着"国公爷"，蒋氏也声音虚弱地喊了声"国公爷"。

"你现在感觉怎样？"宋宜春目不斜视地走到了床前，仔细地打量着蒋氏的面色，道，"我刚才遇到杨秀山了，他说你没什么事，吃几服安神养气的药就好了。"说着，坐到了床边，握住了蒋氏放在薄被上的手，"嗯，指头还有点凉，你自己要多注意些。我们都不年轻了，可不能像年轻的时候那样逞强了。"

杨岙，字秀山。

蒋氏抿了嘴笑，道："三驸马怎么说？"

宋宜春这次去三公主府，主要是想通过石崇兰和辽王说上话。

"我出了面，瑞芳还能说个'不'字？"宋宜春拍着胸道，"你就放心好了，三舅兄他们到之前一准有信回来。"

蒋氏神色就松懈下来，感激地对宋宜春道了声"多谢"。

"老夫老妻的了，说这个做什么？"宋宜春说着，面露犹豫。

蒋氏笑道："既然是老夫老妻的了，你还有什么话不能跟我说的？"

宋宜春干笑了两声，低声道："现在岳母他们都已经平安无事了，含珠也去世了，我看天赐的婚事……"

蒋氏明白丈夫的意思，笑道："自然是由你做主。"

丈夫能在蒋家生死关头勉强同意宋墨娶含珠，已经是情深义重了，现在蒋家落魄了，宋家虽然不需要媳妇帮衬扶持，可娶个被贬为庶民的罪臣之女，而且是长媳，宋宜春是绝对不会答应的，当初与其说他是勉强同意，不如说他是迫不得已暂时答应而已。

现在蒋家的危机已除，而且含珠也死了，宋、蒋两家没必要也不可能再联姻。

喜色浮现在宋宜春的眉宇间。

外面珠帘乱撞，宋翰跑了进来。

"娘亲，娘亲，您怎么了？"他扑到母亲的床前，这才看见父亲，忙站直了身体，恭敬地给父亲问安。

宋宜春欣慰地"嗯"了一声，但还是训斥道："师父是怎么告诉你的？你哥哥像你这么大的时候早已经进退有序了……"

宋翰嘟着嘴，泪汪汪地望着母亲。

蒋氏忙道："好了，好了，他还小，再大些就知道了。"然后忙转移了话题，道，"我这几天累得很，七月份的租子还请侯爷帮着收收吧！"

英国公府有十六座御赐的田庄，和官衙一样，每年的夏秋两季收租子。这个时候，各个田庄的庄头就都回英国公府盘点。

"行啊！"宋宜春爽快地道，"反正有总管，我在旁边当个泥菩萨就行了。"

他不懂这些，蒋氏忍俊不禁。

宋墨拿了药回来，见屋里一片喜气祥和，给父母行了礼，问道："说什么呢？这么高兴！"

宋宜春忙道："你母亲让我帮着算夏季的租子，我还要帮你的舅舅们打点辽王，我看这件事就交给你好了。洪先生不是夸你算术学得好吗？正好，帮着家里管管庶务。"

宋墨很是意外，朝母亲望去，宋宜春却像怕宋墨反悔似的，急急地道："这件事就这样定了。"然后道，"我去库房看看，有没有什么东西适宜送给辽王的。你有什么事就跟天赐说吧！"最后一句却是对蒋氏说的。说完，起身就去了库房。

蒋氏叹气，对儿子道："不过是走个过场，你这些日子跑东跑西的连个安稳觉都没睡过，你舅舅那边也没什么事了，家里的事不用你管，你找玉哥儿他们玩去吧！"

玉哥儿大名叫顾玉，是云阳伯顾全芳的嫡长孙。顾全芳的嫡妻宋氏，是宋宜春的姑母。两人成亲不到一年宋氏就病逝了，没留下子嗣，后来顾全芳虽然续娶了宣宁侯郭海青的堂妹，和宋家却一如宋氏在世时一样地走动，连带着宋家和郭家也亲近起来。

顾玉的母亲是万皇后的胞妹，生他的时候难产而亡。他和宋墨同年，长得很是清秀，像女孩子似的，性子却十分跋扈，一言不合就能和人打起来，而且还不准身边的随从动手帮忙，非要亲自上阵。他打了别人还好说，别人要是打了他却不好交代，为此不知道惹出多少祸事来。万皇后心疼妹妹留下的这唯一的骨血，把他当心尖子似的，事情闹大了还会亲自出面帮他求情，满京的官宦之家都拘着子弟避着他走，时间一长，就得了个"京都小霸王"的绰号。

有别有用心的人怂恿着他去惹宋墨。

宋墨在京都也是个比较特别的人。据说宋宜春对他十分严格，家中同时请了好几个大儒教他学问，除了诸子百家、诗琴书画，还要学天文历法，算术骑射。他的时间总是不够用，几乎从不出门，认识他的人都很少，没见过宋墨的人喜欢在背后叫他"英国公府的书呆子"，见过宋墨的人通常都会保持沉默。

实际上那个时候宋墨已经被蒋梅荪丢到战场上去练过胆子，他看顾玉如同大人看小孩，根本不当一回事，对顾玉的挑衅自然是视若无睹。

顾玉在皇家家宴上动了手。

宋墨毫不客气，在万皇后的求饶声中把顾玉打成了猪头。

那时候辽王还没有就藩，唯恐天下不乱地在旁边帮宋墨喝彩。

太子满头是汗，拉了宋墨再去拉顾玉，结果两边都不买他的账，急得他直喊侍卫，这才把他们分开。

万皇后搂着顾玉哭，蒋氏就搂着宋墨哭。

皇上只好当作没看见，称自己喝多了，要去休息。

谁知道顾玉却从此服了宋墨，天天跑到英国公府找他玩。

宋墨哪有时间陪他，把他晾在一旁不理。他嬉皮笑脸的不以为意，像牛皮糖似的跟着宋墨，宋墨去哪里他就去哪里，打不还手，骂不还口，有次还被宋墨丢到井里差点淹死，被人拉起来之后什么也没跟大人说，继续跟着宋墨。

宋墨这才正眼瞧他。让自己身边的护卫，也就是被段公义称为"匣里藏剑"的徐青教他习武。

顾玉马步一蹲就是两炷香的工夫，手脚发颤也不喊一声苦。

宋墨见了，就让严朝卿教他读书。

蒋氏欲言又止，宋墨冷笑道："郭家玩'捧杀'就玩'捧杀'，可竟然算计到英国公府来了，这件事可不能就这样随便了了。我原本准备好好和郭家算算这笔账的，但看在顾玉的面子上就算了，这个梁子让顾玉自己去解好了。"

蒋氏不再说什么。

不过两三年工夫，顾玉像变了个人似的，不仅待人谦和有礼，说话言之有物，而且豪爽大方，和谁都能玩到一块去。

万皇后不止一次在蒋氏的面前夸奖宋墨。

宋墨偶尔让顾玉给他办办事，两人吃吃喝喝了几回。

蒋氏见儿子难得有个同龄的玩伴，顾玉又迷途知返，倒也常鼓励儿子和顾玉出去走走。

"他除了飞鹰走马还有什么事？"宋墨笑道，"我还不如帮您盘点田庄的账目呢。好歹是家里的庶务，多学着点总不为错。"

蒋氏这些日子殚精竭虑，最后哥哥们还是相继去世了，她嘴里不说，心里却暗暗自责，觉得是自己害了哥哥们，要是早点听那个小姑娘的劝告，也许事情不会走到这一步。再多想想，精神就恍惚起来。

长子是宋、蒋两家精心培养出来的子弟，她对他很放心。

"这个家迟迟早早都是你的，既然你有兴趣，那你就学学怎么盘点吧！"蒋氏笑着让人把对牌拿给了宋墨。

宋翰偎在母亲的身边，笑道："那我陪着母亲。"

蒋氏欣慰地摸了摸次子的头。

宋墨帮着母亲盘点家中田庄交来的夏季租子，没打算去找顾玉，顾玉却自己找上门来。

"天赐哥，你的事都忙完了？"蒋家出事，宋家施以援手义不容辞，顾玉进宫找了几次姨母，万皇后告诫他不要乱来，还告诉他，宋家肯定要上下打点一番，让他这段时间不要找宋墨，省得看到了什么不应该看到的，反让宋家的人对他心生罅隙，如果宋墨有什么事要他帮忙，自会找他的。他这才没有像从前那样隔三岔五地来串门。

现在蒋家的事已告一段落，他自然也就没有忌讳了。

"差不多忙完了。"宋墨和他去了隔壁的宴息室，"你今天怎么有空过来？"

顾玉最初是跟着宋墨的人习武读书的，他的改变让人刮目相看，云阳伯亲自来宋家道过谢之后，将顾玉领了回去，请了人在家里教顾玉。

"我说我要来看看你。"顾玉毫不客气地坐到了罗汉床上，从床几上拿起个苹果就"咔嚓"咬了一口，嫌弃道："这是哪来的果子？怎么这么难吃？"随即高声喊着自己的小厮白雀，"去家里把前两天我从宫里顺来的那筐梨子搬来。"回头对宋墨道，"新上市的秋梨，外面还没得卖的，不怎么甜，水分倒还挺足，比你这干果子好吃一点点。"

这家伙吃喝玩乐是祖宗，宋墨也懒得和他计较，叫了个小厮随白雀去云阳伯府搬梨子。

顾玉就斜着身子低声问宋墨："辽王那里，还没有联系上？"

宋墨道："我爹和三驸马在议这事。"

顾玉不以为然地"嗤"了一声，道："照我说，根本不用伯父出面，我和你去趟辽东就是了。就凭你我两人住那里一站，他现在是王爷又怎么样？要是不给我们面子，照样打他个鼻青脸肿，谁怕谁啊？"

宋墨也是这么想的。可父亲跑前跑后的，他又不好驳了父亲的面子，就是母亲也说："难得你父亲这样上心，你就让他试一试。横竖那边有你外祖父的几个部下，你舅舅们过去，他们多多少少也会照顾一二。你多留心就是了，万一你父亲那边没有消息，你再亲自去趟辽东也不迟。你舅舅他们恐怕要在路上走一两个月，不比你快马加鞭，能在他们前头赶到辽东。"

这话却不好当着顾玉说，只道："这事是能用拳头解决的吗？你可别忘了，下旨的是皇上！"

"是啊！"顾玉皱着眉头，"就连我姨母也奇怪了，说皇上从前可不是这样多疑的人。"他说着，左右瞧了瞧，见四下无人，声音却压得更低了，"皇上昨天突然指着我姨母问，你是谁？怎么跑到我宫里来了？"

宋墨心中一跳，忙朝四周看了看。

早就听说皇上记性不好了，可连皇后都不识得了……

"这话是谁跟你说的？"他声音有些紧。

宋墨一向有点冷漠，顾玉没有听出来，道："当然是我姨母说的啦！我姨母忧心忡忡的，说现在不过是不认识人，要是阁老集议的时候连自己说了些什么都不记得了，那可就糟了！"

万皇后这是借着顾玉给他们家传话吧？

宋墨点了点头，道："所以你这些日子也收敛一点。"转移了话题。

顾玉缩了缩脖子，道："我也这么想！"然后叹道，"还是辽王那家伙聪明，明明可以不用去藩地，却一溜烟地跑了，留下太子整天被皇上挑刺。"

宋墨笑道："玉不琢不成器。皇上这也是爱之深、责之切！"

"这种爱不要也罢。"顾玉摆了摆手，对这个话题也失去了兴趣，道，"这账目什么时候能看完啊？景国公终于请封张宗耀为世子了，他们家请了广联社的曾楚生在家里唱戏，我们到时候去他们家听戏吧？"

圣旨下来，张家人肯定要庆祝一番的。

宋墨听着心中一动，想到了张原明娶的正是济宁侯府的魏氏……他不动声色地道："还请了些什么人？"

"不知道。"顾玉从来不关心这些，请谁来他都不怕，他都没什么顾忌，"来来去去总是那些人吧。"

"行啊，到时候你来叫我吧！"

顾玉高高兴兴地走了。

宋墨跟专司各府应酬的回事处说了一声，到了那一天，拿了张家送来的请帖，和顾玉去了景公国府。

两家都是国公府，按制布置，格局大小都差不多，只是英国公府进门就是正厅，后面是上房，花园在东路，日常起居在西路。而景国公府则进门是花园，正厅在西路，后面是上房，日常起居在东路。他们去西路给景国公请了安后，直接去了花园。

戏台早就搭好了，还没有到开唱的时候，旁边山房里的赌局却早就开始了，人声鼎沸，喧嚣嘈杂，不时传来几声哄然的喝彩声，倒显得戏台这边有些冷清。

顾玉笑道："肯定是张季贤设的局！"

张续明，字季贤。是宁德大长公主的外孙女婿，和宋墨是一表三千里的亲戚。

宋墨笑道："我看你不是来听戏的，是来赌钱的。"

顾玉嘿嘿笑，和宋墨耳语："钱多人傻，我不和他们玩几把赚点零花钱也是个傻子！"

宋墨失笑，却拉了他："今天是张宗耀的好日子，我们怎么也要和正主儿道声贺吧？你陪着我去见了张宗耀再说。"

　　像这样的赌局输赢不过千把两银子，顾玉还没有放在眼里，他要想赌，自会去京都最大的赌坊，和扬州来的盐商、广东来的行商赌，但这里大家身份差不多，钱虽赌得小，但另有一番乐趣，他也很喜欢在旁边跟着观观战、起起哄。不过既然宋墨来了，他当然是要陪宋墨的。

　　过赌局而不入，顾玉拉了个小厮问张原明在哪里。

　　今天来的都是贵客，小厮忙殷勤地道："我们家世子爷的舅弟济宁侯和廷安侯家的四爷过来了，因是孝期，济宁侯见过世子夫人就要回去了，我们世子夫人就请了世子过去说两句话，应该很快就会出来了。"

　　真是说曹操，曹操就到啊！

　　宋墨嘴角含笑，猜着张原明肯定是会送魏廷瑜出门的，和顾玉慢慢往垂花门去。

　　顾玉心中纳闷不已。

　　张原明比他们年长十多岁，为人又很木讷、胆小，根本和他们玩不到一起去。瞧宋墨这样子，却是专为他而来。

　　他不由低声问宋墨："你有什么事要找他？"

　　宋墨知道顾玉很聪明，但他反应这么快，还是让宋墨微微有点惊讶。

　　他半是玩笑半是认真地："我表现得这么明显吗？"反而让顾玉不好再问下去。

　　走到垂花门前，他们正好遇到张原明送了魏廷瑜和汪清海出来。

　　看见宋墨和顾玉，三个人都愣在那里。

　　魏廷瑜和汪清海是不认识，张原明是没有想到。还是宋墨主动和张原明打招呼，三个人这才回过神来。

　　张原明忙向宋墨、顾玉引见魏廷瑜和汪清海，可话一说出口，这才想到魏廷瑜已经是侯爷了，应该向他引见宋墨和顾玉才是，可宋墨和顾玉却一个是英国公府的世子爷，一个是万皇后的外甥，魏廷瑜就算已经是侯爷了，若论尊贵，只怕和这两位也无法相提并论……

　　见宋墨和顾玉神色平静，他这才释然。

　　魏廷瑜和汪清海却没想这么多。

　　英国公世子，那是个和他们相隔十万八千里，可望而不可即的人；顾玉，京都谁人不知谁人不晓京都小霸王。前者是以他们的身份和地位不可能有交集，后者是以他们的为人和品性不屑于打交道。但此时遇到了，两人忍不住打量起宋墨和顾玉来。

　　宋墨穿了件玉带白的直裰，腰间坠着了个香囊和一块羊脂玉的玉佩，精致的眉眼如山峦迤逦，平静的眸子如潭水深幽，气度高华，举止优雅，这样一个本应该让人望之即心生好感的美少年，嘴角含笑地站在那里，却如高山流川，沉静中带着股泰山压顶般无坚不摧的气势，让人隐隐生出几份忌惮。唇红齿白的顾玉站在他的身边，如浩瀚的夜空和明亮的星子，光彩完全被宋墨所掩盖。

　　两人不由面面相觑。

　　宋墨也在打量魏廷瑜和汪清海。

　　魏廷瑜十七八岁的样子，穿了件月白色的细布直裰，因为戴着孝，袍角缀了块巴掌大的麻布，剑眉星目，高大挺拔。汪清海比魏廷瑜大一两岁的样子，穿了件宝蓝底紫色团花的直裰，鼻直口方，面色微黧。难得的是两人都目光清澈，一看就是那种受过良好教育，一帆风顺长大的人。

宋墨和魏廷瑜寒暄："没想到会在这里遇到了济宁侯和汪四爷。戏还没有开锣，怎么不多坐一会再走？听说今天是请了广联社的曾楚生唱戏——他自得了哮喘之后就很少亲自登台了，景国公府能把他请来，十分难得。两位何不听了戏再走？"

他的声音温和，语气亲切，让张原明受宠若惊，忙道："是啊，这样的机会不多，你们何不听了戏再走？"

能和英国公世子爷结交，魏廷瑜何尝不知道机会难得，可他正在守制。

犹豫半晌，他还是面露遗憾地婉言拒绝了："多谢英国公世子爷的好意，只是我正在守制，实在是不方便久留。若有机会，我来做东，请英国公世子爷聚聚。"神色虽然有些拘泥，但几句话倒也说得大方得体。

第四十五章　赌钱·秋围·比试

宋墨听了魏廷瑜的回答，暗暗点头。

他一面和魏廷瑜等人往外走，一面和魏廷瑜寒暄："你平时都有些什么消遣？"

魏廷瑜恭谨地道："平时在家读书、写字，也没有什么消遣。"又客气地问宋墨，"不知道英国公世子爷平时都有些什么消遣？"

张原明听得满头大汗。

哪有这样说话的？宋墨可是英国公世子。

没等宋墨回答，他已急急地在一旁补充："我内弟喜欢骑射！平时常在宣武门外的护城河边遛马！"

京都居，大不易。并不是每家的宅院都能跑马的。

"哦！"宋墨一听来了兴趣，略一思索，对顾玉道："要不我们明天和济宁侯一起去护院河边遛马吧！"

顾玉哪里还看不出来宋墨这是有意要亲近魏廷瑜，他断然没有不配合的道理。

"好啊！"他高声笑着，对魏廷瑜道，"那我们说好了，明天卯初，不见不散！"

魏廷瑜和汪清海愕然，四目相对，都在对方的眼中看到了几分忐忑。

张原明还以为是魏廷瑜投了宋墨的眼缘，闻言大喜，忙替魏廷瑜答道："到时候一定去！"

宋墨微微颔首，神色从容，让人顿生珠玉在侧之感。

魏廷瑜和汪清海不由愁眉苦脸。

汪清海索性拉了拉张原明的衣袖。

张原明只是从小不得母亲衰夫人的喜欢，样子又憨厚，家中大大小小的事都轮不到他开口说话，这才给人一种痴呆木讷之感，实则并不愚蠢。

他悄然慢下了步伐，和宋墨、顾玉渐渐拉开了一段距离。

汪清海立刻凑了过去："姐夫，我们哪能和英国公世子爷、京都的小霸王相比……

到时候只怕会丢丑！"

既然是遛马，少不得要跑上一圈。魏廷瑜的坐骑是匹很普通的山东枣红马，他的坐骑则是四年前他的父亲廷安侯赏的，早已老迈……

张原明一听就明白过来，他想了想，低声道："这件事你别担心，送走了英国公世子，我们回头再仔细商量。能够和英国公世子结交，这样的机会太难得了！"

汪清海何尝不明白，忙不迭地点头。

谁知道宋墨和顾玉把他们一直送到大门口。他们没有办法，只好上车围着景国公府绕了一圈，又重新回了景国公府。

张氏兄弟的关系非常错综复杂，张原明不想让其他人知道这件事，在自己内宅的书房等着魏廷瑜和汪清海。

"我已经让人从我家马棚里寻了两匹上好的蒙古马给你们，你们这就把马牵走。"他低声嘱咐两人，"今天下午你们就去护城河那边试试马，有什么不妥的，立刻差人来告诉我。一定要给英国公世子爷和顾玉留个好印象。"随后又嘱咐两人，"你们要记住了，明天你们是陪客，不要逞强和英国公世子、顾玉争个什么胜负，陪着他们开开心就行了，知道了吗？"

蒙古马是最好的战马之一，有这样一匹坐骑，魏廷瑜对明天的遛马满怀信心。

"姐夫放心。"他笑道，"他们两个小孩子，身份又尊贵，我们怎么也不会和他们一般见识的。"

"你想和他们一般见识也得有那个本事才行啊！"汪清海听着有些啼笑皆非地道，"你恐怕还不知道吧？英国公世子最少也能拉三石的弓，他的坐骑叫飞度，是匹乌孙马，据说可以日行千里，是定国公送给他的十岁生辰礼物。宋家还有好几匹胭脂马和焉耆马，其中最有名的是红玉、浮云、赤电、绝尘和平山。我们家的那匹绝群，就是借着宋家的一匹胭脂马育的种，和宋家的红玉是由同一匹母马孕育而成。"

别的他不知道，可汪家的绝群，却是他亲眼见过的，高大健壮不说，跑起来风驰电掣，让他羡慕不已，曾在心里暗暗许愿，哪一天也要想办法弄一匹像绝群这样的好马。

魏廷瑜干笑。

张原明趁机道："山外有山，天外有天。你以后凡事要多留个心眼才是。"

他这个姐夫待他很好，魏廷瑜忙恭声应"是"。

张原明又叮嘱了两人几句，这才将两人送出了门。

宋墨正和东平伯周少川的幼子周谨平、永恩伯冯建安的嫡长孙冯治、广恩伯世子董其在扯牌九。桌上已经堆了一大堆碎银子和银票，最少也有两千两。

顾玉、张续明等一帮勋贵子弟围在赌桌旁观看，却鸦雀无声，落针可闻。

周谨平二十来岁，五官周正，只是一双眼睛骨碌碌直转，让人觉得他这人很狡猾，有些靠不住。

他摸了摸手中的牌，望了一眼神色悠闲地坐在太师椅上，随意看了看手中的牌便扣在了桌上的宋墨，又望了眼脸色铁青的冯治和面色凝重的董其，再次摸了摸手中的牌，将手中的四张牌丢了出去，高声道："我不跟了！"

两张和牌，一张六点，一张五点，可以扯出一副双鹅、一副虎头。

双鹅仅次于至尊宝、双天等牌，排在第五。

看牌的一片哗然。

冯治的脸色更难看了，眼里仿佛可以喷出火来："你他妈的双鹅都不跟，你是软蛋啊？"

周谨平冷笑："宋大已经连开了三把至尊，我还没有看见丁三，你有本事你跟，我可跟不起。"

"我也不接了！"他的话音刚落，董其也把自己的四张牌给甩在了桌上。

一张天牌、一张杂五、一张梅花、一张红头，可以扯出一副七点，一副十点。

还是没有看见杂三。

大家都屏住了呼吸。

冯治的脸色青了又白，白了又青，好一会才狠狠地把牌丢在了桌上："我也不跟了。"

他是两张梅牌、一张地牌、一张杂九，可以扯出一副双梅，一副地王。

双梅论大小排在第六。

周谨平轻哼了一声。

冯治勃然大怒，正要说什么，宋墨突然站了起来，笑道："前面应该开席了，今天就到这里吧！"然后指了指桌上的碎银子和银票，"难得和大家聚一聚，我要是就这样走了，只怕等会要被你们灌得酩酊大醉，这些银子我还给你们得了，你们等会可不能借这事灌我的酒了。"

众人意想不到，不由一阵欢呼，纷纷上前拿回了自己的银子。

张续明则笑着和宋墨、顾玉出了山房。

冯治望着宋墨的背影，脸色阴晴不定。

而同样望着宋墨背影的董其，则是若有所思。

刚才长兴侯的旁支——一个父亲在上林苑当差的家伙不知怎地看见了顾玉，嚷道："顾玉来了，快把顾玉叫进来赌钱！"

谁都知道顾玉名下有他生母的陪嫁，每年有两三万两银子的收益。

几个和顾玉相熟的人跟着哄笑，主动请缨把顾玉拽了过来，只是没想到英国公世子宋墨也跟了过来。

大家和宋墨都不过是点头之交，但宋墨一直是个让他们眼红的人——家中只有两兄弟，从小就被立了世子，没有萧墙之祸；家境富足，名下还有私房，有花不完的银子；任何时候都是那么优雅贵气，偏偏肚子里还真有点货……

他就听到冯治和周谨平耳语："又来了个有钱的！"

周谨平还有些犹豫。

冯治道："怕什么？现在可没有定国公这号人家了！"

周谨平想了想，低声道："干了！"

接着怂恿他："想当年，你们家的私船可是被定国公给抄的，想不想赚点回来？"

他当然不会上当。可当他看见宋墨的手就那么自然地搭在太师椅大红色遍地金的褡椅上，莹润的白和猩猩的红，有种耀眼到极致的美的时候，他竟然鬼使神差地应了一声"好"。

没想到宋墨竟然会赌钱！不过半个时辰，大家都输得脸色发白。

他敢肯定宋墨出了老千的，可怎么看也看不出破绽来。

"他妈的！"董其耳边传来冯治的叫嚣，"竟然是对杂五和地高九。"

董其不由望过去。

四张牌被冯治丢在桌子中间，白月色的象牙牌面，七个红点大咧咧，像是在嘲笑他们的怯弱似的。

"有什么了不起的！"冯治恨恨地道，"小心皇上连他们家也一起给端了！"

山房里还滞留着几个人，听到这话纷纷如鸟兽散般地出了山房。

· 128 ·

董其望着桌上剩下的几张银票,慢慢地拿过来揣进了怀里,徐徐地道:"怕就怕皇上心里还念着蒋家的旧情,要不然,怎么会留下蒋家的祭田、祖宅和几个不满五岁的男丁……"

冯治愕然。

董其已出了山房。

他看见宋墨和顾玉向张续明告辞。

张续明殷勤挽留,见两人去意已决,亲自送两人出了门。

"天赐哥,"顾玉愤愤不平地道,"那个周谨平和冯治……"

宋墨抬手,做了个不要再说的动作,淡淡地道:"跳梁小丑,不足为患。"心里却明白,蒋家出了事,就有人想借着他出风头了。

顾玉虽然强咽下了这口气,神色间却难掩愤懑。

第二天,宋墨几个在宣武门外的护城河边碰头。

魏廷瑜和汪清海骑着张原明送的蒙古马,宋墨和顾玉骑的是两匹普通的蒙古马。

两人有些意外。

宋墨也不解释,一边坐在马背上信马由缰地任马随意地在堤边吃草,一边和魏廷瑜说着闲话,家里有几口人,都是什么性格,什么时候启的蒙,第一任先生是谁……

清晨的护城河,空气清新,绿意盎然。魏廷瑜和宋墨越说越投机,最后连自己什么时候断的奶都告诉了宋墨。

天下间怎么有这么傻的人!顾玉翻着白眼,和汪清海跟在宋墨和魏廷瑜的身后,像两道影子似的。

直到太阳升起来,宋墨才和魏廷瑜告辞,约了三日后再见。

回到家中,陈核小声对宋墨道:"陈先生好像在查什么似的,让小厮帮他把近二十年的官绅录都收集起来,说是想看看。"

既然进了府,他什么事能瞒得过自己?他这么做的用意何在呢?

不知道这件事与窦昭有没有关系,还是仅仅是他想看看?

宋墨沉吟道:"先不要打草惊蛇。让那两个小厮好生服侍陈先生。"

陈核应诺,退了下去。

宋墨站在窗前,望着窗外似锦的繁花,沉默良久。

窦昭觉得自己这段时间有点杞人忧天。

纪咏每天卯时即起,亥时才歇。不是读书就是写字,偶尔会在鹤寿堂的院子里转一转,连鹤寿堂的门都不曾出过,更不要说闯什么祸了。

或者正是因为他对学问这么认真,所以才会小小年纪就考中了解元的吧?窦昭猜测着,不时嘱咐素心多多留意纪咏的饮食起居,尽量给他一个比较舒适的环境,这样也利于他举业。

纪咏很快感到了待遇的变化,开始要求素心:"我不喜欢吃鸡皮,以后烧鸡,把皮都去掉。"又或是挑衅,"白菜怎么会有梗?"

这些都是小事,素心一一满足。

有一日纪咏摇着扇子去了法源寺。

窦昭甚是奇怪,素心皱着眉道:"纪公子说快到中元节了,他要去找图印方丈论论佛法。"

出去散散心也好！窦昭笑道："他还有这闲工夫？"

被窦昭派去服侍纪咏的小丫鬟有口无心快嘴地道："纪公子每天在屋里研究佛法，说这次去法源寺，定要把图印方丈说得哑口无言，还俗不可！"

让图印方丈还俗？窦昭愕然，道："他这些日子难道没有读四书五经吗？"

小丫鬟哪里分得出来，只知道纪咏每日伏案几个时辰："嘴里常念着什么嘛呢，什么大自在之类的话。"

窦昭气倒，吩咐素心："以后我们吃什么他就吃什么！有没皮的鸡吗？"

素心也很气愤，觉得他辜负了大家的一片心意。

结果纪咏在法源寺住下了，据说每日跟图印方丈讲法，把附近圣寿寺、舍利寺、崇因寺、洪济寺，甚至是隔壁灵璧县的大方寺等几家禅院的长老都吸引了过来，法源寺热闹得像办庙会似的，窦家做什么菜饭于他一点影响也没有。

难道这个家伙真的是圆通法师？窦昭忍不住地想。

他没出家之前要引诱人家的长老还俗，等他出了家，又要引诱着皇上出家，这还真就符合他的性格。

只是不知道前一世是谁让他出的家，或者，只是她不知道而已。像他这么能闯祸的家伙，想必纪家也会对他的事三缄其口吧！

她接到了陈曲水的来信。

他在信中写道，纪咏还没有号。但他从小就很聪明，读起书来一目十行，宜兴无人能及，小小年纪就有神童之称，纪家对于他寄予了很大的希望，因而上上下下都对他十分宠溺，他一路顺风顺水地长到了今天。要说他与其他人有什么不同，就是特别顽皮，别的孩子最多上树掏个鸟窝，下河摸个鱼虾之类的，他却是看了《山海经》就要去登天台山，读了《出师表》后就要做木牛流马，听了徐福带着五百童男童女去蓬莱求仙的故事，就在家里炼丹，差点把纪家给炸了。

那时候他才九岁。

纪老太爷打又舍不得，骂又没有用，左右为难，只好禁了他的足，又和纪咏约法三章，只要他能考取进士，以后他想怎么样就怎么样。但在没有考取进士之前，要按部就班地在家里读书写字做学问，哪里也不能去。

他欣然答应，花了三年工夫就考中了举人，人虽傲气，却也稳重多了。纪老太爷这才放心让他带了护卫、小厮四处游历，为的就是让他见识一下世俗红尘的悲欢离合，能有颗悯人之心……

想干什么就干什么！

窦昭不由额头冒汗，纪家老太爷到底知不知道自己给了纪咏怎样的承诺啊！

宋墨用一副杂五赢了董其一副双鹅的消息很快就传遍了京都。

蒋氏走进颐志堂的时候，宋墨正在练习射箭。

他身若青松，手若磐石，拔箭、引弓、发箭，动作矫健有力，一气呵成。

蒋氏不由"咦"了一声，目光落在了儿子手中的弓箭上。

弓身乌黑，样式古朴，看不出是什么材料，弓臂上绕着粗粗的牛筋，弓弦却细若发丝，闪着光芒，一看就知道此弓绝非凡品。

"你怎么把你大舅送给你的射日拿了出来？"她的目光扫过弓身，仿佛看到的是已逝兄长的面容，声音都柔和了几分，"你平时不是说这弓太打眼了吗？"

宋墨从描金箭壶里抽出一支雕翎箭，"铮"的一声射中了靶心，这才缓缓地放下弓，轻声道:"这张弓比较随手……我得保证随心所欲才行。用这张弓更有把握!"

什么叫随心所欲?蒋氏微愣,正想问个仔细,见宋墨已将手中的弓交给了一旁服侍的陈桃,并接过了陈核递上的帕子,一面擦着汗,一面道:"您怎么过来了?您今天可好些了?"又道,"天恩呢?他不是说陪着您的吗?怎么没见他的人影?"

"我哪有那么娇贵?"蒋氏道,"我不过是一时太过劳累,如今吃了杨御医的药,又休养了这几天,早就好了。"

宋墨扶着蒋氏在一旁老槐树下的石桌旁坐下。

"天恩去了学堂。"蒋氏接过儿子亲手奉上的茶,笑盈盈地道,"我又没有什么大碍,总不能为了我耽搁了天恩的课业吧?"说到这里,她想起自己此行的目的,不由面露几分迟疑。

宋墨笑望着母亲,耐心地等着母亲说话。蒋氏斟酌再三,这才委婉地道:"我听说张宗耀承袭世子位的时候,张家请了广联班来唱戏?"

宋墨大笑,直言道:"娘亲,您是想问我和董其赌钱的事吧?您放心,我知道分寸。"说着,他笑容渐敛,"我若允文允武,朝野称赞,皇上只怕想起来就寝食不安;可我若是事事推不上前,皇上又会觉得我太窝囊。这中庸之道,的确是天下第一难事。"

蒋氏不由沉思。

宋墨陪坐在旁边静静地喝着茶。

风吹过树梢,沙沙作响。

宋墨的思绪飘得有点远。

他想到前几天陈核跟他说的:"陈先生在查云南巡抚王行宜。"

王行宜是窦昭继母的父亲,他为什么要查王行宜呢?自己要不要好好查查窦昭呢?

念头一起,立刻被他压了下去。朋友贵在相知,自己若是去查窦昭,那他们之间又变成什么了?

可这个念头为何如此诱人呢?他有些不安地喝了口茶,却不知道怎地,被茶水呛得连连咳嗽起来。

"小心点。"蒋氏拍着儿子的背,心痛道,"你练箭,是不是为了过些日子的秋围?"

皇上每年会在秋季举行狩猎,勋贵之家都会选了十五岁以上的子弟随行,皇上也可趁机考核他们的骑射,以此来提拔人才。

宋墨生下来没几天就被封了个世袭的四品金事,还没有学会走路就开始参加春秋两季的狩猎,不过直到九岁的春天才真正开始参加狩猎骑射。

第一次参加秋围,他骑马得了第二,射箭得了第五,勋贵子弟中,他排名第一,是所有参赛者中年纪最小的,也是这几十年来勋贵子弟获得的最好成绩。

皇上十分高兴,觉得勋贵之家后继有人,赏了他一座五十亩地的小田庄,他的风头盖过了前三甲。接下来的两年他都得了第一。

太宗令——皇上的叔父裕王喝多了曾在皇上面前嘟囔:"我看不应该再让英国公世子参加骑射的比赛了,免得要压了其他子弟的士气。"

皇上也喝得有些多,听了之后哈哈大笑,却将腰间一块和田玉的玉佩扯下来丢给了宋墨,还道:"宋墨,给我把他们都死死地压在后面!"又高声对在座的王公大臣道,"谁能比过宋墨,朕赏他一个金吾卫副指挥使。"

听到母亲问起,宋墨点了点头,沉声道:"皇上到底对我们家怎么想的,要试试才能知道!"

蒋氏听着顿时眼眶微湿:"都是娘亲连累了你们!"语气中带一丝不易察觉的哽咽。

"娘亲，您说的是什么话！"宋墨忙揽住母亲的肩膀，"您只看到我现在的艰难，怎么不想想大舅在的时候带给我的荣耀？不说别的，就是我这张弓，还有飞度、身边的护卫……"

蒋氏心中大慰。

"娘亲再不可说这样的话了。"宋墨轻声对蒋氏道，"有三舅在，最多十年，蒋家就会东山再起，我们要帮着舅舅他们打气，帮他们重回朝堂才是，可不能说这样的丧气话。"

蒋氏重重地点头，眼泪却忍不住簌簌落下。

过了八月十五，风吹在身上就冷了起来。

今年秋狩的围场设在了怀来。宋墨他们到达的时候，皇上的亲卫已扎好了营帐。

太子打着喷嚏走了过来："天赐，你今年怎么样？要不要我帮你找把好一点的弓？"

他比宋墨大十二岁，长得高高瘦瘦，白白净净，有着和皇上一样的浓眉及高挺的鼻子。他每到秋天就喷嚏不断，到了围场更厉害了。秋围对他来说不是乐趣，而是在受罪。在宋墨看来，他的性格有点绵柔，像个教书先生而不是个太子。

跟在太子身边的是太子的表弟、会昌伯十六岁的世子沈青，他调侃宋墨："金吾卫副指挥使，五万两银子一个啊！"

皇上说出"谁要能赢了宋墨，就赏他一个金吾卫副指挥使"的话之后，他们这些人就曾在私底下开玩笑，不如贿赂宋墨，让他在秋围上输给自己……

宋墨笑道："赢了我容易，问题是这赛场上不止我一个人啊！"

沈青气馁。

太子呵呵地笑，对宋墨道："你别管他，他这几天绞尽脑汁就想着怎样在秋围上得个名次。若是那名次那么好得的，你们又何必扬言五万两买宋墨输……"正说着，有人慢慢地走了过来，恭敬地给太子行礼："殿下！"

宋墨循声望去，看见了广恩伯世子董其。

他身材修长，相貌英俊，戴着凤翅盔，穿着件青织金云纻丝裙襴鱼鳞叶明甲，全副戎装，倒也颇为威武。

太子望着他身上的盔甲，奇道："你这是……"

他微微垂首，恭谨地道："臣今年也参加秋围的骑射。"

董其在金吾卫里领了个闲差。

太子点了点头。

沈青笑嘻嘻地围着董其打量："你这身盔甲不错。"

沈皇后出身寒微，沈家是因外戚封侯。京都的勋贵子弟都没有把沈青放在眼里，沈青因而也不大和那些勋贵子弟来往。但有两个人例外。一个是宋墨——他为人有些淡漠，待谁都一样，沈青也就没什么好抱怨的了。另一个就是董其——他八面玲珑，与谁都交好，沈青和他的关系也就比一般人要好很多。

"这是我特意从田州定制的，"董其笑道，"你要是喜欢，赶明儿帮你定制一副就是了。"

广西田州所产的盔甲，素来都只供军中的，沈青想要弄一件很麻烦，但对其父在五军都督府任右军都督，分管广西卫所的董其来说，却是件易如反掌的事。

沈青闻言一喜，毫不客气地道："那我就恭敬不如从命了！"

太子的眉头微微地蹙了蹙。

和沈青说说笑笑，好像并没有注意太子的董其却笑道："我这可是打了我老爹的旗号私下偷偷定制的，你到时候千万别说漏了嘴。"

太子听着面色果然好了很多。

顾玉撇了撇嘴，宋墨瞥了顾玉一眼，顾玉立刻又恢复了之前的恭敬。

只有沈青，什么也不知道，盔甲还没有到手就在那里发着愁："那我怎么说好？"

顾玉望了望天。

董其促狭地笑道："就说是从宋大那里顺的。"

太子、沈青和顾玉都不由愣住了，宋墨却淡淡地说了个"可以"。

他一本正经，硬生生地把个场面弄得无比严肃，没有了一点调侃的味道。

沈青不由呻吟："天赐，你就不能随意点？难怪别人都叫你宋大。"

太子呵呵地笑。

一群衣饰华美的年轻人穿过正要巡防的军士队列结伴而来，他们都是勋贵之家的子弟，因为秋围，没有平日那么拘泥。

众人纷纷给太子行礼，太子温声和他们寒暄着。

每个人的名字都记得，每个人的情况都了解，谈话的内容包括了"听说你们家太夫人摔伤了腿，好些了没有""在金吾卫当差还习惯吗""成亲的日期定了没有"……每个被问到的人都一副如沐春风的表情。

宋墨就看了顾玉一眼，顾玉冲着宋墨嘻嘻笑。

大家簇拥着太子去了太子的营帐，宋墨的帐前只剩下了宋墨、顾玉和董其，三人鼎足而立。

七八个穿着胖袄挂着锁子甲腰配大刀的年轻军士朝这边走过来："这里是英国公世子爷的营帐吗？我们是五军营左哨和右哨的，今年奉诏参加秋围的骑射，特来拜会英国公世子爷。"说话的人目光在三人之间转了一圈，最后落在了董其的身上，"早就听说英国公世子爷乃少年英雄，今日一见，果真名不虚传……"

董其脸上已是红一阵白一阵的，正要说什么，有人边高声喊着"宋世子"，把董其的声音压了下去，边走了过来："您好像比去年又长高了一点。今年我老爹没资格参加秋围的骑射了，带了几个后辈末学来给您打声招呼，您可小心了，别把皇上的金吾卫副指挥使给输了！"

说话的人身高八尺，浑身的横肉，走起路来一抖一抖的，壮得像头熊似的。他声若洪钟地哈哈大笑着，身后还跟着五六个因为踌躇满志而神采飞扬的年轻人。

此人名叫马友明，是宣同总兵马毅超的儿子，在神枢营当差。四年前，秋围他得了第一，结果九岁的宋墨却成了众人注目的焦点，他这个头名被孤零零地撇在了一边。第二年，他以一箭之差输给了宋墨，再次被人无视；第三年，他仍旧屈居第二。他今年升任神枢营副将，怎么还好意思和这些没有实职的年轻人争名次？

看见顾玉，马友明嘿嘿笑道："小姑娘，你又跟着世子爷来看热闹了！"

顾玉气得脸都歪了，跳起来就骂，满嘴污言秽语，把这些军营里摔打惯了的汉子都听得目瞪口呆。

马友明权当没听见，径直上前给宋墨行了个礼，揪出身后一个十七八岁的小伙子，道："世子爷，这小子叫姜仪，是登州卫指挥使的儿子，家学渊源，我们神枢营就指望着他和您拼一拼了！"

马友明的人哗啦啦上前给宋墨行礼，宋墨还了礼，朝着姜仪笑着点了点头。

先前跟董其说话的人顿时有些呆滞，过了片刻才睁大了眼睛望着宋墨："你，你就是英国公府世子爷？"

宋墨点头。马友明已揽了宋墨的肩膀："我们难得见一次，去你营帐里喝酒去。"目下无尘地从董其身边走了过去。

五军营的人顿时炸了锅。

"怎么会这么年轻？"

"真的假的？瞧他那样子，细皮嫩肉的，只怕从来没有做过重活，怎么会得了第一的？"

"自古英雄出少年啊！"

董其脸色阴沉得像快要下雨似的，悄悄地离开了宋墨的营帐。

接下来连着两天的狩猎宋墨都只是在一旁观战，直到第三天的骑射比赛开始，他这才换了戎装出现在校场。

宋墨的坐骑飞度是匹千里马，先天就占了优势，以超出第二名三个马身的成绩毫无异议也毫无悬念地夺得了马术的第一名。

射箭比赛开始，他作为去年的第一名排在了最后一轮出场。

没想到另一头站的是董其，他沉静地朝着宋墨微笑着点头，目光却凛冽如霜。

宋墨笑了笑，就把注意力放在了射箭上。

很快，内侍吹响了牛角号。

比赛开始。

一开始，宋墨很稳，箭箭中靶。可越到后来，他的失误越多，还有支箭堪堪地射在了靶子上，略一恍神只怕就会脱靶落空。

看台上的人都不由得"咦"了一声，坐直了身体，神色紧张地注视着校场，这其中也包括了皇上和英国公、广恩伯。

宋墨可能也感觉到了自己的状态不好，他没有继续射下去，而是闭上眼睛深深地吸了几口气，这才开始张弓满弦。

之后的几箭都射得很好。

尽管如此，两项成绩累加，宋墨只排在了第二。

排在第一的是董其。

他是继宋墨之后，这么多年以来在秋围中第二个取得骑射比赛第一名的勋贵子弟。

排第三的是姜仪。

姜仪望着宋墨，很替他惋惜——宋墨只输了董其一箭。

而董其气宇轩昂地站在那里，眉宇间难掩其意气风发，耳边又响起父亲的话："……从前我不让你参加秋围的骑射，是因为你没有击败宋墨的把握，与其给宋墨锦上添花，不如韬光养晦，等候时机。这次蒋家出了事，宋墨不可能不受影响。能否夺魁？能否一举击败宋墨？就全看你自己了！"

现在，自己终于站在了宋墨的前面。

看台上却传来皇上气急败坏的咆哮："把宋墨那个小兔崽子给朕拎进来。他是怎么比试的？朕闭着眼睛都能比他射得好……"

宋墨被叫了进去。

"臭小子，你这些日子都在家干什么？"皇上的声音震耳欲聋地回荡在校场上，"你知不知道你把朕的金吾卫副指挥使给输了？"又道，"听说你还学会了赌博？秋围在即，你不好好在家里准备，跑去跟一帮乱七八糟的小子厮混些什么？你要是再不把事当个事，朕就把你的腿给打断了，把你丢到旗手卫去给朕牵马，不，丢到丰台大营去……"

校场内外一片寂静。

皇上会骂太子、骂辽王、骂汪渊，甚至会骂皇后娘娘，却从不骂内阁大臣，侯伯公卿，可这次，却骂了宋墨。所有人的目光，都艳羡地落在了宋墨的身上。

董其脑子里乱糟糟的，已经不知道自己到底是什么心情。

既然宋墨犯了错，皇上真罚他，为怎么不把他丢到西北大营去？丰台大营，不知道有多少勋贵子弟削尖了脑袋都进不去。这是惩罚还是恩宠？

自己得了第一名又有什么用？此时皇上关心的、诸位王公大臣眼中的，却依旧是宋墨。

回来的路上，宋宜春和儿子同坐一辆马车。

"这么大的事，你为什么不先与我商量？"他又急又气，面孔涨得通红，"要是皇上以为是我唆你去试探皇上的，我们父子今天还能走得出怀来吗？你今年也有十三岁了，怎么还像个三岁的孩子似的，一点都不懂事啊！"

自己的儿子自己还不了解，他是那种别人说几句话就会心浮气躁的人吗？

宋墨只能朝着父亲歉意地笑。他把自己当大人，谁知道在皇上眼里他还只是个孩子。

宋宜春叹了口气，道："以后再也不可如此了，知道吗？你舅舅们出了事，我们理应帮忙，可也不能把自家给搭进去。什么事，都要有个度。还好皇上没有生气。若真有圣旨下来，能去丰台大营谋个实缺，也算是失之东隅，收之桑榆了……"一路啰啰唆唆回了英国公府。

刚踏进上房的门，就听到了蒋氏一阵压抑的哭泣声。

蒋氏遇事一向刚强，宋宜春和宋墨都神色一紧，快步进了上房。

蒋氏伏在贵妃榻上，哭得气若游丝，贴身服侍她的丫鬟和媳妇子也哭得伤心欲绝。听到动静，她抬起头来，眼泪落得更急了："三哥他，他病逝了！"

这话如晴天霹雳，直轰得宋墨耳朵里嗡嗡作响，半天才听清楚周遭的声音。号称智囊的三舅去世了，没有了薪火相传的人，留下只知道吃喝玩乐的五舅，蒋家怎么办？那些随着三舅一起流放铁岭卫的年轻子弟，又该怎么办？

恍惚中，他听到父亲略带几分犹豫的声音："你看，要不要让天赐去一趟辽东？借口奔丧去会会辽王，请他对五弟多关照关照？"

蒋家五岁以上的男丁都被流放到了铁岭卫，其他的人都跟着梅夫人回了老家，不知道有没有人去拜祭……

蒋氏感激地望着丈夫，重重地点了点头。

第四十六章　着迷・临行・妒忌

蒋兰荪的死讯，是陈曲水传给窦昭的。他在信中不无遗憾地道，蒋家以后将会很艰难。

窦昭明白他的意思。

一个家族得以传承，是因为有长辈的言传身教，薪火相传。

蒋柏荪作为幼子在京都侍奉梅夫人，不仅从来没有上过战场，而且从来没有离开过京都。他的哥哥们在福建与人浴血奋战的时候，他却在京都锦衣玉食；他的哥哥们在和朝堂上的阁老们斗智斗勇的时候，他却在肆意纵情，声色犬马，否则，也不会在外面偷偷地养外室了。

现在有经验、有见识、身受重伤却以无比的毅力坚持到铁岭卫的蒋兰荪病逝了，从来不曾上过战场、没有见识过战争残酷的蒋柏荪却活了下来。蒋家在他的带领下，会变成什么样子呢？

传承中断，这个家还能重新站起来吗？

窦昭并没有陈曲水那么多的伤感。

前一世，在绝对的力量面前，所谓的谋划部署，全被碾成了齑粉，没有发挥任何的作用。这一世，蒋家得以保全一部分人的性命，从此退出杀戮场，做一个普通的富户，也未必不是件好事。

她只担心宋墨。也不知道他是怎么想的，迟迟不把陆鸣招回去。

自己是因为陈先生装聋作哑，他又是为了什么呢？

若说是对自己不放心，可蒋家的事早已告一段落，自己还有什么值得他关注的？

想到这些，窦昭心里就有些烦躁。

明年自己就要开始全心全意地着手和魏家退亲的事宜了，没有精力，也没有时间和宋墨这样耗着。

窦昭把信收了起来，吩咐素心："你去跟车夫说一声，半个时辰之后我们启程去田庄。"

今年的冬小麦颗粒无收，玉米却大获丰收，田庄里的人一商量，派了几个长者来和祖母商量，玉米他们不缴租子，留着做口粮，下季种的冬小麦全部都归窦家所有。

玉米不管怎么做都粗糙得难以下咽，小麦却不同，磨成面粉，做馒头、面条都是很好吃的。这是田庄雇农的一片心意，祖母十分的感动。

这几天正是冬小麦播种的时节，她老人家决定和窦昭一起去田庄看看。

祖母精神抖擞，穿了件沉香色素面细棉褙子，脚上是方口青布鞋，鬓角略带几根银丝的头发整整齐齐地绾了个圆髻，通身没戴一件首饰，显得十分干净利落。

看见窦昭，老人家的兴致更高了。挥着手："走，我们去田庄！"又道，"天天只能在院子里莳花弄草的，把我可憋坏了。"

窦昭歉意地笑，心里却道：若是能保住您老人家的性命，这不孝的罪名我愿意背了。

大家说说笑笑地往二门去，迎面碰到了从外面回来的纪咏。他不知从哪里拉了大半车的书，正差遣着贴身的随从搬下车。

"崔姨奶奶，四妹妹。"一般的情况下，他谦逊有礼，亲切随和，人见人喜，"你们这是要去哪里啊？"

自从他在祖母面前说什么寺庙的住持都是些贪得无厌的虚伪小人之后，祖母见他如见妖魔，避之唯恐不及。可今天阳光下的纪咏笑容俊朗，目光真诚，又让她不免在心里嘀咕：难道夏天的讲佛会上有菩萨显灵，也把他收做了弟子？因而没有像往常那样怕纪咏拉着她再说些有辱菩萨神灵的话转身就走，而是和他打了个招呼，客气地寒暄了几句："……从哪里弄回来这么多的书？让鹤寿堂的小厮做个记号才行。到时候也好还回去！"

书是十分贵重的东西，纪咏不过是借了他们家的宅子读书，总不能把人家的书也留在这里吧？

纪咏咧了嘴笑，雪白的牙齿在阳光下像贝壳似的闪着光泽，莫名地，窦昭生出股不妙之感，耳边就传来了他清朗的声音："这些书都是佛经。"

窦昭明显地感觉到祖母的身子一僵。

"上次和图印方丈辩法，说到《般若心经》所说的五蕴皆空：'色即是空，空即是色，受想行识亦复如此'，我问他，既然十二处与十八界中的眼、耳、鼻、舌、身五根与色、声、香、味、触五境都是色，那为何地、水、火、风也是色？他说了半天也说不出个所以然来。我知道他过些日子肯定会来请教我，我准备好好跟他讲讲什么是十二处、十八界……"

"哦！"祖母的语气就变得有些干巴巴起来，"纪公子真是厉害，什么都懂！我们要去田庄看看，纪公子请随意！"带着红姑匆匆上了停在二门外的马车。

窦昭就低声地警告纪咏："小心考个同进士回来！"

纪咏挑眉，悄声回她："你以为我是你二堂兄？"

"说大话的人通常看别人都是满面的轻蔑，"窦昭毫不客气地道，"等你金殿传胪之时再大声嚷嚷也不迟。"这些日子竟然还有出家人来窦家拜访纪咏，和纪咏谈佛论道一说就是好几天，她不喜欢纪咏把家里弄得像寺庙，"西窦是家宅，可不是你的私庙。"

纪咏这才明白窦昭恼火什么，他不由瞪大了眼睛望着窦昭："你不觉得很有意思吗？把那些方外之人拉入红尘……"

"人家是明镜本非台，何处惹尘埃。"窦昭冷笑道，"何来的红尘世俗之说？"

纪咏神情震动，望着窦昭半晌无语。

窦昭还要陪着祖母去田庄，见纪咏没有说话，转身上了马车。

到了田庄，大家都在抢播，抬头和祖母打声招呼又低下头去劳作。祖母原是庄户人家出身，不仅不以为意，反而很高兴大家都一心忙着抢播。

有个因年事已高不用下田的老农陪着在田里转了一圈后，窦昭和祖母回了宅子。洗了手，净了脸，换了身衣裳，红姑已经准备好了热腾腾的饭菜。

崔家庄那边派了个小后生过来给祖母请安："……说好些日子没有看见您了，想请您回去住两天。"

祖母不免意动，窦昭看了就笑着怂恿祖母："我们过几天再回去就是了。"

祖母想到自己娘家还是一口锅又炒菜又烧水，茶里都浮着层油，想了想，借口这边田庄没人看着，自己走开了有些不放心。

窦昭哪里想得到这些，殷勤地劝道："平时田庄不也交给管事在打理，有什么不放心的？您有七八年没回娘家了吧？这次难得回去一趟，我这就让人准备些糖果吃食什么的，到时候您也好打赏那些孩子。"

"那你留在田庄吧！"祖母趁机道，"田庄里的人把这一季的庄稼都给了我们，我们总得有个人在这里照看照看，不然大家做起事来也没有劲啊！"

"行啊！"只要祖母开心，窦昭倒无所谓，让人准备了祖母回娘家的东西不说，还扯了几块尺头让带给妥娘："给她儿子闺女做衣裳。"

妥娘去年又生了个女儿，过年的时候还曾特意抱给窦昭看，请祖母给那孩子取了个名字叫"长青"，寓意长长久久。

红姑把东西收了，第二天一大早陪着祖母去了离这里二十里开外的崔家庄。

窦昭早上在田庄转了一圈，下午闲着无事，和贴身的丫鬟、宅子里几个粗使的婆子一起整理院子里的花草。她这一世亲手种下的李子树叶子已由绿转黄，眼看着就要凋谢了。

窦昭笑道："赶明儿在这里种棵茶梅。李子树凋落了茶梅花开。这也算是四季不败了。"

素兰嘻嘻笑。

窦昭感觉有人在看自己，她不由凭着感觉望过去，就看见了墙外骑在马上的宋墨。

窦昭杏目圆瞪，宋墨却冲着她笑了笑。

窦昭顿时头大如斗。既然彼此照了面，按道理应该请他进来坐坐才是。可若是真的请他进来坐坐，她又怎么向身边的人解释他们是怎样认识的呢？可若是不让他进来坐坐，以宋墨的脾气，多半是受不了这样的怠慢的，到时候若是惹出什么事端来反而更麻烦。

她不由飞快地睃了眼四周，有几个婆子正直起腰朝这边望过来，显然已经发现了宋墨。

算了，先请他进来再说吧！窦昭思忖着，正想开口相请，宋墨却抢在她之前开了口："在下有事路经贵庄，想讨口水喝，可否行个方便？"

他的声音低哑暗沉，好像非常疲惫的样子。窦昭这才发现他满身尘土，一副赶了几百里地的样子。

祖母去崔家庄，把服侍她的人带走了。这几个婆子原是庄上农户家的，临时抽来帮忙的，有着庄户人家的爽快，看着他画般的人物，哪里还有不方便？没等窦昭说话，已纷纷道："方便，方便！庄户人家，别的没有，茶水还是能敞开了喝的。"又道，"哥儿是哪里人？这是去哪里？"

窦昭只好保持沉默。

素心、段公义几个倒是识得宋墨，可他们是怎么认识宋墨的，想想就让人心寒。这种情况之下，他们怎么好开口？

宋墨笑着道谢，眼睛却瞄着窦昭："那就多谢了！"眼角微微向上倾斜，衬着一双水光浮影般的眸子，漂亮得让人心悸。

看得窦昭心中一跳。

宋墨已下了马，墙头只余几根不安分地探出头来的爬山虎藤蔓，在风中轻轻地摇曳。

宋墨当然不是一个人来的，他的身边还跟着四五个随从，其中一个就是上次来给窦昭送礼的，她听见宋墨喊他陈核，另外几个则不认识。

他到底有多少护卫？窦昭在心里嘟哝着。

听说家里没有长辈，她仿佛看到宋墨的目光像划过天际的流星般闪过一道璀璨的光芒。

"原想在这里借宿一夜，"他遗憾地道，"这可如何是好？"眉头微蹙，十分为难的样子。让几个婆子看着善心大发："又没有别人，哥儿只管住下就是了。"

在她们看来，宋墨这样一个面目精致的少年，哪能是坏人！

仲秋的中午，太阳还是火辣辣的，照得人身上有些燥热。

窦昭觉得背心里都冒出汗来，她看了一眼还有些凌乱的庭院，笑道："大家先去用午膳，下午再收拾也不迟。"

窦家是提供三餐的。几个婆子笑嘻嘻地道了谢，由甘露领着去了厨房。

素绢打了水给窦昭净脸，洗手。水略带几分凉意，让窦昭舒服地长透了一口气。

用过午膳，小憩了片刻，她站在廊庑下望着庭院思索着怎样布置，身后突然传来宋墨的声音："你在干什么呢？"

窦昭并不奇怪。这个人既然能想办法住进来，自然有办法和她说上话。

"我想在院子里种几株花树，"窦昭看也没看他一眼，一直打量着院子，"这样到了冬天，也不至于院子里光秃秃的，显得有些荒凉。"

宋墨没有作声，而是站在廊庑的另一头，和她一样，静静地望着院子。

风吹过银杏树，金色的叶片飘落一地，让即将到来的寒冬仿佛也显得多了一丝暖意。

"我三舅，病逝了……"他很突兀地道，"病逝在了铁岭卫……"他的声音不疾不徐，好像斟酌良久才说出来似的，语气很郑重，"我五舅在我大舅的余荫下生活了这么多年，八大胡同在哪里他一清二楚，家里有多少仆妇他却一问三不知！"

是不是因为这样，所以蒋梅荪才把蒋家在京都的信息网都交给了宋墨呢？

"我们谁也不敢告诉外祖母。"宋墨的声音如往常一般的清越，但此刻透着几分茫然，让人感觉到他的情绪很低迷，"爹爹让我借口去祭拜三舅，到辽东走一趟，和辽王打声招呼，让他帮着照顾我五舅和几位表兄弟……可前几天秋围，我只得了第二，把皇上的金吾卫副指挥使给输了……皇上把我狠狠地教训了一顿，还扬言要把我丢到丰台大营去……男子十五束发。但皇上素来是不管这些的，严先生怕皇上真的下圣旨让我去丰台大营，建议我在家里闭门思过，借此也可以看看皇上的反应。

"我这两天应该就会启程去辽东了……"

宋墨虽然语焉不详，但窦昭做了十几年的侯夫人，对勋贵之家的日常起居很了解，立刻明白他说的是什么了。

蒋家出了事，皇上还这样地恩宠宋墨；而上一世，宋墨却是身败名裂、灰溜溜地离开京都的。

正如严先生所说，这个时候，最好是在家闭门思过，去辽东，并不是个好的选择。英国公和蒋氏到底是怎么想的呢？那边是弟弟，可这边却是儿子。

窦昭忍不住朝宋墨望去。

宋墨正愣愣地望着院子里的银杏树，脸上有着无法掩饰的伤感和落寞。

不错，正是伤感和落寞。

就像上一世，他半蹲着和女儿说话时的神情。

那个时候，他位高权重，身边美女如云、侍卫如林，他还是感到孤单。

这一世，他风华正茂，圣眷不衰，名满京都，他还是一样地感觉到孤单。

还带着几分稚气的少年和成熟稳重的男子，在窦昭的眼中渐渐叠合成了一个人。

或者，从来都没有人真正了解过他。

不管是前世还是今生，不管是歌舞升平还是繁华落尽，他自始至终都是一个人！

窦昭心中无端端地一疼，她高声地喊着"宋墨"，道："我在后院种了很多的菊花，现在正是花季，我准备在院子里搭个菊山，你帮我搭把手吧？"

"什么？"宋墨错愕。

他以为自己听错了，从来没有人这样理直气壮地使唤过他。可莫名地，他又感觉到一种率直的亲切。

"我说，你帮我把后院的菊花移种到花盆里去。"窦昭的声音清脆悦耳，让人想听不清楚都难，"然后把花盆搬到前院来，搭个菊山。"

她慢条斯理地又说了一遍。

合抱粗的陶瓷花盆在宋墨手里不值一提，可如果满满地装上土，再种上一株高大的开满了杜鹃花的杜鹃树且移动的时候又不能伤及它的花叶，那搬动起来就有点吃力了。

宋墨忍不住道："不是说移栽菊花吗？怎么又要搬杜鹃树？"

"如果仅仅是把菊花摆在圆锥形的架子上就叫做菊山,杨进台凭什么称大师?"窦昭头上搭了块蓝布头帕,蹲在花田里挖菊花,她头也不抬,悠悠地道。

宋墨为之气结。

他的一个护卫见状就要上前,却被陈核拦住。他狠狠地瞪了那个护卫一眼,示意他不要乱来。

静默地站在一旁的素心眼观鼻,鼻观心,权当没有看见。

倒是跟着窦昭一起在花田里劳作的婆子心痛宋墨,"哎哟哎哟"地叫道:"看你这细皮嫩肉的就知道没做过事,快放下,快放下!我们来搬就行了。"

"他一个后生,难道还不如你们?"窦昭抬起头来望了宋墨一眼,又低下头去挖菊花。

宋墨咬牙切齿,照着窦昭的吩咐搬完了杜鹃搬菊花,搬完了菊花搭木架,太阳偏西的时候,已是浑身上下汗水淋漓,心里的那股狂戾之气却一扫而空。

他愣在那里。

窦昭,是因为知道了自己心中有难解的愤恨,所以才借口要搭菊山,用劳作让自己发泄心中怒火的吧?

宋墨垂下了眼睑。听到三舅病逝的消息,他心里好像有头暴戾的野兽,上蹿下跳得几乎让他撕心噬肺,可他不能露出一丝的异样。

娘亲等着他去安慰,爹爹等着他拿主意,弟弟等着他开导,严先生等着他做决断……

他原来只是想围着护城河跑一圈,就像从前一样,等心中的怒气消了,也就好了。谁知道等坐骑渐渐地跑不动的时候,他这才发现自己不知什么时候已经在去真定的驿道上了。

京都早已遥不可及。

陈核惊惧地问他:"世子爷是回京都,还是在前面的驿站住下?"

他还记得自己是怎么回答的:"在驿站住下,明天回京都。"

但翌日清晨,他在头脑非常清楚的情况下却选择了继续一路南下。

是不是他的心里早已认定:她不仅冰雪聪慧,值得信赖,而且有颗包容、坚韧的心,不管他的行为有多离经叛道,不管他的话有多骇人听闻,她都不会被他左右,更不会被他吓倒,而是会用自己的方式去理解,去处置。

就像他此刻站在她的面前,她既没有问他为什么来,也没有问他从哪里来,要到哪里去。仿若他是天上舒卷的白云,山间流淌的溪水,该来的时候来,该走的时候走,根本不用问什么,而她,相信他自有他的道理!

宋墨朝窦昭望去。

她正在吩咐那几个婆子摆弄花草。天边的晚霞如同给她的身影镀上了一层箔金,有种幻境般的光彩。

他这才发现她有双完美的杏眼,就像母亲养的那只波斯猫一样,眼角还微微有些上挑。当她睁大了眼睛的时候,纤细的睫毛卷曲着向上翘起来,把她的眼睛衬托得分外明亮,分外澄净,却又始终带着几分冷艳的妩媚。

宋墨的心情前所未有地祥和,安宁,踏实。

有一个能让自己畅所欲言的人,真好!

他抬起头来,望着一碧如洗的天空深深地吸了口气。

仲秋时节还带着几分暖意的空气在鼻尖萦绕,让人的心都跟着暖了起来。

天还没有亮,宋墨就起了床。

一下午辛苦的劳作,不仅让他胃口大开,连吃了两大碗面条,而且倒头就睡,一夜安眠，连身都没有翻一个。就像被甘露滋润了干涸的禾苗一样，他神清气爽，心情前所未有地平和。

他吩咐陈核："留下十两银子，我们启程回京都。"

陈核愕然，道："您还没有用过早膳呢！"

"路上买点干粮吧！"宋墨淡淡地道，"辽东那边等不得了。"

陈核恭谨地应"是"，吩咐了随身的护卫，给了守门的婆子十两银子，一行人悄然地离开了田庄。

他们走的时候，窦昭已经醒了。

寂静的早晨，一点点的声响都会显得格外清晰。

她听着他们开门的声音，听着他们牵马的声音，听着他们和婆子小声说话的声音，听着马蹄声渐行渐远……周遭复又渐渐安静下来。

窦昭用被子盖了头，把自己藏在黑暗中，开始睡回笼觉。

祖母在崔家庄住了三天，回来的时候拉了一车东西。其中还有妥娘为窦昭绣的几方帕子，几条汗巾。

红姑道："她说她这几年只顾着照顾孩子，手都生了，别的东西不敢做。这几方帕子和汗巾您要是觉得好用就用，不好用拿来赏人好了。"

窦昭笑着点头。

祖母问她："我不在的时候，可有什么事？"

"没什么事。"窦昭脸不红心不跳地道，"就是大家都盼着今年的冬小麦有个好收成，准备立冬那天在城隍庙里祭土地公，求土地公保佑下半年风调雨顺。"

"是吗？"祖母困惑道，"怎么陈三的媳妇说前几天有个年画一样的后生在我们家投宿呢……"

窦昭不动声色地道："是有个人投宿来着，还帮我干了点活。至于人长得怎样，我还真没有注意。"

祖母不再说这件事，去田里看了看，又在田庄住了两天，和窦昭一起回了县城。

真定县城人声鼎沸，马车刚驶进城门，窦昭就听见有人在高声喊："快去东窦领赏钱啦！"

祖母大吃一惊，连声问红姑："领什么赏钱？"

窦昭乍听也有些奇怪，略一思忖就明白过来，见祖母询问，笑道："估计是伯彦中了举人。"

"是哦！"祖母听着高兴起来，催着红姑，"快去问问！"

马车停了下来，红姑随便拉了个路人寻问。

"窦家的五少爷中了举人，太夫人派了人在门口打赏，去晚了就没了！"说话的人匆匆交待了一句，撒腿就跑。

"哎哟，这可真好！"祖母喜上眉梢，"窦家又要出大官了！"对这个轻怠她的人家没有半点的怨怼。

窦昭不由紧紧地握住了祖母带着茧子的手。如果没有祖母，前一世的她或许会变成一个尖酸刻薄，整天只知道恨天怨地的人吧！又怎么可能丢开窦家的种种不是去过自己的好日子呢？

回到家，窦昭准备了些笔墨纸砚做贺礼，和窦明一起去了东府。

窦启俊的母亲三奶奶穿了件崭新的宝蓝色如意纹的杭绸褙子，脸上笑开了花，团团转着应酬来道贺的女眷。

　　窦明不屑地冷哼了一声。

　　窦昭告诉她："你不想来就别来，多的是借口。既然来了，就给我高高兴兴的。"

　　窦明娇憨地笑，凑到窦昭的耳边，低声地道："那天晚上，我看见纪咏去找你了！"语气却十分恶毒，透着毫不掩饰的幸灾乐祸。

　　窦昭退后两步，仔细地端详眼前的女孩子："窦明，你不喜欢我，我也不喜欢你，大家不用矫情地遮掩什么，我觉得这样挺好。"她沉声道，"你如果愿意，当然也可以日日盯着我过日子，只要我赞同的，你都反对；只要我反对的，你都赞同。甚至是为了让我不痛快，让自己低贱如泥。可我却不会因为你而改变什么。这一点，你要记好了！如果你觉得纪咏找我的事有损我的闺阁清誉，你可以站在西窦的大门口去嚷，我保证，我决不会拦着你。"

　　窦昭依在廊庑的栏杆上，豆绿色绣着鹅黄色柿蒂纹的湘裙撒在地上，姿态随意之极，却有种漫不经心的轻蔑扑面而来，像把利剑狠狠地扎在了窦明的心上。

　　"你别得意！"她忍不住威胁窦昭，"总有一天，我要让你哭着求我！"

　　威胁是建立在实力之上的，如果说这句的人是宋墨，她可能会瑟瑟发抖吧？念头闪过，窦昭哑然失笑。

　　如果是宋墨，他肯定不会说出这样幼稚的话来吧？他会直接做到，让你哭着去求他。她的神色突然间有些恍惚。

　　京都到辽东快马加鞭也有月余的路程，所以辽东总兵三年才回京述职一次。皇上既然训斥宋墨，可见对他还是恩宠有加的，若是突然间想起他来下旨召见而他又不在京都……可真是件让人头痛的事啊！

　　站在窦昭对面的窦明气得直哆嗦。

　　窦昭竟然轻视她至此！她很可笑吗？甚至连应付都懒得应付她一下吗？总有一天，总有一天，她会让窦昭后悔的！

　　窦明的手紧紧攥成了拳，指甲扎得她的手掌生痛。

　　东窦的后花园，荷花已残，桂花余香，贴梗海棠冒出蕾来，一景过去还有一景。

　　女眷们嘻嘻哈哈地在花厅落了座，纷纷恭贺已育有一子，如今正怀着身孕的戚氏有福气。

　　戚氏红着脸，不停地道谢。她的胞妹小戚氏嫁给了五奶奶的侄儿，此时和五奶奶并肩而坐，眉眼间笑意盈盈，显然很为姐姐高兴。

　　七堂哥窦繁昌的长子蔻哥儿在花厅外探头探脑。

　　窦昭悄悄地朝着他招手。她上一世和三伯父走得近，连带着和三伯父家的两位堂兄窦繁昌、窦华昌两家也很熟，蔻哥儿更是她看着长大的，自然感觉到亲切。

　　蔻哥儿满脸兴奋地贴着花厅的隔扇跑到了窦昭的身边。

　　"四姑姑，"他稚声稚气地道，"安源哥让我给他找支香……"

　　窦昭一听就明白是怎么一回事。

　　门外一直在放挂炮，孩子们淘气，常常会捡了那些没有炸开的爆竹用香烛点了玩。因挂炮的信子比一般的爆竹都短，常常会有孩子炸了手或是伤到了其他地方，特别危险。大人通常都不让孩子玩这些。安源这个名字有些耳熟，但肯定不是窦家的孩子，十之八九是窦家姻亲的孩子。他们定是看着蔻哥儿年纪小，又是窦家的孩子，所以怂恿着他向大人讨香烛。

"那些被人丢在地上不要的爆竹有什么好玩的？"她怎么能让蔻哥儿跟着这群人玩，哄着他道，"赶明儿四姑姑给你买一大堆爆竹就是了。今天有新鲜的秋梨，四姑姑给你削梨子吃，等会让素兰陪着你去林子里看鸟，好不好？"

蔻哥儿的口水立刻流了下来，他乖乖地坐在窦昭脚边的小机子上吃梨子。

小戚氏看了就低声问五奶奶："四姑姑说人家了没有？"

为了表示亲热，她跟着她姐姐称呼窦家的众人。

她的小叔父到了说亲的年纪，五奶奶是知道的，闻言不由哈哈大笑，道："你可说晚了一步，我们家四妹妹，可是要做侯夫人的！"

一家有女百家求，何况窦昭已经定了亲，她并不忌讳有人看中窦昭，反而觉得这是窦昭的荣耀——姑娘家嫁了人，就会如同珍珠变鱼目，耀眼的也只有这几年。因而声音特别大，满花厅的人都听得见。

小戚氏这话问得是可进可退，倒也不尴尬，又是个聪明人，凑着趣儿直道"恭贺"。

窦昭向来不是扭捏之人，笑而不语，大大方方地随她们议论，众人就更无所顾忌。

"我们四妹妹也是个有福气的。要不是自小和京都的济宁侯定了亲，恐怕就要嫁入阁老府了。"二奶奶自从为邬家保媒不成，一直有块心病，如今有机会在众姻亲面前为窦昭正名，她自然是不遗余力，说话的声音一点也不比五奶奶小，"当初何家的人听说四妹妹早就定了亲，可是惋惜了好长时间。"

三奶奶娘家的嫂子就仔细地打量着窦昭，点着头道："四小姐的耳垂又大又饱满，是个有福气的。"

"那是当然！"三奶奶和窦昭的关系不一般，当然要抬举窦昭，笑道，"你们是不知道啊，老济宁侯去世的时候，他们家姑奶奶派了人来，说要百日之内迎娶，把我们太夫人气得，直嚷着要退了这门亲事。谁知道这话音还没落地，济宁侯就派了自己的乳娘来，又是赔礼，又是道歉，还直说是因为家里没有主持中馈的人，并不是想怠慢四妹妹。然后中元节送莲灯，中秋节送粽子，重阳节送菊花，没有一个节气落下来的，我看倒是真心实意地想快点把四妹妹娶回去才放心的样子。"

大家都掩了嘴笑，神色间均露出或多或少的羡慕来。

窦昭却暗暗叹气。前世今生，魏廷瑜喜欢的，始终是她的颜色。

想到这里，她又有些困惑。男人不喜欢女人的颜色还能喜欢什么？难道还让他和你做知己不成？

话虽是这么说的，心里也明白，可想想正经夫妻一场，最后还是会因色衰而爱弛，又有什么意思？到底还是小瞧了她。

顿时有些兴味阑珊起来，抬头却看见了独自坐在荷塘边的纪咏。

他穿了件青莲色直裰，呆呆地坐在青石长凳上，秋日的阳光透过已快凋零的桂花树枝投在他的身上，形成了一片变化莫测的斑驳光影，让他冷漠而颓然，看上去显得那么遥不可及。

纪咏，从来没有这样安静的时候！出了什么事呢？窦昭不由暗暗猜测。

而坐在她身边的窦明心里却像揣了把火似的。她死死地咬着唇，生怕自己说出什么不应该说的话来。

不就是要嫁给一个侯爷，大家用得着这样巴结她吗？那侯爷不过只有个闲差，是能帮着窦家的子弟谋个一官半职，还是能帮着五伯父在内阁里说话？这些妇人，每天只知道针头线脑的，没有一点见识！

何况她还没有嫁进去，说不定哪天出点什么意外，这门婚事就会黄了呢？

窦明眼底掠过一丝讥讽，就看见柳嬷嬷请大家移驾到二太夫人那里去，说是二太夫人在自己的院子里设宴招待大家——这宴请的费用就是二太夫人的体己银子了。

众人少不得又恭喜三奶奶和戚氏一番。

三奶奶和戚氏眉开眼笑，喜不自胜。倒不是差这点银子，而是二太夫人拿了体己银子为侄孙庆祝，体现了二太夫人的喜悦和爱护之情。

一群人又说说笑笑地往二太夫人那里去。

时刻注意着窦昭的窦明就发现窦昭渐渐落到了众人之后，在她们拐过紫藤架时，窦昭突然不见了。

窦明在心里冷笑，停下来折了几枝紫藤花，见众人已走远，她匆匆往花厅去。

中途，她看见了站在荷塘边的纪咏和窦昭。

"你怎么坐在这里？"窦昭调侃着纪咏，"难道是因为我们家出了个少年举人，纪表哥不能像从前那样风头无二，所以有些失落了？"

如果是平时，纪咏听了这话会立刻跳起来毒舌地反击到她毫无招架之力，可今天，纪咏却只是抬头望了她一眼，语气怏怏地道："我正在算账。"

第四十七章　算账·斗法·惊骇

窦昭听得发愣，隐隐有种多此一举的感觉——他纪咏是什么人，用得着人同情吗？一时的安静，也不过是为了制造更多的喧嚣罢了。

"既然如此，那你就慢慢地算好了。"她扭头就走，"我还有事，先走了。"

"喂，喂，喂！"纪咏却拉住了她的衣袖，"你这人，脾气怎么这么坏？我不过说了一句，你听都没听完，扭头就走！"立刻恢复了生龙活虎的样子。

窦昭为之气结，甩着衣袖，道："你不是在算账吗？我站在这里岂不是会打扰你……"

"没有，没有！"纪咏忙道，松开了手，请窦昭一旁坐，"我正想找你商量商量。"

窦昭见他没事，哪里还有心情听他胡言乱语，道："有什么话回去了再说，二太夫人宴请女客，我也要过去凑热闹。"

"哦！"纪咏点头如捣蒜，"那你快去，我们晚上再好好合计合计这事。"

在这些事上他一向很有分寸。

窦昭转身离开，太湖石假山后面露出窦明的半张脸。

到了晚上，窦昭和纪咏在花园里碰面。

大红灯笼的光照在纪咏的脸上，让他的眉目更显俊朗。他扳着指头数道："我今年十六岁，明年中个进士，十七岁；庶吉士三年散馆，二十岁；然后到六部观政，三年以后混个从七品的右给事中或是詹事府主簿厅主簿、太仆寺主簿厅主簿之类的，就二十三岁了；再三年，升个七品……这样算下去，我要升到正二品，最少也得五十三岁！"他说着，打了个寒战，"太可怕了，太可怕了……这考进士一点也不划算！早知道这样，我就应该中举之后立刻参加春闱的，好歹也能节省几年，五十岁的时候做到正二品。"

窦昭真是又好气又好笑，不知道说他什么好，没好气地问他："那你准备怎么办？"

前一世纪咏倒是以圆通法师的身份不到三十岁就做了礼部侍郎，正三品。

"我也正在苦恼，"纪咏说的是苦恼，眼睛却亮晶晶的，看不出一点苦恼的样子，"你说，有没有什么捷径能让人不用这样苦苦地熬资历？"

能！出家当和尚！

念头闪过，窦昭瞪大了眼睛。难道上一世，纪咏就是因为这样才去当和尚不成？可那也得有足够的运气遇到个因为圈禁了自己父亲，杀死了自己哥哥而问鼎大宝，每日寝食不安，因而开始特别信奉佛教的皇上才行啊！要是知道他前世是什么时候出的家就好了！

她觉得自己的额头好像在冒汗。

窦昭掏出帕子来擦了擦额头，道："听说梁青是四十三岁入的阁，孙怀四十四岁入的阁，王箕四十六岁入的阁……"

她总不能眼睁睁地看着这家伙继续出家当和尚吧！六伯母每次提起他来的时候，不知道多高兴，多荣耀！好像他就是纪家的希望，纪家的未来似的。怎么也要哄着他考个进士之类的再说。

"我就知道，这话只能跟你说！"纪咏听着，兴奋地一掌拍在了窦昭的肩膀上，窦昭身子一沉，肩头立刻火辣辣地痛起来。

她不悦地喝道："你说话就说话，动手动脚的干什么？"

"我太高兴了，太高兴了！"纪咏连声道歉，一弯腰，从石桌下面摸出一大卷纸来。

他把纸卷摊开来，指着上面密密麻麻的名字道："我把近百年的内阁大学士的履历全都列了出来，你看看！"

灯光昏暗，窦昭哪里看得清楚。可她要是不陪着纪咏疯，纪咏还不知道要祸害谁去，至少她不会轻易被纪咏所蛊惑。

她吩咐素兰去点盏灯来，素兰应声而去，纪咏却迫不及待地介绍起那些名人来："……梁青是因为做过仁宗皇帝的老师，仁宗皇帝一登基，就把他从四品的詹事府少詹事提到了正二品的礼部尚书，皇上有六位皇子，最小的今年也有十三岁了，我就是想弄个从龙之功，也有点晚了……这个不行！孙怀是因为显宗皇帝要整治官吏，他正好有刚直不阿、清正廉明有名声，皇上才让他做了刑部尚书，可在此之前，他在琼州做了整整十二年的县令，我可不想为了当个尚书就跑到琼州去晒太阳……这个也不行！王箕是仁宗皇帝还是太子时，太宗皇帝要废了仁宗皇帝，王箕在都察院御史的时候曾上书为仁宗皇帝辩护，仁宗皇帝登基后，提擢他做了吏部尚书……"他说着，摸了下巴沉吟道，"王箕这一招倒可以试一试——当今皇上虽然有些喜怒无常，但总的来说还是个仁君，对御史的弹劾什么的也能容忍，不过若是想让皇上和太子之间有罅隙，这件事有点难度……"

窦昭已经听得大汗淋漓。

有这样求官的吗？他是不是太自大了些？以为老子天下第一，什么事都要照着他的意愿行事！

"你是只想出名，还是想做官？"她问纪咏，"或者是要给家里人一个交代？"

"这有什么区别？"纪咏两手一摊，道，"想出名，自然得做官，做了官，也算是给家里一个交代了。我寻思着，得想办法四十岁以前做到尚书，这样还有三十年我就可以做自己喜欢做的事了，别人也不会因我特立独行而觉得我匪夷所思了……"

窦昭实在是忍不住了，斜睨着他："你敢肯定你能活到七十岁？"

"人生七十古来稀。"纪咏大言不惭地道,"我怎么也得活个差不多吧!"又道,"不过,我觉得我最少也能活到八十一。"

窦昭觉得自己和他生气真是白费表情,道:"这都是以后的事,你还是先想想怎么考个前三甲吧。考不中进士,你说的这些都是白搭。"

"我也这么觉得。"纪咏很认真地点头,"但比起谋划怎么做才能最快成为正二品大员,考进士只是件小事。"

窦昭气极而笑,道:"那你做佞臣或是奸臣好了!"

"这也是条路哦!"纪咏严肃地道,"我还真没有往这上面想。看来多一个人商量果然就多一条路啊⋯⋯"

窦昭语凝。

纪咏哈哈大笑,眼中闪过一丝狡黠。

窦昭望着这样的纪咏,只好长长地叹了口气。

纪咏忙道:"四妹妹,你别生气了,我知道你是为了我好,怕我胡来。可这世上的事真的是很无聊,我要是不自己给自己找点趣事,只怕会被闷死。"话说到最后,已有几分唏嘘。

窦昭哼道:"所以说'人皆生子望聪明,我被聪明误一生'嘛!"

"不错,不错!"纪咏抬手就朝窦昭的肩膀拍去,又突然像想起什么似的,把手缩了回去,大声道,"就为四妹妹这一句话,也应当浮一大白。"然后又不无遗憾地道,"你怎么是个姑娘家?要是个小子该多好!"

窦昭已经懒得理会他了。

花园的南边传来了一阵喧哗。

纪咏站起身来。

窦昭也有点奇怪。

素兰去拿个灯,怎么去了这么长的时间?

两人正在那里张望,就看见窦明搀着祖母,在一大群丫鬟媳妇的簇拥下走了过来,窦明的贴身丫鬟季红和红姑在前面提着灯,素兰手捧着盏宫灯,委委屈屈地跟在祖母的身后。

窦昭冷笑。

纪咏更是额头青筋直冒,咬着牙低声对窦昭道:"上次我看在她是你妹妹的分上,这次你不要怪我不给你面子!"

窦昭没有作声。

桌上摊着的一大堆写着字的纸给了纪咏借口:"⋯⋯找四妹妹问问,有没有这些人的生平?"

祖母和善地点头,道:"有什么话白天说就是了。天色太晚,夜风又大,小心把灯给烧着了。"

两人齐齐应诺。

在窦明得意的目光中,祖母让窦昭扶着她回了屋。

只是刚一进门,还没等窦昭开口说话,祖母已道:"我知道,纪公子虽然喜欢胡闹,却是赤子心肠,你更是事事心中有数,你们俩人断然不会做出什么让大人们操心的事。只是明姐儿既然找了我来,她就可以找第二个人,你们总归是要避避嫌。以后有什么事,就到我屋里来说。"

祖母的信任让窦昭眼眶微湿,她恭敬地应是,服侍祖母睡下了才离开。

窦明却一直在外面等她。看见窦昭出来,她笑语殷殷地喊了声"姐姐",道:"您说，我明天要不要也跟二太夫人说说？"

"说吧！"窦昭笑道，"刚才纪表哥跟我说，上一次他是看在我的面子上，不和你一般计较，这一次，他谁的面子也不看了。"

窦明脸色微白，色厉内荏地道："他还敢倒打我一耙不成？"

窦昭微微一笑，和她擦身而过。

接下来的几天窦昭一直被祖母叫去做针线，纪咏则乖乖地待在鹤寿堂读书，窦明跟着婉娘学弹琵琶，好像什么也没有发生过。

素兰不免有些嘀咕："纪公子到底有什么打算？"一副唯恐天下不乱的样子。

素心告诫她："这是小姐和纪公子的事，你不要从中搅和。"

素兰心不在焉地点了点头，趁着变天，主动请缨去给纪咏换厚被褥，悄悄地打量纪咏。

纪咏当成没看见。素兰抓耳挠腮，最后只能沮丧地给纪咏屈膝行礼，准备退下去。

纪咏这才慢腾腾地道："你放心好了，我正在想什么事能让你们五小姐一辈子都后悔不已！"

纪咏的那句话是当着所有来给他换被褥的丫鬟说的，自然很快就传到了窦明的耳朵里。

她冷笑一声，决定闭门不出，吩咐周嬷嬷和季红："以后只要是送到我这里来的东西，全都要细细地查看，确定没有什么不妥当的，再送到我的手里。我就不信了，我不出门，不随意吃喝，他还能要了我的性命不成？"

周嬷嬷和季红原本担心着窦明要和纪咏硬碰硬，此时见窦明小心应对，不由松了口气。吃穿用度都要过了她们的手才会被送到窦明面前。不过半个月的时间，她们就在给窦明送来的秋衣里发现了一根针，在饭菜中发现了腹泻的药，在屋里发现了一条蛇，两只老鼠。

窦明不屑地轻笑："不过如此！"

素兰则失望至极："说得自己好像很厉害似的，结果也只会这些雕虫小技！"

素心厉声呵斥妹妹："你还想怎么样？我看纪公子很有分寸！这样无伤大雅地闹腾一番，让五小姐受些磨难也就是了。若真是出了什么事，四小姐这个做姐姐的也难辞其咎。"

"所以说，还是把五小姐送回京都的好。"在自己的内室，屋里又只有她们两姐妹，素兰说话也就没有了顾忌，"我就是不喜欢五小姐总是把四小姐当仇人似的。"

"清官难断家务事。"素心叹道，"我们听四小姐的吩咐就是了。"

素兰点头："不然还能怎样？纪公子又指望不上！"

纪咏确实有些指望不上了。

窦启俊中了举人之后，决定再接再厉，参加明年的春闱。

窦家的几位进士都游宦在外，唯一一位留在家里的同进士说自己学识浅薄，不能耽搁了他的前程，不愿意指点他制艺，他想到江南一向比北方文风鼎盛，纪咏又是比自己高二届的南直隶解元郎，遂拿了自己的文章来向纪咏请教。

纪咏绝顶聪明，对那些有迹可循的东西更是有着别人望尘莫及的天赋，不过寥寥几句话，就让窦启俊有茅塞顿开的感觉，加之他没有那些老儒的酸腐，窦启俊问什么他都知无不言，言无不尽，让窦启俊受益匪浅。窦启俊开始还只是隔三差五地来一趟，后来就天天来，再后来，干脆就住在了纪咏的隔壁……他哪里还顾得上戏弄窦明！

这也是大家乐于见到的结局。

西窦慢慢地恢复了原来的宁静，窦明也开始每日跟着婉娘练琵琶。

眼看着就要立冬了，家里的人都在准备立冬的祭祀，季红却悄悄地跟窦明道："二

· 147 ·

表少爷身边的尚儿悄悄跑了来，说有要紧的事要见您。我怕被四小姐看见，让他暂时躲在了柴房。"

窦明吓了一大跳。这两年京都有什么事都是王檀给她通风报信，这次却派了自己的小厮过来……她琵琶也不练了，催着季红把尚儿领进来。

尚儿不过十一二岁的样子，眉清目秀，穿了件丁香色的粗布衣裳，打扮得像个乡下小子，不等窦明开口，他已哭着跪倒："表小姐，求求您救救我们二少爷吧！"

龙生九子，各有不同。王檀像庞玉楼，性情活泼，小孩子活泼一些也不是什么坏事，可坏在就坏在他上面还有个少年老成的王楠，他的活泼就变成了顽皮。为此他没少被母亲责骂、祖母呵斥。

听尚儿这么一说，窦明想也不想地问道："他又闯什么祸了？"

尚儿抹着眼泪道："老爷请同年给大少爷写了份推荐大少爷去国子监读书的文书，二少爷不知道那文书那么重要，一下子给弄脏了……表小姐，"他又哭起来，"二少爷真不是有心的……可老夫人让二少爷跪祠堂不说，还要把二少爷送到老爷那里去……谁劝也不行……表小姐，您就救救我们家二少爷吧……听说云南那边都是些蛮夷，还人吃人……"

"活该！"窦明骂道，"谁让他不长眼睛的！"

"表小姐！"尚儿闻言傻傻地望着窦明，连哭都不敢哭了。

窦明倒也不是真的恼怒这个表弟，见状道："我就是想给他求情也不行啊——我在真定，他在京都！"

尚儿眨着眼睛，道："是于二送我来的。"

于二本是灵璧县的一个泼皮，因为投靠庞锡楼而巴结上了庞玉楼，被庞玉楼带到了京都。

既然是于二送尚儿来的，可见这是二舅母的主意吧！

不过，去京都……念头闪过，窦明微微一愣。

去京都啊！她做梦都想去京都！那里有疼爱她的外祖父，有时刻围着她转的王檀，还有漂亮的娘亲……窦明抑制不住地激动起来。到时候了不起被爹爹骂一顿，说不定还能留在京都呢！

窦明不由大声道："你们打算什么办？"

尚儿道："大慈寺是庵堂，到时候表小姐去庵堂上香，我们的马车在寺院后面的小道上等您。"

窦明越发觉得这是庞氏的主意了。

她想了想，道："那就这么说定了，后天我就去大慈寺上香。"

尚儿欢天喜地地走了。

窦明把这事告诉了季红。季红很担心："要是四小姐知道了……"

"那又怎样？"窦明挑衅地道，"爹爹可是把我交给了她的。"

季红默然，窦明就悄声叮嘱她："这件事不要告诉周嬷嬷……窦昭肯定会派几个护院跟着我们的，到时候你帮我打掩护，等我回了京都再来接你们。"

季红愕然："您不要我随身服侍吗？"

"去京都不过三四天的路程，有尚儿服侍，于二跟着，有什么好担心的。"窦明不以为然，"要是去的人多了，窦昭肯定会很快就察觉的。"

而且，她还需要季红帮她打掩护。

季红想想也有道理。

第二天，窦明跟窦昭吵着要去大慈寺上香。窦昭还以为窦明是前些日子受了纪咏的气现在要发泄，没有放在心上，让段公义派了几个护院，陪着窦明去了大慈寺。

窦明在大慈寺上过香之后，就借口有些劳累，去了旁边的厢房休息，几个护院不好跟着，坐在外面的院子里闲聊。窦明又支开了周嬷嬷，换了件寻常的粗布衣裳，从厢房后窗翻了出去，偷偷摸摸地上了大慈寺后院的那条小道。

尚儿和于二果然驾着车在小道旁等她。他们匆匆上了车，离开了大慈寺。

等周嬷嬷发现窦明不在了，已是一个时辰之后的事了。

她吓得脸色发白，等知道了事情的缘由，"啪"地给了季红一耳光："那于二一个大男人，就算是避嫌，你也不能让小姐一个人跟着他们才是。"急急地叫了护卫，要去追窦明，却被季红一把抓住，求道："嬷嬷，小姐也不过是想回京都。"

周嬷嬷一阵犹豫，思前想后，还是觉得这件事不妥，咬着牙叫了护卫，不过已是下午了。

几个护卫大惊失色，一面沿着大慈寺的小道追，一面派人回去禀了窦昭。

窦昭气得心口发痛，找了段公义来："……快马加鞭，无论如何也要在天黑之前找到五小姐。"

段公义知道厉害。

一个未出阁的千金大小姐，身边没有一个贴身服侍的，带着个小厮，跟着两个男人夜行几百里，传了出去好说不好听。

他朝着窦昭抱了拳，转身就退了下去。

窦昭却是越想越觉得不对劲。就算王许氏要把王檀送到云南去，这也是为子孙成材的正经事，高氏劝不住，庞氏劝不住，难道窦明去了就能劝得住？

窦明有时候就是太把自己当一回事了！

窦昭不由暗暗地叫了声"不好"。

如果尚儿说的全是谎话呢？她一时间冷汗淋漓。

可如果尚儿说的是谎话，又有谁会下这么大功夫算计窦明呢？要让于二和那个尚儿背叛王家，是要付出足够多的代价的，特别是像于二这种市井出身的泼皮，惯会见风使舵……

想到这里，她不由朝鹤寿堂的方向望去。

应该不会吧？

窦昭觉得是自己太多心了，把窦明骗到京都去正合了窦明的意，这算是什么吓唬？

她舒了口气。

但如果不是吓唬呢？窦昭被自己骤然而起的想法给吓着了，只觉得头昏目眩，两腿发软，扶着身边的茶几才没有跌坐下去。

"快，快！"她满头大汗地喊着素心，"把段护卫找来！"

素心看她脸色不对，急匆匆地找了段公义来。

窦昭反而不知道如何开口了，想了想，这才道："如果于二要拐了五小姐离家，会往哪里去？"

段公义还以为窦昭发现了什么，听了这话后脸色霎时比窦昭的还难看。

他上前几步，低声道："那于二从前常做些坑蒙拐骗的勾当，只是不知道他会把人交给谁——若是王老七，就会卖到扬州的勾栏院里去；若是唐三，就会卖到京都去……"

窦昭刹那间心里凉飕飕的，说话都带着颤音："你快去查查！"

段公义应声而去。

素心忙倒了杯热茶给窦昭，安慰她道："段大叔是地头蛇，哪里都熟，五小姐不过走了四五个时辰，应该还没有出真定，肯定很快就能把五小姐找回来的。"也知道窦昭担心什么，道："纪公子虽然喜欢捉弄人，却从不伤人性命，又是读书人，肯定不会做这种事的，您就放心好了！"想想又道，"若是您不放心，不妨问问纪公子。公子一向心高气骄，如果真是他做的，他不会不承认的。"

"怕就怕不是他做的！"粉彩茶盅透出来的暖意温暖了窦昭的手，让她紧绷着的心弦也跟着有所松动，"他做事向来标新立异，已是人人侧目，我们总不能因此出了点什么事就往他身上扯吧？"

心里却始终觉得有根刺横在那里。

窦明坐在颠簸的马车里，不禁有些后悔。

没想到这马车这样的简陋，早知道这样，就应该带了季红一起出门的。

她不由撩开了车帘："于二，我们要多久才能到定州？"

"快了，快了！"赶车的于二回过头来，对着窦明谄媚地笑了笑，"我们这是走的小路，要是走大路，他们轻骑快马，我们很快就会被追上。"

"哦！"窦明情绪有点低落，缩回了车厢。

晚上，他们在一户农家借宿。肮脏破旧的家具，干硬的、散发着霉味的被褥，水面上还浮着烟灰的茶水，让窦明觉得自己无法下脚。

她躺在炕上，闭上眼睛，努力不去想自己身在何处，思绪就渐渐地转到了外祖母家。大舅母看见自己肯定又是一通教训，二舅母就会护着自己，外祖母……从前对自己真是疼到心里去了，可自从外祖父被人弹劾之后，外祖母对自己好像就没有从前那么好了。是因为窦家没有帮忙吗？自己这次去了，外祖母还会不会像从前那样宠爱自己呢？

窦明心里七上八下的，辗转反侧，不知道什么时候才迷迷糊糊地睡着了。

或是因在陌生的地方，她睡得并不安稳，无端端地突然惊醒过来。

窗扇紧闭，清冷的月光从屋顶的明瓦里射进来，落下一方皎洁。

外面好像有人在说话，窦明不由支了耳朵听。

"……不行，最少也得五十两银子……不说别的，就她身上那件玫红色西番莲纹的妆花褙子就能当五两银子……还有她耳朵上戴的那对猫眼石的耳珰……"

窦明顿时毛骨悚然——她今天穿的就是件玫红色西番莲纹的妆花褙子，戴了对猫眼石的耳珰！

窦明本能地感觉到自己所处的环境十分不妙。她轻手轻脚地爬了起来，身子软绵绵的，也顾不得穿鞋，套了双袜子就蹑手蹑脚地走到了门口。

门破破烂烂的，根本就关不严，站在门前轻而易举地就可以透过门缝看到外面的情景。

堂屋没有点灯，敞着门，月光从门外照进来，可以清楚地看见于二的影子。

他正和一男一女两个陌生人站在堂屋里说话。因为光线的原因，两个人都看不清楚面貌，只能勉强地分辨得出那男子的身材特别魁梧，站在那里，厚实得像座铁塔似的；女的身材圆滚，耳朵上的金耳环在黑暗中一闪一闪的，像双噬人野兽的眼睛，让人觉得瘆得慌。

"既然那些东西你稀罕，你可以拿去。"女的说道，声音有些嘶哑，却带着股说不清道不明的阴狠，"我只要人！十五两银子，多的一个子也没有！"

"莫二姑，"于二不满地低声讨价还价，"您这也给的太少了点。那丫头可是个千金小姐，我费了老大的劲才把她骗到手的。您看我又是雇车，又是打点的，您总得让我

· 150 ·

捞回点本钱吧？您这价也出得太低了点……您好歹给我加点……"

那莫二姑冷笑："她今年都十一岁了，已经记得事了。给你十五两银子，还是看在我们当家的和你的交情上，要是别人，三两银子我都嫌多了……"

听到这个分上，窦明哪里还不明白。

什么二表弟坏了大表哥的荐书，什么让她去向外祖母求情，全都是假的！

这个于二，不知道吃错了什么药，竟然要把自己给拐卖了。

她心里霎时烧起熊熊烈火，推开门就想把于二大骂一顿，可当她的手搭在了门闩上，粗糙的门闩扎伤手指传来的刺痛却让她很快就冷静下来。

得逃！趁着于二还没有发现，她得赶紧逃走！等脱了困，不管是窦家还是王家，伸根指头就能碾死他。

窦明咬着牙，举目四盼。

屋里只有一个窗子，还通往外面的正院。

她立刻决定从窗子逃走。

手脚发软地上了炕，她深深地吸了口气，小心翼翼地抽了窗扇的闩子，打开了窗扇，外面的棂子却是钉死的，任她如何地推拉，都纹丝不动。

完了，完了！

窦明坐在那里，脑袋里一片空白。

不知道过了多久，她才回过神来。

那个莫二姑不就是要钱吗？自己许给她钱不就是了！

想到这里，她又有了盼头，人也有劲了。

她跳下炕，啪的一声打开了房门，门外的三个人不知道在说什么，笑盈盈的，一团和气，听到动静望过来，都露出诧异的表情。

窦明很害怕，可从心里冒出来的怒火却驱散了她心中的胆怯："于二，你这个背主求荣的东西，你竟然敢哄了我把我卖人，我外祖父知道了不把你五马分尸也要把你千刀万剐，你就等着在官府衙门的大牢里烂掉吧！"又嚷道，"莫二姑，你不过是为了求财。我许你五百两银子，不，一千两银子！你把我送回去，我让我外祖父好好感谢你。你知道我外祖父是谁吗？他是云南巡抚王又省。我伯父是文华殿大学士、刑部尚书窦元吉，我爹爹是翰林院学士、詹事府府丞……"

"啧，啧，啧！"莫二姑笑着打断了窦明的话，挪动着圆滚滚的身子走了过来，月光下，一双如豆的小眼睛闪烁着冰冷的光芒，没有一丝暖意，"小姑娘，没想到你出身这样尊贵，脑子却这么不好使。"她说着，朝着于二咧抹着厚厚大红口脂的大嘴皮笑肉不笑地道，"于二，你这事做得不地道。只说是个千金小姐，却没说是个熟人。你可真是让我难做！"

原来笑眯眯的于二此时显得有些畏畏缩缩起来，急声辩道："二姑，我不是成心不告诉您——刚才我们不是只顾着谈价钱了，有些事还没来得及说嘛……"

"于二，你这个不得好死的！"窦明听着忍不住骂道，"尚儿呢？他是不是和你一伙的？亏我二表哥对他那么好，我二舅母这样信任你，你们竟然做出这种天理不容的事来，你们就不怕天打雷劈吗？"

"表小姐，我这也是没办法了。"于二不以为意地嬉笑道，"要怪，只怪你运气不好。我这也是神仙打架，小鬼遭殃啊！"

两人争吵间，那莫二姑却退了几步，冲着身边一直沉默不语的男子使了个眼色。

那男子仿佛没有看见似的，突然上前几步靠近了于二，一言不发，掏出把匕首就捅进了于二的胸口。

于二连哼都没有哼一声，他难以置信地瞪着那男子，然后又慢慢地转过头，目光落在了莫二姑的身上。

窦明这才反应过来。

她尖声厉叫，只是那声音还没有逸出喉咙，就被莫二姑一把捂住了嘴。

窦明拼命地挣扎，莫二姑的手却像铁钳似的，让她不管怎样挣扎也挣不脱。

"于二，要怪，只怪你运气不好。"她阴森森地道，把刚才他说窦明的话还给了他，"我们求财，可不是求死的。这位小姐来头这样大，我们可吃不下。只好委屈你们做对私奔的同命鸳鸯了。"

于二死死地盯着莫二姑，眼中流露出不甘、愤怒、绝望……可那眼神最终也敌不过魁梧男子手中的匕首，渐渐失去了光彩……

莫二姑吩咐那男子："还有个叫尚儿的，应该也在这附近，让兄弟们快去找找，不能留下活口。"说着，掏出块帕子堵住了已经无力挣扎的窦明的嘴，然后把她丢在了地上，"把于二搬到炕上去，找个人把这女的奸了，丢在于二身边，做出被逼奸杀人的样子。"

"不！"窦明撕心裂肺地哭着，发出来的声音却像小猫叫似的，她第一次感觉到了恐惧，看见那身材魁梧的男子一副水波不兴的样子平静地应声"是"，脚步轻快地走出去的时候，她再也顾不得什么，扯出嘴里的帕子，跪爬着抓住了莫二姑的裙裾："你杀了我，求你杀了我……"

她不要死前还受那样的凌辱！

莫二姑退后几步，把裙裾从窦明的手中抽出。

"窦小姐，这就是你的命啊！"她叹息着，充满了悲悯的味道，却更让人觉得惊悚，"谁让你自报家门的呢？你要只是个普通富户人家的小姐，我们至于要这样兵戎相见吗？说起来，我这次损失大了！做了你，我们这三五年恐怕都要东躲西藏地避风头了，生意也做不成了，还得啃老本……"

她像个市井婆娘谈家常一样地唠叨着，那魁梧的男子走了进来："二姑，那小子躲在草垛里，说是于二让他在那里放风，我已经把他丢到后面的井里了。"

"笨蛋！"莫二姑怒不可遏地骂道，"要是被人发现了怎么办？你看过私奔还带着小厮，结果主人死在了屋里，小厮落进了井里的吗？还不快把尸体捞出来！"又道，"天快亮了，你赶紧叫个人进来把事办了。"

魁梧的男子被训得像个儿子似的，却一点脾气也没有，乖乖地应声"是"："我这就去办！"

莫二姑面色微煦。

外面突然响起一阵马蹄声。

两人俱是一愣。

外面传来男子洪亮粗犷的声音："莫二姑，人还在不在你手里？有人好说话，没人，你就等着和你的姘头王老七一起上法场吧！"

是段公义！

是段公义的声音！

窦明泪流满面，呜呜呜地哭着。

她从来没有像此刻这般盼望听到段公义的声音。

她从来没有像此刻这般感谢段公义的出现。

而莫二姑和那魁梧男子却脸色大变，露出惶恐不安的神色。

第四十八章　善后·指认·蛊耗

窦明脸色苍白，两眼发直地坐在床上，像个没有魂魄的木偶，看上去死气沉沉的。

周嬷嬷抱着她失声痛哭。

窦昭站在窗前，冷眼地看着眼前的一切。

自从窦明被段公义救回来之后，她就变成了眼前的这副模样。

如果庞氏行事堂堂正正，窦明又怎么会误会于二是庞氏派来的？又怎么会落入于二那破绽百出的圈套里呢？

可世间的事就是这么奇妙。她们总喜欢玩那些阴谋诡计，结果反被那些阴谋诡计乘虚而入。这算不算是善泅者溺于水呢？

素心急步走了进来，低声禀道："小姐，段护卫来了！"

窦昭看了窦明一眼，转身走出了内室。

大家都没有发现窦明的手指微微地动了动。

厅堂里，段公义正恭敬地给窦昭行礼："四小姐，我已经照您的吩咐把人交给了官府。鲁知府说，这件事他一定会秉公处理，决不会让那王老七和莫二姑乱说话的。请您放心。"说这话的时候，他的语气带着几分轻快——如果不是因为在窦家做护卫，鲁大人堂堂两榜进士、四品知府，哪里会那样客客气气地和他说话？这让他有种受人尊重的感觉，比拿多少银子都让他觉得踏实。

"有劳段护卫了。"窦昭感激地道，问起莫二姑来，"她可交待了些什么？"

段公义苦笑："说了等于没说——于二在灵璧县的时候就和王老七私交甚密，这次只说是在王家犯了事，缺银子，半路上拐了个千金小姐想换几两银子使使。那个叫尚儿的小厮也被杀了，想要知道于二抽什么风，或者去京都能打听到些什么。"

"这件事只怕还要麻烦段护卫走一趟。"窦昭沉吟道，"出了这么大的事，就算是能把外面的流言蜚语压下去，可家里的长辈那里却不能不交待一声。五小姐这个样子，也不太合适留在真定。我准备让素心代我去见见我父亲，还是让窦明回京都去，顺便把这件事也跟王家说说。一来是看看能不能找到一些线索，二来也要让他们知道，五小姐之所以上当受骗，就是因为信了于二的话，让他们以后行事大方一些，不要总是像上不了台面似的，说句话也要遮遮掩掩鬼鬼祟祟的。"

段公义本是个胆子大的，又有了在鲁大人那里的经历，对去云南巡抚家拜访坦然了很多。

他沉声应"是"，想到窦昭待他非常敬重，护卫方面的事从来都是只问结果不问过程，每个月拨给他十两银子的应酬开支也是从不查账，家里出了这样大的事也是交给他，对他有知遇之恩，待窦昭也就更真心诚意，少了些主仆间的尊卑，多了些朋友间的爽快，他遂提醒窦昭道："素心毕竟是个小姑娘家，王家的人会听她说吗？"

窦昭笑道："不是还有二太夫人吗？"

段公义不解。

窦昭笑道："我暂且卖个关子，到时候你就知道了。"

正说着，两个孔武有力的婆子押着个面如死灰的丫鬟走了进来，段公义知道窦昭这是要处理内宅的事了，忙起身告退。

季红木木地跪在了地上。

窦昭道："忠心侍主是件好事，可也不能因为这样就是非不明，善恶不辨。还好今天五小姐找回来了，要是没找回来，你准备怎么办？窦家不能再留你了，等会牙婆来了，你带上你的东西跟她走吧！"

季红一愣，眼泪随即落了下来。

"多谢四小姐，多谢四小姐！"她"咚咚咚"地给窦昭磕着头，"多谢四小姐不杀之恩！"

出了这样的事，如果换成是其他人，自己恐怕早就被乱棍打死，现在好歹捡了条命啊！

窦昭挥了挥手，示意两个粗使婆子押着季红去见牙婆。两个粗使的婆子会意，屈膝行礼，推搡着季红离开了栖霞院。

周嬷嬷眼睛红肿地从内室走了出来，她跪在窦昭的面前，又羞又愧："四小姐，我知道，我说什么也没有用，我也没脸再服侍五小姐了。只求四小姐能给五小姐找几个安分守己的人在身边服侍，五小姐就是想做什么，也做不成……我一辈子都感激四小姐。"说完，给窦昭磕了三个头。

周嬷嬷和那些丫鬟、婆子不一样。她是窦明的乳娘，对窦明有哺育之恩，而且她没有卖身契，只有雇佣文书，若是在雇佣期间要走，不过赔几两银子就行了。她之所以一直这么任劳任怨地照顾窦明，是真心把窦明当成自己的孩子看待。

窦昭不由暗暗地叹了口气："嬷嬷还是留下来吧！我看窦明吓得不轻，只怕一时半会都要养着，她是你从小奶大的，有你在她身边，她也能好得快一点。"

周嬷嬷错愕。

窦昭道："不过，窦明身边的其他人却要换一换才好。我会和崔姨奶奶商量，看这事到底怎样办才好。"

周嬷嬷这才回过神来。

"四小姐，难怪别人都夸您是菩萨心肠！"她抹着眼泪道，"您大人大量，不和五小姐计较，这是五小姐的福气啊！"

"福气什么的不敢当。"窦昭淡淡地道，"我只盼着她经了这一件事，能长长记性，以后行事不要总是先想着那些邪门歪道，要往正道上想，往正道上走。爹爹不让她回京，她想回去，只管想尽办法去求爹爹，求她外祖母，却不该这样不清不楚地跟着别人私自回京。要不是她存着这点念想，那于二又怎么能哄了她上当？"

周嬷嬷连连点头："四小姐教训得是。我以后会慢慢跟五小姐说的。"

两人正说着，大夫过来了。

因那大夫已年过五旬，又是从小在窦家走动的，窦昭没有回避，等大夫给窦明诊了脉，窦昭请大夫到花厅里坐下，仔细地问了病情，将方子交给甘露去拿药，亲自送大夫到了二门，之后去了祖母那里，但没敢把窦明被拐的事告诉祖母，只说是窦明吵着要去京都，栖霞院那些服侍的人竟然帮着她在外面悄悄雇了车马，要不是周嬷嬷告诉她，窦明只怕就偷偷地跑回京都了，因此才要处置栖霞院的人。

窦明因不太瞧得起祖母，平日不过是隔三岔五地来给祖母问个安，应个卯，还不如去二太夫人那里多。加之窦昭特意嘱咐隐瞒，祖母并不知道昨天晚上发生了什么事，只是叹惜窦世英造孽："……好生生一个孩子，被他养得不成样子了。"又嘱咐窦昭，"你是做姐姐的，就是她有什么错，你也要好生生地教她才是，不能让她放任自流。"

祖母世事通透，早就看出窦昭对窦明一直以来都是副敬而远之的态度。她虽然觉得这样不好，可窦昭是在她跟前长大的，又从小就和她亲近，她不自觉地就有些偏袒窦昭，有些事也就装聋作哑当是不知道的。

窦昭心里也明白，颇为敷衍地笑着应是——不是她不想管，而是窦明父母俱在，轮不到她管。但这次，她下定决心把窦明送回京都去，也许遂了窦明的心愿，窦明会乖顺些。

从祖母屋里出来，她开始整顿栖霞院的人。

西窦又是请大夫，又是放人卖人的，东窦这边很快就察觉到了异样。

二太夫人叫了窦昭过去说话。窦昭涨红着脸把窦明的事告诉了二太夫人，并道："……这样的话实在是说不出口，也不知道怎么跟您说，只好拖一天是一天。"

二太夫人气得差点闭过气去，二太太和柳嬷嬷掐了半天的人中二太夫人才顺过气来。

"孽障，孽障！"二太夫人骂道，"我就知道，他们王家没有一个好东西！"又问窦昭，"可查清楚了那个于二为什么要拐窦明没有？"也不喊明姐儿了。

窦昭把查到的都告诉了二太夫人，自己打算让素心去拜访王家人的事也说了。二太夫人连连点头，拍着窦昭的手道："好孩子，真是难为了你！说来说去，都是你父亲惹的祸……"

子不言父过。

二太太忙在一旁干咳了几声，二太夫人也察觉到失了言，忙转移话题安慰了窦昭半响，还问窦昭有没有什么为难的，如果有什么为难的事，直管来找她。

窦昭拿到了尚方宝剑，自然是谢了又谢。

二太夫人就道："不过，素心身份卑微，又是个小姑娘，让她去跟王家的人说不合适，我看这样好了，我写封信给你五伯父，让柳嬷嬷陪着素心去京都见你五伯母，这件事，就交给你五伯母去处理好了，你毕竟是做姐姐的，而且没有出阁，别把自己牵扯了进去。"

窦昭正等着二太夫人的这句话。

二太夫人这个人最大的优点就是善于审时度势。当初她为了儿子可以在曾贻芬面前留下一个好印象，和自己的小叔子僵持一天一夜，力挺扶正王映雪；等到王行宜有可能和儿子竞争内阁大学士的时候，她也可以毫不犹豫地贬低王映雪。现在，五伯父入了阁，王行宜从陕西巡抚变成了云南巡抚，正是她要报从前在王家人面前"忍辱负重"之仇的时候了，王家的仆人出了这样大的纰漏，她要是不趁机把王许氏踩得抬不起头来她就不是窦家的那个二太夫人了！

就像她一直记得邬太太似的——窦世枢一入阁，她遇人就说邬善之所以得以考中案首，全是因为窦家族学的杜夫子给邬善开小灶的原因，而杜夫子之所以给邬善开小灶，是因为当初窦世枢落难的时候，邬松年曾经请窦世枢喝过一顿酒。

窦世枢变成了一个滴水之恩，涌泉相报的人。而在儿子一考中案首之后就和窦家渐行渐远的邬家，则成了忘恩负义之辈。

偏偏邬太太还不能辩解，更不能像从前那样领着儿子、女儿常常去窦家串门。

接下来的几天，窦昭把精力放在了窦明身上。

大夫看过了一个又一个，方子换了一张又一张，窦明却还是那副痴痴呆呆的模样，不说话，不理人。

周嬷嬷急得直哭："这可怎么得了，这可怎么得了！"

窦昭也没有什么好办法。

已到了京都的段公义派人送信来，说王檀根本没有弄坏王楠的推荐文书，而于二的确是犯了事——他和人赌博输了银子，怂恿着尚儿偷了王檀的古董笔洗卖，被王家的人发现了，把他和尚儿一起赶出了王府。

· 155 ·

线索又断了，窦昭长长地叹了口气。
　　二太太、三太太和几位在家的堂嫂、侄儿媳妇都过来探病。
　　窦明被拐的事对窦家的声誉影响太坏，二太夫人、二太太和窦昭几个早就统一了说法，不管是谁问起，都只说是窦明闹着去京都找她母亲，窦昭不答应，她就和窦昭生闷气，半夜三更躲在园子里吓唬窦昭，谁知道却把自己给吓着了。
　　她这个样子，不管是谁看了都要帮着出出主意，或介绍哪个名医，或推荐哪个道长，可东窦的女眷们不知道是相信了二太夫人的说辞，觉得这不过是件不值得关注的小事，还是揣着明白装糊涂，大家纷纷都只安慰窦明好好静养，却没有一个帮着窦明出主意的，那暧昧的态度，好像都不过是碍着亲戚的面子来走个过场似的。反倒是窦昭，不时被这个那个的拉到一旁说体己话，或被喊着"傻孩子"，或被喊着"傻妹妹"，道："这事你可扛不住，快跟你父亲说一声，把明姐儿交给她母亲才是正经！"
　　窦昭只好一遍又一遍地解释，说段护卫已经护送柳嬷嬷和素心去了京都。
　　说话的人松了口气的同时均反复地叮嘱她："这次不管你父亲说什么，你都不能再把明姐儿接在手里了，这孩子太不让人省心了。"
　　窦昭不住地点头，向给她提点的人道谢。
　　好不容易应付完东府的亲眷，到了立冬日。
　　窦昭把早就准备好的菊花、金银花赏赐给府中的各人，大家煮了汤，沐浴扫疥。整个府第都飘荡着菊花和金银花的香味。
　　周嬷嬷也一早帮窦明沐浴，又看见天气晴好，想着窦明这些天一直窝在屋里，禀了窦昭，和新拨过来照顾窦明的媳妇方升家的并几个大小丫鬟拿着坐垫、捧了茶水点心、锦机等，扶着窦明去了后花园。
　　一面走，还一面告诉窦明："这是金缕梅，这是广玉兰，这是石榴树……这广玉兰春天的时候开花，石榴树呢，要到夏天才开花，开完了花，还结石榴……"絮絮叨叨地，把窦明当个懵懵懂懂不知事的孩子。窦明呢，木木的，仿佛这些全然与她无关。
　　方升家的满脸的怜悯，带着小丫鬟服侍窦明在湖边的水榭歇下。
　　周嬷嬷就吩咐几个小丫鬟："你们去玩吧！"
　　方升家的迟疑道："这妥当吗？"
　　她们都是新进府的，听说从前的人就是因为服侍窦明不力才被窦昭打发出去的，进来的时候又跟着家中的管事妈妈学了快半个月的规矩才被拨到栖霞院来，大家循规蹈矩地照着管事妈妈说的行事，不敢越雷池一步。
　　"从前五小姐可喜欢热闹了。"周嬷嬷怅然地道，"你们欢欢喜喜的，五小姐在这里看着，说不定想起从前的事，病能有点起色。"又道，"四小姐也不是你们想的那样刻板的人，是从前栖霞院的那些人有过失，四小姐才换的人。你们要是不相信啊，可以看看四小姐身边的人，哪个不是欢天喜地一脸的笑？"
　　方升家的想想也是，笑着吩咐下去。
　　几个小丫鬟不过七八岁的年纪，窦昭当初选她们服侍窦明也是希望栖霞院的气氛能活泼些，都不是什么心思重的孩子，开始还有些拘束，后来看着花园子里铺着彩砖的小径，一蓬蓬盛放的茶花，郁郁葱葱的老树，渐渐就放开了手脚，你和我斗草，我和你看花，欢声笑语，一派热闹，将坐在不远处的太湖石假山旁边的纪咏和窦启俊给惊动了。
　　窦启俊拉着纪咏登上了假山上的凉亭，正好看见几个小丫鬟笑嘻嘻地闹成了一团，他不由道："流连戏蝶时时舞，自在娇莺恰恰啼！"
　　惹得纪咏直翻白眼，道："你看有哪一个是千娇百媚似春莺的？一个个灰头土脸的……"一句话没有说完，突然"咦"了一声，往山下走去。

"您去干什么？"窦启俊急急地追了上去，就看见几个丫鬟簇拥着窦昭朝水榭走去。

"四姑姑！"窦启俊喊着窦昭。

窦昭回过头来，看见是窦启俊和纪咏，笑了起来："纪表哥和伯彦也在园子里来散步啊？"

窦启俊笑道："这几天天天读书到半夜，难得好天气，出来走走。"然后看见了坐在水榭里的窦明，道："五姑姑的病好些了没有？"

"暂时还没有什么起色。"窦昭情绪有些低落。

纪咏却不以为意地道："关你什么事？你又不是她娘！就算是她娘，也不能天天把她拴在裤腰带上吧？"

窦昭苦笑："爹爹把她交给了我，我总归是有责任的。"

窦启俊也道："法理不外乎于人情。从法学上讲得通，从儒学上讲不通。"

"所以儒家乱法，崩坏朝纲。"

"这样说未免太武断。若是人人都只守法不讲人情，那些为民除害的义士岂不都要被判罪？"

"就是因为有这样的人情可讲，才有漏洞可钻。为民除害是官府的事，与那些江湖人士何干？"

窦昭不由打趣纪咏道："纪表哥，好像你也是儒生哦！"

纪咏撇了撇嘴："酒肉穿肠过，佛祖心中留。"

窦启俊和窦昭忍不住哈哈大笑起来。

三个人一起进了水榭，周嬷嬷等人忙上前行礼。

窦昭问她们："五小姐今天怎样？"

"还好。"周嬷嬷含蓄地道，"早上吃了半个包子，一小碗粳米粥。中午吃了几片春笋，几个肉丸子，小半碗面条。"

窦昭点头。

窦启俊就笑着和窦明打招呼："五姑姑，您可还认得我？"

窦明木然地坐在水榭旁的美人靠上，呆呆地望着窗外，也不知道在看什么。

窦昭轻声道："她现在不大理人。"

窦启俊理解地点了点头。

纪咏却毒舌地道："我看她挺好的嘛！能吃能喝的，还不闹腾，比从前看着顺眼多了。"

"纪公子！"周嬷嬷强忍着心中的怒火，沉声道，"请您口下留情。"

纪咏冷笑："难道我说的不对？像她这样不知道天高地厚的，能这样好生生地待在家里不生事闯祸，是她的福气。人外有人，天外有天，不是所有的事只要窦、王两家的人出面就能摆平的！"

窦昭和窦启俊默然，周嬷嬷却眼睛一红，哑声道："就算如此，纪公子也不应该这样说我们五小姐才是！她才多大点……"

"三岁看老。"纪咏毫不客气地打断了周嬷嬷的话，"她是个什么德性，你还不知道？她有今天，你难道能撇得清？别出了事就赖别人，也不想想自己……"

"纪表哥！"窦昭不悦地喊了他一声。

"算了！"纪咏挥了挥手，一副不和周嬷嬷一般见识的模样，"跟你说这些你也不懂，懒得理你！"

周嬷嬷脸涨得通红。

窦明突然捂着耳朵尖叫起来——不知道什么时候，她已转过脸来。

窦明、窦启俊、周嬷嬷和方升家的忙跑过去，焦急地问她："怎么了？怎么了？"周嬷嬷更是把窦明搂在了怀里，哽咽道："明姐儿，明姐儿，您这是怎么了？"

自从被段公义救回来之后就神情呆滞的窦明却猛地指了纪咏，尖声厉叫道："就是他，就是他害的我，是他指使的于二……"

众人满脸的惊骇，除了窦昭和窦启俊之外——前者低垂着眼睑，后者面色冷峻。

"五姑姑，话是不能乱说的！"他沉着脸道，"你说纪公子害你，你有什么证据？"

"我就知道，我就知道！"窦明凄厉地叫喊着，"于二说了，神仙打架，小鬼遭殃……我只得罪过他，只有他会害我……"

窦启俊听着这完全没有理智的话，直接无视窦明的叫唤，而是满脸歉意地给纪咏赔不是："五姑姑可能被吓得有些糊涂了，还请纪公子多多海涵！"

纪咏目露讥讽地瞥了窦明一眼，扬长而去。窦启俊匆匆地对窦昭说了句"纪公子性情高傲，这件事我会和他好好解释的，您不用管了"，拔腿就追了上去。

"是他！就是他！"窦明目眦欲裂地冲着纪咏的背影嚷着，对着周嬷嬷又是挠又是踢打的，想挣开周嬷嬷去追纪咏，"我要和他同归于尽！"

"五小姐，五小姐！"周嬷嬷急得满头大汗，方升家的也上前帮忙。

窦昭却走到了水榭旁，站在美人靠前远眺。

纪咏和窦启俊说着话，消失在了曲径中。

晚上，她去找纪咏："如果段公义没能及时追上窦明，会怎样？"

纪咏笑道："给她个教训而已，实际上你根本不用管她。"并没有明确地回答她有什么安排。

夜风吹过，带着刺骨的寒意，窦昭不由紧了紧斗篷。

纪咏却道："喂，你不会真的生气了吧？要怪只能怪她运气太差，遇到了我。不过，如果不是遇到了我，就变成你的运气太差了……"

"我知道。"窦昭低低地道，"灯笼从半空中落下来，很可能烧坏你半边脸，你就再也没机会入仕了；吃了巴豆的马如果突然腿软，你有可能从马背上摔下来，落得个半身不遂……花园里那次，如果她得逞，我们可能会身败名裂。"说到这里，她抬起头来，目不转睛地望着纪咏的眼睛，"所以我没有指责你。可我也希望你做事，能给人留一线生机。"

纪咏听了勃然大怒："我凭什么给她留一线生机？她中了我的圈套，是她蠢；她想算计我，也要有这个能力才行！什么引火上身，在马料里下巴豆，这些都是我五岁的时候就玩得不要了的！还窥视我们行踪，请了长辈来……我要是她，直接模仿你的笔迹写封信给我，然后让柳嬷嬷发现就行了，还用得着兴师动众地喊上一大堆人？她没本事，你竟然怪我！我有什么错？你还帮她说话！说来说去，不过因为她是你妹妹罢了……"

他根本不觉得自己有错。

窦明之所以落得今天这个下场，是因为窦明无能。

他愤怒的，是窦昭为窦明说话。

窦昭突然明白纪家老太爷为何要纪咏出来历练了。

在纪咏的心中，没有对错，只有你我，所以他睚眦必报。明明知道窦明被拐会面临着怎样的下场，却毫不在意。

他太聪明，太自负，世间万物、礼仪道德全都不放在眼里。别人做错了事，至少还会忌惮鬼神或报应，可纪咏什么都不怕。

他是真正的肆无忌惮！这样的人，书读得越多，知道的越多；知道的越多，破坏力就越大。

纪家老太爷不过是想让纪咏通过感受红尘喧嚣中的悲欢离合，让他的心中多一点悲悯之心而已。

可很显然，前一世，纪家老太爷失败了！纪咏以方外之人的身份挑战世俗规矩，披着袈裟做了三品大员；他怂恿皇上出家，不过是要度不可度之人，做成前人从来没做成的事，以此来证明自己的手段罢了。

"不是。"望着激动的纪咏，窦昭打断了他的话，"不是因为她是我妹妹，而是因为我不想看着你变成一个和窦明一样的人！"

她的声音平静理智，带着一点点的痛心，让纪咏愣住了。

"你那么聪明，那么能干，"窦昭认真地望着她，"学什么都比别人快，做什么都比别人好。别人要琢磨半天的事，你不假思索就做到了，你理应比所有的人都优秀，都出色才是！可你看你现在，和方外之人斗法，和窦明论长短……你再看看伯彦，他花了一年的时间走遍了真定，希望能尽己所能让黎民百姓生活得更好些！他也许不如你聪明，可他做的事却比你做的更有意义！纪表哥，"她的表情真挚，"你应该站得更高，看得更远，而不是局限在这内宅里。以你的聪明才智，你一定能成为一个造福黎民百姓，让后辈景仰的人！"

纪咏的脸色渐渐变得凝重。

气氛压抑而沉重。

纪咏是个吃软不吃硬的人，她这话教训的味道是不是太重了些？窦昭思忖着，露出个俏皮的笑容，道："到时候我就可以跟我的后辈们说，纪见明纪咏，是我的表兄哦！当初他考进士的时候，还曾借住在我们家读书呢！"

纪咏板着脸，一丝笑容也没有，拂袖而去。

"唉！"窦昭摇头。

素兰急匆匆地跑了过来："小姐，五小姐闹着要来找纪公子。"

窦昭顿时心头冒火，怒道："她又要干什么？"一面说，一面快步朝栖霞院去，素兰几个连忙跟上。

栖霞院灯火通明，周嬷嬷紧紧地拦腰抱着在那里正上蹿下跳的窦明，苦口婆心地劝她："五小姐，您别闹了，闹开了，那天的事就包不住了，您以后可怎么做人啊！四小姐这几天为了您的事，忙里忙外，忙前忙后的，人都瘦了，您就是看在四小姐的面子上……"

"我凭什么要看她的面子？"窦明听着，越发暴躁，嘶吼道，"她明明知道是纪咏害了我，还包庇纪咏，她把我当妹妹了吗？包不住就包不住，大不了一死！"

"周嬷嬷，你放开她吧！"不知道什么时候，窦昭已进了内室。

她站在门口，冷冷地望着窦明："她不过是仗着现在回了家，要是闹过了头，窦家的人不会坐视不理，纪见明不敢把她怎么样而已。她既然要去找纪见明，就让她去吧！不过，我的话说在前面，你不给我面子，我也用不着给你面子。这次哪怕是纪见明要把你按在湖里溺死，我也会袖手旁观的。"她说着，目光从内室服侍的众人脸上一一扫过，"至于你们，有谁帮着她胡作非为，从前栖霞院服侍的那些人的下场就是你们的下场。"

丫鬟、媳妇们立刻面如土灰，瑟瑟缩缩地挤在了墙角。

窦明瞪着窦昭，仿佛要把窦昭生吞了一般："窦昭，你别以为我不敢！"

"你敢！"窦昭神色平静，好像窦明是在叫嚷着不吃青菜似的，"我知道你敢，所以我让周嬷嬷放开你。反正你谁也不在乎，贴身的丫鬟季红帮你，被卖了，你再换一个丫鬟好了；周嬷嬷护着你，那是她心甘情愿的，死了也是活该……"

"你胡说，你胡说！"一向在窦昭面前强横的窦明第一次露出了惊慌失措的表情。

"我胡说了吗？"窦昭反问，"季红哪里去了？你再问问周嬷嬷，要不是我，她还能站在这里吗？一个连自己身边的人都维护不了的窝囊废，也就配在家里横行霸道。你若真有本事，就别连累身边的人啊，自己去找纪见明算账去！"说着，吩咐素兰，"你传了我的话下去，把大门关了，五小姐想干什么就让她干什么，可如果有人要帮五小姐，哪怕是帮着五小姐递了一根针，立刻拖下去乱棍打死！"

周嬷嬷把窦明抱得更紧了："五小姐，五小姐，我求求您了，求求您了……"

窦明发狠地掰开了周嬷嬷的手，冲了出去。

周嬷嬷立刻要追上去，窦昭一把拦住了周嬷嬷："你难道还想害她一次？"

周嬷嬷失声痛哭。

窦明凭着心中的一腔怒火一鼓作气地冲到了鹤寿堂。

可当她站在鹤寿堂门口的时候，却犹豫了。

一路上，遇到她的人果真都对她视而不见。

莫二姑那冰冷如霜的小眼睛又浮现在她的脑海里，她不由打了个寒战，双臂抱胸。

有小厮从鹤寿堂出来："公子这是怎么了？不吃不喝地傻躺在醉翁椅上，这要是有个三长两短的，可怎么跟老太爷交代啊！"

"没事。听说从前公子要做长生不老丹，整整一年都没有迈出厢房一步，还不是好好的！"

窦明忙躲到了一旁的大树后。

两个小厮说说笑笑地从她身边走过。

她蹲在了树下，看着夕阳西下，四周渐渐被黑暗笼罩。

夜风好像能吹到人的骨头里。

窦明冷得发抖，没有人来找她。

月色如华，天空中疏疏落落地挂着几颗星子。

"窦昭，纪咏，我要让你们好看，我要让你们好看……"窦明双手握拳，咬牙切齿地自言自语道。

有个黑影猛地从旁边的花圃里窜了出来，落在了她脚边，她厉声尖叫，逃也似的朝栖霞院跑去。黑影被吓了一大跳，弓着身子"喵"了一声。

鹤寿堂和栖霞院都安静下来，躲在暗处的素兰长舒了口气："终于能安安静静地做点别的事了！"

立了冬，就要开始准备冬至节的祭祀了。

仆妇们要舂年糕，做扁食，窦昭则需要亲手做鞋袜奉给长辈。一时间大家都忙了起来。

段公义和素心风尘仆仆地赶了回来。

窦昭和素心在内室说话。

"七老爷气得不得了，没等我退下去就把手中的茶杯给砸了。柳嬷嬷更厉害，阴一句阳一句的，句句都说王家没教养，教不好女儿连仆妇都教不好。王老太太听得差点闭过气去，王家的二奶奶就跳出来和柳嬷嬷吵，柳嬷嬷带去的那个马骏家的毫不示弱，和王家二奶奶对骂，"素心咋舌道，"我平时看马骏家的待人挺和气的，没想到口齿这样的伶俐，难怪柳嬷嬷要带了她去！要不是她，我们这边还就真没有能接上王家二奶奶话的人。后来还是王家的大奶奶出面，一面劝王老太太不要和柳嬷嬷一般见识，一面呵斥柳嬷嬷上下不分，没有尊卑，几句话倒是说得十分漂亮，只可惜柳嬷嬷奉了二太夫人之命，存心就是去吵架的，说起话来也毫不客气，三言两语就把王家大奶奶的话堵在了嘴里，偏偏王老太太还嫌王家大奶奶说话绵柔，不让王家大奶奶插手，弄得王家大奶奶在一旁干着急。堂堂巡抚私邸，比我们真定县的大街还不如，骂得那叫个响亮热闹，也不知道隔壁的人家听不听得见？"

这也是在窦昭的预料之中。窦明毕竟是窦家的小姐，把事情闹开了对窦家也没有好处，但就这样放过王许氏二太夫人心里肯定不愿意，派了几个厉害的婆子去寒碜寒碜王许氏，给王许氏添添堵，也让自己解解气。

不过，王许氏选择了和柳嬷嬷她们对骂，还是让窦昭有点意外。

前一世，窦昭没少和王许氏打交道。在她的印象中，王许氏还是个比较注重自己形象的人，可见这次是真的急红了眼。但这些都不是她关心的事，她只关心父亲窦世英的反应。

窦昭问素心："你可把我的话带给了我爹爹？他是怎么说的？"

"七老爷很为难的样子，"素心道，"说把五小姐交给别人他不放心，我就把二太夫人那天和您说的话告诉了七老爷，七老爷当时什么也没有说，我快回来的时候才把我叫了进去，说让我们过了冬至节就把五小姐送到京都去。不过，我听高总管说，七老爷好像请了个从宫里出来的教习嬷嬷，准备好好地教教五小姐规矩。"

这样也好！窦昭点头。

素兰笑盈盈地跑了进来："段护卫来了。"

段公义临行前，她曾悄悄嘱咐段公义，让他找个机会和陈曲水见上一面。

窦昭立刻起身，去了厅堂。

段公义的头发还是湿漉漉的，显然是梳洗了一番才来见她的。厅堂也没有别人，窦昭直接问起他来："陈先生现在怎么样？"

"陈先生一切安好。"段公义肃然道，"刚开始他去别的地方还有人拦着，自从蒋家的事尘埃落定之后，只要不是梅公子的书房、内室、宴息室、账房这些要害的地方，陈先生都可以自由进出。"说到这里，他语气一顿，道，"不过，英国公夫人十月二十六日病逝了。"

第四十九章　遇难·大雨·尊障

英国公夫人，宋墨的母亲，病逝了！

窦昭有片刻的恍惚。

前一世，宋墨的一切转变，就是从他母亲病逝开始的。

可那个时候，蒋家被满门抄斩，极力营救母兄的蒋氏在自责和悔恨中多思多虑，郁结于胸，缠绵病榻，是完全可以理解的。可这一世，蒋家妇孺保住了性命，男丁被流放，虽说蒋兰荪去世了，蒋家可能失去了东山再起，重返庙堂的机会，但后嗣还在，蒋夫人在蒋家的支柱蒋梅荪和战将蒋松荪去世的时候都挺了过来，之后也一直好好的，现在她成了蒋家最大的后援，照理说这个时候她应该更坚韧才是，怎么突然间就病逝了呢？

难道之前就有先兆？只是他们没有机会发现？

但宋墨不可能没发现啊！蒋氏既然把托孤这种大事都交给了宋墨，可见平日对这个长子的器重，宋墨又是那种心细如发、缜密周全之人，他不可能没发现。

如果蒋氏有异样，宋墨又怎么会来给她送谢礼！

还有，上一世宋墨是因为母孝期间与丫鬟有染被御史弹劾的。

一个十四岁的小孩子，正是懵懵懂懂不懂事的时候，又一直娇生惯养地长大，出了这样的纰漏也是有可能的。窦昭不过是有点奇怪英国公对这件事的反应，但定国公被定罪，英国公为了讨好皇家也有可能做出这种事来。天下无不是的父母，纵然英国公曾经有错，但在宋墨做世子的那些年里，他对宋墨是宠爱有加的，宋墨最后却弑父杀弟，而且是用那种血腥的手段，这才是窦昭对宋墨非常忌惮的原因。

试想，一个人连自己父母的错误都不能原谅，可见他的为人有多偏激，心胸有多狭窄！

可这一世，她和宋墨有了结交，对宋墨有了重新的认识。

十三岁就能逼得她只好用诡计抢孩子才有机会坐下来说话的少年，就算是母孝期间和丫鬟有染，但全面掌握着蒋家留在京都信息网的宋墨，怎么可能会让事情发展到被御史弹劾的地步？

窦昭是做过侯夫人的人。

勋贵之家重长子更甚至官宦之家。官宦之家以科举光耀门楣，长子未必就一定是读书最好的那个人，可子弟中一旦有谁能科举入仕，他就掌握了在这个家里的发言权，甚至有些会重新开宗立派，从原宗祠中脱离而去。家族的兴衰常由此而来。

勋贵之家却不同，爵位只有一个，只要你是嫡支的嫡长子、嫡长孙就有资格继承，哪怕你像张原明那样，木讷肥痴得连自己的母亲都不喜欢，但只要你不做错事，父母也没有办法随意剥夺你的继承权。而且你要是能干，还可以去谋个差事；不能干的，就顶着爵位混吃混喝等死好了。反正有俸禄可拿，不过是多少而已。

这样一来，嫡长子、嫡长孙延绵子嗣的责任就非常重要了。

他们生育的不仅仅是孩子，还是这个家族的荣耀能否继续下去的保障。

男子十五束发。宋墨今年十三岁，他是长子，而且还是请了封的世子。

窦昭生了魏葳之后，田氏怕她不懂，都曾反复地嘱咐过她，男子过早接触男女之事会让其精元早泄，不利于以后的生育，在魏葳十五岁之前，屋里服侍的丫鬟最好是那种老成持重的，千万不可让魏葳被人勾引了。甚至每当有丫鬟被拨到魏葳屋里服侍的时候，田氏都会把人叫去，威胁利诱一番，说什么谁要是和魏葳有了首尾，那就是狐媚子，不要说母凭子贵了，连人带孩子一块打死，丢到乱坟岗上去。如果听话，等魏葳满了十五岁，自然会为她们做主之类的。

连济宁侯府都知道的道理，英国公府不可能不知道。况且蒋氏又是个明白人，对宋墨寄予了很大的希望，不可能不管束宋墨屋里的丫鬟……宋墨怎么会做出那种事的？

不想还不觉得，一想，处处是漏洞，处处是疑点！

窦昭顿时有种山雨欲来风满楼而她却全无防备的慌乱！

那时候到底发生了什么事？今生是否会一一重演？

这个时候，宋墨在哪里？

窦昭不由急急地问段公义："梅公子可回来了？"

出于习惯，他们谈话的时候，一直称宋墨为梅公子。

她隐隐有种感觉，以宋墨的为人，既然走的时候曾来向她辞行，回来的时候肯定也会差了人告诉她一声的。

果然，段公义道："梅公子还没有回来。不过，听说已经让人去报信了。"

莫名的，窦昭心里咯噔一下，心弦紧紧地绷了起来。

"那英国公夫人是怎么死的？"她急急地道。

段公义和素心都感觉到窦昭的情绪不对，她听闻了英国公夫人的死讯之后，好像特别紧张，甚至还带着一点点惶恐，这有点像她第一次见到宋墨时的反应。

素心想到当时若不是自己眼疾手快扶了四小姐一把，四小姐差点就两腿发软，一个趔趄了！

段公义则奇怪，自己刚才已经说得很清楚了，英国公夫人是病死的，怎么四小姐还问是怎么死的？还能有什么死法？但窦昭既然问了，他总得回答吧！

他想了想，把自己知道的都说了出来："具体的我也不知道，我找到梅公子府上的时候，门前已是白花花一片，全是来吊祭的人。我趁机溜了进去。听陈先生说，蒋苿荪去世的消息传到府上的时候，夫人就有些不舒服。梅公子走后没几天夫人就病了，御医进进出出的，夫人的病却不见起色，国公爷和二公子都在夫人床前侍疾，连太后娘娘和皇后娘娘都惊动了，皇后娘娘还亲自来探过病，可这病就是不好，拖了一个多月，就不行了。"

全无异样，可听着为什么心里越发觉得不安了呢？

送走了段公义，打发了素心，窦昭推开了书房的窗扇。

大红灯笼把院子里照得通红，一阵刺骨的寒气涌了进来，窦昭却觉得精神一振。

宋墨又是什么时候被赶出家门的呢？

她不由暗暗后悔：当时为什么不多留心一下？现在也不至于忧心忡忡了。

窦昭叹了口气，就看见素兰提着盏红纱灯笼匆匆地穿过院子朝这边走过来。

"怎么了？"窦昭没等她走近，就在窗口和素兰打招呼。

素兰草草地屈膝给她行了个礼，没有应答，撩帘而入。

窦昭不禁心中一沉，把屋里服侍的都遣了下去。

素兰在旁边等两个丫鬟出了门，这才走到了窦昭的身边，低声道："陆鸣要见您！现在！"

此时二门已落了锁，窦昭一般是不见外人的，陆鸣也从来没有在这个时辰要求过见窦昭。

窦昭心里怦怦乱跳起来，忙道："快让他进来！"

素兰"嗯"了一声，神色凝重地走出去，不一会，就带了陆鸣进来。

陆鸣给窦昭行过礼之后，站在厅堂里不说话。素兰立刻遣了屋里服侍的，关上了厅堂的隔扇，守在了门外。

陆鸣上前几步，悄声道："蒋三爷去世，严先生奉公子之命去濠州探望梅夫人，梅夫人担心公子身边没有使唤的人，让徐青跟着严先生一起回京。路上，他们遇人袭击。徐青身负重伤，严先生肩头也中了一箭，却始终无法摆脱追杀。严先生设了个声东击西的局，和徐青躲在了您的田庄，想请您帮着给英国公府送个信，让人来接应。"

窦昭的感觉很不妙。

先是蒋氏去世，接着是严朝卿和徐青被追杀。

这之间有没有什么关联呢？

"知道是谁追杀他们吗？"她问着，脸色不由得沉了下来。

"不知道是谁。"陆鸣的脸色也很难看，"对方如附骨之疽，怎么也甩不掉，就算被徐青活捉，也立刻咬碎牙齿服毒自尽，是豢养的死士。严先生担心对方在进京的途上伏了重兵，不敢再继续前行，只能报信去府里派人接应。"

窦昭没有立刻回应，而是坐在那里用指尖轻轻地敲起桌面来。

陆鸣大气也不敢出。认真地说起来，窦家四小姐和英国公府非亲非故，还和公子有罅隙，又是一介女流，就算是袖手旁观也是正理。他们的要求的确有些过分。

但对方既然敢对严先生和徐青动手，而且能让徐青受伤，能让严先生摸不清楚来路，可见其厉害。只怕早就把他们的底细摸得一清二楚了。

他是公子的随从，如果有心，认识他不难。

严先生怕他被人认出来，这才不得已向窦四小姐求助的。

他正琢磨着，窦昭突然脸色大变，高声叫着："素兰"，道，"快去请了段护卫来！"段公义是窦家护卫里身手最好的一个。

陆鸣闻言也脸色大变，忙道："四小姐，您这是？"

窦昭没有理睬他，而是双手紧握地在屋里走来走去，显得有些烦躁。

段公义很快被叫了进来。他的头发还有些凌乱，显然是被从床上叫醒的。

窦昭也不管这些了，问段公义："你说，你是趁机溜进国公府的，外院还好说，梅公子住的地方应该守卫森严，而且陈先生身份特殊，你怎么能顺利见到陈先生？"

段公义有些茫然，道："国公府太大了，我原本就准备先从后门装成搬菜运煤的仆人混进去再随机应变的，因而穿了件和国公府仆人一模一样的衣裳，见有人送祭品，我就装成国公府的家丁上前帮忙。来祭拜的人很多，那些门子什么的根本顾不过来，那些护卫好像也被叫去帮忙了，遇到的几个不过是寻常的巡卫，倒是垂花门前的几个婆子让我费了番工夫。好在陈先生正在院子里莳花弄草，我很快就找到了陈先生……"

"不可能！"没等段公义的话说完，陆鸣已失声尖厉地道，"府里账房、回事处、马房……都是各司其职的，不可能把护卫叫过去帮忙！要是能这样随意调动，府里岂不早就乱了套……"

说到这里，除了段公义，屋里的人都一脸铁青。

与此同时，远在京都的陈曲水却被一阵轰隆隆的雷声惊醒。

他悚然而起，听到哗啦啦的声音，是大雨从天而落。

原来是下雨了！他捂着胸口，半晌心情才平复下来。

在英国公府的这些日子对陈曲水来说真可谓是枕戈待旦——虽然前些日子宋墨解除了他的监禁，可对他来说，一日不离开英国公府，一日就如同身在虎穴。

他静静地坐了一会。雨越下越大，狂风吹动着树枝发出噼里啪啦的撞击声，床头的安息香的香味飘浮在空中，却给人一种祥和安宁之感。

陈曲水不由微笑。这个松萝，什么时候点起了安息香？是怕他睡不好吗？

宋墨派了两个十二三岁的小厮来"服侍"他。一个叫松萝，一个叫武夷，都是茶的名字。松萝活泼，武夷沉稳，但两个人都很机敏，该说的说，不该说的一句都不说。吃穿用度，十分周到，还略通文墨，奉承他的时候都言之有物。让他不时感慨英国公府的煊赫——随随便便就能拿出这样的两个小厮来，没有百年的积淀怎么做得到？

他想起书房的窗户没关。书房最怕湿气了。

陈曲水喊当值的小厮："松萝！松萝！"

没有人答应。

陈曲水皱了皱眉头。不知道是因为奉命行事，还是英国公府的规矩如此，平时两个小厮从不曾离他左右，而今天他竟然唤不到人？

他暗暗奇怪，眼角的余光落在一件白布孝衣上。

这是一个叫曾五的家丁送来的。

英国公夫人去世了，英国公府的人都得戴孝。

他向曾五解释："我只是暂时客居于此，穿得素净些就是了。"

曾五翻了翻白眼，不齿地道："你既然吃英国公府的，喝英国公府的，就得守英国公府的规矩。别以为你是严先生的知已就可以与众不同。就是严先生回来了，也得戴重孝。"

陈曲水是借口与严朝卿有旧住进来的。他当然不会为这个和曾五一般见识，默默收下了孝衣。

曾五趾高气扬地朝外走，一面走，还一面嘀咕道："不就是个借口和严先生认识，哄了世子爷，跑到我们府里来骗吃骗喝的，有什么了不起的！还敢在老子面前拿乔，把老子给惹火了，老子到国公爷那里去告你一状，让你吃不了兜着走！"语气中充满了不屑和鄙视。

陈曲水只能苦笑。

英国公府不止一个人这样看待他。不过这样也好，没有人会注意到他。

他从一旁的高柜里找了件袍子披在身上，去了书房。

四扇冰裂纹的支摘窗在白天敞开的时候让书房里亮敞透气，可此时，关起来却有些麻烦。

陈曲水正要收了支架，就看见松萝头顶着片芭蕉叶朝这边跑了过来。

他想到了自己屋里的那支安息香，心中一动，躲在了窗后。

很快，廊庑下就响起了轻盈的脚步声，一直走到了内室旁的耳房。

那是松萝和武夷的睡房。

这么晚了，他去了哪里？陈曲水思忖着，从窗后走了出来。

有人冒雨朝这边跑过来。

陈曲水定睛一看，竟然是武夷。

他和松萝一样，径直去了耳房。

陈曲水感觉到情况有些不寻常。他想了想，轻手轻脚地贴着耳房的门听着里面的动静。

"你快点把湿衣服换了，小心被陈先生发现了。"

武夷的声音虽然小，但在这样的夜晚却听得十分清楚。

"真倒霉！怎么遇上了这么大的雨！"松萝小声嘀咕道。

武夷却问："你打听到什么没有？"

"什么也没有打听到。"松萝的声音显得有些沮丧，"只知道是国公爷亲自嘱咐那王细来抓的人，至于是为什么，大家都不知道，只能等世子爷回来再处置。"他说着，语带困惑地道，"好奇怪，现在府里的那些护卫，好多我都不认识，反复地盘查我的身份，要不是遇到了谢护卫，我差点回不来！从前有新进的护卫都会由人带些日子，把府里的人认个七七八八了才会让他们巡防。可这一次，四个人里，我只认识谢护卫一个……"

"所以我觉得不对劲嘛！"武夷的声音显得很担忧，"陈桃哥是世子爷近身服侍的，世子爷不止一次地夸奖他小心谨慎，连自己的体己银子都交给了陈桃哥管，陈桃哥到底犯了什么事呢？还有文护卫，世子爷走的时候曾当着我的面跟他说，世子爷去辽东的这日子，让他多看护点我们的院子，还说，让我有什么事就去找他，可我找了他好几趟都没有找到人，他到底在干什么……"

两人同时沉默下来。

陈曲水忙回了房躺下。

不一会，松萝走了进来："陈先生！陈先生！"他小声地喊着陈曲水。

陈曲水哼唧着翻了个身。

松萝长长地舒了口气，在屏风外临窗的大炕上躺下。

陈曲水却怎么也睡不着了。

陈桃他认识，正如武夷所说的，是个很细心的年轻人，沉默寡言，又善于察言观色，以他的性格，做个贴身随从再合适不过了。

他能犯什么事呢？

不知道窦昭怎样了，有段公义和陈晓风在她身边，她应该很安全。那天的事真是惊悚，要不是小姐当机立断，他们恐怕都会死在田庄吧？

可惜，小姐却要嫁给魏廷瑜！那个没脑子的，也不想想他和宋墨不管是年纪还是身份都相差甚远，那宋墨凭什么礼贤下士地和他结交？

要不要提醒一下魏廷瑜呢？

田庄的事肯定不能告诉他，四小姐认识宋墨的事就得重新编个理由。可谎言就像个大雪球，会越滚越厚的。

陈曲水叹着气，听了一夜的雨。

第二天早上，雨势小了很多。

武夷笑着对他道："我有事要去找文护卫。陈先生能不能放我一天的假？"

陈曲水想到昨天晚上武夷和松萝的对话，不动声色地笑道："你去吧！我身边有松萝就行。"

武夷谢了又谢，欢天喜地地出了门。

他直到中午才回来，用过午膳，他说要再出去找文护卫："……没找到人，或者出去办什么事去了？"

这位文护卫三十五六岁的样子，是个虬须客，没有成过家，一个人住在英国公府东府那边的群房。

下午，武夷依旧没有找到文护卫。

曾五撑着把伞，陪着个身材高大魁梧的男子过来。他向那男子介绍："这院子里只有三个人。其中一位老者，是个落魄的秀才，是严先生的知己，被世子爷收留了，就住在这里。另有两个服侍这秀才的小厮。一个叫武夷，原来在颐志堂的书房扫地；另一个叫松萝，原来在颐志堂里照看花草，后来拨到这里来看院子，顺利帮这陈秀才拿个吃食、奉个热水什么的，倒也能派上用场。"他说着，叫陈曲水："喂，你过来，拜见常护卫，他老人家以后就是颐志堂的护卫了，你们以后眼睛放亮点。"

陈曲水惊骇万分。

在宋墨不在的时候，颐志堂竟然要换护卫？到底出了什么事？

陈曲水不敢流露半分，忙上前给那个常护卫行礼。

常护卫冷冷地瞥了他一眼，在屋子里转了一圈。

陈曲水心神震荡。

这男子一双大手像蒲扇似的，粗糙有力，拇指上戴了个玉扳指。

他曾在定国公麾下见过这样的男子，这样的都是射箭的高手。

常护卫出了房门，由曾五撑着伞陪着在院子里转悠。他停下来的地方，都是院子的要地。如果在那里布置了弓弩，整个院子都在射程之内。

陈曲水冷汗淋漓，强忍着才没有露出异样的神色，但等那个常护卫和曾五一走，他立刻叫了武夷来，道："世子爷留下来了几个护卫？你可知道他们这几天都在干什么？"

武夷也感觉到了不对劲。

颐志堂换护卫，怎么能不通过世子爷？

他虽然不知道陈曲水的来历，但却知道陈曲水是被拘禁在这里的。能被世子爷这样看重，想必也不是个简单的人。

出于慎重，他没有告诉陈曲水宋墨留下了多少人，只是告诉他："几个护卫我都没有看见人影。"

宋墨去了辽东，宋墨的首席幕僚严朝卿去了濠州，身手最好的徐青留在了蒋家。颐志堂防守空虚，陈桃还被关押了起来，其他的护卫也不见了踪影……等宋墨回来，颐志堂早就落入他人之手……

调虎离山，釜底抽薪。

是皇上对付镇守边关的那些大将军惯用的手法。

那对付宋墨的人又是谁呢？

陈曲水脑子里隐隐浮现出一个人的身影，却又让他没办法相信。

那人为什么要这样呢？有什么理由让那人这么做呢？

陈曲水突然间感到自己的脑袋好像有点不好使似的。

他不由对武夷道："我想写封信回真定，你能不能帮我送出去？"

陈曲水常会写信去真定，都是由武夷帮着送去邮驿的。

武夷应"好"。

自从世子爷答应陈曲水可以随时寄信回去之后，那些信都是由严先生看过的。

这次，严先生不在，他也可以帮着看看。

陈曲水写的都是些什么院子里的花开了，今天国公府来了新护卫，面目陌生，还需要一段时间才能认清楚之类家长里短的话。

但颐志堂戒严，信没有送出去，武夷被反复盘问，要不是他机灵，差一点就回不来了。

陈曲水倒吸了口凉气。

如果宋墨出了事，他住在宋墨的颐志堂，会不会把窦四小姐牵扯进来？

她一个女孩子，本来就不容易，如果因此而失去了窦家长辈的欢心，她该怎么办？

陈曲水咬了咬牙，低声吩咐松萝："以我的经验，这雨最迟半夜就会停下来，你能不能利用这雨天溜出府去——夫人去世，他们不是派人给世子爷报信了吗？世子爷肯定会从安定门进城，你到安定门外守着，想办法截住世子爷，把家里发生的事都告诉了他！"

松萝脸绷得紧紧的，重重地点了点头，外面却传来一阵喧哗声。

"世子爷回来了！世子爷回来了！"

那声音如浪涛般一层层地在英国公府散开，击打在陈曲水的身上，让他脸色一白，跌坐在了太师椅上。

宋墨不知道自己是怎么回来的。

他在回程行至兴隆时接到母亲病逝的消息。

六天五夜，他日夜兼程，急驰而归。

身边的护卫全被远远地甩在了后面，只有余简跟了上来。跳下马背的那一瞬间，他两腿一软，要不是余筒和门口当值的管事扶了他一把，他可能就跌在了地上。

"世子爷，世子爷！"满耳都是含着哽咽的声音，带着看到他回来的喜悦和如释重负。

宋墨眼中噙满了泪水，沿着一路飘荡的祭幛朝灵堂奔去。

"哥哥！"在灵前答谢的宋翰一身麻服扑在了宋墨的怀里，"你怎么才回来？"他的声音充满了恐惧和抱怨。

"是哥哥不好！"宋墨抱住了弟弟，眼泪从他满是血丝的眼睛里溢出来，"都是哥哥不好……回来晚了……"

宋翰大声哭起来："哥哥，哥哥！"

宋墨牵着弟弟走到灵前跪下。

"娘亲，我回来了！"他满脸是泪地给母亲磕了三个头。

旁边有人过来："天赐，把孝服穿上。"

是大堂哥宋钦的声音。

宋宜春对家里的人都很照顾。给大堂兄宋茂春在上林苑林衡署谋了个金书的差事，过了几年，想办法把林衡署的署正给挤走了，让宋茂春做了署正。堂弟宋逢春则在崇文门课税司任副使，另一个堂弟宋同春在内库乙字库任副使。林衡署署正好歹还是个正八品，崇文门课税司副使和内库乙字库副使则不入流，可架不住油水丰厚啊——那林衡署岁办进贡果品，崇文门课税司掌收进京酒税；内库的乙字库属于兵部，各卫所胖袄、战鞋、军士裘帽都归它管。虽说官小位卑，可他们都是宋氏族人，就是侍郎、少卿们见了也要给几分薄面，上峰有了什么好处也不会少了他们的份，又有祖上留下来的田产，日子不知道过得有多舒服。

所以宋宜春在宋家的威信很高，说是一言九鼎也不为过。

宋钦比宋墨大七岁，去年春天成的亲。

成亲之前，宋茂春带着儿子来见宋宜春，希望宋宜春能给儿子谋个好差事，却被宋宜春训斥了一通："鼠目寸光！敬之已经通过了府试，眼看着就能取得廪生的资格，应该把心思全放在读书上才是！如果他能考个秀才，我就是在皇上面前也能说得上话，不给他谋个正常七品的营缮所所正，也得给他谋个正八品的卫所知事吧！那前程可比你强多了！总不能像你一样，一辈子做个不入流的胥吏吧！如果敬之没这运气，三十岁之前还没有考中秀才，到那时候再给他谋个差事也不迟。"又道，"我们家人丁单薄，更要抱成团才是。天赐就是有三头六臂，身边没有血亲相助，也是枉然。你们不要小富即安，能让孩子们往上迈一步，就要想尽办法让孩子们多迈一步！"

宋茂春感激涕零，谢了又谢。

就是宋钦也十分的感激，觉得二叔待自己十分真诚，本就把宋墨和宋翰当自己家兄弟一样的他待宋墨和宋翰就更亲近了。

蒋氏去世，是宋家的大事，好比是大厦倒了半边，宋家的人都来帮忙，宋钦更是当仁不让，头七那几天几乎没有合眼，这两天才睡了个囫囵觉。

宋墨表情呆滞地任宋钦帮他穿了孝衣。宋钦见宋墨瘦得厉害，神色疲惫，不由去搀他："你先去洗把脸吧！二叔一直在上房里的内室，你也要去看看才行。"

宋钦的弟弟宋铎正好从外面走进来。他比宋墨大四岁。和所有的次子一样，他的性格比较活泼。

看见宋墨，他喊了声"天赐"，亦道："你快去歇歇吧！逝者已逝，你得好好保重才是。后面还有好多事等着你呢！"

宋墨没想到他会说出"逝者已逝"这样的话来，要不是心中太沉痛，说不定会扬眉一笑。看两位堂兄的样子,都满脸倦色,知道这些日子两人帮了不少忙,他握住宋铎的肩膀望着宋钦说了一句"多谢"。

"自家兄弟,说这些做什么!"宋钦谦逊道。

宋墨点了点头。

宋翰拉了拉哥哥的衣袖:"哥哥,我要跟你一起去。"

母亲的死,一定让这个八岁还想要和母亲一起睡的弟弟很害怕吧!他眼中闪过一丝疼惜,想到父亲在母亲的房里,弟弟要是走了,连个答谢的人都没有,只得狠了狠心肠,低声对宋翰道:"娘这里不能断人,我马上就来!"

宋翰含泪点着头,反复地叮嘱哥哥:"你一定要快点来哦!你一定要快点来!"

"一定!"宋墨摸了摸宋翰的头,正要回颐志堂,迎面碰到了父亲贴身的随从吕正。

"世子爷,"他看到宋墨就抹起眼泪来,"您可算是回来了!这几天国公爷不吃不喝的,把我们都急死了。听说您回来,让我带您去上房呢!"

宋墨想到宋钦的话,没有犹豫,立刻跟着吕正去了上房。

宋宜春盘膝坐在上房内室临窗的大炕上,屋内的陈设如蒋氏生前,甚至镜台上的胭脂水粉都如蒋氏生前习惯的样子陈设着,一把蒋氏惯用的象牙镶金镂花的梳子还随意地搁在台面上。

宋墨眼眶一红,视线都有些模糊起来,耳边却响起父亲有些干涩的声音:"你回来了!事情办得怎样了?你母亲生前就惦记着这事呢!"

"见着辽王了。"宋墨恭敬地给父亲行了礼,在父亲的示意下坐到了父亲的对面,"辽王早就知道了蒋家的事,三舅父伤势恶化后,还是辽王帮着请的大夫——倒是我们以小人之心度君子之腹了。"

宋宜春微微颔首,叹了口气,道:"要是你母亲生前听到这个消息该有多好啊!"又道,"你等会到你母亲灵前禀给她听。"

宋墨应诺。

宋宜春打量了风尘仆仆的儿子一眼,道:"还没有吃饭吧?我让灶房给你弄点吃的。你也梳洗梳洗,你母亲最爱漂亮了,她要是看见你这个样子,不知道有多伤心!"

宋墨的眼泪忍不住落下来,低下头去应了声"是"。

吕正过来服侍他洗澡沐浴,之后有丫鬟来禀,说膳食已照国公爷的吩咐摆在了上房的内室。

"国公爷肯定是想找您说说话!"吕正黯然道,"国公爷这些日子心里不好过啊!"

宋墨听了更是伤心。

内室临窗大炕的炕桌上摆了几道素菜,一大盘馒头,一大海碗的素面。

"快吃吧!"宋宜春坐在儿子身边,看着儿子虽然速度很快,但动作依旧带着几分优雅从容地吃着饭菜。

"一晃眼,你都长大了。"他感叹着,眼中闪过一丝怅然,"我也老了!"

宋墨没有作声。

他并不是个擅长安慰人的人,不由得想:如果天恩在这里就好了。天恩最会逗人开心了。从小到大,只要有天恩在的场合,就不冷场。

他静静地用着膳。

宋宜春静静地坐在那里看儿子用膳。

屋子里静悄悄只听见瓷器轻轻撞击的声音,把这屋子衬得更显静谧了。

等宋墨吃完,丫鬟们打了水来给他净手,端上他惯用的茶,悄无声息地退了下去。

宋宜春望着宋墨，神色有些复杂，依旧没有开口。

宋墨耐心地等着，安静而从容。

宋宜春眼中就闪过一道异色。

他沉声道："你还记得你娘身边的大丫鬟梅蕊吗？"

"记得。"宋墨不明白父亲为什么突然提起母亲身边的大丫鬟，但他还是很坦然地回答了父亲。"她是母亲身边最得力的大丫鬟。"

"你母亲去世后，我准备过了七七，就把服侍过你母亲的人都放籍，"宋宜春说着，端起了茶盅，眼睑微垂，目光落在了浮在茶中那如小舟般的绿色茶叶上，"可就在二七的晚上，梅蕊突然在你母亲灵前撞柱自尽了。"

宋墨脸色微变。

"还好当时是在傍晚，人不多，吕正也处置得当，这件事才没有被传得沸沸扬扬。"宋宜春道，"我把你母亲屋里服侍的人全都拘了起来，"他说到这里，猛地抬起了眼睑，望向宋墨的目光如利剑般的锋利，"你猜，吕正发现了什么？"没等宋墨回答，脸色已变得铁青的宋宜春接着说道，"那丫鬟竟然怀孕四个月，已经显怀了！"

"这怎么可能？"宋墨失声道，神色间有掩饰不住的震惊。

孩子显然不是父亲的。要不然，以母亲的性子，临死之前肯定会有所安排，父亲也大可不必跟他交待，更不必这样愤怒。

母亲虽然御下甚严，或者是受蒋家的影响，并不是个古板刻薄之人。梅蕊要是看中了谁，以母亲对她的喜欢，她大可直接跟母亲说，不必做出这种伤风败俗的事来。

孩子是谁的呢？这件事如果传出去了，母亲的名声肯定会受到非议的。

他目光一闪，射出一道寒光，耳边却传来父亲的声音："吕正去搜了她的屋子，在她的屋子里发现了几匹今年江南织造新上贡的尺头，还有几件做工精美的饰品，其中一块玉佩，用上好的和田玉精心雕琢而成，四面雕着云纹，中间是只展翅的大鹏……"

宋墨愕然。

他出生时，祖父曾送给他一块这样的玉佩！

据说是宋家的老祖宗传下来的。

宋宜春已暴跳如雷："孽障！你做的好事！"一巴掌就朝宋墨扇了过去！

第五十章　质问·跑路·苏醒

宋墨本能地偏过头去，避开了宋宜春扇过来的那一掌，不由自主地道："爹爹，怎么可能是我？"

不知道是因为儿子做的事让宋宜春太气愤，还是儿子躲开了那一巴掌，宋宜春怒不可遏，大声喝道："孽障，你还敢狡辩！"说着，一指脚下，"你给我跪下！"

宋墨微愣，跪在了父亲的面前。

"杏芳亲口承认,看见你和梅蕊厮混;陈桃证实,那玉佩就是你的东西,而且是在你去辽东时不见的。人证物证俱在,你还说不是你做的!"宋宜春气得直哆嗦,"你三岁的时候,我请了教头告诉你习武;你五岁的时候,我请了翰林院的大儒为你启蒙……就是你弟弟,我也没这样费过心血。我和你娘在你身上花了多少功夫,你就是这样回报我们的!还好你娘走了,要是你娘还活着,岂不是要被你给气死!你这不肖的东西,英国公府的脸都被你给丢光了……"

陈桃……怎么会?

不可能!宋墨震惊地望着父亲。

杏芳是母亲身边的另一个大丫鬟,他和母亲身边的丫鬟接触得不多,诬陷他还有可能。可陈桃,是他的奶兄,是他乳娘的次子,陈桃和胞兄陈核五岁即进府服侍他,这次去辽东,近身服侍的是陈核,谁都有可能背叛他,陈桃怎么会?

静静地听着父亲的呵斥,他的表情渐渐变得复杂起来,直到父亲的怒火告一段落,他这才低声道:"爹爹,这件事真的与我无关!您想想看,那玉佩虽比不得府里的其他东西,可到底是老祖宗的随身之物,是我百日时祖父当着众多亲戚朋友的面送给我的,我就是再糊涂,也不可能把它送给一个婢女!那岂不是堂而皇之地告诉别人我和她有私情?何况我身边从来不曾断过人,做了什么事,一问就知,就算是陈桃记不清楚了,还有严先生,还有余简他们……"

"你还好意思提!"宋宜春却一声冷笑打断了宋墨的话,"你可知道杏芳是怎么说的?"他骤然拔高了声音,大声道,"她说梅蕊不敢不从,知道事情一旦败露,她将死无葬身之地,又怕你事后不认账,这才趁着和你欢好的时候偷拿了块玉佩,原准备是向你母亲求情的,谁知道你母亲突然病逝,她怀孕四个月,我又要把她许配人,她知道纸包不住火了,惊恐之下,这才撞柱而亡的……"他说着,一掌拍在了炕几上,蛮横地道,"今天的事你说什么也有没用,我要替你死去的母亲好好地教训教训你!"他高声喊着粗使的婆子,"把世子给我拖下去,打二十大板!"

这上房当差的都是蒋氏的人,几个婆子闻言不由得面面相觑。

宋宜春拿起手中的杯盏就砸了过去:"狗东西,我就知道指使不动你们!"

宋墨只得对几个婆子道:"父亲代母亲教训我,本是应该。"一副束手就擒的模样。

几个婆子这才慢吞吞地走了过来,低声说着"世子爷,得罪了",一面将宋墨架起来。

宋宜春看着大怒,道:"就在这里打,给我就在这里打!"

几个婆子望着宋墨。

宋墨点了点头。

几个婆子这才拿了春凳过来。

宋墨趴在了凳子上。

一个婆子上前,低声说了句"世子爷,您忍着点",然后拿起丈长的竹棍打起来。

她们是内院的粗使婆子,平日里最多不过是奉蒋氏之命打打丫鬟,对宋墨来说,根本没有什么杀伤力,何况她们有意放水,打在宋墨身上,更是不痛不痒。

宋宜春看着气得满脸通红,上前一把推开几个婆子,夺过那婆子手中的竹棍朝着宋墨就是狠狠地一下,屋里这才发出了第一声闷响。

宋墨不由得倒吸了口凉气。

宋宜春犹不解恨似的,一面打,一面骂:"你这孽子!无法无天了!这要是传出去,你让别人怎么议论你死去的母亲?可怜她一生好强,从来不曾输过别人……"

宋墨听着,眼前一片水光。

父亲一向不擅长处理家务事，母亲病逝，又冒出这种事来，父亲怕是气糊涂了，他要打自己出气，就让他打好了。
　　他乖乖地趴在那里任父亲打。
　　噼啪、噼啪一通乱打，何止二十板。
　　宋墨咬牙忍着。白色的绫裤上浸出血来。
　　婆子们骇然，有仗着曾经得蒋氏青睐的婆子低声劝道："国公爷，不能再打了！再打，世子爷要受不住了！"
　　宋宜春仿佛这才回过神来似的，他看着儿子绫裤上的血，愣了愣，"啪"的一下丢下了竹棍。
　　宋墨和几个婆子都松了口气。
　　谁知道宋宜春却一下子撩开了内室的暖帘，朝着外面喊着"护卫"。
　　屋里的人都露出错愕的表情来。
　　这里是上房，是蒋氏的内室，护卫是不能进垂花门的，内院自有她们这些婆子巡夜。
　　可更让他们惊讶的是，宋宜春声音一落，就有几个身材魁梧的护卫走了进来。
　　宋宜春指着宋墨道："把他给我拖院子里去，狠狠地打！"
　　这几个人，宋墨一个都不认识。他心中一动，想起身，却觉得全身软绵绵地使不上力。
　　"爹爹……"他睁大了眼睛望着父亲。
　　父亲却像没有看见似的，几个护卫则眼疾手快干净利落地上前用拇指粗的牛皮筋将他绑了起来，动作无比地娴熟，一看就是惯做这事的人。
　　"爹爹！"宋墨满脸的不敢置信。
　　他习的是内家养生功夫，还只是略通一二，虽不如外家功夫看上去那样雄武，但此等闲人却休想动得了他，而他现在，不仅全身松软，而且真气乱窜，显然已不受他的控制。
　　几个婆子也感觉到了异常，瑟缩成了一团。
　　宋墨沉下心来，想把体内的真气凝聚起来。
　　几个护卫将他抬了出去，外面早已准备好另一张春凳，立在春凳旁的两个护卫手里拿的也不再是竹棍，而是用来杖责充军之人的杀威棍。
　　宋墨盯着父亲，宋宜春却看也不看他一眼，吩咐几个护卫："给我打！"
　　棍子落在宋墨的身上，宋墨觉得五脏六腑仿佛都被挪了位，很快，他额头上就冒出细细的汗。
　　"爹爹！"此起彼落的"噼啪"声中，宋墨强撑着抬起头来，问站在廊庑下的父亲："为什么？"
　　宋宜春的目光冷如千年寒冰："孽障！你做的好事，还敢问我为什么！"
　　"为什么？"宋墨问父亲。
　　他的目光望向屋檐下的鸟笼。
　　那个食水小罐是用白玉雕琢的，是他五岁时，父亲送给他的。
　　望向墙角那株石榴树。
　　那是他八岁的时候，父亲和他一起亲手植的。
　　望向在寒风中微微摆动的秋千。
　　那是弟弟三岁的时候，父亲和他一起给弟弟做的。
　　"为什么？"宋墨问父亲，眼泪不受控制地落了下来。
　　香樟树旁，有他曾经用过，现在送给了弟弟的鞠球；葡萄架上，还留着他为牵引藤蔓而系上的红绳……

"为什么？"他激动地大声问父亲。

父亲只是冷冷地看着他。

宋墨看着父亲，意识和视线却都开始慢慢地模糊起来，时间好像漫长得让人无法忍耐，又短暂得仿佛只过去了刹那。

耳边依稀传来父亲冷峻的声音："把他给我拖到内室好生看管着。"

落在身上的棍子停了下来，父亲的话却比棍子更疼地打在了他的心上："吕正，你去请大老爷、三老爷和四老爷来，就说宋墨德行有失，我要开祠堂！"

开祠堂！

宋墨软软地趴在春凳上，全身的骨头好像都被打断了似的，痛不欲生的感觉让他的意识开始有点恍惚。

开祠堂吗？

下一步是什么？

先请旨废了他的世子之位，还是把他逐出家门？

眼里的泪早已干涸，宋墨仍然艰难地抬着头，固执地问："为什么？"

白色的光，绿色的影，刺眼的红色，暗沉的褐色，交叠成一片光怪陆离的光影。

"身体发肤受之于父母，您要，您只管拿去好了。可为什么要这样？"他看不到他要找寻的那个人，"我只想问一句，为什么？"

没有人回答他。

"啪"的一声，他被丢在了内室烧着地龙的石砖上。

安息香甜甜的味道飘浮在暖暖的空气中，让人昏昏欲睡。

宋墨咬着舌尖，努力地让思绪集中起来。

他不能睡！这一睡，可能就再也醒不过来。

他不怕死。

人迟早会死。有的重于泰山，有的轻于鸿毛。

虽然他现在的死轻于鸿毛……可他还是不想死！

既然别人不告诉他为什么，那他就要自己找出答案来。

宋墨挣扎着想爬起来。

可他一动，嘴里就涌出腥热的血。

他受了内伤！原来，父亲是真的想要他死啊！

宋墨笑。

他一寸寸地朝前挪。

前面是临窗的大炕。

他就是死，也不会卑躬屈膝地死！

宋墨经过之处，留下一道深深的血痕。

他在想余简，想陈桃。

他们恐怕都遇难了。

早知道这样，就应该让余简和那些护卫一起返程的，也免得白白多丢一条性命。

好在陈核没有跟着回来。乳娘只有他们兄弟俩，陈桃去了，还有陈核能帮着养老送终。

不过，上房这么大的动静却没有一个人来，可见父亲早有安排。

得想个办法通知他们才是。能逃就逃了吧！

宋墨喘着粗气，靠在了临窗大炕旁。

对面茶几上景泰蓝花觚里插着的两株白色木芙蓉开得正艳。

可他知道，养在花觚里的花，开得再好，过几天也会凋零。

此时，在颐志堂的陈曲水却神色焦急地在屋里转着圈。

松萝支肘在旁边坐着，觉得自己的眼睛都快要被陈先生转花了。

他忍不住道："陈先生，您要不要坐下来喝杯茶？"

陈曲水闻言停下了脚步，却答非所问地道："武夷还没有回来吗？你再去看看！"

颐志堂突然换了护卫，他们都被拘在了颐志堂，哪里也不让去，连饭菜也是由婆子送到门口，再由门口的那些护卫送进来的。只说是家里丢了贵重的东西，正在查找。可世子爷回来不过半个时辰，门口的那些护卫就都不见了，他们也可以自由进出了。

陈先生却急得不得了，忙派了武夷去找世子爷，还说，务必要把府里的异样告诉世子爷。

可武夷已经去了快一个时辰了，还没有回来。

被陈曲水这么一问，松萝也有些担心起来。

他应声去了大门口。四周静悄悄的，整个颐志堂好像都没有什么人似的，倒是前面灵堂传来的阵阵喧哗，时隐时现的，映衬得这院落更显安静了。

松萝很想去找武夷，可一想到他被派来服侍陈先生之前严先生对他们的叮嘱，他又很快把这个念头按了下去。

看样子，陈先生和他想的一样，觉得府里发生的事很蹊跷，应该尽快告诉世子爷。

"武夷怎么还没有回来呢？"他一边往回走，一边自言自语地道，"世子爷回来了，肯定会先去见国公爷，然后到灵前守孝的，应该很好找才是！难道武夷遇到了什么事？"

而松萝认为和他想法一致的陈曲水此时却推开了书房的窗户，望着因被雨水冲洗过而显得格外青翠的树叶，陷入了沉思。

半个时辰之内英国公府就恢复了原样，也就是说，结果已出来了。

宋墨是赢了还是输了呢？按道理，有心算计无心，又是血脉至亲，宋墨必输无疑；可这个人太狠辣了，说不定能让他死里逃生也不一定。

当务之急是要知道胜负。

如果宋墨失败了，他肯定会被清算，虽然自己平时很慎重，和四小姐来往的书信之类的看过就烧了，从不保留，英国公府的人也把他当成了个混吃混喝的落魄文士没放在眼里，可以严朝卿的为人，十之八九曾嘱咐过松萝和武夷一些话，若是松萝和武夷向英国公府的人透露些什么，让他被英国公府的人注意到那就麻烦了。

如果宋墨掌握了主动权，他最好还是乖乖地待在这里不要动——他们不过是无意间撞破了他的行踪，他就要把田庄上的二十几口人全部灭口，要是让他知道自己在他危难的时候逃走了，说不定会连四小姐一块恨上，那更麻烦！

是留在这里还是趁着英国公府混乱之时溜出府去，就看武夷能不能见到宋墨了。

想到这些，他不禁暗暗有些后悔。

要是当初蒋家之事尘埃落定时脱身就好了。

思忖间，他看见松萝一个人回来了。

他难掩失望之色，松萝忙安慰陈曲水："武夷说不定顺便去打听消息去了，应该很快就会回来的。"

陈曲水点头。

两人有一搭没一搭地说了两句话，武夷满头大汗地跑了回来。

陈曲水眼睛一亮。

松萝却高兴地站了起来："武夷，你见到世子爷了吗？"

"没有！"因为一路急走，武夷的声音有些喘，道，"世子爷一回来就被国公爷叫去说话了，到现在也没有出来。神枢营副将马友明来给夫人上香，大爷去请世子爷出来答谢，被吕正拦在了门外，说，世子爷一路赶回来给夫人奔丧，有六天五夜没合眼，国公爷怕世子爷吃不消，所以把世子爷留在上房好好睡一觉，让大爷帮世子爷应付过去。还说，如果有人问起，就说国公爷和世子爷有要紧的事商量，谁也不许打扰。免得被别有用心的人传出去说世子爷不孝。"

大爷就是宋墨的大堂兄宋钦。

"是这样啊！"松萝一直紧绷的神色松懈下来，露出欢喜的笑容。

陈曲水决定跑路。

一个人骑马跑了六天五夜，那不还得倒头就睡啊！别说宋家的那位大爷进去看一眼，就是在旁边放鞭炮只怕也吵不醒，用得着把人拦在外面吗？

他打发了松萝和武夷，把屋里自认为会留下破绽的地方全检查了一遍，将当初窦昭托段公义送来的一千两银票揣在了怀里，一边想着四小姐做事真是周到，一边拿了几两碎银子放在了荷包里，等着天色微暗，想着在花园里转一转，前院就应该到了用晚膳的时候，宋家会安排酒席宴请那些来祭拜的人，那时候最混乱了，正是脱身的好机会。他打开了内室的槅门，笑着对站在廊庑下说话的武夷和松萝道："既然世子爷没事了，我也就放心。这雨后的天气真好，正好出去走走！"

冬雨过后的天气冷飕飕的，哪里好了？

武夷和松萝困惑地交换了一个眼神，看着陈曲水朝颐志堂的小花园走去。

宋墨可以感觉到自己越来越虚弱。

也许用不着麻烦父亲开祠堂，自己就会死吧？

他眼睛有些发花。对面白色的木芙蓉变成了一团白影，让宋墨想起母亲光洁如玉的脸庞。

母亲肯定做梦也想不到，自己的儿子会死在她的房里吧？

想到这里，宋墨莫名地心中一动——母亲，也是死在了这间房里。

这是宿命？

还是巧合？

他狠狠地咬着自己舌尖。

白色木芙蓉恬静地开放在蓝色的花觚里，有种安详的美。

外面传来杂乱的脚步声，父亲略带几分歉意的声音夹杂其间："为了孽子，把几位都惊动了，真是惭愧，惭愧……"

来得还真快！想必是父亲派了马车去接来的。

宋墨眼底浮现出一丝讥讽。

大伯父宋茂春带着困惑的声音传了进来："天赐，到底出了什么事？"

"前几天不是有个丫鬟撞柱死了吗？"父亲低声道，"她是夫人的贴身婢女。我原来还以为她是忠心侍主，准备让夫人收了她做义女，然后一同葬在宋家的祖坟里，谁知道那婢女已经怀孕四个月了……"

"什么？"四叔父宋同春声音惊惶，"一尸两命，这可是大凶，万不能让她葬到我们宋家的祖坟……"

"老四，听二哥怎么说！"三叔父长年吓唬那些进城的商贾，声音里隐隐带着几分官威,"既然二哥发现了,肯定不会再让她葬到我们宋家的祖坟里了。你不要总是不等人把话说完就开口。"

四叔父小声地嘟哝着,隔得太远,宋墨听不清楚他在说些什么,但可以想到他的表情,肯定是又委屈,又无奈。

他不由又笑了笑。

伯父和两位叔父依附父亲生活,父亲要开祠堂,难道他们还会反对不成?

宋墨不想听。可外面的声音自有主张,时断时续地传到他的耳朵里来。

"不就是个婢女吗?天赐能看上她那是她的福气!死了就死了,用不着开祠堂吧?"

"蒋家的事皇上不是已经盖棺定论了吗?而且秋围的时候皇上还特意把天赐叫过去教训了一顿。您都不知道,我们库房税课司的人有多羡慕我!"

"真的,天赐手里有定国公留下来的人?这是好事啊!我们正好可以捡了这个漏啊!反正定国公府都没有了,与其便宜别人,还不如便宜我们,天赐好歹是定国公的亲外甥。"

"御史弹劾也不能不讲证据地乱弹劾吧?那个婢女不是撞柱死了吗?让那个叫杏什么的婢女也撞柱死了吧!正好,可以让二嫂收她为义女,让她到地底下去继续服侍二嫂!"

三个人,却好像有七八张嘴似的,吵得宋墨耳朵里嗡嗡作响,头痛欲裂。

他微微地笑。

眼前的景象越来越模糊,眼帘不受控制地垂落下来。

不行!他还不能死!

宋墨狠狠地咬了咬舌尖,视线清晰了一些。

可这清晰很短暂,他眼前再次模糊起来。

六天五夜的急驰,一顿杀威棍……他的身体已到了极限。

就算是这样又如何?宋墨冷哼一声,再次睁开了双眼。

白色的木芙蓉正对着他盛放。

他发现那花蕊是淡黄色,乍眼一看,好像是全白的。

为什么要插白色的木芙蓉?这时候也是茶梅的花期。

大红色的茶梅,艳丽似火却又优雅超逸。

他脑海里突然浮现出一张面孔。

白玉般的脸庞,入鬓的长眉,明亮的杏目,嘴角噙着淡淡的笑意,睿智而飒爽。

像茶梅。

明明那样优雅,偏偏让人觉得艳丽。

明明应该骄傲,却平和率直。

不知道她种的花开了没有?

宋墨轻轻地念了一句"窦昭",在心里道:我还知道你的乳名叫寿姑……

他笑了。

昳丽的五官如初升的朝阳,温暖而和煦。

而他眼前,却是一片漆黑。

宋宜春脸色铁青地望着他的三位堂兄弟,一言不发。

宋茂春忙拉了拉坐在他下首的宋逢春,宋逢春不再说话,宋同春也沉默下来。

三个人目不转睛地望着宋宜春,脸上充满了恭敬。

宋宜春的脸色这才有所缓和,他干咳了一声,肃声道:"我打算开祠堂把宋墨逐出宋家,你们怎么说?"

"二弟你是族长，自然是你说了算。"宋茂春忙道。

宋逢春也迫不及待地道："天赐的确太让人失望了！"

"二哥做什么决定我都同意！"宋同春道。

宋宜春难得露出一丝笑容："既然如此，那我们明天辰正开祠堂，大哥和三弟、四弟不要迟了。"

"一定准时来，肯定不会迟的。"

三个人急忙表态。

宋宜春站了起来："那我们明天再碰头。"

"好，好，好！"

三人鱼贯着出了厅堂，又不约而同地在廊庑下站住。白色灯笼的光照在他们的脸上，他们不由自主地彼此打量，然后回避着对方的目光，这个说还有点事你们先走，那个说我要和儿子一起回去，分头各自出了英国公府。

宋宜春阴沉着脸进了内室。

屋檐下的白色灯笼的光透过玻璃窗扇照进来，地上有一道墨褐色的印子，却不见了宋墨的踪影。

宋宜春睁大了眼睛。

茶几上白色的木芙蓉无声地开放，青色的帷帐静静地垂落，屋子里的安息香甜蜜而幽长。

屋子里宁静无声。

宋墨，不见了。

"来人！"宋宜春跌跌撞撞地冲出了内室，朝着外面的护卫咆哮着，"快来人！"

英国公府隔壁的二条胡同，两个身材魁梧的汉子抬着一顶青色粗布帷幕的官轿，轿帘上垂着正二品大员才能用的饰金银色螭龙图案的绣带，朝着安定门大街去了。

青帷官轿慢悠悠地走到顺天府学胡同前，两个护卫打扮的人悄无声息地跟随在了官轿后面，抬轿的人视若无睹。

过了顺天府学，一个管事打扮的人从屋檐下窜出来，走在了轿旁。

待上了大街，提着灯笼的仆人出现在轿子的前方。

此时，这官轿才算是有了二品大员轻车简从的模样儿。

大红灯笼上，写着个硕大的"窦"字，黑暗中，无比显眼。

巡夜的衙役看见，不仅没有上前盘问，还主动地避让到一旁。

轿子进了京都最有名的风月场所之一——翠花胡同。几个衙役彼此挤眉弄眼，露出男人间心照不宣的艳羡。其中一个更是感叹道："看来阁老也一样啊！"

其他几个人嘿嘿地笑，要多猥琐就有多猥琐。

如果此时有人一直跟着就会发现，轿子摇摇晃晃地在翠花胡同里转了一圈之后，外面的帷幕变成了宝蓝色，轿帘上饰金银色螭龙图案的绣带也不见了。

轿子出了翠花胡同，绕了半个城，在安定门大街不远处鼓楼下大街的一间挂着"窦记笔墨"招牌的铺子前停下。

提着灯笼的仆人忙上前撩了轿帘，一个穿着青色棉袍的老年文士下了轿，一面轻轻地敲着笔墨铺子的大门，一面喊着："范掌柜！"

宋墨看见自己站在了一大片浓雾里。

重重的浓雾一层层地卷起，让他看不清来时的方向，找不到前行的路，不知道身处何方。

他茫然地走在雾里。

湿冷、腻滞，带着刺骨的寒意。

自己怎么会在这里？他突然间停下了脚步。

四周静悄悄的，没有一点声响。他继续朝前走，如同穿过重重的薄纱，走过了一重还有一重，仿佛永远没有尽头。

为什么？他问。

没有人回答。

他的脚步越来越快，雾越来越浓。

为什么？他对着前方大声呵斥。

浓雾好像也害怕他的怒火，在他的呵斥声中向两边散开。

他看见有人挑着盏灯笼走在他的前面，灯笼在浓雾中散发出莹润、皎洁的光芒。

原来他不是一个人！他一阵兴奋，心里立刻变得安宁、镇定、从容起来。

可那些浓雾又很快地聚在了一起，而且比之前更厚重，挡住了他的视线，让他看不到一点灯光。

屈辱、愤怒，化成了不甘，如滔天的洪水把他淹没。

他向四周大声吼着"为什么"。

一声又一声，一遍又一遍。

浓雾散开又聚拢，聚拢又散开。

莹莹的灯光时隐时现地出现在他的前方。

那灯光化为他心中的一股执念。

"轰隆"一声，迷雾骤然间散去，眼前出现了片朦朦胧胧的金黄色光影。

这光影温暖而平和，占据了他的整个视野。他努力地睁大了眼睛，视线慢慢清晰起来。

雀鸟围绕的青绿色铜灯上，燃着一团橘色的火。

身边有人长舒了口气："世子爷，您终于醒了！"他循声望去，看见了陈曲水清瘦而儒雅的脸。

"这，这里是哪里？"他目露讶色，发现自己趴在床上，试着动了动身子，却手脚僵硬，没有力气，于是飞快扫视了四周一圈。

逼仄的空间，糊着白色高丽纸的窗棂，简单的黑漆家具，没有第二个人，像是下人住的耳房。

陈曲水一面端来了加了蜂蜜的温水喂他，一面道："这里是四小姐开的笔墨铺子。您一直昏迷不醒，我们只好把您先带到这里来了。"

窦昭！竟然是窦昭救了自己！

宋墨无法掩饰自己的震惊："四小姐怎么知道我出了事？"

"严先生和徐青被追杀……"陈曲水把严朝卿托陆鸣向窦昭求救的事告诉了宋墨。

宋墨抿着嘴，眼中闪过一缕寒光，手渐渐攥成了拳。

陈曲水端着小碗，在心底叹了口气，

他正准备跑路，却遇到带着陈晓风几个翻墙而入的段公义，他已经从段公义那里了解了事情的始末，不由得道："当时小姐就觉得很奇怪。如果这件事是针对蒋家的，用豢养的死士一而再、再而三地追杀两个既不是蒋家血脉，又不是蒋家亲族的人，太不合情理了。然后四小姐一问陆鸣，这才发现您身边几个重要的人都不在京都，隐隐觉得这件事是针对您的,就连夜让段公义带着几个身手最好的护卫赶了过来。没想到……"陈曲水想到自己看到被打得遍体鳞伤的宋墨时的惊骇,不由暗暗庆幸,"还好四小姐没有迟疑,不然……"

不然,自己就是保住了性命,也会被逐出家门吧!

宋墨脑海里浮现出窦昭带着几分飒爽英气的秀丽面庞。

父亲要杀了自己。

而差点被他杀了的窦昭,却救了自己。

世间还有比这更荒谬的事吗?他嘴角不由露出一丝讥讽的笑。

陈曲水却看着心惊,想起窦昭托段公义带给他的话:一定要激起宋墨的斗志,不能让他心灰意冷之下选择随波逐流!

他目光一闪,道:"可惜我们人手不够,不然余护卫和陈桃……只怕已经晚了……"遗憾地叹着气。

宋墨没有作声,勉力地想支起身体,陈曲水忙上前帮他,他却做了个不用的手势,道:"还请陈先生代我谢谢段护卫和陈护卫等人。至于四小姐……"他语气微顿,眼底流淌出丝丝的暖意,柔和了他的面容,"大恩不言谢,我就不多说什么了!"

陈曲水心中一喜,看来宋墨比自己想象中的要坚强多了。

他忙道:"愧不敢当,不过是照着小姐的吩咐做事罢了。"

宋墨没再纠结于这些事,而是问陈曲水:"我昏迷了多长时间?"目光冷静,语气理智,显露出一派镇定、从容的大家风范。

"六个时辰!"陈曲水答道。

也就是说,现在是第二天的巳时。

父亲约了伯父和两位叔父辰正开祠堂,现在他人不见了——如果他只是英国公的长子,作为族长的父亲提议,长辈们没有异议,他在不在都一样,立刻可以把他从宋家家谱上除名。可他不仅是英国公府的世子,还有个世袭的四品金事之职,要把他逐出门,就意味着要废世子,就意味要上折得到皇上的允许,然后去吏部备报,没有听上去冠冕堂皇的理由,皇上根本就不会同意。这也是为什么父亲会建议第二天再开祠堂。

为了万无一失,想必父亲还有些事要提前准备。

现在他被人救走了,他不在场,不要说把他驱逐出家门了,就是之前的种种算计恐怕都要落空了吧?现在,父亲一定很头痛吧?

宋墨觉得锥心地痛,他忍不住闭上了眼睛。

屋子里陷入了寂静,气氛也随着寂静变得越来越压抑。直到陈曲水都觉得快透不过气来的时候,宋墨才悠悠地睁开了眼睛,道:"我的伤怎样了?"他感觉不到疼痛。

陈曲水迟疑了一会,低道:"您的伤势太吓人了,我们又不敢请大夫,段公义就给您用了他师门的疗伤药,不过,最好还是尽快请御医帮着瞧一瞧……"

那药里应该有麻沸散!宋墨淡淡地道:"现在不是看御医的时候。让段护卫再给我几颗药吧。"

"这……"

"我知道。"宋墨道,"我的伤这么重,能让我感觉不到痛,这药肯定霸道,而且可能会有副作用。但总比丢了性命强吧?"他风轻云淡地看着陈曲水。

陈曲水看着宋墨的目光中第一次流露出敬佩之色。

六天五夜不眠不休的疾驰,伤筋断骨的殴打折磨,丧母的悲痛,父亲的绝情,都没能消磨他的心志,一清醒过来就开始了解自己的处境。

意志之坚，实属罕见！再过几年，何愁不能支起一个门户？

想到这里，他就更奇怪英国公的行径了，这么优秀的长子，他为什么要放弃呢？

这念头刚一闪过就被陈曲水压在了心底——英国公府是显赫百年的勋贵世家，水深着呢，不是他们这些人能碰的。

他微微点了点头。

宋墨眼中闪过一丝宽慰。

他轻声问陈曲水："你能帮我送几封信吗？"

陈曲水好不容易才压住了心里的狂喜，用和平时一样温和的声音道："四小姐说了，世子爷的吩咐，如同她的吩咐。"

实际上，窦昭的原话是："如果能及时救出宋墨，你们就赶快让宋墨联系他信任的人。他如果托你们跑腿帮着送个信什么的，你们帮帮也无妨，如果是其他的事，你们就说人手不够，有心无力。千万不要搅和进去！我们救他的性命已经仁至义尽了，犯不着把自己的性命也搭进去。"

但他觉得，既然已经决定帮宋墨了，不如做得更漂亮一点。

宋墨嘴角微翘。

四小姐……

看见陈曲水从耳房里出来，段公义和陈晓风立刻迎了上去，低声问道："怎样？"

陈曲水扬了扬手中的信。

段公义咧着嘴笑了起来，陈晓风也松了口气。

君要臣死，臣不得不死。父要子亡，子不得不亡。

他们为了搭救宋墨花了那么多的功夫，如果宋墨还不为自己找条出路，那也太没意思了。

段公义这才打了一个哈欠，疲惫地道："我负责送哪几封信？送完了，我也好去睡一觉。"

他风尘仆仆地从京都赶回真定，刚洗了个澡，又日夜兼程地赶到了京都，早就累得不行了。

陈曲水忙道："你们去休息吧！不过是去送几封信，又不是要去打架，我和崔十三就可以了。"然后把宋墨要药的事说了。

段公义沉默了半晌，道："世子爷的话也有道理。大丈夫宁愿站着死，不愿意跪着生。"去了耳房。

陈晓风和陈曲水齐齐叹气。

陈曲水去找崔十三安排送信的事。

陈晓风想了想，跟了过去："陈先生，我和您一道去吧！我不像段大叔，几天之内连续两次从真定往返京都……"

第五十一章　无功·反击·即发

宋宜春站在上房的廊庑下，看着院子里四处乱窜的护卫，只觉得全身发冷。

宋墨竟然失踪了！他是从哪里逃走的呢？又是谁救了他呢？

早知道这样，他就应该派个人在屋里守着的。

可他这个儿子，足智多谋不说，而且巧舌如簧，即便他真的派人守在屋里，说不定也会被他策反了。想到这些，他就觉得太阳穴一抽一抽地疼。

常护卫面色阴沉地走了过来："国公爷，"他抱拳行礼，"什么也没有发现！"

"什么也没有发现？"宋宜春顿时暴跳如雷，"难道他还能飞了天不成？"

他的话刚说出口，两人皆精神一振，交换了一个眼神，两人一起急急地进了内室。

内室的顶棚，有几块承尘很明显的有被掀开过的痕迹。

"快来人！"宋宜春面露惊喜。

不一会，常护卫就领着几个人爬上了上去。

"国公爷，"很快，常护卫从顶棚上伸出头来，"屋顶的瓦被揭开了，还有铁爪留下来的痕迹——有人从东边的小巷爬了进来，救走了世子爷。"

东边小巷，旁边就是颐志堂。

宋春宜目光一凝，沉声道："把颐志堂给我围起来！挖地三尺，也要把人给我找出来！"

"是！"常护卫带着人去了颐志堂。

宋宜春却颓然地坐在了内室临窗的大炕上。

现在怎么办？他原本准备把宋墨打个半死，然后就这样把他在内室晾一晚，等到明天早上开祠堂，再把他赶出家门……到时候肯定会有人来劝，但他只要拖延几日，就算是最后把宋墨接了回来，以宋墨的伤势，只怕也活不了几日，根本不用上书皇上。

如果宋墨被人救走了，这条路就行不通了。

他之所以能顺利地擒了宋墨，完全是因为有心算计无心。等宋墨缓过气来……

宋墨十岁的时候就曾上阵杀过倭寇！

宋宜春不禁打了个寒战。

该死的蒋梅荪，都是他，把自己的儿子教成了这样！这哪是他宋宜春的儿子，简直就是他蒋梅荪的儿子！

他在屋里暗暗诅骂着自己已经去世的大舅兄，有护卫战战兢兢地走了进来："国公爷，二爷来了。"

宋翰！

宋宜春很是意外，想了想，道："让他进来吧！"然后轻轻地叹了口气。

宋翰红着眼睛跑了进来，见屋里只有父亲一个，忙拉了父亲的衣袖："爹爹，我要大哥！我一个人守着娘亲，我害怕！"说着，大声地哭了起来。

宋宜春不禁皱头紧锁，大声地呵斥着次子："你都多大了？遇到事就只知道哭！你哥哥像你这么大的时候都知道帮爹爹做事了，难道你就不能学着点？"提起长子，他更是气不打一处来，"都是你娘把你给惯坏了！"说着，一把将儿子甩到了一旁，"你再哭就给我跪祠堂去！"显得很不耐烦。

宋翰愣愣地望着父亲，嘴张得大大的，震惊得忘记了哭泣。从前，父亲虽然会呵斥他，但不会表现得像今天这样讨厌他。

宋宜春看着心里更烦了，大声地喊着护卫："谁带二爷过来的？"

护卫忙道："是二爷身边的梨白。"

"把她给我叫进来！"宋宜春脸色铁青地把梨白教训了一顿："……你要是再看不住二爷，我就把你的腿打断！"

梨白吓得话都说不出来了，只知道不停地给宋宜春磕头。

宋宜春抬脚就朝着梨白的心窝踹了一脚："还不给我滚！"

梨白痛得额头都冒出冷汗来，揽着被吓傻了的宋翰狼狈地逃出了内室。

宋宜春这才觉得心里好像舒服了一点。

他问护卫："常护卫那边还没有消息吗？"

那护卫十分机灵，立刻道："我这就去看看！"朝着宋宜春抱了抱拳，飞快地出了内室。

宋宜春长吁了口气，坐下来喝了口茶。

宋墨应该藏在颐志堂。他身边几个能用得上的人要么不在京都，要么被拘了起来，就算还有几个平时对他忠心耿耿的，可也都是些不足挂齿的小人物，早被他派人看管起来了，而且就凭他们，也没有能力把宋墨救出府去。就算是救出了府，也没有地方安置宋墨……

念头闪过，他不由坐直了身子，暗暗叫了声不好，背心里沁出一层冷汗来。

自己怎么把顾玉给忘了！如果宋墨逃出去，最有可能的，就是向顾玉求救，也只有顾玉那个二百五会不管不顾地收留宋墨。

"来人！"他喊着，一个护卫恭谨地走了进来。

宋宜春吩咐他："你立刻派个人去把云阳伯家的大公子顾玉给我监视起来。"话音未落，又觉得不妥，改口道，"不，派四个人去！远远地跟着，一旦发现世子爷，立刻就派人回来禀报。"

护卫应声而去。

宋宜春心中稍安，不由自主地又想起这件事来。

除了顾玉，还有谁有可能收留宋墨呢？张续明、陆家，或者是那个什么神枢营副将马友明……他到底都交了些什么狐朋狗友？

宋宜春心里像火烧似的。

常护卫忐忑不安地赶了过来："国公爷，没有看见世子爷的踪迹。不过，颐志堂一个叫陈波的幕僚不见了，我们还在东墙院上发现了铁爪的痕迹。"

"什么？"宋宜春霎时面白如纸，腾地一下站了起来，"你说什么？"声音都变了。

常护卫暗暗奇怪，怎么国公爷有些害怕世子爷的样子？

他快速地把话又重复了一遍。

宋宜春呆若木鸡，一下子瘫坐在了炕上。

"怎么会这样？怎么会这样？"他喃喃地自言自语，一副惊慌失措无计可施的样子。常护卫见他在那里反反复复地叨念着这句话，等了半天也没有等到宋宜春拿个主意出来。

常护卫只好低声道："国公爷，您看，我们要不要把服侍陈波的两个小厮拘起来问问？"

"要……要，要！"常护卫的话让宋宜春回过神来，他仿佛被点醒了似的，忙道，"不仅要好好审审那两个小厮，颐志堂的其他人你们也都要好好审一审，还要派人去打听一下有没有什么可疑的人在胡同里进出。"说到这里,他语气一顿,道,"还有陈桃那里,也要好好打听打听,看宋墨平时都和哪些人来往,那些人也要派人盯着,说不定宋墨会去投靠他们……"说着,又满脸懊悔地道,"算了,陈桃那里就不用问了,问也问不出什么,说不定还会引起那小子的警觉,觉察到宋墨跑了出去,乱说一通,把我们引上了歧路。"

常护卫想到那个被打得奄奄一息却一声不吭的陈桃,心中百般不是滋味,应了声"是",退了下去。

宋宜春在屋里转起圈来。他时而双手紧握,时而各攥成拳,直到天色发白,丫鬟们进来请他盥洗,他这才发现已经是第二天了。

宋宜春慌乱地喊着常护卫,吩咐那丫鬟:"快去把常护卫给我找来!"

丫鬟不知道出了什么事,紧张地放下了洗漱用具,告知外面守着的护卫把常护卫找过来。

"怎么样了?"宋宜春急急地问,"那两个小厮说了些什么?"

一天一夜未眠,常护卫脸上冒出了青色的胡楂,神态因而格外憔悴:"两个小厮只说是奉了严朝卿之命去服侍陈波的。陈波和昨天一样,用过晚膳之后在院子里转了转,之后又说要去前院看看热闹,让他们两人不要跟着,他们就在书房里收拾打扫,等到亥时陈波还没有回来,两人在院前院后找了一圈没找到人,正奇怪着,我们就找去了……他们什么也不知道!"

"怎么可能?"宋宜春勃然大怒,"给我用刑,我看他们还说不说!"

"用了。"想到那两个小厮一用刑就又是哭又是嚎,可问他们什么却反反复复都是那几句,虽然和陈桃的一声不吭截然不同,却同样是什么也问不出来,常护卫就从骨子里透出浓浓的疲惫,"两人一口咬定不知道陈波去了哪里!"

宋宜春"啪"的一声将茶盅砸在了地上,他英俊的面孔因为扭曲而显得狰狞,喝道:"给我打,给我狠狠地打!再不说,就给我全都打死!还有那个陈桃,他要是还说那玉佩不是宋墨的,就给我一起打死!"

常护卫低声应诺,正要退下去,被派去监视顾玉的护卫走了进来:"国公爷,刚才西大街古玩店的陈掌柜奉世子爷之命,给顾公子送了封信,说是世子爷要见皇上,请顾公子帮着疏通疏通,能尽快被召见。"

西大街古玩店,是宋家的铺子。

常护卫听着不由停下了脚步,身后传来英国公气急败坏的怒吼:"你们难道都是饭桶吗?还不快去把世子爷给捉回来的!"

那护卫小声地辩解道:"我们已经问过陈掌柜了,陈掌柜说,是府里马房的小厮何三让他送的信——他根本不知道发生了什么事,世子爷也不在他铺子里。"

"一群笨蛋!"宋宜春气得暴跳如雷,"你们还不快点把那个何三给我绑起来!还傻站在这里干什么?"

"国公爷!"那护卫硬着头皮道,"何三出府之后就再没有回来。"

"饭桶,饭桶,全是饭桶……"宋宜春正跳脚大骂着,被派去监视顾玉的另一个护卫回来了,看见屋里的情景,他小心翼翼地禀道,"国公爷,顾公子坐着轿子往宫里去了。"

宋宜春眼神凶狠地瞪了过去:"那你们还不把人给我挡住!"

两个护卫低着头,虽然没有说话,却互相交换了一个眼神:他们凭什么拦顾玉的轿子!

宋宜春也觉察到自己说错了话,把宋墨骂了一通:"……交的全是些牛鬼蛇神!"然后又骂宋翰,"……除了吃喝,什么也不会干!"

要是宋翰大几岁,就可以帮他去拦顾玉了。

屋里的人都缩着身子，好像这样，落在自己身上的怒火就会少一些似的。

常护卫看着，突然萌生出自己是不是跟错主子的念头。还好宋宜春发了一通脾气之后终于恢复了一点理智，他吩咐护卫："给我准备车马，我亲自去找顾玉。"

护卫火烧屁股似的跑了，又有不明情况的丫鬟进来禀道："国公爷，大老爷、三老爷、四老爷和两位少爷都过来了，已经在花厅里等了两个时辰了⋯⋯"

宋宜春顺手将一个茶盅砸了过去，丫鬟被砸得蒙在那里，动都不敢动一下，直到宋宜春走远了，那丫鬟才眼中泛起泪水，匆匆去给等在花厅的宋茂春等人报信。

宋逢春忙把身边服侍的丫鬟都赶了出去，凑到宋茂春的身边低声道："大哥，您看，是不是出了什么事？"

宋茂春看了两个儿子宋钦和宋铎一眼。

长子板着个脸，次子的眉头就一直没有松开过。

他知道宋宜春的意思。

将宋墨逐出宋家的理由根本就不充分，昨天晚上宋宜春把他们找去不是商量，而是让他们在开祠堂的时候统一说法，不要出什么纰漏。老三和老四家的孩子都还小，没有资格参加这种事，只有自己的两个儿子年纪相当。他的责任非常重大了，得让自己的两个儿子不要乱说话。谁知道他把事情的经过一说，两个儿子都竭力反对，大儿子的意思是他们不应该参与到这件事里来："⋯⋯虽然不知道二叔父为什么要这样做，但他肯定有自己的道理。可天赐又没有做错什么，我们也不能这样红口白牙乱说话。"二儿子的态度则更明确："这事是二叔父做得不对，您当时就应该劝劝二叔父的！"以至于他好说歹说，最后拿出了做父亲的威严，这才勉强把宋钦和宋铎弹压了下去，却对两兄弟在开祠堂的事上是否能按照自己的意愿支持宋宜春没有半点的把握。

听说宋宜春急急地出了府，他不由得松了口气，回答的语气也就不像宋逢春那样透着几分紧张了。

"多半是天赐的事出了什么意外。"他低声道，"我们得派个人去打听打听才是。"

宋茂春说这话的时候，宋同春凑了过来，他闻言立刻道："大哥，我去看看。"

宋同春因是老幺，又因和宋宜春是一个祖父的，总觉得自己和宋宜春关系比别人都要好，在英国公府有点大大咧咧的。

这种吃力不讨好的事有人愿意主动出面，宋茂春和宋逢春自然是乐见其成。

几个人不敢走，在花厅里焦急地等消息。

门外传来一阵喧嚣声。这种情况下，一点小小的动静都会让人风声鹤唳，何况这喧嚣声越来越大，好像直朝上房而去。

宋茂春和宋逢春面面相觑，不约而同地跑出了花厅。他们看见面色苍白如雪的宋墨正神情凛冽地带着群护卫模样的人穿过正院进了垂花门。

"天赐！"宋茂春的脸色一下子比宋墨还要苍白，"国公爷不是说天赐已经被他绑了起来吗？"他神色惨淡。

"出了什么事？"宋逢春道，满脸惶恐。

紧随其后的宋钦和宋铎也脸色凝重，宋铎更是道："难道天赐要去找二叔父算账？"

宋钦一听急了起来："我去看看——不能让天赐和二叔父起冲突，否则一个忤逆就足以将他逐出家门！"

宋铎连连点头，道："大哥，我和你一起去。"

"这是你们能管的事吗？"宋茂春忙上前阻挡，两个儿子已经拔腿朝垂花门跑去。

宋茂春一跺脚，跟了上去。

宋逢春想了想，也跟了上去。

几个人却被拦在了垂花门前。

"世子爷说了，家里来了盗贼，"四个跟着宋墨一起进来的彪形大汉守在门口，刀已出鞘，"为了不伤及无辜，所有的人不得入垂花门。"

太平盛世，朗朗乾坤，皇城根下，竟然有盗贼跑到一等世袭英国公府来偷东西，说出来谁会相信？

这就如同宋墨会逼奸婢女一样经不起推敲。

宋茂春等人的表情都变得怪异起来。

上房传来一阵刺耳的兵器撞击声，其中还夹杂着几声惨叫和慌乱的喊叫："你们是什么人？居然敢跑到英国公府的内院来杀人……"

杀人！事情发展到了杀人的地步！

宋茂春等人不由两腿一软，惊惶不安地寻思着是不是应该赶快离开这是非之地，一个极其粗暴的声音像惊雷般在他们的耳边炸开："你他妈的，老子正想问你是谁呢，你倒问起老子来了！那你就给老子听好了，老子是英国公府世子爷麾下的护卫，奉世子爷之命，前来擒贼！你说你是英国公府的护卫，我们世子爷怎么不认识你？你还敢冒充英国公的护卫，还不快快束手就擒！"

声音响过，宋茂春就看见守在垂花门前的一个护卫咧着嘴无声地笑了笑。他一个哆嗦，拉着两个儿子就往外走："这不关我们的事，不关我们的事！我们回去，快回去！"

宋钦和宋铎再也没有和父亲坚持的勇气，趔趔趄趄地被宋茂春拉着离开了垂花门。

宋逢春和宋同春哪里还敢停留，慌不择路地跟着宋茂春父子离开了英国公府。

而此刻，垂花门内一片恐慌。

偏僻的墙角、假山的洞坞、美人靠的下面……都躲着瑟瑟发抖的仆妇们，宋宜春留下来的护卫除了几个身手特别好的还在负隅顽抗想冲出重围之外，其他的不是跪在地上高举着佩刀喊着"饶命"，就是一副不知道发生了什么事的样子惶然惊惧地嚷着"我们不是盗贼，我们真是英国公府的护卫"，正在和宋墨的护卫交手的谢护卫更是骇然地道："你们到底是谁？！怎么使的是鸳鸯刀？"

鸳鸯刀是定国公为了对付那些流窜上岸的倭寇而专门创制的。

围攻谢护卫的人嘿嘿地笑，下手更狠了。

宋墨对周遭的纷乱视而不见，和紧跟在他身后的陈核径直走进了上院后罩房最东边的一间。

夏琏忙作揖让开。

两人一眼就看见了屋子正中那具被打得已经认不出面目的尸体。

陈桃……宋墨顿时眼角湿润，身子微顿。

陈核已一个箭步从宋墨的身后跃了过去："弟弟！"他伏在陈桃的身上号啕大哭起来。

夏琏看着不忍地别过脸去，半晌才回过头来，低声劝着陈核："你节哀顺变！"

他是那次随着宋墨前往真定的护卫之一，这次他随宋墨去了辽东，因为宋墨急着赶回来，余简身手比他好，随着宋墨一起回了京都，他则领着护卫紧随其后。就在他们疾驰至离京都不到二十里的时候，他遇到了陈曲水派来给他示警的人，之后又遇到了手执宋墨亲笔信的陈晓风……

宋墨面无表情，慢慢地走了过去。原本守在厢房里的两个护卫畏缩地跪在地上，不停地磕头求饶。

宋墨沉默地望着陈氏两兄弟，轻声地问夏琏："找到余简了吗？"

"找到了！"夏琏的声音里带着几分迟疑，还有无法掩饰的悲怆，"不过，手筋、脚筋都被挑断了……"

宋墨点头。眼中只有一点点尚未干涸的水分，残留在了他的眼角，没有了温度。

他柔声道："都杀了吧！"

夏琏一怔，道："都，都杀了？"

两个护卫睁大了眼睛瞪着宋墨，满脸的惊骇，一时间忘记了磕头求饶。

宋墨点了点头，看也没看那两个护卫一眼，闲庭信步般从容地出了厢房。

"家里进了贼嘛，"他淡淡地道，"失手杀死了几个人，这也是常事。"夏琏低头恭声应"是"。

宋墨朝关押着上房的丫鬟、媳妇、婆子的厢房走去。

身后传来一阵阵凄厉的哀号声。

宋墨推开厢房门，丫鬟、媳妇和那些婆子都哭着朝宋墨涌过来。

"世子爷，救命啊！"

"世子爷，您可回来了！"

却被守在厢房里的护卫把她们拦在了离宋墨十步的距离。

宋墨扫了厢房一眼，都是些三等或者不入等的丫鬟、婆子，母亲身边服侍的谢嬷嬷和几个大丫鬟都不在。

照宋墨的吩咐，一进上房就控制住了这个关押着仆妇的厢房的护卫之一立刻上前禀道："世子爷，夫人病逝之后，没几天谢嬷嬷也病了，被国公爷送去了田庄休养。夫人身边的四个大丫鬟，梅蕊在夫人死后撞柱而亡，杏芳、竹君、清李几个前两天被国公爷叫去后就没再看见……"

宋墨低垂着眼睛，半晌才吩咐那护卫："派个人去把谢嬷嬷接回来。"

也许，已经晚了，但只要有一线希望，他就不会放弃。

他走出厢房，有护卫急匆匆地走了过来："世子爷，我们在颐志堂发现了两个被打得皮开肉绽的小厮，他们一个叫武夷，一个叫松萝，说有要紧的事要禀告您，我让人把武夷带过来了。"

父亲既然要对付他，肯定不会放过颐志堂的众人，何况这两人是服侍陈曲水的，陈曲水不见了，两人的下场可想而知。听说两人还活着，宋墨心里有些激动，忙点了点头。

武夷是被人扶过来的："公子！"他哭丧着脸，看了看周围的人。

严先生交待过，陈先生的事除了他和世子爷，不能跟第三个人说，他谨记着严先生的嘱咐。

宋墨单独见了他。

"陈先生不见了！"武夷急得快哭了，"那天快下午酉时，陈先生说要在院子里走走，松萝在屋里收拾东西，我像往常一样站在台阶上看着，不承想一眨眼，陈先生就不见了。我和松萝找了大半夜都没有找到……"他说着，跪了下去，"世子爷……"哭了起来。

宋墨不由微微一笑，道："不见了就不见了吧！倒是你们两人，忠心可嘉，下去好好养伤吧！"

他柔和的声音不禁让武夷困惑地眨了眨眼睛。

陈先生不见了，世子爷好像很高兴似的！难道之前他猜对了？陈先生是世子爷的对头，虽然被世子爷捉了回来，但一直不愿屈服于世子爷，世子爷也拿他没有办法。这次府里大乱，他逃了出去，世子爷正好找了个台阶下？

武夷摸不清头脑，混混沌沌地跟着护卫退了下去。

宋墨额头上沁出了细细的汗。他从怀里掏出个很普通的、像走江湖卖大力药丸的瓷药瓶，从里面倒出一粒鲜红如血、莲子米大小的药丸子，吩咐身边的人："给我倒杯水来。"

护卫不明所以地倒了杯水来。

宋墨服下药丸，感觉人好多了。

走进来的夏璇看到，脸色大变，疾步上前，忧心忡忡地道："世子爷，您要不要歇歇？"

"不用！"宋墨挥了挥手，淡然地道，"那些护卫，都清理干净了？"

"有几个逃了出去……"夏璇愧疚地低下了头，"我已经派了人去追……"

"不用了！"宋墨笑道，"总得给我父亲留几个使唤的人吧？"然后道，"把尸体都给我堆在正院的中间，我们在颐志堂等我父亲！"说这话的时候，他掸了掸衣襟，显露出了前所未有的轻松。

望着正院中央码放得整整齐齐的尸体，宋宜春胸中一滞，"哇"的一声，把早上吃的那点东西都吐了出来。

和谢护卫一起逃出去的几个人此时也夹杂在宋宜春随身的护卫中间，他们都脸色发白，有的和宋宜春一样呕吐起来，有的则不知所措地站在那里，还有的暗暗后悔，想着应该想办法躲一躲。只有常护卫，看上去还比较镇定。

可那也只是表象。

他的心里一片冰凉。

完了，完了！难怪顾玉那么好说话！

原来是世子爷的调虎离山之计！如今英国公府已经落到世子爷的手里了吧！

现在该怎么办呢？他的目光不由落在了被两个护卫搀扶着继续在那里呕吐的宋宜春身上。

国公爷……做事优柔寡断，十之八九是指望不上了。好在这英国公府到底是国公爷的，这护卫死了，还可以再招募，他们还有英国公府豢养的死士，并不是全无反击之力的。只是国公爷和世子爷毕竟是父子，国公爷不能随意要了世子爷的性命，世子爷也不能以下犯上。这件事闹大了，国公爷固然颜面尽失脸上无光，世子爷身上也逃不脱一个忤逆的罪名，所以世子爷才会趁着国公爷不在府里的时候把这些忠心于国公爷的护卫全都杀了。

只要世子爷还有所顾虑就好！英国公府毕竟是国公爷的。

常护卫心中稍安，上前向宋宜春抱拳行了个礼，低声道："国公爷，您看，是不是尽快把这些尸体都处理了……"

听说是一回事，落了眼是另一回事。时间长了，被外人看到就不好了。

"逆子！逆子！"宋宜春失魂落魄地骂着，虽然心有不甘，却不得不承认常护卫的话有道理，只得点了点头，并道，"你去办这件事——抚恤什么的，都好说。"

有这句话就好办了。

常护卫松了口气，恭声应"是"，又道，"您看世子爷那里……"

"那个孽障，他还想怎样？"宋宜春跳着脚，眼底却闪过一丝惊慌，"他杀了这么多的人，我没有把他绑了交给顺天府就是好的了，他还想怎样……"却没有拿出个章程来说到底该怎么办。

常护卫不禁在心里暗暗叹了口气。

国公爷对世子爷……不过是……色厉内荏罢了！

他只好道："世子爷既然敢杀人，想必还有后手。您看，要不要先想个对策？"

"对策？"宋宜春茫然道，"什么对策？"显然心里是糊涂的。

常护卫低声道："要不要通知孟护卫带几个人来？再就是世子爷那边……不知道国公爷有什么打算？这兔子急了还咬人，如果世子爷不管不顾了……除了顾玉，三公主也常常出入宫闱……若是世子爷通过他们跑到皇上面前去告御状，就算皇上不喜世子爷忤逆，只怕也会过问几句，到时候怎么说，国公爷要早拿主意才好！"

他的话虽然说得委婉，宋宜春却听明白了。

孟护卫，负责管理英国公府的那些死士。现在他们只剩些残兵败将，如果不尽快把孟护卫手里那些身手高超的人调过来，宋墨万一借口家里有盗贼继续杀戮，他们这些人根本就不是对手。

再就是这件事怎样收场？若是决定收拾宋墨，宋墨被逼急了肯定会去找皇上哭诉，他就必须拿出有力的证据来证明宋墨失德；若是拿不出有力的证据来，就得想办法尽快把这件事平息了。

想到这些，宋宜春不由自主地打了个寒战。

万皇后母仪天下之后，曾有小人在皇上面前进谗言，说太子不孝。皇上勃然大怒，说："教子不严父之过，教女不严母之过。难道你是在指责朕不成？"把说这话的几个人全都拖到菜市口斩了。事后还曾对他恨恨地道，"……这些人不过是欺负太子自幼失恃，朕最恨这种事了！"

皇上对沈皇后十分敬重，沈皇后病逝后五年，才续立了温柔敦厚的淑妃万氏为皇后。

蒋氏刚刚去世，宋墨要是去皇上面前告御状，他拿不出个站得住脚的理由，恐怕在皇上面前不好交待！

"你说得对，你说得对！"宋宜春擦着额头的汗水，忙吩咐常护卫，"你快通知孟护卫把他的人都带过来……"至于宋墨那里怎么办，他抿着嘴，表情晦涩。

能够成为宋宜春的心腹，常护卫自有其过人之处。

有些话能说不能做，有些事能做不能说。

宋氏父子的关系，就属于能说不能做。

他可以提醒宋宜春，却不能插手他们父子之间的事。

常护卫恭谨地给宋宜春行礼，派了个人去通知孟护卫，然后带着几个护卫去处理那一堆犹如赤裸裸的挑战书似的尸体去了。

正院的血腥让宋宜春觉得整个英国公府此刻已成了修罗场，他由几个护卫护着，在轿厅旁原来给轿夫、马夫们打尘的厢房里歇脚。

掌灯时分，孟护卫带着二十几个护卫赶到。

这些护卫明显对处理尸体比常护卫等人有经验，有了他们的帮忙，当传来"咚——咚咚"三更鼓时，如果忽略满地水渍中隐隐透着的血腥味，忽略仆妇们战战兢兢的神色，英国公府勉强算是恢复了正常。

盖着被子穿着单衣趴在床上的宋墨笑吟吟地望着趴在他床边的宋翰："这么晚了，你还不去睡？"

宋翰在哥哥身边扭着身子："哥哥，我要和你睡！"

"不行！"宋墨笑道，"我现在疼死了，你要是半夜碰到我的伤口怎么办？"

宋翰听着，小心翼翼地摸了摸哥哥的手，道："下次爹爹要是再打哥哥，我就去帮哥哥求情！"

"好！"宋墨笑容温柔，再次道："快去歇了吧！"

陪着宋翰一起来的梨白就笑着上前牵了宋翰的手，道："二爷，我们不要耽搁世子爷歇息养伤了。"

　　梨白从前也是蒋氏身边的大丫鬟，因为性子平和又沉稳重，这才让她做了宋翰的大丫鬟。

　　她一早就陪着宋翰待在位于上房东边的灵堂里。

　　宋墨冲进来的时候就派了得力的人守在灵堂的四周。

　　她知道出了大事，一直哄着宋翰守在灵堂里。

　　宋墨把颐志堂清理干净后，立刻让梨白送宋翰过来，只说是自己惹了父亲生气，被父亲打了一顿，自己的护卫和府里的护卫起了冲突。

　　宋翰半信半疑，但也没有多问。

　　听梨白说宋墨也要休息了，他乖巧地点了点头，随着梨白退了下去。

　　夏瑅端了碗黑漆漆的汤药进来。

　　颐志堂从前近身服侍过宋墨的人都被打得不能动弹了，能动弹的都是些三四流的人物，夏瑅不敢把熬药这么重要的事交给别人，只好自己动手。

　　宋墨接过药一饮而尽，问夏瑅："父亲的人把外面都收拾干净了？"

　　"是！"夏瑅正应着，眼睛红肿、神色憔悴的陈核走了进来，手里端着碗粥。

　　宋墨看着叹了口气，道："我不是让你回去陪陪乳娘吗？你怎么还在这里？这些事有人做……"

　　"世子爷，"陈核没有争辩，只是将粥放了一旁的杌子上，低声道，"武夷和松萝都挺不错的，等他们两人的伤养好了，我再回去看我娘也不迟。"又道，"世子爷今天都没怎么吃东西，我照您平时喜欢的，在粥里放了些山药，您尝尝！"眉眼间流露出几分倔强。

　　每个人都有每个人的坚持。

　　宋墨不再说什么，趴在床边喝粥。

　　被派去找谢嬷嬷的护卫回来了。"世子爷，"他低着头，"谢嬷嬷十天前已经去世了……说是不小心从台阶上踏空了，折断了脖子，当场就去了……"

　　宋墨顿住。他面无表情地望着调羹里的白粥，任那微弱的热气扑在自己的脸上。

　　良久，他才默默地继续将粥全吃了下去，吩咐夏瑅："无论如何都要想办法把我母亲身边的几个大丫鬟找到！"

　　他们一直没找到那几个丫鬟。

　　夏瑅肃然应是，把宋墨托付给了陈核，退了下去。

　　宋墨又开始写信。

　　宋宜春却坐立不安地在屋里打着转。

　　这是一个机会，一旦失去，就再难遇到。

　　可如果坚持下去，皇上面前又该怎么说呢？

　　他正在头痛，常护卫过来了。

　　"国公爷，"他低声道，"二爷如今在颐志堂！"

　　两个儿子本就十分亲近，宋墨怕宋翰受到惊吓，接去颐志堂，这很正常。

　　宋宜春一时没明白常护卫的意思。

　　常护卫只好上前一步，悄声道："国公爷，要是世子爷对二爷不利，那……"

　　宋宜春听得眼皮子一跳。

　　他怎么没有想到？宋墨把英国公府的护卫杀了，还一副有恃无恐的样子把尸体摆放成了那样，他已经不是自己原来熟悉的儿子，他已经成了第二个蒋梅荪！

宋宜春倒吸了口冷气，道："你说现在该怎么办？"

"国公爷还是想想怎么和世子爷御前对质吧！"常护卫眼底闪过一丝异色。

他已经和宋墨结下了生死之仇，一旦宋墨成为英国公，他的下场可想而知。

宋宜春问他："你有什么好主意？"

这种事，得那些熟悉典籍的文士才想得出来，他怎么知道？

常护卫硬着头皮出了几个主意，都被宋宜春否定了。

隐隐地传来四更鼓响。

宋宜春一咬牙，吩咐丫鬟："去，把陶先生请来！"

陶先生名持，字器重，是他最得力的幕僚。他原本想请他帮着想个万全之策的，结果陶器重满口的之乎者也，把什么晋文公、汉武帝都拿出来说了一遍，说得他心头冒火……不承想，最终还是得请他帮着善后。

这些武人虽然听话，却像狗肉——始终上不了正席啊！

第五十二章　使者・条件・决定

宋宜春那边的动静很快就传到了宋墨的耳里。

"陶先生吗？"宋墨嘴角露出一丝略带讥讽的笑，吩咐夏珰，"你派人把这几封信送出去。"

有给三公主的，有给陆家的，也有给景国公府三爷张续明、神机营副将马友明等人的。

夏珰应声而去。

宋翰由梨白陪着来给宋墨请安。

"哥哥，你好好在家里养伤，"他很懂事地道，"我去给母亲守灵。"

宋墨沉吟道："还有三天，就是母亲的三七了吧？"

宋翰点头。

治丧以七日为期，逢七必祭。宋墨是长子，应该由他主祭。如果他真如父亲所愿被打得不能动弹了，母亲三七，作为长子，他竟然不在场，那些亲戚朋友会怎么想？

宋墨冷笑，温声问宋翰："你用过早膳了没有？"

"用过了。"宋翰乖巧地道，"早上吃的素炒什锦、酱茄瓜、素馅包子还有一大碗面条。"

平时蒋氏问他，他就是这么回答的。宋墨听着眼泪都快要落下来了。

他打发了梨白，低声对宋翰道："娘亲死的时候我都不在家，你给我讲讲母亲的事，好不好？"一副孺慕之情。

宋翰不疑有他，抹着眼角哽咽道："你走后没多久娘亲就病了。开始只是怏怏地没有力气，渐渐地就不能下床了。父亲请了杨秀山来给娘亲瞧病，但吃了他的几服药都不见好转，父亲就换了黄中立，结果娘亲的病越发重了，正恰皇后娘娘来探望娘亲，推荐了任崇明。娘亲又改用任崇明的方子，还是不好，父亲做主，又换成了杨秀山……"

黄中立和任崇明都是名动天下的大国手，一个是惯给皇上看病的，一个是惯给皇后娘娘看病的，黄中立还是太医院的院正，若是杨秀山的方子有什么问题，两人不可能毫无察觉，父亲也不可能同时让三个御医都按他的意志来开药方。

也就是说，母亲是真的生病了……

宋墨思忖着问宋翰："娘亲病了，是谁在床前侍疾？"

"是我。"宋翰道，"竹君和清李轮流帮娘亲熬药，我在床边服侍。"说到这里，他像想起了什么有趣的事似的，报着嘴笑了起来，"原来娘亲和我一样怕苦，每次喝药，如果不加很多的冰糖，就要吃饴糖。"说着，眼眶里蓄满泪水，"每年过春节，娘亲都会亲手给我做新衣裳，还会给我金豆豆做压岁钱……"

他"哇"的一声哭了起来。

宋墨也眼角湿润，他用帕子帮弟弟擦着眼泪："好了，天恩，别哭了！以后哥哥给你金豆豆做压岁钱，让……"谁能代替母亲给宋翰做新衣裳呢？他又没有娶亲……脑海里就突然浮现出窦昭蹲在花田里挖菊花时的神态。

大方，自然，荣辱不惊……如果换成是她，她会怎样安抚弟弟呢？

宋墨没来得及细想，这个念头就一闪而过。

他哄着宋翰："哥哥让梨白给你做新衣裳，好不好？"

"我不要新衣裳！"宋翰抽泣道，"我要娘亲……我要娘亲……"

宋墨神色黯然，默默地给宋翰擦着眼泪。

宋翰哭了一会，心情慢慢平和下来，他对宋墨道："哥哥，我以后再不要新衣裳了，也不要金豆豆了。"

几句话说得宋墨心中更是酸楚。

他轻轻地拍了拍弟弟的手。

两兄弟默然相对半晌，宋墨才轻声道："娘亲临死之前，可曾嘱咐过你什么？"

宋翰摇头："母亲临终前，已经不会说话了！"

宋墨愕然。

母亲一生坚强，就算临终前不能说话了，之前缠绵病榻，也应该有所安排才是。不可能一句话都不嘱咐他们兄弟俩就这样走了。

"到底是怎么一回事？"他不由勃然大怒，尽管他知道不应该当着弟弟的面发脾气，极力地把这种情绪压在了心底，可他目光中迸射出来的愤懑还是让宋翰吓了一大跳。

"那天，天气好，谢嬷嬷带着丫鬟，做了，做了很多桂花糕……"他磕磕巴巴地道，"爹爹陪娘亲坐在廊庑下赏菊，我跑去帮谢嬷嬷端桂花糕，回来的时候，爹爹和娘亲都板着脸，不说话，娘亲勉强吃了一口桂花糕，就说天气有点冷，让梨白带我回去换件衣裳……我知道他们肯定是有话要说，不想让我听见。我走到半路，就折了回来……谢嬷嬷和娘亲身边服侍的都站在院子里头……我趁着谢嬷嬷不注意的时候跑到了廊庑上……娘亲和爹爹在吵架……吵得好厉害！我还没有听清楚，就被谢嬷嬷一把抱到了葡萄架下……谢嬷嬷还叮嘱我，娘亲和爹爹吵架的事，谁也不能说……"他说到这里，惊恐地望着宋墨，"哥哥，我谁也没有说！"

仿佛一个巨浪打来，把宋墨浇了个透心凉。

他知道这时候弟弟很需要安慰，可他实在是笑不出来。

草草地摸了摸宋翰的头，他沉声道："后来呢？"

"后来我被梨白带回了屋,"宋翰垂着头,眼泪簌簌地落在了他青色的蝠头鞋上,"再后来,清李来叫我,说母亲不行了,让我快去……我跑过去的时候,看见母亲大口大口地吐着血……"他伏在了宋墨的床头,呜呜地哭得不能自已,"父亲上前去,却被母亲一把推开……"

宋墨眼前一片模糊。

原来母亲是在和父亲吵架之后吐血而亡的!是什么事让母亲和父亲之间有这么大的分歧?会不会与舅舅们有关?

他仔细地思量了一番,否定了这个想法。舅舅们的事已经有了定论,并没有伤害到宋家的利益。母亲是个明白人,就算是当初舅舅们遇难时父亲没有尽力帮忙甚至是敷衍了事,母亲也不会因此而责怪父亲——父亲代表英国公府,英国公府一向唯皇上马首是瞻,母亲分得很清楚,不可能因为这件事就气得吐血身亡。

那这件事与自己被陷害有没有什么关系呢?

是什么事能让父亲去谋害自己精心培养的长子呢?

如果能知道母亲和父亲为什么起争执就好了?

现在,谢嬷嬷不在了,那几个大丫鬟就成了关键!

母亲和父亲吵架的时候,她们几个虽然立在院子里,但宋翰说母亲和父亲吵得很厉害,她们应该多多少少能听到只言片语。还有陷害自己逼奸的,也是这几个大丫鬟。要说这其中没有什么关联,只怕谁也不会相信!

现在他做出一副鱼死网破的样子,写了几封信给三公主等人,请他们帮着他疏通关系,尽早地见到皇上,父亲如果没有一个站得住脚的理由,御前那一关未必就过得去。这一点,相信父亲也是很明白的。要不然,父亲也不会在强制他不成的情景下急急地招了陶器重前往。

一旦父亲决定妥协,为了不被抓到把柄,父亲肯定会把那些用来陷害他而投靠父亲或是被父亲收买的"证人"灭口。

到时候他只要派人紧紧地盯着父亲的那些手下,就可以找到那几个大丫鬟的下落了。

想到这里,宋墨觉得有必要再叮嘱自己的属下几句。

安慰了宋翰一通之后,他喊了几个护卫护送宋翰和梨白去了灵堂,然后叫了夏琏进来,吩咐他派专人负责找蒋氏身边的几个大丫鬟。

夏琏恭声应"是",有护卫进来禀道:"陶先生求见!"

宋墨眼皮也没有抬一下,淡淡地说了句"不见"。

屋外的陶器重仿佛早已知道了答案似的,没等那护卫转身,已高声道:"世子爷,天下无不是的父母。那些护卫您杀就杀了,也应该消消气了。再过几天就是夫人的三七了,死者为大,您总不能让夫人走了都不安稳吧?我这次就是奉了国公爷之命,来和世子爷商量夫人三七祭祀之事的。世子爷心里就是再气、再怨,看在夫人的面上,也把这几天过了再说。您觉得如何?"

宋墨听着只觉剜心的痛,事到如今,父亲还要利用他对母亲的敬重……

他深深地吸了几口气,这才稳住自己的声音不至于变调。

"你进来吧!"宋墨对着窗外的那个身影淡然地道。

陶器重忙恭敬地朝着宋墨的内室行了个礼,这才走了进来。

"陶先生请坐!"宋墨已经恢复了从前的云淡风轻,让护卫给陶先生上茶,道,"颐志堂的仆妇都带着伤,只好委屈先生了。"

"哪里,哪里!"陶器重忙欠了欠身,恭谨地道,"说起来,这件事都是小人作祟,国公爷受了蒙骗,您也受了冤屈……"

"这么说来,父亲已经觉得是他做错了?"宋墨淡然地打断了陶器重的话,目光灼灼地盯着陶器重的眼睛。

陶器重没想到宋墨这样的犀利,他不由苦笑。如果他承认是英国公错了,接下他们就得对宋墨"割地赔款";可如果不承认英国公有错……他想到来时一路见到的五步一哨十步一岗,想到宋墨送出去的那几封信,想到昨天堆在院子中央的那些尸体,想到把宋翰团团围住的护卫……

他有些不自在地轻轻咳了一声,只好喃喃地应了一声"是"。

"既然如此,"宋墨似笑非笑地望着陶器重,"那就请父亲维护我作为世子的尊严,把那些小人的头颅割下来以儆效尤吧!"

陶器重骇然地望着宋墨。

如果英国公把对他忠心耿耿、因为执行了他的命令而被宋墨迁怒的护卫都杀了,以后谁还敢为英国公卖命?但与宋翰相比,这个要求又变得有些微不足道起来。

他沉吟道:"能让二爷回上院歇息吗?"

宋翰原来一直跟着父母住在上院。

原来如此!宋墨暗暗在心里自嘲。父亲之所以这么快就妥协,怕自己拿宋翰来威胁他也是重要的原因之一吧?

在父亲的心里,自己不过是个无情无义、连手足也不放过的无耻之辈罢了!

或者,失望到了极致,也就没有了期望。

宋墨的心突然变得很平静。

他漠然地道:"母亲逢七,我来主祭;七七发引,我来打幡。"

这样一来,从前的种种都变成了笑话。

宋墨重新成为被英国公承认的继承人,父子之间的矛盾也将会被淡化,甚至是轻描淡写的一句"误会"就可以揭过,英国公也就不可能去追究宋墨的杀人之罪了。

这对英国公来说肯定是很难受的。

可来日方长。

当务之急是要确保宋翰的安全——国公爷只有这两个儿子,他已经和长子势同水火,若是再失去了次子,难道还让国公爷从堂兄弟那里过继儿子来继承英国公府的爵位不成?

这对于向来重视传承,对能成为英国公而备感骄傲的国公爷来说,恐怕比杀了他还要难受吧?

陶器重想也没想,就替宋宜春答应了:"世子爷是长子,理应由世子爷主祭、打幡,难道还有别人能替代您不成?"

只怕从今天起,父亲就会日日夜夜地想着怎样让宋翰取代他吧?

宋墨并不害怕,他在心里冷笑数声,道:"从今以后,英国公府的事我不管,但颐志堂的事英国公府也不要管!"

自从大舅出事,一桩事接着一桩事,他需要时间梳理大舅留给他的那些人手,也需要时间了解父亲陷害他的真正原因。只有这样,才能真正地解除他的危机。

陶器重和宋墨想的一样。

死了那么多的人,英国公府需要时间消化这种损耗,需要降低别人的关注,短时间内的安宁是非常有必要的。

"是雄鹰就要翱翔九天。"陶器重笑道,"世子爷大了,也应该学着掌管国公府的事务了。从颐志堂做起,是最好不过了。从前国公爷还是世子爷的时候,也是从管理颐志堂开始的。"

"是吗？"宋墨浅浅地笑，"既然如此，母亲七七过后，就请父亲把母亲的陪嫁分给我和天恩吧！"

陶器重一愣。

宋墨已道："父亲正值壮年，想必很快就会续弦。在新人进门之前把母亲的陪嫁交给我们两兄弟，也是为了显示父亲没有私心；天恩有了母亲的陪嫁傍身，跟着父亲在上院过日子，我也放心些。"

夫人进门时有近万两银子的陪嫁，这些年又经营有道，粗略地算算，至少也应该有三四万两银子的样子。

宋墨和宋翰都是半大不小的年纪，又都没有成亲，夫人的陪嫁由国公爷管着无可厚非，宋墨怎么会想到要分夫人的陪嫁呢？

不过，他提出这样的要求也并不过分。

主要是国公爷还正值壮年，两个儿子也都没有到娶亲的年纪，英国公府又没有主持中馈的人，英国公必然是要续弦的。如果续弦，提前把夫人的陪嫁分给两个儿子，恰恰是尊重夫人和夫人所生的两个儿子的表现。特别是宋墨身边早有掌管太夫人陆氏陪嫁的人，这么多年都没出过什么纰漏，把夫人蒋氏的陪嫁交给他在外人眼里也算是顺理成章的事。

而听宋墨的口气，是要等分了夫人的陪嫁之后才会把二爷交给他们……

陶器重笑道："分财产是件很琐碎的事，只怕一时半会没有结果……"

他徐徐地道来，观察着宋墨的表情，颇有些试探宋墨的味道。

宋墨更觉得腻味。既然宋翰那么重要，父亲又何必在乎母亲的那一点陪嫁？

他水波不兴地听陶器重把话说完，道："那就慢慢分好了。反正我们兄弟俩都不急。"

陶器重这样就很肯定宋墨的想法了。

他不由暗暗叹了口气，笑道："世子爷身体违和，我就不打扰了。待我回了国公爷，也好安排三七的祭祀。"

宋墨已经提了自己的要求，至于父亲答不答应，什么时候答应，那就看谁更沉得住气了！

他微微颔首，让护卫送了陶器重出门。

有护卫来禀："杨太医来了。"

宋墨找杨秀山给他看病的一个重要原因是想向他打听母亲的病情。

杨秀山见了他的伤惊讶得半天都没有回过神来，一回过神来就急急地问："这是怎么了？"

宋墨早想好说辞，半真半假地道："母亲去世，父亲心情不好，我心急如焚地赶回来，怪父亲没有早日给我报信，顶撞了父亲，被父亲狠狠地打了一顿。"

"这也打得太厉害了些！"杨秀山连连摇头，让宋墨把黄中立也请来，"他家祖传是看骨伤的。"

宋墨正想着怎样给父亲施压，杨秀山给出了个好主意。

他从善如流，立刻让人去请黄中立，然后和杨秀山说起母亲的病来。

"主要还是心情郁结，"杨秀山叹道，"这种心病，还得心药医。"

他是常在英国公府走动的，知道宋墨和母亲非常亲近，本想说宋墨当时应该守在蒋氏身边的，但想到宋墨的伤，又把这句话给咽了下去。

黄中立还没有到，顾玉提了一大堆的药品、补品先到了。看见宋墨的样子，他倒吸了一口凉气。

杨秀山也常给云阳伯家的女眷瞧病，和顾玉相熟，两人寒暄几句，杨秀山就很有眼色地借口要去写药方，将地方让给了顾玉。

顾玉待杨秀山一离开，就阴沉着脸坐在了宋墨床前的锦杌上："出了什么事？你为什么要我尽量把伯父留几个时辰？"

以心换心，以后只怕还需要顾玉帮着他牵制父亲。

宋墨没有隐瞒，把事情的经过简明扼要地说了一遍。

顾玉神色大变，惊呼道："怎么会这样？"

"我也不知道。"宋墨表情显得有些苦涩，"如果我能找到原因，也许就能解开这个结了。"

"家家有本难念的经。"顾玉面露嘲讽，"人人都当我是傻瓜，我却知道，敢当着我姨母教训我的人，才是真正对我好的人。"他说着，神色一肃，森冷地道，"天赐哥，你说吧，要我干什么？我赴汤蹈火，在所不辞。"

什么以下犯上，不孝忤逆，一概不问，就这样站在了宋墨这一边。

宋墨顿时眼睛湿润，半晌才道："暂时没什么要你帮忙的。"把和陶器重的谈话告诉了他，"……先把伤养好，然后想办法自保，查清楚父亲为何要如此待我。孝期过后，再谋个一官半职。"

入了仕，宋宜春就不可能用如此拙劣的手段对待他了。

顾玉点头，道："你放心。孝期期间，我会隔三岔五就来看看你。不仅我自己来，还会偶尔带一两个在京都颇有影响的勋贵子弟一起来，也会不时在姨母和皇上面前提到你的。"

"多谢！"宋墨很是感激。

"哎哟，说这些做什么？"顾玉脸色微红，他长这么大第一次有人这样郑重地向他道谢，而且还是他非常尊重的宋墨，"我也帮不上大忙。"

时间最是无情。三年守制过后，谁知道皇上还记不记得他。有顾玉帮着时常在皇上、皇后面前提提他，孝期过后，就算父亲想阻止，他也有办法谋个差事。

"这对我已经是最大的帮助了。"宋墨再次向顾玉道谢。

"我们别说这些了。"顾玉不好意思地挥了挥手，道，"你这边缺不缺护卫？我身边还有两个身手不错的，是姨母赏给我的，你若是要，我就送给你好了……"

那是皇后娘娘送给顾玉的保命符，要不是有这两个护卫，单凭他，怎么可能在藏龙卧虎的京都城里闯出"小霸王"的名头来！

"不用了。"宋墨忍不住露出一丝笑意，"我还有舅舅留下来的人。"

"我怎么把这给忘了！"顾玉拍着脑袋，又道，"那你要不要银子？我没多少私房钱，不过，我有很多没有上册的古董字画，到时候可以拿出去当了，怎么也能凑个万把两银子。"

"都不需要。"宋墨心里暖暖的，"你自己留着用吧！"知道他是诚心实意，又道，"我如果需要，再向你开口也不迟。"

顾玉不住地点头："那你一定要记得跟我说！"

"一定。"宋墨笑着，有护卫进来禀告："黄太医来了。"

顾玉忙代宋墨将黄中立迎了进来。

黄中立五十来岁，身材十分高大魁梧，乍眼看上去像个武夫，虽然粗壮，可一双蒲扇似的大手却十分灵巧。

他给宋墨把了脉，然后摸了摸宋墨受伤的地方，眉头紧紧地锁了起来："外伤好说，养个三五个月就能痊愈，可这内伤……"

顾玉吓了一大跳："怎么？治不好了吗？"

"也不是。"黄立山道，"没有三五年只怕好不了。"

顾玉长舒了口气："能好就成！你只管说要用什么药吧！不行我就向皇后娘娘讨去。"纨绔之气立现，让宋墨忍不住笑着摇头。

偏偏黄中立也是个有脾气的，绵里藏针地笑道："用的全都是些寻常的药材，就是需要用无根之水煎服，有些麻烦。"

无根之水，就是雨水。

这一年四季下雨总是少数，特别是京都这样气候干燥的地方。

顾玉喃喃道："难道要搬到江南去住？"

宋墨知道这是黄中立在调侃顾玉，却也被顾玉的一片赤诚感动，笑道："下雨的时候用桶接着就行了。"

"我怎么没有想到！"顾玉哈哈大笑。

宋墨却心中一动。三年前，皇上曾赏给他一座小田庄，就在离京都不到六十里的大兴。

也许，那个地方可以用得着！

不几日，京都迎来了冬天里的第一场雪。

远在四百里开外的真定，也是寒风呼啸，大雪纷飞。

前几天有田庄的管事来送年事货，敬上了两张雪貂皮，做比甲少了点，镶裙边又怪可惜的，窦昭思来想去，决定给祖母做个风领，再做顶挖云秋香色的昭君套，正好过年的时候用。

天气冷，也没有什么事，甘露几个就陪着窦昭坐在内室临窗的热炕上做针线。

素心轻手轻脚地走了进来。"小姐，"她朝着窦昭眨了眨眼睛，笑道，"前几天田庄送来的账目有些不对。"

甘露几个一听，立刻退了下去。

素心这才从怀里掏出封信出来："小姐，是陈先生让人送回来的。"

窦昭有些紧张地接过了信。事情已经过去八九天了，京都那边却一直没有什么消息过来，她看似悠闲，实则心里时时惦记着，晚上常常辗转反侧睡不着。

一目十行地看完了信，窦昭情不自禁地长长松了口气。

在旁边忐忑不安地关注着她的素心见了，表情也不由得跟着松懈下来，旋即露出了一个愉悦的笑容："小姐，段护卫他们，是不是都平安无事？"

窦昭点头，示意素心将旁边的羊角宫灯点起来。一面烧着信，一边悄声道："梅公子那大势已定，三七的时候主持了蒋夫人的祭祀，陈先生和段护卫他们过几天就会回来了！"

素心这样沉稳的人，听说陈曲水他们很快就能回来，也禁不住欢喜雀跃："这就好，这就好！"

窦昭看着她高兴的样子，忍不住笑起来，道："你去跟陆鸣说一声，免得他们担心。"

素心欢天喜地地去了。

窦昭却望着烧成了灰烬的信纸发了半天愣。

宋墨果然不是那种逆来顺受的人，他的父亲要陷害他，他一样会奋起反抗。

自己派段公义和陈晓风等人连夜赶去营救宋墨，这个决定很是冒险。

可她只要一想到前世宋墨的遭遇，就无法坐视悲剧再次重演。

不过，英国公为什么要陷害自己的长子，不管是前世还是今生，窦昭都没有找到答案。

前世，蒋家被满门抄斩，蒋氏缠绵病榻，不久之后就与世长辞。宋墨刚失舅父，又逢母丧，想必心神俱疲之余，心中也有些许的怨怼之情，他不可能，也没有心情和精力去关注身边的事，这才让英国公有了机会从容布置，以被御使弹劾的方式拉开陷害宋墨的序幕。而这一世，蒋梅荪等人虽然被害，可梅夫人等妇孺却活了下来，宋墨为了保护蒋氏族人，不仅没有因为蒋梅荪等人的死而消沉，反而更积极地融入到京都的贵族圈中，甚至为了试探皇上的用意，有意输了秋围的骑射比赛，重新确定了他在皇上心目中的位置。

名声在外的宋墨，对英国公来说犹如烫手的山芋，最终只好选择了在宋墨奔丧回来的那一刻突然发难……自己的示警，英国公的无奈，都给了宋墨一线生机。

有时候，身份也是一种束缚。这次他能够顺利脱险，保住了世子之位，希望他能够不像前世那样疯狂。

窦昭幽幽地叹了口气。

黄昏时分，陆鸣来向她辞行。他一言不发，先跪下来给窦昭磕了三个头："四小姐，您的大恩大德，不仅世子爷，就是我们这些人，也都不会忘记的！"然后道，"世子爷受了伤，需要人照顾、帮衬，但身边人手不足，严先生和我商量，准备今天晚上连夜赶回京都。徐青的伤势太重了，只怕还要麻烦四小姐让他在田庄多养几天。"

陆鸣来窦家小半年，一直对窦昭很尊敬，却不像现在，尊敬中带着几分恭谦，显得很有诚意。

也许是因为自己救了宋墨的原因吧！"你起来说话吧！"窦昭思忖着，道，"田庄里也没有别的人，你就放心让徐青在那里养伤好了。"然后让素心送了他五十两银子的程仪，"你们一路上要小心。我的人还没有回来，没办法护送你们回京都。"

陆鸣没有客气，把银票揣在了怀里："这里离京都不过五六天的路程，既然大局已定，国公爷这个时候想必没空理会我们，我们应该能够平安到达。"

窦昭也是这么想的，叮嘱了几句，她端茶送走了陆鸣。

甘露进来禀道："小姐，高兴回来了！"

一个月前，高升奉窦世英之命来接窦明回京都，窦昭派了高兴随行。

她在厅堂见了高兴。

"小姐，一路上很顺利。"高兴的身上还残留着雪花融化后的水渍，一看就知道他还没有进屋就先来见窦昭了，"七老爷还把我叫去问了小姐的很多事。"他咧着嘴笑，窦世英这样关心窦昭，显然很看重长女，他很为窦昭高兴，"让我带了很多京都的特产回来，说是给小姐过年的。"

窦昭向他道了声"辛苦"，让素心去清点东西，问了问父亲的身体。

"七老爷很好。"高兴笑道，"每逢休沐都会去庙里和大师傅们讨论佛法，大家都夸七老爷佛法精深，连我们都跟着沾了光。"他说着，从腰间的荷包里拿出张平安符，"这是我去大相国寺玩的时候，那个知客和尚福德知道我是北楼窦家七老爷的人，特意送了我一张住持大师开过光的平安符呢！"

窦昭愕然，随后哈哈大笑起来。

当年，大相国寺的住持福德方丈和大隆善护国寺的圆通法师是京都最负盛名的两位禅师了，一个能把死人说活，一个能把活人说死；一个相貌堂堂，一个仪容出众。每年中元节的法会，大相国寺前和大隆善护国寺前就会挤满了去听佛法的妇人，据说等到两寺收香钱油的和尚抬着功德箱出来的时候，铜钱就会像雨点一样地落下来。

现在，大相国寺未来的住持还在做知客，但已经知道打点窦阁老家亲戚的下人了。

如果纪咏就是那个未来的大隆善护国寺的住持圆通法师……他暂住在窦家鹤寿堂，正准备参加明年的春闱……是不是命中注定的人，往往会在不经意间已经有了交集？

窦昭越想越觉得纪咏十之八九就是那个圆通法师。

不过，纪咏这些日子到底在干什么呢？自从那天他拂袖而去，她没有理他，他也没有再出现在她的眼前。

窦昭犹豫着要不要去看看纪咏，外面突然传来甘露的声音："纪少爷……"话音刚落，就转为了惊慌，"您这是要干什么……"

只见暖帘一晃，纪咏大大咧咧地闯了进来。他只穿了件青色的锦袍，头顶和肩膀还有落下的雪花，要不是他的表情异常严肃，她只怕就要皱着眉大声呵斥他一番了。

"小姐！"紧跟在纪咏身后的甘露委屈地望着窦昭。

窦昭做了个手势，示意她下去奉茶，然后淡淡地指了指身边的太师椅，道："纪表哥，请坐！"

纪咏好像根本没有觉察自己有什么不妥似的，他点了点头，没有坐下，而是身姿笔直地站在那里，淡漠地道："我决定了，明天就启程去京都。在顺天府学那边租个宅子，闭门读书，参加明年的春闱。"

他来势汹汹，窦昭根本没有想到他是来告诉自己他接受了自己的劝勉，不由得愣了片刻才回过神来。

"那很好啊！"她神色如常地道，"我在这里先祝贺纪表哥能够心想事成，金殿传胪！"心里却很想笑。

这个纪咏，就是认错，也要用纡尊降贵般的口吻。

纪咏见状，非常满意地点了点头。窦昭别过脸去，轻轻地咳了一声，这才忍住了快要到嘴边的笑意。

甘露跑了进来："小姐，小姐，陈先生回来了！"

"啊！"窦昭喜上眉梢，匆匆对纪咏说了句"你先坐会"，便迎了出去。

穿过风雪中的抄手游廊，穿着青衣的陈曲水等人渐行渐近。

窦昭不由眼角闪动着水光。

"小姐！"一行人在廊庑下站定，陈曲水心情激动地望着窦昭，深深躬身，向窦昭行了一礼。

"陈先生，"窦昭嘴角含笑，"您终于回来了！"又仔细地上下打量着站在陈曲水身后给她行礼的段公义和陈晓风，见两人红光满面，不由满脸笑容地点了点头，"平安就好！"然后招呼他们，"大家进屋说话！"

重逢的喜悦让大家脸上都挂满了笑容。

几个人簇拥着窦昭正要进屋，暖帘一撩，纪咏走了出来。

陈先生等人都有些意外，纪咏却眼睛微眯，眼神犀利如锋般地落在了陈曲水的身上。

"陈先生？"他挑了挑眉，"听说你去京都访友了，不知道贵友仙居何方？怎么去了京都也不去拜访一下窦七爷？真是神龙见首不见尾啊！"语气中带着几分讥讽。

陈曲水并不知道纪咏在查自己。如果是从前，他肯定会有些不悦。但在经历了英国公府的那些事之后，他突然觉得相比宋墨的遭遇，这都是些微不足道的事。

"我的朋友住在大兴，"他平静地笑道，"我习惯性地称为京都。倒让纪公子误会了。七爷那里，我也曾去拜访，只是没有遇到纪公子罢了。"言简意赅，没有一句多的话。

纪咏更觉得陈曲水可疑了，但望着神情兴奋的窦昭，他还是把到嘴边的话咽了下去。

"那我就先行告辞了！"他甩着衣袖出了西窦的上房。

外面传来子上气喘吁吁的声音:"少爷,少爷,您还是披件斗篷吧?"

窦昭不由莞尔,和陈先生他们进了屋。

甘露等人上过茶之后,静静地退了下去,陈先生说起了这些日子在京都的遭遇。

第五十三章　办法·及笄·远客

"……英国公真的把那几个逃出去的护卫全都杀了,还让人把尸体抬到了世子面前,"陈曲水唏嘘道,"可能是听到了些风声,三七那天,英国公府几乎所有的亲戚朋友都来了。世子应对得体,根本看不出来身上还带着伤;英国公神色肃穆,提起蒋夫人就面带戚容;只有宋二爷,一直跪在蒋夫人灵前哭泣,眼睛都肿了。晚上席散,英国公留了三驸马和陆家的人说话,准备请了陆太夫人的胞弟陆复礼做中间人,将蒋夫人的陪嫁分给世子和宋二爷。如今英国公府看上去一团和气,颐志堂和英国公府实则已是泾渭分明,世子甚至悄悄派人将一些人安置在了自己在大兴的御赐田庄里了。"

"狡兔三窟。"窦昭很认真地听着,知道宋墨和宋宜春还能在众人面前维持着父慈子孝的假象,为自己达到了目的而欣慰之余,也有几分感慨,"他们父子,以后不是东风压倒西风,就是西风压倒东风。父子相残的事,会在英国公府上演很长一段时间。"

众人听着,心情都十分失落,屋里的气氛也变得有些压抑。

窦昭笑着打破了众人间的沉闷,道:"好在这些都不关我们的事了——我们该做的、能做的都做了,对得起自己的良心就行了。他们父子之间到底发生过什么,我们毕竟是外人,既不知道内情,也不便于插手。"

她的话并没有起到多大的效果,段公义虽然勉强笑了笑,但表情依旧有些沉重,倒是陈曲水明白窦昭的用意,笑道:"世子要杀我们,我们反救了世子的命,说起来,我们是以德报怨。这段公案也应该能了了。这些日子大家都为着英国公府的事吃不好、睡不着的,现在回了真定,那些事就不要再想了。大家都下去歇了吧,小姐也能早点休息。"

段公义等人闻言笑着起身告辞。窦昭嘱咐段公义:"你们这些日子都辛苦了,安排着轮流回去休几天假,和家里人团聚一下吧。"

段公义几人笑着道谢,和陈曲水结伴出了内院。

窦昭让素兰去打听纪咏什么时候启程:"……我们也好准备程仪。"

素兰笑盈盈地应了,傍晚的时候来回话:"说是明天辰正就走,五少爷也和纪公子一起去京都。"

虽在意料之外,却也是情理之中。

窦昭吩咐素心:"给他们各准备二百两银子的程仪。"

素心应声而去。

第二天一大早,窦昭和窦家的女眷们一起送纪咏和窦启俊。

二太夫人反复地叮嘱窦启俊:"不要急,这次只是去见识一番。能考中固然是好,

· 199 ·

不然向你五叔祖讨教讨教学问也是好的。"又对纪咏道，"你们路上小心，有什么事要互相商量，平平安安地到京都，也让我放心！"

两人恭敬地应是。

二太夫送了两人到大门口，小厮们服侍着两人上了马车。

纪咏一眼就看见了人群中的窦昭。她戴着顶月白色素面妆花的雪貂昭君套，又围着条雪貂风领，耳边坠着珍珠珰，寒风中，如莲的面颊上泛起层胭脂色，如朵雪中盛开的寒梅，分外的明艳。

纪咏不由握了握拳，这次一定不能再让她小瞧自己！

他转身进了马车，大声吩咐子息："启程，我们去京都！"载着两人的马车消失在风雪中。

大家笑语盈盈地往厅堂去。

窦昭和窦启俊的妻子戚氏并肩而行，耳朵听着窦环昌妻子——九堂嫂黄氏说儿子的趣事，心里却想着自己的事。

翻过年，她就要及笄了。

廷安侯汪清淮的胞妹汪清沅比她只小两个月。当年，若不是自己"及时"出现，田氏又念着旧情，魏廷瑜就由着魏廷珍做主娶了汪清沅了。

汪家好像也有意把汪清沅嫁给魏廷瑜。她还记得自己刚嫁入济宁侯府时汪清淮的夫人安氏看自己的那异样的眼光。

如果不是多年之后魏廷珍因为一件琐事对她又气又恼，激动之下说漏了嘴，她恐怕永远都不会知道。

只是不知道以魏廷珍的性格，温婉柔顺的汪清沅嫁过去了之后，她会不会像嫌弃自己太强势那样地嫌弃汪清沅太懦弱？

窦昭很怀疑。

尽管如此，她还是决定从这方面下手。

她记得汪清沅最后嫁给了蔚州卫都指挥使华堂的长子，不到一年就守了寡，又因为没留下子嗣，小叔子强势，在华家过得很不如意。还是汪清淮心疼这个妹妹，强行把她接回了廷安侯府。从此以后汪清沅长伴古佛青灯，做了居士。

如果能凑成这桩婚事，也未必不是件好事。

窦昭说做就做，趁着崔十三回来过年的时候让他留意廷安侯家的事。

崔十三有些不解，道："廷安侯世子汪清淮精于庶务，廷安侯对世子又十分信任，家中事务尽数交与他管理。廷安侯府看上去不出奇，日子却过得颇为富足。不过是因为素来低调内敛，对家中子弟管束颇严，不显山不露水罢了。我们小本经营，就算是和汪家搭上了话，恐怕也没有什么收益。"

他这两年在京都放印子钱，却是应了那句"不做不知道，一做吓一跳"的话，不仅京中的官吏要借银子，那些簪缨世家的子弟借得更频繁。而且官吏借了银子，一有银子就会还了，那些簪缨世家的子弟就是有银子也不还，若是实在被逼得没办法了，就拿了祖上传下来的物件当当。范文书看着都替那些人家的祖宗们心疼，商量着不如暗中再做些倒卖古玩的买卖。

汪家的情况，窦昭自然是最清楚不过的了。魏廷珍看中汪清沅也与汪清沅的陪嫁丰厚有很大的关系，只是这件事不好对崔十三明说。

她只得笑道："我得到了个消息，说开了春皇上就要整治河工，这可是笔大买卖，那廷安侯肯定不会放过这个机会，你到时候只管盯着他们家，说不定他们吃肉，我们能喝点汤呢！"

崔十三觉得这主意很烂，可他此时还年轻，纵然心里觉得不对劲，却也找不出窦昭的什么破绽来，郑重地应了，去找赵良璧商量这件事："你说，四小姐是不是有什么事瞒着我们？"

赵良璧已经是窦家在真定州的粮铺的掌柜了。他瞥了崔十三一眼，道："就算是四小姐有事瞒着你，你知道了，就能改变什么不成？"

崔十三认真地想了想，道："不能！"

"那不就是了！"赵良璧笑道，"四小姐让你做什么你就做好了，等到该让你知道的时候，你自然就知道了。"然后邀他，"我要去趟东巷街，你去不去？"

"你去东巷街做什么？"崔十三已经放了年假，是专程来真定州找赵良璧玩的，"我在这里只认识你，肯定是要一起去的。"

赵良璧笑道："小姐把别家武馆和陈先生的宅子都托给了我照顾，那边虽然有两个老苍头帮着照看，可眼看着要过年了，总要过去看看才行。"

崔十三不疑有他，跟着赵良璧厮混了一天才回崔家庄。

四嫂妥娘正领着刚刚进门的九嫂在厨房里忙着一家人的晚膳，四哥的儿子仲元和女儿长青正坐在厨房的小杌上帮着择黄豆，准备打了豆腐好过年。

看见崔十三回来，妥娘笑着问他："可见着四小姐了？"

她托崔十三给窦昭捎去了自己做的两双鞋。

仲元和长青则乖巧地喊着"十三叔"。

崔十三笑着摸了摸两个孩子的头，从怀里掏出一包饴糖递给他们，两个孩子高兴地欢呼起来。

崔十三这才道："送去了。四小姐说穿着很合脚，让你下次再给她做两双绣折枝花的就行了，还让我给仲元和长青带了两匣子点心回来，听甘露说，是宫里御赐的，是七老爷特意从京都捎给四小姐的。我把点心和四小姐赐给家里的东西放在了一起。"

妥娘听着脸上就露出欣喜的笑容来，连说了几声"不应该"，细细地问起窦昭有什么样的鞋来："过几天就是四小姐的及笄礼了，我怎么也要带着仲元和长青去给四小姐磕个头。"

家里这几天都在说这事，崔父还为此把崔十三几弟兄都叫在一起商量送什么东西好。崔十三因为在京都待了两年，这件事就交给了他，他正在为此头痛着，听了妥娘的话不由嘀咕道："还是四嫂好，两双鞋就打发了。"话音未落，心中一动，干脆不走了，坐在那里和长青一起择着黄豆："四嫂，您是在四小姐身边服侍过的人，四小姐喜欢什么？"

妥娘和崔十三说着话，手里却一点也不慢："只要诚心诚意送四小姐的东西，四小姐都喜欢。"不由就讲起窦昭小时候的事来，"……一丁点小人，谁对她好，谁对她不好，全都装在心里。为人又大方，从来不都计较什么……"

崔九的媳妇看着妥娘侃侃而谈，不由露出艳羡的表情。

崔四在几个兄弟里最木讷，就是因为娶了妥娘，崔家上上下下没有一个人敢怠慢他。就是公公和婆婆，见到了他们两口子也带着几分客气，窦家四小姐更是隔三岔五地赏了东西下来，家里的人也都跟着沾光。还好妥娘的性子好，从不因此心生骄纵，轮到该她下地送饭就去送饭，该烧火做饭就烧火做饭，妯娌间都服她为人厚道，她上管得住丈夫，下管得住亲戚，十里八村的妇人提起她来，九个人是羡慕，还有一个人是嫉妒。

想到这里，她的目光不由落在了年纪还小的仲元和长青身上。

有了四小姐这层关系，这两个孩子还愁什么前程啊！

且不去说崔九媳妇的这些小心思，崔十三从厨房里出来，碰到了大堂兄崔大。

崔姨奶奶的父亲——崔家老太爷还在，几兄弟都没有分家，到了孙子辈，就按照年岁大小叫了大郎、二郎……大郎、二郎出生的时候崔家还只是刚刚能吃饱，都没读过书，等到崔家日子渐渐好起来了，地契上要画押，担保要按手印的时候，才发现这个"郎"字实在是不好写，索性就叫了崔大、崔二。从兄弟几个论下来，等崔十三能在离村二十里的私塾启蒙时，大名就叫了十三。

看见崔大，崔十三很是惊讶。崔大自从帮着窦昭管理田庄之后，全家都搬到了田庄上居住，不是逢年过节不回来。这年终盘点的日子早过了，小年还有十来天……他不由道："大哥，您今天怎么有空回来？"

崔大嘿嘿地笑，道："这不快到四小姐及笄礼了吗？我回来和咱爷爷商量商量，看我们庄子送些什么东西好。"又扬了扬手中一条两尺来长的大青鱼，指使崔十三，"提到厨房去，蒸了给咱爷爷下酒。你也来陪着喝两盅。"

窦昭一共有十二个田庄，全归崔大管。她要及笄，有田庄的庄头听说她铺子的管事们都在寻思着给她送及笄礼，一下子坐不住了，纷纷来找崔大："同在四小姐手下当差，没道理那些铺子的管事送礼我们不送呀！"

崔大觉得有道理，只是这方面一向没有什么主见，崔大媳妇就给他支招："回去问老爷子，而且崔十三也在家。"他这才匆匆地赶了回来，有了让崔十三陪着喝酒的话。

崔十三还不知道主意又打到他身上来，只是想着回真定前被范文书拉着把京都的古玩铺子都逛了个遍就觉得脚好像又开始隐隐生痛，不由嘀咕道："怎么走到哪里都在说这件事？"

崔大没有听清楚，还以为他不愿意听自己指使，虎着脸就朝着他的头拍了一下："怎么？在京都住了两年就翘起尾巴来了？大哥我使唤不动了？还不快去！"

"没有，没有！"庄稼把式的手搁在什么时候都有劲，崔十三被打得龇牙咧嘴的，忙接过了青鱼，"我这就去，这就去。"

崔大望着崔十三的背影露出了憨厚的笑容，转身去了崔老太爷住的正屋。

崔老太爷抽着汉白玉嘴的铜烟斗，半晌才道："那些庄头都怎么说？"

"说什么的都有！"崔大无奈地道，"有的说到银楼兑二十两银子打副头面，还有的说最好买些古玩字画什么的，还有的说不如各送各的，一起去就行了……"

崔老太爷这几年才不用下地了，平常庄户人家走动也就是送两尺青布红布什么的，哪里有什么好主意，想了想道："要不，去问问你大姑？"

崔大摸着头："去问过了。大姑说，不用这么麻烦，送两双鞋袜就够了。"

崔老太爷也没辙了。

正好崔十三进来，崔老太爷忙拉了崔十三炕上坐，问他："你都说说看，京里的人遇到这种事，都送些什么好？"

崔十三笑道："难道京里就没有小户人家啊？"

"这倒也是。"崔老太爷失笑。

崔十三对崔大道："我看大哥不如就让那些庄头各送各的……你总不能挡了别人的风头吧？"

崔大点头："是这个理。"看着崔十三的目光越发殷勤。

崔十三窘得咳嗽了一声，这才道："大姑奶奶说的话也有道理。我们家不如就做几双鞋袜，再送两件稀罕玩意算了。"

"什么稀罕玩意？"崔老太爷和崔大目光炯炯地盯着崔十三。

崔十三回房拿了个锦盒过来："这是我从纪氏铺子里淘的，叫万花筒……"然后拿出来示范给他们看。

崔老太爷顿时两眼发直，问："这得多少银子？"

"三十两。"崔十三道。

范文书在京都的古玩店里淘了尊莲花翡翠玉洗，花了三十两银子，他也照着给窦昭准备了这件礼物。

崔老太爷一哆嗦："这么贵啊！"东西却抓在手上不放了，而且迫不及待地喊着"崔四他媳妇"，把妥娘给招来了。

"这东西你收好。"崔老太爷连锦盒一起塞给了妥娘，"这是我们家送给四小姐的及笄礼，你再带着你几个嫂子、弟妹帮四小姐做两身衣裳，银子找你娘要。到时候你和你大嫂带着老九的媳妇一起去城里给四小姐请安。"

崔九的岳父曾经在县衙里做过几年的门子，崔九媳妇在崔家算得上是有见识的人，崔老太爷这才让她跟着去给窦昭祝贺。

崔大和崔十三做梦也没有想到崔家老太爷会中途截胡，目瞪口呆，好一会才回过神来，可惜那东西已经被妥娘手脚麻利地收拾好了。

"爷爷……"崔十三欲哭无泪。

崔老太爷却从容容地道："不就三十两银子吗？你等会向你奶奶要就是了。你们年轻小伙子的，明天再跑趟州府就行了。"然后大手一挥，吩咐妥娘："快摆饭吧！下地的人也该回来了。"

崔大和崔十三还能说什么，草草扒了几口饭，连夜往州府里赶，好不容易抢在纪氏铺子关门过年之前买了一对琉璃碗和一尊巴掌大小的珉瑁香炉，两人这才松了口气。

待到了正月初九，崔大、崔十三驾着马车，带着崔大媳妇、妥娘和崔九媳妇去了县城。路上，他们看到了好几辆做工精良的黑漆齐头平顶的马车。崔九媳妇在城里住过几年，奇道："今天怎么这么多的马车？"

这种马车可不是人人都坐得起的。

崔大媳妇和妥娘也挤在车窗旁朝外张望。

"哦！"妥娘看到个熟悉面孔，笑道，"那是鲁知府家的马车，想必是鲁夫人来参加四小姐的及笄礼了。"

"四嫂连知府家的人都认识啊！"崔九媳妇不掩自己的羡慕，道，"鲁夫人肯定是来帮四小姐簪钗的！"

"我不过是上次来给四小姐问安的时候遇到过鲁大人的车夫而已。"妥娘忙解释了一番，道，"四小姐及笄，未必会安排鲁夫人簪钗！"

"不安排鲁夫人安排谁？"崔九媳妇不由瞪大了眼睛，在她的心里，能让鲁夫人帮着簪钗，已经是很荣耀的事了。

"窦家的夫人多的是。"妥娘只是觉得凭鲁夫人，还没有资格帮窦昭簪钗，她含含糊糊地道，"谁知道会安排哪位夫人帮着簪钗。"

说话间，马车已到了窦家的侧门，妥娘和崔九媳妇就听见一向不太说话的崔大突然骂了一声，道："……这个田富贵，竟然弄了对锦鸡给四小姐做贺礼！"

几个人不由齐齐望过去，就看见个大胖子一左一右提着两个鎏金鸟笼，鸟笼里各装了只色彩斑斓的锦鸡，在众人的注目下，满脸得意地跨进了窦家的侧门。

"真的是锦鸡！"崔大媳妇惊呼。

旁边的人也都嗡嗡地议论着："……这人是谁啊？竟然送了对锦鸡！"

"好像是东头田庄上的庄头田富贵！"

"他从哪里弄的？真有办法！"

崔大呵呵地笑，对崔十三道："这下田胖子可出名了！"

崔十三也笑了起来："看不出来，这胖子挺会办事的。"想着要不要把这人给拎到京都的铺子里去，他的生意越来越好，得找个得力的帮手才行。

念头闪过，身后传来一阵骨碌碌的马车声，赶车的人有些嚣张地大声喊着："让一让，济宁侯府的马车！前面的，让一让！"

那声音如巨石投入了平静的水面，侧门前立刻喧闹起来。

"是四小姐婆家来人了！"

"不愧是侯府，你们看那马，真雄壮！"

"一共来了三辆马车呢！"

大家一面议论纷纷，一面忙着给魏家的人让道。

那边窦家得了信，打开了大门。

马车停在了大门前，青衣的家丁捧着锦盒一件件地往里搬。

"不知道送的是什么。"侧门的人踮着脚伸着脖子朝那边张望，"好多啊！"

"那当然！"旁边的人接了话茬，"也不想想那是什么人家！侯府啊！我们四小姐以后可是要做侯夫人的人！"

"那是，那是！"

这边的惊叹还没有完，那边有人嚷着："快看，快看，又有马车过来了！"

众人的目光被吸引了过去……

在府里的窦昭却是雀跃地出了正房，一把就抱住刚刚走进垂花门的六伯母纪氏。

"六伯母！"她眼角眉梢都是掩饰不住的欢喜，"您怎么来了？之前怎么也不说一声？"

纪氏望着又长高了些的窦昭，满脸宠溺地揽住了窦昭的肩膀："我要是提早说了，你能这么高兴吗？"

窦昭嘻嘻地笑，旁边的丫鬟、媳妇、婆子们也都跟着笑了起来。

窦昭十五岁的生辰还没有到，窦家已到处洋溢着喜悦的气氛。

纪氏侧了侧身子，把身后的一个少女介绍给窦昭："这是我的侄女，闺名令则，比你大三岁，我特意把她带来引荐你们认识认识。"

窦昭顿时如遭雷击，纪令则，就是那个和窦德昌私奔的纪家表姐。

她不由眨了眨眼睛，这才看清楚眼前这位亭亭玉立的少女：如墨的青丝只用一根镶南珠的钗簪绾着，肌肤温润如玉，容颜秀丽如峰，更有种空山灵雨般淡雅的气质，让人见之难忘。

"纪表姐！"窦昭屈膝给纪令则行礼，心里却苦笑不已。

这个时候的纪令则还没有嫁人，但已与湖州韩氏的六公子定了亲。

见窦昭打量她，纪令则落落大方地朝着窦昭点头微笑，趁机也将窦昭看了个清楚。

高挑的身材，穿着件半新不旧的墨绿色杭绸小袄，鹅黄色镶襕边的马面裙上绣着挖云纹。她身姿如松地站在那里，一双眼睛如寒星般流光溢彩，璀璨夺目，像一株凌寒盛放的梅，而不是那娇柔的桃梨杏李。

女孩子少有这样的风姿，纪令则不由在心里暗暗地赞了一声，对窦昭生出十二分的好感来。

她屈膝还礼，笑道："不速之客，打扰，打扰！"

是什么样的勇气，让一个女子可以置名声、性命于不顾，和一个比自己还要小一岁的男子走？！

虽然知道窦德昌为她止步于翰林院也不曾有过半分的后悔，虽然知道纪令则嫁给窦德昌之后夫妻恩爱，幸福美满，但在她做出那样的决定的时候，她肯定无法预知未来是怎样的。

窦昭一直对前世那个只见过几面却无缘深交的十二嫂非常好奇，没想到今生竟然会在为自己举行及笄礼的时候认识。

她热情地将六伯母和纪令则迎到了祖母的屋里。

祖母拉着纪令则的手不停地称赞："这闺女，长得可真好！"又问她多大了，家里有几个兄弟姐妹，平时都做些什么消遣……

纪氏则悄声对窦昭道："你的辈分高，平日又没有什么走得亲密的姐妹，我特意带了令则来，让她做你及笄礼的赞者如何？"

六伯母待她真如待亲生女儿一样！窦昭自然是连声称好。

纪氏笑道："那我晚上跟她说。"

"多谢六伯母。"窦昭向她道谢。

纪氏拍了拍她的手，颇为感慨地道："一直担心你在真定过得不好，现在见了面，才知道是我多心了。有时候，女孩子不要太要强，该软的时候就软。"有句话她没有说出来。

明明有父有母有亲眷，却像那地里的野菜自己长，看着太让人心疼。

"你六伯母的话有道理。"不知道什么时候祖母已经和纪令则说完了话，笑着接腔道，"魏家的人来给你送及笄礼，你一句'多谢'就把人给打发走了，侯爷知道了，心里怎么好过？平时那么机灵的人，怎么关键时候就糊涂了？"

既然已经决定和魏家撇清了，不如趁早让两家的关系淡下来。

窦昭笑着敷衍祖母："知道了！"

祖母哪里看不出来，无奈地摇头："你这孩子！"

纪令则就在一旁劝着祖母："妹妹年纪轻，面皮子薄，您也不必这样求全求满，等过两年就好了。"

祖母连夸纪令则懂事。

纪令则展颜微笑听着，大家闺秀的端秀令人赏心悦目。

窦昭不由在心里道，难怪窦德昌会喜欢上纪令则。

不知道前世窦德昌是什么时候喜欢上纪令则的，他们私奔之前，没有任何的征兆。

今生，他们还会互相喜欢吗？

窦昭有些怔忡，情不自禁地道："纪表姐，十二哥他们怎么没有跟着你们一起回来？"说完，才惊觉自己说错了话，不由打量起六伯母和纪令则的神色。

两人都没有露出任何的异样。特别是纪令则，笑道："你十二哥本来是要回来的，结果姑父听说见明到了京都，还在顺天府学附近租了个宅子刻苦攻读，就带着你十一哥和十二哥过去，让你十一哥和十二哥也在那边一起读书了。"

窦昭连忙点头。

纪令则笑道："我早听姑母说这边有座花房，不仅茶花开得好，建兰、牡丹也有异品，不知道能不能去看看？"

因为花房是窦昭的，所以祖母最喜欢别人问起这花房了。她老人家闻言立刻两眼笑得眯了起来："这是我们寿姑养着玩的，当不得纪小姐这样称赞。纪小姐要是有兴趣，让寿姑陪你去就是了。"说着，喊了窦昭，"你陪着纪小姐去走走，看纪小姐喜欢什么花，

·205·

就搬些过去。"

祖母又开始送花了。巴不得所有得了花的人都夸奖她几句才好。

窦昭抿着嘴笑，和纪令则去了花房。此时刚刚开春，天气依旧寒冷，花房里却郁郁葱葱，长满了绿色花木，几株早开的迎春花、牡丹花更是把花房点缀得春意盎然，让人看着精神一振。

"窦表妹的花果然种得好。"纪令则在一株刚刚挂苗的赤丹面前站定，"姑母送给老太爷的那株十八学士想来就是窦表妹的手笔了？"

"养着好玩，没想到真能存活。"窦昭谦虚道。

纪令则笑道："可见这世上真有'卤水点豆腐，一物降一物'的说法。"

窦昭一愣，不明白她说的是什么意思。

纪令则已向她讨教起如何种花的事："……妹妹这株杜鹃开得真好，我家里也有一株，长得乱七八糟，若是修剪，却很容易就不定芽，不知道妹妹有什么窍门没有，也让我学了去在家里的长辈们面前显摆显摆！"

窦昭听她言语幽默，把刚才的困惑丢到了脑后——反正也想不明白，多想无益，该知道的时候总会知道的。

"也没什么窍门。"她笑着和纪令则走到了杜鹃花前，"不过是在每年花期之后的五六月份修剪。"

纪令则不住地点头。

两人正说着，有小丫鬟兴奋地跑了进来："四小姐，四小姐，舅太太带着三表小姐来了！"

窦昭听着微愕，有些不敢相信地道："你说什么？"

小丫鬟口齿伶俐地道："是远在西北的舅太太带着三表小姐回来参加小姐的及笄礼了！现在正陪着崔姨奶奶说话呢！"

"啊！"窦昭的心怦怦直跳，高兴得都有点失态了，急急地向前走了两步这才想起来自己还陪着纪令则，又匆匆地转回身来。

好在纪令则也是个聪明体贴的，忙道："既然有贵客远道而来，我们还是快去迎迎吧。"反挽了窦昭的胳膊往外走。

窦昭也不和她客气，疾步出了花房，去了祖母那里。

舅母一眼就认出了她，没待她站稳，含着眼泪上前抱住了她："寿姑，你是寿姑！"

"是！"窦昭一个字刚说出口，眼泪已扑簌簌地落了下来。

她们有十年没见。

两人抱头痛哭，旁边的人也都悄悄地抹着眼泪，还是赵璋如跑上前去拉了母亲和窦昭："明明是件高兴的事，怎么到了你们这里就哭上了？！"嘴里虽这么说，眼泪却不比窦昭掉得少。

窦昭扑哧失笑，满脸还挂着泪，喊了赵璋如一声："三表姐！"

从前的小姑娘已经长成了大姑娘，身材窈窕，相貌清丽，如果在路上碰到，窦昭肯定认不出来了。倒是舅母没怎么变，反而因为气色更胜从前而显得年轻了很多。

赵璋如佯做出副嫌弃的样子丢了条帕子给窦昭："还不快擦擦眼泪！还好没有涂脂抹粉，不然岂不是全花了！"

那顽皮的神色，欢快的语气，一如小时候。

时光仿佛又回到了从前，她拉着自己去看蚂蚁搬家。

窦昭不由拉了赵璋如的手，赵璋如嘻嘻地笑。

祖母笑着招呼她们坐下来说话，让丫鬟们换了茶水点心。

窦昭有千言万语，却不知道该从何说起，只是紧紧地拉着赵璋如的手。

纪氏看着就笑道："寿姑，告诉你一个好消息——你舅舅升了庆阳知府！"

"真的！"窦昭惊喜地望着舅母。

舅母轻轻地点了点头，谦逊地道："你舅舅为官勤勉，这次升迁庆阳。"

窦昭忍不住在心里称快。前世，舅舅直到年过五旬才升了庆阳知府，之后再无所进。今生却提前了十年，而且就在王行宜调任云南巡抚之后，可见没有了王行宜的压制，舅舅终于能够出头了。

"舅母，"窦昭眉开眼笑地道，"我们应该为舅舅的升迁好好庆祝庆祝才是。"

"有什么好庆祝的？"舅母向来低调，笑道，"也不怕人笑话。"

"就是想祝舅舅仕途越来越顺。"窦昭笑道，"只叫上家里人吃吃喝喝一番好了。"

然后吩咐丫鬟，好好地整桌席面，再去拿两坛上好的金华酒来。

不过是升了个正四品而已，纪令则有些不理解窦昭的兴奋。

赵璋如则跳了出来："我去帮忙！"

"璋如！"舅母板了脸。

祖母忙出面打圆场："难得寿姑有这样的兴趣，都是为了她舅舅高兴，你们就随她们好了。"

纪氏几个都宽容地笑。

赵璋如这个自来熟就拉了刚刚见面的纪令则："纪家表姐也一起去。"她低声和纪令则嘀咕，"寿姑那里有很多好东西，我们今天怎么也要吃喝拿要一回！"把个向来端庄的纪令则说得忍俊不禁，说笑着和赵璋如、窦昭一起出了崔姨奶奶的院子。

路上遇到素心，她有些犯愁地禀道："您嘱咐过只收家里亲戚六眷的礼，可那些田庄的庄头和铺子里的管事实在是说得诚心……"

窦昭不是那不知变通的人，这样硬生生地把礼物拒之门外，不免辜负了庄头们和管事们的心意。

她想了想，道："把礼物都收下，看看值多少钱，然后给每人打赏差不多的封红就行了。"

这样好，既不用驳了别人的面子，又彰显了窦家的气派，素心高高兴兴地应声而去。

赵璋如和纪令则耳语："看到了吧！我说的没错吧！"

"的确。"纪令则笑着点头，却若有所思地低下了头，心不在焉地随着她们去了窦昭的正房。

第五十四章　礼物・木簪・会试

晚上，只被允许喝了一盅酒的窦昭和舅母、表姐赵璋如睡在一起。她们相互倾诉着别后情。虽然常有书信来往，但能这样挤在一张床看着那日夜思念的脸，却是书信没办法满足的愉悦。

很快，耳边传来了三更鼓声，赵璋如已经歪着脑袋睡着了。

窦昭正聊得起劲，全然没有一丝的睡意："……这么说来，新任的布政司和舅舅是同科了？"

"所以你不必再担心我们了。"她的话题全围绕着舅舅，舅母自然知道她的心意，道，"不仅如此，当初李大人参加春闱的时候，还和你舅舅同住一家客栈，两人性情颇为相投，之后也常有书信来往。这次李大人上任，第一个就召见了你舅舅，治下事务，也多与你舅舅协商，你舅舅能这么顺利地升了庆阳府知府，与李大人的推荐也有很大关系。"

王宜行在陕西巡抚任上滞留了这几年，整个庙堂的格局都发生了变化，更不要说陕西了，舅舅的仕途也发生了翻天覆地的变化。

窦昭的高兴溢于言表，她笑道："那李夫人那边，舅母还要多多走动才是。"

舅母呵呵笑，道："我们寿姑真的长成了大姑娘了，连这个都知道。"

窦昭抿了嘴笑，问起三位表姐来。

"她们都挺好的。"舅母淡淡地说了说，然后问起窦昭的及笄礼来，"谁来给你插笄？司者和赞者是谁？"

"二太夫人准备帮我插笄的。司者和赞者原定的是淑姐儿，再从亲戚里面随便找一个。"窦昭笑道，"当时没想到您和六伯母都会回来，六伯母还怕我这边没有司者或是赞者，把纪表姐带了过来，既然您来了，不如您帮我插笄吧？"

相比二太夫人，窦昭更希望由舅母来做正宾。而且舅母远道而来，窦家出于对窦昭外家的尊重，只要窦昭透个风出去，应该会主动提出让舅母插笄。

竟然是二太夫人亲自帮窦昭插笄！舅母很是意外，更多的，却是欣慰。能让在真定德高望重的二太夫人帮着插笄，会提高窦昭的身份地位，对窦昭只有好处没有坏处。

她带着赵璋如回来原也是怕窦昭的及笄礼没有合适的司者或是赞者，如今事情都安排妥当，她也放下心来，提也没提赵璋如的事。

"还是让二太夫人帮你插笄吧！"舅母笑道，"难得她有这片心。倒是你六伯母那里，你要好生孝顺她才是，她可把你当亲生的闺女一样。"

窦昭连连点头。

舅母再无牵挂，笑着催窦昭："我们准备在真定待两个月，有什么话，多的是机会说。现在你快睡觉，明天还要举行及笄礼呢！这么重要的日子，要是精神不济那可就糟了。"然后帮她掖了掖被子。

窦昭像孩子似的嘻嘻笑，哪里睡得着，但想到舅母那么老远地赶回来，想必也很累了，遂不再说话。

很快，她就听到了舅母平稳的呼吸声。

静静的夜里，这平日略显冷清的屋子里突然间就有了温馨的暖意。

窦昭翘着嘴角闭上了眼睛，很快也沉沉地睡了过去，翌日，还是在素心的推搡之下才醒过来。

她急急地坐了起来，耳边就传来舅母沉稳中带着几分笑意的声音："不急，不急！还早！我说让你再睡会，可素心说了，你让她卯正就叫你起来，我倒也不好拦着。"

"现在才卯正吗？"窦昭松了口气，这才发现赵璋如还睡得像小猪似的，这样一番动静都没有把她惊醒。

"卯正过三刻了。"素心忙道，"再过半个时辰，二太夫人她们就要过来了。"

窦昭在心里算了算，还来得及，人就更松懈了。

她由着请来的嬷嬷帮她装扮，舅母则去把赵璋如叫了起来。

赵璋如哇哇大叫，趿了鞋发现没有穿袜，穿了袜又找不到汗巾了，急得直叫："寿姑，把你的汗巾借一条给我用用。"把屋里服侍的都逗得捂了嘴笑。

舅母又好气又好笑，呵斥道："你看你，比寿姑还大两岁，却没有寿姑的半点稳重，你这样，让我怎么放心把你嫁出去？！"

赵璋如脸色绯红。

窦昭听着这话里有话，趁着舅母如厕，悄声地问三表姐："我是不是又有喜酒喝了？"

赵璋如推了窦昭一把，赧然地低声道："爹爹要把我留在家里……"

前世的记忆在窦昭的脑海里渐渐清晰起来。

舅舅一直没有纳妾，始终只有三个女儿。大表姐和二表姐都嫁入了他游宦之地的书香门第，大表姐夫还中了进士。三表姐是招婿在家的。只是除了大表姐之外，其他两个表姐她前世见都没有见过，更不要说有什么交情了。三表姐到底嫁给了谁，她并不清楚。

她望着嘴巴嘟起的赵璋如，笑道："怎么？你不愿意留在家里吗？"

"我愿不愿意有什么用！"赵璋如嘟囔道，"总不能让爹爹和娘亲老无所依吧！"

有志气的好男儿谁愿意入赘。窦昭能明白赵璋如的心情，可正如她所说，总不能让舅舅和舅母老无所依吧。

一时间气氛就有些沉闷，赵璋如忙笑道："算了，不说我的事。今天可是你的好日子。"

不过，舅舅家也没有什么不好的事传出来，想必日子还过得不错……何况来日方长，现在赵璋如也没有定亲。

窦昭笑着挽了赵璋如的胳膊去了厅堂。

不一会，东府的女眷和一些观礼的太太就都到了。

二太夫人很隆重地穿了三品夫人的礼服，还淡淡地敷了些粉，戴着祖母绿的头面，看上去非常的精神。

她进门就拉了舅母的手，笑道："今天我来给寿姑插笄，让你们家闺女给窦昭托盘，纪家小姐做赞者。"随后不待舅母推辞，已道，"这件事我做主了，你们谁也不要说什么。你千里迢迢来庆祝寿姑及笄，这份情意不仅寿姑记得，我也记得。"

什么事情都是会有变化的。

从前二太夫人为了窦家自然是要压着舅母，现在为了压着王映雪，就得抬举舅母。

窦昭心里明白，更乐于见到这样的场面，拉着舅母衣袖央舅母答应。

被当成一般的宾客招待，连个座位都没有安排的庞金楼的老婆闻言脸色就非常难看。

舅母想着窦昭孤零零一个人在窦家长这么大，不忍心让她伤心，很快就答应了。

厅堂里一片祥和。到了吉时，在众多女眷的注目之下，赵璋如托着窦世英为窦昭及笄礼特意送来的赤金镶红宝石的步摇站在了堂西，纪令则协助二太夫人将步摇插在了窦昭的发间。

步摇上的金凤栩栩如生，熠熠生辉的红宝石耀眼夺目，映衬着一身大红色遍地金镶宝蓝色西番莲襕边锦袍的窦昭，雍容华贵，光彩照人，比起平日的英姿飒爽又是另一番风仪，让在场的来宾不禁侧目，纷纷低头议论。

"窦家四小姐，看着长大了！"

"真漂亮，不亏是要做侯夫人的人！"

而纪令则望着在席间大方又不失热情地给长辈们筛酒的窦昭，几次欲言又止。

赵璋如却和她低语："寿姑今天可真漂亮，你说是吗？"

纪令则点头，踌躇道："她真的和济宁侯定了亲？"

"当然了。"赵璋如笑容如花，"我娘这次来，除了要祝贺寿姑及笄，再就是要看看寿姑的嫁妆都准备得怎样了。那济宁侯府不是派了人来说要寿姑百日之内嫁过去吗？我娘觉得济宁府有点瞧不起人，寿姑的嫁妆，就更不能怠慢了……"

纪令则"嗯"了一声，有些心不在焉地听着。

过了两天，来贺的宾客都散了，舅母带着赵璋如回了娘家，纪氏难得回来一趟，要在二太夫人面前尽孝，窦昭这才有空清点那些礼单。

"咦，严先生、徐青和陆鸣都送了贺礼过来！"

"是啊。"素心之前已经清点过一遍礼单了，谁送了什么东西，心里大概都有数，"不仅他们三个送了贺礼过来，谭家庄也送了尊万寿无疆寿佛做贺礼。"

"啊！"窦昭很是惊讶，失笑道，"我又不是做寿。"却也让她有些好奇，吩咐素心，"我们去看看。"

素心和窦昭去了放贺礼的库房。

礼品太多，正在上册，素心和甘露带着几个小丫鬟找了半天才找到。那寿佛不过三尺，却是用整块羊脂玉雕成的，通体无瑕，雕工精美，一看就价值不菲。

窦昭笑道："这下谭家庄有什么喜事我们都得送重礼了。"

"难得的是这份体面。"素心笑道，"谭家庄在灵璧县，那也是屈指可数的大户人家。"

窦昭点头，却纳闷着怎么没看见纪咏的贺礼。

以他的性格，不应该错过这热闹才是。

她回去又重新把清单看了一遍。

的确没有纪咏的贺礼，也没有宋墨的，却看见了邬善送的一幅赵伯驹的《仙山楼阁图》，夹在窦德昌送给她的汝窑菱花笔洗中。

窦昭不由得叹了口气，嘱咐素心把《仙山楼阁图》好生地收在箱底。

没几日，六伯母带着纪令则来告辞："……九月份就要下聘了，家里还有一堆事等着我。"并试图通过祖母说服窦昭跟她一起去京都，"……她以后要嫁到京都去，早点过去熟悉熟悉情况才好。"又说窦昭，"到时候跟我住在猫儿胡同。如果有人问起，就说我请了你过去帮忙。最多去柳叶胡同那边打个招呼。还能强要你留不成？"

就是招呼，她也不想和王家的人打！

窦昭笑着摇头。她会去京都，但不是现在。

窦昭的态度极其坚决，最后纪氏失望而返。

纪令则不由轻声地问姑母："窦表妹和继母的关系很差吗？"

纪氏带纪令则来真定参加窦昭的及笄礼，还有一个用意。

纪令则已与湖州韩氏的六公子定了亲，韩家六公子一直在京都读书，纪令则的婚期订在了今年的十月，这也是纪令则会提前到京都的原因之一。纪令则出阁之后，会和韩家六公子旅居京都。魏家明年七月除服，到时候魏家肯定会很快和窦家定下婚期。窦昭上京都之后，也有个伴。况且纪令则聪慧过人，从小跟着纪氏那位学识渊博、大归于家的姑母读书，待人处处落落大方又不失伶俐。韩家亦是官宦世家，如今有两位老爷入仕，一位在湖广任县令，一位却在工部清吏司任郎中，掌管着天下河工。

窦昭与纪令则交往，只有好处没有坏处。如今听纪令则说话间对窦昭似乎颇有些不解，她不希望纪令则因此而误会窦昭不孝，遂悄声将当年的恩怨一一告诉了纪令则。

纪令则听得目瞪口呆，半晌才叹道："若是我，只怕也很难心平气和！"

"是啊！"纪氏叹道，"所以有些事，也不能全怪寿姑。"又道，"看样子，我只好明年回来些日子，也好帮着寿姑打点出嫁之前的事宜。"

纪令则听了笑道："姑母待窦家表妹可真好！"

"那当然。"纪氏笑着比画道，"从那么一点点看着她长到这么大，和亲生的没有什么区别。"又道，"她从小孤苦伶仃一个人，你以后，可要把她当成你嫡亲的表妹一样的看待。"

"知道了！"纪令则挽了纪氏的胳膊打趣自己的姑母，"您也太偏心了点，让见明认了她做表妹还不够，还让我也认了她做表妹，还好孟春不在，若是孟春在，您是不是也准备让他认了这个表妹？"

纪孟春，名纪阳，是纪咏的堂兄，虽比不上纪咏的名声大，却胜在和蔼可亲，行事稳重，在纪家的小字辈里比纪咏的威望更高。

纪氏理直气壮地道："那是自然！"

纪令则忍不住哈哈地笑，道："那您知不知道，见明他如今写了张'窦四'的字条压在书房的大书案前，每日都要看上几眼念叨上几句才开始读书？"

纪氏大吃一惊，道："出了什么事？"

"是十三叔去探望见明的时候看见的。"纪令则道，"十三叔不敢问见明，抓了子上和子息打探消息，"她说着，神色渐肃，"子上和子息也没有隐瞒，说是见明下决心参加科考，都是因为受了窦家表妹的嘲讽，还说，见明不管是遇到谁都不曾吃过亏，却屡屡在窦家表妹这里受挫。十三叔听说我来真定，还托我打听见明和窦家表妹到底是怎么一回事呢，怕见明一时性起，捉弄起窦家表妹来，亲戚之间因此生出什么罅隙，让您在窦家不好做人。"

"还有这回事？"纪氏眉头紧锁，回到京都，第一件事就是把窦政昌、窦德昌兄弟叫来问话。

窦政昌一听就急起来，道："这件事，要不要跟爹爹说说？见明那脾气，未必就是四妹妹惹了他！"

窦德昌却不以为然，笑道："若是纪表哥占了上风，他又何必一副咬牙切齿的模样？我看，我们暂时还是装作不知道的好。反正这些日子我们都在顺天府学那边读书，他要是有什么动静，只要我们留心，肯定能发现。眼看着就要下场了，若是因为这件事让纪表哥又生出什么波折来，反倒是我们的不是了。"

纪氏觉得次子说的很有道理，微微点头，反复地叮嘱两个儿子："你们多多留心，等见明会试之后再说。这个结能解开最好；若是不能解开，少不得要去求你们曾外祖父。"

两人点头，平日都不动声色地细细观察着纪咏。

纪咏却似一无所知，每天刻苦攻读，闻鸡即起，半夜才睡，把五年间的时文卷子都略读了一遍。等到二月初九，也不祭拜纪家的祖先，让子上、子息两个上街挑了做工考究的考篮，带了惯用的笔墨纸砚，装了些吃食就进了考场，等到纪顾等人赶到的时候，哪里还有纪咏的踪影。

纪顾不由跺脚，呵斥子上、子息不懂事。子上、子息不知道为纪咏背了多少黑锅，哆哆嗦嗦地跪在那里求饶，心里却并不害怕，知道纪咏不点头，除非是惹了老太爷，否则家里的其他人是不会惩罚他们的。

纪顾果然只是叹了几口气，就让子上和子息起来了。

三场考完，纪顾不敢问他考得好不好——如果儿子觉得好，结果却名落孙山，儿子在自己面前跌了面子，只怕以后更不愿意见他了；如果儿子觉得不好，他这段时间这么用功，岂不全都白费了，儿子一样会觉得在自己面前跌了份……索性什么也不提，只说他母亲韩氏知道他下场，特意从宜兴赶了过来，亲自下厨做了他喜欢吃的东西在家里等着他。

纪咏想了想，跟着纪顾回了玉桥胡同。

纪顾松了口气。

纪咏生下来就被纪家老太太养在了身边，再大一点，就跟着纪家老太爷，韩氏见到儿子的机会还不如纪咏身边的小厮多，她对儿子的感情很微妙。

她以纪咏为荣，可有时候又觉得，她生的这个儿子并不属于自己，是属于纪家的，不过是借着她的肚子生了出来，偶尔会冒出"如果儿子不是这么聪明就好了"的感觉。但这感觉，她从来不敢跟人提及，纪咏的事，她更不便过问，只是拉了他的手问他这些日子的吃穿用度。

他们两口子尚且如此，纪家的其他人就更不会自讨没趣，全都当纪咏是出去串了趟门回来了似的，问这问那，就是不提科举的事。

实际上纪咏觉得自己考得挺不错，怎么也能进前五，很想和人说道说道，可别人都不提，他总不能自己主动提及吧？

主要是就算他提及，他们也只会是笑着敷衍地说些"你肯定会金榜题名"之类的话。

要是窦昭在这里就好了。她肯定会问他考了些什么，他是怎么答的，说不定还会问他为什么这么答。

想到这些，他就想到了窦昭那双亮晶晶的杏眼。

不管什么时候都精神抖擞，没有个疲惫的时候。

母亲小心翼翼的问话顿时让纪咏觉得特别没趣，而且还有种深深的无力感。

他又不是那种委曲求全的人，干脆站了起来，不耐烦地说了句"我回屋了"，然后扬长而去。

韩氏叹气，她和这个儿子，实在是没什么话说。

纪咏躺在床上，却想着顺天府学宅子里放在书房的那个香樟木的小匣子。

他吩咐子上："你去把那个匣子拿过来。"

子上应声而去。

回来的时候遇到了韩氏。

韩氏心里不舒服，叫了纪令则来说了会话。

见子上这么晚了还出去，就问了一声。

子上能受纪咏看重，自然不是那不知道深浅的人，闻言忙恭谨地上前答了话。

韩氏心里奇怪，却也并没有多问。

第二天一大早，她去儿子屋里帮儿子收拾东西，儿子已经去了顺天府学那边的宅子。

"怎么这么早？"韩氏很是失望。

纪咏屋里服侍的丫鬟忙道："太太，少爷说，顺天府学那边的书多是四书五经，时文制艺，反正他以后也用不上，要把书都送给姑太太家的两位少爷，约了姑太太家的两位少爷去搬书，并不是要在顺天府学那边住下来。"

韩氏听着面露喜色，问那丫鬟："这么说来，少爷考得很好啰？"

这样的话，那丫鬟怎么敢答，只得支吾道："奴婢也不知道。昨天晚上少爷回来，一直在家里转悠，直到子上回来才歇下。"

韩氏听着一愣，眼角的余光不知怎地不经意间扫过纪咏床头的青布方枕，发现枕头下露出个香樟木匣子的一角。

她不由走了过去，抽出匣子打了开来，里面是支香樟木的簪子。

简简单单的长簪样式，通体镂空雕着各式各样的茶花，有的含苞待放，有的还只是个花蕾，还有的却是恣意盛放，做工不见得如何精致，用料不见得如何的讲究，样子却非常新颖。不仅如此，木雕的器物多透着股古朴自然的大家气度，可这支簪子上的花簇拥在一起，却朵朵都带着几分竞相盛放的争先恐后，竟然给人一种流光溢彩之感。

这个雕簪子的人手艺十分平常，设计簪子的人却画技高超！

韩氏脑海里突然冒出这样的判断……接着就浮现出纪咏小时候用小机子垫脚，伏在花园凉亭里的大画案上对着家中的茶花作画的情景……

她不禁倒吸了口凉气，"啪"一声关了匣子，急急地问那丫鬟："这是……"

丫鬟笑道："这就是昨天子上送来的匣子。"说着，目露困惑，"昨天晚上我明明看见少爷把它收在了箱笼里，怎么就放在了枕头下面……"

韩氏脑袋里"嗡"的一声，莫名地生出胆战心惊之感。

她把匣子重新放好，匆匆地交代了那丫鬟两句"别让少爷发现有人动了他的东西"之类的话，匆匆回了内室，叮嘱自己的乳娘韩嬷嬷："你在垂花门前等着，少爷一回来，就立刻来禀了我。"

纪咏直到掌灯时分才回到玉桥胡同。

韩嬷嬷还不敢说是韩氏找他，朝着走在他身后的子息使着眼色。

子息点头，示意自己知道了，韩嬷嬷这才回去禀了韩氏："少爷已经回来了，我跟子息说了，子息瞅着功夫是要过来回话的。"

韩氏心中稍安，笑盈盈地陪着纪氏父子用过晚膳，打发了纪颀去书房读书，自己则在厅堂里一边喝茶，一边等着子息。

过了大约半个时辰，交了差的子息来给韩氏请安。

韩氏安排韩嬷嬷守在门外，拉了子息在暖阁里说话。

"少爷在外面有没有相好的女子？"韩氏的声音压得有些低。

子息微愣，片刻之后才反应过来韩氏问的是什么。

"没有，没有！"他连声道，"少爷向来不逛秦楼楚馆的。"

韩氏松了口气。照理说，儿子年纪不小了，早就应该说亲了。可当年儿子刚刚中了解元的时候，江南大户人家闻风而动，说媒的人都要把纪家的门槛踏破了，儿子却冷哼一声，谁也没商量，写了副上联贴在大门口，还扬言道："谁家的小姐能对出了我中意的下联，谁就是我纪见明的良配。"

江南女子多识诗书，不知道多少女子想成就这一段佳话。

对出来的下联中出类拔萃的不知凡几，有几句就连老太爷看了，也忍不住捻须颔首，却没有一句能入得了纪咏的眼。

时间一长，大家也都品出味道来。纪咏这哪里是在挑老婆，这是在变相地拒亲啊！

那些写过下联来的女子固然觉得受了羞辱而花容失色，明白了纪咏意思的纪家大爷更是一身冷汗，亲手将那上联给揭了下来——若是任这件事继续发展下去，纪家恐怕要把江南略有名头的世家都要得罪完了。

那些有女待字闺中的世家太太对纪咏是又爱又恨，他的婚事自然也就无人再主动提起。

韩氏是怕儿子被什么风尘女子糊弄住了，以纪咏的性子，不养在外面也要带回家来的。

到时候他们怎么办？

· 213 ·

不认，纪咏会依吗？

认了，就算是他们装聋作哑不说穿那女子的身份，那些被纪咏拒了婚的人家只怕也不会放过纪家，到时候纪家的颜面何存？

她想想就觉得坐立不安。

如今听说儿子循规蹈矩，她顿时喜上眉梢。

可这喜悦不过维系了片刻，韩氏立刻意识到不对。

那木簪，分明是给女子用的！纪家虽称不上富可敌国，可这祖母绿、猫眼石甚至是金刚石都不是稀罕之物，纪咏放着这些东西不用，巴巴地藏了支木簪，而且那木簪十之八九还是他亲手雕的……如果说那收簪的人与纪咏不过是点头之交，那还不如说是铁树开了花更靠谱些。

她的笑容就凝在了脸上，急急地问子息："少爷自从离开宜兴，都去了些什么地方？见了些什么人？"

自从纪咏亲手雕那支木簪开始，子息就像在火上烤。公子待窦家四小姐，太好了些……他有心跟韩氏提个醒，又怕韩氏不以为意；可如果任少爷这样下去，哪天少爷闹出什么事来，他们这些近身服侍的可就不是待纪家的长辈恭谨不恭谨的问题了，而是品行不端，教唆着主子学坏，就算是有少爷护着，纪家也不可能再容得下他们。

此时韩氏问起来，他真是又惊又喜，扑通一声就跪在了韩氏的面前，把纪咏怎么想到去真定拜访纪氏，怎么认识了窦昭，窦昭怎样对付庞昆白，纪咏又是怎样对窦昭另眼相看……一五一十全都告诉了韩氏。

韩氏听得心惊肉跳，半晌才回过神来："你是说，见明是为窦家四小姐才亲手雕的这支木簪？"

子息点头："少爷亲自画的样子，亲手雕的，花了快一个月的功夫。"

韩氏奇道："那他为何不送给窦家四小姐？要是我没有记错，窦家四小姐的及笄礼是在正月初十。"

纪令则去参加了窦昭的及笄礼。

子息神色忐忑："少爷说，若他这次不能金榜题名，又有何资格给窦家四小姐送贺礼……"

韩氏神色大变。

那窦家四小姐在儿子的心目中竟然有这么重的分量！既然是如此，他为何不跟自己说了，名正言顺地去提亲？难道是怕那窦家四小姐嫌弃他不成？

念头闪过，韩氏心里五味杂陈。

自家这个儿子才高八斗，学富五车，如天之骄子，不知道多少人艳羡，不知道多少人巴结奉承着要和她结亲家，竟然有一天也会低声下气地去讨好一个女孩子！

那窦家四小姐有什么好？不仅是丧妇长女，而且还心性冷傲，说要把人往死里打就往死里打，这要是真娶了回来，儿子都这样小心翼翼地讨好，她又有什么资格摆婆婆的款？岂不是如同娶了个活祖宗回来？

可若是他们不答应……除了老太爷，这家里还就真没有第二个人管得住儿子了。

老太爷年事已高，总不能管儿子一辈子吧？

照子息所说，那窦四小姐虽然手段狠辣，但好歹也是个有主意的。儿子这次能乖乖地参加科举，也是因为被窦四小姐讽刺了一顿。娶妻娶德，能管着丈夫，让他上进，光宗耀祖，那就是做妇人最大的贤德了。

这么一想，韩氏心里就有了微妙的变化。

就算儿子不娶窦家四小姐，难道就会和自己亲近些不成？但如果儿子娶的是窦家四小姐……这女人的天地在内院，她若是能留得住儿媳妇，也就能留住儿子了……

韩氏不由暗暗觉得自己这主意不错。

看样子，得向姑太太仔细打听打听窦家四小姐的事。

她拿定了主意，吩咐子息："今天这事，出了你的嘴进了我的耳，就不能说给第三个人知道了，你可明白？"

"太太放心，"子息知道事情的重要性，发誓道，"出了这门我若是再提及，让我天打雷劈，不得好死！"

韩氏点头，让子息起来，道："这件事你就不要管了，自有我做主。"眉宇间露出几分欢喜。

子息一看就明白过来，他暗叫一声糟糕，忙硬着头皮道："太太，窦家四小姐，已经定了亲……"

"你说什么？"韩氏骇然失色，"到底是怎么一回事？你还有什么没有告诉我？"

"小的没有半点隐瞒太太的地方。"子息知道韩氏误会了纪咏和窦昭的关系，将两人之间的一些事又细细地说了一遍。

韩氏的表情阴晴不定，半张着嘴，过了半刻钟才喃喃地道："这么说来，是见明剃头担子一头热了？"

子息低下了头，没敢搭腔。

"这可怎么办啊？！"韩氏想到儿子的为人，急得快要哭了出来。

"出了什么事？"不知道什么时候，纪顾走了进来，"是不是见明又闯什么祸了？"他一看这阵势就很是担忧。

"不是！"韩氏让子息退了下去，强打起精神服侍纪顾更衣，"是我把子息叫来问问见明这些日子都做了些什么。"

纪顾只是溺爱纪咏，有些事就睁只眼闭只眼，并不代表他为人粗心大意。他扳着妻子的肩膀，正色地道："你可知道为何祖父不让见明在我们身边长大？人无德不立，国无德不兴。见明从小就异常聪明，祖父怕我们对他太宠溺，只知道让他读书，而忽视了他的品行……如果见明做错了事，你千万不可帮他隐瞒。他现在小小年纪已经没人能管得住，你如果一味地纵容，他就是高中了状元，也未必能成为名垂青史的名臣。"

纪顾不说还好，他这一说，韩氏再也忍不住，眼泪雨点似的落了下来："见明，他看上别人家的媳妇了……"她一面哭，一面把前因后果、纪咏帮窦昭亲手雕了支木簪的事全告诉了纪顾。

纪顾听着，脸色渐渐凝重起来："你说的可是真的？"

"这又不是什么好事，我难道还骗你不成？"韩氏抹着眼泪道，"那木簪如今还放在见明的枕头底下呢！"

纪顾都不知道该说什么好了。

自己的这个儿子，从小到大就没有消停过。

这件事一个不慎，不仅会让窦家四小姐身败名裂，而且还会让纪咏从此与仕途绝缘。

他想了想，毅然地道："这件事，得告诉祖父他老人家，请他老人家帮着拿个主意。"又道，"现在见明不过是在心里惦记着窦家四小姐，你就不要打草惊蛇，别让他半夜三更地突然跑到真定去就行了。一切都等祖父拿定了主意再说。"

韩氏应是，服侍丈夫写了封信，第二天一大早就派了体己的仆妇亲自送往宜兴。

纪咏知道子息被母亲叫去问话。他身边的人三天两头就被人叫去问话。

纪咏自认为没有什么怕别人知道的,并不放在心上。把顺天府学宅子里的书都送给了窦政昌和窦德昌之后,他本想去大兴走一趟,但想到没几天之后就是廷试了,如果他廷试能取得个好名次,就可以指使纪家的管事帮自己办事了,自己这样没头苍蝇地乱跑一通,既辛苦,又打探不到什么消息,不如等到廷试放榜。遂搬回了玉桥胡同,把这十年的邸报都找了出来,又请教了伯父和父亲,揣摩上意,把廷试可能遇到的情况都琢磨了一遍。等到二月底会试结果出来,纪咏会试得了第四。

纪家的人再也掩饰不住喜悦,也无需再掩饰喜悦。

以纪咏的年纪,廷试就算发挥失常,也能点个探花。

纪咏却神色如常,该干什么就干什么,心里却嘀咕着:难道真被窦昭给猜中了不成?只能金殿传胪⋯⋯

韩氏看着心急如焚。私下对丈夫道:"难道这样都不能给窦家四小姐一个交代不成?"惹得纪顼直瞪眼,忍不住斥责妻子:"你胡说些什么呢?"

第五十五章　探花·姗姗·后山

韩氏知道自己说错了话,闹了个大红脸。

纪顼不想妻子尴尬,转移了话题:"祖父那边,可有什么消息?"

韩氏自在了些,嘟哝道:"信才送出去了几天,哪有这么快!"

"那见明那里,你就要多多留心了。"纪顼嘱咐了几句,去了衙门。

韩氏想了想,去了纪令则那里。

正巧韩家的四少奶奶刘氏和韩家的十小姐韩素在纪令则那里做客。

一屋子的韩家人,气氛因此而显得格外亲昵。

那刘氏是宜兴刘家的姑娘,嫁到了湖州韩氏,自小就和韩氏相熟,见了面就拉着韩氏高声道着"恭喜",接过丫鬟们的茶亲手奉上,亲亲热热地挨着韩氏坐了,寒暄了几句,就问起纪咏的婚事来:"⋯⋯姑母也不能就这样放任着表弟的性子,该强硬的时候还是要强硬些。"

纪令则报着嘴笑着和韩素交换了一个眼神。

刘家的姑娘多,刘氏更是有两个嫡亲的妹妹没有出阁,其中一位还曾对过纪咏的对子,得到过纪家老太爷的赞赏。

韩氏正为纪咏和窦昭的事头痛着,闻言心中不悦,皱了皱眉道:"见明从小在老太爷屋里长大的,他的婚事,自然得由老太爷做主。我一个内宅妇人,不论是见识、眼光都不能与老太爷相提并论,这件事,我也就撒手不管,安安心心地等着做婆婆了!"

心里却想着,若是老太爷为了断了儿子的念想快刀斩乱麻地给儿子定下一门亲事,可千万不要是刘家的姑娘!不说别的,就凭着刘家姑娘这多嘴多舌的样子,儿子就肯定不会喜欢。

旋即生出几分遗憾来。

她本是想来打听打听窦家四小姐的事，刘氏在这里，看样子是问不成了！

韩氏耐着性子和刘氏寒暄。

纪咏则正在和窦启俊说话。这次会试，窦启俊名落孙山。

"何必这样急着赶回去？"纪咏极力挽留窦启俊，"不如等廷试的结果出来，你也可以看看那些贡士的时文，对照之下，你也可以知道自己到底哪里有欠缺。"又道，"我也有事要去趟真定，到时候我们一起回真定好了。"

纪氏已经在京都寓居，他还有什么事要去真定？

窦启俊很惊讶。

纪咏笑道："四妹妹及笄，正逢着我大比，连份贺礼都没有送。廷试之后就要考庶吉士，到翰林院观政之后恐难有机会离开京都，正好趁着这个机会出去走走。"

他说得十分坦荡，大家又都知道窦昭已经定亲，窦启俊不疑有他，笑道："你要溜出去玩，却拉了我垫背。算了，谁让你是我的长辈，我就吃点亏好了。"答应了和纪咏一起去真定。

纪咏十分高兴，叫子上摆了桌席面，两人一边吃，一边说着这次会试，直到月上柳梢才散。

没几天，就到了三月初一。

纪咏换了件崭新的宝蓝色杭绸直裰，去了西苑。

一整天的廷试下来，纪咏果不其然被点了探花。

纪家的三姑六舅都来恭贺。

纪咏却觉得一口郁气在心里难以消散，脸阴沉沉的。他拿出给窦昭雕的木簪凝视良久，"啪"的一声将匣子丢在了床角，躺在书房的醉翁椅上假寐，任外面的宾客盈门，眼角眉梢也不动一下。

子息几个急得团团转，却没敢催他去迎客。

穿着大红色遍地金褙子的韩氏走了进来，见子息几个都立在书房的门外，她不由得放低了声音："怎么了？"

子息悄声将纪咏把装木簪的匣子丢在了床角的事告诉了韩氏。

韩氏又惊又喜。惊的是儿子果然对窦家四小姐十分上心，喜的是说不定儿子因此不好意思出现在窦家四小姐的面前，长远来看，也未必不是件好事。

她正想吩咐句叫子息好生照料纪咏，就听见"吱呀"一声，书房的门扇大开，纪咏从里面走了出来。

看见母亲，他并没有惊讶。今天来的都是祝贺他高中的人，他不出面，母亲担心地来看他，这本是意料之中的事。

他朝着母亲点了点头，说了声"我这就去前院招待客人"，然后将手中的香樟木匣子递给了子息，道："这是我给窦家四小姐的及笄贺礼，你快马加鞭，亲自送到真定去。"

那样的落落大方，反让韩氏和子息都有点不自然起来。还好子息是个机敏之人，很快将那一点点的窘然敛了去，恭谨地上前，接过了匣子，应声而去。

纪咏心中有事，也没有太注意母亲和子息的异样，待子息走开，他问母亲："您要不要到我屋里坐会？我换件衣裳就去前院。"

"好啊！"儿子这是唱的哪一出，韩氏心里没底，跟着儿子进了厅堂。

窦昭接到纪咏的贺礼，已经是五天之后的事了，她看过香樟木匣子里的信，不由得哈哈大笑。

正巧素心端了厨房新做的桃酥进来，见状笑道："纪少爷都在信里说了些什么？"

窦昭一面将信收起来，一面笑道："他说这次廷试开始的时候，皇上曾在大殿里逛了一圈，见他年纪最小，还仔细地打量了他两眼。他怀疑皇上根本就没有看他的文章，不过是因为他年纪最小，所以点了他做探花。他仔细看过状元蔡固元的文章，说没有他写得好……"

素心也忍不住大笑起来。

窦昭尝了尝桃酥，道："纪表哥这个人，还像个小孩子似的。明明知道我的生辰，却偏要等自己中了探花郎才送了贺礼来。要是他这科落第，只怕好几年都不会理睬我了。说到底，还是记得我说他和窦明胡闹的话。"

素心点头，帮窦昭斟了杯茶，道："纪少爷这个人，虽然十分骄傲，却为人坦荡，反而好相处。"

"谁说不是。"窦昭笑着去了书房，"我来给他回封信——估计天下的人都觉得他此刻定是春风得意，踌躇满志，恐怕只有他认为这个探花郎是种羞辱，连提都不想提起！"

素心想想，觉得纪咏还就真是做得出这种事的人。她不由抿了嘴笑，在一旁帮着窦昭磨墨。

纪咏接到窦昭回信的时候，正在犹豫着要不要去翰林院任职。

纪咏的伯父纪颂和父亲纪颀急得团团转，纪颀更是抱怨道："祖父怎么到今天也没个消息？见明的事到底怎么办，他老人家不拿个主意，我们也不好行事啊！"

纪颂苦笑。

正在这时，子息求见。

两人都有些迫不及待地让子息进来回话。

"少爷吩咐我去跟轿厅的人说一声，"子息喘着气，显然是一路小跑过来的，"他明天一早要用轿子，要去吏部备报。"

纪颂松了口气。

纪颀却是"啊"了一声站了起来，忙道："见明怎么又突然改变了主意？"

子息匀了匀气息，这才道："少爷刚刚接到了窦家四小姐的信，窦家四小姐不知道在信里写了什么，少爷看着扑哧一下笑了起来，然后就让我去跟轿厅的人说一声。"

纪颂和纪颀面面相觑。

纪颀犹豫了片刻，小声地问子息："窦家四小姐的信里，都写了些什么？"

子息摇头。

纪颂捏着胡子轻声道："那就想办法看看窦家四小姐信里都写了些什么。"

子息愕然，不由抬头朝纪颀望去，却见纪颀轻轻地咳了一声，低头喝了口茶，仿佛没有听到这话似的。

子息暗暗苦笑，却不得不答应下来，第二天趁着纪咏出门的机会，找出窦昭给纪咏的信草草地瞥了一眼，又匆匆地去给纪颂和纪颀回禀道："……也没有说别的，窦四小姐不过是在信中写了些养花的心得。"

"养花的心得？"纪颂愕然。

"是！"子息垂着手，恭敬地道，"窦四小姐在信里说，要布置一个庭院，除了要养长绿的黄杨、冬青之外，还要间种些四季常开的花树和草木，庭院的景色才宜人。春天常开的有水仙、建兰、茶花、杜鹃、迎春……水仙清雅，建兰幽芳，茶花芳姿绰约，杜鹃花灼如朝阳，只有那迎春花，最为寻常，树边亭角，只要天气放暖，就开得灿若云锦，最让人忘记不了，不管是谁，提起春天，就要说说这报春的花。可见这花不在于有多名贵而是在于什么时候开花……纵然是那街头闾巷之物，若是占了早春第一抹颜色，就是世间最好的花。又何必拘泥于它不是品种名贵的花？"

纪颂若有所思。

纪颀头痛地沉吟道："要是能知道见明给窦四小姐的那封信里写了什么就好了！"

子息满头大汗。

两位老爷不会让他去探少爷的口风吧？要是引起了少爷的警觉那就麻烦了！

正当他有些惶恐不安的时候，纪颂却朝着他挥了挥手，道："你下去吧！这件事不要和其他的人提起。"

子息忙恭声应诺，退了下去。

纪颂不无担忧地对纪颀道："你也不要乱猜了。窦四小姐信中所说的显然是个比喻，鼓励见明要奋发上进。按理说，十年寒窗苦，像见明这样已算是功德圆满了，他还有什么不满意的宁愿和窦四小姐说也不愿意和家里的人说？窦四小姐又怎么知道这样劝能有效？"

他们也经常劝纪咏要好好读书上进，可越劝纪咏越离经叛道，以至于他们根本不敢再劝他。

"是啊！"纪颀道，"如果能知道窦家四小姐为什么能劝动见明，我们也不至于对他束手无策了！"

纪颂叹了口气，回屋之后立刻给祖父纪老太爷写了一封信。

纪咏当然不知道伯父和父亲为自己的事操碎了心。他既然决定要入仕途，从前的种种倦怠自然都要放下。去吏部备报过，他立刻去拜访了师座——这次会试的总裁官，礼部侍郎杨森。

杨森是淞江人，和纪咏的伯父纪颂是好友，早在纪咏关在家里纠结着要不要入仕的时候，纪颂已亲自上门向杨森解释，说纪咏受了风寒，卧床不起，待人能起床，即刻就来拜会恩师。杨森虽然早年进京游宦，但纪咏是他们江南数得着的天才，多多少少听说过纪咏的事，知道他三天两头常常"生病"，因而并没有放在心上，看在纪、杨两家的面子上，还差人送了些药材去探望。因而他见到纪咏的第一句话就是问他病好利落了没有。

纪咏下决心做一件事，就会把它做到最好。

他感激涕零地向杨森道谢，谈论起杨森最感兴趣的稼穑之事，杨森突然觉得这个学生不仅博学多才，而且言辞恳切，虽有青涩之处，却不失青年人的锐气，让他十分喜欢。纪咏告辞的时候，他破天荒地将纪咏送到了书房门外，还叮嘱纪咏："没事的时候就来我这里坐坐。"

纪咏再三作揖道谢，这才上了马车。

之后他又一一宴请那些同科，不过几日工夫，就和今年的新科进士们混了个脸熟，等到他去翰林院上任时，几乎是一路被人拍着肩膀称着"贤侄"走到掌院学士面前的，让和他一起上任的状元蔡固元的脸色变得非常难看。

纪咏权当没看见，在那些老翰林面前低眉顺目，很快就博得了个"谦逊谨慎"的评价，让纪颂和纪颀不由得目瞪口呆，纪颀更是擦着额头的汗道："见明这是怎么了？简直像变了个人似的！"

纪颂却想到了窦昭，他叫了子息来问："之后见明给窦家四小姐回信了吗？"

"回了。"子息悄声道，"少爷说窦家四小姐的话很有道理。说不管皇上是看着他年轻还是看着他文章写得好才点了他做探花，这也是因为他有这个本钱和实力，实在不应该拘泥于是什么花！"

纪颂不由得暗暗点头，吩咐他："以后见明和窦家四小姐的事，你要多多留心。"

就是让他当耳报神嘛！子息在心里嘀咕，面上哪里敢露出丝毫的不悦，连连应"是"。

正在此时，纪老太爷的信到了。

纪颂把信递给纪颀看，苦笑道："让我们不要大惊小怪，见明虽然喜欢新奇之事，但只要是他答应的事，却从不曾半途而废，这次他既然入了仕，就不会丢下来到处乱跑的。他和窦家四小姐一个在京都，一个在真定，时间长了，也就淡了，让人悄悄地注意一下就行了。至于见明的婚事，他老人家自有主张，让我们不要擅自做主。"

纪颀已匆匆将信看了一遍，闻言叹道："也只有如此了！"语气颇为沮丧。

纪颂想到纪咏这些日子像变了个人似的，心里总觉得不踏实，和纪颀商量，又写了封信给纪老太爷，又叫了人留意着纪咏的行踪，在得知窦启俊来向纪咏辞行，纪咏因为入职翰林院而没办法履行前诺和窦启俊一起回真定的时候，纪颂还是长长地松了口气，和纪颀感慨道："姜还是老的辣。难怪只有祖父能管得住见明了！"

纪颀不住地点头。

纪咏却写信向窦昭抱怨："……本想去找你玩的，结果却去不成了。也不知道这事什么时候是个尽头！"

窦昭笑得不行，回信给他："听说越是大官越不容易致仕。你不如想办法找点乐子，不然真的会被闷死的。"

纪咏很快给她回信："翰林院尸位素餐的多，却也不乏真才实学之辈。我近日跟着杜加年在学制琴，到时候送你一张。"

杜加年名轮，擅琴，也是当朝有名的制琴大师，又因出身翰林，所制之琴万金难求。

窦昭道："你不如帮我求一张杜加年亲手制作的琴好了！"

纪咏勃然大怒："定要叫你后悔今日狂言。"

可没几日，纪咏就从京都给她送了张杜加年制作的琴，还在琴尾落了"桑林"的款。

窦昭大爱，专门请了江南大家在家里教自己抚琴。

纪咏又给她找了几本古琴谱。

两人书信来往，很快就到了秋天。

在田庄里养伤的徐青求见："世子爷怕再去田庄惹人眼，住在了东城门口的那家高升客栈，想来拜访小姐，不知道小姐何时方便？"

窦昭大吃一惊，失声道："出了什么事？"

宋墨被英国公陷害的事已经过去大半年了，按理说，宋墨应该和宋宜春斗得正欢，怎么会突然跑到她这里来？

徐青则被窦昭目露惊恐的样子吓了一大跳，他忙道："没出什么事！世子爷如今已牢牢掌控了局势，这次是专程来给您道谢的。之前之所以没来，是怕被国公爷发现您和那件事有关联，连累了您……"

窦昭舒了口气，道："你们家世子爷既然平安无事就好。你跟他说一声，道谢什么的，就不用了，我们也不过是适逢其会。我一个内宅女子，实在是不方便随意见外客，他的好意，我心领了。"又道，"来的都是客，我这就跟段公义和陈晓风说一声，让他们代我招待世子爷吧！"

徐青睁大了眼睛，满脸不敢置信地望着窦昭。

世子爷来向她道谢，竟然吃了闭门羹！他不由傻了眼。

窦昭端了茶，徐青只好愣愣地跟着素心出了厅堂。

素心颇为担忧地问窦昭："不去见世子爷，这样好吗？"

她对宋墨，也是印象深刻的。

"好不容易才从宋家的事里择出来，"窦昭道，"敬而远之才是正道。"

素心点头。

有小厮进来禀道："有个叫陈核的，说是京都通德银楼的伙计，受了范掌柜之托，给四小姐捎了件东西。我让他给我就行了，他却说范掌柜曾经交待过，一定要他亲手交给您。"

什么通德银楼的伙计，分明是宋墨的贴身侍从。

看样子，他不见着自己是不会甘心的。

窦昭怕宋墨再派什么人来求见，眉头微微蹙了蹙，道："让那伙计进来吧！"

小厮应声而去。

陈核低眉顺眼地跟着小厮走了进来，他恭敬地给窦昭磕了个头，从怀里掏出个巴掌大小的雕红漆的匣子奉给窦昭。

"四小姐及笄，世子爷本应来贺，只因身边有小人作祟，唯恐连累了小姐，所以才一直隐忍不发，直到现在京都诸事顺当，世子爷这才亲自前来给四小姐祝贺。"他恭谨地道，"听徐青说四小姐不便见客，世子爷不好打扰，命我将之前早就准备好的及笄礼送过来。"说着，他连续给窦昭磕了三个头，"祝四小姐芳龄永继，福寿绵延！"又道，"这匣子里是串旃檀香的佛珠，原本是夫人的心爱之物，世子爷留下来做个念想的，因是请曾经在大相国寺坐化的得道高僧加持过，特意送了小姐，愿小姐能万事顺遂，清泰平安！"

窦昭错愕。

宋墨竟然将母亲心爱的旃檀香佛珠送给她做了及笄贺礼。

她以为宋墨来，只是单纯地想向自己道谢的。

那匣子在窦昭手中滚烫滚烫的，仿佛火般炙热。

她突然有点后悔刚才拒绝去见宋墨。

否则，宋墨也不会让陈核代他给自己送贺礼了。

她也就可以婉言谢绝这份贺礼。

现在当着陈核的面，她心中纵然忐忑，也只好示意素心收下礼物，让陈核代她向宋墨道谢。

陈核没有退下，而是眼圈一红，哽咽道："四小姐，您可能不知道，世子爷之前为应对国公爷，一直没能好好地养伤，伤势一直反反复复的，御医说，世子爷要是再这样折腾，就是大罗神仙也治不好世子爷的伤了。现在好不容易大事已定，世子爷却借口要用无根之水煮药，兴师动众地搬去了大兴御赐的田庄居住。大伙儿原想，在颐志堂也好，在御赐的田庄也好，只要世子爷能静心地早点把伤养好就行了……谁知道世子爷却是打着明修栈道，暗度陈仓的主意，要亲自登门给您道谢……您见都不见，世子爷得多寒心……"说着，"咚咚咚"地给窦昭磕起头来，"四小姐，我求求您了。您去见见世子爷吧！世子爷还一直惦记着四小姐的救命之恩呢！而且有些话，他一直憋在心里，也没个能商量的人，就盼着能见见四小姐，问问当初那件事呢……求小姐成全！"

窦昭默然。

谁都没有想到宋宜春会对宋墨突然发难，也难怪宋墨会一直困惑到今天。

这件事恐怕将是宋墨心头一根无望无法拔除的刺吧！自己不过是个外人，却能窥得其中蹊跷，宋墨肯定会找自己问个明白的，希望能从自己这里找到一些父亲对自己发难的缘由。

如果自己避而不见，只怕宋墨一想起这件事就会想起自己吧！

窦昭想了想，道："你跟你们家世子爷说，明天就在田庄见吧！"她瞥了一眼陈核，淡淡地道，"不过，只此一次，下不为例。"

"四小姐！"陈核又惊又喜，忙道，"小的再也不敢自作主张了……"又给窦昭磕了几个头。

窦昭让素心送走了陈核，去了祖母那里。祖母知道窦昭要去田庄见陈先生，笑着问她："你那笔墨铺子的生意如何？"

"刚好能够维持开销。"窦昭笑道，"这次去田庄，也是想和陈先生商量商量，看能不能有什么好办法让铺子赢利。"

祖母点头，问起那个在窦昭及笄礼上给窦昭送锦鸡的田富贵来："十三把他要了去，他没有给你惹什么麻烦吧？"

老人家觉得人既然是崔十三要去的，若是不好，这责任就全在崔十三的身上了。

窦昭不由抿了嘴笑。这个田富贵，还真是块做生意的料子，去了京都没几日就上了手，因比崔十三姿态更低，做得比崔十三还要好。

"您就放心好了！崔十三引荐的还能有错？！"

"那就好！"祖母听了很高兴，翌日亲自送了窦昭出门。

晴朗的秋日，天空中没有一丝云彩，澄静中透着高爽。

窦昭不由深深地吸了口气。

马车在进村的拐角处被人拦了下来。

"四小姐，"向她抱拳的是她上次见过的陈核，"世子爷在后山的河边等您。"

那里曾是她和父亲垂钓过的地方。

山下有条小路通往后山，却不适合走马车。

路很近，拐过山头就到，窦昭由素心扶着下了马车，小路旁边停了辆软轿。

陈核上前撩了帘子，窦昭上了轿，轿子晃悠悠地上了小径。

平日里寥无人影的树林此时却每隔几步就能感觉到若有若无的锋芒，隐隐锁住了通向后山的小路。

窦昭走在平日熟悉的小径上，却仿佛走在深渊峭壁的边缘。

后山的小河，河水清澈，河底的白色鹅卵石清晰可见。

宋墨站在河边，静静地注视着潺潺流水中倒映的树影。

石青色的锦袍，碧玉簪子，挺拔的身姿，静谧的气息，他仿佛化成了他身后那片树林里的一棵树，融入那清风碧空之中，寥寂苍茫中透着秋高气爽的澄净。

下了软轿的窦昭不由脚步一滞。

宋墨闻声已转过头来，笑道："你来了！"

他的目光温和，笑容真诚，窦昭却骤然惊声："你怎么瘦得这样厉害？"

原本精致无瑕的五官因为消瘦而更加分明，让他纵然面带微笑也显得肃穆冷峻。

"是吗？"宋墨笑道，"我怎么没觉得？"

窦昭在心里幽幽地叹了口气。不管是谁遇到他这样的事恐怕都要辗转反侧寝食难安，何况身上还带着伤。他能站到她面前，已实属不易。

她不由道："你的伤，怎样了？"

"还好！"宋墨显然不太愿意谈及，简略地道，"让顾玉帮着请了太医院最好的御医，都说不能心急，只能慢慢地调养。我这些日子就躺在床上混吃混喝的，哪里也没有去。"然后笑着问她，"听说及笄礼很热闹，可惜，我不能来道贺……"眼中流露出淡淡的遗憾，倒是真的觉得可惜。

窦昭却忍不住腹诽：就算是你没遇到这破事，就算你身上没伤，你能来吗？你以什么身份什么借口来？

念头闪过，又觉得自己多虑了。

宋墨想干什么还有干不成的？！说不定他不能来道贺还是件好事。若是让他找到了借口和自己正大光明地来往，那以后宋家的事她怎么能避得开？

然后想到了纪咏。

怎么她遇到的一个两个都是这样的性子？！

然后又想到邬善和魏廷瑜……更觉得宋墨和纪咏都叫她头痛。

她索性什么也不想，左右看了看，指了不远处的一块大青石，对宋墨道："我们过去坐坐吧？"话音一落，就觉得这话有些不妥——据说宋墨的伤很严重，也不知道现在怎样了？又忙道，"算了，还是站着说话吧。"心里不禁嘀咕，也不知道他这样站着吃不吃力……

宋墨望着窦昭笑，笑意一直从眼底深处流淌到了眼角眉梢。

他轻轻地道："我没事。外伤早就好了，内伤……我大舅觉得学外家功夫过于霸气外露，我们宋家是皇上近臣，我学这个不太好，早年特意寻了师傅告诉我练习内家养生功夫，这功夫本就如小火文茶，要慢慢地来，倒也不急于一时。"

"那就好！"窦昭想到段公义第一次见到宋墨时就说宋墨好像学过什么特殊的武技，想着蒋家和宋家都是百年旺族，肯定有外人不知晓的防身保命之术，就随口应了一句。

宋墨微微地笑，道："你上次跟我说，田庄有野菜，是不是就长在这后山上？我怎么一株也没有看见？"

窦昭忍不住道："你认识野菜吗？"

"认识啊！"宋墨笑道，"我从前不认识，回去之后让人采了些回来……很稀有的不认识，一般的都认识了。"

不至于吧！窦昭眨了眨眼睛。

宋墨却很认真地朝她点了点头。

窦昭朝四周望了望，拔了一株长着椭圆形叶片的植物折了回来："这是什么？"

"这……"宋墨没见过，顿时额头冒汗，喃喃地道："应该……是……叶蓼？"

还真是用过功的！窦昭心里嘀咕着。

"不对！"她肃然地道，"这是酸模。"

酸模和叶蓼长得十分相似，不过一个叶子窄长些，一个叶子圆润些。

宋墨尴尬地擦着汗。

窦昭哈哈大笑，那笑容，带着几分促狭几分狡黠，因而有种恣意的飞扬和热烈，仿佛照亮了宋墨阴郁的心。

他不由跟着笑起来。

笑容让宋墨的眉眼变得柔和起来，显露出些许少年的映丽。

窦昭在心里暗叹可惜，这么漂亮的一个少年，宋宜春却硬生生把他变成了个杀戮者。

"这也叫酸溜溜。"她摇晃着手中的酸模，"是长在夏天的野菜，摘下来之后用清水洗干净，放入滚水中略微焯一下，捞出来就可以吃了。有清热凉血的功效。"

宋墨接过窦昭手里的酸模，笑道："上次吃的是秋葵，你好像很懂这些似的。"

"嗯。"窦昭抬头望着河对岸的三株野桃树，笑道，"我从小在这里长大的，小时候常和村里的孩子一起上山摘野菜，还下河摸鱼，"她指了小河边的一处拐角，"看到没

· 223 ·

有？到了夏天，那里就会有很多的鱼……"窦昭回过头来，笑着问他，"你走得动吗？"

"嗯！"宋墨点头，"走得动。"

"走，我带你去个地方！"窦昭笑着朝前走，道，"你要是觉得吃力，就说一声。"语气微顿，道，"不要硬撑着，那样没意思。"

"我知道了！"宋墨笑着，跟窦昭踩着石头过了小河。

窦昭手脚麻利地爬上了野桃树。

宋墨没有犹豫，紧跟着爬了上去。他看到大片的庄稼地和两个村落，东边那个是窦昭的田庄，一座青砖瓦房立在村子中间，一些低矮的泥草房围在旁边。另一个却很陌生。两个村落的大小、布局都差不多，他甚至能看清楚在田里劳作的农人和青砖瓦房中走动的人影。

窦昭指了那个让他觉得陌生的村落，笑道："那是郎家的田庄。郎家的人很少到这里来，打理田庄的是个瘦瘦的老庄头，他有个白白胖胖的老婆，很喜欢喝酒，每次喝多了酒就追着老庄头打，老庄头一边骂，一边往田里跑，田庄里的人就都跑出来看热闹……"

宋墨忍俊不禁。他仿佛看到小小的窦昭，眉眼儿弯弯地趴在这里看郎家的庄头夫妻打架……那种可笑的喧闹，如同股暖流，漫过了他冷漠的心田，温暖了他的心。

窦昭的神色却突然变得很凝重。

她凝视着宋墨的眼睛，沉声道："我不知道令尊为何要陷害你！"

宋墨的笑容凝结在嘴角。

窦昭转过头去，目光重新注视着两个看上去相隔不远的村落。

"你知道我母亲是投缳自尽的吧？"上一世，她常站在这里眺望两个村落，这一世，却很少有这样的机会，"我常常想，她为什么一定要投缳自尽？难道我就不值得她留下来吗？这世上，有谁会把我放在心上？有谁会不计生死地维护我？我难道连村头的赖三也不如吗？他每天在外面被人欺负他娘还把他当宝贝似的……"她的眼底闪过一丝茫然，"有时候我想得快要疯了，就会在山上乱跑一通……有一年的中秋节，三伯父给我送来一匣子京式月饼，不知道为什么，我心里很乱，待三伯父一走，我就跑到了山上，猛地抬头，看见这三棵野桃树……当时我穿了件新衣裳……我就像村里的孩子一样，爬到了树上，衣服被挂破了，却看到郎家的老庄头被老婆追打……"或许是想到当时的情景，窦昭翘着嘴角笑了起来，然后指了郎家庄最西头的一户人家道，"那屋里有两个女儿，她们的父亲每到农闲时节就会挑着杂货挑子走村串户，回家的时候总会给她们带两个烧饼回来。"接着指了另一户人家，"那家的婆婆很厉害，媳妇手脚略慢一点就会站在屋檐下骂，可有一次她媳妇病了，她立刻去城里请了大夫，还帮媳妇熬药……"窦昭凝望着宋墨，目光炯炯有神，"你看，这世上有不好的，可也有好的，若是多见识些人或是事，就会发现，还是好的比不好的多！"

她是在劝自己不要把父亲对自己的陷害放在心上吗？

宋墨的视线有些模糊。不知道是为了窦昭所说的那些话，还是为了她对自己的用心。

"我只是不太相信我自己的父亲，"窦昭的声音时高时低地传到了他的耳朵里，"所以听说严先生和徐青被人追杀，就留了个心，让段公义和陈晓风他们进京去打探一下消息。如果你真如我所料的被令尊陷害，就伸把手，如果没有……小心驶得万年船，就当我杞人忧天多此一举好了！"

宋墨笑了，笑得苦涩："还好你多此一举，不然我恐怕早就命丧黄泉了。"

窦昭没有说话，她朝山下的两个田庄望去。

已近晌午，村中升起袅袅炊烟。

宋墨顺着窦昭的目光望过去。

送饭的妇人三三两两地打着招呼，笑嘻嘻地结伴往田里去。安静的村落因为这笑声而平添了些许的热闹，让人感觉到的却不是喧嚣嘈杂，而是勃勃生气。

宋墨感觉到自己的心也像这村落似的，变得宁静而轻快起来。

他扭头望着身边的窦昭，轻轻地说了声"谢谢"。

"不用客气。"窦昭笑道，"你会发现光阴如箭，前一刻让你痛不欲生的事，只要过了那一刻，你很快就会忘记，甚至连那伤痛也会一起忘记。"

躲在树林后面远远地望着宋墨和窦昭的夏瑽却满腹的忧虑："世子爷和窦四小姐到底要说什么？怎么爬到树上去了？"

陈核想到窦昭对自己"下不为例"的警告，不由抿了抿嘴。窦四小姐肯定是要和世子爷说她为什么会发现英国公对世子爷有企图。他因此而有些心不在焉，道："或者是有什么要紧的事，在树上谈，肯定是不想被人偷听。"

"是吗？"夏瑽很怀疑，"这后山连只蚊子都飞不进来，谁能偷听世子爷和四小姐说话啊？"

自从英国公府发生了"盗贼抢劫"之事，不管是英国公还是世子爷，身边都增加了很多身手高超的护卫。就算是来真定，世子爷依旧是带了足够的人手。

第五十六章　好坏·敲山·河工

宋墨觉得窦昭的话很有道理。

他被父亲杖责之后，一个人孤零零地躺在母亲烧着地龙的内室地砖上的时候，心如死灰，只希望一睁开眼睛，所发生的事不过是场噩梦罢了，父亲还是原来那个对他有些唠叨但不失慈爱的父亲，弟弟还是那个有点懦弱但事事对他言听计从的弟弟……那一时刻，他觉得，死，不过如此。

可他被窦昭救了。

他的乳兄陈桃因为不愿意出卖他被打死了，他的幕僚和贴身护卫被追杀……他不得不站起来，麻木地与父亲对峙……那时候，他觉得人间至惨之事，不过如此。

可窦昭派去的护卫帮他及时把信送到了。他不仅重新确定了自己的地位，而且还争取到了母亲的陪嫁和颐志堂的管辖权，就算戴着"孝顺"这顶大帽子，他也有办法和父亲一争高低了。

每当他觉得自己走到了死胡同的时候，总会柳暗花明，又有了新出路。

宋墨想起窦昭和他说这话时的表情。

笑容一点点地从她眼底消散，闪过些许的伤感、些许的悲凉、些许的无奈、些许的唏嘘……但又很快地一一敛去，重新变得神采奕奕，顾盼飞扬，仿佛长途跋涉的旅人，在孤单寂寥的漫漫长夜中，终于敌不过万水千山的疲惫，这才流露出几分掩饰不住的倦意。

·225·

脆弱而又坚韧，顿时让他心痛难忍。

她是那么美好，命运对她，却是如此不公平！

他突然间很想见到魏廷瑜。

"陈核，"宋墨吩咐道，"我们立刻回京都去。"

"啊！"陈核错愕，"您，不回大兴的田庄了？"

"我已经出来七八天了，也应该回去了。"宋墨淡淡地道，"回到京都之后，你拿我的名帖去济宁侯府——我有事找济宁侯。"

陈核应"是"，不由和夏璉交换了一个目光。

世子爷原本准备在真定待三天的，这才第二天，就急着要回京都，而且是在见过窦家四小姐之后……济宁侯可是窦家四小姐未来的夫婿！

夏璉忧心忡忡。一回到颐志堂，他立刻去见了留守在家的严朝卿，把自己的担忧告诉了他："……如果被国公爷发现异样，那可就不得了了！窦四小姐可是窦阁老的侄女！"

严朝卿事前并不知道宋墨会去真定见窦昭，等他知道的时候，宋墨已经出发两三天了，他也觉得宋墨这个时候不应该和窦昭有过多的接触，免得被英国公府捉到什么把柄。现在听夏璉这么一说，更觉得事态严重了。

他沉吟道："窦四小姐对世子爷有救命之恩，世子爷亲自登门道谢，是对窦四小姐的尊重。你也不要大惊小怪的，以后注意一点就是了。若是世子爷去得太频繁，我们再提醒世子爷一声也不迟。"

夏璉心中略定，和严朝卿聊了说去真定的事，就回房歇了。

严朝卿在屋里转悠了半天，去了宋墨那里。

宋墨刚刚盥洗了一番，正坐在临窗的大炕上听武夷禀着这几天颐志堂里发生的事。

自从武夷和松萝养好伤后，宋墨就让两人做了自己的贴身小厮。

见严朝卿进来，武夷忙朝着严朝卿笑着点了点头，直到把话说完，这才上前给严朝卿行了一个礼。

宋墨请严朝卿炕上坐，笑道："正准备等会去拜访严先生，没想到严先生先来了。"然后吩咐武夷泡壶碧螺春来，"这个季节，喝碧螺春最好。"

严朝卿笑着道谢，和宋墨面对面地坐了。

武夷上了茶，轻手轻脚地退了下去。

严朝卿这才道："这么说来，世子爷已经知道了？"

他刚才进门的时候，听了个尾音。

宋墨点头，道："我听武夷说了……父亲给天恩请了两位翰林院的老儒在家里坐馆，亲自督促天恩的功课。"

如果是往日，他回府，宋翰早就急巴巴地跑了过来，今天却直到此时也不见宋翰的身影。

严朝卿踌躇道："那您的意思是……"

宋墨笑道："我已经这样了，如果天恩能得到父亲的欢喜，也未必不是件好事！"

"可是……"这样下去，宋翰必定会和宋墨离心离德，若是英国公再别有用心地从中怂恿挑唆一番，只怕英国公府就要上演兄弟阋墙的故事了。

"无妨。"宋墨道，"天恩今年才十岁，而父亲之所以能在皇上面前说得上话，多多少少沾了些祖父的余荫，你不必担心。"

老英国公足智多谋，又善于揣摩上意，被皇上视为左膀右臂，这才能为刚刚出生不久的宋墨求得世袭指挥金事的恩荫，宋宜春比起老英国公可差远了，又有宋墨珠玉在前，他想抬举宋翰，也要有那个能力才行。

严朝卿一想就明白过来。

"的确是我多虑了。"他笑道，这才说出了此行的来意，"我是担心您除服之后——到时候您就十六岁了，我怕国公爷会在您的婚事上做文章……"

蒋氏病逝，蒋梅荪等人或去世或流放，梅老夫人也远在濠州，就算宋宜春为宋墨定下的亲事有什么不妥之处，也无人能及时地阻拦。

宋墨冷笑："不过是个内宅妇人。若是顺从也就罢了，若是有二心，"他语气一顿，"任其自生自灭也就是了。"

他们父子之间形同水火，这是父亲目前唯一可以拿捏他的事了，父亲不可能就这样轻易放弃不用。他早有准备，自己的妻子决不会是什么良配。

严朝卿望着宋墨俊朗到完美的面容，不由暗暗地叹了口气。

宋墨早有了准备，也早下定了决心，觉得这个话题再说下去不过是浪费口舌，遂转移了话题，道："我父亲那边，有没有什么新发现？"

自从局势稳定下来，宋墨就把所有的事情都理了一遍，却始终找不到父亲要陷害自己的缘由。

他虽然偶尔会冒出"如果窦昭能以旁观者的清醒看出点什么来就好了"的念头，却并没有把这种希望全寄托在窦昭的身上——诸葛亮不出卧龙岗而知天下事，也是因为他结交有识名士，鉴古通今。英国公府的家事恐怕还不足以成为人们的谈资，窦昭从未到过京都，又怎么会知道？

宋墨去见窦昭，更多的是为了向她道谢，以及为她补贺及笄之喜。

严朝卿苦笑："定国公出事的时候，国公爷四处打点，没有一点敷衍……"

宋墨思来想去，觉得父母口角的原因只可能是舅舅们的死。

他闻言释然之余又有点失望，喃喃地道："会不会是从前的一些事……母亲先前不知道，因为大舅的去世被重新翻了出来……"

在宋墨的印象中，大舅骨子里好像有点瞧不起父亲，像是怕父亲把自己给养坏了似的，他那么忙碌，还常常亲笔写信给自己，插手自己的功课，就是大舅的亲儿子，也不曾享受过这样的殷切的关注。父亲因此也对大舅很是不满。

他思忖着，没等严朝卿说话，已道："若真是陈年的旧事，恐怕只能去问问外祖母……"

宋墨的打草惊蛇让宋宜春把那些曾经在陷害宋墨之事里插过一脚的人都灭了口，特别是从前服侍过蒋氏的旧人，连不入等的粗使丫鬟都没活下几个来。

话音落下，他和严朝卿商量："这件事事关英国公府的秘辛，只怕要请您亲自去一趟濠州了。"

"世子爷放心，我这就回去收拾行李。"严朝卿也是个干脆利落的人，"连夜启程去濠州。"

英国公府发生的事，宋墨没有敢告诉外祖母。外祖母年事已高，接连失去儿子、女儿、孙子、孙女，他哪里还忍心让老人家为他的事担惊受怕？但外祖母又精明干练，想让她老人家不起疑心，只有严朝卿去最合适！

他叫了夏璎进来，让他给安排几个身手高超的护卫护送严朝聊。

夏璎恭声应是，陈核回来复命："世子爷，济宁侯说他在家守制，不方便见客！"

屋里的人俱是面色一沉。

就是魏晋之时，也没几个人能照着周礼守足二十七个月的孝，只要不纵情声色就行了。魏廷瑜这样，分明是要和宋墨划清界限。

枉费当初宋墨像兄弟似的待他，见他喜欢骑射，还把府中的那匹红玉送予了他。

宋墨也神色不虞。看样子，英国公府发生的事已经悄然地传了出去。

魏廷瑜这样没有主见，没有胆识，以后窦昭嫁了过去，岂不是要跟着他受委屈？

他暗暗为窦昭担心，寻思着要不要找个机会碰碰魏廷瑜。

虽然是为了窦昭，可想到魏廷瑜有点扶不上墙的样子，他就觉得十分糟心。

宋墨强忍着心头的不快吩咐陈核："这件事以后再说。你帮我留意魏廷瑜的动向就行了！"

难道世子爷还想和那个什么破侯爷继续来往不成？

陈核等人都脸色微变，只有严朝卿，望着手中的茶盅，露出若有所思的神色。

而就在离英国公府不远的济宁侯府，魏廷瑜正被回娘家探望母亲田氏的魏廷珍数落着："……宋家的事，要你操哪门子的心？难道那宋墨被宋宜春杀了之后，宋宜春还要上赶子地来杀你不成？你怕什么怕？！宋墨是什么人？连他父亲都斗不过他，你算哪根葱，竟然敢甩脸给他看！你是不是脑壳坏了？！要不是被我偶然发现，你是不是准备从此和宋墨绝交？"

魏廷珍的话让魏廷瑜的脸涨得通红，他喊了声"姐"，不满地嚷道："宋墨和我们根本不是一路人！要是我们能因此而疏远，也未必不是件好事！"

"你胡说些什么？"魏廷珍急得直跺脚，"宋墨是你惹得起的吗？"

魏廷瑜不以为然地道："有什么惹得起惹不起的？人到无求品自高。我又不准备从他那里得什么好，用得着巴结他吗？"说着，神色一正，对魏廷珍道，"姐，你也跟姐夫说说吧，以后少和宋墨来往，他这个人，心太狠了……自己家的护卫啊，那可是进进出出都跟他打招呼的人啊，说杀就杀，杀完了，还整整齐齐地码放在院子中间，这是一般人能做得出来的吗？我也知道他厉害，你想我好好地奉承他，这样我除了服就能谋个好差事。可有些事我们不能做，要是做了，就一辈子都欠别人的……他要是让我帮他杀人，姐，你说，我是去还是不去呢？有些债，我们还不起的……"

一旁的田氏听着脸色发白，忙拉了儿子的手："出了什么事？什么杀人不杀人的？和你有什么关系？"她说着，急得要哭起来，"瑜儿，你可别吓娘亲啊？这到底出了什么事？和那宋墨又有什么关系？你欠了他什么债呀？"

"娘，"魏廷珍忙坐到了母亲的身边，轻声地安慰着母亲，"没事，没事！就是打个比喻。"一面说，一面狠狠地瞪了魏廷瑜一眼，示意他快帮着安抚田氏，"弟弟不是和宋墨交好吗？我就让他好好和宋墨相处……"

"姐，你也别哄着娘亲了。"魏廷瑜听话地坐到了母亲的身边，却打断了魏廷珍的话，对田氏道，"娘，是这么一回事……"他把宋宜春不喜欢长子，想改立世子，让自家的护卫拿了宋墨，结果却被宋墨把阖府的护卫都杀了个干净的事告诉了田氏，"……您说，这样的人，我能和他搅和到一起去吗？"

田氏闻言都快要昏过去了，她紧紧地抓住了儿子的手，指关节隐隐发白，嘶声问魏廷珍："这是真的吗？"

魏廷珍不由垂下了眼睑，轻轻地"嗯"了一声。

"你弟弟做得对。"田氏看着儿子一眼，眼中流露出欣慰之色，"我们家虽然式微，但不能为了谋个好差事就昧着良心助纣为虐，这和皇上身边的那些佞臣，王公贵族之家的闲帮有什么区别？我们可不能为了权势就连品行都不要了！再说了，和像宋墨这样的人交往，就算一时得了好，长远来说，却是弊大于利——你看见哪个心狠手辣之人有好下场了？若是那宋墨倒了霉，你弟弟岂不是也要受连累？"又道，"至于你弟弟的差事，离除服还有一年，慢慢想办法就是了。不是还有他姐夫吗？"

"是啊！"魏廷瑜得了母亲的表扬，不免有些翘尾巴，扬着下颌道，"我们家虽比上不足，可还比下有余，犯不着为了谋个好差事就作践自己！"

"好，好，好！"田氏笑眯眯地看着儿子，魏廷珍却哭笑不得。

好人有好报，坏人被问斩，那都是戏文里唱的好不好？自己和宗耀这些年来一直夹着尾巴做人，宗耀好不容易才被立为世子，若让宗耀为魏廷瑜的事求人，一来宗耀这些年都待在国公府里很少出去走动，和那些手握实权的勋贵并不熟悉，弟弟又承了济宁侯的爵位，不管怎么说也是个侯爷了，宗耀根本没能力为弟弟谋一份与其身份相符的差事；二来因为宗耀被立为世子，已经让婆婆很不高兴了，就是公公在诸事上也多有让步，如果让婆婆知道宗耀为自己娘家弟弟的事出面，婆婆肯定会觉得宗耀向着自己的娘家，要是闹腾起来，就是公公也不好出面帮着他们说话。

宋墨却不一样。

就是自己的公公，提起宋墨来也会神色肃穆。

他若是愿意帮弟弟出面，那些人就是碍着他的凶名也不敢敷衍了事。

魏廷珍正琢磨着，就听见弟弟和母亲商量："宋墨还送给了我一匹马，我想明天就还给他。跟他说，家里养不起……"

"理应如此。"田氏忙道，"最好还送些东西去，算是答谢他之前对你的厚爱……"

魏廷珍简直不知道说什么好。

"娘！"她有些气急败坏地道，"宋府的红玉，是京都排得上号的名驹，不知道多少人出重金想买，宋家都没有卖，却送给了弟弟。你们就这样把马给宋墨退回去，岂不是当着全京都的人打宋墨的脸吗？你们也说他心狠手辣，要是他发起横来找弟弟的麻烦，我们能避得过去吗？"然后教训魏廷瑜，"你不要像个孩子似的好不好？什么事都想当然！这个时候宋墨正是艰难之时，你还落井下石，你让他怎么想？"

魏廷瑜不由摸着脑袋，对母亲道："也是哦……这个时候和宋墨疏远的确是有点不好……"

魏廷珍松了口气。她这个弟弟，虽然没什么心机，却为人真诚，颇有侠义之心。

"我看你不如差了人给宋墨递个帖子，说你是这两天有急事脱不开身，过两天再见面行不行？"魏廷珍帮弟弟出主意，"以后再慢慢和他减少来往也不迟。"

魏廷瑜连连点头，照着魏廷珍的吩咐派人给宋墨送了个帖子去。

魏廷珍又趁机叮嘱魏廷瑜："你说话的时候注意点，不要直来直去的。先把这件事糊弄过去，以后宋墨要是再找你，你见机行事就行了。他要是不找你，你也不主动找他就是了。"

说到底，还是希望魏廷瑜能和宋墨保持一定的联系。

魏廷瑜却没有想这么多，点头称"是"。

接到魏廷瑜帖子的宋墨冷笑，对送帖子进来的武夷道："那就过两天在翠珍阁见吧！"

翠珍阁位于朝阳门外，是京都最有名的素菜馆子。

武夷去告诉了魏家的小厮。

到了约定的那天，魏廷瑜穿了件青色的杭绸直裰去了翠珍阁。

宋墨一刻钟之后才到。他穿了件靓蓝色的细布袍子，面色如玉，俊美异常，神色悠闲地走了进来，一双灿若星子的眼睛沉静冰冷，如波澜不兴的寒潭般幽深，顿时让魏廷瑜心底发寒，笑容都变得勉强起来。

"世子爷！"他不由自主地站了起来，神色恭敬地向宋墨行了个礼。

宋墨面无表情地坐在了主位上，朝着魏廷瑜微微颔首，淡淡地说了声："坐！"立刻掌控了局面。

魏廷瑜不免显得有些拘谨起来，宋墨却没有和他客气，开门见山地道："你先说因为孝期不便来见我，想必是觉得我这个人不值一交。后来又派了小厮给我下帖子，不知道是什么原因让你改变了主意呢？"

他神色淡然，语气平静，却有一种让人感觉到羞愧的讥讽。

魏廷瑜不由低下头去，喃喃地道："你杀戮太过……这样不好……我来，也是想劝劝你的……"

宋墨一愣。他原以为魏廷瑜之所以和他疏远，是怕沾染上麻烦，却不承想魏廷瑜是因为质疑他的人品！

魏廷瑜见宋墨没有吭声，加上宋墨对他一直和颜悦色，有的时候甚至会照顾他的情绪附和他说话，一时间把魏廷珍的嘱咐抛到了脑后，他抬头正视着宋墨，道："你看你这么一闹，大家说起你来都噤若寒蝉，更有人吓得直打哆嗦，扬言再也不敢和你来往了。大家同住在京都，这人啊，要是没有亲戚，没有朋友，孤零零一个人有什么意思？"

魏廷瑜这个人虽然没有脑子，却不失纯善。窦昭嫁了他，虽不能妻凭夫贵，却也不至于被人轻怠。

宋墨不由微微一笑，如冰雪融化，露出青山叠翠的灵秀，看得魏廷瑜微微一愣。

宋墨已道："你说得对！这件事我的确要好好想想才是。"然后拿起桌上的茶壶帮魏廷瑜斟了杯茶，"我找你，实际上是有桩事想问问你有没有兴趣——顾玉你也认识，皇上近日要疏浚运河，他接了济宁、徐州、邳州、淮阴的那一段路，你有没有兴趣入一股？"

魏廷瑜骇然。这样的差事，能几个人接一段就已经是通天的能耐了，那个顾玉，竟然接了四段！

"这，这得多少银子投进去啊？"他背心冒着冷汗，"我恐怕拿不出那么多银子来……入一小股好像都不够……而且顾玉也不缺银子……我还在孝期……"

魏廷瑜十分矛盾，觉得这是个机会，又怕自己没有这个能力掺和进去。

"谁会自己跑到工地上去监工啊！"宋墨不禁笑道，"你只说想不想参加，如果想参加，派个得力的管事就行了。至于银子，户部会拨一部分，徭役算一部分，花不了多少钱！"

魏廷瑜立刻兴奋起来："那就算我一份好了！"

宋墨笑了笑。

伙计们开始上菜，魏廷瑜却有些坐不住了，道："这件事我得和我姐姐商量一下。说不定还要向我姐夫借些银子周转……"

宋墨拿筷子的手一顿，道："你暂时先别作声，八字不过画了一撇……"说到这里，他话头一转，"不过，你和你姐姐先商量商量也好。"心里却想着，既然送了他一个人情，索性好事做到底，让那位景国公府世子夫人也掺和一脚好了。以魏氏的为人，她肯定会吃独食，又能管束魏廷瑜，免得他到处嚷嚷。

他心里明白，也有计较，可不知道为什么，一想到魏廷瑜竟然事事都要和魏廷珍商量，他心里就觉得极不舒服。

魏廷瑜从翠珍阁出来，直奔景国公府。

魏廷珍听说宋墨邀请魏廷瑜参加运河的疏浚，如天上掉馅饼似的，喜不自胜："这件事是真的吗？宋墨是怎么跟你说的？都说了些什么？要多少银子？分哪一段给你？"遣了屋里服侍的丫鬟，拉着魏廷瑜在临窗的大炕上坐下，连珠炮似的问了起来。

魏廷瑜激动地把两人的对话一五一十地告诉了魏廷珍。

魏廷珍的脑子飞快地转了起来。河工这种事，价钱由工部定，银子由户部出，人力是各府县的徭役，他们能做的，也不过是包销些石材，又不是惯做这石材生意的，自然要找几家实力强的商贾，四个河段，可是上百万两的大生意，就算让那些商贾垫付一些，想必都会有人争破了脑袋，若是只赚中间的差价，虽然钱少些，可稳当，又不用操心……

她仿佛看到了成堆成堆的银子源源不断地落入自己的腰包，极度地兴奋起来："弟弟，这件事你一定要应承下来。只要能做成这笔生意，以后我们家不管是开铺子还是做十库的生意，都有了本钱，到时候你再想和宋墨疏远也不打紧了……"

提起这件事，如瓢冰水从头上淋了下来，让魏廷瑜满腔的热血都冷了几分："这，这不大好吧？过河拆桥，人家也是好心，才邀了我入股……"

"你不是说那宋墨心狠手辣，不是什么好人吗？"魏廷珍被魏廷瑜揭了底，脸上有些挂不住，不由喝道，"这也是你说的，那也是你说的，你到底要怎样？"

"我，我……也没说什么，"魏廷瑜喃喃地道，想起宋墨那清冷的眸子，突然间心里发寒，"要不，我们还是别沾这生意了……我听说河工上的事一个不小心就会闹出贪墨案来，不知道有多少朝廷重臣为此被削官砍头……的确不是什么好生意！要不然那顾玉和宋墨都不是缺银子的人，怎么就想到了要拉我入伙……"他越说越觉得自己有道理，语气也变得坚定起来，"我们还是少和宋墨交往的好。娘也说了，平平安安才是福。不是我们的，我们也别强求……"

魏廷瑜的话给魏廷珍也降了降温，她开始认真思索这件事。

弟弟说的不错，别人强求都无门的好事，怎么就突然间落到了弟弟的头上？或者是，那边已经要出事了，宋墨想找弟弟背黑锅？否则怎么也说不通宋墨为何主动和弟弟结交……她越想越觉得这件事有蹊跷。

难道宋墨和弟弟交往之初就打定了这个主意不成？

"你说的对！"魏廷珍皱着眉头对魏廷瑜道，"这件事……"她原想说"就这样算了"，可一想到那白花花的银子就这样流进了别人的口袋，她又心疼不已，说出来的话又变，"我们得从长计议……最好是和你姐夫商量商量……你呢，也要不动声色地打探打探……万一那宋墨真的是想提携你一把呢？我们岂不是白白错过了机会！这样的机会可不多……过了这村未必就有这店……我们得仔细想想……"

和姐夫商量，魏廷瑜倒觉得这是个事，忙催着魏廷珍去把张原明请来。

魏廷珍却心中一动，笑道："你急什么？你姐夫正和家里的管事算账呢。宋墨不是也说了吗？这事儿八字才刚有一撇，你难道想这时候就嚷得尽人皆知啊？！自然要等你姐夫忙完了，我再和他好好说。"又交待魏廷瑜，"这件事事关重大，你千万不要和其他人说起，就是汪清海那里，也要瞒得死死的，知道了吗？"

"这……有些不大好吧？"

"你这个榆木疙瘩，"汪家就是接工部的河工起的家，那汪清海也是个心里装不住事的，要是无意间漏了口风，以汪清淮的精明能干，要硬插一手，恐怕就是宋墨和顾玉也会伤脑筋，可这话魏廷珍却不能这样直接跟魏廷瑜说，他把朋友看得太真。

魏廷珍深深地吸了口气，这才道："要是这件事黄了，你到时候怎么跟汪清海交代？汪家的人又会怎么看你？你能不能行事稳重点？！"

"也是哦！"魏廷瑜不好意思地摸了摸头，向姐姐保证了几句，说了会儿憧憬的话，又说了会儿担心的话，患得患失的，眼看着到了用晚膳的时候，他惦记着母亲一个人在家，谢绝了姐姐的挽留，回了济宁侯府。

张原明被父亲留在了外院用膳，魏廷珍独自草草地吃了些，歪在炕上想这件事。她出嫁的时候，父母竭尽全力地为她准备了一百二十抬的嫁妆，不过是看上去花团锦簇的，却经不起推敲，几个妯娌间就属她的底子最薄。要不是公公常常私底下贴些银子给他们，就是这日常的人情往来也会让他们捉襟见肘。这件事若是能成，她手头也不必如此拮据。可宗耀如果知道了这件事，肯定会告诉公公的。财帛动人心，公公如果从中插一手，哪里还有魏家的什么事？那魏廷瑜怎么办？

魏廷珍决定不把这件事告诉张原明。

自己只要留心，未必打听不到消息！

到时候赚到了钱，他们姐弟平分，不，弟弟得大头，她得小头也成。她只要有能应酬亲眷的体己银子就行了，其他的，都可以给弟弟。

魏廷珍从这件事上想到魏廷瑜的亲事。夫妻本是一体，她打了窦昭的脸，弟弟也颜面尽失，这个道理她还是知道的。之所以提出百日之内迎娶窦昭，实际上她是想借此打探窦昭在窦家的地位。

二太夫人亲自出面拒绝了这个提议，可见窦昭在窦家还是比较受重视的。

不知道窦昭到时候有多少陪嫁，像窦家这样的大户人家，说起来好听，但因为子弟众多，能分到个人头上的银子就十分有限，何况窦昭之母出身平常，窦昭的继母王氏未必会全心全意地帮衬窦昭……

想到这里，她再次深深地叹息。当初在和窦家交换庚帖之前，父亲应该先和她好好商量商量的。魏家虽然称不上钟鸣鼎食之家，可胜在家事简单，弟弟又顺利地承了爵，想找个出身、相貌都十分出挑的，未必是件难事。

说来说去，只怪父亲在这件事上表现得太过急切了。

魏廷珍颇有些无奈地叹了口气，屋里突然传来丈夫张原明的声音："怎么了？一副愁眉苦脸的样子。"他已听说魏廷瑜来过了，遂笑道，"是不是廷瑜有什么事？"

"他能有什么事？！"魏廷珍笑着敷衍道，"我就是在为他除服之后的事犯愁。"

这件事张明原也无能为力，他想了想，道："要不，请宋墨帮帮忙？我看宋墨很看重舅弟。"

魏廷珍把魏廷瑜对宋墨的顾忌告诉了张原明，并道："这孩子，就是有点犯混。"

张明原听了笑道："舅弟的确是有些多心了——你想想，若是那英国公占着道理，宋墨杀了自家的护卫，还摆出那样的姿态，英国公只怕早就告到皇上面前去了，哪里还会这样地忍气吞声？你让舅弟不必多想，宋墨这个人，还是很值得一交的。"

魏廷珍听着眼珠直转。

看样子，这河工的事可以做哟！她如同看到银子流水般地流进了自己的荷包。

魏廷珍忍不住满面笑容，亲手给张原明沏了杯茶。

英国公府的颐志堂，顾玉也亲手帮宋墨沏了杯茶，宋墨就打趣地向顾玉道了声"多谢"。

"不用谢！"顾玉不以为意地咧着嘴笑了笑，然后道，"你真的准备让那个什么魏廷瑜插一手啊？我们不缺银子，魏廷瑜又不是个能做事的人……"

"吃独食可不是什么好习惯！"宋墨笑道，"何况这天下的银子怎么能赚得完！"

顾玉不解："可如今你正是要用银子的时候……"

就像两国交战，粮草先行一样。宋墨要和宋宜春斗，没有银子是不成的。这也是为什么宋墨决定参与到河工之事上去。

"让他占一小股好了。"宋墨道说,"就当我们多打点了工部和户部的人。"

顾玉不再说什么,宋墨就问他:"我杀了自家的护卫,你的那帮玩伴是不是都觉得我是个暴戾恣睢之人?"

顾玉一愣。

宋墨笑道:"你照直说就是了,我只是想听句真话。"

顾玉一向认为宋墨很坚强。

他点了点头,道:"也不全是,有些人就是觉得很惊讶。"

宋墨"哦"了一声,有片刻的发呆。

顾玉问他:"怎么了?"

"没什么。"宋墨含糊其词地道,脑海里再次浮出窦昭那因为镇定自若而显得内敛沉稳的面容,"就是问问!"心里有种异样的情绪止不住地滋长。

窦昭的护卫曾参与了这件事,窦昭应该早就知道了当时的情景。

可从始至终,她都没有流露出半分惊骇或是恐惧之色。

她是怎么想的呢?又是怎么看待这件事的呢?

宋墨很想问问窦昭。

而顾玉则在正式拿到那四段河工的差事之后,问了魏廷瑜一声,让魏廷瑜象征性地拿了些银子出来,自己去了趟济宁,陪着知府、县令们吃吃喝喝了好几天,这才把河工的事定下来,然后又赶去了徐州……等顾玉从江南回来,已吃过了腊八粥。

他梳洗一番,就去了英国公府。

第五十七章 幕僚·确定·试探·差错

宋墨不在家。

武夷告诉顾玉:"梅夫人去世了!"

顾玉大惊失色:"梅夫人怎么会去世了?之前可是一点风声也没有听说。"在他的印象中,梅夫人一向精神矍铄身体健康,怎么说去就去了?!又想起以前跟着宋墨去蒋家的时候,梅夫人做了绿豆糕招待他们,他和撷秀几个打闹,梅夫人也只是坐在廊庑下笑眯眯地看着他们,眼中充满了慈爱,他仿佛又回到了从前母亲在世的时候,是个无忧无虑的孩童……那种温馨和踏实,是他一辈子都没有办法忘记的。

他的泪水猝然而至。"怎么会这样?怎么会这样?"顾玉哽咽道,泪水模糊了视线,"天赐哥为什么不告诉我?不然我怎么也要赶回来……"心中充满了遗憾,又问武夷,"梅夫人是什么时候没的?天赐哥走了几天?"

他的情绪感染了武夷,武夷眼里瞬时也充满了泪水,抽泣道:"自蒋三爷走后,梅夫人就有些不舒服了。因怕我们世子爷和二爷担心,所以强忍着没露出什么端倪。施安又在外院,什么也没有察觉出来。要不是前些日子我们世子爷不放心梅夫人,派严先生带了些药材和补品去探望，恐怕还不知道梅夫人已经卧病在床好些时日了……梅夫人只来得及嘱咐严先生一句要好好照顾顾世子爷就去了……"

顾玉心痛难忍。

外面传来一阵急促的脚步声。

"大哥还没有从濠州回来吗？"稚嫩的声音里满是深深的担忧。

竟然是宋翰！

顾玉愕然，不由道："天恩怎么没去濠州？"

武夷低下了头，喃喃地道："国公爷说，路途遥远，二爷还有很多功课都没有做，世子爷代表英国公府去祭拜就行了。"

顾玉勃然大怒，道："梅夫人可是天赐哥和天恩的外祖母！难道伯母不在了，这血脉也就断了不成？"

英国公这样做，太过薄情！话音刚落，宋翰嘟着嘴走了进来。

"顾大哥，"他看见顾玉眼睛有些泛红，道，"您也是来找我大哥的吗？"

他墨色的眸子里有受惊小鹿般的恐慌。

顾玉心中一软，不忍责怪宋翰，点了点头，道："我刚从江南回来……没想到梅夫人去世了。"

宋翰眼泪雨点似的落了下来："大哥也不知道什么时候回来？我都没能见外祖母最后一面……我想娘亲……"

顾玉眼眶湿润，有些笨拙地安慰宋翰："没事，没事，天赐哥很快就会回来了，梅夫人也知道你有很多功课，不会责怪你的……"

宋翰呜呜地哭了起来。

有护卫神色恭敬地走了进来，半是央求、半是无奈地低声对宋翰道："二爷，国公爷到处在找您，您还是快随我回上院去吧！不然国公爷责怪起来，小的不好交代……"

宋翰抹着眼泪，顾玉却跳起来朝着那护卫就是一耳光，并大声喝骂道："他妈的，这里有你说话的份吗？"

那护卫名叫李大胜。他能被宋宜春派到宋翰身边，不仅是因为他对宋宜春忠心耿耿，而且还因为他身手高超，办事灵活。他虽然没有想到顾玉会突然发难，但顾玉不过是跟拳师练了几年的拳脚功夫，身手比旁人要稍灵活些，和他这样自幼习武的护卫相比，还差得远了。凭李大胜的身手，想躲开顾玉很容易，可顾玉这一招却是专门练过的，向来招无虚发，李大胜竟然被结结实实打了个正着。

他错愕地望着顾玉。

顾玉已退后几步，挥了挥手，随他而来的两个随从闪电般地冲到了李大胜的面前，一拳打过去，屋里响起裂帛般的风啸声。

李大胜脸色大变，想起了关于顾玉身边随时有皇后娘娘御赐的两位绝顶高手护卫的传闻……

他一面匆匆退让，一面求助般地喊了宋翰一声"二爷"，却不敢全力反击——英国公曾经交代过，不要轻易和颐志堂的人发生摩擦。

顾玉却看也没看宋翰一眼，面色冷峻地盯着自己的两个随从。

两个随从会意，毫不留情地朝李大胜挥拳……

宋翰目光晦涩，欲言又止。

李大胜身手本不如顾玉的两个护卫，又有所顾忌，失了先机，不过几个回合，就被顾玉的随从打得趴倒在地。

顾玉犹嫌不解恨，在那里大声叫嚣着："你是个什么东西？竟然敢指着我的鼻子跟我说话！你们给我狠狠地打！打死了，算我的！"

两个随手继续揍着早就鼻青脸肿的李大胜，可落下去的拳脚明显不如刚才有力道。

一阵嘈杂的脚步声响起来，人未到声先闻："顾公子，手下留情，手下留情！都是李大胜不懂事，冲撞了公子，还请公子看在我们世子爷的面子上，不要和他一般见识……"

随着说话声，宋宜春的幕僚陶器重急急地走了进来。

"顾公子！"他笑着朝顾玉行了个礼。

顾玉露出副"算了，不和你一般见识"的表情朝着两个随从微微颔首，两个随从忙收手回到了顾玉的身后。

"人你领回去吧！"顾玉纡尊降贵地道，"以后要是再这样不懂规矩，可别怪我不讲情面。"

"多谢，多谢！"陶器重连忙躬身作揖，示意身边的人扶了李大胜，牵了宋翰的手，和顾玉寒暄着。

宋翰想要挣开陶器重的手，却被陶器重握得更紧了，他顺从地停止了挣扎。

陶器重带着宋翰和李大胜离开了颐志堂。

顾玉的眼睛一直盯着宋翰和陶器重握在一起的手，面色阴郁。

宋墨很快就知道了在颐志堂里发生的一幕。

他撩了马车的车窗帘，望着车窗外面良久无语。

严朝卿目光微闪。

他们正经过真定县城。

世子爷会去见窦家四小姐吗？

宋墨静静地望着远处的城郭，直到它消失在视线里，这才放下了帘子，转身坐好，淡淡地对严朝卿道："这件事，恐怕要麻烦严先生以后多多留心了。"

因为梅夫人的突然去世，他们并没能打探到宋墨父母之前的事。

现在的蒋家，老的老，小的小，连个拿主意的人都没有，还好有施安，他江湖经验足，至少可以保证蒋家那些妇孺的安全。

严朝卿恭谨地应"是"，安慰宋墨："世子爷也不要着急，这世上没有不透风的墙，只要我们留意，迟迟早早能打探到些消息。"

"但愿如此吧！"宋墨微微地叹了口气。

现在所有的线索都断了！

他想到了窦昭。如果是窦昭，她会怎么做？

在田庄初遇时，陈曲水不过是识破了自己的身份，她就能推断出大舅出了事，自己奉命托孤，护送孩子前往谭家庄，从而很快想出了对策，逼得自己不得不忍让退步；严先生和徐青不过是无奈之下向她求救，甚至是在严先生和徐青都不知道为什么会被追杀的情况下，她却很快意识到自己出了事，安排身边的护卫连夜上京都……她向来擅长于从细微处发现异常，然后抽丝剥茧，解开谜团。

如果能得她相助……念头一起，宋墨立刻摇了摇头。

他不能再把窦昭牵扯进来了。

如果被父亲发现，肯定会不择手段对付她的。

不知道她现在正在做什么。

宋墨想到她爬树时的利落身手；想到秋日正午的阳光下她蹲在菊圃里的悠然身影；想到她指着秋葵汤时的从容淡然。

他不禁会心一笑，问严朝卿："顾玉那边的事怎么样了？"

严朝卿则咧着嘴笑了起来："真没有想到，顾公子嚣张的时候比任何人都嚣张，认真的时候却比任何人都认真……工部的几个郎中被他奉承得都找不到北了，说工部主事罗玮禀请皇上疏通开封城东面的故道，皇上已准许。让顾公子找工部尚书——中极殿大学士沐川疏通疏通，以后工部再有什么事，也好找顾公子。"

"这可是汪家的生意。"宋墨听了也笑了起来，"他虎口夺食，可得小心点。"

"所以说顾公子要是认真起来，也是个会办事的人。"严朝卿笑道，"这些日子顾公子和廷安侯世子汪清淮走得很近，开封河段的疏通之事，他准备和汪清淮一起做。"

宋墨挑了挑眉，唏嘘道："顾玉，真的长大了。"语气欣慰中带着几分感慨，如同被牙牙学语的孩子丢失开了手的父母。

严朝卿哈哈大笑。

宋墨也跟着笑了一阵，然后神色渐凝，沉吟道："连着五年黄河都在开封段决堤，工部几次想修建开封旧城，皇上都留中不发。这几年国库并不充盈，皇上怎么会在疏浚运河之余又疏通黄河开封河段呢？这件事，十之八九涉及几位阁老之争……梁继芳能力有限，不足以震慑其他几位内阁大臣，最后谁能左右内阁的意向，现在还不明朗，我们要多多留意才是。"

严朝卿肃然点头，道："世子爷，我想向您推荐一个人。"

从前宋墨只是英国公府的世子，大事有英国公做主，他只要从旁边协助宋墨就行了。现在宋墨和英国公撕破了脸，事情骤然复杂起来，他一个人，就感觉有些吃力起来。

宋墨也有心培养自己的幕僚班底，只是一直没有什么好的人选，闻言笑道："严先生请说。"

"此人姓廖，名清，字碧峰，癸卯年的举人，与我是同乡……"

严朝卿说着，宋墨听得却有点走神。陈曲水倒是个人才，可惜，窦昭身边也少不了他。念头一闪而过，他很快收敛了心绪，仔细地听着严朝卿介绍廖碧峰的情况。

而此时的陈曲水，却正和窦昭说着宋家的事："……认识我的人多半都遭了宋宜春的清算，我乔装打扮一番，想必没人认得出来。"

"不行！"窦昭想也没想就否决了陈曲水的提议："在宋墨没有占绝对优势之前，您决不能在京都露面。这件事，我让崔十三去办好了。他现在有田富贵帮忙，闲得很。"

"小姐，"陈曲水神色一正，严肃地道，"和魏家退亲，景国公府的世子夫人是关键，您觉得，以崔十三的年纪，能摸得清世子夫人的心思吗？"

年少的崔十三怎么能及得上经历过沧海桑田的陈曲水懂得人心？

况且有些话她能对陈曲水说，未必能对崔十三说。

崔十三知道了，就等于是祖母知道了。

她之前和邬家的婚事不成，又拒绝了何家的求亲，若是再和魏家退了亲，而且还是她主动退亲……那也太过惊世骇俗！因为如此一来，她将会与婚姻无缘，就算是一向疼爱、偏袒她的祖母知道了，也肯定不会同意的，她根本就没敢在祖母面前透露一丝的口风！

可她又不想让陈曲水为了自己的事去冒险。

"这件事不急。"窦昭敷衍着他，"到时候再说，反正现在还早。"

陈曲水自然知道窦昭的心意，他不由正色道："小姐，您是真的准备和魏家退亲吗？"

之前窦昭和他说过，和魏家定亲不过是权宜之计。但他发现窦昭见过魏廷瑜之后，就对魏廷瑜有种异乎寻常的容忍，而窦昭又不是那种盲目顺从的人……可见窦昭对魏廷瑜，印象是很好的。

可在陈曲水看来，魏廷瑜虽然相貌英俊，为人爽豪仗义，遇事却没有主心骨。如果做朋友是很好的；如果做丈夫，却是个致命的弱点。他既会听从枕边风，也会因朋友起哄而改变主意。这样左右摇摆，最让人不踏实。

而且窦昭嫁过去只怕还要倒贴嫁妆来维持济宁侯府的日常嚼用，别人还觉得是窦昭高攀了魏家，名惠而实不至。

那魏府的姑奶奶要窦昭百日之内嫁入济宁侯府就是一个证明！

魏廷瑜除了有个侯爷的头衔，其他的，实在是稀松平常得很。

可这世上之事，只要是一个愿打一个愿挨，外人最好不要插手。

窦昭既然看中了魏廷瑜，嫁过去也无非是银财上受些损失，这对窦昭来说不算什么，这门亲事勉强也算门当户对。

没想到的是老济宁侯突然病逝，魏廷瑜要守孝三年。

窦昭虽然让他打听魏家的事，却又按兵不动，态度暧昧，让他一时摸不清楚窦昭真实的想法。

"当然是真的。"窦昭表情严肃，目光坚定，"我不会拿这种事开玩笑的。"

陈曲水不由点头。

窦昭拿定了主意就好，他也不必瞻前顾后。

就算这次达不到目的，两人齐心，其利断金，再接再厉就是了。

何况窦昭有西窦一半的财产傍身，又有自己和段公义、陈晓风等人帮衬，依靠着窦家这棵大树，就算是一辈子不嫁人，日子未必就比嫁入式微的济宁侯府差，何苦去看魏家人的脸色？

就算要成亲，只要过错在魏家，窦昭找个寻常书香门第的敦厚子弟嫁了，反而能事事自己做主，未必不是件好事。

而且窦世英膝下无子，留长女在家招赘，也说得过去……不管走哪条路，都比嫁到济宁侯府强！

他不由笑道："小姐，您等我一会。"说着，径直离开了厅堂。

窦昭好奇地在厅堂里等他。

不一会，陈曲水折了回来。他戴着顶半新不旧的毡帽，耷拉着脑袋佝偻着身子，穿了身破旧的棉袍，垂着眼角拢着手，一副落魄文士的潦倒模样，哪里还有半点刚才的儒雅矍铄。

窦昭张口结舌。

陈曲水站直了身子，人又变得神采奕奕，精神抖擞。

"怎么样？"他笑道，"我这手还不错吧——这是当年跟着个街头卖艺的学的。保管英国公府的人认不出我来。就算是认出来了，也只会认为是我离开英国公府之后衣食无着，沦落街头，断然不会想到当初的事。"

窦昭忍俊不禁。

她问陈曲水："您有什么好主意？"

陈曲水知道窦昭妥协了，笑道："小姐原来有什么打算？"

既然把这件事托付给了陈曲水，自然应该坦诚相待！

窦昭斟酌道："魏廷珍为人贪婪，她身边的金嬷嬷和吕嬷嬷都是能说得上话的人，两人又素来不和，如果能好好利用两人之间的矛盾，再传出什么我与魏廷瑜八字相克之类的传闻，这件事一定会事半功倍的。"

"此计甚好。"陈曲水笑望着窦昭，不住地点头。

这件事上两人倒是不谋而合！

"我这就尽快启程去京都。"陈曲水笑道，"再过几个月济宁侯就要除服了，有些事，得早做打算。"有他在京都，断然不会让这件事失去控制。他语气一顿，道，"只是这件事涉及内宅的妇人，我想向小姐借个人。"

窦昭笑道："你是说素心？"

陈曲水摇头，道："我想借红姑。"

窦昭微愣。

陈曲水含蓄地道："不过是因为红姑年纪大些，和那些嬷嬷更说得上话，加上她外表淳朴，更容易让人相信。如果说话的人看起来太精明能干，反而容易让人怀疑。"

说白了，就是看红姑是一个乡下妇人，那些嬷嬷自认为自己是在侯府、国公府当差，见识高人一等，对红姑的提防就会少一些，更便于引那些妇人上当。

"只是崔姨奶奶那里……"

"小姐放心。"陈曲水自信地笑道，"我不过是让红姑帮着在关键的时候递几句话，又不是要红姑去退亲。"

就算是漏了些蛛丝马迹，魏廷珍知道自己这样算计魏廷瑜，以她对弟弟的疼爱，抵死都会退亲的，只不过那时这个退亲的过失就得自己背，反正一样能达到目的。

窦昭不再犹豫，点了点头："那就劳烦陈先生了。"

陈曲水客气了几句，笑着和窦昭商量了一些细节，去着手准备上京的事宜。

没几日，祖母就叫了窦昭过去说话："陈先生来，说他过几天要去京都盘点铺子里的账目，想到魏家七月份就要除服了，他想带了红姑一起去，给魏夫人问个安，以后两家商量起婚事来，也有个从中递话的人。我怕红姑去了怯场，可陈先生却说，魏家久居京都，什么样的人没有见过，越是老实人，越显得我们实在，越好。我思寻着陈先生的话也有道理，就同意了。你看你还有没有什么话要叮嘱红姑，等会跟红姑嘱咐一番。"

窦昭心有愧疚地向祖母道了谢，只吩咐红姑："有什么事听陈先生的就是了。"

红姑连连点头，把压箱底的几件潞绸、杭绸衣裳拿了出来，好好捯饬了一番，随着陈曲水去了京都。

范文书和崔十三早得了信，带着田富贵在朝阳门外迎了陈曲水。

陈曲水闭了门和范文书说话。

"这么说来，廷安侯下个月就要过寿了？"陈曲水沉吟道。

范文书点头："汪家的人这些日子为了给廷安侯祝寿都到处在找贺礼。"他原是做古玩出身的，现在依旧和那些铺子里的伙计们常来常往，这种消息他十分灵通。

陈曲水就问："我上次让你结交景国公府世子夫人身边的仆妇，你可有什么眉目了没有？"

景国公府的世子夫人是济宁侯府的姑奶奶，四小姐即将嫁入济宁侯府，通过景国公府世子夫人身边的人巴结上济宁侯府的姑奶奶，这是那些经营有道的人惯用的手法。范文书并没有起疑，笑道："我们铺子里灶上的那位包妈妈，就是景国公府世子夫人身边的金嬷嬷介绍的。"

陈曲水满意地点了点头，对范文书道："红姑难得来京都一趟，我看不如就让这位包妈妈带着红姑在京都城里转一转。"

范文书会意，把包妈妈叫来叮嘱了一番，又赏了她十两银子，叫了辆马车，由个小厮陪着,让包妈妈领着红姑在京都城里转了一圈。

红姑何曾见过这样的热闹?眼睛珠子都看花了不说,还大包小包地买了一堆东西:"这个是给崔姨奶奶的,这个是给四小姐的,这个是给素心、素兰、甘露、素绢几个丫头的……"让包妈妈看得眼都红了,对红姑越发地热忱起来,等到陈曲水置办好了东西让红姑去给田氏问安的时候,包妈妈主动请缨,陪着红姑去了济宁侯府。

魏廷瑜和顾玉等人的生意很顺利,他们不过投了几千两银子,第一笔回款就把本钱收了回来。田氏算算,等到四个河段的工程完了,他们能挣几万两银子,到时候就能风风光光地给魏廷瑜办婚宴了,想一想她心里都觉得十分舒畅,这日子更有了奔头。

听说窦家派了人来给自己问安,田氏十分高兴,忙让人请了红姑进来,又见是个朴实的妇人,她心里更喜欢了,和红姑说了半天的话,赏了红姑一个上等的红包,又让身边的嬷嬷留红姑用了顿饭,这才送了红姑出门。

魏廷珍听说窦家有人来见母亲,想到两家马上要定婚期了,怕母亲糊里糊涂答应了窦家什么条件,亲自赶过来问是怎么一回事。

田氏觉得女儿有些杞人忧天,笑道:"人家不过是来京都办事,过来问个安罢了,偏你多心。"然后吩咐丫鬟拣些新上市的果品端进来。

被田氏派去招待红姑的嬷嬷就眼巴巴地望着魏廷珍,魏廷珍会意,避开了母亲和那嬷嬷说话。

"姑奶奶,窦家的那个嬷嬷,是奉了窦家崔姨奶奶之命,来京都和窦家七太太商量四小姐嫁妆之事的。"

眼看着要出嫁了,真定那边还派了人到京都来要嫁妆,难道自己之前看走了眼?那窦昭在窦家根本就是无人理会的杂草?

魏廷珍顿时有些心慌意乱,她问那嬷嬷:"窦家来的人还说了些什么?"

"那人不知道是老实还是木讷,问三句才答一句,"嬷嬷道,"就是这句话,还是她无意间说漏了嘴才被我听见了。"

魏廷珍大急,和母亲商量这件事。

田氏也很意外,道:"不应该这样啊——窦家不可能不给窦昭置办嫁妆,而且她应该还有赵氏留下来的体己才是,怎么会临出嫁了却跑到京都来要嫁妆?"

"所以我觉得这件事很蹊跷嘛!"魏廷珍听母亲这么一说,越发怀疑起来,"我看,这件事我们得派人仔细打听打听才是……"

"这样不太好吧?"田氏踌躇道,"就算窦家的陪嫁再多,也与我们没有关系……"

"娘!"魏廷珍有些头痛地打断了母亲的话,"我们去打听窦昭的陪嫁就未必是要占她的嫁妆,谁不想锦上添花?如果窦昭能多带些陪嫁过来,她手头宽裕些,您是不是可以少贴补她一些?她如果能给您的孙子、孙女留下些产业,孩子们的日子是不是好过一些?我们家人丁单薄,窦家子嗣众多,如果窦昭和娘家的关系亲密,弟弟是不是又多了些帮衬的人?她要是和娘家的人十分冷淡,这门亲事两不着实,还有什么意思?"

田氏被女儿说服,道:"那你就帮着查查吧?"

魏廷珍颇为沮丧地应了一声"是",派了金嬷嬷去查窦昭的事。

红姑惴惴不安地回到了笔墨铺子,进门就拉了陈曲水说话:"我可照着您的吩咐说了……可万一魏家要是误会小姐没有陪嫁,嫌弃我们小姐可怎么办啊……"

陈曲水没等她说完,已经板起了脸:"你这说的是什么话?难道我们家小姐有陪嫁,那魏家就欢天喜地地娶了回去;没有陪嫁,就要退亲不成?若魏家是这样的人家,不嫁也罢!我让你去,就是要你试试魏家的人到底怎样。男怕入错行,女怕嫁错郎。七老爷是个万事不操心的，七太太就更不要说，连自己亲生女儿的事都是稀里糊涂的。他们全都指望不上，我们要是再不帮着小姐留个心眼，小姐将来岂不是要吃大亏？现在知道魏家是个什么态度了，我们也好及时想出对策，总不能让小姐受委屈吧？"

一席话说得义正词严，让红姑觉得自己责任重大，主动向陈曲水汇报："那魏夫人倒是个十分和善的人，待我也很客气，就是魏夫人身边的那个贴身嬷嬷，看人的时候眼睛里像藏着针，试探我的，就是那个嬷嬷。"

"你看，这一试不就试出来了！"陈曲水大义凛然地道，"小姐未来的婆婆是个慈善之人，可她身边的人却敢试探你，这就说明魏夫人御下不严，是个耳根子软的。这就是'阎王好见，小鬼难缠'。我们小姐要是嫁过去了，想得婆婆欢心，这第一桩事就得打点魏夫人身边的这些人。"

红姑觉得陈曲水的话十分有道理，不住地点头。想窦昭在家里那可是说一不二的主，日后要出了嫁，不仅要看魏夫人的脸色，连魏夫人身边服侍之人的脸色也要看，她不仅为窦昭抱不平，更为窦昭难过，不由哽咽道："陈先生，小姐这样，也太委屈了！"

"唉！"陈曲水叹道，"为什么说这姑娘在家是'千金'，嫁了人就是'妾身'了呢？"然后劝红姑，"哪个女子不是这样过来的！"

红姑沉默半晌，低声道："那我接下来该怎么办？"一副配合陈曲水行事的样子。

陈曲水暗暗点头，道："明天我们一起去给七老爷问个安，然后和七老爷商量一下小姐的嫁妆——虽说小姐名下有西窦一半的财产，可若是就这样一口气全都带到了魏家，你也看见了，魏夫人不是个能主事的人，谁知道会出些什么事？不是有句话叫作'共患难易，共富贵难'。要是魏家打起小姐的主意来，那可就是害了小姐！这嫁妆怎么办，还得请七老爷拿个主意。之后你就可以在京都随意走动走动了——难得来一趟京都嘛！如果有人问你什么，你照直说就是了，只要不把我们和七老爷都说了些什么话告诉别人就行了。"

红姑松了口气，整个人都轻快起来。她活了大半辈子，可从来没骗过人、说过谎话，答应陈曲水当着魏家的人那么说，也是因为他们这次来京都的确是和七爷商量四小姐的陪嫁之事的。

"陈先生请放心，主人家说的话不能乱传，这个道理我还是知道的。"红姑忙向陈曲水保证，"除了崔姨奶奶，谁问我也不会说的。"

陈曲水欣然颔首。

第二天陈曲水和红姑去了静安寺胡同。

静安寺胡同正应了"静安"两个字。

雪白的围墙，郁郁葱葱的大树，静谧的胡同，有种岁月沉淀的古朴自然，让走进胡同的人都不自觉地放轻了脚步，均匀了呼吸。

窦世英在书房见了陈曲水和红姑。

知道了他们的来意，他不由得摇了摇头，道："寿姑怎么说？"

陈曲水在心里从一数到了十，这才开口道："四小姐的意思，除了赵太太留给她的东西之外，其他的还是由窦家三爷掌管着，等成了亲，看姑爷的意思再做打算。"

夫为乾妻为坤。如果两人和和美美，这么大的一笔产业，可不比寻常人家的陪嫁，自然得交给做丈夫的打理。如果魏廷瑜对窦昭不够敬重，窦昭也不必给他面子。

窦世英听出了陈曲水的言下之意。他爽快地道："那就照着四小姐的意思办好了。"

这原是在窦昭和陈曲水意料之中的，陈曲水笑着应"是"，然后把窦昭的嫁妆单子递给了窦世英："这是上次小姐及笄礼时，舅太太写的，崔姨奶奶添了几件，六太太也添了几件，您看看还有没有什么要添减的？"

窦世英瞥了一眼就还给了陈曲水，道："既然舅太太、崔姨奶奶和六太太都看过了，想必不会有什么错，你们照着准备就是了。"说着，语气微顿，道，"我这里还有几幅花鸟画，寿姑肯定喜欢，到时候一并给她做了陪嫁吧！"

　　能被窦世英收藏的，自然都是好东西，陈曲水忙替窦昭向窦世英道谢。

　　窦世英觉得自己受得起这个礼，大大方方接受了，吩咐陈曲水："至于公中的那一份嫁妆什么的，你到时候和六太太商量就是了。"然后留陈曲水和红姑在家里住下，"住在铺子里算是怎么一回事！"

　　"因小姐要出阁了，铺子里的账目要赶快整理出来才行。"陈曲水恭谨地笑道，"红姑也是受了崔姨奶奶之托想买些好东西给小姐添箱，住在铺子里进出方便些。等过些日子，把事情办得差不多了，再来打扰七老爷。"

　　窦世英并不是个拘泥于小节之人，觉得陈曲水的话也有道理，问起了家里的情况，红姑一一作答。

　　眼看着要到午膳的时候了，陈曲水起身告辞："还要赶到猫儿胡同去，小姐还命我给六太太带了些东西。"

　　在窦世英的心里，窦世横的家和他的家没什么两样。

　　"行啊！"他并没有在意，吩咐他们，"寿姑既然要嫁到京都来，五老爷那里，你也应该代她去一趟。"

　　陈曲水心中暗喜，恭敬地称"是"。

　　窦世英让高升送了两人出门，陈曲水却硬是把高升挡在了门口："一家人不说两家的话，我不和你讲客气，你也不要和我讲客气，不然就是把我当了外人。"

　　他们的确是一家人。

　　高升笑着止步，目送陈曲水和红姑离开。

　　陈曲水和红姑在静安寺旁的一家小饭馆随便用了午膳，然后去了猫儿胡同。

　　六太太拉着红姑的手不放，连窦昭每天吃什么菜都问了个清楚明白，这才问起红姑来京都做什么。

　　红姑只说是来和窦世英商量窦昭陪嫁的事，其他的，一字不提。

　　六太太闻音知雅，和红姑说了会闲话，外院的小厮奉了陈曲水之命来请红姑。

　　红姑起身告辞："七老爷吩咐我们，让我们代小姐去给五老爷问个安。"

　　"你们是得去认个门。"六太太亲自送红姑到了二门，问他们都准备了些什么东西。

　　"给五老爷的是个玉狮子的镇纸，给五太太的是串楠木的佛珠……"陈曲水把礼单报给六太太听。

　　六太太见准备的东西一应俱全，十分周到，这才放下心来，又嘱咐了两人一些注意事项，让王嬷嬷送了两人出门。

　　陈曲水和红姑去了窦世枢居住的槐树胡同。

　　窦世枢不在家，五太太听说崔姨奶奶身边的仆妇来给她问安，非常惊讶。她想了想，在花厅见了红姑。

　　红姑早就听说过这位五太太，是五老爷考举人时的主持考官樊俊明之女，不仅出身官宦世家，而且精明能干，是五老爷的贤内助，只是她从来没有见过，世人又多认同"妻凭夫贵"，窦世枢现在是阁老了，她见到五太太的时候战战兢兢的，连头都不敢抬，更不要说多说话了。

　　五太太听说红姑只是代表窦昭礼节性地来拜访她，心中稍安。

　　自窦世枢入阁之后，家里门庭若市，多是有所求而来。而窦家的这位四小姐，她虽没见过,却闻名已久。每次窦昭有所举动都会掀起一番波澜,她还真怕窦昭有什么事要求她帮忙——她的婆婆二太夫人可是嘱咐过她,凡是关于窦昭的事,都得由二太夫人拿主意。这其中的缘由,她作为窦世枢的妻子,自然是心知肚明的。

魏廷珍得到了陈曲水和红姑一日之内拜望了静安寺胡同、猫儿胡同和槐树胡同的消息,心都凉了。

"照你这样么说,陈曲水和那个红姑还住在铺子里?"她问金嬷嬷,"而且他们去静安寺胡同拜访的时候,窦大人甚至没有留他们吃顿午饭?"

"嗯!"金嬷嬷点头,"不仅如此,他们连七太太的面也没有见着。"

"怎么会这样?"**魏廷珍**的眉头紧紧地蹙在了一起。

曾被窦昭毫不留情地呵斥过的金嬷嬷心里却有些幸灾乐祸,自然是希望窦昭越倒霉越好。她眼珠子微转,低声对**魏廷珍**道:"不过,他们从窦阁老家出来的时候,倒是提了几盒点心,一副打发叫花子的样子。"

魏廷珍的脸色更难看了。

她想了想,去了济宁侯府。

田氏听得目瞪口呆,显然没想到窦昭在窦家的处境这样艰难,半晌才嗫嚅道:"那有什么办法?不过是多双筷子吃饭罢了,就当是我多养了一个女儿吧。"

魏廷珍不服气,道:"娘,您想过没有?王氏是继母,讨厌前头娘子所生的女儿,那是人之常情,倒也说得过去。可您看看,为了她的嫁妆,那个账房求了一家求两家,家家都是一副敷衍了事的样子,这可就不是简简单单不讨继母喜欢了,说不定那窦昭的人品都有问题!

"我们家廷瑜相貌堂堂,品行端良,爹和娘从小就请了先生在家里给他启蒙,教他做人的道理;稍大些了,又怕他和那些纨绔子弟搅到一起,请了师傅教他骑射……不知道花了多少心血!

"满京都的勋贵之家中,像我们家廷瑜这样的有几个?哪家的名门淑女配不得?!凭什么要受这样的委屈?!他可是我们捧在手里长大的!"

田氏听着哭了起来:"那你说怎么办?难道还能退了亲不成?要怪,你就怪我好了!要不是我多事跑去探望赵氏,也不会有这门亲事了……我原想着,西窦人丁单薄,窦昭是嫡长女,再怎么着,那窦万元也不会怠慢了她的。谁知道会变成这个样子?!"

魏廷珍听着却心中一动。她坐到了母亲的身边,掏出帕子递给母亲,低声道:"娘,要不,我们退了这门亲事吧?"

田氏听得如遭雷击,连连摆手:"不行,不行!廷瑜守制,窦昭可是等了他三年的。况且这门亲事当初还是从何家手里夺过来的,就这样无缘无故地退了亲……怎么也说不过去啊!何况窦昭又没有什么过错……"

"娘,您听我说。"**魏廷珍**表情坚定地抓住了母亲的手,让田氏心神微定,静下来听着女儿说话,"这天下的事,还不是由着人说——您看那英国公府的世子爷宋墨,他杀了那么多的人,谁不知道他们家出了什么事,可父子俩出门,还要亲亲热热的,有人问宋墨杀人的事来,宋家的人还要一口咬定那些护卫是监守自盗,就是皇上问起来,也不露半点的口风,硬生生地把这件事给糊弄过去了。

"廷瑜还有两三个月就除服了,他不是和顾玉、宋墨他们在做生意吗?到时候当着窦家的人只说为这件事忙着,把婚期往后拖一拖。窦昭在家里如此不受待见,肯定有人不喜欢她高嫁。别人还不好说,那王氏……"她说着,挑了挑眉,"我们只要想办法和王氏搭上话，我再许了王氏当朋友走动，王氏一个小妾扶正的，怎能不动心？！到时候由着王氏找个窦昭的过错，还不是轻而易举的事。娘，这件事只要有心，哪有做不成的！"

"可这样一来，岂不是害了窦昭？"田氏挣扎道，"她在家里已经不受待见了，若是退了亲，哪还有活路……"

"娘，这您可就错了！"魏廷珍温声道，"窦昭的五伯父是阁老，不知道有多少读书人家想和窦家结亲。世族大家的子弟不成，难道那些寒门小户的也不行吗？说不定和我们家退了亲，她找个门当户对的，日子会过得更好呢！"

田氏还是有些不忍心。

魏廷珍生了气："娘，我当初为什么会嫁到张家去？您要是让弟弟娶了那个窦昭，那我算是怎么一回事？！"她说着，想起自己这几年在张家受的委屈，不由得抽泣起来，"我们家原来是没有家底，弟弟得了宋墨的提携，眼看着就要日进斗金了，哪家的名门淑女求娶不来？我已经这样了，弟弟要是还没有个好姻缘，我活着还有什么意思？！这日子还有什么盼头？！"说完，捂着脸闷声地哭了起来。

田氏被说到了伤心处，抱着魏廷珍也哭了起来。

一时间，田氏的内室差点成了水乡泽地。

王映雪接到魏廷珍的名帖时，十分惊讶，和胡嬷嬷道："难道她不知道窦家的中馈是由高升媳妇在主持？"说这话的时候，她脸上忍不住露出讥讽之色。

胡嬷嬷拿了个洗好的李子递给王映雪，笑道："四小姐要出嫁了，当着亲家的面，总不能说您现在不管事吧？"

王映雪冷笑，把帖子丢在了炕上，道："现在知道要我给他们做面子了，早干什么去了？！"转身对来禀的丫鬟硬邦邦地说了句"不见"。

胡嬷嬷却朝着那丫鬟使了个眼色，然后劝王映雪："四小姐肯定会在静安寺胡同出嫁，到时候五太太、六太太都会来帮忙，正是您的机会，您何必和四小姐赌这口气？五小姐今年也十三了，到了说亲的年纪……"

如果窦家的人有心压制她，把家里的这些事透个风声出去，那些门风清白的大户人家谁会娶窦明？

王映雪眼圈一红，眼泪簌簌落下："窦世英的心，也太狠了！窦昭是他的闺女，难道明姐儿就不是他亲生的？当年要不是上了他的当，我何至于落得这样一个下场！"接着又怨起娘家的大嫂高氏来，"当初父亲落难，我待她多好，楠哥儿病得只剩一口气了，要不是我，早就夭折了。如今她日子好过了，娘家的哥哥做了封疆大吏，转过头来就不认人了。我不过是想让她帮着在高家子侄里给明姐儿找门好亲事，她却推三阻四，生怕我赖上了楠哥儿似的，急急地帮楠哥儿订了她娘家的侄女高明珠……"

胡嬷嬷默然。

自从王映雪被夺了主妇的权力之后，王家也和王映雪渐渐疏远，这样的话她每隔几天就会说一遍。不是埋怨高氏，就是数落庞氏，要不就说起当初如何被窦世英哄骗做了妾室……哪里还有半点当年做棉花生意时的利落爽快……像个典型的深闺怨妇……

想到这里，胡嬷嬷自己都吓了一大跳。她不由仔细地打量王映雪：枯黄的面容，怏怏的神色，喋喋不休的抱怨……不管有没有人听，王映雪自顾自地说着。

胡嬷嬷眼泪都快要落下来了，情不自禁地打断了王映雪的话："七太太，您是聪明人，从前那么难的光景您都能打开局面，这次也一定能渡过难关的！"

王映雪听着一怔，无神的眼眸渐渐变得明亮起来，嘴角翕动，正要说什么，有小丫

· 243 ·

鬟闯了进来："七太太，七老爷过来了！"

"啊！"她不由和胡嬷嬷交换了个眼神。

窦世英已大步走了进来。

"听说济宁侯府的姑奶奶要来拜访你，"他穿着朝服，神色匆匆，显然是刚刚得了信从衙门里赶回来的，"她是寿姑的姑姐。我已经吩咐下去，让高升好好招待她，你到时候也要打起精神才是，务必要让她有宾至如归之感！"

王映雪望着时到今日，待她依旧神色温和，谦谦如玉的窦世英，心中五味杂陈。

曾经，她以为这是窦世英待她独有的温柔体贴；现在，她才知道，这不过是他一贯的行事做派。

他对谁都是这样的。

如把软刀子捅在她的身上，她以为不会痛，却折磨得她只盼着能一口气了结。

王映雪很想端起手边的茶盅将满盅的茶水泼在窦世英的脸上，可她想到了窦明，想到了窦明的婚事，手紧紧地握成了拳，最终却一点点地松了开来。

"我知道了。"她听见自己用一种温顺的语气答着窦世英的话，"定然不会泼了四小姐的颜面的。"

窦世英满意地点了点头，离开不久之后，让高升的媳妇送了个匣子过来。

王映雪打开了匣子一看，珠光宝气，满室生辉。

"七老爷说，太太要见客，让我们家那口子赶着去玉宝轩买了这些首饰。"高升的媳妇面如满月，笑的时候带着几分喜庆，两口子都是聪明人，虽然掌着静安寺胡同的大小事务，待王映雪却一如从前一样恭敬，让王映雪挑不出半点错。

她笑着屈膝行礼，退了下去。

王映雪"啪"的一声关上了匣子。

"这算是什么？我帮窦昭做面子的酬谢？"

她气得面色铁青，胡嬷嬷在心里暗暗地叹了口气。

在英国公府颐志堂书房里和严朝卿、廖碧峰说话的宋墨接过陈核递进来的纸条，表情微愣，道："陈曲水什么时候到的京都？他来京都干什么？"

陈核低眉顺眼地恭声道："听说是为了四小姐的婚事来的——四小姐的笔墨铺子要盘点，到哪里出嫁要和七老爷商量，五老爷和六老爷那里，也要去知会一声……看样子还挺忙的。"

有廖碧峰在场，他下意识地省去了窦昭的姓氏。